ENTRE LES PAGES DE TON CŒUR

ENTRE LES PAGES DE TON CŒUR

VICTORIA ARABADZIC
N. C. BASTIAN - EMILY BLAINE
ÈVE BORELLI - ALFREDA ENWY
CARO M. LEENE - LOUISA MÉONIS
ALANA SCOTT

RECUEIL DE NOUVELLES

H&

HARPERCOLLINS FRANCE
83-85, boulevard Vincent-Auriol, 75646 PARIS CEDEX 13.

www.harlequin.fr

ISBN 978-2-2804-8666-8 — ISSN 2271-0256

VICTORIA
ARABADZIC

BAD
HERO

Chapitre 1

Lorsque j'entendis mon réveil, je poussai un soupir. Plutôt matinale, en règle générale, j'aimais me lever tôt pour profiter de ma journée et avoir l'impression d'être productive. Quand je travaillais au bar, ce n'était pas toujours une chose simple. Surtout lorsque les plus alcoolisés ne comprenaient pas que l'établissement puisse fermer passé 2 heures du matin. Ils pouvaient se montrer très lourds et insistants. Malgré les nombreuses fois où j'avais hésité à jeter mon tablier et claquer la porte, j'étais toujours restée. J'avais du travail et des horaires qui me permettaient d'exercer ma vraie passion en parallèle : l'écriture. De romances, tout particulièrement, avec de belles histoires d'amour. Le genre de relations intenses qui n'existaient que dans les livres.

Mais aujourd'hui, pour la première fois, on m'avait confié une mission bien différente. Pas d'histoires d'amour impossibles, toxiques ou absolument romantiques, pas de beau gosse chef de cartel qui tombait amoureux d'une femme qu'il devrait plutôt tuer, pas d'acteur drogué qui trouvait sa guérison auprès d'une fille sage et bien plus saine que lui. Non… Mon projet était tout autre et ne m'emballait pas spécialement.

Je m'octroyai une courte séance de sport qui me réveilla, puis pris une douche fraîche et enfin avalai un café long sans sucre qui m'aiderait à affronter la journée.

Alors que je fixais la fenêtre du salon depuis la cuisine,

mon coloc et meilleur ami depuis mon premier jour d'école fit son entrée.

— Allez, Sasha ! Tu verras, c'est pas la mort !

Je fuis la conversation en me dirigeant vers la salle de bains et râlai tout en coiffant mon carré long avec un peu trop de vigueur, laissant tomber quelques cheveux auburn sur le carrelage au passage. Clay ne pouvait pas comprendre ce que je ressentais puisqu'il aurait adoré me remplacer. Interviewer un militaire ? Écrire sur sa vie à la demande du gouvernement – qui souhaitait redorer l'image de l'armée – et devoir le suivre dans son intimité pendant quelques jours ? Il se serait donné un malin plaisir à essayer de le faire changer de bord.

Je préférais romancer de belles histoires d'amour sortant tout droit de mon imagination, mais le prix de mon loyer new-yorkais m'avait incitée à accepter ce projet fort lucratif avec le sourire. Après tout, il ne s'agissait que d'une semaine… Et puis, cela m'apprendrait à travailler autrement et à découvrir la vie d'un parfait inconnu.

Au début, je m'étais demandé pourquoi on m'avait confié une telle mission. Mais c'était mon adorable éditrice, qui me suivait depuis mes débuts, soit deux ans auparavant, qui avait proposé mes services à la maison d'édition pour laquelle nous travaillions toutes les deux. Elle connaissait mon projet futur, ma situation financière, et souhaitait me filer un coup de main. Je lui en étais reconnaissante et je comptais bien la rendre fière !

J'embrassai Clay sur la joue, enfilai mes bottes, mon manteau, mon bonnet et mes gants avant de sortir pour affronter le froid glacial de janvier. Je n'aimais pas ce mois. Noël et sa magie étaient terminés, tout redevenait « normal », et cette excitation légendaire n'existait plus. Il y avait comme un *bad mood* général. Alors, chacun s'occupait comme il le pouvait et trouvait un objectif à tenir en cette nouvelle année, ce qu'on appelait communément les bonnes résolutions.

Lorsque je quittai le métro pour me retrouver en plein Manhattan, je pris le temps d'admirer ces immenses buildings autour de moi. Ici, tout était différent. Nous n'étions pas seulement aux États-Unis, nous étions à *New York*. La ville de tous les possibles. Et j'espérais bien rendre notre rêve possible, à Clay et moi : partir faire le tour du monde pendant un an. Cela faisait déjà plusieurs années que nous économisions à notre rythme, et aucun de nous deux n'envisageait de lâcher prise. Nous avions encore une belle somme d'argent à réunir pour pouvoir démissionner de nos jobs respectifs, mais j'étais confiante. Finalement, cette mission tombait à point.

Je repris ma route et m'arrêtai devant un grand immeuble typiquement new-yorkais. Il ne faisait pas partie de ceux qui avaient un gardien ou une vue sur Central Park. Il était dans des tons sombres, proche du bordeaux. Je comptai dix étages et me souvins que le célèbre Cameron Taylor habitait au dernier.

Bien qu'un appartement de ce standing, en plein cœur de l'Upper West Side, doive coûter une belle fortune, j'étais étonnée qu'un homme tel que M. Taylor ne vive pas dans un loft du quarantième étage avec vue sur l'Hudson.

Je sonnai à l'Interphone, la porte du bâtiment s'ouvrit. La boule au ventre, j'appuyai sur le bouton de l'ascenseur, et ce dernier commença sa montée vers mon client. Je n'aimais pas l'idée d'envahir le quotidien d'un militaire qui devait sans doute rêver de tranquillité lorsqu'il n'était pas en opération extérieure. Mais, encore une fois, je devais payer mon loyer, Clay n'avait ni les moyens ni la légitimité de gérer pour nous deux. Et je devais me focaliser sur notre projet.

J'inspirai profondément avant de frapper deux coups sur la porte d'entrée, qui n'avait visiblement pas de sonnette.

Tandis que je patientai dans le long couloir, debout face à une porte qui allait s'ouvrir sur un inconnu d'une seconde à l'autre, je tentai d'imaginer l'allure de l'homme que j'allais rencontrer. N'importe quel journaliste digne de ce nom s'offusquerait de savoir que je n'avais pas pris la peine de me renseigner sur mon sujet d'étude, mais j'avais mes raisons. J'étais écrivaine, mon objectif n'était pas de connaître les dernières rumeurs rapportées sur lui mais de chercher à le découvrir sans me laisser influencer. Alors j'avais évité le sujet avec mes proches. Quant aux réseaux sociaux, j'y étais trop peu présente pour risquer d'apprendre quoi que ce soit à son sujet. De plus, j'imaginais qu'il n'était pas si connu que ça. Nous ne parlions pas de Justin Bieber mais d'un haut gradé de l'armée américaine qui avait sauvé des innocents.

Tout ce que je savais de Cameron Taylor se résumait à son âge : trente-deux ans, et ce qui l'avait rendu célèbre : son opération militaire en Syrie : il avait empêché un attentat qui avait valu de sauver des centaines de mères, enfants et soldats présents sur un camp de réfugiés. Cela lui avait coûté d'être capturé, enfermé puis torturé pendant des jours avec deux autres de ses collègues. Puis, il s'était évadé en faisant exploser le camp de terroristes et en sauvant ses camarades par la même occasion. Cette sordide histoire avait secoué les médias pendant des semaines, quelques mois auparavant.

Pour beaucoup, cet homme était un véritable héros. Et pourtant je ne savais même plus à quoi il ressemblait.

Je sursautai lorsque la porte s'ouvrit et, mon Dieu, je ne m'attendais pas à… ça.

Mes yeux noisette croisèrent les siens, d'un bleu sombre envoûtant, et je restai hypnotisée. Ses cheveux étaient légèrement plus longs que ce qui devait être autorisé dans l'armée, et d'un brun foncé. Il passa sa main dedans, embarrassé. Peut-être à cause de ma manière terriblement gênante de le regarder… *ou plutôt de le dévorer.* Non mais qu'est-ce qui me prenait ? En plus, je n'étais pas intéressée par tout ça en ce moment, accaparée pleinement par mes deux métiers.

J'avais un réel problème que je n'avais même pas envisagé : Cameron Tyler était certainement l'homme le plus beau et charismatique que j'avais jamais vu de ma vie. D'où peut-être son succès auprès des médias, au-delà de ses actes héroïques. C'était malheureux de penser comme ça, mais c'était ainsi que tournait le monde. Le physique était un atout majeur.

— Vous devez être… la journaliste ?

Je repris mes esprits avant de passer pour une tarée. Si nous devions vivre une semaine ensemble, mieux valait qu'il ne prenne pas peur dès le départ.

— Écrivaine, pas journaliste. Sasha Brown, enchantée.

Tout en m'efforçant de sourire, je lui tendis une main qu'il ne prit pas, instaurant un malaise dont je me serais bien passée. Il repartit dans son appartement en laissant la porte ouverte, m'incitant à rentrer et à la refermer derrière moi. J'eus alors la désagréable impression que je n'étais pas la bienvenue ici.

Tout d'abord surprise par la décoration très épurée et impersonnelle de l'appartement, je longeai les murs blancs jusqu'à arriver dans un grand séjour avec une cuisine américaine noire.

Les meubles de cette pièce étaient sombres et détonnaient avec le reste des lieux, sans compter le sol en carrelage gris clair, effet béton. C'était à la fois joli et masculin. Les grandes et nombreuses fenêtres rendaient la pièce lumineuse et agréable. Les plafonds étaient hauts, et un délicat parfum flottait dans l'air.

— Vous voulez boire quelque chose ?

Il me montra deux bouteilles, une de vin et une de bière, j'optai pour la première. Lorsqu'il m'apporta un verre et que mes doigts frôlèrent les siens, je ressentis comme une étrange décharge qui, je l'espérais, était passée inaperçue. Cameron était vraiment grand, environ un mètre quatre-vingt-dix. Comparé à mon mètre soixante-cinq, la différence était flagrante. Sa carrure le rendait d'autant plus impressionnant.

— Je préfère que les choses soient claires.

Sa voix était grave, ensorcelante, calme. J'ignorais s'il avait conscience du charisme qu'il dégageait, mais je me tus pour le laisser poursuivre, trouvant la force de le regarder dans les yeux.

— J'étais totalement contre cette idée de merde, annonça-t-il d'un ton toujours aussi calme.

Puis il but une gorgée de bière, l'air agacé. Étonnée, je voulus éclaircir les choses. Il arrivait peut-être à me déstabiliser sans le vouloir, cela ne m'empêchait pas d'être contrariée. Pas du genre timide, je fronçai les sourcils et penchai légèrement la tête sur le côté, mimant de ne pas comprendre où il voulait en venir.

— « Idée de merde » ? répétai-je.

Il sembla d'autant plus réticent à me voir chez lui en entendant ma question. Je ne pouvais pas lui en vouloir d'être emmerdé qu'une jeune femme l'interroge sur sa vie et le suive pendant une semaine alors qu'il était en permission. Mais il n'avait pas besoin pour autant de se montrer aussi réfractaire.

— Je n'ai aucune envie de parler de moi. Mais les ordres sont les ordres, alors j'ai accepté qu'on fasse cette biographie. Je veux que ça aille vite. Alors ne me bombardez pas de questions, ou je saurai vous mettre dehors.

OK, il n'allait pas être facile de coopérer avec un homme comme lui. Il n'était clairement pas ravi de ma présence chez lui, et moi, je devais me contenter de ça. Cette situation n'allait pas m'aider, mais que pouvais-je faire de plus ?

Il n'y avait pas de place au doute, sa façon de parler était bien celle d'un militaire.

— La chambre d'amis est au fond du couloir.

Il me montra la direction du menton avant de disparaître plus loin en répondant au téléphone.

Je suivis ses instructions et me retrouvai dans une pièce relativement confortable et moderne, dotée d'un lit, d'une armoire et d'un bureau. J'ouvris ma petite valise et rangeai mes vêtements. Une semaine… Il ne s'agissait que d'une semaine…

Une fois mon rangement terminé, je visitai discrètement l'appartement alors que je l'entendais toujours discuter au téléphone, vers la cuisine.

J'hésitai à ouvrir la pièce fermée qui devait être sa chambre et, lorsque je me lançai, je découvris finalement une jolie salle de bains fonctionnelle.

— Quitte à passer plusieurs jours ensemble, autant que les choses se passent bien. Faites comme chez vous.

Je sursautai. Il était arrivé derrière moi sans que je ne m'en rende compte. Me dire ça lui brûlait la langue, je pouvais le lire sur son visage blasé. Son ton froid reflétait son métier et les nombreuses règles qui en découlaient. Je pris quelques secondes pour constater les cicatrices plutôt discrètes mais tout de même visibles sur sa figure. La vie n'avait pas été tendre avec lui, et étrangement cela ne le rendait que plus beau.

— Merci, Cameron.

Il m'observa un instant puis zyeuta son portable avant de s'asseoir sur le canapé d'angle qui trônait dans le salon, face aux fenêtres. Je l'imitai, me positionnant le plus loin possible, avec la drôle de sensation d'avoir le souffle court depuis que j'avais pénétré dans l'appartement. Je sortis mon MacBook de mon sac et l'ouvris. Je préparai une page vierge pour prendre des notes qui me seraient utiles pour la rédaction de cette biographie.

— Alors, que devez-vous savoir ? Combien de fois je pisse par jour ? À quelle fréquence je ramène une femme ici ?

J'écarquillai les yeux, choquée par sa réflexion. C'était pire que ce que je pensais, il n'avait pas l'intention de me faciliter la vie une seule seconde. J'ignorai sa remarque et fis comme s'il ne l'avait jamais dite. Je sentais que pour réussir à supporter ce projet, j'allais devoir prendre sur moi.

— Pourquoi avoir voulu devenir militaire ? lançai-je.

Il me toisa avec curiosité puis, l'air sombre, se leva pour aller chercher une autre bière. Il devait penser que j'allais fuir à la première difficulté, mais il pouvait toujours rêver. Je n'avais pas l'intention de céder à ses caprices alors que je n'avais jamais cédé à ceux des pochtrons de mon bar.

— Peut-être pour régler un problème avec l'alcool, murmurai-je dans ma barbe.

Je compris qu'il m'avait probablement entendue au regard assassin qu'il me jeta en se rasseyant. Sa ride du front le rendait plus dur, plus impressionnant qu'il ne l'était déjà. Il avait à la fois cet air colérique, nerveux, et ce calme d'homme qui avait vu bien pire qu'une écrivaine un peu envahissante.

— Je vous propose d'inventer de la merde, et comme ça, on sera tranquilles tous les deux. Ça nous évitera une semaine de calvaire.

Je soupirai et refermai mon ordinateur sous son regard satisfait. Il allait me faire perdre patience s'il conservait plus longtemps cette attitude nonchalante. Il avait l'air amusé de mon désarroi. J'aurais peut-être dû me renseigner, j'aurais ainsi peut-être appris qu'il n'était en fait qu'un connard arrogant et insolent.

— Bon. Ça suffit.

Je me redressai, essayant tant bien que mal d'exprimer une confiance en moi que je n'avais pas réellement. J'étais face à un homme qui avait vécu plus d'horreurs que la plupart des gens sur cette Terre. Je me sentais déstabilisée et complètement hors de ma zone de confort.

— Je n'ai pas plus envie que toi d'être là, lui dis-je d'une façon plus familière. Mais on m'a confié une mission. Je n'ai pas non plus envie de subir cette semaine à cause de ton attitude. Alors on va jouer le jeu tous les deux et faire en sorte que tout se passe bien, qu'en penses-tu ?

Il parut réfléchir puis but sa bière quasiment cul sec avant que quelqu'un sonne à la porte.

— Comme tu veux, me répondit-il avec une froideur qui dut faire baisser la température de tout l'État. Mais avant, j'ai des choses plus importantes à faire.

Je l'observai se rendre à la porte et ouvrir à une jeune femme sublime aux cheveux roses et vêtements provocants. Lorsqu'elle m'aperçut, cette dernière me sourit avant de le suivre dans sa chambre. OK…, ça n'allait vraiment pas être facile du tout. La fille était apparue avec une petite valise à roulettes, et je ne préférais même pas savoir ce qui se trouvait à l'intérieur.

Malgré tout, je décidai de prendre sur moi et de m'investir dans l'écriture de mon prochain roman, les écouteurs dans les oreilles. C'était hors de question que je les entende copuler à quelques mètres de moi. J'ignorais ce qui l'avait fait devenir ainsi. À trente-deux ans, il n'avait personne avec qui partager sa vie ? Était-ce volontaire ou était-il tout bonnement insupportable ? J'ouvris mon fichier « notes » concernant ma mission de cette semaine et tapai quelques mots clés qui le décrivaient :

Nonchalant – seul – insolent – froid – impressionnant

Au bout de trois heures – au moins –, la femme sortit, l'air épuisé, et il ne fallait pas être un génie pour comprendre ce qu'ils avaient fait tous les deux. Sous mon regard ébahi,

Cameron tendit une liasse de billets à celle qui avait tout l'air d'être une prostituée. Je souris d'une manière hypocrite lorsqu'elle me fit signe avant de claquer la porte.

Alors c'était donc ça qui l'occupait lors de ses permissions ? Je ressentis à la fois de la pitié et du dégoût pour lui.

Il revint vers le canapé et se rassit à la même place, comme si de rien était. Il venait donc de me laisser plantée là pendant trois heures pour baiser. Mon instinct m'indiquait que son audace n'avait pas fini de m'étonner. Je constatai qu'il avait tout de même eu la décence de se changer.

— On en était où ? me provoqua-t-il en gardant un air naturel.

J'ouvris la bouche avant de finalement la refermer. Je n'avais aucune envie de prendre des notes sur lui maintenant, car tout ce que j'écrirais serait négatif. Or, je n'étais pas certaine que c'était ce que ma maison d'édition attendait de moi. Mon éditrice m'avait expliqué que l'armée américaine les avait sollicités pour mettre en avant l'héroïsme de certains de leurs soldats. Car après tout ils n'étaient pas que des machines de guerre. Ils avaient une âme, des espoirs, des rêves, et des émotions. Je devais faire ressortir tout ça dans mon texte.

Pour cette première journée, c'était un bel échec.

Je secouai la tête et me levai avant de m'habiller et de quitter l'appartement. J'avais besoin de prendre l'air. Je décidai d'appeler Clay pour lui demander des conseils.

— Chérie, il a baisé une pute, et alors ? Il s'accorde des plaisirs qu'il n'a pas sur le front !

C'était ce que j'aimais le plus chez lui : sa façon de tout dédramatiser et son franc-parler légendaire. Après tout, ça ne me regardait pas. Et au fond je trouvais même ça triste qu'il soit forcé d'en arriver là. N'avait-il pas de proches ? De petite amie ou même de sex-friend ?

Je sortis le carnet qui me suivait partout et notai les mots qui me vinrent à l'esprit :

Tristesse – désespoir – souffrance – sombre

Après une petite heure de balade, je décidai de retourner à l'appartement. Après tout, plus vite nous aurions fini, plus vite je pourrais quitter cet endroit et rentrer chez moi.

Lorsque je sonnai, un inconnu m'ouvrit la porte et je pus constater que trois mecs avaient envahi les lieux. Je me sentis tout à coup comme une petite souris prise au piège et détestai cette situation. Non pas que je voyais le mal partout, mais je ne connaissais aucun d'entre eux. Et j'avais mes raisons. Je fus soudainement angoissée.

— Déjà de retour ?

Sa façon provocante de me regarder me donnait envie de m'énerver mais aussi de disparaître. Ses amis me reluquèrent d'une façon terriblement intrusive, ce qui me donna la nausée. Peut-être que Cameron Tyler n'était pas si seul que ça, finalement. Peut-être qu'il n'était juste qu'un connard fini qui souhaitait baiser un maximum de femmes lors de ses permissions. Et que ses amis étaient exactement comme lui.

— Mais qui est ce joli bonbon ? balança le blond qui buvait une bière, assis sur un tabouret du bar.

— Grave, Cam, pourquoi tu nous as caché ça ?

— C'est tout toi, ça, Taylor : avoir une petite femme qui débarque n'importe quand pour en redemander.

J'étais blessée et encore plus mal à l'aise. Me prenaient-ils pour une prostituée ? C'était au-dessus de mes forces de rester dans ces conditions. Je m'apprêtais à faire demi-tour lorsque Cameron observa ses amis puis me regarda avant de froncer les sourcils.

— Merci d'être passé, les mecs. Il est temps de partir.

Ses amis râlèrent mais finirent par quitter les lieux pour mon plus grand soulagement. Une fois la porte refermée, Cameron revint vers moi, l'air moins « imbuvable ». En même temps, ses copains venaient de faire des allusions bien loin de la réalité.

— Excuse-les, ils sont lourds, mais pas méchants. On est rentrés de mission hier.

Je hochai la tête. J'ignorai que leur retour était aussi récent et me sentis mal à l'aise d'être là, alors que Cameron venait à peine de retrouver son intimité. Il ne devait rêver que de tranquillité. Je me sentis de trop. Et beaucoup moins confiante.

— Aucun souci, finis-je par répondre, alors qu'au fond, il y en avait bien un.

L'heure qui suivit, Cameron m'évita et alla même jusqu'à sortir pour ne pas avoir à m'affronter. J'ignorais où il était parti, mais c'était pour moi la meilleure occasion de commencer ce projet de biographie.

Ce que je voulais écrire me paraissait contradictoire. Je trouvais Cameron insupportable et, en même temps, je n'arrivais pas à mettre de mots clairs sur sa personne. Son attitude ne représentait pas tout et, malgré le peu d'heures passées avec lui, je l'avais compris.

Durant son absence, j'en profitai pour étudier son appartement avec plus d'attention. Pas de photos, pas de souvenirs, juste un lieu semblable à un Airbnb. Peut-être qu'il n'avait que ses amis de l'armée. La brochette de gros lourds.

Un piano trônait dans le salon. Je savais en jouer depuis mon plus jeune âge, ma mère me l'avait enseigné alors que je tenais à peine debout. Je croyais même me souvenir d'avoir appris le solfège avant l'alphabet.

Je m'assis et ouvris l'instrument, m'installai correctement avant de jouer la mélodie célèbre : *Unfaithful*, de Rihanna. Je me laissai emporter par les notes et la musique qu'elles produisaient en fermant les yeux, laissant mes doigts danser sur le clavier.

Un claquement de porte me fit sursauter, et je cessai tout mouvement. C'était Cameron qui venait de rentrer et qui m'avait pris en flagrant délit. Il me regarda fixement, mais ne sembla pas contrarié. Il était plutôt surpris. Je dirais même agréablement surpris, au vu de ses traits... Il était si indéchiffrable qu'il était compliqué de lire ses émotions.

— Je suis désolée, je...

— C'est rien, se contenta-t-il de me répondre avant d'aller se décapsuler une bière.

Alcoolémie problématique. Deux mots de plus à ajouter dans mes notes.

Je quittai l'instrument et rejoignis le canapé, pensant qu'il ferait de même. Au lieu de ça, il partit s'enfermer dans sa chambre, et je compris rapidement que je n'obtiendrais rien de lui ce soir. Alors j'en fis autant, désespérée. Je n'aurais jamais cru ce projet aussi difficile.

Mais je n'avais pas non plus dit mon dernier mot...

Chapitre 2

Le lendemain, je me réveillai de bonne heure et pris le temps de me préparer, enfilant une jolie robe-pull rose pâle, des collants marron transparents, et relevai mes cheveux avec une pince. Cameron avait claqué la porte avant que je sorte de la salle de bains. J'ignorais ce qu'il était parti faire et quand il allait revenir, mais je décidai de préparer le petit déjeuner pour nous deux.

Lorsqu'il rentra, je venais de terminer. Il parut étonné en découvrant le brunch que j'avais confectionné et esquissa ce qui ressemblait à un demi-sourire.

Il s'installa et croqua dans le pain perdu encore tiède, savourant le plat, tout en me regardant dans les yeux. Il ne dit rien, ce qui me déstabilisa. C'était encore pire que lorsqu'il jouait au connard.

— Ce soir, j'ai un truc à faire, mais là, tout de suite, j'ai un moment à t'accorder.

Je ne me fis pas prier, cessai de manger et pris place avec mon ordinateur sur le bar. Il nous servit deux verres d'eau pour mon plus grand soulagement, car je commençais à me lasser de le voir enchaîner les bières comme si ça l'hydratait. J'inspirai profondément avant de me lancer.

— Et si tu me parlais de toi ?

Il hésita un instant avant de retrouver son air nonchalant. J'espérais qu'il aurait l'obligeance de me répondre afin que l'on puisse avancer.

— Il n'y a pas grand-chose à savoir.

Je levai les yeux au ciel et pouffai. Cet homme avait littéralement sauvé des centaines de vies et il osait me dire ça ? Il parut étonné par mon rire et fronça les sourcils. Je me raclai la gorge.

— Excuse-moi.

— Et si toi, tu me parlais de toi ?

Il me regardait avec des yeux de prédateur. J'ignorais pourquoi, mais, au lieu de me sentir gênée, je relevai le menton, fière. Je ne devais pas perdre mes moyens face à un homme comme lui. Sinon, cela reviendrait à lui accorder tout le contrôle sur la situation. Et le laisser décider était hors de question. Alors je rentrai dans son jeu, préférant me dévoiler et l'inciter à en faire autant. Après tout, même si je n'avais pas une vie aussi exceptionnelle que la sienne, mon parcours était plutôt louable.

— J'ai vingt-sept ans. Je suis née dans le Tennessee, j'ai grandi à Nashville, puis j'ai été prise à la fac de New York. J'ai quitté mes parents et mon petit frère pour vivre ici. Heureusement, mon meilleur ami, Clay, m'a suivie et on a pu affronter tout ça ensemble. Je me suis inscrite à des cours d'écriture, mon prof a beaucoup aimé mon travail, l'a envoyé secrètement à une maison d'édition qui m'a contactée et m'a proposé un contrat. Désormais, j'ai la chance de vivre de ma plume. En complément d'un job dans un bar du Queens.

Il ne s'attendait certainement pas à autant d'informations et hocha lentement la tête sans me lâcher des yeux une seule seconde. J'ignorais s'il me regardait ainsi naturellement ou si c'était pour me déstabiliser, mais cela fonctionnait. Je connaissais très bien ce genre de type : beau gosse, sûr de lui, conscient de son effet sur les femmes.

— Et dans quel bar tu bosses, Miss Tennessee ?

Je ne voyais pas en quoi le savoir l'avancerait, mais si cela pouvait m'aider à ouvrir la discussion, alors soit.

— Le Destiny Pub.

Il ne réagit pas. En même temps, aucun New Yorkais de Manhattan n'allait dans le Queens sans raison. Et le Destiny n'était certainement pas une raison valable. Envahi d'alcooliques et d'étudiants avec peu de moyens, ce n'était pas le grand luxe. Cela faisait maintenant trois ans que j'y bossais quatre soirs par semaine et je n'étais pas à plaindre. Mon patron était un con mais les clients assez sympas, quand ils n'insistaient pas pour que je rentre avec eux. Lorsqu'il le pouvait, Clay venait me chercher à la sortie du travail pour être sûr qu'il ne m'arrive rien.

— Assez parlé de moi. Je ne compte pas écrire sur ma petite personne.

Il parut se renfermer aussitôt. J'avais compris son jeu. Il ne souhaitait pas parler de lui, ni se livrer. Et, en dépit du fait qu'il m'agaçait, je pouvais le comprendre. Il n'avait pas l'air d'être un grand bavard, alors se confier à une parfaite inconnue qui était là pour le travail n'était pas simple.

Je devais amorcer une autre tactique : créer une complicité, gagner sa confiance, lui donner envie de me parler.

— Alors comme ça, tu as des projets pour ce soir ?

Il arbora une expression surprise, mais se ressaisit presque instantanément. Il soupira. Était-il soulagé de la tournure que prenait la conversation ?

— Je sors.

— Je peux t'accompagner ?

Moi aussi, je savais faire preuve d'audace. Et, à voir sa réaction, il ne l'avait pas vu venir. J'ignorais si j'étais fière ou pleine de regrets d'avoir osé demander une chose pareille. Surtout s'il avait prévu d'aller voir une prostituée…

— Je ne…

Il me fixa, puis s'arrêta de parler avant de reprendre :

— Si tu veux.

Je n'avais aucune idée de l'endroit où il comptait se rendre et je ne le demandai pas. Je préférais le laisser prendre les commandes pour ce soir car, finalement, c'était peut-être le meilleur moyen pour moi de les reprendre ensuite.

Le moment venu, il m'indiqua de m'habiller simplement, alors j'enfilai une robe noire à motifs dorés, classique, avec des collants de la même couleur, des bottines sans talon et mon manteau beige. Lorsque je terminai de me maquiller et de me coiffer, je le retrouvai dans le salon. Il prit le temps de m'analyser et esquissa un petit sourire qui me toucha autant qu'il me perturba. Peut-être qu'il se moquait de moi, mais je n'en avais pas l'impression.

Lui avait opté pour un jean et un polo noir qui mettait en valeur ses bras musclés. Une fois de plus, je ne pouvais nier à quel point il était beau.

Il me fit signe de le suivre, et je m'exécutai. Il m'emmena au sous-sol de l'immeuble et, contre toute attente, s'arrêta devant une moto. Je n'étais pas certaine d'avoir envie de monter avec lui.

— T'inquiète, j'ai deux casques.

Devinant ma réticence, il essaya de paraître cool.

— Je serai prudent.

Déterminée à aller au bout des choses, je pris sur moi et attrapai le casque qu'il me tendit. Voyant que je rencontrais des difficultés à l'enfiler, il m'aida et je me perdis dans ses yeux bleus. Il recula et mit le sien.

Il grimpa sur la bécane et m'invita à en faire autant.

— Quoi qu'il se passe, tiens-moi. Ne me lâche pas.

J'acquiesçai et m'agrippai à lui, timidement. Je n'avais aucune idée de combien de temps nous allions rouler, ni de ce que je faisais là, en réalité. Mais tant pis, je décidai de lâcher prise. Et puis, étrangement, je me sentais en sécurité avec lui.

Dès qu'il franchit la porte du garage et qu'il arriva sur la route, il accéléra d'un coup. Apeurée par l'idée de tomber, je le serrai très fort et appuyai ma tête contre son dos dur comme du métal. J'imaginais qu'être dans l'armée l'obligeait à entretenir son corps. Je faisais quelquefois du sport avec Clay, mais j'étais loin d'un résultat pareil. En même temps, je n'en avais ni la nécessité ni l'envie.

Plus le temps défilait, moins j'avais peur. Cameron allait vite, mais il conduisait bien. Alors je me surpris à profiter, à savourer ce moment que je pouvais presque qualifier « d'intense » avec cet homme que je connaissais à peine. À présent, nous roulions dans la nuit, et j'espérais presque que ce petit voyage ne se termine pas.

Nous continuâmes la route jusqu'à arriver en pleine banlieue, assez chic, avec des maisons parfaitement entretenues. Un panneau indiquait « Jericho ». Cet endroit paraissait paisible, calme. Je n'étais jamais venue jusqu'ici alors que ça se situait à environ quarante-cinq minutes de route de Manhattan.

Cameron s'arrêta devant une petite maison en pierres claires et coupa le contact. Il descendit et me tendit la main pour que je fasse de même. J'en vins à prier pour qu'il ne s'agisse pas d'une fête étrange avec des invités comme ses amis de la veille. Mais je me devais d'assumer. J'avais demandé à être là. Il ne m'avait pas dit où nous allions mais, en même temps, je n'avais pas cherché à le savoir.

Une fois devant l'entrée, il sonna avant de sortir des clés et d'ouvrir la porte par lui-même. J'écarquillai les yeux en imaginant tous les scénarios possibles. Était-il marié ? Menait-il une double vie ? Si c'était le cas, comment pourrais-je réagir ? Surtout que la veille, alors que je venais à peine d'arriver, il se tapait une prostituée à quelques mètres de moi. Soudain nerveuse, je me figeai lorsqu'il me jeta un coup d'œil par-dessus son épaule.

Il ne dit rien pour autant et pénétra dans la maison en silence. Je le suivis et pris soin de refermer la porte, timidement. L'intérieur était relativement sobre, l'entrée donnait directement sur un grand séjour avec un salon cosy dans les tons taupe et blancs, ainsi qu'un escalier menant vers l'étage. Je m'avançai pour me retrouver près de Cameron, restant à quelques centimètres de lui. J'ignorais à quoi m'attendre mais garder une proximité me donnait l'impression d'être à l'abri, alors qu'il était évident qu'il ne m'avait pas emmenée dans un endroit dangereux.

Rapidement, une silhouette s'avança jusqu'à nous. Une petite dame, aux rides marquées, vêtue d'une robe fleurie. Je me demandais ce qu'elle faisait au milieu de la pièce, cet air inquiet sur le visage.

— Cameron ? Oh ! c'est toi ! Dis-moi, tu n'aurais pas vu ton père ?

Drôle de façon d'accueillir son fils absent depuis des mois. Je fronçai les sourcils en observant la scène avec attention.

Cameron regarda quelques instants ailleurs mais reporta son attention sur celle qui semblait être sa mère. Maintenant que je le disais, cela me paraissait tout à fait logique ! Elle avait des traits communs avec son fils et c'était flagrant qu'ils faisaient partie de la même famille. Pourquoi Cameron Taylor m'avait-il emmenée chez ses parents ? J'avais soudain envie de disparaître dans un trou de souris. S'il s'agissait encore d'une méthode vicieuse pour me faire fuir, il était allé vraiment loin.

— Non, maman, je ne l'ai pas vu.

Elle haussa les épaules et parut planer quelques instants. Puis Cameron la serra dans ses bras. Elle finit par répondre à son étreinte et posa sur lui un regard plein de tendresse.

— C'était bien, la fac ?

Hein ? Cameron était dans l'armée depuis des années, d'après ce que j'avais compris. Je réalisai que quelque chose n'allait pas dans l'attitude de cette soixantenaire. En analysant de plus près ce qui m'entourait, je repérai un cadre avec la photo d'un homme habillé de la tenue de cérémonie de l'armée américaine. Il ressemblait à Cameron mais en plus âgé. Devant lui, un message d'amour lui était adressé sur une petite plaque. Une petite commode sur ma gauche contenait d'autres cadres avec des photos de cet homme seul, ou avec Cameron, sa mère, ainsi qu'une jeune femme que je devinai être sa sœur. J'avais l'impression que cet homme, son père, n'était plus de ce monde depuis un moment… J'espérais me tromper, mais tout m'indiquait que non.

— Oui, maman. D'ailleurs, j'ai ramené une copine pour manger avec nous.

Il se décala pour m'exposer davantage à sa mère qui me toisa de haut en bas, puis qui me sourit avec une bienveillance qui apaisa mon stress.

— Elle est très belle, ta nouvelle petite amie.

Je n'osai rien dire, car j'avais saisi que cette pauvre femme n'avait plus toute sa tête. J'ignorais comment l'apprivoiser et, surtout, je ne savais pas comment elle pouvait être amenée à réagir et j'avais cru comprendre qu'il était préférable de rentrer dans son jeu. Cameron ne réagit pas, alors je décidai de prendre les devants.

— Merci, madame Taylor. Je suis ravie de vous rencontrer. Je m'appelle Sasha.

Elle me prit dans ses bras, et je croisai le regard indéchiffrable de son fils. Je payerais cher pour savoir ce qui lui était passé par la tête à ce moment précis.

— Venez, j'allais passer à table. Kayla, rajoute deux couverts s'il te plaît, ma chérie.

— Bien sûr, Amanda.

Ladite Kayla vint nous saluer, et je compris qu'elle était l'aide à domicile d'Amanda Taylor, la mère de Cameron.

Elle nous servit un délicieux poulet rôti avec des petits légumes et une polenta maison. Cette quarantenaire était présente chaque jour, et lorsqu'elle n'était pas là une de ses collègues venait la remplacer. Amanda ne pouvait plus vivre sans soutien. C'était ce que Kayla expliqua à Cameron, et par la même occasion à moi-même, pendant le repas. Je restai relativement silencieuse, plutôt à l'écoute de ce qui se passait. Je connaissais trop peu les Taylor pour oser donner mon avis. J'avais par ailleurs du mal à comprendre ce que je faisais là.

— Sasha, mon fils t'a-t-il demandée en mariage ?

Je faillis m'étouffer avec mon bout de tarte à la fraise maison. Je jetai un regard de détresse à Cameron qui n'avait pas l'air de paniquer autant que moi. Ne comptait-il pas démentir le fait que nous étions ensemble ?

— Euh, non, pas encore, madame.

— Appelle-moi Amanda, mon enfant. Après tout, tu fais partie de la famille.

Je voulais de nouveau disparaître.

— Vous avez prévu d'avoir un bébé ? lança-t-elle à son fils. Ton père et moi aimerions tellement un petit-fils ou une petite-fille qui pourrait jouer avec les enfants de ta sœur.

OK, là, ça allait trop loin. Cette pauvre mère pleine d'espoir était littéralement à côté de la plaque. Son fils n'avait clairement pas envie de se marier ou de devenir papa tout de suite, *il préférait les prostituées.*

— Maman, ça suffit. Nous n'en sommes pas là.

L'appétit coupé, j'arrêtai de manger, attendant impatiemment de quitter cet endroit. Finalement, le repas se termina sur des souvenirs de Cameron et Camelia, sa grande sœur de trente-cinq ans. Elle était mariée depuis dix ans et avait deux enfants en bas âge. Elle vivait de l'autre côté de Jericho et travaillait beaucoup. C'était fou à quel point une simple soirée m'avait permis d'en apprendre davantage sur Cameron et, surtout, de me faire une idée différente sur sa personne. Il aimait sa mère. Il était aux petits soins avec elle. Je me surpris à beaucoup plus apprécier cette fin de soirée, notamment parce que l'attention n'était plus sur moi. J'aimais d'autant plus feuilleter les albums photos familiaux. Entrer ainsi dans leur intimité me donna l'impression d'être beaucoup trop intrusive, surtout en connaissant la véritable raison de ma présence ici. Puis vint l'heure de repartir. Amanda s'était écroulée de sommeil sur le canapé, et nous devions reprendre la route pour New York.

— C'est de pire en pire pour mon père, constata Cameron en s'adressant à Kayla.

Elle soupira avant de répondre :

— Son Alzheimer lui permet de rester dans le déni. Ça va faire cinq ans, et pourtant elle est persuadée chaque jour que votre père va passer la porte. Tout comme vous. En revanche, elle reste assez lucide concernant Camelia.

J'avais déjà compris de quoi elle souffrait, mais désormais tout était plus clair.

— Merci de rester auprès d'elle.

— Au fil des années, je me suis vraiment attachée à votre mère. Je ferai tout pour la garder en sécurité.

Cameron parut soulagé, et nous quittâmes cet endroit. Je remontai sur la moto en silence et le laissai nous ramener à New York, perdue dans mes pensées. Je profitai de nouveau de la route, de ce moment de latence avant de rentrer. Car je le savais, j'allais forcément avoir des questions à lui poser à notre retour.

Nous ne prononçâmes aucun mot avant d'être rentrés dans son appartement. J'avais du mal à réaliser tout ce qu'il s'était passé ce soir. Cameron me devait de explications, mais étrangement je n'étais plus énervée contre lui.

Il me proposa de boire quelque chose et, même si ça n'avait rien de raisonnable, j'acceptai. Je n'étais plus à ça près alors je pris la bière aux fruits rouges qu'il me tendit et m'assis sur le canapé. Cette fois-ci, et heureusement, il me rejoignit. J'ignorais par quoi commencer, comment aborder le…

— Mon père est mort sur le terrain en Irak il y a cinq ans.

Je levai les yeux vers lui alors qu'il était assis, penché, les mains liées et les avant-bras sur ses cuisses. C'était donc ça…

— Mes parents se sont rencontrés au lycée et ont passé leur vie ensemble. Ils ont eu ma sœur, puis moi, et ont continué de s'aimer comme au premier jour tout au long de leur mariage. Quand c'est arrivé, j'étais déjà dans l'armée, mais je ne partais pas encore en opération extérieure à haut risque. Je me souviens encore du cri de ma mère quand elle a appris que mon père ne reviendrait jamais.

Il ne me regardait plus, ses yeux revivaient la scène. Cette idée me brisa le cœur, et je culpabilisai qu'il se sente obligé de ressasser ça pour répondre à mes questions silencieuses.

Sans trop savoir pourquoi, je m'approchai de lui. Lorsque ma cuisse toucha la sienne, un long frisson m'envahit et je le sentis perturbé… Ou alors, c'était dans ma tête.

— Je suis désolée. Pour toi, et pour ta famille qui a l'air vraiment belle et unie…

Il tourna la tête vers moi, avant de se raviser et regarder de nouveau droit devant.

— On l'était, ouais. Mais, lorsque le pilier principal nous a quittés, quelque chose s'est brisé. Ma sœur était déjà mariée et enceinte, moi, je vivais avec eux. J'ai vu ma mère sombrer dans l'alcool, dans la dépression, et dépérir. J'ai même cru qu'elle le rejoindrait.

Il marqua une pause et soupira.

— Mais sa raison l'a lâchée, et elle a commencé à développer une sorte d'Alzheimer. Elle est restée bloquée à l'époque où je suivais les cours à la fac, où ma sœur venait de quitter la maison et où mon père était encore vivant. Pourtant, Camelia a deux enfants et ça, elle en a encore conscience.

— Sa mémoire lui joue des tours…

— Elle rêve de me voir marié. Que je sois heureux comme elle l'a été avec mon père. C'est pour ça que je n'ai pas osé la contredire tout à l'heure quand elle a cru que toi et moi, on…

Il se tourna enfin vers moi, ce qui me fit réaliser notre proximité. *Merde...*

— Bref, merci d'avoir joué le jeu. J'aurais dû te prévenir, désolé.

L'entendre se livrer ainsi me toucha. Réellement. Il n'en avait probablement pas l'habitude.

— Ce n'est rien, lui répondis-je avec douceur.

Il y eut un blanc. Sa main était très proche de la mienne. Mais il se releva, alors que j'étais comme paralysée.

— Voilà, j'imagine que tu comprends pourquoi avoir une femme et des enfants ne fait pas partie de mes projets. Je ne veux jamais leur faire vivre une douleur pareille. Si je dois mourir au combat, ça touchera le minimum de personnes possible.

Waouh. J'étais impressionnée, non, fascinée par cet homme. J'étais totalement à l'ouest de la réalité que je m'étais faite. Il n'était pas un connard, il avait un cœur pur qui avait souffert et qui ne voulait pas imposer la même souffrance à autrui. Et pour ça, il choisissait de se murer dans la solitude.

— Ça te fera de quoi écrire quelques lignes, j'imagine.

Il commença à s'en aller, mais il était important que je lui précise quelque chose :

— Je n'écrirai jamais quelque chose d'aussi personnel. Ces choix-là n'ont pas besoin d'être rendus publics.

Il parut surpris par ma remarque et me fit un signe de tête, en guise de remerciement, avant d'aller se coucher.

Je repris mon souffle qui s'était quasiment coupé depuis plusieurs minutes avant de l'imiter.

Chapitre 3

Au petit matin, Cameron trouva n'importe quelle excuse pour ne pas se confier de nouveau. Il avait des « choses à faire ». Je le laissai vivre sa vie et me concentrai sur mon écriture.

En fin de journée, il rentra et échangea un peu avec moi, pour mon plus grand bonheur. Ce fut relativement court, mais je mentirais si je disais que je n'avais pas apprécié cette soirée avec lui à cuisiner des *empanadas* et à rire en écoutant de la musique. En trois jours, j'avais découvert plusieurs facettes de cet homme qui me paraissait si inaccessible, froid et indéchiffrable. Et je devais avouer que j'adorais en apprendre plus à son sujet…

Mais, la nuit venue, mes vieux démons vinrent me hanter et je me réveillai en sueur, complètement essoufflée. Clay n'était pas là pour me réconforter et me faire oublier ces cauchemars incessants dont j'essayais de me débarrasser depuis des années. Ces derniers jours, ils m'avaient laissée tranquille, mais je n'y échappai pas ce soir-là.

Je me levai, vêtue de mon short en coton et de mon T-shirt, et me servis un verre d'eau dans le réfrigérateur avant de prendre l'air à la fenêtre du salon. Il faisait très froid, mais j'avais besoin de me rafraîchir les idées.

Je pris plusieurs inspirations en retenant mes larmes. Chacun cachait ses cicatrices comme il le pouvait, et moi, elles étaient toutes intérieures. Pour autant, elles me pourrissaient la vie comme si elles étaient gravées en plein milieu de mon visage.

— Ça va ?

Je poussai un cri et lâchai mon verre d'eau en entendant la voix grave qui venait de résonner derrière moi. La glace se brisa et du verre s'éparpilla partout. Je poussai un juron, tremblante de terreur et honteuse d'avoir cassé quelque chose chez Cameron en pleine nuit.

— Je suis désolée, bafouillai-je en m'accroupissant pour tout ramasser.

Il me fallut moins de cinq secondes pour me couper. Cameron jura à son tour, enfila des chaussures en deux temps trois mouvements et s'approcha de moi.

— C'est ma faute, je n'aurais pas dû arriver aussi brusquement.

Alors que j'ignorai ce qu'il allait faire, il me souleva dans ses bras telle une princesse. J'étais à la fois gênée et déstabilisée, car je ne pouvais nier que cette impression d'être légère comme une plume contre son torse était plaisante… Il me déposa dans la salle de bains, assise sur le lave-linge. L'histoire d'un instant, il balaya mon corps de ses yeux intenses, puis se ressaisit et sortit sa trousse de secours.

— Fais-moi voir ta main.

Je lui montrai ma paume abîmée, et il me soigna avec sérieux et concentration. Je l'observai faire, fascinée.

— Merci, je ne sais pas ce qui m'a pris…

— Ça t'arrive souvent de sursauter comme ça ? m'interrogea-t-il, les sourcils froncés.

Je haussai les épaules.

— Je dirai presque à chaque fois, depuis un moment maintenant. Tu n'es pas le seul à traîner des casseroles de souvenirs douloureux, Cameron Taylor.

Je souris légèrement pour détendre l'atmosphère, mais ça ne le fit visiblement pas rire.

— Je t'ai entendue crier dans ton sommeil. C'est pour ça que je suis venu te voir.

Mince… Ce n'était pas vraiment au programme. Il attendait une explication. Et moi, j'étais partagée entre l'envie de vider mon sac, me confier en pleine nuit à un presque inconnu que je ne reverrais probablement plus d'ici la fin de la semaine, et l'envie de me cacher, me renfermer dans cette douleur qui me poursuivait.

Après tout, il s'était confié à moi, m'avait emmenée chez sa mère, en prenant le risque que je puisse dévoiler les secrets de sa vie privée pour mieux faire marcher le livre qui allait sortir. Ce qu'il avait fait était fou. Alors je lui devais bien des explications. De plus, j'avais l'impression de pouvoir me confier à lui. Il n'était pas le genre d'homme à juger, ni à en faire des tonnes. En fait, j'avais même la sensation qu'il me comprendrait.

— J'ai été… agressée… sexuellement.

Le dire me donna à la fois le sentiment de vider mon sac et de replanter un couteau dans mon cœur.

Son regard avait totalement changé. Plus de nonchalance, ni de dédain. Pas même de pitié. Juste une sorte de colère intérieure.

— C'était avant mon arrivée ici, il y a quelques années. J'étais à une soirée étudiante avec des personnes que je pensais être mes amis. Il faut croire qu'être la petite vierge du groupe n'a visiblement pas… plu.

Je pris une grande inspiration avant de poursuivre. Une seule personne était au courant de tout ça : Clay. Et si je m'en étais sortie, c'était en grande partie grâce à lui.

— J'ai été droguée pour un pari stupide, et un mec de ma fac m'a violée. C'est pour ça que j'ai tout quitté pour venir ici, à New York.

Il était choqué. Je pouvais le lire dans ses yeux.

— Et tu veux savoir le plus triste ? Ce mec s'en est sorti,

il est parti vivre en Australie. J'ai porté plainte, mais ses parents étant haut placés, ça n'a rien donné. Alors j'ai fui. Lui doit vivre sa meilleure vie à des kilomètres d'ici, et moi je n'ai jamais été capable de coucher avec qui que ce soit.

J'avais trop parlé. J'étais incapable d'expliquer pour quelle raison, mais je me sentais épuisée. Cameron ne dit rien, il me regardait. Avec une sorte de... *tendresse* ?

— Je suis désolé, me répondit-il. Désolé que ce genre de chien puisse exister.

Il dut comprendre mon malaise lorsque ses amis avaient eu de remarques désobligeantes à mon égard.

— Je vais aller nettoyer ma bêtise.

Il m'interdit de mettre un pied dans le salon et me força presque à retourner me coucher. Je fus bien obligée d'obéir et finis par m'endormir paisiblement, soulagée d'avoir exprimé ce que j'avais sur le cœur...

Le lendemain, je trouvai un délicieux petit déjeuner sur la table. Agréablement surprise, je m'installai sur un tabouret et, lorsque Cameron rentra de son jogging, tout en sueur – autrement dit, plus sexy que jamais –, je faillis faire tomber ma tartine. Je me raclai la gorge et détournai les yeux.

Il partit prendre une douche et me rejoignit, habillé simplement d'un jogging et d'un T-shirt.

— Désolée pour hier soir, je...

— Ne t'excuse pas, me coupa-t-il d'un ton dur. Ne t'excuse jamais pour ce genre de choses.

Je lui souris légèrement et continuai de manger.

— Ce soir, je te propose qu'on avance sur ton projet. On se commande un dîner et je répondrai à tes questions.

Sa gentillesse était si contradictoire avec son attitude le jour de mon arrivée que je me sentis totalement déboussolée. Mais en même temps nous avions vécu des moments forts, tels que je ne les aurais jamais imaginés.

— Je travaille au bar ce soir, rétorquai-je. Je rentrerai sûrement tard. Mais cet après-midi, avec plaisir.

Il prit un air songeur mais acquiesça. Je devais avouer être déçue de ne pas pouvoir passer la soirée avec lui. Aussi étrange que cela puisse paraître, cette idée m'était bien plus alléchante qu'elle ne le devrait.

Finalement, il me proposa une balade dans Central Park et j'adorai ces quelques heures à ses côtés. Il me raconta comment il était entré dans l'armée, par admiration pour son père, et comment il avait pensé plusieurs fois à arrêter tant les règles étaient difficiles à respecter. Assis sur un coin d'herbe, je l'écoutai me narrer sa vie, bien que parfois je le sente contrarié à l'idée de se dévoiler.

Je décidai de m'adapter à l'homme que j'avais face à moi et retins les informations sans prendre de notes. De toute façon, je lui portais un si grand intérêt que chacune de ses paroles restait gravée dans mon esprit.

Il me parla de son enfance, de ses études, de la fac puis du jour où il avait tout quitté pour se consacrer à la Marine. Je lui parlai de moi aussi. Et bizarrement il s'intéressa vraiment à ma vie. Je lui évoquai mon projet de tour du monde avec Clay, et il me posa des tonnes de questions, vraisemblablement fasciné par ce rêve que mon meilleur ami et moi-même avions. Le temps passa bien trop vite. Et il fut déjà l'heure de rentrer pour que je ne sois pas en retard au travail.

Je me préparai et mangeai une partie des sushis qu'il avait commandés pour nous deux, sans que je ne lui demande quoi que ce soit.

— Merci et à plus tard, Cameron.

Lorsque je quittai l'appartement, je réalisai que j'avais le sourire jusqu'aux oreilles. Non mais je délirais ! Pour des raisons plus qu'évidentes, je n'avais aucun droit de ressentir quoi que ce soit pour un homme comme lui. Je n'aurais jamais imaginé que quelques jours à ses côtés me perturberaient à ce point.

Arrivée devant le bar dans lequel j'étais serveuse, je décidai de mettre toutes mes pensées de côté et de me concentrer sur mon travail.

Alors que mon service n'allait pas tarder à se terminer, j'aperçus une silhouette qui ne m'était plus du tout inconnue. Mon cœur accéléra, créant en moi une drôle de sensation.

— Qu'est-ce que tu fais ici, Cameron ?

Il but le whisky glace que mon collègue Polo lui avait probablement servi et me regarda fixement. Il était vrai que nous avions créé ce qui ressemblait à une sorte de complicité, bien qu'improbable. Mais ce n'était pas une raison pour débarquer ici. D'autant que j'avais très bien compris ce qui avait motivé sa venue : je lui avais raconté mon agression, le pire moment de mon existence. Pensait-il me rassurer en étant là ? Comme si j'avais besoin de lui !

D'ici peu de temps, tout serait fini. Mon livre serait écrit, cette mission terminée... Alors il ne pouvait pas se comporter ainsi avec moi pour ensuite disparaître. C'était injuste.

— Je marchais dans les parages et j'avais envie de voir à quoi ressemblait ton lieu de travail, m'indiqua-t-il naturellement.

Je levai les yeux au ciel, loin d'être assez bête pour le croire. Marcher « par hasard » dans le Queens alors qu'il n'habitait pas du tout par ici ? Quelle connerie ! De plus, il arrivait près de la fin de mon service.

— Je te paye pour servir, pas pour faire les yeux doux aux clients alors magne-toi, hurla mon patron dans mon dos.

Son agressivité me hérissa les poils, mais que pouvais-je dire ? Je n'étais clairement pas en position de force, car sans ce boulot je ne pouvais pas payer mon loyer.

Cameron se leva d'un coup et attrapa l'épaule de mon boss sous mon regard effaré. Personne n'osait jamais le défier.

— Je pense qu'il y a des manières plus appropriées de parler à vos employés, monsieur.

Sa politesse ajoutée à son autorité naturelle était un mélange aussi sexy qu'effrayant. Mais là, il allait me mettre dans une belle galère.

— Vous êtes qui, vous ? Et puis, j'en ai rien à foutre de vos conseils.

M. Perkins était tout rouge et postillonnait à chaque mot qu'il prononçait. Néanmoins, Cameron ne perdit pas son sang-froid une seule seconde. Il l'empoigna par le col sous les réactions d'étonnement et d'inquiétude de toutes les personnes autour. *Bordel...*

— Vous allez vite apprendre à me connaître si vous vous avisez de reparler de cette façon à Mlle Brown. Croyez-moi, c'est la dernière chose que vous souhaitez.

Après avoir attendu que mon patron acquiesce de la tête, il le libéra, termina son whisky cul sec et quitta le bar sans même me lancer un regard. Et tant mieux pour lui car sinon il aurait perçu mon envie de le tuer pour ce qu'il venait de faire. Lorsque je sortis, une vingtaine de minute plus tard, ma colère n'était pas redescendue. Toutefois, je ne pouvais pas nier que je ne m'étais pris aucune remarque désagréable par M. Perkins suite à son départ, uniquement des regards de travers, ce qui était, pour ainsi dire, un miracle.

— T'es malade ! criai-je tout de même en l'apercevant. J'aurais pu perdre mon job !

Il ne réagit pas, alors je lui balançai mon tablier dessus. Il attrapa le vêtement et me fusilla du regard.

— Ah non, tu n'as pas le droit d'être en colère. C'est toi qui as foutu la merde ! lui balançai-je.

— Il n'a pas à te parler comme ça. Quelqu'un devait le remettre à sa place.

— Mais pour qui tu te prends, au juste ? Un justicier ? Je n'ai pas besoin de toi pour me défendre !

Il m'ignora de nouveau et poursuivit sa route. Je voulus lui prouver que je savais très bien me débrouiller seule en lui faisant une prise que mon père m'avait apprise lorsque j'étais adolescente. Cela consistait à lui bloquer le bras pour le manipuler, mais il me vit arriver avant même que je n'aie le temps de le toucher vraiment et me retourna contre lui, collant mon dos à son torse, bloquant lui-même mon bras et m'immobilisant contre le mur.

Je sentis son souffle chaud dans ma nuque, provoquant des frissons dans tout mon corps.

— Ne recommence jamais ça.

Il me retourna et plaqua cette fois-ci mon dos contre la façade en briques.

— Je sais très bien que tu peux te débrouiller seule.

— Alors pourquoi t'as fait ça, hein ?

— Parce que ça m'a insupporté de l'entendre te traiter comme ça devant moi.

Je me tus, touchée par sa remarque. Cameron était un homme seul, qui m'avait bien expliqué ne pas vouloir s'attacher à quiconque. Il savait que chaque au revoir pouvait être un adieu et, comme il me l'avait si bien dit, l'aimer était une malédiction. Cela signifiait avoir une vie d'angoisses, de peurs et d'absences. Voilà pourquoi il refusait de s'ouvrir et de s'attacher. Pourtant, ce soir, son acte démontrait quelque chose qui m'effrayait autant que cela me faisait de l'effet. Passer ces derniers jours ensemble, à parler, s'apprivoiser nous avait peut-être fait sauter à pieds joints dans un piège inextricable.

— Laisse tomber, lança-t-il en s'éloignant de moi.

Il se posta au bord de la route et fit signe à un taxi. Je l'observai quelques secondes avant de le rejoindre, en silence, comme si rien ne s'était passé. Plus que quelques jours, et je l'oublierais. Il ne serait qu'une mission que j'avais peut-être un peu trop prise à cœur. Mais après tout cela devait arriver à tous les écrivains… non ?

Près de lui, j'avais cette étrange sensation que rien ne pouvait m'arriver. Et c'était vrai. Je ne pouvais nier que je me sentais mieux lorsqu'il était là.

Dans le taxi, nous jambes se touchèrent, provoquant en moi un long frisson. Je me haïssais de ressentir ce genre de sensations. Mais j'étais persuadée que Cameron éprouvait aussi ces sentiments nouveaux.

Une fois devant l'immeuble, je me sentis subitement épuisée, tant physiquement qu'émotionnellement. Je décidai alors de ne pas rentrer maintenant, agacée par Cameron et son comportement incompréhensible. J'avais envie – besoin – de me détendre.

Nous claquâmes les portes du taxi. Cameron s'apprêtait à ouvrir celle du bâtiment mais, lorsqu'il s'aperçut que je ne le suivais pas, il fronça les sourcils en m'interrogeant du regard.

— Je rentrerai plus tard, j'ai besoin d'aller boire un verre.

— À une heure et demie du mat' ?

Je haussai les épaules et poursuivis ma route pour éviter d'avoir à me justifier ou à l'affronter plus longtemps.

Il ne me fallut que quelques minutes avant de trouver un bar ouvert. Je m'installai sur une des chaises hautes du comptoir en verre et commandai aussitôt un cosmopolitan. Les lumières étaient tamisées, les lieux presque vides. Je fermai les yeux un instant, priant pour oublier ce que j'avais ressenti ce soir.

— Un whisky, avec de la glace.

Non mais c'est pas vrai… Je tournai le visage vers Cameron qui regardait droit devant lui, l'air à la fois sérieux et insolent.

— Cameron ?

Il attendit d'être servi, but une gorgée de sa boisson et

pivota vers moi. Il s'était installé à deux tabourets du mien, et j'étais reconnaissante de cette distance.

— C'était une mission pas comme une autre, dit-il soudain d'une voix sombre. Au fond, je le savais… Et j'aimerais t'en parler mais, crois-moi, tu n'es pas prête à entendre tout ce que nous avons subi, mes camarades et moi. Je ne l'oublierai jamais. La douleur, la torture, la peur, parce que oui, même si on est entraînés comme des machines, on reste des êtres humains.

Il se livrait. Pour la seconde fois, j'avais l'impression qu'il avait fait sauter toutes les barrières et qu'enfin il osait parler avec son cœur. J'avais mal d'apprendre combien il avait souffert, à tel point que je sentis les larmes me monter aux yeux. Il me parlait de choses qui lui étaient insupportables, alors je décidai de changer de sujet, l'interrogeant sur sa famille, ses souvenirs d'enfance, d'adolescence. Il le remarqua, bien sûr, et au fond je sentis qu'il m'en était reconnaissant.

Je n'osai rien dire, même lorsqu'il enchaîna les verres et demanda au barman de lui laisser la bouteille. J'en fis de même avec un vin blanc que je descendis à une allure fulgurante, tout en l'écoutant avec attention. Je ne pris aucune note, aucun enregistrement qui me permettrait de retenir tout ce qu'il me racontait mais qui briserait aussi l'authenticité de ce moment. Il m'expliqua comment il était monté en grade ces dernières années. Il avait passé des heures et des heures à la salle chaque jour pour obtenir un bon cardio et des muscles qui tiendraient la route face aux épreuves qui l'attendaient au combat. Il avait cartonné et fait la fierté de sa famille, bien qu'Amanda Taylor ne réalise plus vraiment ce que faisait son fils.

J'aurais pu l'écouter toute la nuit, et ce, même si l'alcool me rendait bien moins concentrée. Je me mis à admirer ses bras qui dépassaient de son T-shirt blanc, sa mâchoire carrée terriblement sexy, sa bouche légèrement charnue et appétissante…

— Et toi, Sasha Brown ? Qui es-tu ?

Je revins à la raison et me demandai si j'hallucinais, ou s'il me contemplait réellement avec ce regard séducteur. Je me raclai la gorge, tentant de cacher à quel point j'avais du mal à rester professionnelle. Le vin m'était bien trop monté à la tête.

— Tu sais déjà qui je suis.

Il sourit. Waouh. Événement très rare à inscrire dans les annales. Cameron Taylor m'avait souri, et ça n'avait pas l'air ironique.

— Je veux dire, qui es-tu réellement ?

Je haussai les épaules et terminai mon cent cinquantième verre.

— Je ne sais pas. Je dirai, une jeune femme de vingt-sept ans, un peu perdue qui rêve de vivre le grand amour qu'elle retranscrit dans ses livres.

Il sourit de nouveau, me permettant de profiter de sa dentition blanche et imparfaite. Il secoua doucement la tête et fixa son verre avec une attention envoûtante.

— L'amour dans les livres, c'est des conneries. Le reflet d'une réalité inexistante. En revanche, vibrer pour quelqu'un, ça, c'est autre chose. Et c'est réel.

Sans trop savoir pourquoi, je changeai de chaise pour passer sur celle à côté de lui. J'étais happée par ses paroles. J'avais l'impression d'avoir un autre homme en face de moi. Le Cameron froid et imbuvable ne me manquait pas. Je préférais celui-là, même s'il mettait mon cœur en danger.

— Ça t'est déjà arrivé ? lui demandai-je, curieuse de connaître la réponse d'un homme qui vivait pour son métier depuis sa majorité.

— De quoi ?

— De vibrer pour quelqu'un.

Il me toisa un instant, et je me perdis dans le bleu foncé de ses yeux brillants.

— Peut-être bien, répondit-il le plus sérieusement du monde.

Une drôle de sensation me traversa, me donnant le tournis. Je voulus me lever pour remettre de la distance entre nous, mais je perdis l'équilibre. Il saisit mon bras avant de se lever et de me maintenir debout. Il paya le barman et m'emmena avec lui à l'extérieur.

— Il est temps de rentrer.

J'eus du mal à marcher droit et poussai un cri aigu lorsqu'il m'attrapa pour me porter comme une princesse, pour la seconde fois depuis que je le connaissais. J'étais gênée mais si bien installée que j'aurais pu m'endormir. Je me blottis contre son torse et fermai les yeux quelques instants... Son odeur masculine et musquée m'enivra. Je me sentais pour la première fois en sécurité et apaisée dans les bras d'un homme.

Je perçus quelque chose de mou dans mon dos. Cameron venait de me déposer dans le lit de sa chambre d'amis. Il me retira mes chaussures et me recouvrit d'un plaid. Alors qu'il allait sortir, laissant un terrible vide derrière lui, je murmurai faiblement : « Reste. »

Malgré la pénombre, je pus deviner son hésitation.

— Redemande-le-moi lorsque tu seras consciente de tes actes.

Il quitta la pièce et ferma la porte, accentuant cette horrible sensation de vide. Je savais pourquoi il avait dit ça, et cela ne faisait que me prouver à quel point il était un homme bien.

Chapitre 4

Je m'octroyai une longue douche. J'en avais besoin. J'avais clairement abusé de l'alcool hier soir.

Je tentai d'éviter Cameron le plus possible dans la journée. Et lorsqu'il me proposa qu'on avance sur mon projet, je restai professionnelle et me cantonnai aux questions prévues, ce qui sembla le déstabiliser.

Il vint de nouveau me chercher à la fin de mon service au bar, après avoir bu un verre au comptoir. Il fit même semblant de s'impatienter alors qu'au fond je devinais qu'il se plaisait à veiller sur moi. Je n'aimais pas ce que je commençais à ressentir, mais c'était la première fois que j'étais capable de parler aussi librement avec un homme – en dehors de Clay, bien sûr – et surtout, de désirer… Il me donnait l'impression de retrouver une partie de moi que j'avais perdue le jour où j'avais été agressée. Nos cœurs, nos âmes, étaient remplis de songes effrayants, et pourtant ils avaient trouvé le moyen de se rapprocher et de se lier, d'une manière aussi incompréhensible que solide.

Mais les cauchemars qui me hantaient depuis des années se manifestèrent cette nuit-là, et je me réveillai en criant.

J'entendis trois petits coups contre la porte et proposai alors à Cameron d'entrer, tout en essayant de reprendre ma respiration.

Rapidement, il pénétra dans la pièce et je me sentis de nouveau rassurée.

— Est-ce que ça va ?

Il savait que non. Mais, maintenant qu'il était là, c'était mieux. Même si je ne devrais pas penser ainsi.

Il s'assit sur le rebord du lit et, malgré les réticences que nous avions à nous rapprocher en sachant ce que cela signifiait, je me décalai pour lui laisser de la place. Étonnamment, il ne montra aucun signe de résistance et s'allongea près de moi, son bras passant au-dessus de ma tête, ses yeux plongeant dans les miens.

— Libère ton esprit de ton passé, Sasha.

— Comment tu fais pour dormir sur tes deux oreilles avec ce que tu as vécu ?

Nos visages étaient proches, trop proches… Mais je ne m'étais jamais sentie aussi bien qu'à cet instant.

— Je n'y arrive pas toujours, mais je suppose que je me focalise sur le positif. Sur ce qui me rend heureux.

Je baissai quelques secondes les yeux.

— J'aimerais être capable d'agir sans me prendre la tête, comme toi…

— Comme moi ? demanda-t-il en fronçant les sourcils.

— Oui, comme tu l'as fait par exemple avec cette fille, le premier jour… Cette prostituée…

Il écarquilla les yeux puis se mit à rire fort. Je le regardai, perplexe. Je ne voyais pas ce qui était si drôle. Certainement pas le fait que ça me contrarie alors que je n'avais aucunement mon mot à dire dans tout ça.

— Si tu parles de la fille aux cheveux roses, c'est Evy, ma tatoueuse.

Alors là, je ne m'y attendais vraiment pas. Il se redressa, me tourna le dos, souleva son T-shirt et me montra son immense tatouage. Il s'agissait d'une ancre de bateau qui s'étalait sur toute sa colonne vertébrale et autour.

— Mon père était un passionné de bateaux, il rêvait de devenir navigateur. Il m'emmenait toujours en mer quand j'étais gamin.

Je me sentais affreusement stupide d'avoir tiré des conclusions si hâtives sans jamais me dire que les apparences pouvaient être trompeuses.

Sans trop savoir pourquoi, dans un élan de folie porté par la tentation de la nuit, je le tirai vers moi, attrapai son visage et plaquai mes lèvres contre les siennes. Il se montra immédiatement réceptif. Ce baiser éveilla en moi un désir puissant et inconnu. Cameron caressa certaines zones de mon corps que personne n'avait eu l'autorisation de toucher jusque-là. À vingt-sept ans, j'avais choisi d'être seule, incapable de laisser quiconque avoir ce genre de gestes envers moi. Et pourtant, quand il s'agissait de Cameron, je trouvais ça passionnant et libérateur.

Contre toute attente, il s'arrêta pour m'embrasser tendrement, avant de se rallonger, la tête sur l'oreiller. Il me serra contre lui et me fit comprendre qu'il était temps de dormir. Cameron ne voulait pas aller trop vite, ou trop loin en sachant ce qui nous attendait… Malheureusement, les limites étaient déjà bien dépassées.

C'était probablement le moment le plus intime et surréaliste que j'avais connu jusqu'alors. J'avais l'impression, pour la première fois depuis mon agression, de passer une nuit au paradis plutôt qu'en enfer. Et ça me brisait le cœur de savoir que tout ça allait brutalement s'arrêter, de réaliser que ce que je ressentais pour Cameron était une douce illusion qui allait mal se terminer.

C'était mon dernier jour ici, et ce soir ma dernière nuit. Cela me faisait un effet bizarre, mais je décidai d'enfouir ces pensées contradictoires tout au fond de mon esprit.

Malgré tout, lorsqu'il vint de nouveau me chercher au

travail, chaque sentiment et émotion que j'avais voulu effacer revinrent au galop. L'atmosphère qui régnait entre nous était très étrange. Nous ne parlions pas beaucoup, mais nos yeux se dévoraient. Je fixai sa bouche, il contemplait mon corps.

Je décidai de m'occuper l'esprit pour ne pas me laisser déstabiliser. Sous le regard amusé de Cameron, je me retroussai les manches et me mis aux fourneaux à 1 heure du matin.

Tout en essayant d'éviter son air inquisiteur, je préparai des pâtes à la carbonara, une recette que ma mère m'avait apprise. Cameron s'adossa au meuble de la cuisine et croisa les bras sur son torse. La tension dans mon corps, ces papillons dans mon bas-ventre, m'épuisaient. Il goûta la sauce, et je l'observai faire, des frissons traversant mon échine. Mon cœur battait si fort que j'étais gênée à l'idée qu'il puisse l'entendre.

— C'est délicieux.

Tremblante, je mis la table et il m'aida, puis nous mangeâmes. Cette intensité flottant autour de nous réclamait d'être comblée. J'essayai de rafraîchir l'atmosphère en lui parlant de ma vie, mon enfance, mes premiers souvenirs avec Clay. Cela sembla l'amuser, même si l'entendre rire ne faisait que renforcer mon désir pour lui.

Finalement, je partageai un moment avec lui sur le canapé, passionnée par nos échanges. Il me raconta ce qu'il avait vu dans certains pays, les droits des femmes absolument inexistants, la précarité subsistante et toutes ces choses horribles que nous ne voyions pas à la télévision mais qui existaient réellement. Lui, les voyait au quotidien. Il s'estimait chanceux d'être né loin de tout ça, dans un réel équilibre.

Alors qu'il termina sa bière en me regardant droit dans les yeux, je décidai qu'il était temps que je mette une réelle distance entre nous.

Cameron repartait le lendemain en mission, et je n'imaginais même pas ce qu'il devait ressentir au fond de lui. Il passa la fin de soirée à jouer du piano dans le salon, ne m'accordant aucun mot quand j'allai me coucher.

Une fois seule dans ma chambre, le sommeil ne vint jamais m'enlever. Après m'être retournée dans tous les sens, je finis par me lever pour le rejoindre. J'étais vêtue d'un débardeur à dentelle et d'un short assorti. Je n'avais pas pris la peine de mettre ma robe de chambre par-dessus.

Cameron jouait une douce mélodie au piano, et je me laissai séduire par les notes qui caressaient mes oreilles. Notre passion pour le même instrument me séduisait encore plus.

Tout à coup, il s'arrêta et je rouvris les yeux pour découvrir les siens fixés sur mon corps. Il me regardait comme il ne l'avait jamais fait auparavant.

Sans trop savoir ce que je provoquais, je m'approchai dans sa direction, à la fois intimidée et en confiance. C'était aussi contradictoire qu'excitant. J'avais peur, j'étais même terrorisée par tout ce qui m'atteignait à cet instant. Mes traumatismes m'avaient assez pourri la vie, j'étais prête à passer au-dessus de tout ça. *Avec lui.* Je ne voulais que *lui.*

— Sasha, à quoi tu joues ?

Cameron Taylor avait beau dire ce qu'il voulait, il n'était pas un homme à femmes. Il était rentré de mission pour une semaine, il l'avait passée avec moi et il n'avait couché avec personne. Ce soir, je n'avais qu'une idée en tête, assouvir son désir. Et le mien…

Je ne m'arrêtai que lorsque quelques centimètres nous séparèrent.

Au fond, j'étais paniquée à l'idée de m'être trompée. Et si je ne lui plaisais pas ? Et s'il me repoussait ? Je me persuadai que non et effaçai ces sombres pensées de ma tête.

J'écartai une bretelle de mon débardeur en satin, puis l'autre, jusqu'à le laisser glisser à mes pieds. Il m'observa faire sans un mot, mais avec un regard qui en disait long. Je n'avais pas besoin de l'entendre parler pour savoir qu'il ne désirait qu'une chose en cet instant : moi. Ce qui m'apaisa et renforça ma confiance.

Il put admirer mon soutien-gorge en dentelle noire et ne s'en priva pas une seule seconde. Je laissai ensuite tomber mon short, et il put constater que mon tanga était assorti à celui-ci. Il se mordit la lèvre, et rapidement je n'eus qu'à baisser les yeux pour apercevoir son jogging gonfler au niveau de son entrejambes. Je me mis à trembler, car malgré toute l'envie qui émanait de mon corps, je vivais un instant intense et particulièrement difficile.

Cameron se leva, se planta face à moi et me serra contre lui, me protégeant de sa carrure et de sa force pleine de bienveillance. Il releva mon menton à l'aide du bout de ses doigts et plongea son regard dans le mien avant de déposer ses lèvres sur les miennes.

Le désir que je ressentis lorsque sa langue caressa la mienne fut indescriptible. Je me laissai emporter par cette vague de chaleur et le suppliai de continuer. Il m'emmena dans sa chambre, m'allongea dans son lit et se positionna au-dessus de moi.

— Est-ce que ça va ?

J'acquiesçai. Avec lui, je n'avais pas peur. Je me sentais forte et en sécurité.

Après des préliminaires longs, doux, et plus qu'intenses, le moment arriva pour Cameron d'aller plus loin, au point de non-retour. Je l'autorisai à le faire et très vite je le sentis me pénétrer, faisant exploser en moi tout mon désir. Quelques minutes plus tard, je pris un plaisir si puissant que je jouis en même temps qu'il termina ses va-et-vient.

Dans l'euphorie de notre moment, je m'endormis dans ses bras, avec l'assurance que malgré tout ce que j'avais essayé de nier, j'avais trouvé l'homme fait pour moi. C'était terriblement effrayant de penser ainsi, mais j'étais persuadée que nos âmes étaient faites pour se trouver. Notre rencontre n'était pas une coïncidence. Mais, malheureusement, elle était éphémère.

C'était la fin. L'heure de partir. J'ignorais dans quel état d'esprit je devais être, mais j'avais du travail. Ce qui s'était passé la nuit dernière était une grave erreur – du moins, c'était ce que je m'obligeais à croire – et je zapperais ce passage dans la biographie de Cameron.

Ce dernier était sous la douche. Lorsque je me rendis dans le salon, j'aperçus ses sacs de voyage prêts à le suivre à l'armée. Comme habituellement, il allait partir sans jamais réellement savoir s'il allait revenir. Et c'est pour cela qu'il se privait de tout bonheur ; pour ne pas s'infliger cette souffrance, ou la faire vivre à autrui.

— C'est l'heure...

Je ne l'avais pas entendu sortir de la salle de bains et arriver derrière moi, les cheveux encore mouillés. Il était habillé d'un pantalon treillis et d'un T-shirt kaki.

Il s'assit sur le canapé et laça ses chaussures avec un calme déconcertant. Je le regardais, coincée dans un mutisme qui me protégeait de toutes les émotions qui menaçaient de me submerger. Cameron allait s'en aller, et il y avait de fortes chances pour que je ne le revoie jamais.

Cette semaine avait été inattendue. J'étais à mille lieues d'imaginer ce qui s'était passé. Je n'avais pas de regrets à cet instant, mais je savais que cela finirait par arriver... Car je n'avais pas seulement couché avec Cameron : je l'avais désiré à un point qui n'avait rien avoir avec un plan d'un soir. *L'ironie du cœur n'avait vraiment aucune limite*. Le jour où j'avais lu cette phrase dans un roman d'amour, je n'avais pas compris combien elle était réelle.

— Je...

Je pensais être capable de parler, mais il fallait croire que non. J'avais la drôle impression de ne plus avoir l'énergie suffisante pour exprimer ma peine. Comment avais-je pu tomber dans un tel piège ? Il était pourtant évident que cette histoire – si on pouvait la nommer ainsi – ne finirait pas bien. Pourtant, je m'étais littéralement jetée dedans.

— Je devrais y aller, je crois.

Fuir. Le seul moyen que j'avais trouvé pour gérer cette situation avec un minimum de dignité. Je pris ma valise, la main tremblante, et me dirigeai vers la porte d'entrée. Avant de l'ouvrir, je me tournai vers celui dont j'avais besoin de m'imprégner une dernière fois.

Il avait l'air d'agir de la même façon que moi. Nous nous fixâmes seulement quelques secondes, mais j'eus le sentiment que le temps s'était arrêté. Je devais me détacher de ses yeux bleus envoûtants avant de ne plus avoir le courage de passer cette foutue porte.

Dans un dernier élan de volonté, je me retournai et enclenchai la poignée, déterminée à tirer un trait sur notre histoire, bien que cela me paraisse difficile. Alors que je commençai à l'ouvrir, une grande main musclée apparut devant moi et la referma avec force. Je clignai des yeux, encore surprise de voir le bras de Cameron passer au-dessus de ma tête pour m'empêcher de partir.

— Attends.

Il me prit par les épaules et me força à l'affronter, plongeant son regard insolent dans le mien. Je me perdis au fond de ses pupilles dilatées, absorbée par sa beauté, son charisme et tout ce qui m'attirait à lui.

Tout à coup, sans raison aucune, il écrasa ses lèvres sur les miennes, me dévora, m'offrit un baiser mémorable, intense, absolument divin. Il attrapa ma taille d'une main et l'arrière de la tête de l'autre, puis me plaqua contre la porte que je pensais emprunter quelques secondes plus tôt. Tous mes sens s'éveillèrent, et mon désir animal pour lui revint au galop.

Il finit par y mettre un terme lui-même, m'observant comme

s'il craignait ma réaction. Devrais-je m'énerver ? J'en étais incapable. Pas maintenant. Pas alors qu'il venait de m'offrir ce dernier moment d'intimité si délicieux.

— Merci.

Je fronçai les sourcils, ne comprenant pas pourquoi il me remerciait. Pas d'avoir fait l'amour avec lui, j'espérais.

— Merci ? répétai-je.

— D'avoir été là, d'avoir... je ne sais pas, mais putain, j'ai aucune envie que tu partes.

Il baissa la tête vers le sol.

— Et ça me tue.

Touchée, j'ignorais comment réagir. Cameron me plaisait réellement. Je m'étais beaucoup trop attachée à lui, à ce héros de la nation dont j'ignorais tout auparavant. Même s'il s'était montré imbuvable au départ, j'avais fini par ressentir des sentiments forts à son égard, bien trop forts... Et tout ça en une semaine.

— Je n'ai aucune envie que tu partes maintenant...

Je marquai une pause en prenant son visage et en caressant sa joue.

— Mais je connaissais les conséquences hier soir, quand on a...

Je ne terminai pas ma phrase.

— Dans un autre contexte, je te jure que la situation aurait été différente... Si je n'avais pas été dans l'armée...

— Mais tu l'es. Et je le savais.

Il essuya une larme qui venait de dévaler ma joue sans que je ne m'en rende compte.

— Tu as des gens à sauver et moi un monde à explorer.

Il sourit. Pour en avoir parlé plusieurs fois avec lui, il savait à quel point mon projet comptait à mes yeux. Tout comme lui aimait son métier. Il ne pouvait se permettre de sortir de sa ligne de conduite.

— Ce qu'on a vécu, ça n'a rien de banal, Sasha.

Il posa son front contre le mien tout en me maintenant fermement contre lui.

— On se retrouvera, je te le promets.

Sa promesse s'ancra à mon cœur. Je ne demandais qu'une faveur, revivre ce qu'on avait vécu pour l'éternité. Mais j'étais réaliste et, si j'étais persuadée d'une chose, c'était qu'il m'oublierait tout comme il oublierait sa promesse.

Je l'embrassai délicatement une dernière fois, le contemplai, consciente que je ne le reverrais sans doute jamais malgré sa promesse et quittai les lieux en me mordant les lèvres pour ne pas éclater en sanglots.

Le trajet jusqu'au Queens me parut insurmontable. Lorsque j'arrivai dans mon appartement, je pris à peine le temps de saluer Clay et courus me réfugier dans mon lit, où je pus enfin extérioriser ma peine.

Plus tard dans la journée, un colis avait été déposé pour moi. Clay me l'apporta, les larmes aux yeux. Il détestait me voir malheureuse, et je n'avais pas eu besoin de lui expliquer les raisons de ma peine. Il avait compris, d'autant plus à l'arrivée de ce carton signé « Cameron Taylor ».

Lorsque je l'ouvris, je me jetai dans les bras de mon meilleur ami.

Tu trouveras ici du papier et des enveloppes. Écris-moi lors de ton tour du monde, Sasha Brown. Permets-moi de voyager avec toi.

Chapitre 5

Quelques mois plus tard…

Ce héros dont tout le monde parlait, qu'on admirait, qui avait sauvé des centaines de vie… avait aussi volé mon cœur. Mon livre sur lui, beaucoup plus long que prévu initialement, avait été un véritable succès. Je n'avais pas évoqué notre aventure. Mais, d'après les critiques des lecteurs, mes sentiments pour lui étaient évidents. Si cela m'avait d'abord gênée, je m'étais vite ravisée. Après tout, si ce que je ressentais pour lui m'avait permis de le décrire sous un autre jour, ça ne posait pas de problème. Rédiger cet ouvrage n'avait pas été simple, avec mon cœur brisé. Mais je l'avais fait. Mon éditeur avait été ravi, et j'avais reçu une avance bien plus importante que je ne l'aurais pensé. Je me rappelais parfois quelques passages qui m'avaient particulièrement touchée…

> « *Cameron était bien plus qu'un lieutenant de l'armée américaine qui avait choisi de sacrifier sa vie personnelle pour servir son pays. Il avait aussi des émotions, des doutes, des faiblesses… Les percevoir m'avait rassurée sur la réalité de ceux qui protégeaient nos frontières, parfois à l'autre bout du monde. Ils étaient humains, bons, remplis d'espoir et d'empathie. Au-delà de sa stature imposante, de son regard noir, de sa manière froide de s'exprimer, Cameron était aussi un jeune*

homme aux yeux remplis d'émotions et aux rêves plein la tête. Et j'étais heureuse de découvrir cette partie de lui. »

Je n'avais pas évoqué sa mère et sa maladie développée à la suite de la mort tragique de son père, mais c'était aussi à ce souvenir que je pensais lorsque je parlais de l'empathie de Cameron. Celle qui m'avait définitivement fait craquer pour lui.

Les mois suivants, j'avais doublé mes heures au travail pour gagner un maximum d'argent et ne plus y penser. Ça fonctionna bien, à tel point que Clay et moi avions désormais suffisamment de côté.

— On a assez, putain, Sasha, ça y est !

Mon meilleur ami me prit dans ses bras, et nous nous mîmes à sauter et à crier de joie comme deux enfants. Ça faisait des années que nous parlions de notre voyage et nous allions enfin pouvoir le réaliser. Notre cagnotte avait atteint le budget que nous nous étions fixé. C'était un rêve qui se concrétisait !

Il nous fallut moins d'un mois pour quitter notre appartement, nos jobs respectifs, préparer nos affaires, contrôler notre itinéraire et enfin, nous en aller pour notre tour du monde, là où je commençai à mener une relation épistolaire.

Les jours passèrent, puis les semaines, et enfin les mois. À chacune de mes destinations, je n'oubliais jamais d'écrire une lettre que je prenais soin d'envoyer à l'adresse que Cameron Taylor m'avait indiquée : celle de son camp militaire, en Afghanistan. Étant donné que j'étais sans cesse en mouvement, il me répondait par mail. Chacune de ses réponses augmentait mon rythme cardiaque. Il se mit à m'appeler une fois par semaine minimum et à me raconter ses aventures, bien qu'elles soient en partie confidentielles.

Et dans chaque pays, chaque ville, je pensais à lui. Lors de notre visite à Paris, de nos sorties à Berlin, de nos balades à Londres, de notre tour de gondole à Venise… Mais aussi à Dublin, Moscou, Bali, Tokyo, Rio… Durant tout ce temps, il ne s'était pas passé un seul jour sans que mon esprit divague vers lui. Cet homme qui avait, en moins d'une semaine, changé ma vie et ma vision de l'amour.

Par ailleurs, contrairement à ce que j'avais pensé, je fus incapable de fréquenter un autre homme, je voulais me souvenir de lui comme du dernier avec qui j'avais partagé mon lit, et mon cœur.

Je ne communiquais avec lui que par lettres, mails et appels interposés, et pourtant je ressentais comme une sorte d'engagement à son égard. Nos échanges étaient plus ou moins intimes, trop toutefois pour que je puisse m'autoriser à flirter avec qui que ce soit d'autre. Ça devenait problématique car du temps était passé, et pas un jour ne s'écoulait sans que je me demande s'il allait bien. Je lui avais alors demandé dans une de mes lettres de ralentir le rythme de nos échanges :

> Je ne veux pas attendre tes messages, tes appels, me sentir mal dès qu'ils n'arriveront pas. Alors je t'autorise à m'envoyer seulement trois messages : un premier pour me souhaiter un joyeux Noël, un deuxième pour me souhaiter une bonne année, même si tu ne pourras pas m'embrasser à minuit, puis un autre pour mon anniversaire, le 6 avril. Pas un de plus, pas un moins.

Il respecta mon choix, et, bien qu'un froid se soit installé entre nous, ne loupa pas le rendez-vous de Noël. Je ne comptais plus les fois où j'avais résisté à l'appeler. Nous étions partis en juillet, et nos économies nous avaient permis de prolonger notre voyage jusqu'au mois de novembre de l'année suivante. Revenir après tant de temps avait été compliqué. Heureusement, à ce moment, la magie des fêtes de fin d'année et les décorations de Noël illuminèrent la ville ainsi que mon cœur.

De plus, grâce à mon livre sur Cameron devenu un best-seller, je pouvais désormais me consacrer à ma passion : l'écriture. Mes romances fonctionnaient bien et je me raccrochais à mes histoires, étant donné que ma vie amoureuse était proche du néant. Revenir à New York m'avait rappelé son absence et surtout à quel point elle était difficile à supporter.

Je relus les derniers messages échangés avec Cameron et pour la première fois depuis presque deux ans, je pleurai. Il pensait sûrement à moi aussi, il avait accepté de fonctionner comme je lui avais demandé, mais en réalité que pensait-il de tout ça ? Alors que j'étais dans mon petit confort, lui faisait la guerre et risquait sa vie chaque jour. Ma pire crainte était de ne pas recevoir son prochain message. Et si l'un de nos trois rendez-vous manquait à l'appel ?

Le soir du nouvel an, je me sentis nerveuse. Clay avait proposé à tous nos amis de le fêter chez nous et j'avais accepté. Le logement que nous avions trouvé en plein Brooklyn était plus spacieux que le premier, et nous étions vraiment bien installés. Il s'agissait d'anciens bureaux sous forme d'open space qui avaient été réaménagés en un grand loft lumineux, avec une magnifique baie vitrée de plusieurs mètres donnant sur la ville. J'adorais cette vue.

D'ailleurs, alors que le compte à rebours commençait, je me concentrai sur l'extérieur, en serrant mon téléphone très fort dans mes mains. J'avais hâte de l'entendre sonner pour m'indiquer l'arrivée du SMS que j'attendais avec une impatience démesurée. Le manque que je ressentais était bien trop important.

10...

9...

8…

Nos échanges avaient été vraiment intimes, il devait savoir à quel point je tenais à lui.

7…

6…

5…

4…

J'avais contre toute attente fini par réaliser que j'étais tombée amoureuse de lui. Et l'éloignement que je nous avais imposé n'avait absolument rien changé.

3…

2…

1…

— Bonne année !!!

Tout le monde cria et fit voler les cotillons. Je regardai mes amis en souriant, quand soudain une sonnerie retentit. Celle annonçant un nouveau message. Je tremblai en l'ouvrant.

Bonne année, Sasha Brown. Maintenant que j'ai tenu parole, retourne-toi, que je puisse t'embrasser à minuit.

J'écarquillai les yeux et me retournai brusquement, sous le choc. Il était là ! Cameron Taylor était là, devant moi ! Je n'arrivais pas y croire. Encore quelques secondes auparavant, je me demandais s'il allait bien, imaginant le pire, un nœud dans le ventre, le cœur presque brisé.

Les mains sur ma bouche, stupéfaite, les larmes aux yeux, je devais passer pour une folle. Et, mon Dieu, ça m'était égal !

Je courus dans ses bras et m'emparai de ses lèvres, celles qui avaient hanté mon esprit si longtemps. J'avais beau avoir fait le tour du monde, ça n'avait rien changé : je ne l'avais pas oublié. C'était dingue, ce lien entre nous, cette passion dévorante alors que nous avions passé si peu de temps ensemble. C'était donc ça, le véritable amour ?

— Qu'est-ce que tu fais là ?

Je tremblais, encore choquée de l'avoir en face de moi. Il était toujours aussi beau, grand, imposant, tant par son allure que son charisme.

— Je voulais m'assurer que tu allais bien.

— Pourquoi j'irais mal ? l'interrogeai-je avec sérieux.

— Parce que ça fait des semaines que je n'ai reçu aucune lettre.

Voir à quel point il paraissait touché me fit frissonner. Je n'avais jamais réalisé que recevoir mes lettres racontant mes voyages, mes envies, mes ressentis, lui importait tant. Moi qui pensais qu'il les lisait aussi pour me faire plaisir, je m'étais trompée. J'avais plutôt l'impression au contraire qu'elles avaient compté à ses yeux, et que j'avais eu tort de les espacer, pour finalement arrêter. J'avais fait ça pour me protéger, pour ne pas atrocement souffrir de son absence maintenant que j'avais repris une vie « normale ».

— Je…

— Ne dis rien, murmura-t-il pour me rassurer. Je comprends.

Je me blottis à nouveau contre lui, sous le regard d'autres invités curieux, qui se demandaient sans doute ce qui se passait. Je n'avais parlé de notre relation « étrange » à personne. La jeune écrivaine qui tombait amoureuse du sujet de son livre ? C'était cliché. Et puis, je n'avais envie ni d'être jugée, ni d'avoir à justifier quelque chose qui me dépassait moi-même. Seul Clay savait, ce qui expliquait très certainement la présence de Cameron ce soir. Mon meilleur ami n'avait jamais compris cette fixette sur cet homme que je ne reverrais peut-être jamais, mais il avait toujours respecté mon choix.

— Sympa, ce que tu as écrit sur moi.

Je me sentis soudain atrocement mal à l'aise à l'idée qu'il ait pu se procurer mon livre. Je n'avais pas tari d'éloges à son propos et je ne pouvais que l'imaginer sourire en lisant certains passages, certaines anecdotes…

— J'espère que tu n'as pas trop pris la grosse tête ! le taquinai-je.

Il passa son bras autour de mes épaules, me serra contre son torse musclé, et je pus m'enivrer de son doux parfum qui me donnait envie de ne plus jamais sentir une autre odeur.

— Viens avec moi.

Je lui pris la main et l'emmenai vers la sortie. J'avais besoin de passer un moment seule avec lui. J'enfilai un manteau, il mit sa grosse veste noire, et nous prîmes la direction de la porte d'entrée, sous le regard bienveillant de Clay.

Une fois à l'extérieur, me balader avec lui dans les rues de Brooklyn me donna l'impression qu'il ne pouvait rien m'arriver. Pour la première fois depuis son départ, je ressentais de nouveau cette sensation contradictoire d'interdit, de danger, mais aussi de plénitude et de bonheur. À ses côtés, j'étais différente. J'étais celle que je voulais être.

— Tu es là pour combien de temps ?

Tandis que nous marchions, la magie de New York nous démontra son pouvoir : il se mit à neiger. Mon cœur palpitait, mon ventre était rempli de papillons. Je voulais que ce moment soit éternel. Que ce fichu scénario digne d'une comédie romantique hollywoodienne perdure et ne cesse jamais…

— Pour un bout de temps.

Je fronçai les sourcils et me tournai vers lui, curieuse de savoir ce qu'il entendait par « pour un bout de temps ». Une semaine ? Deux semaines ? La dernière fois, il avait passé toute sa permission avec moi, il avait juste revu sa mère à l'occasion d'une journée.

— C'est-à-dire ?

Au fond, je redoutais sa réponse. Cette fois-ci, accepter son départ serait beaucoup plus difficile. Nous avions franchi un cap. Nous avions consacré tant de temps à nous écrire, à parler au téléphone, à apprendre à nous aimer malgré la distance…

— J'ai servi mon pays, j'ai pris d'énormes risques et je n'en dirai pas plus car il y a certaines choses que tu ne serais pas prête à entendre.

Je n'avais aucune envie de savoir de quoi il retournait, en effet. Néanmoins, je voulais partager sa douleur et sa peine car je pouvais lire à travers ses yeux qu'il en ressentait. J'avais déjà remarqué sa souffrance la première fois que je l'avais vu et là, c'était pire.

— J'ai accepté tout ça parce que je n'avais pas de vraie raison de rester ici, alors que je pouvais être utile ailleurs.

J'avais l'impression de comprendre où il voulait en venir, mais que c'était beaucoup trop beau pour être vrai...

— Après de grosses négociations, j'ai pu me retirer de l'armée pour au moins un an.

Je m'immobilisai. Cameron plongea son regard dans le mien. Les flocons qui tombaient sur ses cheveux bruns le rendaient encore plus beau. Il leva mon menton pour m'obliger à le regarder droit dans les yeux.

— Pour construire ma vie avec la femme qui occupe mes pensées depuis bientôt deux ans.

Mon cœur battait si fort qu'on pouvait certainement l'entendre depuis la côte Ouest. Cette relation que nous vivions n'avait rien de classique, j'ignorais même si elle était saine, mais ce que je savais, c'était que je ne voulais jamais y mettre un terme. Et si nous devions avoir une année devant nous, je voulais vivre chacun des jours qui nous serait accordé à ses côtés. Profiter de chaque instant comme si c'était le dernier.

— C'est... c'est la plus belle chose que tu pouvais me dire ce soir, Cameron.

Il recula d'un pas sous mon regard inquiet et sortit une petite boîte de sa poche. Non... Il n'allait quand même pas... *impossible.*

— On n'a pas passé beaucoup de temps ensemble, mais à chaque fois que je te parlais, je ressentais pour toi quelque chose que je n'ai jamais ressenti avant, pour aucune autre femme. Tu m'as rendu vivant, Sasha. Et ce, alors que je n'avais plus rien qui me donnait envie de sourire à la vie. Tu es arrivée et tu as tout changé. Je sais que c'est de la folie, que c'est précipité, que c'est peut-être une véritable idée de merde. Mais...

Il posa un genou à terre, et je fus incapable de réagir, totalement paralysée.

— Si mon travail m'a appris quelque chose, c'est que la vie est imprévisible, et si on a la chance de trouver la personne avec laquelle on veut la partager, il ne faut pas la laisser passer. Et cette personne, c'est toi.

Il marqua une légère pause, me laissant le temps d'assimiler la plus belle déclaration que l'on m'avait jamais faite. Même dans mes rêves les plus fous, jamais Cameron Taylor n'avait prononcé de telles paroles. À vrai dire, la nuit où j'avais rêvé qu'il sortait avec Clay me paraissait plus probable que de tels mots.

— Si tu penses vouloir te lancer dans cette aventure avec moi, accepterais-tu de devenir ma femme ?

Il ouvrit l'écrin, et je pus découvrir une magnifique bague de fiançailles, avec un diamant sobre et classe, qui correspondait parfaitement à mes goûts. Je ne la portais pas encore et pourtant je ne voulais déjà plus jamais la quitter.

Jamais, mon Dieu, jamais, je n'aurais imaginé vivre un tel moment ce soir, alors que je ne rêvais que d'une chose, recevoir un message de Cameron. Et à présent il était agenouillé devant moi, tel un chevalier venu chercher sa princesse après si longtemps... Mon moi d'avant n'aurait jamais accepté une demande aussi précipitée. Mais je voulais continuer de vibrer avec Cameron et ne pas perdre une seconde du temps que nous avions. Car lui aussi avait changé ma vie.

— Oui, je veux devenir ta femme.

Il parut soulagé et se releva pour me glisser la bague au

doigt avant de me prendre dans ses bras si fort que j'étouffai. Mais ça ne me dérangea pas, au contraire. C'était un moment incroyable, qui resterait gravé dans nos esprits.

— Et si on allait chez toi ? lui proposai-je. J'ai très envie de profiter de mes retrouvailles avec mon futur mari.

— Sache qu'il n'attend que toi depuis deux ans.

La tension monta d'un cran, tout comme mon désir pour lui. Dans le taxi, il fallut que nous nous contrôlions pour ne pas nous comporter comme deux animaux. Une fois dans son immeuble, il commença à me déshabiller dans l'ascenseur et je ressentis tout le manque qui l'animait, toute cette envie qu'il contenait depuis son départ. Je comptais bien lui offrir une nuit mémorable. Et ce fut le cas…

Auprès de Cameron, j'avais compris que la définition du bonheur était propre à chacun. Le mien était de vivre l'instant présent avec un homme que j'avais connu bien peu de temps. J'avais décidé de devenir la femme d'un militaire à la vie incertaine, alors que nous n'avions aucune idée de ce que le futur nous réservait. Et si je m'étais trompée ? Impossible. En vivant une semaine avec lui, j'avais vite compris qu'il marquerait ma vie à tout jamais. Il avait soigné mes maux, fait disparaître mes angoisses et donné l'envie d'aimer comme personne ne l'avait jamais fait. J'avais tourné la page sur mon passé et, pour la plus grande joie de mes proches ainsi que ceux de Cameron, j'étais devenue Sasha Taylor, une jeune écrivaine qui ne demandait qu'à aimer son mari chaque jour que la vie lui accorderait.

Pour moi, Cameron avait renoncé à son vœu de ne jamais aimer et de ne jamais laisser quelqu'un l'approcher de trop près. Certaines choses ne se contrôlaient pas.

Et dire que tout ça avait commencé grâce à ma passion pour l'écriture…

N. C.
BASTIAN

MY REAL BOOKBOYFRIEND

Chapitre 1

Le soleil entrait par la fenêtre, éclairant mon écran d'ordinateur au point de le rendre difficilement lisible. Comme chaque fois, je me fis la réflexion qu'il serait judicieux de changer l'emplacement de mon bureau, mais je sus aussitôt que, comme chaque fois, je ne trouverais pas le temps de le faire.

Et, demain à la même heure, je pesterais de nouveau contre le soleil, l'écran et le bureau.

— Il y a le Salon du livre à Paris aujourd'hui et demain, m'annonça Jordan en entrant sans frapper. Ton dernier client, M. Castille, qui t'a confié la campagne publicitaire de lancement de son entreprise Journal en folie, y sera, comme tout un tas de potentiels autres clients. Ce serait intéressant que tu puisses y passer.

J'opinai en terminant le mail que j'étais en train d'écrire, puis relevai la tête vers mon amie têtue et assistante ô combien performante : Jordan. Assise sur un des fauteuils bleu ciel, elle croisa les jambes, releva ses lunettes sur le haut de son nez et attendit, son calepin à la main, que je lui réponde.

— J'ai un rendez-vous important avec Steven Nandas aujourd'hui, donc va pour demain.

— C'est déjà réglé : j'ai déplacé Steven Nandas à vendredi. Comme c'est surtout un rendez-vous de mise au point, il n'y a pas d'urgence. Oh ! et n'oublie pas ton dîner ce soir à 20 heures à La Bella Stella.

— Italien ?

— Je sais que tu adores la bonne nourriture et le nom me plaisait bien, en plus il a une très bonne note sur Google.

Je m'affalai sur le dossier du siège de mon fauteuil et soupirai.

— Annule, s'il te plaît.

Jordan secoua vivement la tête.

— Hors de question ! Celui-ci a un HPA.

— C'est quoi ça encore ?

— Haut Potentiel Amoureux.

Je lâchai un râle exaspéré qui la fit rire.

— Tu es incorrigible, Jodi.

— Je sais.

Jordan s'était donné une mission totalement impossible : trouver l'homme qui saurait faire fondre mon petit cœur. J'étais certaine que ça n'arriverait jamais, mais elle s'entêtait à m'organiser des rencards qu'elle calait dans mon agenda avec la même efficacité que mes rendez-vous professionnels. Je mettais un point d'honneur à toujours lui dire de bien prévenir les hommes en question que tout ce que je souhaitais, c'était un soir – une nuit, ou peu importait l'heure de la journée, du moment qu'il n'y avait pas deux rendez-vous. J'avais bien trop à gérer dans ma vie pour ne pas, en plus, me coltiner un homme qui demanderait de l'attention, des concessions et tout ce qu'impliquait une vraie relation. Ces conneries n'étaient pas pour moi.

— Cherche l'amour pour toi-même, Jodi. Je me porte très bien avec mes coups d'un soir.

— Oh ! Allez, Yéléna ! Il n'y a rien de mal à essayer de te trouver l'homme qui te plairait, à qui tu plairais et avec qui tu pourrais faire un bout de chemin.

— Il n'y a rien de mal, MAIS ce n'est pas ce que je souhaite. En tant qu'assistante, tu devrais suivre mes indications. Et, en qualité d'amie, tu devrais accepter mon choix de vie.

Son regard s'assombrit ; elle se retenait de se fâcher parce qu'elle savait que j'avais raison. La satisfaction de voir que j'avais enfin gain de cause commença à monter en moi, mais s'évanouit quand je vis son visage de poupée s'éclairer.

— Justement : en tant qu'amie, je souhaite ce qu'il y a de mieux pour toi. Je suis de près tous tes coups d'un soir et tu sais comme je raffole de tes histoires. Et je n'ai pas pu m'empêcher de noter que, ces derniers temps, tes aventures ont été un peu… plates.

— Tu es celle qui les choisit, je te rappelle. Dit de cette façon, c'est assez étrange d'ailleurs.

Elle éclata de rire. Cela faisait presque deux ans maintenant que nous fonctionnions ainsi, depuis qu'elle s'était mis en tête de me caser. J'avais engagé Jordan quand elle sortait tout juste de ses études, fraîchement diplômée à vingt-deux ans, pleine d'enthousiasme et impliquée. Elle m'avait démontré que sous son air angélique et ses bonnes manières, elle savait griffer et mordre à souhait. Cette femme était à la fois dotée d'un caractère trop gentil pour son bien mais aussi d'une vive repartie : elle savait parfaitement se défendre si nécessaire. C'était grâce à ce mélange unique et complexe qu'elle était devenue ma seule amie. Pour le meilleur comme pour le pire.

— J'admets que je me suis laissé avoir par les beaux discours et l'apparence de tes derniers amants, mais lui semble différent.

— C'est très exactement ce que tu m'as dit pour les cinq derniers et ça a été chaque fois une catastrophe.

Elle fit une drôle de moue, entre la frustration et la culpabilité, puis elle reprit :

— Tu me fais confiance, Yéléna, et je t'en remercie. Tu verras, ce soir, ce sera bien.

Je secouai la tête sans rien ajouter, me reconcentrant sur l'écran de mon ordinateur. J'avais une présentation prévue dans quelques heures avec les fondateurs d'une start-up spécialisée dans la revente d'appareils électroménagers invendus en raison de défauts esthétiques. Je voulais être prête : le succès de cette campagne de communication était déterminant pour leur prochaine levée de fonds.

Dans la vie, j'étais douée pour deux choses : mon travail et m'envoyer en l'air. Oui, j'étais bonne pour ça et je le savais. Quand le stress du travail prenait trop de place, la plupart des gens allaient courir ou faire du yoga. Moi, je trouvais un homme désirant la même chose que moi : une nuit de sexe. Et rien de plus.

Alors qu'elle venait de refermer la porte derrière elle, j'aperçus Jordan à travers l'embrasure. Avec un petit sourire amusé, elle me lança :

— Si c'est aussi nul que les précédents, tu me raconteras quand même comment ça s'est passé, n'est-ce pas ?

J'attrapai la première chose qui me vint sous la main – ma balle anti-stress – et la lui envoyai. Elle la récupéra d'une seule main en riant.

— Je plaisante… enfin, sauf si tu acceptes de me faire un débrief après !

— Tu ferais mieux de te concentrer sur ta propre vie amoureuse, Jodi.

Elle rerentra dans le bureau et s'appuya contre la porte.

— Je ne crois pas aux sites de rencontre. Je préfère me dire que celui qui me conviendra, je le rencontrerai par hasard.

— Par hasard… Tu crois vraiment au grand amour et toutes ces conneries, hein ?

— Irrévocablement, oui.

— Encore une victime de Disney, marmonnai-je.

— Je sais que tu n'y crois pas, mais ça arrive à un tas de gens ! Pourquoi ça ne serait pas aussi le cas pour moi ?

Je retins un instant ce que je souhaitais lui dire, puis finalement lâchai :

— À ce rythme, tu resteras vierge jusqu'à la fin de ta vie.

Je vis ses yeux s'arrondir légèrement, puis elle déclara :

— Tu verras, Yéléna. Ton pessimisme, tu te le prendras en pleine face bientôt. L'amour te tombera dessus que tu le veuilles ou non, et on en reparlera.

Soudain, elle m'apparut comme une sorcière maléfique de dessin animé en train de me jeter un sort. Je savais que les mots étaient remplis de pouvoir et j'eus peur que sa malédiction ne devienne réalité.

— L'amour rend les gens cons, objectai-je.

— Absolument pas.

— Ils deviennent stupides, et ça fait faire des choses idiotes à tout le monde. Alors s'il te plaît, si tu me veux du bien, à moi, ton amie, ne me souhaite pas ce genre de chose.

Ses frêles épaules s'affaissèrent et sa moue boudeuse fit son retour. Je pouvais compter sur les doigts d'une main le nombre de fois où j'avais eu le dernier mot avec elle. Je m'autorisai un sourire victorieux et un étirement de satisfaction quand Jordan referma la porte en quittant le bureau.

L'amour, ce n'était pas pour moi, et ça ne l'avait jamais été. Tout comme ça n'avait jamais fait partie de mes plans. Je préférais être celle qui me trahissait moi-même, plutôt que de me laisser trahir par quelqu'un d'autre.

L'amour, c'était dangereux.

L'amour, c'était stupide.

L'amour, c'était non.

Et puis, ça m'indifférait. Je préférais me concentrer sur les moments qui me permettaient de décompresser avec un peu de chaleur masculine, même si, ces derniers temps, je n'étais tombée que sur des bras cassés. Ou devrais-je dire : des bites cassées ?

Mes dernières expériences avaient été lamentables. Mes jouets me faisaient bien plus d'effet que ce que j'avais pu vivre avec de vrais humains.

Non, l'amour n'était pas ce qu'il manquait, j'avais juste besoin d'hommes qui savaient ce qu'ils faisaient. Et c'était affolant de m'apercevoir à quel point ils étaient rares parmi le grand bassin parisien des célibataires.

Chapitre 2

La Bella Stella était un restaurant italien plutôt chic de la capitale. On y servait de bons plats aux noms plus ou moins étranges, mais dont le résultat était on ne peut plus festif dans la bouche. Ce n'était ni bruyant, ni trop calme, pile de quoi passer un bon moment en mangeant bien, tout en parlant de choses anodines.

Une des règles d'or que je respectais à la lettre, c'était de ne jamais discuter de sujets personnels. Si mes rencards souhaitaient me raconter leur enfance, leurs blessures intimes et leurs ruptures tragiques, c'était leur problème. Je n'avais rien contre écouter, tant que ce n'était pas ennuyeux. Mais, en aucun cas, je ne racontais ma propre vie. Je ne désirais pas construire quelque chose de durable, donc m'épancher sur mon passé, mon présent ou mes projets d'avenir aurait été une perte de temps.

Même Jordan ne savait que le strict minimum et pourtant elle était la personne sur qui je misais le plus dans ma vie en tant qu'amie à long terme.

La soirée s'était très bien déroulée. Un bon repas, une conversation légère ; même si j'avais trouvé que Nick parlait un peu trop de son boulot, ça me convenait. Il avait alimenté la discussion quasiment toute la soirée et, en soi, ce n'était pas déplaisant. Je dirais même qu'il était assez intéressant et drôle – excellent point.

— Ça te dirait d'aller manger une glace et marcher un

peu, le temps de digérer ? me proposa-t-il après avoir payé l'addition.

Nouveau bon point : une balade digestive était exactement ce dont j'avais besoin après avoir englouti mes ravioles ricotta épinards à tomber.

Je pris un petit sorbet, pour ne pas surcharger mon estomac déjà bien rempli, et marchai sur les quais de la Seine en discutant tranquillement avec Nick. Même les courts silences ne me rendirent pas mal à l'aise et, de son côté, il semblait ne pas être en attente d'attention ou d'un sujet de discussion à tout prix. Jordan avait finalement plutôt bien choisi. Ça faisait même très longtemps que je n'avais pas été si détendue avec un rencard.

Il m'invita chez lui naturellement – autre règle d'or que je suivais scrupuleusement : ne jamais inviter mes amants chez moi. Je refusais que quiconque ait mon adresse ou envahisse mon espace personnel. De plus, cet accord me permettait d'obtenir de précieuses informations sur mon amant potentiel. Plus c'était propre, plus je me sentais à l'aise. J'avais déguerpi d'un appartement une fois : le cauchemar. Les lieux, d'une saleté atroce, m'avaient plus renseignée sur l'homme avec qui je sortais ce soir-là que les heures de discussion qui avaient précédé. Si cet homme était propre sur lui-même, son nid était d'une saleté choquante. Je n'avais pas pu aller jusqu'à la chambre et j'avais quitté les lieux sans un mot.

Cette fois, j'eus la bonne surprise de voir que l'appartement de mon partenaire, situé en plein centre-ville, était propre et bien rangé. Nick semblait prendre soin de ses affaires, et je finis par me détendre complètement en me disant qu'enfin ce soir serait une bonne pioche.

Et puis les choses sérieuses commencèrent.

Nick avait un corps confortable et agréable à regarder. Il était doux et attentionné ; une heure et demie plus tard, je m'aperçus combien il était *un peu trop* attentionné.

Allongée sur le dos, ma culotte toujours en place, je regardais Nick téter mes mamelons comme si sa vie en dépendait. Cela faisait une vingtaine de minutes qu'il bloquait sur ma poitrine. Au début, je m'étais dit qu'il voulait peut-être découvrir ce qui me plaisait, mais ce n'était pas comme si nous avions le temps : il ne s'agissait que d'un plan d'une nuit.

Ensuite, j'avais supposé que ce devait être un fétichiste des seins. Les hommes adorent les poitrines, c'est bien connu, et si ça n'avait rien d'excitant pour ma part, tant qu'à la fin il était dur et savait y faire ça me convenait. Mais quand il refusa de passer à l'étape suivante et, surtout, resta accroché à mes mamelons qui commençaient à souffrir de ce trop-plein d'attention et de succions, je compris que cette nuit signerait un nouveau raté.

Après une énième tentative, verbale cette fois, de l'inciter à changer de pratique, je fixai un instant le plafond blanc avec ses moulures, déçue et frustrée, avant de le repousser.

Nick grogna quelque chose, puis se tendit en me voyant me relever et me rhabiller.

— Qu'est-ce que tu fais ? demanda-t-il avec une expression d'homme qui sort de sa transe.

— Ça se voit pourtant… Je me rhabille.

— Mais pourquoi ?

Je soupirai et enfilai à la hâte mon haut, avant de récupérer ma veste et de me tourner vers lui.

— Ton délire de sucer les seins, ça va un temps, mais ça finit par faire mal. Franchement, si j'étais toi, je travaillerais sur ma relation à ma mère car il y a clairement quelque chose à régler de ce côté-là.

Il sembla surpris, ce qui m'agaça un peu plus. Comme si aucune femme avant moi ne lui avait fait remarquer qu'il gagnerait à diversifier un peu les zones de ses caresses !

Je lui tournai le dos et filai dans le couloir. J'eus la crainte un instant qu'il se mette à ma poursuite – en soit, je ne connaissais pas très bien les hommes que je rencontrais –, mais Nick me laissa filer.

— J'ai besoin d'un verre, grognai-je quand Jordan décrocha son téléphone.

— Oh ! oh...

— Comme tu dis. Tu me rejoins ?

— D'accord. Où ça ?

— Il y a le Murphy pas loin, ça te va ?

— Je devrais pouvoir y être dans dix minutes.

Je raccrochai et m'assis sur un banc près du pub. J'observai les gens défiler dans la rue, me demandant comment était leur vie. Pas que j'étais insatisfaite de la mienne, mais disons plutôt que j'avais un besoin primitif qui, malheureusement, n'arrivait pas à être assouvi. Des couples passaient aussi par là, avançant en silence, et je discernais les amoureux des résignés. Les amoureux me faisaient horreur. Chaque fois, une personne intelligente plus une personne intelligente donnaient un couple de parfaits idiots. C'était une aberration mathématique.

Jordan arriva dans une voiture commandée en ligne, habillée normalement, mais je la soupçonnai d'avoir passé la soirée devant une énième mièvrerie : ses cheveux blonds étaient attachés lâchement, ce qui n'arrivait que lorsqu'elle se matait des films, perdue au fond de son canapé.

Elle grimaça en me voyant arriver, puis tenta de se retenir de rire, mais finit par exploser quand elle s'assit à mes côtés.

— Avec la tête que tu as, j'imagine que ça ne s'est pas déroulé comme prévu.

— Effectivement. Ça a été super au début et... ah ! Laisse tomber, il a excellé dans le tétage de tétons, au point où j'ai l'impression d'être une vache que son veau a vidé de tout son lait. J'aurais préféré avoir mal ailleurs si tu vois ce que je veux dire.

— Non, pas vraiment.

Je tournai ma tête dans sa direction et me souvins d'un point essentiel.

— Oh ! j'avais oublié. Madame est vierge.

Je me moquais doucement d'elle, mais elle savait tout comme moi que je l'admirais. Il fallait une volonté extrême pour ne pas craquer dans le monde d'aujourd'hui.

— Disons que lorsqu'une partie de jambes en l'air est bien réalisée, des douleurs comme des courbatures peuvent se faire ressentir après. C'est le signe que ça a été au moins assez intense, même si ce n'est pas forcément gage de qualité, expliquai-je avec un haussement d'épaule.

— Je vois.

— Allez, allons boire ce verre.

— Je veux quand même les détails !

Je levai les yeux au ciel et protestai :

— Et moi, j'aimerais oublier.

— D'accord, mais après les détails.

Je ris et l'embarquai avec moi dans le pub.

Chapitre 3

Le lendemain, d'humeur massacrante, je peinais à me concentrer. Je pris mal la moindre réflexion qui, habituellement, me serait passée par-dessus la tête. Jordan le comprit à l'instant où je franchissais les portes de l'agence, tandis que mon patron me lançait des piques sur les femmes et leurs hormones qui me firent bouillir de colère. Je pris sur moi pour mettre de côté mes envies de meurtre et je décidai de m'enfermer dans mon bureau pour tenter de me détendre. Je n'en sortis que pour me rendre au pôle Design, afin de récupérer mes projets de communication visuelle pour mon client.

Je finalisais mon projet en question, quand Jordan frappa à ma porte.

— Il faudrait partir maintenant, Yéléna. De cette façon, on arrivera un peu avant la réunion, ce qui me laissera le temps de te faire un topo sur qui est qui.

— On passe au pôle Design et je suis prête.

Dans le cadre de mes fonctions, j'avais l'occasion de travailler avec tous les secteurs professionnels. Cette fois, il s'agissait d'un contrat avec une maison d'édition qui cherchait à toucher un nouveau public. Ils avaient déjà un lectorat fidèle, mais notre approche originale et nos réseaux pouvaient leur permettre d'atteindre une cible bien plus large. L'univers des livres représentait un challenge car les lecteurs ne lisaient pas tous le même nombre de livres par semaine ou par mois, ni le même genre. Et puis, les moyens de communication étaient plutôt limités.

J'adorais les challenges.

En arrivant au Salon du livre, je fus agréablement surprise de découvrir qu'il y avait du monde. Je comprenais soudainement pourquoi Jordan avait voulu qu'on s'y rende un peu plus tôt. Les allées étaient bondées, et circuler devint une mission compliquée. Il fallait croire qu'en ce début d'après-midi toute la communauté littéraire s'était donné rendez-vous ici.

Jordan semblait un peu plus à l'aise et se faufila entre les gens, me perdant dans la foule. Bien sûr, pour arranger les choses, le coin conférence se trouvait à l'autre bout du Salon.

Finalement, nous arrivâmes et attendîmes debout à l'arrière du public ; je me concentrai pour comprendre ce que les intervenants racontaient.

Peine perdue, même Jordan n'essaya pas. À voix basse pour que je sois la seule à l'entendre, elle me dit :

— Sur la gauche, ce sont les deux auteurs phares de la maison, Ray Jefferson et Vanessa Lina. Le premier va publier son texte à l'occasion du lancement de la nouvelle collection dans quatre mois. La seconde aura une parution deux mois plus tard.

Derrière eux, un écran projetait les couvertures des romans des deux auteurs avant de montrer une slide qui présentait la nouvelle collection à venir. Jordan continua :

— Tu connais déjà la directrice de la maison. Les deux hommes restants à droite sont l'éditeur et, enfin, la personne avec qui tu vas travailler, Kevin Virely.

Le premier mot qui me vint à l'esprit fut « sexy », avant que je l'enterre profondément dans un coin de mon cerveau. En forme, avoisinant la trentaine, Kevin Virely était châtain et possédait un visage harmonieux et des yeux... Même à distance, je pouvais voir combien le vert de son regard était perçant. Était-ce humain d'avoir de si jolis yeux ? Je restai un instant à le détailler, puis me concentrai à nouveau sur Jordan. Je retins chaque détail qu'elle me donna et intégrai un bon nombre d'informations jusqu'à ce que la conférence se termine.

La directrice fut la première à venir à ma rencontre, avant d'interpeller l'homme avec qui j'allais devoir travailler durant les prochains mois. Quand sa supérieure fit les présentations, je remarquai que le visage de Kevin Virely se ferma et s'assombrit : visiblement, il n'était pas enchanté de travailler avec moi. D'abord surprise, je décidai d'être d'autant plus souriante et aimable.

À présent, je le voyais, lui, comme un défi, ce qui rendait l'expérience d'autant plus intéressante.

— Enchantée, monsieur Virely, dis-je d'une voix charmante avec un grand sourire.

Je savais qu'il pestait intérieurement. Il hocha poliment la tête pour toute réponse, de plus en plus renfrogné. Puis, bien vite, il salua une autre personne comme pour s'échapper de notre petite entrevue.

Il était contrarié, tandis que moi, j'étais de plus en plus excitée par cette collaboration qui s'annonçait pleine de surprises.

Cela faisait quelques années que je travaillais dans mon agence de pub et j'avais pu voir un nombre incalculable de... « bizarreries ».

Sans que je sache vraiment pourquoi, lorsqu'une entreprise faisait appel à nos services et que j'allais sur le terrain, une fois sur deux le même phénomène se produisait.

Ce n'était pas forcément parce que j'étais une femme, mais plus parce qu'on me voyait comme une rivale. Une personne externe à l'entreprise, venant fouiner et imposer ses propres idées, considérées comme meilleures et plus innovantes par la direction – ce qui était un peu le cas en quelque sorte. Mais, c'était exactement ce pour quoi j'étais payée. Au fil du temps, j'avais remarqué que mes collaborateurs traversaient des états émotionnels similaires aux grandes étapes du deuil.

Kevin Virely venait confirmer ma théorie. Étape une : le déni de la situation. Autrement dit, il passa son temps à m'ignorer tandis que je discutais avec sa directrice.

Fuis-moi, mon petit. Je finirai quand même par te manger tout cru.

Je souriais largement et j'eus même droit à une petite remarque de Jordan :

— Tu rayonnes. Que se passe-t-il ?

— Le boulot, rétorquai-je doucement en lui coulant un regard en coin.

Elle travaillait avec moi depuis assez longtemps pour hausser un seul de ses sourcils afin de me signaler qu'elle n'était pas dupe. Jordan comprendrait bien assez tôt ce qui me faisait tant jubiler.

La prochaine étape de ce deuil professionnel était la tentative de diminution ou dans le cas présent, de me démontrer sa supériorité. C'était toujours ainsi, mais ça finirait également par une forme de reddition : Kevin Virely accepterait de collaborer. Dans tous les cas, il n'avait guère le choix.

Comme si je partais à la guerre, j'étais prête. Il n'était pas encore au courant, mais ce Kevin allait faire face à un requin.

Je rencontrai quelques éditeurs qui me parlèrent de leurs prochains projets avec une telle passion dans la voix et dans les yeux qu'ils m'embarquèrent rapidement.

Je tentai d'interpeller Kevin Virely qui m'envoya balader dans les méandres de l'ignorance. Je ris de nombreuses fois, puis je chargeai Jordan de lui transmettre un message : « Rendez-vous pris demain pour déjeuner et parler boulot. »

Quand Jordan, petite et fluette jeune femme, l'approcha, il sembla s'ouvrir un peu, croyant sûrement faire face à une lectrice, jusqu'à ce que mon assistante lui délivre le message. Aussitôt, son visage se referma et son regard trouva le mien. Je lui fis un salut avec un chapeau imaginaire, puis lui tournai le dos.

C'était une invitation obligatoire : il ne pouvait pas refuser un rendez-vous professionnel. S'il avait du caractère, il continuerait de me snober quelque temps encore ; mais j'arrivais toujours à mes fins et il n'y échapperait pas.

Jordan se faufila jusqu'à moi parmi la foule puis elle s'exclama, fière d'avoir enfin compris :

— Tu as trouvé un nouveau défi ! C'est ça qui te rend si rayonnante.

Elle rit et dansa presque, ravie à la perspective de mes prochains récits qui, je l'espérais, seraient aussi croustillants pour elle que pour moi.

Chapitre 4

Kevin Virely me fit faux bond. C'était à prévoir, mais cette mésaventure me fournit de précieux renseignements sur son caractère et nous conduisit rapidement à l'étape numéro deux : diminution / tentative d'affirmation de sa supériorité.

Je pris mon temps pour manger en silence dans le restaurant que Jordan avait réservé pour cette réunion, puis je la contactai.

— Tu en as mis du temps, me dit-elle en répondant. Est-ce que ça veut dire qu'il est venu ?

— Non, absolument pas.

— Chouette ! Il te donnera du fil à retordre. Que veux-tu que je fasse ?

— Rien. Je voulais te prévenir que je me rendais directement aux locaux de Sirus éditions et que je ne serais pas revenue pour la réunion d'équipe. Tu pourras expliquer mon absence et me faire un compte rendu ?

— J'y serai. Dois-je te souhaiter « bonne bagarre » ?

Je ris ouvertement et réfléchis un instant.

— Je crois bien, oui.

Le siège de Sirus éditions était constitué de plusieurs bureaux situés sur un seul étage d'un grand bâtiment de la capitale. En y entrant, je fus surprise du silence qui régnait. C'était bien l'opposé de ce que je pouvais vivre chaque jour à l'agence. Les locaux étaient très épurés et modernes ; j'adorai instantanément l'endroit.

La femme de l'accueil me demanda d'une voix douce et basse mon identité ainsi que la raison de ma présence, ce que j'expliquai en quelques mots. Elle prit note, avant de passer un appel.

— L'assistante de M. Virely arrive.

Je souris en la remerciant. S'il m'envoyait son assistante, c'était que, bien sûr, il ne se déplacerait pas. J'étais curieuse de l'excuse qu'elle allait me donner.

Une femme longiligne, qui semblait assez stricte, vint à ma rencontre et se présenta en me tendant une main que je serrai professionnellement.

— Je suis Rachel, l'assistante de Kevin. Veuillez l'excuser, il n'est pas disponible, aujourd'hui. Il est en télétravail.

Je lui fis un sourire pincé. Flûte ! Cette excuse était plutôt valable.

— Merci de m'avoir reçue dans ce cas.

Je la saluai et quittai le bâtiment en pestant, mais, lorsque j'arrivai à l'agence, un plan parfait prit forme dans mon esprit.

La réunion de l'équipe avait déjà démarré, Jordan devait sûrement y être pour moi, alors je me rendis dans mon bureau, avec une idée bien précise en tête. J'ouvris mon ordinateur et fouillai dans mes dossiers afin de trouver le tout premier plan de communication que j'avais rédigé lorsque le contrat avait été signé. Il avait été créé uniquement pour donner une première idée de ce que nous pouvions apporter. Je fis une copie du document et modifiai quelques informations stratégiques, comme le genre de romans et des détails à même de le faire tiquer, avant de glisser la version PDF dans un mail.

Je rédigeai alors un mail d'accompagnement :

Monsieur Virely,

Malgré mes tentatives pour vous joindre – dans le cadre

d'un déjeuner, par téléphone puis sur votre lieu de travail –, je n'ai pas réussi à échanger avec vous. Je me permets donc de vous faire suivre le plan de communication validé, que vous trouverez ci-joint.

En vous souhaitant une bonne continuation et beaucoup de succès, je vous souhaite une belle journée.

Sincères salutations,

Yéléna DRACOT

L'idée était simple : l'obliger à me contacter en lui faisant croire qu'il n'avait pas d'autre choix que d'accepter un plan de communication bidon. Mon vrai projet n'avait rien à voir avec celui que j'avais envoyé, mais j'en avais assez de jouer au chat et à la souris avec ce collaborateur peu coopératif : je voulais finir cette mission dans les meilleurs délais.

Satisfaite, je quittai mon bureau et rejoignis Jordan en salle de conférences où se tenaient les réunions d'équipe. J'arrivai quasiment quand elle se termina. Jordan me fit un compte rendu de ce qui s'était dit sur le chemin de nos bureaux respectifs. À part une politique un peu plus stricte de l'agence en termes de contrôle des coûts, il n'y avait pas grand-chose d'intéressant, alors je lui résumai ma journée – autrement dit, pas grand-chose, si ce n'était mon mail.

— Tu crois qu'il va réagir ? demanda-t-elle en entrant dans mon bureau.

— Certaine. Je te parie qu'il a déjà rédigé une réponse.

Elle vint se placer derrière mon fauteuil pour regarder mon écran, sa curiosité ayant grimpé à son summum.

— Bingo ! m'exclamai-je en riant.

— « Rendez-vous demain soir pour un dîner et parler de ce plan… », lut-elle au ralenti, sa voix montant dans les aigus. C'est excitant !

— Ne t'emballe pas, Jodi. J'atteins juste mon but par des

moyens peu conventionnels. Et ne va pas t'imaginer la Lune, ce n'est que professionnel.

Aussitôt, son enthousiasme parut s'éteindre. Elle alla s'installer sur son siège habituel et croisa les jambes.

— Je l'ai trouvé plutôt charmant, cet homme.

— Pas de plan sur la comète. Je te le redis, ce n'est que pour le boulot.

— C'est beaucoup moins excitant.

— Mais ça l'est pour moi !

— Que vas-tu lui répondre ?

— Rien du tout, mais j'irai au dîner.

— Tu es machiavélique.

— Je m'adapte seulement aux personnes à qui j'ai affaire.

Jordan se leva et s'étira rapidement avant d'ajouter d'un ton enjoué :

— Sache que je réclamerai tous les détails.

— Tu les auras. Tu pourras me faire une impression du plan final en deux exemplaires pour demain ?

— C'est comme si c'était fait. N'oublie pas ton rendez-vous de 16 heures, le dossier est sur le coin de ton bureau.

— Tu es la meilleure.

Elle me fit un grand sourire et le perdit rapidement, prenant un air faussement sévère :

— Rappelle-toi bien que tu devras tout me raconter.

Je ne savais pas ce qu'elle s'imaginait. En revanche, il était certain qu'une partie d'échecs était lancée et que je venais de jouer un beau coup.

Chapitre 5

Je me vêtis d'une robe noire qui s'arrêtait juste au-dessus du genou et attachai mes courts cheveux sombres en arrière à l'aide de pinces. Je me fis un rapide maquillage naturel et pris tout mon temps pour me rendre au restaurant... Italien.

Ma gastronomie préférée.

Kevin Virely m'avait envoyé plusieurs mails restés sans réponse, puis j'avais demandé confirmation pour connaître l'endroit où il souhaitait que nous nous retrouvions pour ce repas professionnel.

Je pris une sacoche dans laquelle je fourrai les deux exemplaires du vrai plan de communication et me rendis tranquillement sur le lieu de rendez-vous, où j'arrivai un peu en retard – simplement pour le faire douter de ma venue.

Je le repérai avec facilité : il attendait devant le restaurant, un peu tendu, presque impatient. Je le comprenais : j'avais été exactement dans le même état la veille, quand bien même je m'étais doutée qu'il ne viendrait pas.

Je lui fis un signe de main quand il se tourna vers moi. Il sembla se détendre, puis il me scruta de haut en bas, pas vraiment discrètement, de son regard vert bouteille déconcertant.

Il était plus grand que moi, bien que je sois perchée sur des talons. Les mains plongées dans les poches de son costume gris sombre, il avait coiffé ses cheveux châtains en arrière, et ses joues, parfaitement rasées lorsque nous nous étions rencontrés au Salon du livre quelques jours plus tôt, étaient à présent couvertes d'une fine barbe. J'eus l'impression qu'il se présentait à un rencard plutôt qu'à un rendez-vous professionnel ; je m'aperçus que je devais renvoyer la même image.

Cela me fit sourire.

Quand il m'observa de nouveau, ce fut comme s'il se rappelait qu'il devait me détester. Son visage se renfrogna un peu, mais il me tendit poliment la main.

L'étape numéro un était donc irrévocablement terminée.

Il me salua poliment, puis me tint la porte du restaurant. Au moins, sa mauvaise volonté ne lui faisait pas oublier la galanterie, ce que j'appréciai.

Un serveur nous accompagna jusqu'à notre table réservée. Je déposai ma sacoche sur le sol et m'installai. Sans un mot, il s'assit à son tour en prenant soin de déboutonner sa veste.

— Vous savez, j'étais contre cette idée de faire appel à une entreprise extérieure pour gérer le lancement de la nouvelle collection, dit-il d'un air détaché en consultant la carte. J'ai toujours géré personnellement nos plans de communication et les résultats étaient tout à fait satisfaisants.

— Je ne suis pas là pour remettre en cause votre travail mais pour vous proposer de nouvelles options et vous faire bénéficier d'un regard extérieur.

— Venant de quelqu'un qui n'ouvre jamais un livre et qui ignore de quoi la nouvelle collection sera faite… veuillez me pardonner si je suis un peu rude, mais c'est la vérité : vous ne saurez jamais comment toucher le cœur des potentiels nouveaux lecteurs. Pas sans avoir un minimum d'intérêt pour nos ouvrages. Voilà pourquoi je sais d'ores et déjà que vos services seront inutiles.

Je souris poliment. L'étape numéro deux venait donc de s'enclencher : la diminution / tentative de supériorité.

— Monsieur Virely, quand je m'occupe de la mise en place d'une campagne publicitaire pour un produit canin, je ne vais pas m'amuser à goûter la pâtée pour chien afin d'effectuer mon travail. Je trouve d'autres moyens de cerner les points forts du produit et les attentes de ses consommateurs, c'est ce qui s'appelle être professionnelle.

— Avec la trame que vous m'avez envoyée, je doute que l'on puisse appeler ça du professionnalisme.

Je gardai mon sourire et sortis les deux exemplaires du plan avant de lui en tendre un.

— La version que vous avez reçue par mail visait à attirer votre attention.

L'étape trois arriva bien plus vite que je ne l'avais pensé : je le vis bouillir intérieurement, et ses traits se crispèrent de colère.

Il prit le document en me fusillant du regard. D'accord, je l'avais piégé mais, au moins, j'arrivais à mes fins. Oui, j'étais un peu manipulatrice sur les bords. Déformation professionnelle.

Kevin feuilleta le plan et sembla se décontracter quelque peu. Je le laissai examiner ces nouvelles informations, tandis que je fixais mon choix sur des lasagnes. Quand le serveur arriva, on passa chacun nos commandes puis, un peu plus détendu, il me regarda avec un nouvel œil.

— Est-ce que ça vous rassure un peu plus ? m'enquis-je, confiante.

— Je suis toujours d'avis que vous engager est un gâchis financier pour la maison. Cependant, si vous exécutez réellement tout ce qui se trouve dans ce plan de communication alors, effectivement, je suis rassuré.

— Est-ce que vous avez des questions, ou des remarques ?

— Je souhaiterais une version numérique sur laquelle je pourrais me pencher plus en profondeur au bureau.

N'était-ce pas un repas professionnel, justement ? C'était le moment ou jamais de discuter du plan.

Il dut voir mon incompréhension et cela le fit sourire. J'étais perdue. Il m'expliqua alors :

— Vous m'avez en quelque sorte piégé. Avant de m'engager un peu plus dans les négociations, car il y en aura, j'aimerais avoir toutes les cartes en main.

J'acquiesçai en me disant que c'était plutôt fair-play. C'était un homme intelligent et, à présent que nous étions arrivés à un terrain d'entente, il s'ouvrit davantage.

Il me décrivit brièvement son parcours et se laissa emporter quand il m'expliqua en quoi consistait son travail ; je découvris un homme passionné par la magie des mots. Il adorait les romans, le monde imaginaire et pouvoir s'évader avec un bon livre. Ce type avait tout pour lui, et je fus la première surprise de me laisser autant captiver par ce qu'il me racontait.

Ce n'était que le boulot pourtant, dans sa bouche, c'était comme parcourir un monde inconnu, avec ses terres inexplorées regorgeant de dangers et de mystères. Je me sentis soudainement comme Dora l'exploratrice, prête à récupérer mon sac à dos pour partir à l'autre bout du monde avec lui.

— Et vous, madame Dracot…

— Yéléna, le coupai-je.

— Yéléna. Est-ce que vous lisez ? Avez des passions ? Quel est votre parcours ?

Le charme prit alors fin. Il n'y avait pas grand-chose à dire, et ma vie était beaucoup moins passionnante que la sienne.

— J'ai effectué des études dans la communication, puis je me suis spécialisée dans ma branche actuelle. J'adore ce que je fais. J'apprends grâce à chacune de mes missions, et pouvoir toucher à toutes les branches professionnelles me fait penser que j'ai le métier le plus varié qui existe, même si ce n'est qu'une illusion.

Il sourit et acquiesça lorsque j'eus terminé mon récit.

— Et d'où venez-vous ?

— Cela relève de ma vie privée.

— C'est noté. On reste uniquement sur le pro.

Il régla la note du restaurant, et on sortit en silence dans les rues fraîches de la capitale. Il fourra de nouveau les mains dans ses poches et, sans vraiment savoir où on se rendait, on avança l'un à côté de l'autre, jusqu'à ce qu'il reprenne la parole.

— J'aimerais réellement que vous lisiez ce livre dont je vous ai parlé. Il pourrait vous surprendre bien plus que ce que vous pensez.

— Je n'ai pas le temps de lire. J'aimerais pouvoir vous dire oui, mais je sais déjà que je le finirai l'année prochaine. Je suis une femme très occupée.

— Vous avez des enfants ?

Quand il vit ma grimace, presque horrifiée, il éclata de rire.

— Je suppose que cela veut dire non, comprit-il, le sourire toujours aux lèvres.

— Effectivement, je n'ai pas d'enfant ni de mari, et ça me convient parfaitement.

— Si votre vie personnelle n'est pas prise par votre famille, que faites-vous pendant votre temps libre ?

— Je vois des hommes.

— Des hommes ? répéta-t-il, surpris.

— Oui, des hommes. Ou je sors avec mon assistante et amie, Jordan.

— Excusez-moi, je suis curieux. Quand vous dites des hommes…

— Je parle de coucher avec eux. On sort un peu du cadre pro, alors pardonnez-moi pour ma franchise : je n'ai aucun filtre.

Il rit doucement et m'observa du coin de l'œil. J'attendis le moment où un air indigné ou dégoûté s'afficherait sur son visage, mais je n'en vis pas l'ombre. Il paraissait plutôt intrigué, comme s'il avait des tonnes de questions sans toutefois oser les poser.

— Vous êtes surprenante, Yéléna.

— C'est-à-dire ?

— Que vous êtes loin de la femme coincée que j'imaginais. Pardonnez-moi encore une fois.

— Ne vous en faites pas, j'ai pensé la même chose de vous.

— Ouch.

Satisfaite de le voir se détendre de plus en plus, je déchantai quand il recommença à insister :

— Je vous ferai parvenir un exemplaire à votre bureau. J'accepte de collaborer si vous lisez ce livre. En plus, l'autrice m'a confié m'avoir pris pour modèle pour son personnage masculin.

Levant le visage dans sa direction, j'eus tout le loisir de voir combien cela le rendait heureux et fier.

— Très bien, mais je ne vous garantis pas de le finir dans les deux prochaines semaines.

— Deux semaines ?

— C'est le délai dont nous disposons pour valider et mettre en place le plan de communication.

— Vous le finirez à temps. Il faudra juste voir un peu moins d'hommes.

Je grimaçai. Cela ne me plaisait pas, mais si je pouvais arriver à mes fins ainsi, je supposais que j'allais devoir faire également des concessions.

Je me rendis alors soudainement compte que même sans sexe je venais de passer une excellente soirée. Ce n'était pas arrivé depuis beaucoup trop longtemps.

Chapitre 6

— Comment ça s'est passé hier soir ? s'enquit Jordan en s'installant dans mon bureau.

Je lançai ma machine à café et lui fis un rapide compte rendu de ma soirée, ce qui éveilla sa curiosité. Elle me posa une tonne de questions faussement désintéressées : je la connaissais par cœur.

— Tu as commencé le livre ?

— Pas encore, répondis-je en nous servant une tasse de café chacune. Il m'a dit qu'il me l'enverrait, mais je ne l'ai pas encore reçu et il est un peu tôt pour la réception du courrier.

— Mais vous êtes parvenus à vous entendre. C'est plutôt une bonne chose !

— Je dirais que oui. Je vais faire quelques concessions et prendre au sérieux cette lecture. En revanche, j'admets que j'ai hâte de pouvoir boucler ce contrat et passer à autre chose.

Surprise, Jordan laissa sa tasse fumante en suspens et m'observa par-dessus la vapeur.

— Tu ne trouves pas cette mission intéressante ? C'est la première fois que tu travailles pour une maison d'édition.

— C'est vrai, tu as raison. Mais Jodi... Kevin a beau être intelligent et très intéressant, je n'aime pas faire des concessions.

Elle plissa les yeux et soupira.

— Je suis certaine que tu n'es pas au bout de tes surprises

et que ça ira bien mieux que tu ne le penses. Il est célibataire, d'ailleurs.

Je me figeai et la regardai avec curiosité.

— Tu as fait des recherches sur lui ?

— Comme sur absolument chaque personne que tu fréquentes ou avec qui tu travailles. N'oublie pas que je suis celle qui couvre tes arrières. C'est mon travail de devoir t'informer de la moindre chose susceptible de t'être utile.

— Et qu'il soit célibataire entre dans le package « boulot » ?

Elle rit et haussa les épaules.

— Parfois les mélanges ont du bon.

— Je ne couche pas avec tout ce qui bouge. Oui, je rencontre beaucoup d'hommes, mais soigneusement choisis...

— Par mes soins, compléta-t-elle d'une toute petite voix avec presque une auréole de fierté survolant sa tête.

— ... mais c'est simplement pour répondre à un besoin physiologique et un bon moyen d'évacuer tout le stress que j'encaisse. Je ne sais d'ailleurs pas comment tu fais pour tenir le coup.

Elle leva sa tasse dans ma direction comme pour porter un toast.

— Je fais comme beaucoup de gens : du sport. Mais peut-être que c'est parce que je n'ai encore jamais goûté au sexe.

— Je préfère le sport en chambre. Et crois-moi, tu ne sais pas ce que tu rates !

— Oui, enfin, si c'est pour tomber sur des hommes comme tes fameux pires amants, je préfère m'en tenir à la course à pied. Tiens d'ailleurs, tu devrais faire un tableau avec le top des pires hommes et situations que tu as rencontrés.

Je ris de bon cœur en me disant qu'elle n'avait pas tort. J'avais une certaine tendance ces derniers temps à ne tomber que sur des personnes très peu avenantes, maladroites ou complètement bizarres. Il était peut-être temps de rejoindre Jordan le dimanche matin pour son footing hebdomadaire.

— Plus sérieusement, Kevin est un très bon choix.

Je ris un peu plus et lui balançai un stylo pour la faire taire.

— Il n'est pas question de ça entre nous, cette hypothétique relation est impossible.

— Rien n'est impossible, mais je connais ton point de vue à ce sujet, donc je ne vais pas t'embêter avec ça. Plus sérieusement, tu as un rendez-vous ce matin, et rien de prévu pour cet après-midi. Si besoin, tu sais où je me trouve.

— Merci, Jodi.

Elle me fit une petite révérence maladroite et quitta mon bureau le sourire aux lèvres.

Je me mis au travail et ne vis pas le temps passer. Bien vite, midi arriva, et j'embarquai Jordan pour un déjeuner sur la terrasse d'un petit restaurant parisien bondé. Quand on revint à l'agence, j'eus la surprise de voir un livre sur le coin de mon bureau.

LE livre.

Je le récupérai et compris qu'il s'agissait d'une version non finalisée.

Je l'ouvris et tournai les pages à toute vitesse, désespérée de constater combien c'était écrit petit. Cela allait me prendre des heures et des heures pour le finir. Néanmoins, un marché était un marché.

J'ouvris mon ordinateur et envoyai un mail :

Kevin,

J'ai bien reçu l'exemplaire et vous en remercie ! Je le commence dès que je trouve un petit moment.

Bien à vous,

Yéléna.

Je reçus rapidement une réponse :

Yéléna,

Je suis passé à l'heure du déjeuner pour vous le déposer, mais je vous ai manquée de peu apparemment. Je prendrai des nouvelles bientôt. Bonne lecture et pensez bien que vous serez interrogée sur le livre.

Bien à vous,

Kevin V.

Je plissai les yeux en bougonnant. Je détestais qu'il pense que je manquais de parole, quand bien même je lui avais donné la mienne. Je faisais ce que je disais, et il allait bien vite le comprendre.

Pour ne pas oublier, je déposai le livre dans mon sac à main. Plus vite j'en aurais terminé avec cette lecture et plus vite je bouclerais cette mission.

Je commençai ce foutu livre en rentrant. Oui, j'étais on ne peut plus pressée de me débarrasser de cette corvée.

Si j'eus du mal à rentrer dans l'histoire au début, je fus surprise de me laisser embarquer dans l'univers que j'identifiai rapidement comme étant fantastique. Pour ce qui était de l'intrigue amoureuse, c'était couru d'avance : l'un des premiers protagonistes mâles qui apparut allait inévitablement devenir le crush de l'héroïne.

Cela étant, l'autrice avait su comment amener l'histoire pour la rendre intéressante et addictive. J'aimais beaucoup et, bientôt, cette corvée n'en fut plus une.

Quand mon estomac grogna, je réalisai que j'avais manqué mon heure habituelle du dîner. Je pris soin de terminer mon chapitre en cours et, n'ayant rien sous la main pour marquer ma page, je fus tentée de la corner, mais je me retins. Je me souvins combien cela pouvait hérisser certaines personnes et aurais pu mettre ma main à couper que Kevin était l'un d'eux. Récupérant alors une enveloppe vide, je la calai entre les deux pages et passai à table.

Je souris comme une andouille quand je repris machinalement le livre tout en mangeant pour lire un dernier chapitre. Avant d'aller me coucher, je terminai de ranger mon appartement épuré et soigné, sans rien qui traîne – et je n'étais pourtant pas maniaque. Je réalisai alors que j'avais lu un quart du livre sans même m'en apercevoir.

Une fois dans mon lit, quand je fermai les yeux, je repensai à cette histoire. Bon sang ! L'héroïne était-elle, elle aussi, une créature surnaturelle ? Et pourquoi elle n'avait pas encore sauté sur le héros ?

Je fronçai les sourcils et tapai les draps de mon lit, puis cédai. Je rallumai la lumière et lus un autre chapitre qui me frustra au plus haut point. Puis un autre. Et un autre.

Kevin allait m'entendre demain.

Chapitre 7

— Ce n'est absolument pas drôle !

Je pestai contre Kevin qui, lui, riait ouvertement, se moquant de moi.

— Si, ça l'est.

— J'avais un rendez-vous avec un gros client de l'agence ce matin et je suis arrivée en retard. Je n'arrive jamais en retard !

Il but un verre d'eau et cessa de rire, sans toutefois perdre son sourire. Le tableau qu'il m'offrait m'éblouissait. Ce type était encore plus beau quand il souriait, et j'étais presque sûre qu'il le savait sans toutefois en jouer.

— Ça s'est tout de même bien passé ?

— Oui, très bien. Mais, crois-moi, je ne lirai plus ce livre le soir.

Il s'adossa d'un air satisfait sur le siège qu'il occupait.

Je lui avais fait un mail en milieu de matinée pour râler contre lui et ses conseils de lecture qui m'avaient tenue éveillée une bonne partie de la nuit. Kevin m'avait répondu aussitôt sur un ton qui indiquait combien il était amusé par mon message et m'avait finalement donné rendez-vous pour déjeuner.

— Ne me regarde pas comme ça, dis-je en le pointant du doigt. Ton air satisfait ne me plaît pas du tout.

Notre collaboration avait considérablement évolué. Les barrières de l'inconnu étaient un peu tombées et on arrivait à une certaine entente, entre plaisanteries et moqueries.

— Je suis tout simplement content que le livre te plaise. J'aime quand ce que j'apprécie plaît à d'autres personnes.

— Eh bien, monsieur l'altruiste, la prochaine fois, abstiens-toi.

— Tu dois finir ce livre.

— Je le finirai, je t'ai donné ma parole.

Il acquiesça puis on discuta de mon plan de communication sur lequel il s'était penché. Il avait soigneusement placé des post-it à chaque endroit qui le titillait. Je le rassurai, lui expliquai certains détails, et il m'indiqua qu'il reviendrait vers moi pour me faire également des propositions de modification – ce qui me fit légèrement grincer des dents. Puis il aborda à nouveau son sujet fétiche :

— Admets que lire un bon livre est plus agréable que passer une soirée foireuse avec un inconnu que tu ne reverras jamais.

Je fronçai les sourcils et secouai la tête.

— Comment peux-tu savoir que mes rendez-vous sont foireux ?

— C'est gros comme le monde : tu rencontres un maximum de personnes sans rien savoir d'elles, donc je dirais que quatre-vingts pour cent du temps les personnes ne te conviennent même pas.

Bingo. Je ronchonnai intérieurement.

— Je parie même que la soirée que nous avons passée ensemble avant-hier soir était bien meilleure que toutes celles que tu as passées avec ces inconnus sur un mois entier.

Je fronçai les sourcils, contrariée. Il avait raison.

— Je découvre une facette de toi assez présomptueuse, marmonnai-je pour l'attaquer doucement.

— Absolument pas. C'est toi-même qui l'as dit.

— Je n'ai jamais rien déclaré de tel.

— Si, quand nous nous sommes séparés après le restaurant, tu as dit, je cite : « Merci pour cette soirée. Je n'aurais pas pensé dire ça, mais j'ai passé un bon moment et ça n'était pas arrivé depuis longtemps. »

— Tu inventes !

— Non, je t'assure, c'est ce que tu as dit.

— Vraiment ? Je parle trop.

Il m'avait coincée. Pourquoi avais-je dit ça, d'abord ?

— D'accord, capitulai-je. C'est vrai que mes rendez-vous ne sont pas tous une partie de plaisir, mais je ne le fais pas vraiment pour la qualité. C'est surtout pour évacuer mon stress. Et puis, je gère mes soirées comme je le souhaite.

Il haussa les sourcils : il savait parfaitement que je m'empêtrais dans des excuses qui étaient bidon.

— Je ne te critiquais pas. Je voulais juste que tu avoues que mon idée d'une soirée avec un bon livre est bien meilleure que tout le reste.

— Je ne l'avouerai pas. Tu ne gagneras pas.

Il éclata de rire et plongea son regard troublant dans le mien.

— Parce que c'était un jeu ? S'il doit y avoir un gagnant, ce sera moi, très chère.

— Tu te trompes et, non, ce n'est pas un jeu. Ce n'est qu'un livre et un projet professionnel en cours. Rien de plus.

Il haussa l'un de ses sourcils, exactement de la même manière que Jordan quand elle m'indiquait avoir raison, sans le dire à voix haute. Je plissai alors les yeux, le défiant de parler.

— J'ai une présentation de projet dans un quart d'heure, annonçai-je lorsque je fus sûre qu'il n'ajouterait rien de plus. Je vais devoir y aller.

— Je me charge de régler la note. Vas-y et tiens-moi au courant de tu sais quoi.

Le livre.

— Bien sûr.

Il me sourit et termina son verre avant de se rendre au comptoir pour régler l'addition.

La prochaine fois, je lui offrirai le repas, me dis-je, avant de comprendre que je planifiais une prochaine fois, ce qui était assez inédit avec quelqu'un qui n'était ni mon collègue ni Jordan. Je récupérai mon sac à main et m'en allai, sans un regard en arrière.

Le soir venu et malgré ce que j'avais pu dire, je me replongeai dans ma lecture après avoir dîné.

Kevin m'avait dit que l'autrice s'était inspirée de lui pour créer son personnage principal masculin, et si j'avais pu rester détachée de ce détail la veille, ce soir, je n'y arrivais pas.

Chaque fois que je lisais une description du personnage masculin, c'était Kevin qui me venait en tête. Et j'avais beau tenter de le chasser de mes pensées, rien n'y faisait, il revenait sans cesse à chaque scène, chaque regard, chaque geste. J'étais dans la peau de l'héroïne, et Kevin était avec moi dans ce monde imaginaire fantastique.

C'était troublant.

Et bien plus encore lorsqu'il y eut le premier baiser. J'imaginais les lèvres de Kevin sur les miennes. C'était excitant pour l'histoire, c'était perturbant pour ma vie réelle. Je n'allais définitivement plus voir cet homme de la même manière.

Je me demandais si les personnages du roman finiraient par coucher ensemble et s'il y avait des descriptions… J'aurais pu rougir à cet instant, mais au lieu de ça j'explosai de rire.

J'étais complètement tarée.

Tout ça à cause d'un livre.

J'avais besoin de sortir. J'appelais donc mon unique – et favorite – acolyte.

— Jodi, ça te dirait de sortir un peu ?

— Vraiment ?

— Oui, le temps d'un verre. Je t'invite.

— Tout va bien ?

— Très bien.

— D'accord…

Elle laissa un blanc assez éloquent, comme si elle ne me croyait pas. Je me sentis obligée d'ajouter :

— J'ai juste besoin de me vider un peu la tête et prendre l'air. Ce n'est que pour une petite heure.

Je l'entendis remuer, comme si elle était soudainement méfiante.

— Te vider la tête ? Es-tu sûre que tout va bien ? Tu as eu un rencard ce soir ?

— Non, pourquoi ?

Elle ne répondit pas et enchaîna :

— Ne me dis pas que c'est à cause du livre ? Il est triste ?

— Non, non. Il est bien !

Je soupirai et, pour la décider une bonne fois pour toutes, je choisis de l'amadouer avec un peu de vérité.

— Tu ne me croirais pas si je te le disais.

Aussitôt, j'entendis comme un ouragan dans le téléphone. Jordan était prête à quitter son appartement pour me rejoindre, j'en étais presque sûre.

— Mais dis ! Mon Dieu, je veux entendre ce que tu as à me dire ! C'est en rapport avec Kevin ?

— En quelque sorte.

— Oh ! Un HPA !

— Non, Jodi. Il n'y a rien, je t'assure. Et encore moins un haut potentiel amoureux, crois-moi. C'est juste que tu vas rire quand tu le sauras, mais il n'y a rien de romantique ou en rapport avec des sentiments amoureux.

— Oh…

Je ressentis sa déception à travers le téléphone, ce qui me fit rire.

— Si tu attends vraiment que l'amour me tombe dessus,

je te garantis que tu finiras déçue. Ça n'arrivera pas, Jodi. Je suis sérieuse.

Elle bougonna des tonnes de choses que je ne compris pas, avant de me demander :

— Où se retrouve-t-on, et dans combien de temps ?

— Comme la dernière fois, dans une dizaine de minutes ?

— Vendu. À tout de suite !

Chapitre 8

— Tu es en train de me dire que le livre te fait fantasmer sur ton client ?

Je restai figée, lui jetant un énième regard dubitatif.

— Ce n'est pas ce que j'ai dit, Jodi.

— Mais c'est presque pareil.

Je fronçai les sourcils, doutant soudainement.

— Je ne fantasme pas sur mon client.

— Ton charmant client.

— Je te l'accorde, ça, il l'est.

On commanda un verre chacune et on resta silencieuses un instant, observant le pub à moitié plein en soir de semaine. C'était bien plus agréable ainsi.

Et pourquoi fallait-il que je continue de penser à ce livre, d'avoir envie de rentrer pour lire encore un chapitre et d'y retrouver Kevin dans ce demi-fantasme étrange que je ne comprenais guère ? Je délirais complètement.

— Tu penses à lui, hein ?

— Non !

Voyant son expression qui m'indiquait clairement qu'elle n'était pas dupe, je soupirai et avouai :

— Je pensais plutôt au livre. Et, oui, un peu à lui aussi.

Jordan s'étira et resserra sa queue-de-cheval qui retenait ses longs cheveux blonds en arrière.

— Je connais ton aversion pour le romantisme et les

relations de couple. Donc, je viens de penser à un truc : tu devrais lui proposer d'être un sex-friend.

— Non, c'est un client.

— Un client à qui tu penses, même à travers un livre. C'est la première fois que je te vois enjouée avec un homme.

— Jodi, je ne suis pas enjouée !

— Mais tu penses à lui. Ce n'est pas rien. Je ne te parle pas de sentiment et de tout ce que tu ne veux pas entendre. Simplement, au lieu de sortir avec tout un tas d'hommes avec qui ça ne se passe pas forcément au mieux, tu pourrais en choisir un et faire un genre de… pacte ?

Je secouai la tête, refusant catégoriquement de m'aventurer dans cette direction.

— Hors de question. Ce type doit être le genre à avoir envie de mariage, d'enfant et tout ce qui est incompatible avec mes plans. Rester concentrée sur une personne, ça aboutit inévitablement à des problèmes et des concessions, et je ne veux aucune prise de tête.

— Mais peut-être que c'est tout l'inverse et, dans ce cas, tu passes à côté de quelque chose de sympathique. Qui plus est, j'ai l'impression que tes échanges avec lui te rendent joyeuse. J'ai envie de voir une Yéléna heureuse. Laisse-moi t'organiser un déjeuner avec lui la semaine prochaine.

— Non. Laissons les choses se faire et voyons où ça nous embarque. Pour l'instant, j'adore ta compagnie mais je t'assure que je suis complètement obsédée par ce livre… Est-ce que c'est absurde que j'aie qu'une seule envie, rentrer pour lire ?

Jordan rit et me lança un regard en coin. Elle se faisait probablement des idées sur Kevin et moi, mais, si ça lui faisait plaisir, alors elle pouvait continuer tant qu'elle ne m'ennuyait pas avec ses délires. De mon côté, j'avais hâte de pouvoir encore me replonger dans ma lecture.

En début de semaine suivante, je passai deux heures en réunion avec mon équipe et Kevin. Ce dernier exigea plusieurs modifications sur certains visuels. Mon équipe avait très bien travaillé, et j'étais un peu agacée par tous ces changements quand la campagne devait démarrer dans une semaine. J'avais bien compris que c'était une façon pour lui d'apporter sa pierre à l'édifice, néanmoins il devait nous laisser faire notre job. On nous avait engagés pour cette raison, et devoir repartir sur des modifications à une semaine du lancement, c'était une source de stress inutile. Et du travail en plus. Et, bon sang ! nous connaissions notre travail.

— Tu donnes du fil à retordre à mon équipe, marmonnai-je, affalée sur la table en fin de réunion.

— Quand quelque chose me tient à cœur, je ne fais pas les choses à moitié.

— Insinuerais-tu que ce n'est pas notre cas ?

Kevin, à ma droite, pivota son siège dans ma direction pour me faire face.

— Non. Le travail effectué est génial et j'adore, je t'assure. C'est simplement qu'une personne ayant l'habitude du genre et une passion certaine pour le produit peut insuffler des idées plus personnelles auxquelles le client final pourra davantage s'identifier.

— Le deal était que tu aies un œil consultatif sur la production de la campagne, pas que tu la diriges. De plus, je te rappelle que le but de ce contrat était d'attirer un nouveau public.

Il se frotta le menton avec un sourire aux lèvres.

— C'est vrai, je sais que le temps est compté, mais étant responsable du marketing et de la communication, c'est assez dur de ne pas imposer, ou tout du moins proposer, mes idées.

— Qui sont bonnes, je te l'accorde, admis-je en me redressant. Mais je te rappelle que si tu avais collaboré dès le début, on aurait gagné un temps précieux. Et ne lève pas les yeux au ciel, ajoutai-je en le voyant faire. Tu sais que j'ai raison. Le contrat a été signé il y a plusieurs semaines, et mon équipe et moi-même avons dû avancer sur le projet pendant que tu me snobais. Désormais, je n'ai que deux jours pour effectuer tes modifications et ensuite récupérer et transmettre aux agences partenaires les affiches, bannières, les contenus digitaux et visuels commerciaux en un temps record.

Il resta silencieux en me fixant longuement sans bouger, puis il sourit.

— Tu n'as pas beaucoup dormi, n'est-ce pas ?

— Ça aussi, c'est ta faute.

Il rit doucement et se leva en me tendant la main.

— Il est presque 20 heures. Allons prendre un verre au coin de la rue. Je te laisserai me râler dessus autant que tu veux.

Je pris sa main et me laissai embarquer au coin de la rue. J'appréciais quand même qu'il ait remarqué que je n'étais pas vraiment d'humeur à être contrariée.

— J'ai besoin d'une nuit de sommeil complète et réparatrice, dis-je, les yeux perdus dans mon verre rempli de thé froid.

— À quelle heure t'es-tu couchée ?

— Environ deux heures et demie. Réveillée à 6 heures ce matin. Ce n'est pas gérable, et mon niveau de concentration est au plus bas. J'espère que tu te sens coupable.

— Absolument pas.

Je ris sans pouvoir m'en empêcher. J'étais épuisée.

— J'ai l'impression d'avancer dans l'histoire sans pour autant avoir l'impression d'approcher de la fin. Le livre est bien épais.

— On a regroupé deux tomes en un.

Au moins, je n'avais pas à attendre la suite, c'était plutôt une bonne nouvelle.

— Et donc, tu penses à moi quand tu le lis ?

Heureusement que je n'étais pas en train de boire ou je me serais sérieusement étouffée.

— Qu'est-ce que tu insinues ?

— Jordan m'a dit que le personnage masculin te faisait penser à moi.

Je vais la tuer, pensai-je instantanément.

— Tu m'as dit que l'autrice t'avait pris comme modèle, donc forcément, j'ai eu une pensée pour toi lors des descriptions du héros.

Il acquiesça et but une gorgée de son café sans se départir de son sourire.

— Je crois que j'aime bien ça.

— Tu aimes que je pense à toi en lisant un livre ?

— Oui. Où en es-tu exactement ?

— Chapitre quarante-trois, page quatre cents et quelques.

— Parfait. Je sais déjà ce qu'il se passe ensuite alors… continue de penser à moi quand tu liras.

Je ne compris pas vraiment pourquoi il me disait ça et, surtout, ce que cela sous-entendait, mais j'étais curieuse. Kevin voulait entrer dans un jeu dont je ne connaissais pas encore les règles : il éveillait ma curiosité.

Notre conversation dévia entre le boulot et les passe-temps de chacun, et je gardais dans un coin de ma tête ce qu'il venait de me confier. Si je n'avais pas spécialement hâte de mettre fin à cette soirée pour lire, j'étais tout de même impatiente de découvrir la raison pour laquelle il m'avait demandé de penser à lui dans les prochains chapitres.

Chapitre 9

Il faisait particulièrement froid ce soir-là. En boule dans mon canapé, couverte par un immense plaid à poils longs, bien chaud et douillet, j'avais une tasse de thé posée à portée de main et, bien évidemment, LE livre.

Je n'arrivais pas à décrocher. Et, rien n'y faisait, l'image de Kevin se superposait chaque fois que le héros intervenait. Je n'essayais même plus de me battre avec ça. C'était lui. Point.

« Il me plaqua brutalement dos contre le mur, mais je ne ressentis aucune douleur. Nos lèvres soudées ensemble, nos langues emportées dans une danse guerrière et sensuelle, on se dévorait, dominés par un besoin complètement irrationnel et primitif de se fondre l'un dans l'autre. »

— Waouh ! ça devient chaud, dis-je en écarquillant les yeux.

Je souris avant de me rappeler les paroles de Kevin : « Je sais déjà ce qu'il se passe ensuite alors… continue de penser à moi quand tu liras. » C'était donc là où il voulait en venir ? Je pouffai de rire et me replongeai dans ma lecture.

Les mots qui défilèrent sous mes yeux devinrent un peu plus crus et très, très explicites. Si ça continuait comme ça, cette lecture allait m'exciter bien plus et bien mieux que beaucoup d'hommes que j'avais rencontrés !

J'explosai de rire en m'apercevant que c'était le cas. Bon sang, quelle était cette magie ? Il ne s'agissait que d'un livre !

Mais un livre dans lequel j'avais projeté l'image parfaite de Kevin en tant que héros masculin et où je me visualisais comme personnage principal. Le pouvoir de l'imagination était considérable, et je vivais chaque regard, chaque caresse et chaque baiser comme si je les recevais, moi.

Je compris alors la puissance des romans et des mots. Pas parce qu'il s'agissait de sexe et d'une scène érotique, mais plutôt parce que chaque fois que je lisais ce livre je m'évadais de mon quotidien. Il n'y avait ainsi plus de boulot, de stress, de problèmes de délais ou de tracas divers... Plus rien n'existait, si ce n'était cet univers dans lequel je me laissais emporter.

Je terminai mon chapitre et reposai le livre sur le bord de mon canapé avant d'ouvrir mon ordinateur professionnel pour envoyer un mail à Kevin. Je n'attendais pas de réponse mais, au moins, mon message serait le premier qu'il lirait demain matin.

Kevin,

Pas très fair-play de me demander de penser à toi à la place du héros en sachant parfaitement que des scènes sexy allaient arriver.

À moins qu'il ne s'agisse d'un message subliminal ? Auquel cas, il suffit simplement d'être franc.

Je me relus et supprimai la dernière ligne, avant de l'écrire exactement de la même manière. Tant pis, j'étais quelqu'un de direct et je me posais vraiment la question.

Déterminée, je clôturai mon mail :

Il est encore temps d'aller droit au but, je ne suis pas très douée pour lire entre les lignes.

Bonne nuit,

Yéléna.

Je souris et l'envoyai tel quel. J'allais sûrement m'en mordre les doigts ; ce jeu était dangereux et j'avais conscience que ça pouvait foutre en l'air une relation, même si cette dernière n'était que professionnelle.

Jamais je n'avais osé ce genre d'initiative dans le cadre du travail. Moins j'en savais sur les clients de l'agence et mieux je me portais. En tout cas, jusqu'à aujourd'hui.

Merde ! Peut-être que je n'avais pas les idées bien en place parce que j'étais encore très excitée à cause de ce foutu livre : mes pensées étaient embrumées par l'envie de sexe...

Un ding reconnaissable se fit entendre, m'indiquant qu'un nouveau mail venait d'arriver. Il était presque 23 heures, alors je n'y prêtai pas attention – il arrivait que certains de nos prestataires travaillent jusque très tard dans la nuit –, mais quand je voulus fermer le clapet de l'ordinateur le nom de l'expéditeur me sauta aux yeux.

Aussitôt, j'ouvris le mail.

Yéléna,

Je suis un homme éduqué et quelque peu timide, je ne sais donc pas vraiment aller droit au but.

Bonne nuit également, en espérant qu'au moins, ça a été aussi bien qu'une bonne partie de jambes en l'air.

Kevin V.

Il avait osé ! me dis-je, en riant. J'aimais bien sa repartie. Je lui répondis alors aussitôt :

Assez pour que mon corps en redemande.

J'appuyais sur « envoyer » en riant. J'étais culottée, bon sang ! Qui aurait un jour cru que je pourrais m'aventurer sur un terrain aussi risqué ?

Je dois arrêter, m'assénai-je. Ce n'était pas bon pour le

contrat, et puis, j'aimais bien Kevin. Je n'avais pas envie de tout gâcher pour un court et temporaire moment d'excitation. Je regrettai alors d'être allée aussi loin et soupirai. Néanmoins, un nouveau message arriva :

> Plutôt pas mal pour un homme n'ayant pas encore utilisé ses charmes – je plaisante.
>
> Bonne nuit, à demain matin. Je viendrai avec le petit déjeuner.
>
> K.

Je ris doucement, rassurée qu'il le prenne ainsi. Puis je relus le mail et fronçai les sourcils. « Encore ». Qu'est-ce que ce mot était censé vouloir dire ? Qu'il n'avait pas *encore* utilisé ses charmes, mais qu'il comptait le faire ?

Stop. Je pensais beaucoup trop.

Je laissai le livre sur le bord de mon canapé et abandonnai aussi le plaid pour aller me coucher. Cette fois, j'allais faire une nuit bien plus longue que les dernières en date.

Le lendemain, Kevin arriva à l'agence à 10 heures avec, comme il me l'avait promis, le petit déjeuner. J'avais déjà pris mon café mais je n'étais pas contre un croissant, même en milieu de matinée.

Jordan entra dans mon bureau, rayonnante, m'annonçant que j'avais un visiteur imprévu. Je ne lui avais rien dit concernant notre échange de mails de la veille. J'avais pris soin d'en supprimer toutes traces car elle avait accès à ma messagerie. Ce n'était pas que je voulais lui cacher quoi que ce soit, juste que je ne voulais pas qu'elle parte encore dans un de ses délires romantiques.

— Monsieur Virely, dis-je avec un signe de tête.

Quelque chose sonnait faux dans ma voix, et Jordan l'entendit instantanément. J'allais craquer et rire d'un moment à l'autre.

Kevin le sentit aussi et sourit en me faisant un signe de tête, puis il souleva deux petits sachets qu'il agita doucement.

— Je voudrais revoir certains détails auxquels j'ai pensé durant la soirée, hier. J'ai apporté un peu de sucre pour faire passer mes nouvelles modifications.

Je perdis mon sourire et, remarquant mon visage renfrogné, Jordan nous laissa. Quand la porte claqua, Kevin baissa les bras le long de son corps.

— Je plaisantais, je n'ai rien à redire sur le plan de communication. C'était pour éviter de rire.

Je soupirai de soulagement en exagérant un peu.

Avec son jean sombre, ses chaussures montantes et son pull col roulé beige, je le trouvai beau. Beau comme un homme que l'on pouvait voir dans les magazines. Surtout avec ces yeux vert bouteille.

Je détournai le regard et laissai Kevin s'installer sur une des chaises qui me faisaient face, puis il posa les deux sachets sur le bureau. Nous débattîmes quelques minutes de la supériorité des croissants sur les pains au chocolat. Il était plutôt team pain au chocolat quand, moi, j'étais et serais toujours team croissant.

Après quelques plaisanteries, il lâcha :

— J'ai aussi relu le fameux chapitre, hier soir, après notre échange.

— En pensant à moi ? demandai-je sur le ton de la plaisanterie.

— Il se pourrait bien, oui.

Je me figeai sans savoir comment réagir. Je n'étais pas familière de la séduction et du flirt : j'avais l'habitude d'aller droit au but sans m'encombrer de sous-entendus et d'allusions. Était-ce une forme de drague ? De rentre-dedans ? Une déclaration ? S'était-il caressé après avoir lu la scène du roman ?

Je rougis.

Il rit et secoua la tête.

— Désolé, je t'ai mise mal à l'aise.

Il se trompait : plus que ses mots, c'était surtout mes pensées et les images très explicites qui m'étaient venues en tête alors qu'il se trouvait juste devant moi qui étaient responsables de mon trouble.

— Ce n'est pas grave, je ne m'y attendais juste pas. Mais si tu veux mon avis, tu n'aurais pas la force de me soulever dans tes bras et de reproduire la scène du livre.

— Tu me mets au défi ?

Pourquoi mon corps réagissait-il face à cette conversation ? C'était agréable. Différent d'avec les inconnus que je rencontrais. C'était presque intime. Et amusant.

— Je crois que oui, répondis-je après quelques secondes de silence.

— Bien. Alors dis à ton assistante de ne laisser personne entrer dans ce bureau.

Chapitre 10

C'était étrange d'avoir une sorte de complicité avec quelqu'un du sexe masculin. C'était la première fois que ça m'arrivait. Généralement, les hommes étaient des amants pour une nuit ou bien des relations professionnelles. Ce nouveau statut était perturbant.

J'appuyai sur le bouton de mon téléphone qui appelait Jordan et attendis qu'elle décroche.

— Oui, Yéléna ?

— Ne laisse personne entrer dans mon bureau, s'il te plaît. Sous aucun prétexte.

— OK.

Jordan ne posait jamais de questions : elle les gardait pour quand on se retrouverait face à face autour d'un verre. Et elle avait une excellente mémoire qui lui permettait de tout retenir jusqu'aux moindres détails. À cet instant, c'était le cadet de mes soucis. Kevin me dévisageait d'une manière bien différente de quelques minutes plus tôt. C'était comme s'il voulait me manger ; je repensai au livre et au fameux « regard primitif » du héros. C'était presque ça.

Je me levai, prête à éclater de rire. Si, habituellement, j'avais un mode d'emploi bien précis pour initier les rapports, aujourd'hui, nous étions dans mon bureau, et il me prenait clairement au dépourvu. Qu'étais-je en train de faire ? C'était une belle erreur, je le savais, mais je ne pouvais pas me retenir de continuer.

Kevin me saisit la main, se pencha légèrement et me souleva dans ses bras avant de me plaquer contre le mur.

Je laissai échapper un petit cri surpris ; heureusement qu'il me tenait fermement, parce que malgré mes jambes qui entouraient ses hanches je me sentais chancelante.

— Tu ne pourras plus dire que je n'ai pas la force de te soulever comme ça.

— C'est vrai, je ne le dirai plus. Mais dans le livre, il est écrit qu'elle ne ressent aucune douleur. Moi, j'ai tout ressenti.

Il rit et moi aussi. Ça faisait du bien d'être aussi détendue.

— Que se passe-t-il ensuite dans le livre ? demanda-t-il en fixant brièvement mes lèvres.

— Je croyais que tu avais relu le passage, hier soir. Tu ne te souviens plus ?

— Oh ! si je me rappelle.

Alors, il s'approcha de moi, s'arrêtant une seconde pour me laisser la possibilité de le repousser. J'étais toujours dans cet état étrange qui me disait de foncer sans trop penser. Décidée, je goûtai à ses lèvres charnues, et lui aux miennes, tandis que ses mains pétrissaient mes fesses et que mon corps entier s'embrasait progressivement.

Des frissons chauds me parcoururent, prémices d'une excitation certaine.

Il nous décolla du mur et, d'une main, dégagea ce qui se trouvait sur mon bureau avant de m'y déposer sans vraiment me ménager.

— Déjà fatigué ? me moquai-je, doucement.

— Rassure-toi, j'ai encore beaucoup d'énergie. Tu es sûre de vouloir t'aventurer dans cette direction ?

— Certaine.

Et c'était vrai.

Alors, il vint se placer entre mes jambes, se pencha sur moi et m'embrassa avec un peu plus de douceur. Il oublia ce qu'il se passait dans le livre et moi aussi. Tout devenait plus personnel : nous ne suivions plus aucun scénario. Je ressentais le moindre de ses gestes avec une puissance multipliée. Ses mains quittèrent mes joues pour se poser sur chacune de mes cuisses et remontèrent lentement le tissu de ma jupe. Jamais dans ma vie je n'avais vécu un moment aussi sexy.

J'en profitai aussi et trouvai le bord de son T-shirt, où je glissai mes mains un peu fraîches. J'effleurai la peau de son ventre musclé qui se contracta sous mes doigts. Je souris alors et remontai une de mes mains pour la poser derrière sa nuque, comme pour le bloquer et l'empêcher de s'éloigner.

Kevin me ramena contre lui, debout, puis me fit pivoter sur moi-même, dos à lui, avant de guider mes deux mains pour les poser à plat contre mon bureau.

— Ne bouge plus, me souffla-t-il dans l'oreille avant de déposer un baiser dans mon cou.

Il fit descendre ses deux mains le long de mon dos, puis agrippa mes fesses avant de s'accroupir et de m'embrasser et me mordre à des endroits stratégiques – fesses, cuisses, entrejambe –, suscitant un mélange de désir, envie, chatouilles, frissons et parfois même de légères douleurs. J'étais comme un chamallow dans un chocolat chaud : je me ramollissais à mesure qu'il réchauffait mon corps.

Il se releva, plaqua son corps contre le mien et passa un bras autour de moi, ce dont je lui fus reconnaissante car mes jambes étaient sur le point de flancher.

— Il vaudrait mieux changer d'endroit avant d'aller plus loin.

J'ouvris les yeux et observai mon bureau, me souvenant d'où je me trouvais. Mais je n'en avais rien à faire.

— Tu as peur qu'on nous voie ?

— On est dans ton bureau et, pour une première fois, c'est assez inédit.

— Je m'en fiche.

J'étendis le bras et attrapai mon sac dans lequel je récupérai un préservatif.

— Chiche ? dis-je, souriante, en lui tendant le petit carré.

Il me mordit le cou et, lorsque j'entendis le zip de son pantalon, j'aurais pu mourir d'envie.

Les jambes bien ancrées au sol, les mains agrippées au bord du bureau, je profitai de cet instant exceptionnel. J'étais trempée de désir et, quand il me pénétra, je ne pus retenir un gémissement de plaisir. Lentement, il commença à aller et venir en moi. Nos souffles haletants se synchronisèrent sur un même rythme ; aucune parole ne fut prononcée, laissant toute la place à un méli-mélo de sensations et de partage. Je prenais et je lui donnais, tout comme lui. Cet homme aux premiers abords un peu rustre en cachait un autre, sexy, attentionné et beaucoup trop doué. Je découvrais un amant à la fois tendre et passionné.

Il accéléra la cadence de ses coups de reins et, quand ses doigts se faufilèrent entre mes cuisses pour me caresser avec précision, j'atteignis l'orgasme de manière fulgurante. Je compris que je faisais un peu trop de bruit quand il mit sa main sur ma bouche, geste que je lui retournai quand il s'abandonna en moi.

Puis, Kevin s'appuya contre un mur pour reprendre ses esprits, tandis que je peinais à remettre mes habits correctement, tant mes jambes semblaient en coton, tremblantes et chétives. Je réussis tout de même à m'effondrer sur mon siège et eus besoin de quelque temps pour retrouver une respiration normale.

— C'était… surprenant, bordel, jura-t-il sans me lâcher des yeux.

Son sublime regard toujours embrumé par le désir et le plaisir était très sexy ; j'aurais facilement pu repartir pour un second round.

Une pensée remonta du fin fond de mon esprit : est-ce que l'ambiance serait gênante entre nous, à présent ?

— Je veux plus souvent des petits déjeuners comme ça, dit-il en s'asseyant en face de moi. Je vais devoir retourner au bureau, mais on se retrouve ce soir, pour dîner ? Je n'ai pas oublié que je dois reproduire les scènes du livre...

Je ris et acquiesçai sans m'en apercevoir.

— Je vais chercher un restaurant et je t'enverrai l'adresse.

J'acceptai silencieusement, d'un hochement de tête, comme si j'avais perdu toute puissance dans la voix. J'étais dans un état de profonde détente, ce qui n'était pas arrivé depuis... jamais.

Moi aussi, je veux plus de petits déjeuners comme ça, me dis-je, gardant tout de même cette pensée pour moi.

Je le raccompagnai jusqu'à la porte de mon bureau. Du coin de l'œil, je remarquai que nous avions une spectatrice qui ne manquait rien de nos salutations redevenues professionnelles. Toutefois, le regard que Kevin posait sur moi me traversait comme des flèches enflammées et le désir que j'y décelai indiquait qu'il reprendrait bien une bouchée.

Bon sang... Si je m'étais écoutée, je l'aurais enfermé dans mon bureau pour remettre ça.

Quand il quitta les locaux, j'évitai de croiser les yeux de Jordan : elle savait lire dans mes pensées trop facilement. Quand elle me suivit dans mon bureau, je sus que mon petit secret n'allait tenir qu'une trentaine de secondes...

Chapitre 11

— Qu'est-ce qu'il s'est passé ici ? demanda Jordan en entrant. Il y a une drôle d'odeur.

Je ris sans pouvoir m'en empêcher et n'arrivais plus à m'arrêter. Jordan me suivit, s'interrogeant sur la raison de ma soudaine euphorie. J'étais incapable de lui expliquer. Était-ce sa remarque ? Le drôle d'air incertain qu'elle arborait ? Ou bien ce que j'avais osé faire sur mon lieu de travail ? Peut-être un peu de tout.

— Est-ce que je dois m'inquiéter ? s'enquit-elle en s'attendant au pire.

— Je crois que non.

— Bien !

Elle me fixa longuement, et je savais qu'elle allait deviner d'une seconde à l'autre. Il m'était impossible de retirer ce foutu sourire de mon visage.

— Attends… ta jupe est à l'envers.

Elle perdit alors sa mine réjouie et ouvrit grand les yeux.

— Je suis vierge, mais pas dupe ! s'écria-t-elle en se levant brusquement. Vous avez… ici ??

Je gloussai à nouveau, c'était plus fort que moi.

— Je le savais ! Un véritable HPA !

— Non, Jodi. Calme-toi, il n'a rien d'un haut potentiel amoureux.

— Je ne m'assoirai plus jamais sur une de tes chaises.

— C'était sur le bureau, ne t'en fais pas.

— Je ne veux rien savoir, dit-elle en rougissant.

— Je croyais que les détails t'intéressaient ?

— Oui, mais pas ceux-là ! Je veux les détails romantiques, moi !

Il n'en fallut pas plus pour qu'elle décide de quitter le bureau, mais, avant qu'elle ne sorte, elle se retourna avec un léger sourire.

— Tu as enfin trouvé ton HPA !

Elle claqua la porte avant que je n'aie pu la contredire. Je refusais d'y penser pour ne pas paniquer. Je devais revoir Kevin bientôt, ce qui était également exceptionnel. « Jamais deux fois », telle était ma devise, mais, étrangement, la perspective d'un deuxième rendez-vous avec lui ne provoquait pas d'anxiété chez moi.

Kevin m'emmena dans un restaurant indien ce soir-là. Rien que de le voir apprêté me mit en appétit, dans tous les sens du terme. Cet homme avait une force d'attraction sur moi dont je n'avais pas l'habitude. Pourtant, je n'avais pas peur, c'était même plutôt agréable. Si nous nous entendions bien, je ne le considérais tout de même pas comme un ami à part entière. Il était un peu comme un extraterrestre dans ma vie, une chose non identifiée dont je ne voulais pas me séparer dans l'immédiat.

Après le restaurant, on se promena un moment, puis on s'installa près d'une fontaine où il me conseilla de faire un vœu en jetant une pièce. Je me moquai ouvertement de lui et nous débutâmes un débat sur les croyances concernant les fontaines aux vœux.

J'adorais nos débats. Il avait de 1a repartie, tout du moins autant que je pouvais en avoir, et n'était pas contrarié quand j'arrivais à prendre le dessus. Ce qui n'était pas mon cas : j'avais tendance à m'agacer quand il me démontrait qu'il avait raison, ce qui ne gâchait tout de même pas l'instant.

Ce fut sur la plus belle avenue du monde que les choses se mirent à chauffer. D'une discussion à une autre, on revint sur ce qu'il s'était passé plus tôt dans la journée. Sa manière de m'expliquer combien il avait apprécié, et à quel point il avait été obsédé par ça durant le reste de la journée suffit à m'exciter.

— Rien que d'y repenser, je pourrais durcir de nouveau.

J'étais sûrement simple, mais que cet homme sexy et doué me dise ce genre de choses réveilla aussitôt mon désir.

De fil en aiguille, on se retrouva chez lui. Et il ne fallut que quelques minutes pour que la température ambiante grimpe de plusieurs degrés.

Je ne fis pas attention à son appartement, je ne fis attention à aucun détail. Je savais juste que dans l'entrée je m'étais retrouvée perchée dans ses bras, la bouche collée à la sienne, et que je ne rouvris les yeux que lorsqu'il me jeta sur son lit. À nouveau, je découvris combien le sexe pouvait être amusant avec un partenaire comme Kevin, et surtout combien ça pouvait être intense et puissant.

Les jambes coupées, le cœur palpitant et le souffle rapide, j'étais allongée dans son lit, le corps complètement délassé. Étendu sur moi, il n'arrivait plus vraiment à soutenir son propre poids, mais ce n'était pas dérangeant. Il posa sa tête dans mon cou, comme à bout de forces, quand je lui demandai :

— Encore.

— J'en ai aussi très envie, mais donne-moi quelques minutes de récupération.

Je ris et fermai les yeux, admettant intérieurement que j'avais moi aussi besoin d'un peu de repos. Ses muscles tressautèrent contre ma peau, et je sentis son poids s'accentuer sur mon corps.

Il s'endormait.

J'aurais dû le maintenir éveillé. J'aurais dû le repousser sur le côté et me rhabiller pour quitter sa chambre et son appartement, mais je ne bougeai pas. Et ce fut ce dernier point qui me fit peur. Comme si quelque chose en moi était prêt à faire ce que jamais auparavant je n'avais souhaité faire.

Rester une nuit complète avec un homme.

Si ça pouvait paraître naturel pour autrui, pour moi, ça ne l'était pas. Je ne voulais ni attache, ni accroche, ni quoi que ce soit qui ressemblait de près ou de loin à des sentiments.

Restant là, nue, avec Kevin sur moi, je continuai de réfléchir tout en m'intimant de ne pas trop cogiter et en m'enjoignant de vivre l'instant sans penser aux conséquences.

Il se réveilla en sursautant quand j'éternuai, puis roula avec un grognement à mes côtés.

— Désolé, je suis mort.

— Non, tu es bien vivant, dis-je en passant le bout de mes doigts de long de son torse jusque sur son ventre.

Pourquoi fallait-il qu'il soit si attirant ?

Il s'étira longuement, puis se tourna vers moi pour me caresser la joue et déposer un baiser sur mon front. Mes craintes me revinrent en tête, mais cessèrent instantanément quand il m'embrassa avec douceur. Dehors, une pluie diluvienne s'abattit contre les vitres avec force.

— On dirait bien que tu vas devoir rester avec moi cette nuit, me dit-il en souriant, les yeux à moitié fermés.

— Tu crois ?

— J'en suis sûr. En tout cas, ça ne me dérangerait pas. Au contraire, finit-il en un murmure, picorant mon cou de baisers.

— Tu ne tiendrais même pas pour un second round.

Il rit et releva la tête.

— Tu sais comment ça a fini la première fois que tu m'as lancé un défi. Est-ce que c'en est un nouveau ?

Je me relevai et m'assis à califourchon sur lui avant de répondre :

— Oui, à cent pour cent.

Il m'entoura de ses bras et me fit alors basculer pour me recouvrir de son corps.

— Défi accepté, dit-il avant de poser ses lèvres sur les miennes.

Chapitre 12

— Je suis dans la merde.

La tête cachée entre mes bras posés sur mon bureau, j'attendais que Jordan prépare le café. Elle mit en silence ma tasse devant moi et s'installa sur son siège habituel avant de me répondre :

— Tu n'es pas dans la mouise.

— Si. J'y suis profondément.

— Passer une nuit entière avec un homme n'est pas si grave.

Je relevai la tête en grimaçant, et elle éclata de rire devant mon expression désespérée.

J'avais quitté l'appartement de Kevin très tôt le matin alors qu'il dormait toujours afin de pouvoir repasser chez moi prendre une douche et me changer avant de me rendre au travail. J'étais fatiguée, je n'avais pas assez dormi, des émotions indésirables parcouraient mon corps, accompagnées par des courbatures des plus agréables.

— Yéléna, je t'en prie, ce n'est pas la fin du monde. Déjà, tu l'apprécies et c'est un très bon point. Et tu vois bien qu'il y a plein d'autres points positifs !

— Comme quoi ?

— Tu m'as dit que vous aviez beaucoup rigolé et que tu avais l'impression qu'il y avait une sorte de complicité entre vous. Sans parler de l'acte en lui-même, que tu m'as décrit comme étant excellent.

— Tu as raison. N'empêche que ça va totalement à l'encontre de toutes mes règles.

— Tes règles en matière de relation sont nulles.

— Tu crois ? Alors dis-moi : que se passera-t-il quand il voudra quelque chose de sérieux, genre se voir tous les soirs ? Imagine qu'il veuille ensuite aller encore plus loin ? C'est hors de question. Je ne veux pas de ce genre de vie. C'est s'embrouiller la tête avec des complications inutiles.

Jordan soupira, puis haussa les épaules en me proposant :

— Très bien ! Alors vas-y, dis-lui que tu ne veux plus le revoir, que vos parties de jambes en l'air étaient bien mais que c'est tout pour toi et que tu passes à autre chose.

Je grognai lourdement, me retenant difficilement de balancer par terre tout ce qui se trouvait sur mon bureau.

— Mais ça non plus je n'en ai pas envie.

J'allais pleurer de frustration.

— Yéléna… Étant donné que tu es en train de paniquer à l'idée d'une vraie relation, mais que tu ne veux pas non plus couper tous liens avec Kevin, on peut aussi revenir à ma première idée.

— Quelle idée ?

— D'un sex-friend. Relation amicale avec intimité, mais sans prise de tête.

Sur le papier, ça paraissait séduisant. Mais comment proposait-on ce genre de chose à quelqu'un ? Ça me semblait assez délicat.

— Comment j'amène ça sur la table avec lui ?

Jordan contint son excitation, se retenant de jubiler, ce que j'essayai d'ignorer.

— Tu peux faire le point pour savoir ce que lui désire.

— Et s'il désire davantage qu'une simple relation d'amitié améliorée ?

— Tu aviseras, j'en suis certaine.

— OK, je dois le revoir ce soir. J'aborderai le sujet quand je sentirai le bon moment arriver.

Jordan leva les bras au ciel, avec presque des étoiles dans les yeux.

— Pourquoi es-tu aussi heureuse ?

— Parce que... ENFIN ! D'accord, tu n'es ni follement amoureuse de lui, ni en train de préparer tes cartons pour emménager dans son appartement, mais... Tu acceptes enfin de voir quand quelqu'un t'apporte du positif et te fait sentir bien dans ta vie. Une personne avec qui tu peux avoir une relation simple.

— Je ne suis pas certaine de te suivre. Je ne sais même pas ce qui m'arrive et pourquoi il semble différent des autres, mais effectivement je n'ai pas envie de rompre le contact avec lui.

— C'est un HPA. Quoi que tu puisses dire, il te correspond plutôt bien. C'est un HPA !

— Non, il ne l'est pas. Arrête avec ça. C'est juste qu'il sait utiliser son pénis à la perfection.

Jordan fronça les sourcils, puis se boucha les oreilles.

— Je ne veux pas connaître tous les détails techniques !

— Si tu pouvais voir comme il bouge les hanches.

— Chut ! Yéléna, je ne veux pas savoir.

— Et sa langue... Il a une façon de lécher inégalable.

— Rha ! Je m'en vais. Réunion à 10 h 30. Je vais tenter de me plonger dans un dossier pour me retirer toutes ces images que tu m'as mises en tête.

— Cochonne.

Elle éclata de rire et moi aussi. Jordan était prude, chaste et attendait l'homme de sa vie. Je respectais ça, mais j'adorais la taquiner, et lui décrire en détail mes relations sexuelles était le meilleur moyen de me débarrasser d'elle quand elle poussait le bouchon un peu trop loin.

Kevin un HPA... Et puis quoi encore ?

Chapitre 13

C'était donc le second vrai rencard que j'avais avec le même homme. Deux soirs de suite. Dernièrement, la vie ne cessait de m'étonner.

Jordan m'avait dit qu'il apportait du positif dans ma vie. Je supposais qu'elle avait raison, mais je ne voulais pas trop m'accrocher à ce genre de détail. D'ailleurs, il n'était pas question que je m'accroche à qui que ce soit, ni que je laisse cet homme avoir trop d'emprise sur moi. Ce genre de chose finissait toujours mal, et je refusais que ça m'arrive à moi.

Kevin m'avait proposé qu'on aille au cinéma puis que l'on achète des plats à emporter avant de nous rendre chez moi, ou chez lui.

Ça aussi, c'était nouveau : la perspective de ramener un homme chez moi ne semblait pas me contrarier, ni me rebuter. C'était une nouvelle infidélité à la liste de règles que je suivais scrupuleusement à chacun de mes rencards. De plus, je ne me rappelais pas la dernière fois que je m'étais retrouvée dans un cinéma. Mes soirées Netflix me convenaient plutôt bien habituellement.

Les températures avaient fraîchi dernièrement, alors je passais un jean clair, un haut bleu ciel, des bottes, ainsi qu'une longue parka pour ne pas avoir froid. Comme toujours, je mis des pinces dans mes cheveux courts pour ne pas les avoir devant le visage. Kevin m'envoya un message lorsqu'il arriva au pied de mon immeuble.

Il ne tenta pas de m'embrasser ou d'effectuer le moindre geste affectueux, ce que j'appréciai. On discuta le long du chemin, et très peu durant le film. J'appris alors qu'il était un fan inconditionnel de Marvel, et il tenta de m'expliquer la folie autour des comics, des messages qui y étaient cachés et de toutes les théories inventées par les amateurs. J'étais fascinée par l'enthousiasme que j'entendais dans sa voix.

— C'est mignon, dis-je en souriant.

— De quoi ?

— Toi, en train de parler avec passion.

— Donc, tu me trouves mignon ?

— Quand tu parles de Marvel ou des livres en général, oui.

— Hum... D'accord, je prends, c'est toujours un compliment.

Je ris et le taquinai jusqu'à ce que l'on achète des sandwichs au food truck au coin de la rue avant de se poser ensuite sur un banc près de République. Le silence qui s'installa me fit dire que c'était le bon moment.

Le plan de communication avait été validé, ma mission était officiellement terminée, et le seul lien que j'avais encore avec les éditions Sirus était Kevin et nos rendez-vous nocturnes. Si nous n'étions pas d'accord sur le sujet à venir, alors nous repartirions chacun de notre côté sans être obligés de nous recroiser.

Détestant cette incertitude, j'inspirai profondément et me lançai :

— Est-ce qu'on peut discuter ?

— Ce n'est pas ce que l'on fait depuis tout à l'heure ?

Je souris, mais les coins de ma bouche retombèrent rapidement.

— Je veux dire... De toi et moi. De ça.

— Ça ?

— Oui, de nous.

Il avala sa bouchée et se tourna un peu plus dans ma direction, délaissant son sandwich.

— Je t'écoute.

— Comment est-ce que tu qualifies ce qu'il se passe entre toi et moi ?

— C'est ce qui t'inquiète ?

— C'est juste que j'ai besoin de savoir.

— Je ne sais pas trop. J'admets que c'est arrivé assez rapidement et je n'avais pas du tout imaginé en te rencontrant que ça puisse être possible. Disons que je ne t'ai pas appréciée immédiatement…

— Je me rappelle, dis-je en riant. Néanmoins, c'est arrivé.

— C'est vrai. Et je crois savoir que tu n'es pas fan des relations.

— En effet.

— Je ne t'imposerai rien. Si tu veux qu'on arrête de coucher ensemble ou même tout simplement de se voir, je respecterai ton choix.

— Mais toi, qu'est-ce que tu veux ?

— Ne pas me prendre la tête.

Je souris, soulagée. Au moins, on était d'accord sur un point : on n'avait pas envie de se faire des nœuds au cerveau… même si j'avais justement été celle qui amenait le sujet sur la table.

— Qu'est-ce que tu dirais d'établir une relation amicale avec intimité ?

Ça y est, je l'avais dit. Aussitôt, je trouvai ça ridicule, mais Kevin prit quelques secondes de réflexion avant de répondre :

— Exclusive ?

— Si tu veux.

— Alors, oui, va pour une relation amicale, intime et exclusive.

— Et pas de sentiment entre nous, précisai-je.

Il me répondit par un sourire, ce que je pris pour un oui, même si une petite voix m'alerta sur le fait que ce n'en était pas tout à fait un.

— Tu rayonnes, me dit-il en se penchant vers moi comme pour me confier un secret.

— Maintenant que nous sommes fixés sur ce qu'on est, j'ai terriblement envie de toi.

Il recula comme si je l'avais brûlé, puis il se releva et me tendit la main.

— Il vaudrait mieux rentrer dans ce cas.

Je haussai les sourcils, heureuse de la tournure de la discussion et de cette soirée.

— Peu importe chez qui, du moment qu'on y va tous les deux, lui dis-je, étonnée de m'entendre briser une nouvelle de mes règles.

Étendu dans son lit – son appartement était le plus près de l'endroit où nous nous trouvions –, Kevin était sur le point de s'endormir.

— Ne t'endors pas, chantonnai-je en me glissant sur lui. La nuit n'est pas finie.

Il se réveilla, le regard embrumé par le sommeil, et fourra son visage dans mon cou avant de marmonner :

— Ne rentre pas ce soir. Reste avec moi jusqu'au petit déjeuner au moins.

— Pas de souci, demain, c'est le week-end.

Je l'entendis soupirer, soulagé. Comment avait-il pu oublier que nous étions en week-end ?

Il releva la tête et m'embrassa puis frotta sa joue couverte d'une légère barbe contre la mienne. Je souris et lui dis :

— Contrairement à ce que tu sembles penser, je trouve ça très agréable de sentir ta joue piquante sur ma peau. J'y suis presque accro.

Il se redressa alors légèrement et me fit un sourire resplendissant avant de déclarer :

— Ne tombe pas amoureuse de moi, hein ?

Son regard vert bouteille me désarma un instant avant que je me souvienne qu'il fallait que je réponde.

— Et toi de moi.

Il m'embrassa alors et passa un bras dans mon dos pour me serrer un peu plus contre lui.

— Oui.

4 mois plus tard

Allongée sur le ventre, le soleil me brûlait le dos, mais hors de question de changer de position. Les lunettes de soleil permettaient de protéger mes yeux de la vive luminosité qui se réverbérait sur le papier alors que je tournais une nouvelle page d'un livre que j'avais piqué dans la bibliothèque de Kevin. Je pris une longue inspiration avec l'espoir que l'air puisse refroidir ma peau, sans succès. Je craquai avant la fin du chapitre et me retournai pour m'asseoir sur ma serviette posée dans l'herbe, au bord du lac.

Je relevai brièvement les yeux, et cela suffit à me sortir pour de bon de ma lecture.

Sortant tout juste de l'eau, le corps de Kevin ruisselait. Ses cheveux châtain humides étaient plaqués en arrière, et mes yeux suivirent l'eau qui coulait le long de son torse musclé, puis de son ventre, avant de disparaître dans le tissu du short de bain bleu sombre qu'il portait.

Kevin s'approcha et s'allongea sur la serviette attenante à la mienne, m'envoyant un peu d'eau glacée au passage. Les yeux si plissés qu'il m'était impossible de distinguer la couleur de ses iris, il me sourit.

— Tu devrais aller faire un tour dans l'eau avec moi, elle est vraiment bonne.

— C'est tentant, mais je passe mon tour.

— Tu ne sais pas ce que tu rates.

Nous nous étions accordé un long week-end durant les ponts du mois de mai afin de nous éloigner un peu de la capitale. Alors que les températures plus au nord avaient du mal à décoller en ce début mai, nous profitions d'une météo quasi estivale, installés au bord de l'immense lac de Gap.

Toujours assise en maillot de bain, je refermai le livre quand il cala sa tête sur mes cuisses. Je portais toute mon attention sur lui, trouvant agréable de sentir sa peau fraîche contre la mienne, brûlante. Il posa un bras sur ses yeux et se reposa un peu, et je m'arrachai à sa contemplation pour regarder la vue qui me serra le cœur tant la beauté du site était sublime.

Le lac était entouré de montagnes, et l'eau, illuminée par le soleil brûlant, prenait des teintes bleues magnifiques.

Kevin avait suggéré cette escapade, le besoin de se ressourcer étant apparu en même temps que les beaux jours.

Après quatre mois passés ensemble, j'étais la première surprise de ne pas avoir pris mes jambes à mon cou. D'autant plus quand on songeait au fait qu'il ne se passait pas un jour où on ne discutait pas et pas trois jours où on ne se voyait pas. Si je niais tout devant Jordan, j'avais fini par accepter que cette relation en tant que sex-friends se transformait doucement en quelque chose d'autre.

Je constatais encore avec surprise qu'aucune peur ne s'infiltrait en moi. C'était une relation d'un nouveau genre, inédit pour moi… Et il semblait que je l'acceptais.

— À quoi est-ce que tu penses ? demanda Kevin en se redressant sur un coude.

— À toi, dis-je du tac au tac, ce qui déclencha un sourire de sa part. Plus j'observe l'endroit où nous sommes, plus ça me rappelle d'où je viens.

Sa curiosité attisée, il se releva en position assise, tourné dans ma direction.

— Tu ne me parles jamais de ça. Dis-m'en plus.

Les yeux perdus sur l'horizon, un léger pincement me vint au cœur. Je reportai mon regard sur Kevin puis je lâchai :

— Je viens d'un endroit des Vosges. Un petit village avec peu d'âmes, environ mille cinq cents habitants. Clairvaux aussi a son lac, qui attire les touristes l'été pour les campings. L'hiver, ce sont les stations de ski dans les montagnes alentour qui drainent pas mal de visiteurs. Quand j'étais jeune, mes amis et moi appelions cette ville Rosebaie, puisque le coin où nous faisions la fête les week-ends se trouvait près du lac où des roses des marais poussaient. J'ai quitté cette ville à vingt ans et je ne compte pas y retourner. Tu sais à peu près tout ce qu'il y a à savoir.

Il acquiesça en comprenant que je n'en dirais pas plus et m'embrassa sur la joue.

— Merci.

J'avais toujours beaucoup de mal à m'ouvrir à lui. Concernant ma vie passée, ma famille, la femme que j'étais avant d'arriver dans la capitale… Il était avide d'informations, quand j'étais réticente mais, petit à petit, je lui livrai des morceaux de ma vie. Kevin rassemblait doucement le puzzle que je représentais avec patience et bienveillance.

— Qu'est-ce que tu dirais d'aller voir mon frère un peu plus tard dans la soirée ? me demanda-t-il nonchalamment. Il tient un restaurant gastronomique à un trentaine de minutes d'ici et, crois-moi, tu ne seras pas déçue.

J'adorais sa manière de changer de sujet quand je ressentais un malaise. Il avait le don pour repérer quand j'étais gênée. Mais…

— Ton frère ?

— Oui.

— Mais… Tu ne crois pas que c'est un peu déplacé ?

Il éclata de rire et se rapprocha pour venir s'asseoir derrière moi. Ses jambes de chaque côté des miennes, il entoura ma taille de ses grands bras.

— Arrête d'angoisser. Il n'y a rien de mal à aller dîner dans un bon restaurant et de saluer au passage un membre de ma famille.

— Tu es sûr ?

— Certain. Tu me fais confiance ?

— Depuis le temps, tu en doutes ?

— Non, je voulais juste te le rappeler, à toi.

Je souris et me laissai aller dans ses bras.

C'était étrange, mais c'était plaisant.

Depuis que je l'avais rencontré, il n'y avait pas un jour où je n'étais pas surprise par ce que la vie m'offrait. Par Kevin.

— Allez ! Viens te baigner un peu avec moi.

Il ponctua sa phrase par un baiser dans le cou, puis un autre, jusqu'à ce que je cède.

Quatre mois que je voyais le même homme, exclusivement. Qui aurait pu croire qu'une chose pareille m'arriverait ? Sûrement pas moi.

Je me relevai paresseusement et me laissai entraîner avec lui jusqu'au lac où l'eau était bien froide. Exactement comme je me laissais entraîner par lui dans la vie de tous les jours.

En fait, non : je n'étais pas complètement passive. Je décidai d'avancer avec lui ; parfois avec crainte, parfois avec envie, parfois avec curiosité.

J'espérais simplement que, comme au cours de ces mois ensemble, l'avenir qui se profilait avec lui continuerait d'être plein de surprises.

EMILY
BLAINE

DEVIENS
MON PLUS BEAU
CHAPITRE

Chapitre 1

J'aurais dû annuler.

Je le savais. Appelez ça l'instinct, le sixième sens, le don de prémonition, voire même une sensation de déjà-vu. De mon côté, j'appelais ça… l'habitude.

L'habitude ou vingt ans de vie commune avec mon frère.

En tout état de cause, dès que Ben m'invitait à déjeuner, je considérai l'événement comme hautement suspect, au point de me provoquer des nœuds à l'estomac. La dernière fois que Ben m'avait proposé un brunch – lors d'un dimanche parfaitement ensoleillé pendant lequel j'avais prévu de ne strictement rien faire –, nous avions échoué au magasin de bricolage pour acheter de quoi repeindre son salon.

Donc, oui, je me méfiais. Car, même si Ben était mon frère jumeau, il se targuait surtout d'être mon aîné de trois minutes. Pour une raison inexplicable, ces trois minutes d'avance se traduisaient chez lui par un ton docte, des conseils non sollicités à profusion et une tendance paternaliste qui me faisait lever les yeux au ciel. Malgré tout – et malgré moi –, j'acceptais ses invitations parce que cela me permettait de manger à l'œil et que Ben avait un talent certain pour dénicher des restaurants aux décors sublimes ou à la vue spectaculaire.

Cette fois, pourtant, j'avais un léger doute. Je vérifiai l'adresse notée dans mon agenda, m'assurant d'être au bon endroit. L'immeuble était banal avec ses mûrs grisâtres et son petit supermarché en rez-de-chaussée. Sur la façade, je repérai tout de même une petite pancarte avec le nom du restaurant et un indice de taille.

— Ascenseur à gauche, marmonnai-je, tout en le cherchant du regard.

Je poussai une lourde porte tambour, savourant la douce chaleur du sas contrastant avec l'atmosphère humide et froide de Paris en février. Après quelques pas sur une moquette épaisse vert sapin, je dénichai l'ascenseur. Je m'engouffrai dans la cabine, où se déversait de la musique lounge et branchée, puis je pressai le bouton avec le nom du restaurant avant de vérifier mon reflet dans le miroir.

Comme je m'en doutais, mon anticerne n'avait pas l'efficacité stupéfiante que m'avait vantée la vendeuse. Je pressai les doigts sous mes yeux, espérant un miracle pour effacer les traces persistantes de fatigue. Je réprimai un bâillement et promis de refuser les corrections de manuscrits de dernière minute : ces cernes bleutés n'allaient définitivement pas à mes yeux noisette et à mon teint pâle, et me donnaient un look de morte-vivante échappée d'un film de Tim Burton.

L'ascenseur s'ouvrit sur un large espace blanc et vitré. Derrière un pupitre se tenait une hôtesse qui aurait sûrement pu défiler pour la Fashion Week. Grande, mince, parfaitement maquillée – il me fallait impérativement découvrir sa marque de cosmétique –, habillée d'une longue robe ample en satin bleu nuit à bretelles fines, elle me détailla pendant trois interminables secondes avant de pincer ses lèvres brillantes de gloss et de m'interroger :

— Vous avez une réservation ?

À nouveau, son regard coula le long de ma silhouette. Avec ma jupe en jean, mon pull noir en acrylique et mes bottines élimées, je me sentais déjà condamnée au tribunal de la mode. À la vue de ce hall d'entrée illuminé par un lampadaire tendance et à la décoration épurée, je savais que je pénétrais dans un restaurant select et branché. Typique de Ben.

— Pouvez vous regarder au nom de Pasquier ?

— La table de Ben, acquiesça-t-elle en se saisissant de deux menus.

Sans me donner plus d'indications, elle tourna les talons et poussa une porte vitrée. Passé le moment de stupéfaction – « la table de Ben » ? – je lui emboîtai le pas. Sa robe flottait autour d'elle, façon super-héroïne de la mode, laissant apparaître une vertigineuse paire de talons aiguilles. La regarder marcher sur le parquet lustré – enfin, défiler plutôt – suffit à me coller le vertige et à me faire trébucher.

Le restaurant était hébergé sous un dôme de verre, offrant ainsi une vue stupéfiante sur les toits parisiens. Une dizaine de tables étaient installées, certaines déjà garnies de clients. Je tirai nerveusement sur mon pull, remarquant le décalage entre mon look passe-partout et les tenues tendance des autres clients. Je me concentrai sur la vue s'étalant devant moi : une succession de toits en zinc sur lesquels se reflétait un soleil glacial.

— Par ici, me dit l'hôtesse en désignant une table dans un coin de la salle.

Je m'installai sur l'un des deux fauteuils pendant que l'hôtesse déposait les deux menus sur la table. Après un nouveau sourire et un coup d'œil appuyé à ma chevelure bouclée, éparpillée sur mes épaules, elle fit demi-tour pour retourner à son pupitre, sa robe émettant un doux frou-frou derrière elle. À son passage, je captai quelques regards masculins intéressés. Me saisissant d'un menu, je poussai un soupir las : hormis le chat de la voisine que je nourrissais à l'occasion, et qui avait donc intérêt à me porter attention, aucun mâle ne se retournait sur moi.

— Cuisine fusion, marmonnai-je. Génial.

Ben ne pouvait jamais se contenter de faire simple. Se satisfaire d'un steak-frites ou d'un pavé de saumon à l'oseille ne lui ressemblait pas. Il adorait être dans la tendance et la mode ; à ses yeux, tout ce qui datait de plus d'un mois était déjà démodé. C'était valable pour la musique, la mode et les femmes.

Je parcourus rapidement les entrées puis les plats à base d'anguille fumée, d'algues et autres fleurs comestibles.

— Tu devrais essayer le poulpe, fit la voix de mon frère près de moi.

Je réprimai une vague grimace, avant de me lever pour le prendre dans mes bras. Nous étions aux antipodes l'un de l'autre – personne ne nous croyait sur parole quand nous affirmions être jumeaux –, mais j'aimais mon frère pour cette raison. Il osait, se montrait exubérant, ne souffrait d'aucune timidité, n'hésitait pas à chanter en public lors des anniversaires. Je l'admirais : même en chantant seule sous ma douche, je craignais que le voisin ne porte plainte pour tapage.

— J'ai repéré un dos de cabillaud appétissant, répondis-je en m'écartant de lui.

Après avoir retiré sa veste et l'avoir confiée à un serveur, Ben, et son costume sur-mesure, s'installa face à moi. Notre ressemblance s'arrêtait à nos yeux noisette : mon frère était athlétique, sportif et avait dominé la masse de cheveux sur son crâne. Il réajusta la montre à son poignet – un modèle hors de prix d'un créateur norvégien – et m'adressa un sourire.

— Qu'est-ce que tu en penses ? m'interrogea-t-il.

— Très belle vue. J'ai compris que tu y avais tes habitudes.

— Je suis venu trois fois. Avec des clients.

Trois fois. Seulement trois fois, et l'hôtesse parlait de lui comme si une plaque dorée avait été vissée sur la chaise où il était assis. J'avais discuté avec ma concierge une dizaine de fois, et elle continuait à m'appeler Clara.

Alors que je m'appelais Chloé. Clo, pour les intimes – c'est-à-dire mes parents.

Ben savait nouer des liens avec n'importe qui en un temps

record. J'appelais ça la technique du 1-2-3 : un compliment suave, deux regards appuyés et trois sourires ravageurs. C'était si facile pour lui que c'en était fascinant. Sa carrière tout entière de directeur de la communication reposait sur ce don.

— L'hôtesse m'a indiqué qu'il s'agissait de « ta » table, ajoutai-je tout sourire, en insistant sur le « ta ».

— Estelle est très serviable.

— Serviable ? répétai-je, en me retenant de rire.

Ben haussa un sourcil, et je secouai la tête. Je n'avais pas besoin de poser plus de questions : il avait sûrement déjà couché avec elle.

— Elle a déjà le code de ton immeuble ? lançai-je en plongeant le nez dans mon menu.

— Il a changé la semaine dernière.

Cette fois, je ris franchement, brisant l'ambiance feutrée du restaurant, cachée derrière mon menu. Je jetai un regard en direction de mon frère, récoltant un clin d'œil complice. Au bout de quelques secondes, nous posâmes nos menus sur le bord de la table et aussitôt Ben héla un serveur pour notre commande.

— Je prendrai le poulpe, s'il vous plaît, annonça-t-il avec assurance. Clo ?

— Le cabillaud. C'est possible de ne pas avoir le croustillant d'algues ? m'enquis-je.

Ben leva les yeux au ciel. D'après lui, je vivais comme une personne âgée de soixante ans, au quotidien cadencé par les jeux télévisés de fin de journée.

— Je vais demander en cuisine, éluda le serveur, mal à l'aise.

— Et si vous pouvez aussi retirer le condiment au foie de saumon et aux épices thaïes ?

Le serveur se dandina sur ses pieds, le sourcil froncé et les lèvres pincées. Ben réprima mal un rire pendant que je sentais mes joues virer au rouge vif.

— Le chef souhaite vous proposer l'expérience la plus riche possible, dit finalement le serveur. Je ne sais pas si… Enfin, je vais lui demander.

— Merci, soufflai-je, épuisée par mes propres exigences.

Ben ajouta une bouteille d'eau pétillante et du chablis. À la mention de cette bouteille de vin, mon corps se tendit et j'entendis distinctement une petite alarme résonner dans ma tête.

— Chablis 78, précisa-t-il.

L'alarme redoubla d'intensité. L'invitation à déjeuner était déjà suspecte, mais qu'il commande un chablis de tout premier choix signifiait qu'il était déjà trop tard. J'avais foncé tête baissée dans le piège, et il se refermait maintenant sur moi.

— Qu'est-ce que tu veux ? l'interrogeai-je dès que le serveur fut hors de portée.

— Un frère ne peut-il pas faire plaisir à sa sœur de temps en temps ?

— Un frère, si. Toi, non.

— Depuis quand es-tu si méfiante envers moi ? répliqua-t-il en riant.

— Depuis que tu m'as grillé la priorité en sortant de l'utérus de maman avant moi, ironisai-je.

Il rit à nouveau. C'était une vieille blague entre nous : je reprochais à mon frère d'avoir voulu faire le spectacle auprès des médecins accoucheurs ; ce à quoi ma mère répondait toujours qu'il avait été la première partie du concert, et moi, la star qui se faisait attendre.

— Tu es particulièrement ronchon quand tu dors peu, rétorqua mon frère.

En guise de réponse, je camouflai un bâillement dans ma main. Ben secoua la tête, fier de son analyse. Parfois, je m'en voulais d'être aussi transparente. J'aurais aimé être une de ces filles mystérieuses et envoûtantes ; je n'étais qu'une fille sans secret et d'une banalité sans nom.

— J'ai travaillé tard, m'excusai-je.

Mon frère secoua à nouveau la tête tandis que nos verres de vin se matérialisaient sur la table. Aborder le sujet de mon travail était toujours l'occasion de débats enflammés entre Ben et moi.

— Tentons de déjeuner sans que tu me parles de mon « potentiel », dis-je en saisissant mon verre.

— Où en est ton projet ?

Je fronçai les sourcils. C'était une question piège ; je savais que ma réponse ne conviendrait pas à mon pragmatique de frère. Depuis peu, j'avais aussi pris conscience que la réponse ne m'allait pas plus. Ce projet se transformait peu à peu en chimère tant cela me paraissait irréaliste.

— Clo, tu ne vas pas être correctrice toute ta vie, soupira Ben sans dissimuler le reproche dans sa voix.

— Bien sûr que non.

Je camouflai ce petit mensonge dans mon verre. Après mon diplôme de lettres, j'avais dégoté ce job de correctrice de manuscrits. Cela ne devait être que provisoire pour économiser et travailler sur mon projet de librairie ambulante. Il y a encore deux ans, je parvenais à allier les deux : correction le matin, business plan et rendez-vous de financement l'après-midi. Mais, après avoir essuyé plusieurs refus – et, à l'occasion, quelques ricanements méprisants –, j'avais laissé les corrections grignoter mon temps, m'offrant ainsi une parfaite excuse à mon surplace professionnel.

— Tu en es où, alors ? insista-t-il.

— Je dois revoir ma présentation pour la soumettre à la chambre de commerce.

— Tu cours donc encore après les subventions.

— J'ai vérifié les chiffres du loto hier et j'ai encore perdu. Donc, oui.

— C'est bien ce qui me semblait.

Il but une gorgée de son vin et, à nouveau, une petite alarme se déclencha dans mon cerveau. Parfaitement adossé à son fauteuil, Ben posa ses coudes sur les accoudoirs et joignit ses mains pour les frotter l'une contre l'autre. Il avait pris cette attitude de mon père : elle annonçait le début d'une démonstration de morale.

— Ça finira par aboutir, fis-je pour tenter d'esquiver le sermon.

— Je pourrais t'aider, proposa-t-il.

— Je ne veux pas de ton argent, Ben. Je me contente de tes invitations à déjeuner et de ce vin hors de prix.

— Je sais.

Il but une nouvelle gorgée de son vin et laissa un silence s'installer. Cela me mit encore plus mal à l'aise. Ben était un fin stratège, et ce « je sais » n'était qu'une tactique pour attiser ma curiosité et m'inciter à lui poser des questions. Je poussai un soupir, laissant mon regard naviguer sur la vue des toits. Je refusais de l'admettre devant lui, mais mon frère avait raison : j'étais en train de m'embourber et plus je me débattais, plus la motivation me désertait.

— Tu as ta fierté et je conçois que tu ne veuilles pas que je t'aide de façon aussi… directe, reprit Ben.

Je le dévisageai, analysant chacun de ses mots et de ses gestes, avant de comprendre, presque horrifiée.

— Non ! m'écriai-je. Ben, c'est non.

— Tu ne sais même pas ce que je vais te proposer !

— Je ne veux pas bosser pour toi ou pour ta boîte. C'est… C'est humiliant !

— Tu as besoin d'un vrai travail, Clo.

— J'ai un vrai travail, râlai-je.

— Je parle d'un travail qui pourrait te donner un coup de pouce financier, qui te permettrait de ne pas devoir compter sur des subventions qui seront systématiquement refusées. Clo, regarde les choses en face : tu n'as pas avancé depuis ton diplôme, tu rêves de cette histoire de librairie depuis des années et, très honnêtement, tu as l'air lessivée.

— Je te l'ai dit, j'ai bossé sur des corrections tardives. Pour certains auteurs, les dates de rendu ne sont qu'un détail, marmonnai-je, en maudissant ces êtres maléfiques et dénués d'amour de leur prochain.

Le serveur apporta nos assiettes, et je constatai avec joie que le chef avait mis son ego de côté pour me servir ce que j'avais strictement demandé. Malheureusement, ma conversation avec Ben m'avait coupé l'appétit. Je pouvais repousser mes idées sombres et même le reflet que me renvoyait mon miroir, mais les mots de mon frère touchaient juste.

— Clo, quand je dis « lessivée », je veux surtout dire que tu as l'air éteinte. Quand nous étions plus jeunes, tu passais ton temps à faire des listes pour cette fichue librairie imaginaire.

— Ben…

— Je me souviens très bien : tu voulais faire une section avec des livres policiers, une autre avec les grands classiques et même des rayons thématiques.

Je relevai les yeux vers lui, épatée. Pendant des années, l'arrière de la porte de ma chambre avait été recouvert d'un plan idéal, annoté de livres à proposer. Chaque liste était mise à jour chaque semaine et occupait tous mes samedis soir. À l'époque, je me projetai exclusivement dans ce projet, ne doutant pas qu'il finisse par voir le jour.

Depuis, le plan, les listes, mes rêves même s'étaient envolés, emportés par la désagréable réalité. Même si je savais que l'argent était important, je n'avais pas réalisé qu'il était, en fait, primordial.

— Je n'arrive pas à croire que tu te souviennes de ça, répondis-je en souriant.

— Crois-moi, je m'en souviens. En particulier de la thématique sur « le contenant est moche, mais le contenu est beau ».

Un nouveau sourire fleurit sur mes lèvres. Les listes thématiques me demandaient toujours beaucoup de travail. Ma mère, grande lectrice, avait participé activement à mes réflexions pendant que Ben et mon père se contentaient de supporter nos débats, hermétiques à la littérature.

— Je suis surprise que ça t'ait marqué, avouai-je, intimidée.

— Clo, tu y passais des heures. Tu n'avais pas fait un truc aussi sur les animaux ?

— Si. Ça s'appelait « Recommandés par votre vétérinaire ».

Ben hocha la tête, et je retrouvai un semblant d'appétit. J'étais flattée que mon frère se souvienne de ce genre de détail. À mes yeux, nous avions vécu chacun notre adolescence séparément : lui, avec son exubérance et sa tripotée d'amis ; moi, avec mon imagination florissante et mes listes de livres.

— J'ai toujours cru que… enfin que tu ne faisais pas attention à ce que je faisais.

— Comme je l'ai dit : tu y passais un temps fou. Et tu en parlais avec maman à table. Il faut que tu saches qu'à cause de toi j'ai développé un réflexe tordu : dès que j'achète un livre, je me figure une liste thématique bizarroïde associée.

J'éclatai de rire, me représentant le cerveau si pragmatique de Ben se transformer en océan de créativité.

— Mais je crois que j'ai moins d'imagination que toi, parce que hormis la liste « migraine garantie », je n'ai jamais rien trouvé. Et je peux dire que cette liste est sacrément fournie !

Il haussa les épaules, un peu dépité, pendant que je riais à nouveau. Ben n'avait jamais été un grand lecteur. Même les notices d'utilisation finissaient systématiquement à la poubelle sans même qu'il y ait jeté un œil. Après avoir avalé un morceau de son poulpe, il ancra son regard au mien.

— Tu vois ? C'est ça dont je parlais, fit mon frère en pointant sa fourchette dans ma direction.

— « Ça », quoi ?

J'avalai rapidement mon morceau de cabillaud, agrémenté

de polenta. Ben posa ses couverts et attendit patiemment que je termine.

— Ton enthousiasme, lâcha-t-il finalement.

— C'est juste de la nostalgie. Cette histoire de plan, de liste, c'était juste un truc idéalisé. Je le sais maintenant.

— Tu sais que c'est faux.

— C'est vrai, Ben. Si je regarde la situation en face, je dois admettre que tu as raison. Je n'ai pas avancé d'un pouce depuis ma sortie de l'université. Je fais comme si, mais… Personne ne croit vraiment à mon projet, et moi-même, je commence à douter. Peut-être que je fais fausse route et que…

— Ce n'est pas une question d'argent, me coupa-t-il.

— Dit le mec dans son costume sur mesure en train de grignoter du poulpe avec un verre de chablis 78.

— Ce n'est pas qu'une question d'argent, rectifia-t-il après un petit sourire. Tu te sers de ce prétexte pour ne rien faire.

— J'ai besoin de cet argent.

— Évidemment. Et tu l'aurais certainement eu si tu avais laissé parler ta passion sur cette histoire de librairie ambulante. Tu as eu l'air plus emballée, là, en deux minutes, qu'en presque cinq ans.

Je baissai les yeux sur mon poisson, un peu honteuse. Ben était l'incarnation de la réussite professionnelle : comparée à lui, je passais pour une ratée. Son diagnostic avait visé juste et mon ego gisait maintenant sur la moquette du restaurant à l'endroit même où l'hôtesse avait tourné les talons avec fierté et détermination.

— C'était des trucs… J'étais une ado, soupirai-je. Je n'avais aucunement conscience des réalités matérielles. C'était très utopique, Ben. Tellement utopique que toutes mes demandes de financement ont fini par échouer.

— Je pense qu'elles ont échoué parce que tu as édulcoré ton projet. Tu en as fait un truc… banal. Clo, je vois des projets passer sur mon bureau chaque semaine. Tu crois vraiment que je les lis tous ?

— Tu ne les lis pas ? m'offusquai-je.

— Jamais. J'attends qu'on vienne me voir, qu'on m'en parle et je sais en moins de trois minutes si cela peut fonctionner.

— Tu fais ça à la tête du client ?

— Je fais ça au culot, admit-il sans aucune gêne. Ou à l'enthousiasme. Ce que je veux dire, Clo, c'est que personne ne croira dans ton projet si même toi, tu n'y crois plus vraiment.

Comme une gamine prise en faute, je jouai avec mon poisson, les yeux rivés sur mon assiette. Ben avait sûrement raison. Pendant mon adolescence, j'avais parlé de ce projet à tous ceux qui voulaient bien m'écouter, j'avais dessiné des plans, écrit des listes, créé des logos, fantasmé des itinéraires, imaginé des conversations avec des clients. Au fur et à mesure, les années passant, j'avais remisé mes fantasques ambitions pour une réalité plus pragmatique.

— Clo ? m'interpella Ben devant mon silence.

Je relevai mes yeux humides vers lui, ravalant la boule de colère mêlée d'amertume qui m'étranglait. Il posa sa main sur la mienne, en signe de soutien.

— Tu veux m'en coller une ? demanda-t-il avec humour.

— Je préférerais te défenestrer pour être honnête.

— Donc, tu vas bien. Et cette Clo, pleine de rêves, n'est donc pas très loin.

J'étais partagée entre l'envie de rire et le besoin d'évacuer ma frustration. J'aurais pu m'en prendre à Ben, voire même quitter la table de manière théâtrale. Mais, d'une part, il avait raison ; d'autre part, il n'y était pour rien dans le trou noir qu'était ma vie professionnelle. Ben retira sa main et reprit son déjeuner.

— Et donc, tu m'invites dans un restaurant hors de prix, avec cette vue fantastique en espérant que cela compense cette attaque en règle sur mon moral ?

— Je t'invite dans ce restaurant hors de prix, avec cette vue fantastique pour m'assurer que ta motivation est intacte.

Ma motivation était là. Certes, enfouie sous plusieurs couches de déceptions amères et de frustrations profondes et planquée au fin fond d'un gouffre financier, mais elle était là.

— Je veux toujours monter ce projet, mais…

— … Mais il te manque l'argent.

Il posa ses couverts et m'offrit un sourire victorieux, le sourire qu'il réservait aux photos officielles pour les signatures de contrat, le sourire qui me filait instantanément un début de crise d'angoisse. Je l'imitai, abandonnant mon assiette pour mettre mes mains moites sur mes genoux. Il me fallait être ferme.

— Ben, je ne travaillerai pas pour toi. Ni dans cette vie, ni dans la prochaine et encore moins dans la suivante.

— Je sais. Et j'admire que tu tiennes autant à ta fierté.

J'entendais déjà un « mais » retentir dans tout le restaurant. Ben avait une idée derrière la tête depuis le début de notre déjeuner, et j'avais désormais la sensation de m'être fait manipuler.

— Tu te souviens de Lewis ?

Maintenant, j'en étais certaine : j'aurais dû annuler.

Chapitre 2

— Ben, c'est non, dis-je en ravalant un rire nerveux.

— Tu ne sais même pas ce que je vais te proposer.

— C'est non quand même.

— Est-ce que tu te souviens au moins de lui ? On était au lycée ensemble.

Les talents de Ben étaient innombrables et, grâce à son fameux don pour le relationnel et la sociabilisation, il avait construit au fil des années un carnet d'adresses aussi épais qu'un dictionnaire. De mon côté, j'avais consciencieusement éradiqué tous mes souvenirs de l'adolescence. Entre mon acné persistante, mon corps dénué de tout instinct sportif et mon incompétence visible en mode et accessoires, j'avais passé des années difficiles, à survivre dans l'ombre de mon flamboyant grand frère. Ses réussites – tant scolaires que sportives – ne faisaient que mettre en relief la fille banale et inintéressante que j'étais à l'époque.

— Tu dois sûrement te souvenir de lui ! Je traînais souvent avec.

— Ben, tu traînais avec tout le monde au lycée, pendant que j'étais dans la tribu des invisibles.

— Tu exagères.

— Pas du tout. J'étais invisible et tout à fait aveuglée par toi et ton aura.

— Donc, tu ne te souviens pas de Lewis ?

Je secouai la tête, cherchant dans les ultimes bribes de

souvenirs qui me restaient. Le prénom ne me disait rien, et une multitude de visages masculins, luttant plus ou moins avec grâce contre la puberté, m'apparurent sans qu'aucun Lewis ne surgisse. Je piochai dans mon assiette, terminant mon morceau de poisson.

— Est-ce que ce n'était pas ce blond, hirsute et trop maigre ?

— Non, ça, c'est Samuel.

— Alors celui qui avait un cheveu sur la langue et se passionnait pour les OVNI ?

— Fabien, m'indiqua mon frère, en pointant sa fourchette dans ma direction. Il bosse au CNRS maintenant, tu sais. Il est spécialisé sur les conséquences de l'activité solaire sur la Terre.

— Impressionnant, marmonnai-je.

— Lewis avait des lunettes et m'aidait en mathématiques. Brun, cheveux bouclés.

J'avais l'impression de jouer à « Qui est-ce ? » pour trouver, dans un recoin de ma tête, le bon visage à mettre sur le prénom de Lewis. Ben mastiqua rapidement un nouveau morceau de poulpe, finissant lui aussi son plat.

— Père écossais, mère française, ajouta-t-il. Il était tellement bilingue qu'il a été exempté des cours d'anglais.

— Ben, je ne me souviens déjà pas des élèves qui étaient dans les mêmes cours que nous, comment veux-tu que je me souvienne d'un mec qui n'y était pas ?

— Le prof ne supportait pas qu'il le corrige devant nous, ajouta Ben en souriant.

— Oh ! un crâneur de première.

— Il était archi-nul en sport, rit mon frère. Il avait trouvé le moyen de se casser le nez en EPS.

— Ça peut arriver, dis-je, vaguement solidaire. Je me suis bien fait une entorse à la cheville en sautant dans ce fichu bac à sable.

— Saut en longueur, Clo. Et il s'est cassé le nez à la piscine.

Je me pinçai les lèvres pour retenir un rire. Je ne me souvenais pas de ce fameux Lewis, avec ses bouclettes, ses lunettes et son impeccable accent anglais. Pourtant, j'éprouvais une forme de sympathie pour lui. La maladresse, ça rapproche. Ben accrocha mon regard et sourit à son tour.

— Ça peut arriver, dis-je finalement sans masquer mon rire nerveux. Il faut éviter de courir les pieds humides sur le carrelage.

— Il m'a expliqué qu'il s'était pris une porte de casier lors du premier cours. Je crois qu'il n'avait même pas eu le temps de retirer son manteau.

Cette fois, je ris à gorge déployée, imaginant la scène et un visage tuméfié. Ben rit à son tour, avant de boire une gorgée de son vin. Je l'imitai, reprenant mon souffle, mais toujours intriguée par ce fameux Lewis et l'idée certainement tordue de mon frère.

— Il a gardé une cicatrice, je crois, indiqua-t-il.

Soudain, une image nette se dessina. Je voyais clairement ce nez bandé, ces yeux noircis par un hématome massif, à peine camouflés par des lunettes. Je me souvenais de ce gamin, un peu chétif, ses mains cramponnées sur les bretelles de son sac à dos serré sur ses épaules. Même si nous avions le même âge, je me rappelais ses joues de poupon et son air naïf. Lewis était le plus petit de notre classe, toujours doté d'une voix enfantine quand celles des autres amis de mon frère muaient et émettaient à l'occasion des bruits de grincement de porte. De toute évidence, la puberté avait oublié Lewis en cours de route.

— Ça y est ! dis-je finalement. Enfin, je me souviens de son nez cassé et du fait qu'on l'a appelé Rocky pendant des semaines.

— C'est vrai, dit Ben en souriant. Quand tu le verras, évite de lui en parler.

— Comment ça « quand » ?

— Il se peut que Lewis soit une partie de la solution à ton projet moribond.

Je fixai Ben, espérant lui faire suffisamment peur avec mon regard sombre pour lui tirer les vers du nez. Je ne connaissais Lewis que de vue – et de nez ! –, je ne voyais pas comment ni pourquoi il pourrait m'aider.

— Puisque nous avons acté que tu étais toujours très motivée par ton idée de librairie itinérante, ne reste qu'à traiter la question du financement.

— Ben...

— J'ai compris que tu voulais conserver un peu de dignité, me coupa-t-il. Et puisque tu ne veux pas travailler pour moi, j'ai pensé à toi pour un projet dont Lewis m'a parlé.

— Ben...

— Clo, tu ne vas pas passer ta vie à faire des plans et des listes qui ne se concrétiseront jamais, non ? Je te propose de gagner un peu d'argent, histoire de t'aider à démarrer.

Je poussai un long soupir, partagée entre résignation et agacement. Je savais que mon frère avait raison, et ce seul fait m'horripilait. Je m'étais enlisée dans une vie sans envergure, pendant que mon frère flamboyait, transformant en or tout ce qu'il touchait. Je finis par lui adresser un hochement de tête, lui signifiant ainsi que j'acceptais de l'écouter.

— À la mort de son père, Lewis a hérité d'un domaine en Écosse.

— Un domaine ? Genre château, jardin et forêt attenante ?

— À peu de chose près, oui. Il est en train d'entièrement réhabiliter le château et il va l'ouvrir au public pour financer les travaux.

Je fronçai les sourcils, cherchant à comprendre en quoi cette histoire de château et de tourisme me concernait.

— Il a déjà fait beaucoup de publicité en anglais pour faire parler du château et inciter les visiteurs à venir. Il souhaite maintenant attirer les Français. Paraît qu'on a une ferveur historique qui nous rend sensibles à ce genre d'attraction, m'expliqua mon frère.

— Est-ce que tu vas me dire en quoi ça me concerne avant qu'on commande nos desserts ?

— Il a besoin d'une traductrice. Et d'une correctrice. Enfin, de quelqu'un qui pourrait pondre une brochure, en français, et qui pourrait éventuellement créer un parcours de visite sur son domaine.

— Je ne suis pas historienne, Ben.

— Je sais. Il a déjà la matière en anglais, il s'agit surtout de traduction et de mise en forme.

— Je n'ai pas de temps pour ça. J'ai un manuscrit à corriger d'ici la semaine prochaine. Et honnêtement, ça ne m'intéresse pas vraiment.

Ben haussa un sourcil, avant de s'essuyer délicatement la bouche avec sa serviette. En silence, il sortit son téléphone, tapota quelques secondes sur l'écran et, à l'instant où il le reposa sur la table, mon téléphone, fourré dans ma poche, vibra.

Je lançai un regard soupçonneux à mon frère. D'un geste de la main, il m'encouragea à vérifier mon téléphone.

— Des billets d'avion ? soufflai-je, estomaquée.

— Lewis t'attend la semaine prochaine. Tu as le temps d'acheter un ou deux pulls, un ciré et de faire une valise.

— Ben, je ne vais pas...

— Si, tu vas. J'en ai assez de te voir reculer devant l'obstacle. Tu cherches des prétextes, alors je trouve des solutions.

— Tu forces une solution, lui fis-je remarquer, d'un ton acerbe.

— Clo, tu m'as dit que tu voulais monter cette librairie. Lewis, de son côté, est prêt à te rémunérer pour tes services. En bonus, tu passes une dizaine de jours dans un château écossais, avec du personnel à ta disposition.

— En bonus, je passe une dizaine de jours dans un château

plein de courants d'air, chez un homme que je ne connais pas et dans une zone probablement désertique et pluvieuse.

Ben secoua la tête pendant que je boudais.

— Tu vas gagner en dix jours ce que tu gagnes en six mois. Lewis a largement les moyens : les visites du château fonctionnent très bien et l'Écosse subventionne la majeure partie des travaux.

De l'index, je parcourus les billets d'avion qu'il m'avait réservés.

— Classe premium ? lus-je en lui lançant un regard.

— J'ai vraiment envie que tu suives tes rêves, Clo. Disons que c'est ma toute petite pierre à l'édifice.

Je poussai un nouveau soupir – j'allais finir par couvrir les vitres de buée à ce rythme –, réfléchissant à toute vitesse à ma conversation avec Ben. Cette librairie, ce vieux rêve avait toujours été inaccessible. Ben m'offrait une opportunité et, dans la mesure où ce qu'il me proposait n'avait rien d'illégal, je n'avais pas beaucoup d'arguments à lui opposer.

— Je ne connais même pas ce Lewis. marmonnai-je.

— Eh bien vous ferez connaissance. Vous échangerez de vieux souvenirs du lycée !

Je haussai un sourcil, récoltant un rire de Ben. Il savait à quel point j'avais détesté cette période de ma vie.

— Je présume que Lewis en garde des souvenirs mitigés, lui aussi.

— Tu vois, vous avez déjà un point commun. Dessert ?

Chapitre 3

À l'annonce d'atterrissage du commandant de bord, j'avais risqué un œil vers mon hublot. Cela avait confirmé le point météo de notre pilote : de la pluie aussi grise que le ciel écossais. Je réprimai un frisson, envisageant de demander de rester à bord pour un retour immédiat en France. Malgré tout, quand l'avion se posa sur la piste, je suivis la foule des passagers – remarquant au passage que la plupart étaient beaucoup mieux équipés que moi pour survivre à cette météo – et filai récupérer ma valise.

Après que j'avais accepté la proposition de mon frère, ce dernier m'avait mise en relation avec Lewis par mails interposés. Depuis, nous avions échangé quelques messages ; les siens, précis, méthodiques et presque aussi glacials que la bise qui me fouettait maintenant le visage ; les miens, hésitants, laborieux et presque aussi creux que la flaque d'eau dans laquelle je venais d'enfoncer mon pied gauche.

En quelques jours, j'avais bouclé une valise, espérant mes pulls assez chauds pour survivre à l'Écosse en plein mois de février. Je savais maintenant que mes bottines en cuir, bien que fourrées, n'étaient pas étanches. Formidable.

Lewis m'avait indiqué que quelqu'un m'attendrait à l'aéroport pour me conduire sur son domaine familial. Afin d'être un peu au courant et de ne pas passer pour une parfaite idiote, j'avais pris le temps de visiter le site Internet du château – typiquement écossais, grand, imposant, bâti de pierres grises au bord d'un loch et entouré d'une dizaine de nuances de verts. J'avais été impressionnée par cette bâtisse aux murs hauts qui dominait avec arrogance les éléments. Naturellement, cette petite recherche m'avait ensuite menée à Lewis. S'il était mentionné en tant qu'héritier du lieu et de l'histoire de sa famille, il n'y avait pourtant aucune photo de lui. J'avais pu seulement lire sa courte biographie, mentionnant un diplôme de commerce, une passion pour l'astronomie et un engagement associatif soutenu.

Frigorifiée, je m'abritai contre un mur. Je guettai. Je ne savais pas exactement ce que je guettai, mais je guettai. Puisque que Lewis disposait de personnel, je tentai de repérer une personne en uniforme ou un véhicule garé en zone d'attente.

— Vous êtes Chloé ?

Je dévisageai la femme en face de moi. La capuche de son ciré bleu marine masquait sa chevelure poivre et sel, ses yeux étaient cernés de quelques rides, et ses joues rosies par le froid. Pourtant, elle respirait la joie de vivre. Malgré la pluie, un large sourire était accroché à ses lèvres.

— Désolée, je n'ai pas pris le temps de me changer. C'est ma tenue de travail, déclara-t-elle en ajustant sa capuche.

Mon regard glissa sur son allure : une chemise épaisse à carreaux trouée, un jean bleu maculé de taches de boue et d'imposantes chaussures détrempées aux semelles crantées. Je risquai un sourire et haussai un sourcil en direction du parapluie qu'elle tenait à la main.

— Oh ! c'est pour vous, fit-elle en me tendant l'objet.

— Vous ne voulez pas vous abriter ? demandai-je en l'ouvrant.

— M'abriter de la pluie ? On en est Écosse, on garde les parapluies pour les touristes. D'ici quelques jours, vous ne la sentirez même plus tomber.

À nouveau, je levai un sourcil. Je n'étais pas faite pour la pluie. Ni pour le froid. J'adorai l'été, la chaleur, les verres en terrasse et les ciels bleu azur. Le parapluie au-dessus de ma tête, je jetai un coup d'œil à ce qui ressemblait à une convention internationale de nuages gris en plein ciel écossais.

— Je m'appelle Ann, reprit la femme devant moi en me tendant la main.

Sa poigne me tira une petite grimace. Un seul coup d'œil à ses mains suffisait à me faire dire qu'elle était plus adepte du jardinage que de la broderie.

— Chloé, soufflai-je. Mais vous le savez déjà.

— On devrait y aller avant de finir trempées !

J'aurais volontiers acquiescé si mes bottines en cuir ne m'avaient pas trahie et si mes orteils ne baignaient pas déjà dans une splendide piscine olympique d'eau de pluie. Je suivis Ann dans le dédale de voitures garées sur le parking. Évidemment, elle avait opté pour le plus éloigné du terminal de l'aéroport.

— C'est plus proche de la sortie, m'expliqua-t-elle alors qu'elle déverrouillait une jeep kaki flanquée d'armoiries sur chacune des portières.

Au bout de quelques kilomètres auprès d'Ann, cramponnée à mon siège, j'avais décrété que la conduite à gauche était une provocation à la mort. J'avais survécu à la route principale, une superbe voie avec marquage au sol, panneaux et bitume tout neuf ; en revanche, les petites routes secondaires, parsemées de nids-de-poule, trop étroites pour notre seule voiture et gardiennées par des hordes de moutons visiblement furibonds qu'on les dérange, m'avaient terrifiées.

Oubliez le grand huit et vivez le grand frisson sur le réseau secondaire écossais.

Je tremblais encore de peur quand nous franchîmes l'imposant portail marquant l'entrée sur le domaine de Lewis. Le jardin, mélange de parterres, d'arbres et de buissons foisonnants était magnifique. Mais c'est le château, qui apparaissait peu à peu derrière les cimes, qui attirait le regard. Les photos que j'avais admirées sur Internet ne lui rendaient pas justice.

Alors que je me tordais la nuque pour admirer l'édifice, Ann s'arrêta et signala notre arrivée en klaxonnant. Je constatai avec joie que la pluie avait enfin cessé. Nerveuse et prise d'un trac soudain, je descendis de la voiture.

— Lewis m'a dit que vous étiez de vieilles connaissances ? fit Ann en s'emparant de ma valise.

— En quelque sorte, oui.

Je priai pour que le Lewis en question vienne se présenter à moi. J'aurais été incapable de le reconnaître.

— Justement, le voilà ! s'écria Ann.

Je pivotai vers le château, découvrant le fameux Lewis. Enfin, peut-être, car trois hommes se dirigeaient vers nous, d'un pas décidé et évidemment sans aucun badge à leur nom pour m'éviter de passer pour une parfaite idiote.

Je me tournai brièvement vers Ann, espérant que la direction de son regard me donne la solution. En vain. Elle était en train de retirer son ciré, défiant le ciel de nous arroser à nouveau. Je reportai mon attention sur les trois hommes face à moi, tentant de jouer à Usual Suspect pour dénicher le propriétaire de la bâtisse.

Je me rejouai la conversation avec mon frère, dénichant des indices : brun, cheveux bouclés, lunettes, nez cassé, physique de brindille. Un rapide coup d'œil au trio me confirmait ce que je redoutais : aucun ne correspondait à cette description.

Je frottai nerveusement mes mains sur mon jean humide. Si je ne pouvais pas trouver Lewis avec une description vieille de presque douze ans, je pouvais sûrement agir par élimination. L'homme le plus à gauche affichait une moustache fournie aux reflets roux ; celui du milieu portait un T-shirt vintage des Ramones, troué au col et, surtout, taché de graisse noirâtre ; enfin, le dernier était habillé d'un col roulé noir, surmonté d'une veste de costume chic, agrémentée d'une pochette en tartan – certainement aux couleurs de la famille. Si le premier était trop vieux pour être Lewis, les deux autres affichaient l'âge idéal.

Mon regard navigua de l'un à l'autre, mesurant mes chances. Le type au col roulé m'évoquait quelque chose et, à y bien regarder, son nez semblait légèrement de travers. Un bref sourire éclaira son visage et, parvenu à ma hauteur, il tendit sa main dans ma direction.

— Bienvenue ! s'exclama-t-t-il avec enthousiasme.

— Merci. Et merci de m'accueillir.

Je me tus brutalement : devais-je le tutoyer ? L'appeler Lewis ? Ou Rocky ? Dans ses mails, Lewis s'était montré poli et un peu distant. Dans les faits, nous nous connaissions à peine, et certainement pas suffisamment pour jouer les grandes retrouvailles chaleureuses et nostalgiques.

Je serrai sa main dans la mienne, cherchant une banalité à lancer pour tromper le silence inconfortable.

— Ça fait longtemps, dis-je finalement, consternée par mon manque d'imagination.

— Le trajet est long, effectivement, acquiesça mon interlocuteur.

J'eus une seconde de confusion, avant de me reprendre. Je ne parlais pas vraiment du trajet, mais peu importe.

— Long. Et je crois que ce petit tour en voiture m'a collé le mal de mer, lâchai-je en riant nerveusement.

— On s'habitue.

— Ah ? Comme la pluie ?

Mon vis-à-vis fronça les sourcils et libéra ma main. Près de moi, j'entendis Ann s'éclaircir la gorge. Je craignis soudainement d'avoir été un peu trop à l'aise. Critiquer à mots couverts un pays dans lequel vous veniez de débarquer alors que vous deviez justement en faire la promotion n'était pas l'idée du siècle. J'ajoutai maladroitement :

— J'espère, en tout cas, que notre collaboration sera fructueuse.

— La nôtre, je ne sais pas. Mais j'imagine que Lewis – il désigna l'homme au T-shirt des Ramones – sera ravi de travailler avec vous.

Malgré mes cheveux humides et mes pieds trempés, une bouffée de chaleur m'étreignit au point de presque m'étouffer. Je levai péniblement les yeux vers Lewis – le bon Lewis –, me demandant si on pouvait faire pire comme première impression. Quand Ben l'apprendrait, il ferait en sorte de changer de nom de famille pour ne pas avoir à se justifier jusqu'à la fin de ses jours.

L'homme à la veste s'effaça, puis salua Lewis avec chaleur.

— Aurais-je le plaisir de vous croiser lors du dîner ? lança-t-il au propriétaire du château.

— Je viendrai vous saluer, promit-il.

Après une poignée de main chaleureuse, l'homme à la veste pivota vers moi, me salua d'un bref mouvement de la tête et se dirigea vers sa voiture – un petit bolide gris dont le bas de caisse devait souffrir de la qualité des routes écossaises.

Quelques secondes après son départ, je constatai que Ann s'était volatilisée, tout comme l'homme à la moustache qui accompagnait Lewis. Seule avec lui, j'étais presque rassurée de ne pas avoir de spectateurs pour mon éventuelle prochaine humiliation.

— Désolée pour… pour le malentendu.

Embarrassée, du bout de ma chaussure, je jouai avec les petits gravillons sous mes pieds.

— Ne le sois pas, c'était très divertissant.

— J'adore amuser la galerie, ironisai-je.

— Je sais. C'est un des souvenirs que j'ai de toi.

Je relevai les yeux vers lui, constatant que ses lèvres se soulevaient dans un sourire amical. Peu à peu, mon embarras se dissipait, remplacé par une curiosité dévorante. Le Lewis que j'avais en face de moi ne portait pas de lunettes, arborait un nez parfaitement droit et ne ressemblait en rien à une brindille. Des biceps se devinaient sous les manches de son T-shirt et son col troué laissait apparaître un carré de peau de ses larges épaules.

Je me demandais vaguement si je devais aussi m'habituer à ce sourire faussement timide, à sa voix rauque et à son physique musclé et rassurant. L'Écosse avait de bons côtés.

— Je vais être honnête, je n'avais aucun souvenir de toi, admis-je.

— J'avais compris. Ce n'est pas mon cas.

Je me mordis la joue, luttant contre l'envie de le bombarder de questions. J'avais une image à préserver et je ne voulais pas passer de parfaite idiote à agent d'une police secrète. Lewis m'offrit un nouveau sourire, plus lumineux que le premier, qui faisait plisser ses yeux vert d'eau et le rendait effroyablement attirant.

Effroyablement, parce que les hommes un poil mystérieux m'attiraient invariablement. Ils me brisaient le cœur tout aussi invariablement. Je m'étais donc promis de rester à l'écart des hommes comme Lewis, de lutter contre cette curiosité et d'ignorer leur beauté brute et sauvage.

— Laisse-moi prendre ta valise, je vais te montrer ta chambre.

Et gentleman. Au bingo de l'homme idéal, Lewis cochait déjà beaucoup – trop – de cases. Entre son physique avantageux, sa galanterie et ses allusions nostalgiques sur nos potentiels souvenirs communs, Lewis était fascinant.

Alors qu'il me tournait le dos, je découvris que son T-shirt était largement déchiré, me confirmant ainsi ce que sa carrure m'avait laissée soupçonner. Ses cheveux, que je pensais plaqués sur son crâne par la pluie, étaient en fait noués dans un man-bun. Je lâchai un petit soupir discret : sur la liste encore vierge des bons côtés de l'Écosse, on pouvait ajouter le côté pile de Lewis, que seuls des travaux d'extérieur avaient pu muscler ainsi.

Même avec ce T-shirt usé et éligible à une pub pour une lessive blanchissante, il était diaboliquement sexy.

Je le suivis jusqu'à la porte du château et fus agréablement surprise en pénétrant dans le hall. Un majestueux escalier s'érigeait devant nous, flanqué de part et d'autre d'imposants tableaux de portraits familiaux. Au sol, la pierre froide et grise était réchauffée par un tapis rouge et or moelleux et épais. Par réflexe, je retirai aussitôt mes chaussures, ainsi que mes chaussettes. J'avais l'impression de rentrer dans un lieu sacré, que je refusais de souiller de pluie.

Aussi, c'est pieds nus, chaussures à la main, que je déambulai derrière Lewis dans le château, en quête de ma chambre. Après avoir ignoré l'escalier principal, il s'enfonça dans un long couloir aux murs blancs et agrémenté, ici et là, de petits guéridons garnis de bouquets de fleurs ou de petits cadres photos. Après avoir passé plusieurs portes, nous débouchâmes sur un nouvel escalier, plus étroit, en bois foncé, dont émanait un agréable parfum de cire.

À l'étage, nous remontâmes un nouveau couloir et je perdis le compte du nombre de portes et de recoins devant lesquels nous passâmes.

— C'est juste ici, annonça Lewis en ouvrant une lourde porte.

Je m'arrêtai au milieu de la pièce, ébahie, mes pieds nus agréablement enfoncés dans un tapis en laine. Lewis posa ma valise sur un petit meuble sous une fenêtre, avant de m'indiquer ma salle de bains d'un geste de la main.

— Je t'ai allumé un feu. Pour tes pieds, ajouta-t-il en dirigeant son regard vers le sol.

— Merci. Je crois que cette chambre est plus grande que mon appartement.

— On l'a rénovée récemment. Tu l'inaugures.

— Si tu me dis qu'il y a une baignoire dans cette salle de bains, je risque de ne plus jamais partir d'ici, plaisantai-je.

— Je pensais que la bibliothèque était mon meilleur argument avec toi !

— Un bain et un livre. Enfin un homme qui sait parler aux femmes ! m'enthousiasmai-je.

— Et si tu as besoin de vraie nourriture, on dîne vers 20 heures.

— « On » ?

— Toi et moi. Comme ça, on pourra parler de ce sur quoi tu dois travailler.

Pendant quelques instants, enfoncée dans le moelleux du tapis en laine et enveloppée dans la chaleur de l'âtre, j'en avais oublié que je devais travailler dans ce château. À côté de mes conditions habituelles de travail – dans mon petit appartement, avec vue sur cimetière, effluves du restaurant grec chaque midi et chauffage défaillant –, cette chambre ressemblait au Ritz.

— J'imagine que tu as déjà quelques idées, reprit-il, en frottant ses mains graisseuses l'une contre l'autre.

Il m'adressa un sourire chaleureux et confiant, tandis que j'essayais d'afficher un visage concerné. Ma première – et unique – idée consistait à traduire le travail qu'avait effectué Lewis. Tout, ou presque, était sur son site Internet, je n'avais aucune raison de réinventer un historique ou de réinterpréter le calendrier des travaux déjà réalisés. Je comprenais maintenant que Lewis attendait mieux de ma part. Pour une simple traduction, il ne m'aurait pas fait venir ici.

— Euh, oui. Enfin, ce sont des brouillons, j'ai encore besoin de réfléchir.

— J'ai hâte d'entendre tes idées. Je me souviens que tu as toujours été très créative.

Je hochai la tête, perturbée par ses multiples allusions au

passé. Avant que je puisse le questionner, il se dirigea vers la porte, m'abandonnant à mes questions.

— Je t'ai laissé de la documentation sur le bureau, près de la fenêtre. C'est ce que nous proposons actuellement pour les visiteurs.

— Je vais y jeter un œil.

— S'il te manque quelque chose, tu peux appeler l'intendance.

— Je peux demander ce que je veux ? lançai-je, provocatrice.

— Tu peux essayer, oui. Tu as des chaussures de marche ?

— Je crois que je vais devoir en demander à l'intendance. Pourquoi ?

— On fera le tour du domaine demain, notamment des jardins. C'est un peu humide, il te faut donc des chaussures adaptées. Tes bottines ne survivront pas à de la boue et des feuilles mortes.

Il referma la porte de ma chambre derrière lui. Seule, je fis le tour de la pièce, m'arrêtant à chaque fenêtre qui donnait sur le jardin. À cette saison, l'humidité était très présente et les arbres étaient encore nus. Aux limites du domaine s'élevait un mur de pierre, bordé de buissons fraîchement taillés. Je devinais le lac et ses eaux sombres puis, encore plus loin, une forêt dense et sauvage. Le feu crépita dans la cheminée, et je décidai de profiter de la salle de bains.

Si le château avait gardé son cachet avec ses pierres grises et son parquet en bois massif qui grinçait à chaque pas, la salle de bains était un écrin de modernité. La baignoire, sur la gauche, disposait d'une option balnéo, des serviettes moelleuses étaient disposées sur un petit meuble et, juste au-dessus, une étagère regorgeait de produits pour le bain. Je remarquai la présence de spots et d'un miroir en pied dans l'angle opposé. Je retins un petit cri de joie et remerciai silencieusement mon frère d'avoir ourdi ce plan.

J'ouvris les robinets rutilants et, le sourire aux lèvres, me débarrassai avec satisfaction et soulagement de mes vêtements humides, les rassemblant en boule dans un coin de la salle de bains. Entièrement nue, je m'enveloppai dans une serviette, agréablement parfumée, patientant assise sur le rebord de la baignoire que celle-ci se remplisse.

— Chloé ?

La voix de Lewis me fit tressaillir. Surprise et émergeant de mes pensées – principalement tournées vers Lewis et son T-shirt en lambeaux –, je sursautai et, ma serviette plaquée contre ma poitrine, perdis l'équilibre, glissai sur la porcelaine et tombai sans grâce aucune et en poussant un petit cri d'effroi dans la baignoire à demi remplie. Pendant quelques interminables secondes, je luttai, tentant de m'asseoir alors que mes fesses persistaient à partir en avant, me faisant basculer en arrière et perdre mes ultimes miettes de dignité. Je battais des bras, aspergeant toute la pièce, quand finalement une main secourable me sauva de la noyade en agrippant la mienne.

Je me retrouvai brutalement assise et nue, dans une baignoire qui n'était pas suffisamment remplie de mousse pour masquer mon corps. Ma serviette faisait trempette à mes pieds. Effarée, je relevai les yeux vers Lewis, qui retenait très mal un rire moqueur.

— Tu aurais pu frapper à la porte ! m'écriai-je, en camouflant d'un bras ma poitrine.

— J'ai frappé. Mais tu n'as pas répondu. J'avais peur qu'il te soit arrivé quelque chose.

J'étrécis le regard, partagée entre embarras et agacement. Lewis libéra ma main et eut le bon goût de s'éloigner de moi pour me laisser un semblant d'intimité. L'eau coulait toujours, meublant ainsi le silence gênant dans la pièce. Je saisis la serviette trempée et la collai contre mon corps. Le tissu-éponge épousa mes courbes, en révélant certainement plus que d'être totalement nue. Je réprimai un frisson et retrouvai mon souffle.

— Pour quelle raison es-tu là ? demandai-je à Lewis.

Je relevai les yeux vers lui, constatant qu'il me tournait le dos. Apparemment, il avait retrouvé ses bonnes manières.

— Je voulais savoir si tu souhaitais faire le tour du château ce soir ?

— On ne devait pas le faire demain ?

— On fait l'extérieur demain. Mais je n'aurai pas le temps de te faire visiter aussi l'intérieur.

— Oh.

— Et puis, j'ai pensé que tu serais curieuse de la bibliothèque. Sauf si ta passion pour les livres s'est émoussée et que...

— Ma passion pour les livres ? répétai-je en riant.

— J'ai hésité avec addiction, avoua-t-il en tournant légèrement la tête.

— Addiction ?

Je ris encore, oubliant pour quelques secondes ma chute théâtrale dans la baignoire. Je finirais par m'en souvenir quand je me tordrais la nuque pour admirer le bleu sur mes fesses. Je repoussai mes cheveux humides de mon visage et m'éclaircis la gorge. Lewis reprit la parole :

— Ou pathologie, peut-être. Tu fais toujours ce truc d'entrer dans un magasin et de sortir *a minima* avec un livre ?

— Je vais tuer Ben, grommelai-je.

— Ça ne vient pas de lui.

— Toujours des souvenirs ?

À nouveau, il tourna légèrement la tête, me laissant apercevoir un sourire énigmatique. Je n'étais pas dans une situation idéale pour un interrogatoire. Je me promis de le questionner lors de notre dîner. J'étais ici pour une dizaine de jours, j'avais donc largement le temps de le cuisiner.

— Je te laisse à tes... ablutions, lança-t-il en saisissant la poignée de la porte.

— Je vais tenter de ne pas me noyer, ironisai-je.

Je capturai de la mousse entre mes mains et soufflai dessus. M'enfonçant un peu plus dans l'eau, je cédai à la curiosité et interpellai Lewis, avant qu'il ne quitte la pièce :

— Comment se fait-il que tu aies autant de souvenirs ?

— J'ai une bonne mémoire, répondit-il. Et puis, tu n'es pas une fille qu'on oublie facilement.

Il referma la porte derrière lui, me laissant interdite dans mon bain chaud et moussant. Seule, je tentai de replonger dans mes vieux souvenirs du lycée, ceux qui étaient parfaitement cadenassés dans un coin de mon cerveau. Si Lewis avait autant de souvenirs et d'anecdotes à mon sujet, c'est que nous avions passé du temps ensemble. Or, Lewis étant un ami de mon frère, je l'avais certainement fui comme la peste.

Résignée, je saisis un petit coussin derrière moi et le calai contre ma nuque. La baignoire était enfin remplie et j'étais décidée à en profiter pleinement.

Chapitre 4

— Et la salle à manger se trouve ici, m'expliqua une des employées du château, en ouvrant une double porte en bois sombre.

Cela ressemblait plutôt à une salle de banquet, avec une impressionnante table en merisier laqué sur laquelle trônaient à intervalles réguliers des bouquets de fleurs. Une douzaine de chaises aux dossiers rembourrés cernaient la table. La pièce était chaleureusement éclairée par des halogènes doux, à la lumière jaune. Sur la gauche, un âtre immense dévorait le mur. Un feu y crépitait, mais ce fut la silhouette de Lewis qui attira immédiatement mon regard.

— Tu t'es perdue ? m'interrogea-t-il.

Je jetai un coup d'œil vers l'employée qui se tenait encore près de moi ; sa loyauté allait certainement à son employeur, donc mentir ne servait à rien.

— Disons que j'ai eu du mal à retrouver le couloir principal. Heureusement, j'ai croisé cette jeune femme qui m'a guidée jusqu'ici.

— Merci, Maggie, lança Lewis.

La concernée esquissa un petit sourire énamouré avant de s'effacer et de quitter la pièce. Elle referma les portes derrière elle, me laissant seule avec Lewis, dans une pièce qui aurait pu contenir tous les habitants de mon arrondissement.

— Je t'offre un verre ? proposa-t-il en désignant une bouteille de vin ouverte.

— Avec plaisir.

— Depuis combien de temps as-tu quitté ta chambre ?

— Assez longtemps pour maudire mon sens de l'orientation inexistant.

Je pris le verre qu'il me tendit, un peu nerveuse. J'avais mis du temps à choisir ma tenue, ne sachant pas vraiment si je devais opter pour une tenue confortable ou habillée. J'avais finalement enfilé une jupe en laine ample et un chemisier en soie blanche, rehaussé d'un gilet pour survivre aux courants d'air du château. Mes bottines séchaient encore dans un coin de ma chambre, aussi je portais des ballerines vernies.

— Maggie a préparé des choses à grignoter, si tu veux, m'indiqua Lewis en désignant un large plateau sur un guéridon.

— Merci.

— J'espère que ton bain a été agréable.

— Eh bien, passé mon entrée fracassante et douloureuse dans la baignoire, tout s'est bien déroulé.

— Encore toutes mes excuses pour cet incident.

— Ce n'est rien. Disons que c'est la première fois qu'un de mes employeurs me voit nue aussi vite.

Lewis ravala un rire, avant d'ancrer son sublime regard vert dans le mien. Il pencha la tête, et une de ses longues mèches de cheveux traîna sur sa joue. Je me fis violence pour ne pas la remettre en place, crispant mes doigts sur mon verre.

— « Aussi vite » ? répéta-t-il.

— Une longue et terrifiante histoire qui m'a appris à ne plus jamais mélanger sexe et travail.

— Oh. C'est un principe définitif ? s'enquit-il, avec un sérieux désarmant.

— Tout à fait.

— Je n'ai jamais été un grand fan des principes. À vrai dire, j'aime assez les réduire en miettes.

À nouveau, ses yeux trouvèrent les miens et sa phrase sonna alors comme un défi. Je soutins son regard, me promettant de résister à une éventuelle approche… tout en étant consciente que Lewis était foutrement attirant. Son jean brut tombait à la perfection sur ses jambes athlétiques, et ce col roulé blanc cassé épousait parfaitement ses épaules carrées. Je refoulai l'image plaisante de nos deux corps nus devant la cheminée : le parquet ne devait pas être des plus confortables.

— Prête pour la visite ?

J'acquiesçai et emboîtai le pas à mon guide. Le château était constitué d'un kilométrage impressionnant de couloirs et d'un nombre de pièces à vous coller le tournis. À chaque arrêt, Lewis me donnait des informations ou des anecdotes historiques. Je buvais ses paroles : cela me fournissait une incroyable matière pour les textes que je devais produire. Certaines pièces étaient encore en travaux, voire même en friche, mais Lewis parlait de sa propriété avec passion et enthousiasme, m'embarquant avec lui dans l'histoire de ses ancêtres.

— Et voici donc une ultime chambre, que j'ai transformée en bureau, m'indiqua Lewis en pressant l'interrupteur.

La pièce était grande et haute. Un bureau était installé dans un angle, permettant d'avoir une vue sur les jardins tout en travaillant. En lieu et place d'une vulgaire chaise de bureau, Lewis avait opté pour un siège cabriolet confortable. De l'autre côté de la pièce trônait le canapé assorti. Sur les murs étaient accrochés une ribambelle d'articles de presse et de magazines à la gloire du château. J'approchai de l'un d'eux et pointai mon index vers le visage d'un enfant portant des lunettes.

— C'est toi, non ? demandai-je, amusée.

Lewis approcha, un sourire nostalgique aux lèvres. L'article concernant une victoire hippique pour laquelle toute la famille prenait la pose autour du cheval gagnant.

— Pendant longtemps, mon grand-père a eu des chevaux. C'était sa passion. Nous avons gagné plusieurs courses ; je crois que cette photo date de vacances d'été. J'adorais venir ici quand j'étais gosse.

— Vous avez encore des écuries ?

— Mon père a voulu prendre le relais, mais c'était trop compliqué. On a vendu notre dernier cheval il y a presque dix ans.

Je longeai le mur, admirant chacune des coupures de presse. C'était comme avoir un œil collé à un trou de serrure et découvrir des secrets enfouis. Le domaine avait eu son heure de gloire, avec des garden-partys prestigieuses et des invités de marque. Je reconnus un membre de la famille royale, ainsi que des célébrités écossaises.

— Tu portes très bien le kilt, affirmai-je tout sourire devant une photo où Lewis posait fièrement près de nouveaux époux.

— C'était un mariage mondain, la tenue de cérémonie était requise.

Quand j'atteignis la dernière photo, Lewis sur mes talons, je restai muette. J'avais toujours cru que cette photo avait disparu avec mon acné.

La revoir ici était très déroutant.

Me revoir ici, toutes dents baguées dehors, était déroutant.

Je pivotai vers Lewis attendant une explication.

— Ma mère gardait toutes les coupures de presse familiales. Et cette photo remonte à…

— … au projet littéraire de première. Je ne savais même pas que cela avait fini dans la presse ! m'exclamai-je en riant.

— Presse locale. Ma mère était une amoureuse des lettres. Alors, quand elle a vu que son scientifique de fils avait participé à une exposition sur la littérature fantastique… Je crois qu'elle n'a jamais été aussi fière de moi, s'esclaffa-t-il.

— Où sont passées tes lunettes ?

— Opération des yeux. Où est passé ton appareil dentaire ?

— Je l'ai retiré un 13 mars. Je fête ça chaque année en mangeant des caramels.

— Je te trouvai très mignonne avec !

— Lewis, si tu regardes bien cette photo, le flash de l'appareil-photo se reflète sur mes bagues.

Il se rapprocha de ladite photo, soigneusement protégée par un cadre et, hilare, constata que j'avais raison. Je croisai les bras sur ma poitrine, espérant qu'il retire cette photo, au moins pour me faire plaisir. J'avais passé mon adolescence à sourire bouche fermée... et un journaliste local avait immortalisé le seul instant où je m'étais laissée aller. C'était injuste.

— Tu avais l'air vraiment contente, commenta Lewis.

— Ben avait tendance à attirer toute la lumière sur lui. J'imagine que j'étais contente de ne plus être complètement transparente.

— Transparente ? Tu te trouvais transparente ?

— Mon frère avait de meilleures notes que moi, était délégué de classe, avait une flopée de copains, il était invité à toutes les fêtes et il a même gagné le cross du lycée deux années consécutives. Pendant ce temps-là, moi je restais sagement à la maison à regarder les murs de ma chambre et à fixer mon téléphone qui n'affichait aucune notification.

— J'aurais adoré t'envoyer des messages, lança Lewis avec un sourire sincère.

Je levai les yeux au ciel. Je n'avais pas besoin qu'on me prenne en pitié presque dix ans plus tard. Il y avait prescription, et le passage à l'âge adulte m'avait permis de tourner la page.

— Mais ton frère n'a jamais voulu me donner ton numéro, continua-t-il.

— Je te demande pardon ?

— Ben. Il a toujours refusé. Je l'ai tanné pendant des mois, je lui ai même offert des places pour un match de foot, mais il a toujours estimé que son rôle de grand frère...

— Son rôle de grand frère ? m'écriai-je.

Lewis acquiesça tandis que je m'interrogeais : devais-je être en colère contre Ben ou contre Lewis ? Entre le premier qui jouait les agents bloquants et le second qui n'avait même pas eu l'idée de venir me demander mon numéro, j'étais franchement agacée.

— Il voulait sûrement te protéger, le défendit Lewis.

— Me protéger ? De quoi ? D'une vie sociale intéressante ? Et pourquoi n'es-tu pas venu me voir directement ?

— J'avais seize ans, des lunettes et aucun courage. Tu m'impressionnais beaucoup, admit-il timidement. Tu m'impressionnes toujours d'ailleurs.

— De toute évidence, puisque tu es passé par Ben.

Nous échangeâmes un sourire et, pendant une furtive seconde, le regard de Lewis se braqua sur mes lèvres. Mon cœur s'emballa immédiatement : à nouveau, j'avais seize ans et des bagues sur les dents. Je pris une profonde inspiration et décidai de chasser le silence lourd de sous-entendus entre nous.

— Enfin, cette fois, c'est professionnel, m'exclamai-je, ravie de ma petite parade.

À l'instant même où les mots sortaient de ma bouche, la pièce plongea dans le noir le plus complet. Lewis grogna un juron – et même ça, c'était sacrément sexy – avant de heurter un objet quelconque derrière lui. Un nouveau juron lui échappa, tandis que je tendais les mains devant moi, tentant de trouver à quoi me raccrocher. C'était idiot : nous étions dans le noir, pas en train de couler au fin fond de l'océan.

— Lewis ? lançai-je, perdue.

— Coupure électrique. Harold doit être en train de finaliser l'installation des décorations pour demain.

— Je me suis perdue dans le château alors que tout était allumé, tu imagines bien que dans le noir, je risque de finir dans les douves.

— On a colmaté les douves depuis un siècle, Chlo. La lumière va sûrement revenir d'ici quelques minutes. Donne-moi ta main.

J'allais lui demander où il était exactement, quand je sentis sa main frôler mon bras, puis ses doigts trouvèrent les miens. Cela me rassura, jusqu'à ce que je sente le bras de Lewis entourer ma taille et me maintenir contre lui.

— Ça ne te dérange pas ? s'inquiéta-t-il. On va sortir du bureau : le couloir est large, ça évitera qu'on se cogne ou qu'on fasse tomber cette fabuleuse photo de nous deux.

Prudemment, il nous fit avancer jusqu'à la porte du bureau. Sous mes pieds, je devinais la moquette épaisse et encore en dessous, le parquet qui craquait à chaque pas. Mon pied droit tapa dans un meuble.

— Évite de tomber, je crois que tu as fait assez de cascade pour la journée, plaisanta Lewis.

— Ce sont les objets qui m'attaquent !

Après une dizaine de pas et presque autant d'attaques du mobilier, nous atteignîmes enfin le couloir, nettement plus frais que le bureau de Lewis. Ce dernier trébucha sur le bord du tapis et, après un nouveau juron – je trouvais ça bien trop sexy pour mon bien –, il m'entraîna avec lui dans sa chute. Je m'étalai au sol lourdement et remerciai finalement le ciel que l'électricité soit coupée. Lewis atterrit sur moi, son souffle chaud dans mon cou, pendant que ses mains se cramponnaient à ma taille.

Avec un petit claquement, la lumière revint, nous faisant cligner des yeux. Lewis s'appuya sur ses mains pour tenter de se redresser tandis que je me tortillais pour limiter le contact entre nos deux corps. Le regard de Lewis accrocha le mien et, pendant quelques instants, ni lui ni moi ne bougeâmes d'un pouce. Finalement, ce tapis n'était pas si inconfortable et être allongée contre Lewis était plutôt agréable.

Ses yeux se braquèrent sur mes lèvres, et je restai immobile, attendant qu'il trouve le courage qui lui avait manqué à ses seize ans. Du bout des doigts, il chassa les cheveux sur ma joue, avant de caresser la ligne de ma mâchoire. J'en avais le souffle coupé. Je risquai un sourire d'encouragement en voyant son visage s'abaisser sur le mien. J'étais prête à ruiner un de mes principes fondamentaux.

— Monsieur, mademoiselle, vous allez bien ? s'alarma une voix derrière nous.

— Putain, s'étrangla Lewis.

Je ris doucement contre lui, ma tête contre son épaule. Je ne pris pas le risque de croiser le regard de son employé. J'étais certaine que nous allions faire l'objet de ragots et de plaisanteries douteuses.

— Tout va bien, oui, reprit Lewis sèchement, toujours allongé sur moi.

Mon rire redoubla. La situation était embarrassante, mais Lewis semblait plus frustré d'avoir été interrompu qu'agacé d'être surpris dans une position compromettante. Il se redressa finalement et tendit sa main pour m'aider à me relever. Je découvris ainsi qu'il n'y avait pas qu'un seul employé dans ce couloir mais cinq, qui nous regardaient, médusés.

— Je te raccompagne à ta chambre, dit-il avec détachement.

Je me contentai de hocher la tête, n'osant plus rien dire. J'avais la sensation de m'être fait prendre en flagrant délit par mes parents. En silence, je suivis Lewis, devinant ses épaules tendues sous son pull. Après un dédale de couloirs et d'escaliers, nous parvînmes enfin à la porte de ma chambre. Je redoutais déjà le moment où j'allais refermer la porte sur lui.

— Désolé pour... Enfin pour la coupure électrique, marmonna Lewis, appuyé contre le mur.

— Ça arrive. On se voit demain pour le petit déjeuner ?

— Je ne crois pas. Sauf si tu veux te lever à 5 heures du matin. Nous avons un dîner de fiançailles demain soir au château et les premiers livreurs arrivent très tôt. J'ai gardé du temps pour toi, en milieu de matinée, pour faire le tour des jardins.

Je ravalai ma déception. Lewis allait passer une journée

chargée, et nous n'aurions sûrement pas le temps de nous revoir.

— Tu peux participer au dîner si tu veux. Les fiancés sont de vieux amis de la famille. On se verra à ce moment-là.

— Très bien.

Un petit silence s'installa, comme si ni lui ni moi ne savions comment finir cette soirée. Notre presque baiser planait quelque part, au-dessus de nos têtes et dans nos pensées. Peut-être devions-nous le laisser filer. De toute façon, mon séjour ici était limité et je n'étais pas le genre de fille à vivre une relation sans lendemain. J'avais trop baigné dans la littérature romantique pour agir avec légèreté.

— Pour être tout à fait clair : je suis désolé pour la coupure de courant, mais...

— Lewis, le coupai-je. Tu n'as pas à t'excuser, je te l'ai dit...

— Ce que je veux dire, m'interrompit-il à son tour, c'est que je ne suis pas désolé pour ce qu'il s'est passé pendant la coupure.

J'esquissai un bref sourire, amusée par sa témérité. J'appréciai qu'il ne tente pas d'ignorer notre presque baiser.

— Tu parles de mes hématomes à cause des meubles ? plaisantai-je.

— Je parle de ta chute dans...

— Ma chute ? m'esclaffai-je.

— Notre chute.

— Ta chute, Lewis. Tu es tombé et tu m'as entraînée au sol. Entre nous, tu es au courant qu'il y a d'autres méthodes pour les rapprochements physiques ? soufflai-je sur le ton de la plaisanterie.

Lewis s'approcha de moi et ancra son regard au mien. Je tressaillis, surprise par le brusque changement d'ambiance : nous plaisantions et là, maintenant, il arborait un visage sérieux et concerné.

— Crois-moi, je le sais. Te faire venir ici est l'une de ces méthodes.

Je restai muette, scotchée par son aveu. Lewis se contenta de sourire, fier de m'avoir cloué le bec. Lentement, il s'approcha de moi et m'embrassa chastement sur la joue.

— Bonne nuit, Chloé.

Il me fallut une bonne minute pour reprendre mes esprits. Je cherchai sa silhouette dans les couloirs, mais Lewis s'était évaporé, laissant derrière lui de lourds sous-entendus et des étincelles de désir brut. Je finis par refermer la porte de ma chambre et, assise sur mon lit, je rejouai notre soirée. Cette photo de nous deux, adolescents, avait été le point de bascule. Et, si j'en croyais son dernier aveu, ma présence dans son château n'était qu'un subterfuge pour me…

— Séduire, murmurai-je pour moi-même.

J'avais du mal à prononcer ce mot tant il était surréaliste. On ne me draguait pas. Mes quelques relations avec les hommes avaient débuté au mieux sur des malentendus, au pire sur des mensonges éhontés. Jamais un homme n'avait déployé autant de moyens pour attirer mon attention.

Force était de constater que cela fonctionnait. J'étais touchée par ses efforts et son abnégation. Et, sans l'arrivée de ses employés, je l'aurais volontiers laissé achever son plan sur une note victorieuse.

Je me couchai le sourire aux lèvres, anticipant avec hâte la visite des jardins. Il fallait juste que je trouve une tenue à la fois chaude et féminine pour mettre toutes les chances de mon côté.

— Et semer ses employés, ajoutai-je. Ou recreuser des douves pour les noyer.

Chapitre 5

Le lendemain, après un réveil tardif, je parvins à rejoindre les imposantes cuisines pour avaler un café. Autour de moi les employés s'agitaient, dans la perspective du dîner du soir. Lewis avait suggéré une visite des jardins dans la matinée, aussi je décidai de commencer à travailler sur son projet.

Lewis avait tout prévu dans ma chambre : un petit bureau fonctionnel, idéalement éclairé par la lumière du jour – en tout cas, quand la lumière perçait les nuages gris écossais –, un tableau blanc de travail, un paperboard, un nombre astronomique de notes autocollantes, des feutres de couleur, des marqueurs et même des gommettes.

J'avais l'impression de retrouver ma chambre d'ado, les posters de DiCaprio et d'Orlando Bloom en moins.

J'avais donc de quoi m'occuper en attendant que le propriétaire des lieux – le très très sexy propriétaire des lieux – finisse par débarquer dans ma chambre pour une visite des jardins.

Sauf que non. Il était désormais 18 heures, et Lewis se faisait toujours attendre. Même en prenant en compte un éventuel décalage horaire entre Paris et Édimbourg, cela restait un retard intolérable. Et je devais admettre que je trouvais ça assez improbable qu'un mec chez lequel je séjournais me pose un lapin.

Lasse de l'attendre, je finis par me préparer pour le dîner. J'enfilai une de mes robes les plus élégantes, en soie vert clair rehaussée d'un liseré doré, que j'agrémentai avec une paire chaussures à talons, nouées autour de mes chevilles. Je laissai mes cheveux cascader sur mes épaules et optai pour un maquillage léger.

Guidée par le bruit des conversations et la musique d'ambiance en sourdine, je parvins à trouver sans encombre la salle à manger. Elle avait été encore agrandie, par rapport à la veille : une des cloisons avait été ouverte pour accueillir l'ensemble des invités. Je repérai facilement les fiancés, accrochés l'un à l'autre et affichant des sourires heureux. La majorité des hommes portait un kilt, et je me demandais vaguement si Lewis avait une boutique de souvenirs avec ce type d'article à disposition.

— Oh ! vous devez être Carol ! m'interpella un des invités aux cheveux grisonnants.

— Je... Euh...

— Lewis nous a tellement parlé de vous. Comment trouvez-vous le château ?

— Henry, cesse d'embêter la petite amie de Lewis, elle a sûrement mieux à faire que de parler avec toi ! l'interrompit une femme, que je supposais être la sienne.

— Le château est superbe, répondis-je, gagnée par mon rôle de petite amie.

— Lewis a mis tellement d'énergie dans les jardins. Au printemps, cela donnera un très beau résultat.

— Je n'en doute pas. Ma chambre a une vue sur la roseraie, et même hors saison c'est spectaculaire, renchéris-je.

Je n'avais aucune idée de ce que je racontais. J'aurais été incapable de différencier un peuplier d'un chêne, ou un bégonia d'un rhododendron, mais j'avais lu la documentation mise à disposition et je me sentais capable d'improviser cette conversation.

— Oh ! ma chère, vous devez absolument revenir au moment de la floraison, reprit la femme.

— Lewis m'a dit que vous étiez très prise par votre travail, dit Henry.

— En effet. J'ai souvent des dossiers de dernière minute à gérer qui me poussent à revoir mes plans.

— Oui, Lewis m'en a parlé.

Henry avait l'air dépité. Cette Carol méritait une sérieuse remontée de bretelles : quand vous aviez un petit ami comme Lewis, sexy et propriétaire d'un château impressionnant, on gérait ses priorités.

Petite amie. Même si je ne l'affichais pas, apprendre que Lewis était en couple me nouait la gorge. Je repensai à ses allusions à peine voilées, à notre presque baiser, à sa main dans la mienne, et je pris conscience qu'il m'avait menti. Ce qui expliquait peut-être aussi le lapin de ce matin. Si cette Carol était présente, Lewis devait passer son peu de temps libre avec elle. Malgré moi, je laissai mes yeux courir sur les invités, tentant de repérer une femme de mon âge avec un Lewis à son bras.

— Vraiment, revenez au printemps pour les roses. Lewis organise une garden-party pour ses proches connaissances et c'est toujours un grand moment, reprit la femme de Henry avec enthousiasme.

— Et vous viendrez dîner à la maison, suggéra Henry. N'est-ce pas, Lewis ?

Je sentis sa main sur le bas de mon dos avant même de le voir. Je me tendis et fis tout mon possible pour ne pas flancher quand il m'embrassa sur la joue. Il salua Henry et sa femme, qui nous adressèrent un regard attendri.

— Je disais à votre petite amie qu'elle devait revenir au printemps pour la floraison des roses, indiqua la femme.

Lewis entoura ma taille de son bras et m'attira contre lui. Il déposa un nouveau baiser sur ma tempe, me mettant mal à l'aise.

— Oh ! j'ose croire qu'elle n'aura pas besoin de revenir, répliqua Lewis.

— Vraiment ? s'exclama Henry, aussi heureux que s'il avait gagné au loto.

— Je tente de la convaincre de rester de manière définitive, répondit Lewis.

Je pivotai vers lui, refoulant l'envie fulgurante de le gifler. À quoi jouait-il ? Il avait une petite amie, bon sang ! Et il mentait à ses invités. En quelques secondes, il venait de perdre des précieux points au bingo du mec idéal.

— Je crois que… Enfin, disons que nous avons encore quelques détails à régler, fis-je, sèchement.

— Évidemment, approuva la femme en souriant, face à moi. Nous allons vous laisser seuls. Lewis, ce que vous avez fait de cette salle à manger est juste incroyable ; vous me donnerez le nom de votre restaurateur de tableaux ?

— Sans problème.

Il affichait un sourire parfait, typique du gendre idéal. Henry et sa femme nous adressèrent un salut poli de la main, pendant que je fulminais en silence. Dès qu'ils furent hors de vue, je chassai d'un geste impatient la main de Lewis de ma hanche.

— Oh ! tu m'en veux, on dirait ! fit-il avec un petit rire.

— Tu crois ?

— Et je sais pourquoi, et c'est entièrement ma faute.

— Entièrement oui.

— Tu m'accompagnes ?

Je fixai Lewis, éberluée. Après une visite avortée et la découverte fortuite d'une petite amie, il voulait que je l'accompagne ! Autour de nous, les conversations s'animaient, et la foule, très dense, empêchait presque les serveurs de faire leur travail. Malgré tout, Lewis récupéra deux coupes de champagne et, à nouveau, m'invita à le suivre en me tendant la main.

— Je sais pourquoi tu m'en veux, déclara-t-il.

— À vrai dire, j'ai fait une liste. On commence par quoi ?

— On commence par sortir d'ici. Ça devrait t'apaiser.

À contrecœur, je le suivis et il nous fit sortir par une porte dérobée, débouchant dans le couloir principal. Sans attendre davantage, je me lançai dans un interrogatoire digne de l'inspecteur Harry.

— Qui est Carol ? l'interrogeai-je, agacée.

— Carol ? répéta-t-il.

— Henry et sa femme ont pensé que j'étais Carol et donc que j'étais ta petite amie. Donc, je voudrais savoir qui...

Ma demande d'explication fut interrompue par un rire sonore de Lewis. Il riait aux éclats, le son rebondissant sur les murs du couloir autour de nous. Ma colère redoubla : qu'il me mente était déjà insupportable, mais qu'il se moque de moi décuplait ma rage. Je tournai les talons et, d'un pas décidé, je remontai le couloir.

— Chlo !

— Je vais aller dormir, répondis-je, furieuse.

— Chlo, attends. Il y a une explication.

— Je propose qu'on oublie ce qu'il s'est passé hier et qu'on...

— Ce qu'il s'est presque passé, Chlo.

En tant que correctrice, je détestais qu'on me corrige. Et le faire quand j'étais en colère ne faisait que l'attiser. Et en plus, il osait m'appeler Chlo, comme si nous étions de vieux amis, heureux de nous retrouver. Je marchai sur ma chambre, comme Attila marchait sur ses ennemis : avec un pas déterminé, lourd et prêt à pulvériser ceux qui auraient l'audace de vouloir m'arrêter.

— Chloé, arrête, s'il te plaît, reprit Lewis.

Son rire s'était évanoui, comme s'il prenait conscience que j'étais vraiment à fleur de peau. Il finit par me rattraper et par saisir ma main.

— Chlo, je t'en prie, arrête, murmura-t-il alors que je parvenais à me libérer de sa prise.

— Et pourquoi j'accepterais de t'obéir ?

— Eh bien, en premier lieu, parce que ta chambre est dans l'aile opposée. Ce couloir mène à la buanderie.

— Putain de labyrinthe !

— Et en second lieu, parce que j'ai réalisé ce matin que je ne t'avais pas montré la bibliothèque.

— Tu crois vraiment que c'est le moment ?

Il approcha de moi, visiblement désolé. Ma rage s'atténua. Cette histoire de petite amie m'avait mise en colère. Mais je me demandais maintenant si j'avais vraiment le droit de lui en vouloir. Il ne s'était rien passé, nous ne nous étions rien promis et peut-être que mon imagination trop galopante avait pris le pas sur mon esprit raisonnable.

Pourtant, quand Lewis me fit redresser le menton pour planter son regard dans le mien, je ne pouvais pas nier mon cœur affolé et le désir pulsant dans mes veines.

— J'ai plus de courage que quand j'avais seize ans, dit-il dans un chaud murmure.

— Si c'était le cas, tu m'aurais parlé de ta petite amie.

— Ah oui. Coralie.

— Carol, le corrigeai-je. Tu ne te souviens même pas de son prénom ?

— Elle n'existe pas, Chlo, répondit-il, avec un calme serein.

— Qu... Quoi ?

— J'ai inventé une petite amie pour éviter que tous les propriétaires alentour me présentent leurs filles ou leurs nièces. J'étais devenu une sorte de gibier à accrocher au mur, alors j'ai fini par créer une petite amie idéale pour limiter les sollicitations.

Je n'avais jamais été aussi stupéfaite de ma vie. Lewis, qui se targuait d'avoir du courage, avait inventé une petite amie pour ne pas se confronter à ses voisins.

— Lewis, tu es le type le moins courageux que je connaisse, souris-je.

— C'était une mesure de préservation.

— Et elle ressemble à quoi ?

— Oh ! elle fait environ ta taille, habite dans un pays étranger, aime la littérature. Elle a un frère, aussi. C'est normal qu'ils aient cru que tu étais Carol.

— Ce n'est pas normal, Lewis. C'est même un peu flippant, répliquai-je en riant.

— Je manque de courage et d'imagination, c'est vrai. En revanche, je n'ai pas menti : j'aimerais vraiment te convaincre de rester définitivement.

J'atteignis un nouvel échelon sur l'échelle de la stupéfaction. Lewis maîtrisait cet art à la perfection – d'ailleurs, Ben aurait été envieux de son efficacité à me faire taire. Lewis reprit ma main dans la sienne et d'un geste du visage m'invita à le suivre.

— Lewis, tu réalises que je ne suis ici que depuis une journée et…

— Je sais.

Il descendit un escalier à toute allure, oubliant que j'avais des talons aux pieds. J'aurais dû me sentir effrayée de sa demande mais, pour une raison inconnue, je faisais confiance à Lewis. Il s'était montré prévenant et affectueux, et il affichait ce regard doux, presque naïf, qui le rendait irrésistible.

— C'est la bibliothèque, indiqua-t-il en nous faisant patienter devant une porte.

Mon sourire s'élargit. C'était comme annoncer à un gosse que le Père Noël était de l'autre côté de la porte avec une hotte remplie rien que pour lui. Vu la demeure de Lewis, la bibliothèque devait être étourdissante.

— Tu devrais fermer les yeux, suggéra-t-il.

J'obtempérai, excitée de découvrir la pièce. Je n'avais pas envie de perdre du temps à négocier. Les yeux clos, j'entendis le grincement de la porte puis, l'instant suivant, je sentis l'odeur familière et légèrement acide du vieux papier et de l'encre. C'était un de mes parfums préférés, celui qui me ramenait à mon enfance et à mes rêves de librairie.

— Tu peux regarder.

La pièce était aussi grande que la salle à manger à l'étage supérieur. Les murs étaient couverts du sol au plafond de livres ; au milieu étaient disposées de petites vitrines, elles aussi chargées de livres. La poussière recouvrait la majorité des surfaces ; les vitres n'avaient pas été nettoyées depuis des lustres et l'éclairage était famélique, mais j'étais éblouie.

— Je n'ai pas encore démarré les travaux, expliqua Lewis.

— Je n'arrive pas à croire que tu possèdes une telle bibliothèque.

J'avançai prudemment, découvrant d'autres livres empilés derrière une commode. J'aurais pu tomber amoureuse de cet endroit en moins de deux minutes. Oubliant les montagnes russes émotionnelles de la soirée, je retirai mes talons et les abandonnai sur un vieux tapis bleu nuit.

— Je crois qu'il y a un gros tri à faire et un travail de mise en valeur du catalogue, dit Lewis en me suivant à distance.

— Il faudrait trouver la dernière version du catalogue pour faire des vérifications. Tu dois certainement posséder des éditions rares et anciennes !

— Ma mère avait commencé le travail mais n'a jamais vraiment pu le finir.

Du bout des doigts, j'effleurai les couvertures et les dos des livres. En quelques minutes, Lewis avait réussi à me propulser dans un de mes rêves les plus fous. Je tirai sur quelques volumes, admirant la finesse du papier et reniflant son parfum enivrant.

— C'est ce que je veux que tu fasses, proposa Lewis.

— Quoi ? Mais tu ne voulais pas que je produise des supports touristiques pour...

— Si, aussi. Disons que ça te prendra dix jours. Ensuite, tu pourras t'occuper de cette pièce.

— Lewis, je pars dans dix jours, lui rappelai-je.

— Je sais. C'est la partie du plan où je parviens à te faire rester définitivement.

Je me tournai vers lui, sous le choc. Cet endroit était la caverne d'Ali Baba, et il voulait que je m'en occupe. Je me mordis la lèvre pour retenir mon émotion. Mais, très vite, je revins à la réalité : j'avais une vie à Paris, un métier, un frère, des amis. Je ne pouvais pas tout quitter pour un type que je connaissais vaguement, qui m'avait fait boire la tasse dans une baignoire et le coup de la panne d'électricité.

— J'aimerais que cet endroit vive, Chlo. Qu'on puisse l'ouvrir aux habitants, aux touristes. Tous les gens à qui j'ai montré cette pièce voulaient en faire une sorte de musée, où personne ne pouvait toucher un livre. Ce n'est pas ce que je souhaite.

— Lewis, je pars dans dix jours. Ma vie n'est pas ici.

— Je sais que tu peux le faire, Chlo. Tu es la mieux placée pour ce type de mission.

— J'aimerais. Je t'assure que j'aimerais. Mais ce n'est pas... Je suis désolée, Lewis, ce n'est pas possible. Tu vas devoir trouver quelqu'un d'autre.

À son visage défait, je sus que je l'avais déçu. Je l'étais tout autant que lui... mais l'un de nous devait se montrer raisonnable. Je ne pouvais pas rester ici pour toujours, et mon histoire avec Lewis – potentielle histoire – n'avait de toute façon aucun avenir.

— Je crois que je vais aller dormir, dis-je, d'une voix enrouée de déception.

Je passai près de Lewis, n'osant même pas accrocher son regard. Sa déception et sa colère semblaient irradier toute la pièce. Je retins mes larmes, réalisant que mes dix jours ici allaient désormais être bien solitaires.

— Je croyais que j'étais celui qui manquait de courage, lâcha finalement Lewis alors que j'étais sur le pas de la porte.

— Ce n'est pas une question de courage.

— Si. Ben m'a dit que tu… végétais.

Simultanément, nous pivotâmes sur nous-mêmes pour nous retrouver face à face. Lewis avait défait le premier bouton de sa chemise, et je devinais sa respiration saccadée. Je fis un effort démesuré pour ignorer la pièce autour de nous ; chaque livre semblait m'appeler par mon petit nom, et déjà dans mon cerveau tordu et insoumis se dessinaient les plans de ce que j'aurais pu faire de cet endroit.

— Ce sont ses mots, pas les miens, reprit Lewis, pour se défendre.

— J'ai un métier, rétorquai-je sèchement.

— Ce n'est pas ce que tu voulais faire.

— Je vais appeler mon frère pour lui demander de la fermer.

— Ce n'est pas ton frère qui m'a dit ça. J'ai vu… Dans ta chambre, chez tes parents.

— Tu es entré dans ma chambre ? m'écriai-je, affolée.

— À l'époque, Ben m'avait envoyé récupérer un CD. Alors oui, je suis entré. Tu étais en cours. J'ai vu tes plans griffonnés derrière la porte, tes listes de livres, les noms que tu voulais donner à ta librairie.

Je camouflai mon visage dans mes mains. J'avais la sensation que Lewis venait de mettre le doigt sur un secret honteux. En y réfléchissant, je n'avais pas réellement honte de mon imagination débordante à l'adolescence ; j'étais plutôt gênée par ce que j'avais fait de mes rêves. J'avais remisé tout ça dans un coin et j'étais passée à autre chose, à une vie plus terne et moins idéale. Je m'étais sabotée toute seule.

Je sentis les mains de Lewis sur les miennes ; délicatement, il les écarta de mon visage.

— Je me souviens de tes listes. « Les licornes n'existent pas » et « Trouillomètre inclus ».

Je souris à l'évocation de ces souvenirs. Lewis semblait les garder précieusement, avec un sourire nostalgique aux lèvres.

— C'était pour les romans d'amour et les polars sanguinolents, avouai-je en rougissant.

— Je trouvai ça génial. Et c'est en partie pour cette raison que je t'ai fait venir ici. Si j'avais voulu une simple bibliothécaire, j'aurais débauché celle du coin.

— Tu vas devoir t'y résoudre pourtant, soufflai-je.

— Je trouve Miss Cumming très sympathique, mais elle n'a pas ton imagination. Ni ton charme, ajouta-t-il un ton plus bas.

— Est-ce que... Est-ce que tu en train de me draguer ?

— En ce moment ? demanda-t-il en se frottant la nuque. Ce n'est pas impossible.

— Non, je veux dire... Depuis que je suis arrivée. Je sens...

J'agitai mes mains entre lui et moi, ne sachant pas vraiment expliquer ce que je ressentais. De l'attirance, c'était certain. De l'électricité, du désir, des crépitements intempestifs, de la nostalgie et, sans nul doute, de la curiosité. Lewis poussa un lourd soupir puis captura mes mains dans les siennes.

— Comme je te l'ai dit : la bibliothèque est en partie la raison de ta présence ici.

— L'autre partie étant ?

— Toi.

J'avais joué les naïves pour savoir si Lewis oserait se dévoiler. Cette sensation étrange et inexplicable entre nous était donc bien réelle. Réelle et bien trop rapide. Depuis que j'étais arrivée en Écosse, tout me semblait « trop » : trop de pluie, trop de pièces dans ce château, trop de livres dans cette bibliothèque, trop d'allusions dans la bouche de Lewis, trop de complicité entre nous.

Trop. Et à une vitesse délirante.

Je me reculai, un peu secouée par son aveu, et arrachai mes

mains des siennes avant de reculer. J'avais besoin d'espace pour réfléchir.

— Je te l'ai dit, Chlo, tu m'intéressais déjà quand nous étions au lycée ensemble.

— Tu étais intéressée par une fille à qui tu n'avais jamais vraiment parlé ? Lewis, tu vis dans un fantasme. Tu serais déçu par la réalité : entre mes achats compulsifs de livres, le fait que je bois de la tisane chaque soir et mes vieux joggings qui font office de pyjamas…

Je tentai une pointe d'humour pour masquer mon embarras. Ce que me proposait Lewis – du moins, ce qu'il voulait – était délirant. Nous nous connaissions à peine, et il me demandait de changer de vie pour lui.

— Tu te souviens que je me suis cassé le nez au lycée ? me questionna Lewis.

— Oui, Ben me l'a rappelé. À la piscine, non ?

— Précisément, à l'entrée de la piscine : je t'ai vue traverser la rue, je t'ai suivie du regard et je me suis pris la porte vitrée de l'entrée.

— Quoi ? Mais Ben m'a dit…

— Ben t'a raconté ce que je raconte à tout le monde pour ne pas perdre la face : que je me suis pris une porte de casier. La vérité est bien plus sordide. Je n'étais même pas entré dans le bâtiment !

— Effectivement, Ben t'aurait pourri la vie, plaisantai-je.

— Cette vie et les prochaines, oui. Je te l'ai dit : je manquais de courage.

Nous échangeâmes un sourire. Lewis était convaincant… un peu trop pour mon propre bien. Ses aveux me touchaient. Son élan romantique – me faire venir ici pour tenter de me garder – me remuait. Personne n'avait jamais été aussi opiniâtre et attendrissant avec moi.

— Lewis, je suis désolée mais je ne peux pas accepter, dis-je, réellement attristée.

— La bibliothèque ou moi ?

— Disons… le package entier : la bibliothèque est sublime, mais j'ai déjà un métier et une vie en France. Et toi… Lewis, on se connaît à peine.

— La bibliothèque contient des centaines de livres, ça nous laissait le temps d'apprendre à nous connaître. Et toi, ça te laissait du temps pour parfaire ton sens de l'orientation dans le château.

— C'est tentant, je t'assure, mais je dois refuser.

Un bref silence s'installa entre nous, et je finis par quitter la pièce, le cœur lourd, mes chaussures à la main et avec l'ombre du doute flottant au-dessus de moi.

Je ne sais par quel miracle, je retrouvai ma chambre et m'effondrai sur mon lit dans l'instant, remuée par la soirée.

Chapitre 6

Les jours qui suivirent, je me consacrai au projet initial qui m'avait été confié, créant un parcours touristique à l'intention des Français. Lewis fit l'impossible pour m'éviter, se contentant de prendre cinq minutes par jour pour lire mon travail et le valider. Malgré tout, persistait cette attraction indéfinissable entre nous, mélange d'interdit et de déraison. Lewis me plaisait, c'était évident… mais mettre ma vie de côté pour lui relevait de la folie pure.

Les dix jours de mon séjour s'étirèrent entre ennui et frustration. Lors de mon dernier jour, aidée par une employée, je retrouvai le chemin de la bibliothèque. Elle me semblait encore plus grande à la lumière du jour. Les fenêtres, larges et hautes, donnaient sur une terrasse extérieure. Mon cerveau s'emballa aussitôt : j'aurais pu, sans difficulté, organiser des cafés littéraires ou des animations de lecture de conte pour les enfants.

Je parcourus les rayonnages, soufflant sur la poussière qui recouvrait les livres pour mieux apprécier les anciennes couvertures. Je me surpris à sourire et je sentis mon cœur s'emballer comme s'il tombait amoureux des livres. Je vivais le même phénomène quand j'entrais dans une librairie : il y avait l'excitation de la découverte, la frénésie de la trouvaille inattendue, la satisfaction de tenir le livre entre mes mains, la joie suprême de repartir avec – comme si j'avais adopté et sauvé un enfant malheureux et abandonné – et ensuite le plaisir inégalé de le lire, enroulée dans un plaid, avec le silence pour seule compagnie. Les livres avaient été des compagnons loyaux pendant mon adolescence. Maintenant adulte, je ne me voyais pas faire sans.

Je finis par m'asseoir au milieu de la pièce, entourée par tous ces livres, soudainement incapable de prendre une décision.

— Tu as peut-être besoin de ça ?

La voix de Lewis me fit tressaillir. Je n'avais aucune idée du temps pendant lequel j'étais restée dans cette pièce, mais je constatai que la nuit était tombée.

Je me redressai vivement et frottai nerveusement mon jean pour chasser la poussière. Lewis referma la porte et, avec minutie, colla une immense feuille de papier à l'arrière. En silence, il me tendit un marqueur, m'encourageant à reprendre mes vieilles habitudes. J'ignorai le T-shirt en V très flatteur qui dévoilait le haut de son torse, ainsi que son jean usé qui tombait parfaitement sur ses cuisses musclées. Il avait abandonné son man-bun pour laisser ses cheveux libres.

Il me fallut tout mon self-control pour ne pas glisser ma main dans ses mèches ondulées.

— C'est ton rêve, Chlo, insista-t-il.

— Je n'ai aucune liste, dis-je sur le ton de la plaisanterie.

— Ça viendra. J'entends les rouages de ton cerveau turbiner. Et je trouve ça très sexy, ajouta-t-il alors que je prenais le marqueur d'entre ses mains.

En silence, je commençai à dessiner un plan grossier. Des étagères contre le mur de gauche, quelques fauteuils moelleux éparpillés dans la pièce, des plaids à disposition, une bouilloire sur un guéridon, une zone enfants avec des coussins et des tapis colorés… Le tout, annoté avec précision et rigueur.

Je sentais le regard de Lewis sur moi, ainsi que son hésitation. En refusant de rester, j'avais mis un terme à notre histoire embryonnaire. Cependant, il y avait encore cette douce chaleur entre nous et cette électricité galopante.

— Tu vas tout faire pour que je revienne sur ma décision ? demandai-je finalement, en me tournant vers lui.

— Je crois que cette bibliothèque a de meilleurs arguments que moi.

— Tu as été très occupé, cette semaine.

— Beaucoup de travail. Et j'ai dû retravailler le portrait de ma petite amie imaginaire : Henry voulait me présenter la fille de sa voisine. Il a cru que ma petite-amie n'était pas très motivée pour rester ici. J'ai donc dû lui expliquer qu'elle avait des qualités créatives inégalables et qu'elle réfléchissait encore à ce qu'elle allait faire. À nouveau, le silence s'imposa entre nous. C'était mon dernier jour, celui où nous étions censés nous dire au revoir et nous souhaiter le meilleur. J'allais devoir dire adieu à ce château, qui m'avait plus d'une fois rendue folle avec ses couloirs tous semblables et ses escaliers interminables, mais que j'adorais pourtant. J'allais quitter ma chambre douillette, la vue sur les jardins et cette baignoire sensationnelle... pour retrouver mon appartement parisien où la douche était si étroite que je tenais difficilement dedans sans me cogner.

— J'ai espéré toute la semaine que tu changes d'avis, lança Lewis, crevant ainsi l'abcès.

— Pour toi ou la bibliothèque ?

— Les deux. Même si je sais que la bibliothèque a tes faveurs. Ce qui est une énigme pour moi.

— Une énigme ?

— Eh bien, tu ne la connais pas plus que moi. Et elle ne peut pas t'inviter à dîner pour faire connaissance. Ni t'entraîner au sol dans le secret espoir de t'embrasser.

— C'était donc un coup monté cette histoire de panne ?

— Non. Juste un heureux hasard, sourit-il.

Lewis s'attarda sur le plan que j'avais dessiné à la va-vite ; un immense sourire s'étala sur ses lèvres. Après ma mère, c'était la première fois que j'osais dessiner devant un public.

Je fourmillais d'autres idées, mais je décidai de me contenir : après mon laïus sur le fait d'être raisonnable et d'avoir une vie ailleurs, je ne pouvais pas m'enthousiasmer à la légère.

— Tu aurais fait un travail formidable ici. C'est un coin pour les enfants ? demanda-t-il en désignant un angle de la pièce.

Je hochai la tête et fis en sorte de ne pas trépigner tandis que je mourais d'envie de me lancer dans une présentation détaillée de cet espace. Finalement, je suggérai :

— Tu devrais diffuser un appel à projets.

— Le projet que je veux est juste devant moi, répondit-il en tapotant le plan du bout de l'index. Et la femme que je veux est aussi juste devant moi.

Je baissai les yeux, émue et gênée. Je cherchai encore les bonnes raisons qui m'avaient fait refuser sa proposition. La raison, le timing, la pluie, mon métier de rêve à Paris qui me permettait de vivre sans folie aucune.

— Je pourrais te proposer d'autres plans, murmurai-je, embarrassée.

— Tu as eu d'autres idées ?

Je hochai la tête presque frénétiquement, comme une petite fille à qui on aurait demandé si elle a été bien sage avant Noël. Apparemment, j'avais été super sage et mon cadeau mesurait un mètre quatre-vingts et avait les yeux verts les plus incroyables du monde.

— Évidemment, il me faudrait un peu de temps pour les finaliser, continuai-je.

Un sourire s'épanouit sur les lèvres de Lewis ; il n'avait jamais été aussi beau, avec ses prunelles pétillantes de malice et de joie.

— Combien de temps au juste ? demanda-t-il.

— Disons… Le temps qu'on fasse connaissance.

Je déglutis difficilement, consciente que j'étais en train de prendre la décision la plus impulsive et radicale de ma vie :

je venais de choisir la pluie et les routes tortueuses, au lieu du soleil et des terrasses agréables.

Lewis réduisit le faible espace entre nous et, ses yeux dans les miens, caressa ma joue de son index. Je sentis un frisson agréable et chaud me parcourir et, l'instant suivant, je sus que ma décision était prise. Aussitôt, la lourde chape de plomb que je traînais s'envola.

— Ben va me tuer, déclara-t-il en souriant.

— Ou te casser le nez.

Nous rîmes doucement, chassant ainsi les derniers doutes qui subsistaient.

J'allais rester.

Peut-être dix jours. Peut-être vingt. Ou, avec un peu de chance, peut-être pendant un petit bout de vie. Je me hissai sur la pointe des pieds et, à l'instant où mes lèvres effleuraient celles de Lewis, nous fûmes plongés dans le noir. Lewis grogna son mécontentement, pendant que je nouais mes mains derrière sa nuque.

— Encore une coupure d'électricité ? murmurai-je.

— Tu verras, on s'habitue, répondit-il avant de fondre sur mes lèvres.

Je grondai de plaisir, sentant le corps puissant de Lewis se presser contre le mien et ses mains explorer le bas de mon dos.

Et ça, je m'y habituais déjà.

ÈVE
BORELLI

ON NE LAISSE PAS L'ÉDITRICE DANS UN COIN !

Prologue

Extrait d'une interview d'Édouard Brunetti pour Le Parisien, 14 août 1990

Que diriez-vous aux détracteurs de votre travail ? À ceux qui affirment que jamais ils ne vous liront car vous écrivez de la romance, qu'ils qualifient de « sous-genre » ?

Je ne leur dirais rien. Chacun est libre de lire ce qu'il a envie, de détester ou d'apprécier tel ou tel genre. C'est ça, la grande liberté du lecteur. Mes histoires s'adressent aux autres, à ceux qui y croient, ou bien à ceux qui n'y croient plus, mais ont besoin de retrouver foi en l'amour. À celles et ceux qui adorent les baisers sous la pluie, les héros-méchants-loups qui finissent par manger dans la main de celles dont ils s'éprennent, les retrouvailles à l'aéroport juste avant le décollage, les étreintes devant une foule qui applaudit face à tant de tendresse, les disputes tragiques qui comportent au moins une porte claquée derrière laquelle chacun attend que l'autre fasse le premier pas, les triangles amoureux, les messieurs qui cachent un lourd secret, les dames qui lisent tout dans les yeux « azur » ou « d'une couleur indéfinissable » de leurs amants. À celles et ceux qui n'ont pas honte d'aimer ces moments suspendus et divins que l'on nomme « clichés ». Qui fêtent la Saint-Valentin, qui portent leur cœur en bandoulière, qui se tournent dans leur lit sans trouver le sommeil, parce qu'ils attendent plus : la rencontre qui mettrait leur vie sens dessus dessous, qui leur couperait le souffle, qui changerait absolument tout. Les autres ? Les terrestres, les cyniques, je leur laisse les traités, l'intellectualisme, le mépris. Je préfère les amoureux.

1. Tout commence quand une assistante éditoriale montre de quoi elle est capable, non, mais !

KissPassion, maison d'édition de romance, Perpignan

Thomas Fallon, l'entrepreneur le plus prisé du moment et accessoirement le plus torride des hommes (de tout l'univers, sur au moins cinq générations), *pénètre dans la pièce d'une démarche féline. Il se dirige droit sur moi, et je dois fournir un effort terrible pour me maîtriser et faire comme si l'étreinte d'hier n'avait jamais eu lieu. Mais mon être tout entier vibre en présence de l'infernale sexytude de Thomas : mon corps se tend irrésistiblement vers celui qui m'a fait connaître le Plaisir, le vrai, the-one-and-only* (rien à voir avec celui de s'enfiler une fondue savoyarde suivie d'un muffin au chocolat – et dire qu'avant j'étais persuadée que c'était l'apogée des sens ! Tant de naïveté...). *Je cède et lève le visage vers lui ; un délicieux frisson me parcourt. Il me déshabille du regard et pose sa paume brûlante sur mon bras. Je soupire, envahie par le...*

— Alma !

... désir. Thomas laisse échapper un rire rauque et resserre son étreinte. Alors...

— ALMA ! Tu gémis !

La voix de Célène, la graphiste de la boîte et accessoirement ma voisine d'open-space, m'arrache brusquement à mon fantasme. C'est aussi douloureux que l'inflammation causée par le frottement de mes cuisses en plein été, quand j'ose porter une robe plusieurs jours d'affilée (une fois, j'ai carrément eu la peau brûlée : bonjour shorts, Biafine et démarche de cow-boy). Oui, c'est déchirant, mais je dois me résoudre à quitter Thomas. Je ferme donc la bouche et aspire le filet de bave que je sens inexorablement couler au coin de mes lèvres pour me concentrer sur ma collègue qui me fixe d'un air intrigué.

— J'aimerais savoir quel manuscrit te met dans cet état ! Vu ton couinement extatique, ça doit être génial. Digne d'un Jinny Friers ?

— Personne n'arrivera jamais à la cheville de Jinny Friers, rétorqué-je avec ferveur. Sauf Édouard Brunetti, bien sûr !

— C'est vrai que c'est ton auteur préféré ! Je l'adore, mais il est trop romantique pour moi. Jinny Friers, elle, me fait bien plus frétiller de la culotte ! *L'Alliance interdite*... Ce roman érotique ! Oh là là ! Vivement le tome IV ! J'ai tellement hâte de savoir ce que deviennent Kamel et Georgina... Tu te souviens ? À la fin du tome III, ils sont coincés dans cette grotte et, malgré sa blessure au bras, Kamel plaque sauvagement Georgina contre la roche glaciale... Mmm...

— Maintenant, c'est toi qui gémis, lancé-je en riant, alors que Célène se mord les lèvres. Et plus fort que moi !

— Tu as raison... Ressaisissons-nous ! Alors ? Raconte ! Une nouvelle plume qui vaut le coup ?

Je hausse les épaules et murmure un « peut-être bien ». Hors de question que je confie à Célène que je n'étais pas en train de lire mais plutôt de rêvasser devant l'un des nombreux manuscrits que l'on nous envoie tous les jours et qu'en tant qu'assistante éditoriale je dois parcourir et trier – poubelle, intéressant mais bourré de défauts, bon travail : à transmettre à l'éditrice en chef. Non, je n'avouerais pas que j'étais occupée à fantasmer sur Thomas Fallon, mon boyfriend imaginaire. Thomas Fallon, MA création, le héros de toutes les histoires que je m'invente et dans lesquelles je forme avec lui THE couple PAR-FAIT. Lui, c'est mon Christian Grey sans fouet, mon Massimo sans mafia, mon Hardin sans démon… Et moi, je suis… moi. Moi sans déesse intérieure à la con, sans 365 jours, sans un réservoir de patience spécial mec torturé. Étant donné qu'il s'agit de MON fantasme perso, je m'octroie en bonus quelques libertés quant à la fidélité des descriptions : j'ai droit à dix centimètres de plus (et hop, un mètre soixante-cinq !), à des cheveux lisses et bruns (bye-bye la tignasse blonde et frisée avec laquelle je me bats à coups de brosse chaque matin), à des yeux verts (ou bleus… parfois, carrément violets !) et, bien entendu, à une poignée de kilos en moins (mais très peu : je ne me suis pas farci toutes ces lectures body-positive pour rien !). Ah oui ! Mon allure de running est meilleure aussi. Bien que mon niveau soit très satisfaisant dans la vraie vie, autant me transformer en athlète de compète, non ?

— Tu sais, Alma, tu as un don pour repérer les nouveaux auteurs, murmure Célène avec une mine de conspiratrice. Je voulais te dire que j'espère sincèrement que ce sera toi qui décrocheras le poste.

— Merci, c'est gentil…

— Team Alma ! conclut-elle en serrant un poing conquérant, avant de se remettre à la conception d'une couverture haute en couleur pour un recueil réunissant les auteurs phares de la maison.

Le cœur réchauffé par son soutien, je m'apprête à me

coller sérieusement le nez dans mon vingtième manuscrit de la journée quand soudain…

— ICI ! TOUT DE SUITE !

Marie-Annick.

La voix stridente de notre boss nous parvient depuis son bureau, séparé de l'open-space par un long couloir. Onde de panique, raclement de chaises, collègues en sueur, en PLS, en transe (au choix).

— ASSISTANTS !

Mon cœur bondit dans ma poitrine alors que les autres s'affaissent dans leur siège en soupirant de soulagement, puis se remettent tranquillou-bilou à leur tâche. Je me retourne et jette un œil au poste de travail de Philostate. Miracle ! Il ne s'y trouve pas. Pas de Philostate et ses cheveux gominés (on pourrait faire cuire un œuf au plat sur son crâne), ses lunettes aux verres embués de graisse (à force de tripoter ses mèches puis ses binocles, forcément…) et son insupportable face de bouquetin faussement aimable. Il doit être aux toilettes. Peut-être en train de boire un café. C'est ma chance ! Cette fois, il ne me devancera pas ! Une formidable poussée d'adrénaline me projette hors de mon siège. Objectif ? Atteindre le bureau de Marie-Annick avant lui, et être chargée de la prochaine tâche qu'elle nous donnera. Premier arrivé, premier servi. La loi de la jungle. Celle du plus fort.

— Et ce sera moi, murmuré-je avec férocité.

Je traverse l'open-space d'un pas vif. Tellement vif que je cours presque, mais pas tout à fait. Je ne céderai pas à la tentation – question de dignité. On n'est pas dans une cour de récré.

Qu'est-ce que Marie-Annick compte me dire ? Et si c'était le moment ? Si elle s'apprêtait à nous annoncer, à Philostate et moi, lequel d'entre nous est l'heureux élu ? Six mois que nous sommes tous les deux en CDD. Six mois que nous savons que l'un de nous va signer un CDI et devenir éditeur junior. Six mois que nous nous livrons une compétition sans merci. Six mois que Philostate me devance chaque fois qu'elle nous sonne les cloches et que les projets les plus chouettes me passent sous le nez.

— Pas aujourd'hui ! marmonné-je.

Mais à peine me suis-je engagée dans le couloir que j'entends le pas lourd et précipité de Philostate. J'accélère la cadence pour atteindre le rythme d'un marcheur athlétique confirmé. Mon souffle devient court (incroyable, moi qui fais du jogging trois fois par semaine !), ce doit être un effet du stress. Il faut que je me calme. Une, deux, une, deux. J'inspire par le nez et expire par la bouche. J'y suis presque ! La porte du bureau de Marie-Annick me tend les bras ! J'esquisse un sourire bright-shine-de-la-victoire, mais… je ravale vite mon enthousiasme : Philostate atteint ma hauteur. Mentalement concentrée sur mon objectif, je suis les précieux conseils de Sissy Mua, « je ne lâche rien », mais je me permets toutefois de jeter un œil à mon adversaire. Son front perle de sueur. Malgré tout, il réussit l'exploit d'avoir l'air détendu. Et, contrairement à moi, il n'est PAS essoufflé. Quelle espèce de crottin de b…

— Je t'en prie, Alma, retourne à ton poste, je m'en occupe, dit-il d'une voix mielleuse.

Je fais appel à tout mon self-control pour ne pas lui sauter dessus et lui infliger une torsion des testicules (oui, une torsion des testicules : j'ai vu dans *Grey's Anatomy* que c'est atrocement douloureux), et j'esquisse un sourire grimaçant.

— Mais non, enfin. Je m'en charge !

Il hoche la tête puis, sans crier gare, accélère. Le fils de fouine ! Il parvient à me doubler ! Je suis certaine qu'il s'entraîne au parcours-rapide-de-couloir le soir, en rentrant du boulot. À moins qu'il ne prenne des produits dopants ? Le voilà qui se rabat devant moi. Gros plan sur son arrière-train moulé dans un pantalon en viscose noir parsemé de poils de chat. Mon Dieu ! Il remue des hanches aussi sauvagement que Shakira. *Whenever ! Wherever ! We're meant to be together !* Boostée par la voix de ma chanteuse préférée, je jette ma dignité aux toilettes et m'autorise un minifooting pour le rattraper enfin, pile au moment où nous atteignons la porte du bureau de notre boss. Nous posons notre main en même temps sur la poignée. Philostate m'adresse un sourire carnassier, avant de me broyer les doigts.

— Oups ! Désolé ! lance-t-il tout en arborant une mine extra-satisfaite.

Je grimace de douleur, avant de me ressaisir : Philostate flaire ma faiblesse. Tel Scar, il pourrait m'achever sans aucun remords, j'en ai conscience. Et je n'aurais pas de Simba pour venger mon honneur. Je me force donc à sourire, malgré la larme qui se forme au coin de ma paupière droite. Je ne bougerai pas, quitte à y gagner une fracture des phalanges.

— Ce n'est rien, dis-je en m'efforçant d'arborer une mine aimable qui apparaît sûrement comme une grimace constipée.

— Je te laisserais bien entrer la première, mais comme je considère que la galanterie est aux antipodes du féminisme, et que je suis féministe, je ne le ferai pas. Tu peux le comprendre ?

À ces mots, il presse fermement la poignée tout en m'envoyant valser sur le côté d'un coup de bassin, puis pénètre dans le bureau de Marie-Annick avec un « Je suis là pour vous servir ! » qui me donne envie de dégobiller le bol de céréales que je me suis enfilé au petit déjeuner. Prenant sur moi pour afficher un air calme, je le rejoins et me plante moi aussi devant notre boss.

Agenouillée par terre, elle ne nous accorde pas un regard. Inconsciente de notre guérilla sauvage, elle demeure le visage penché sur la trentaine de feuillets dispersés sur le sol, qu'elle examine en passant la main dans ses cheveux gris coupés court. Comme deux écoliers, nous attendons sagement qu'elle termine. Au bout de quelques minutes, elle lève la tête. Son regard perçant aux iris bleus s'attarde sur nous.

— Qu'est-ce que vous faites là ? demande-t-elle d'une voix lasse.

— Vous nous avez appelés, Marie-Annick, s'empresse de répondre Philostate.

Ce ton dégoulinant ! Pire qu'un McFlurry en plein soleil. Dieu qu'il m'agace !

— Ah, oui ! C'est vrai, rétorque-t-elle en esquissant une moue d'ennui suprême. Je dois décider lequel d'entre vous je garde. Voyons…

Mon cœur bat à cent à l'heure, et je dois me faire violence pour ne pas sautiller sur place en piaillant « Moi, moi, moi ! »

— Lequel d'entre vous est le moins médiocre ? murmure-t-elle avant d'attraper la cigarette électronique qui dépasse de sa poche de chemise, puis d'en aspirer une longue bouffée qu'elle recrache sur nous. Philopate…

— Philostate, la corrige-t-il.

— Philopate, Philostate… C'est du pareil au même. Arrêtez de chipoter et rappelez-moi les missions que vous avez accomplies depuis votre arrivée.

Mon collègue se lance dans une tirade inspirée, alors que je convoque Thomas Fallon dans mon esprit, histoire de me distraire et de ne pas me consumer de jalousie pendant qu'il égrène tout ce qu'il a fait, c'est-à-dire bien plus que moi. *« Tu es la meilleure, la plus douée, la plus intéressante, la plus intelligente des femmes » me souffle Thomas en me couvant de son regard adorateur.*

— Et vous, Alma ?

— Heu… J'ai réussi à convaincre Mirina Blatov de modifier la fin de sa romance.

— Ah bon ?

— Oui. Ça n'avait ni queue ni tête : le héros se transformait en homme-triton en mangeant un sushi au goût étrange et quittait l'héroïne pour la petite sirène !

— Je soupçonne Mirina Blatov de consommer des produits illicites quand elle écrit.

— Moi aussi ! Sinon, j'ai déniché *Torridland : baiser fougueux sur la planète Zbon*, une pépite de spatial romance, ainsi que *Pour Noël, je ramène un homme en kilt* : cette comédie va faire un malheur, je le sens.

— Effectivement, ce n'est pas mauvais, commente Marie-Annick qui hoche la tête en attendant la suite.

Heu… Vite, vite ! Qu'ai-je fait de plus ?

— C'est moi qui ai manœuvré afin que Jeanne Durvan et Eva Smit ne se croisent pas mercredi dernier. L'une avait rendez-vous avec vous à 10 h 15, l'autre à 10 h 45. Vous savez qu'elles se détestent !

— Bien sûr ! J'avais d'ailleurs expressément demandé à ma secrétaire de les faire venir en même temps : j'adore les voir s'étriper quand elles tombent l'une sur l'autre.

Et merde… Marie-Annick va préférer mon abominable concurrent, c'est certain. Game over, j'ai perdu. Elle se tourne vers lui et…

— Philopate, vous avez accompli plus de choses qu'Alma…

Dans mon esprit résonne le triste glas de l'échec.

— Mais je n'aime ni votre coupe ni vos lunettes, poursuit Marie-Annick.

L'espoir renaît en moi.

— … Bref, je ne sais qui choisir et de toute façon je n'ai pas la tête à ça aujourd'hui…

— Vous êtes contrariée ? s'enquiert Philostate d'une voix servile.

Marie-Annick se relève et gagne son bureau, derrière lequel elle s'assoit.

— Oui. Nous avons un souci de taille : Édouard Brunetti ne nous a pas rendu son manuscrit à la date prévue. Vingt ans que je bosse avec lui, et ça ne s'est jamais produit. Édouard a même tendance à finir en avance.

— Vous avez essayé de l'appeler ? demande Philostate.

Marie-Annick le contemple comme s'il était demeuré.

— Bien sûr.

— Vous avez vérifié vos spams ?

— Édouard Brunetti écrit à la main, jamais sur ordinateur, interviens-je. Il rend son manuscrit sur des cahiers.

Marie-Annick me sourit brièvement, et je crois discerner l'ombre d'un regard appréciateur. Un point pour moi !

— Nous avions rendez-vous mardi. Il n'est pas venu, n'a pas prévenu et ne répond pas au téléphone. C'est la catastrophe. Je ne peux pas me déplacer jusqu'à Leucate : mon agenda est rempli de réunions. Or, son travail doit absolument entrer en correction éditoriale rapidement. Je suis très inquiète. J'espère qu'il ne lui est rien arrivé de grave…

Mon cœur se serre en imaginant le pire.

— … pour nos finances ! complète Marie-Annick sans une once d'humanité. Une bonne partie du chiffre d'affaires de notre maison repose sur lui. Il me faudrait quelqu'un pour…

— Y ALLER ! Je me propose ! hurle Philostate qui ne se contient plus.

Marie-Annick grimace et se tourne vers moi.

— Ce sera plutôt Alma. Philopate, je n'aime pas votre enthousiasme. Il me donne mal à la tête. Filez ! lance Marie-Annick en le chassant de la main comme un moustique-tigre super relou.

Alors que je me retiens d'entamer une danse de la joie plus sauvage que celle de Beyoncé sur scène et que mon insupportable collègue sort du bureau après m'avoir gratifiée d'un regard assassin, Marie-Annick griffonne une adresse sur un papier froissé puis me le tend.

— Voilà. Vous y allez et vous me ramenez ce foutu

manuscrit, même si vous devez le lui arracher sur son lit de mort. Entendu ?

— Entendu !

J'acquiesce avec tellement de force que je manque de me briser la nuque.

— Marie-Annick, je voudrais vous remerci...

— DEHORS !

Je m'exécute, bien décidée à accomplir avec brio la mission qui, je le sais, m'offrira mon CDI sur un plateau d'argent.

Remerciements, extrait de Toute une vie à t'attendre, *d'Édouard Brunetti*

Merci à mon éditrice Marie-Annick, qui m'a encore une fois permis de partager l'une des histoires qui germent dans mon cœur. Marie-Annick, je te pardonne ta brutalité et ton absence totale d'humanité car tu as le don de ciseler mon écriture, de la rendre meilleure. (Et comme je te soupçonne d'être une extraterrestre, je ne peux t'en vouloir d'avoir un cœur de pierre !)

*Merci à ma famille d'être toujours présente pour moi. À mon fils Louis et à mon petit-*fils Solal. À mes cinq frères, à leurs épouses et leurs nombreux enfants. Merci à ce cercle intime, bruyant et joyeux.

Merci à mes lectrices. Notre histoire est une histoire d'amour, puisque c'est une affaire de don, de partage, de confiance. Des rencontres chaleureuses, des chroniques enthousiastes, des critiques construites, des désaccords, des héros et héroïnes adulés, détestés, des demandes de tome II, des séances de dédicace, des attentions, des rires, des larmes, des émotions contrastées. Vous êtes ma précieuse communauté et, sans vous, l'auteur que je suis n'existe pas.

Merci à A. d'avoir à jamais éclairé ma vie.

2. S'ensuit une histoire de baskets révolutionnaires à tester à tout prix...

Chez Édouard Brunetti
22, impasse des Lilas, Leucate

Je remonte la large allée bordée de fleurs multicolores qui mène à la villa d'Édouard Brunetti tout en admirant son somptueux jardin : pelouse verdoyante et bien tondue, palmiers touffus, piscine immense qu'un délicieux spécimen en short, torse nu (option formidablement musclé) est en train de nettoyer. Sûrement le jardinier. Il paraît qu'Édouard possède une armée d'employés à domicile avec qui il se montre extrêmement généreux. À l'aide d'une épuisette géante, jardinier-BG ramasse les feuilles éparses dans l'eau limpide, les récupère et les jette dans une poubelle bleue posée non loin de lui. Un instant, je m'attarde sur son impressionnante silhouette. En toute honnêteté, niveau physique, il rivalise sans problème avec Thomas Fallon.

Quoi ? gronde ce dernier.

Je me reprends. Cet humain arriverait au quart de la moitié de la cheville de l'inégalable Thomas ? Impossible ! Cela dit... Voyons son visage...

— Allez ! Lève la tête ! Regarde-moi ! marmonné-je, avant de m'asséner une quadruple gifle mentale.

Je suis en MISSION. En M-I-S-S-I-O-N. Certes, jardinier-BG est aussi appétissant qu'un maki à queue d'écrevisse sauce yuzu, mais je n'ai pas de temps à accorder à sa sexytude. Concentration, focalisation, exécution. J'accélère le pas jusqu'à la porte d'entrée et toque contre le lourd montant en bois sombre quand...

— *Alors, ma jolie, on mate l'homme à tout faire qui s'occupe de ma somptueuse propriété de milliardaire ? me demande Thomas d'une voix impérieuse, tout en faisant glisser son index sur mon épaule.*

*Je frissonne et plonge dans son regard : ses prunelles brillent d'un éclat dur et métallique. Est-*il jaloux ?

Je me pencherai sur cette question plus tard.

— *Réponds !*

— *Mais... Mais non... Je ne faisais que jeter un œil pour voir... Heu...*

— *Si le travail était bien fait ?*

OK, Thomas : stop !

Mon fantasme a tendance à devenir envahissant, ces derniers temps... Va-t-il falloir que je le congédie ? À cette pensée, je ne peux retenir un glapissement de cochon d'Inde terrifié. Impossible ! Thomas est entré dans ma vie il y a sept mois, quand le sale type qui me sert d'ex m'a quittée de manière effroyable. Il n'est pas tombé amoureux d'une autre femme, ou d'un autre homme, non. C'est juste qu'il... s'ennuyait. JE l'ennuyais. « Toujours le nez dans tes bouquins... Et cette manie d'aller courir, courir, courir... » Il m'a d'ailleurs précisé à cette grandiose occasion qu'il n'aimait pas l'odeur de ma transpiration. Comme si, en règle générale, la sueur sentait la rose ! Mais ce qui m'a achevée, c'est qu'il m'a reproché d'avoir une silhouette en H. Je le soupçonne d'avoir effectué des recherches sur Google car c'est *vraiment* le terme qu'il a employé. COMMENT peut-on en vouloir à quelqu'un pour ça, sérieusement ? Comment ? Avec la mine d'un procureur de la République s'adressant à un criminel de guerre, il m'a dit : « Si encore tu faisais l'effort d'être grassouillette du bas, genre voluptueuse... Mais non, tu es carrée ! C'est trop masculin pour moi ! » J'ai d'abord été abasourdie, puis j'ai eu envie de le gifler avec panache – une vraie claque qui entraînerait son cerveau dans un looping intra-crânien –, mais il ne m'en a pas laissé l'occasion. Le temps que je me remette de ma stupeur, il était déjà parti. Le soir même, j'ai inventé Thomas, mon amant imaginaire. On s'est barrés au Mexique, on a bu une tonne de cocktails, il m'a sauvée d'un gang qui m'avait kidnappée puis m'a fait l'amour comme jamais. Thomas, lui, ne s'ennuie jamais avec moi. Et il adore ma silhouette *prétendument* carrée.

— *Tu sais, Alma, je n'ai jamais été jaloux. Mais avec toi, tout est différent.*

— *Ah oui ? Pourquoi ? Tu...*

— Bonjour ! Ohé, bonjour !

— Heu... oui, balbutié-je. Bonjour !

— Tout va bien ? Vous avez l'air carrément à l'ouest !

Il faut que j'établisse des horaires stricts de fantasmes, afin que ça n'empiète plus sur ma vie réelle. C'est décidé : ce soir, je concocte un planning et, en attendant, bye-bye, Thomas. Je dois mener ma mission à bien !

Je m'efforce d'adresser un sourire pro à l'adolescente d'une quinzaine d'années qui me fait face. Cheveux blonds décolorés, piercing à la narine droite, œil pétillant. Elle tient, serrée contre sa poitrine, une console de jeux.

— Vous êtes en avance ! poursuit-elle en m'observant avec attention. Vous avez...

— Rends-moi tout de suite cette Switch ! s'époumone le jeune homme qui vient de faire son apparition dans le hall d'entrée et essaye de la lui prendre des mains.

L'adolescente esquive ses tentatives avec des mouvements félins, jusqu'à ce que son adversaire la saisisse. Elle m'adresse un clin d'œil et, sans crier gare, me lance la console que j'attrape avec une dextérité qui me surprend. Le garçon semble alors s'apercevoir de ma présence. Il s'immobilise, se redresse et lâche la jeune fille. Les voilà tous les deux plantés devant moi.

— Désolée pour cette scène de carnage, et enchantée. Je suis Emiliana. Lui, c'est mon affreux jumeau Roman, s'exclame la jeune fille avant de me reprendre la Switch des mains et de se tourner vers son frère. Roman, dis bonjour au traiteur.

Sans me laisser le temps de rétablir la vérité, elle s'adresse de nouveau à moi :

— Vous comprenez pourquoi je la confisque ? On vient de terminer notre vingtième partie de FIFA. Je gagne systématiquement et ça le rend fou. J'ai peur qu'il finisse par la casser.

Elle éclate de rire avant de se tourner vers son frère.

— Tu es calmé ?

Maussade, Roman acquiesce et lève les yeux au ciel. Il administre une tape affectueuse sur le crâne de sa sœur et, avec un large sourire, récupère la Switch qu'elle lui tend avant de faire volte-face pour rejoindre deux autres garçons, plus loin, qui l'interpellent.

— Entrez ! J'imagine que vous voulez voir papi avant de commencer à travailler. Il est à l'étage.

— Mais je...

— Je m'excuse, mais je ne peux pas trop bavarder : la cousinade annuelle des Brunetti, c'est quelque chose, vous savez ! Je suis chargée de la décoration de la table. L'an dernier, Irène s'en est occupée et elle a grave assuré. Je dois faire mieux qu'elle, juste pour qu'elle ravale son insupportable sourire supérieur ! J'adore mes cousins et mes cousines.

Tous ! Et j'en ai vingt ! Mais elle… Ce qu'elle me soûle ! Je compte bien lui montrer ce dont je suis capable…

— Oui, mais je ne suis pas…

— OK. J'arrête. Je parle trop quand je suis stressée. Vous trouverez papi au premier étage. Deuxième porte à droite ! Il est dans son bureau.

— Vous ne…

— Tenez, le vestiaire est juste ici ! Enlevez vos chaussures pour monter. Papi est hyper pointilleux sur le soin de son parquet.

Impossible d'en placer une et de rétablir la vérité : elle a déjà disparu. De toute façon, je ne m'éterniserai pas : Édouard Brunetti n'a pas l'air d'être à l'article de la mort, il a simplement dû oublier sa date de rendu. Après tout, il a un certain âge, maintenant : soixante-dix-sept ans, je crois… Voilà le plan : je récupère le manuscrit et repars fissa le livrer à une Marie-Annick éperdue de reconnaissance. Avec des trémolos dans la voix et un sourire ému, elle m'offrira mon CDI. J'ai tellement hâte de jubiler devant Philostate. Je pense même lui tendre la main de manière fair-play et lui lancer un petit « Tu t'es bien battu, bravo ! » légèrement condescendant.

Aménagé sous l'imposant escalier, le vestiaire dans lequel je pénètre est charmant : des bancs en bois clair sont placés le long des murs auxquels sont accrochées des toiles représentant la mer en furie. Au sol gisent des chaussures de toutes tailles et de tous styles : certaines soigneusement alignées ; d'autres jetées en vrac. Je m'assieds et m'apprête à ôter mes sandales à talons compensés quand mon cœur rate un battement.

Impossible ! Incroyable ! Phénoménal !

Elles sont là. LES baskets de running de mes rêves ; LE fantasme absolu de tous les coureurs ; LE modèle Nike high speed, produit en cinq cents exemplaires seulement, censé vous faire courir plus rapidement. Oui, oui ! Plus vite ! Ça a été prouvé par la science ! Comme j'ai prévu de boucler un marathon en quatre heures cet hiver, j'avais bien sûr décidé de me les procurer. Et puis, j'ai vu le prix et j'ai renoncé alors que j'aurais (presque) pu congédier Thomas Fallon pour elles ! En tout cas, j'aurais été capable d'avaler des abats crus au petit déj pendant trente jours d'affilée, de me faire épiler intégralement les sourcils, voire de vendre Scarlett O'hara, mon poisson rouge.

Et les voilà, juste devant moi. Je les contemple avec adoration. Est-ce que la semelle est si fabuleuse que ce que l'on raconte ? A-t-on vraiment l'impression de marcher sur de la barbe à papa ? Je pourrais peut-être… Je jette un œil vers la porte entrouverte. Personne en vue. Oui ! Je pourrais les essayer ! C'est une grande taille, du 44 à vue de nez, mais ça n'a pas d'importance… Allez, go, soyons fous ! Embrassons une vie de danger ! Flirtons avec l'adrénaline ! Avec délectation, je glisse mes pieds dedans et me lève pour tester l'amorti. Petit bond. Pas mal ! Petit bond, petit bond. C'est vrai que la sensation est assez barbapapesque ! Petit bond, petit bond, petit bond. C'est donc ça que ressentent les bisounours quand ils gambadent sur leurs nuages ? Allez hop ! Encore ! Et encore ! Waouh ! Je ne peux plus m'arrêter !

— Qu'est-ce que vous foutez avec mes chaussures ?

Je sursaute violemment au son de la voix grave et contrariée qui résonne dans mon dos. Je me fige et bafouille un « pardon » incompréhensible avant de faire volte-face et d'affronter mon destin éclaboussé de honte. Zoom sur le torse devant moi.

Torse incroyablement musclé.

Torse incroyablement musclé que je reconnais : il appartient à jardinier-BG qui me toise de toute sa hauteur, et dont je découvre enfin la tête au moment où je lève les yeux.

Verdict : Thomas Fallon a du souci à se faire. Certes, le visage de jardinier-BG possède des traits bien moins réguliers que celui de mon boyfriend imaginaire… Mais waouh ! Ses cheveux très bruns, très en bataille, sa barbe de trois jours, son teint mat, son nez un peu fort, ses longs cils et ses iris verts, ainsi que l'immense quantité de taches de rousseur qui parsèment sa peau lui donnent un charme fou. Il me scrute avec insistance, avant de reprendre la parole :

— Je réitère ma question puisque vous semblez avoir perdu votre langue : qu'est-ce que vous foutez à sautiller comme une malade dans mes baskets ?

Avantage sur Thomas Fallon : il a l'accent du Sud. J'adore ça. OK, il est actuellement en train de m'envoyer paître, mais ça n'a aucune importance puisqu'il le fait avec le chant des cigales dans la voix ! Perturbée par tant de charisme, je ne parviens qu'à balbutier :

— Heu... Je les... teste ?

L'air ébahi, il me contemple quelques secondes, avant de laisser échapper un rire qui creuse ses fossettes et illumine sa figure.

— Vous les... testez ? Racontez-moi ça, lance-t-il, les yeux pétillants.

Reprenant un semblant de contenance, je me racle la gorge et m'apprête à répondre, mais le voilà brusquement projeté contre moi. Empêtrée dans ses baskets trop grandes, je trébuche et bascule en arrière. Avant que j'atterrisse les quatre fers en l'air, ses bras puissants me retiennent. Je me retrouve plaquée contre lui. Mon pouls danse la samba, la salsa, le cha-cha-cha. La joue contre son torse, je perçois les battements de son cœur, profonds, lents, et son parfum poivré me fait tourner la tête.

— Tout va bien ?

J'acquiesce. Il desserre son étreinte et s'écarte.

— Si vous aviez porté vos propres chaussures, peut-être que vous ne vous seriez pas cassé la gueule ? déclare-t-il d'un air taquin.

— Je suis désolée, je...

— Oups ! Pardon, cousin, je ne t'avais pas vu ! s'exclame Emiliana en administrant une grande tape sur le dos de jardinier-BG-qui-est-en-fait-un-membre-de-la-famille-Brunetti. Je ne t'ai pas fait mal ? Je voulais me planquer parce que Morgan et Émilien ont décidé de me foutre à l'eau et...

Elle s'interrompt en m'apercevant et demande :

— Ah, mais vous êtes encore là, vous ? Solal, tu retiens notre traiteur en otage ou quoi ?

Elle prend une mine de conspiratrice avant de poursuivre :

— À moins que... Suis-je en train d'assister à un coup de foudre en direct ? Vous deux, seuls, dans cette pièce sombre et exiguë...

Solal s'esclaffe.

— Toi, tu lis trop les romans de Granp !

— Il est sur le marché du célibat, continue Emiliana à mon adresse. Mais je ne sais pas si je vous le conseille. Il fait des blagues complètement nulles. Il court trop. Il aime le boudin noir. Beurk ! C'est écœurant. Et puis, c'est un loup sauvage qu'aucune femme n'a réussi à apprivoiser. Un mec qui...

— Mes blagues me font marrer, c'est l'essentiel. Je cours juste ce qu'il faut pour être bon. Le boudin noir, c'est la vie. Quant à cette histoire de loup sauvage... Je te rends le compliment.

— QUOI ? piaille Emiliana en rougissant.

— J'ai une pensée émue pour cette pauvre Amélie qui passe son temps à t'envoyer des messages et que tu ignores sans aucune pitié.

— Mais... Je... Comment tu sais ?

— Roman m'a raconté, lâche Solal en riant.

— ROMAN DIT N'IMPORTE QUOI ! s'écrie Emiliana, qui ouvre la bouche, la referme puis décide finalement de se focaliser sur moi. Vous ! Venez ! Je vais vous conduire au bureau de grand-père ! On se dépêche parce que moi, j'ai toute une décoration de table à me coltiner !

On ne laisse pas l'éditrice dans un coin !

Elle pousse son cousin sans ménagement et me fait signe de la suivre. Je m'exécute, mais, lorsque je dépasse Solal, il saisit ma main. Sa large paume brûlante enveloppe la mienne et m'arrache un frisson.

— Vous comptez continuer à vous trimballer avec mes chaussures ou je peux les récupérer ?

Je lui adresse un sourire mortifié. À peine ai-je le temps de me débarrasser de ses baskets qu'Emiliana attrape mon poignet et m'entraîne avec une force incroyable le long de l'interminable couloir d'entrée où nous manquons de renverser la multitude de bibelots posés sur un guéridon en pin. Nous gravissons ensuite un escalier majestueux pour atteindre l'étage. Enfin, nous stoppons net devant la deuxième porte se situant à notre gauche.

— Je vous laisse faire, souffle-t-elle avant de l'ouvrir et de me pousser dans la pièce.

Le bureau d'Édouard Brunetti est immense. Les murs sont couverts de bibliothèques. Comme dans mes rêves les plus fous d'ardente lectrice, une coursive avec balustrade en fer forgé court sur toute sa longueur. Merveille des merveilles, elle est desservie par deux étroits escaliers en colimaçon. D'épais tapis ont été jetés sur le sol et deux canapés confortables en velours vert entourent une grande table basse en bois. J'aimerais m'approcher des rayonnages et découvrir les œuvres que possède mon écrivain favori, mais je ne suis pas là pour ça. Je m'arrache donc à la contemplation des lieux pour me concentrer sur l'homme qui est installé sur une banquette rouge bordant un bow-window à l'anglaise. Édouard Brunetti. Immédiatement, je réalise que quelque chose cloche. D'habitude, il est toujours tiré à quatre épingles, charmeur, souriant et extraverti. Mais là… OK, il conserve son élégance (pantalon en toile écrue, chemise saumon avec des motifs en forme d'ancre, nœud papillon en liège), mais il semble voûté, comme écrasé par le poids de l'immense chagrin que je lis dans ses prunelles, lorsqu'il se tourne vers moi.

— Vous êtes...

— L'assistante de Marie-Annick ! réponds-je avec précipitation afin d'éviter qu'on me prenne encore une fois pour le traiteur.

Je suis sur le point de préciser que je ne sais pas cuire un œuf, histoire de bien établir mon identité, mais Édouard ne m'en laisse pas le temps.

— Ah ! Elle vous a donc envoyée pour me taper sur les doigts, lâche-t-il d'une voix lasse.

— C'est un peu l'idée... Mais, avant d'exécuter ce job ingrat, j'aimerais vous dire que j'adore absolument tout votre travail ! La façon dont vous décrivez l'amour, vos personnages, votre univers... Tout me plaît ! *Flamme de tendresse sur le chemin* est mon roman préféré.

— Merci, ma petite, répond-il en se levant avec difficulté.

— Vous êtes souffrant ? demandé-je au moment où la sonnerie de mon téléphone retentit.

Je m'excuse et extrais mon portable de mon sac. Sur l'écran, le prénom de ma boss s'affiche. Dingue ! Même à distance, elle a le don de me mettre la pression. C'est bien simple : Marie-Annick, c'est l'œil de Sauron. Elle voit tout, elle entend tout, à des kilomètres à la ronde. Le cœur battant la chamade, je choisis d'ignorer son appel et refourgue illico l'appareil dans mon sac afin de me concentrer sur Édouard, qui s'est posté derrière son bureau, les mains bien à plat sur sa surface.

— Écoutez, vous allez devoir dire à votre patronne que je ne lui rendrai pas mon manuscrit, lance-t-il d'un ton sans appel.

Cette déclaration me fait l'effet d'une gifle. Une gifle ? Non. Un puissant coup de pied au cul qui me jette sans vergogne au fin fond du précipice de la damnation. Adieu à toi, CDI ! Adieu à toi, avenir brillant dans le milieu éditorial !

On ne laisse pas l'éditrice dans un coin !

Je suis foutue. Sous l'effet du stress, ma vue se trouble et j'hyperventile. Si je faisais un malaise carabiné et que les pompiers venaient me sauver, Édouard Brunetti serait-il attendri et changerait-il d'avis ? Sûrement ! Je me concentre donc à fond pour m'évanouir, mais mon portable, qui émet des bip-bip frénétiques, m'en empêche. J'opte alors pour la technique de la négociation.

— Mais…

Bip-bip.

— Pas de mais, m'interrompt Édouard.

Bip-bip.

— Enfin, vous…

Bip-bip.

— Vous ne pouvez pas…

— Pitié, faites cesser ce bruit ! s'impatiente Édouard.

— Excusez-moi…

Penaude, je récupère mon téléphone et le déverrouille.

Notification : cinq nouveaux messages.

D'un doigt tremblant, je clique.

De Marie-Annick. 10 h 40
Alors ? Vous avez le manuscrit ? Il y a URGENCE.

Mon Dieu. Emploi des majuscules = agacement suprême.

De Marie-Annick. 10 h 41
Dois-je envoyer PHILOPATE en renfort ?

De Marie-Annick. 10 h 41
Où en êtes-vous ? BORDEL !

De Marie-Annick. 10 h 41
FAITES-MOI SIGNE, ALMA ! SINON…

J'avale ma salive avec difficulté et, tout en bredouillant un « Excusez-moi quelques secondes » à mon hôte, je réponds à ma boss.

Je suis sur le coup. Je devrais revenir très vite avec le manuscrit ! Pas d'inquiétude !

Avec précipitation, j'éteins cet appareil de l'enfer et m'adresse à Édouard d'une voix suppliante :

— Je vous en prie. Il faut à tout prix que je rapporte ce manuscrit à Marie-Annick...

— C'est non.

— Contractuellement, vous êtes censé...

— NON ! s'exclame Édouard en tapant du poing sur son bureau.

— SI ! VOUS NE..., tenté-je de protester avant qu'on me coupe la parole.

— Qu'est-ce qui se passe ici ?

Je sursaute et fais volte-face. Deuxième round. Me voilà de nouveau nez à nez avec Solal, qui me fixe avec beaucoup moins de bienveillance que tout à l'heure. Cette fois, son regard est glacial.

— Vous êtes vraiment en train de lever la voix sur mon grand-père ?

— Je ne voulais pas l'embêter...

— Ne monte pas sur tes grands chevaux, Solal ! intervient Édouard, qui contourne son bureau pour s'approcher de nous. Les femmes de caractère sont admirables. Et puis, c'est normal qu'elle soit contrariée. C'est l'assistante de mon éditrice.

Solal fronce les sourcils et me fixe avec incompréhension.

— Vous n'êtes pas traiteur ?

Je secoue la tête alors qu'il lève les yeux au ciel.

— OK... Vous piquez mes baskets, vous mentez...

— Techniquement, je ne les ai pas volées mais testées, parce que moi aussi, je cours beaucoup. Je voulais les acheter, mais elles sont vraiment chères. Alors, j'ai renoncé. Mais, quand je les ai vues, je n'ai pas pu m'empêcher de les essayer !

Le visage de Solal s'éclaire, et sa bouche charnue s'étire en un sourire ironique.

— Merci pour ces précisions ! Donc, en plus d'être une *testeuse* de baskets, vous êtes une menteuse invétérée.

— Je n'ai pas arrêté d'essayer de dire à votre cousine que je ne suis pas traiteur, mais elle ne m'en a pas laissé le temps ! Je m'excuse pour les baskets et je suis désolée de vous embêter en pleine réunion familiale, mais… Écoutez, remettons les compteurs à zéro. Je me présente : je suis Alma Parreti et je suis effectivement assistante éditoriale. On m'a chargée de récupérer le manuscrit que votre grand-père ne nous a pas rendu à la date convenue.

Solal fronce les sourcils et jette un coup d'œil effaré à Édouard.

— Quoi ? Elle est sérieuse ?

La mine sombre, Édouard hoche la tête. Solal le rejoint et saisit ses épaules d'un geste à la fois ferme et tendre. Édouard lève les yeux vers son petit-fils, qui poursuit d'un ton inquiet :

— Tu n'as jamais été en retard dans ton travail ! Écrire, c'est toute ta vie. Maintenant, je veux que tu me dises ce qui se passe. Depuis que je suis arrivé, je trouve que tu n'es plus toi-même. Tu erres dans la maison, la cousinade que tu te plais tant à organiser depuis toujours ne t'intéresse pas et tu es triste. Granp, qu'est-ce qu'il y a ?

Édouard lui lance un regard éperdu. Ses épaules s'affaissent.

— Oh ! Après tout, je peux bien vous le dire… C'est une chose vieille comme le monde, murmure-t-il. Un chagrin d'amour.

Extrait du compte Instagram Les lectures d'Emy

AVIS LECTURE !

Par-delà la distance, d'Édouard Brunetti

Par-delà la distance traînait dans ma PAL depuis quelques mois. Attention, pas parce que je n'aime pas les romances d'Édouard Brunetti, au contraire ! J'adore cet auteur ! Et j'ai eu raison de plonger dedans car... c'est un COUP DE CŒUR !

Je vous en dis plus après un petit résumé de ce magnifique récit :

Amélia et Liam s'aiment depuis qu'ils sont enfants. Mais leur histoire d'amour passionnée, destructrice, ne plaît pas à leur entourage. Malgré tout, les deux jeunes gens s'accrochent l'un à l'autre, envers et contre tout, jusqu'à ce qu'une terrible révélation les sépare. Définitivement ? Il en est hors de question pour André, prêt à tout pour reconquérir la femme de sa vie, partie trop tôt et trop loin...

Ma note : 5/5

Mon avis : Comment dire ? J'ai adoré ! Addictive et sombre, cette nouvelle pépite d'Édouard Brunetti ne vous laissera pas indifférente. Je l'ai dévorée en deux jours et je n'ai pas pu décrocher. J'ai eu un réel coup de cœur pour les personnages, attachants et très originaux. Le style simple et accessible d'Édouard Brunetti fait de ce récit une lecture agréable. Les rebondissements ne manquent pas, mais les sentiments sont également décrits avec précision.

Mention spéciale au grand-père d'André, formidablement drôle !

Attention spoiler [cliquez seulement si vous avez lu le livre]

Ce que j'aime, chez Édouard Brunetti, c'est qu'il n'a pas peur de s'éloigner des sentiers battus. Ici, nous n'avons pas droit à un happy end, ce qui est extrêmement rare dans une romance. Même si j'ai eu le cœur brisé, j'ai vraiment adhéré à ce dénouement.

Ma phrase fétiche :

« Qui ne veut pas d'amour dans sa vie ? Qui n'aspire pas à l'amour ? Personne ne souhaite la solitude du cœur, même le plus misérable d'entre nous. »

ALORS ?

Avez-vous envie de le découvrir ? L'avez-vous déjà dévoré ? Racontez-moi tout en commentaire !

#blogosphère #bloglecture #romance #edouardbrunetti #lecturesdemy #chronique #instabook #booklover #kisspassioneditions

3. Bien sûr, il y a un rebondissement : l'auteur se confesse !

Thomas baisse les yeux. Pour la première fois depuis notre rencontre, il semble vulnérable. Sa voix se brise lorsqu'il saisit ma main et ose enfin m'avouer ce qui le ronge :

— Alma, je n'ai jamais été jaloux. Je n'ai jamais souffert pour quelqu'un, jusqu'à ce que tu déboules dans ma vie. Jusqu'à ce que tu l'illumines et que tu la foutes en l'air. Je peux le dire sans honte : quand tu m'as quitté, j'aurais pu en mourir et…

OK, Thomas, garde tes grands discours pour plus tard. Je t'adore, mais ce n'est pas le moment. Avec une pointe d'agacement, je le renvoie dans un coin de mon esprit. C'est vrai, quoi ! Ce n'est pas un hasard s'il tombe aussi mal qu'une promo de moins 75 % sur les Magnum Double Gold Caramel en plein régime. Il VEUT s'imposer car il se sent concurrencé par la canonitude de Solal ! Il tente de protester, mais je le renvoie illico dans mon tiroir à fantasmes afin de me concentrer sur Édouard.

— Qu'est-ce que… Quoi ? Un chagrin d'amour ? Toi ? lance Solal d'une voix stupéfaite.

— Oui, un chagrin d'amour, lui répond Édouard. Je sais

que ça doit être difficilc à comprendre pour toi qui as l'air de prendre le même chemin que moi, mais...

Solal affiche une mine innocente en levant les mains.

— ... garde ta comédie pour les autres, reprend l'écrivain. D'après ce que ton cousin Anton me raconte, aucune femme ne trouve grâce à tes yeux ! Eh bien sache tout de même que les peines de cœur, ça existe !

J'acquiesce avec force, ce qui arrache un rire à Solal.

— Et d'une, tu devrais arrêter d'écouter Anton, rétorque-t-il. Il exagère toujours. Et de deux, tu...

— Tu n'es donc pas célibataire ?

— Si. Et quoi, Granp ? J'ai vingt-six ans ! Ce n'est pas un drame de ne pas avoir encore trouvé la perle rare ! Et je t'assure que, quoi qu'en pense Anton, je ne collectionne pas les conquêtes, contrairement à ...

Visiblement gêné, il s'interrompt et passe une main dans sa chevelure (qu'il désordonne encore plus qu'elle ne semble l'être naturellement). Édouard lui adresse un sourire chaleureux, tout en haussant les épaules, avant de compléter :

— ... à moi. Contrairement à moi. N'aie pas peur de le dire.

C'est de notoriété publique : Édouard Brunetti s'est toujours affiché en compagnie de femmes séduisantes qui ne restaient jamais très longtemps à ses côtés. Je me suis d'ailleurs souvent demandé comment un auteur si romantique pouvait être à ce point inconstant dans sa vie sentimentale.

— Je suis ce que je suis, ajoute ce dernier avant de gagner le canapé, de s'y installer et de nous faire signe de prendre place en face de lui. Pourtant...

— Pourtant quoi ? Je ne comprends pas, Granp ! s'exclame Solal alors que nous nous exécutons. Tu n'es jamais resté plus de quelques mois avec une femme. Chaque Noël, chaque cousinade, tu nous présentais une nouvelle conquête. Papa m'a raconté que la seule avec qui tu es un peu resté, c'est mamie. Et encore, ça n'a duré que deux ans.

— C'est vrai… Mais j'ai pourtant aimé une femme, totalement, éperdument, à en devenir fou. Ce sentiment d'amour absolu, de passion déraisonnable, de désir dévorant m'a suivi toute ma vie, même si j'ai fréquenté bien d'autres femmes. Mon chagrin d'amour s'appelle Andrée.

— Tu ne nous l'as jamais présentée !

— Non. J'ai fait sa connaissance quand j'avais dix-huit ans, sur la Plagette.

Le corps de Solal se tend. Il se penche en avant et pose les coudes sur ses cuisses. Nous ne pipons mot, attendant qu'Édouard poursuive. Après quelques minutes de silence, il se lance :

— J'avais vingt ans. Nous étions un groupe de copains, les gars du rugby, inséparables ! Toujours ensemble, toujours à faire les quatre cents coups. Ce jour-là, nous avions décidé de voir le lever du soleil à la Plagette. Nous avons traversé le plateau au pas de course et dévalé la falaise. L'endroit était censé être désert : il était 7 heures du matin. Pourtant, il y avait une fille…

— Andrée ? ne puis-je m'empêcher d'intervenir.

Solal me donne un coup de coude. Embarrassée, je me mords les lèvres, mais il m'adresse un clin d'œil.

— Je la revois parfaitement, reprend Édouard, les yeux dans le vague. Elle était allongée sur une serviette rayée, bleue et blanche. On aurait pu en faire rentrer quatre comme elle, là-dessus ! Elle portait un maillot noir. Un véritable maillot de star de cinéma. Il était scandaleux, pour l'époque ! Délicieusement provocant, très échancré. Le décolleté était renversant : il dévoilait sa peau jusqu'au nombril. D'immenses lunettes de soleil masquaient ses yeux mais, de toute façon, j'étais obnubilé par sa bouche, recouverte de rouge à lèvres, étirée en un demi-sourire qui m'aurait fait renier mes propres parents. Quand nous nous sommes approchés, elle a sursauté. Elle s'est assise, a ôté ses lunettes et nous a regardés fixement. Ses yeux noirs, charbonneux, se sont posés sur moi. Ça a suffi pour que je tombe amoureux. Bien sûr, les autres aussi l'ont trouvée belle. Mais ils ont murmuré qu'elle faisait « mauvais genre ». Et puis, les gars étaient tous pratiquement casés. Ils ne lui ont donc pas accordé plus d'attention et ont foncé à l'eau. Mais moi... Je restais planté là, comme un imbécile, pendu à son regard, accro à la blancheur de sa peau. Un brave toutou attendant une caresse.

Édouard secoue la tête. Ses yeux s'embuent de larmes.

— Continue, papi, murmure Solal, qui se penche pour lui presser l'épaule dans un geste affectueux.

— J'ai finalement décidé d'aller me baigner. Je suis passé devant elle. Je m'en souviens comme si c'était hier ! J'ai contracté mes muscles comme jamais, j'ai rentré mon ventre au maximum. Je voulais l'impressionner, vous comprenez ? L'eau était glaciale. Je me suis éloigné des gars qui se battaient et plongeaient dans les vagues, et j'ai longé les rochers à la nage. J'avais envie de m'isoler, de souffler après l'émotion. Ce que je ressentais était incroyable, c'était un choc. J'avais été submergé par l'amour. Et pourtant ! Des filles jolies, j'en avais embrassé. Certaines m'avaient tourné la tête... Mais elle ! Je savais que je ne m'en remettrais pas. Alors que je m'étais accroché à un grand rocher plat, à l'ombre de la falaise, j'ai senti quelque chose frôler ma jambe. J'ai sursauté et me suis retourné. Elle était là et me souriait. Son maquillage avait coulé, du noir s'étalait sur ses joues. Une apparition... Nous nous sommes présentés, et elle a posé ses bras très blancs sur le rocher. On a parlé de tout et de rien. Elle babillait d'une voix grave, un peu cassée. Elle venait d'emménager à Leucate, dans la dernière maison avant la falaise, chez ses grands-parents. Elle m'en a dit, des choses ! Mais rien n'a été à la hauteur du moment où elle s'est approchée pour m'embrasser. Un vrai baiser. Rien à voir avec ceux des filles que j'avais pu fréquenter jusque-là…

— Vous êtes restés ensemble ? ne puis-je m'empêcher de demander.

— Oui. J'étais prêt à tout pour elle. Je filais doux et lui mangeais dans la main. On se foutait de moi, mais je n'en avais rien à faire. Les gars me reprochaient d'avoir changé, mes parents aussi. Il faut dire que plus personne ne m'intéressait, sauf elle. Elle était fascinante et, derrière son armure de parfum et de maquillage, elle manquait de confiance en elle. Elle se trouvait commune alors qu'elle était unique. Elle se jugeait passable quand elle incarnait à mes yeux la beauté. Nous nous aimions, nous nous disputions. Nous nous tyrannisions. C'était dévorant. Moi qui ai écrit toute ma vie, je ne peux mettre de mots sur nous parce que c'est un mélange complexe de peaux, d'odeurs, d'âmes, d'alchimie. Mais tout ça a pris fin. Un soir de bal, nous nous sommes hurlé dessus, plus fort que d'habitude. Un truc débile : une cigarette qu'elle voulait absolument fumer. Je détestais le tabac. J'ai été con. Elle a invité un homme à danser. J'ai tendu la main à une autre fille. Elle s'est blottie contre lui. J'ai embrassé la fille.

Édouard esquisse un sourire nostalgique.

— Une véritable furie.

Il tire sur sa manche et dévoile la cicatrice qui zèbre son avant-bras.

— Elle a brisé un verre, s'est emparée d'un tesson et s'est vengée. On l'a traitée de folle, mais c'était moi, le fou. J'étais fou d'elle. J'ai eu beau la supplier de me reprendre, elle n'a jamais accepté. Peu de temps après, elle est partie. J'ai su plus tard qu'elle avait demandé à ses grands-parents d'intégrer un internat de jeunes filles à Montpellier, afin de suivre une formation en couture. Elle est devenue créatrice de costumes pour la scène. Moi, j'ai écrit ; ce que j'avais sur le cœur d'abord et, peu à peu, ces sentiments couchés sur le papier se sont transformés en histoires. Ensuite, il y a eu ta grand-mère, Solal. Et puis, les autres… Solaires, drôles, charmantes, intellectuelles… Je les ai toutes appréciées et respectées. Elles m'ont inspiré. Mais jamais aucune n'est arrivée à la cheville de mon Andrée. Il suffisait d'un regard d'elle et j'étais transporté.

— Vous n'avez pas tourné la page de votre histoire, depuis tout ce temps ?

— J'ai mené une vie pleine et heureuse, mais je n'ai jamais oublié Andrée. Et puis, sans crier gare, elle est revenue. Il y a deux mois, elle s'est installée dans la dernière maison avant la falaise. Nous nous sommes croisés bêtement, à la boulangerie. Après toutes ces années, rien n'avait changé. Une œillade ravageuse et j'étais cuit. Elle était toujours aussi belle, toujours aussi fascinante. Nous sommes tombés dans les bras l'un de l'autre. Je lui ai expliqué que je n'avais aimé qu'elle, que je l'avais attendue toute ma vie. Elle m'a confié avoir souffert dès le moment où elle avait quitté Leucate. Nous avons partagé quelques semaines de rêve, jusqu'à lundi dernier. Elle m'a regardé droit dans les yeux et, glaciale, elle m'a annoncé que c'était fini, que je n'avais pas intérêt à m'approcher d'elle de nouveau. J'ai eu beau essayer d'obtenir des explications, d'aller chez elle, de l'appeler, elle refuse tout contact.

Désemparé, Édouard secoue la tête.

— Je ne comprends pas…

— Qu'est-ce qui s'est passé pour que votre histoire cesse si brusquement ? murmure Solal, la mine pensive. Tu as fait quelque chose ? Dit quelque chose ?

— Non, je ne vois pas, répond son grand-père avant de se tourner vers moi. Je suis désolé, mademoiselle. Je suis incapable de finir mon roman. Je n'en ai pas la force.

À ces mots, il se lève et s'éloigne. Se postant devant la fenêtre, il agite le bras.

— Maintenant, laissez-moi tranquille. J'ai besoin d'être seul.

Une fois dans le couloir, Solal et moi échangeons un regard. Lui semble abasourdi, alors que je suis dévorée de curiosité et de frustration.

— Étrange, cette histoire. Qu'est-ce que cette maudite Andrée peut bien avoir à lui reprocher ? commente Solal en m'entraînant vers le grand escalier qui mène au rez-de-chaussée.

Mon cerveau tourne à cent à l'heure.

— Ça peut être tout et n'importe quoi ! Moi, mon ex m'a bien reproché d'être ca…

Je m'interromps brusquement. Merde ! J'ai réfléchi à haute voix. Visiblement intrigué, Solal s'arrête et pivote vers moi en fronçant les sourcils.

— D'être quoi ?

— Non, rien, dis-je en le dépassant.

Il me rattrape et saisit mon bras.

— Allez ! CA… CAsse-bonbon ? CAtastrophique ? CAsse-cou ?

— Rien.

Le souvenir désagréable de mon ex me revient en tête, tout comme l'humiliation qu'il m'a fait subir. Agacée, légèrement honteuse, je me dégage et dévale l'escalier, suivie par Solal qui rit de bon cœur.

— CAdavérique ? CAlcaire ? CAchottière ?

— RIEN !

— CA…

Ça suffit ! Je m'arrête brusquement, et il bute contre moi. Je fais volte-face.

— Tu vas te taire, oui ? Stop, maintenant !

— Tu me tutoies, ça y est ? réplique-t-il avec une moue amusée. Tiens, j'ai trouvé ! CAlamiteuse !

OK, je laisse tomber. Je dois me montrer mature, passer outre le fait que ce mec m'horripile, et me concentrer sur ma mission : je vais aller voir Andrée pour la rabibocher avec Édouard. L'équation est simple : si ces deux-là se réconcilient, Édouard sera heureux. Édouard se remettra à écrire. J'obtiendrai mon CDI. Je serai comblée et je n'entendrai plus jamais parler de Solal... Et puis, cette histoire inachevée me touche. Si je n'ai pas de chance en amour, je peux peut-être me transformer en Cupidon ?

— S'il te plaît, arrête de me harceler et occupe-toi plutôt de ton grand-père. Tu ne peux pas le laisser comme ça.

Solal esquisse une moue moqueuse :

— Et toi, tu ne peux pas laisser Édouard Brunetti comme ça, sans un manuscrit fini, n'est-ce pas ? Pas folle, la guêpe !

Je hausse les épaules et le regarde bien en face.

— Effectivement, je joue ma place dans ma boîte avec ce texte. Mais crois-moi : l'histoire de ton grand-père me touche. C'est mon auteur favori. Et je déteste voir les gens malheureux... Je... Bref. Laisse tomber.

Je gagne les vestiaires. Il me suit.

— Ne te trompe pas de paire ! lance-t-il d'une voix moqueuse alors que je m'assieds pour me chausser.

Argh ! Ce mec me rend folle !

— Hors de question que je remette mes pieds dans tes baskets !

— Tu m'avais pourtant l'air enthousiaste, tout à l'heure ! CAbri ? Ton ex a peut-être critiqué tes sauts de CAbri !

N'y tenant plus, j'explose. Je me lève d'un bond, enfonce mon index dans son torse et rugis :

— CARRÉE ! Voilà ! Il m'a reproché d'être carrée, façon silhouette en H. Pas sexy, quoi. Masculine. Tu es content ?

Soudain, mes yeux s'embuent de larmes et toute trace de moquerie disparaît des prunelles de Solal. Son expression s'adoucit, et il esquisse une légère grimace.

— Pardon. Mais il était complètement con, ce type, non ?

Je hausse les épaules alors que Solal attrape une paire d'Adidas qu'il enfile rapidement.

— Ça vaut ce que ça vaut, et je sais que ce n'est pas très élégant de commenter le physique de quelqu'un mais moi, je trouve que tu as un très joli corps. Un corps… charismatique, tiens ! Oui, charismatique conviendrait bien mieux, s'il fallait choisir un adjectif en « CA ».

Il m'offre un sourire doux, puis frappe dans ses mains d'un air décidé, avant de sortir du vestiaire.

— Alors, qu'est-ce que tu attends ? Tu viens ? s'écrie-t-il depuis le couloir.

Troublée, touchée, je le rejoins, les joues toutes rouges.

— Tu vas où ?

— À ton avis ! À la dernière maison avant la falaise. Chez Andrée !

Extrait d'une conversation entre Édouard Brunetti et une lectrice, lors d'une séance de dédicace

— Quelle est votre chanson préférée ?

— La plus belle ? Facile. *Can't Help Falling in Love.* Attention, pas celle de UB40 qu'adore Solal, mon petit-fils. Non ! Celle d'Elvis Prelsley. « *Wise men say / Only fools rush in/ But I can't help falling in love with you/ Shall I stay ?/Would it be a sin ?/ If I can't help falling in love with you*[1] » Elle m'évoque une plage au petit matin... « *Take my hand/ Take my whole life too* [2]... » Un rouge à lèvres voyant, une mer glaciale et un cœur dévasté, lavé de tout le reste, uniquement disponible pour elle.

1. « Les sages disent que seuls les fous se précipitent... Mais je ne peux pas m'empêcher de tomber amoureux de toi. Puis-je rester ? Serait-ce un péché ? Car je ne peux pas m'empêcher de tomber amoureux de toi... »

2. « Prends ma main, empare-toi de ma vie, par la même occasion... »

4. Rien ne vaut une péripétie musclée : rencontre avec Andrée !

Chez Andrée

— Pitié, ne joue pas à l'architecte qui vient étudier les environs, dis-je à Solal, alors que nous gravissons l'escalier menant au perron de la toute dernière maison avant la falaise, une grande bâtisse rose à trois étages. Ton idée est bizarre.

— Et d'une, je SUIS architecte. Et de deux, est-ce que mon idée te semble plus ou moins étrange qu'une fille qui emprunte les chaussures de parfaits inconnus ?

— Je préfère ignorer ta remarque et...

— Quand on ignore vraiment quelque chose, on ne dit pas qu'on l'ignore !

Je lève les yeux au ciel sans pouvoir m'empêcher de pouffer et poursuis :

— Tu ne vas jamais pouvoir passer de « Je suis architecte et je viens étudier les environs » à « Comment se fait-il que vous ayez largué mon grand-père comme une vieille culotte aux bords effilochés » ?

— Tu as un véritable don pour les comparaisons poétiques, toi ! lance Solal en riant, avant de poser sur moi un regard plein d'assurance. Laisse-moi faire, s'il te plaît !

Tout au long du chemin, nous avons tenté d'élaborer LA

stratégie pour aborder Andrée afin qu'elle se confie à nous. Les idées ont fusé, mais nous n'étions d'accord sur rien. À la cinquième proposition saugrenue – je suis certaine que Solal faisait exprès de raconter n'importe quoi : ça a l'air de l'amuser de me pousser à bout –, je me suis *légèrement* agacée. Solal a haussé les épaules avec bonne humeur et a décrété d'un ton ferme que nous improviserions. J'ai ouvert la bouche pour protester, mais il m'a adressé un sourire si lumineux, si entier, que ne rien planifier m'a soudain paru être une idée extrêmement sensée. Je lui ai rendu son sourire en observant les petites rides qui se formaient au coin de ses paupières, et nous avons discuté. Une conversation légère comme une bulle de champagne, une parenthèse hors de la réalité. À cette occasion, j'ai appris que :

• Solal travaille à Perpignan, son cabinet se situe dans le même quartier que Frenchkiss… Un instant, je me suis emballée et me suis imaginée en train de courir le rejoindre, juste à l'angle de la place Jean-Payra. Je me jetais dans ses bras, il m'embrassait avec fougue et c'était meilleur que tous les plaisirs réunis (tomber sur une baguette toute chaude à la boulangerie + marcher sur la plage au petit matin quand il n'y a encore aucune trace de pas + arriver au happy end d'un roman + regarder *Dirty Dancing* pour la millième fois et prononcer pile en même temps que Patrick : « On laisse pas bébé dans un coin » + déboucher une bouteille de vin et entendre le bouchon faire ploc). C'était magique jusqu'à ce que Thomas Fallon intervienne pour mettre fin à ce fantasme impromptu, hurlant comme un possédé qu'il est le seul auquel j'ai le droit de penser.

• Il adore manger au Pa Amb Tomate et commande généralement des piments de Padron, des tomates séchées, du fuet et du muscat.

• Il fait du trail, beaucoup de trail.

- Il possède un appartement dans le centre-ville, mais rêve d'habiter au bord de la mer.
- Il déteste les teckels car il s'est fait mordre la cuisse gauche quand il était petit par « l'une de ces saucisses de Strasbourg sur pattes ».

Quand je lui ai parlé de moi, il m'a écoutée avec attention, en fronçant légèrement les sourcils, comme s'il se concentrait. J'ai adoré ça, me sentir intéressante.

— Il faut toujours un fond de vérité dans le mensonge. Je m'en occupe.

— Tu es expert en la matière ou quoi ?

— Si tu savais tout ce que j'ai dû baratiner pour sortir, quand je vivais chez mon grand-père ! répond-il en écarquillant les yeux d'un air comique.

— Tu as vécu chez lui ?

— Oui. Mes parents se sont séparés et…

Solal est interrompu par la porte d'entrée qui s'ouvre à la volée et laisse apparaître la fameuse Andrée, une femme élégante, grande, svelte, vêtue d'une robe kimono grenat. Ses cheveux gris sont relevés en un chignon gracieux, et son visage ridé aux traits fins et réguliers est magnifique. Posant les poings sur ses hanches, elle darde sur nous un regard intrigué. Solal se racle la gorge et prend la parole.

— Bonjour, je suis archi…

— Le petit-fils d'Édouard ! interviens-je avec précipitation.

Solal secoue la tête d'un air à la fois amusé et résigné en murmurant « J'en étais sûr ! », et je m'apprête à poursuivre, mais je calme vite mes ardeurs. En effet, le visage d'Andrée s'est transformé : elle pince les lèvres et roule des yeux furieux. D'un geste brusque, elle tente de nous claquer la porte au nez, mais Solal, plus rapide qu'elle, tend le bras pour la bloquer. Alors que j'admire son sens du réflexe, il prend la parole d'un ton apaisant.

— S'il vous plaît, écoutez-nous. Mon grand-père est désespéré. On doit comprendre pourquoi vous l'avez quitté du jour au lendemain, sans une explication...

— Il n'y a rien à comprendre ! vocifère la vieille dame d'une voix stridente.

— Alors pourquoi cette rupture si brutale ? s'entête Solal.

— C'est lui qui vous envoie ? demande-t-elle en plissant les paupières d'un air suspicieux.

— Non. Lui, il se contente de rester enfermé dans son bureau et d'être triste.

Un rictus d'inquiétude tord les lèvres d'Andrée qui, cependant, se ressaisit en un éclair. Ses yeux se remettent à flamboyer, dans le plus pur style Lucifer, et ses joues deviennent aussi écarlates qu'une fesse de bébé irritée.

— Eh bien, il va vite se consoler ! Vous n'avez qu'à lui dire la vérité, tiens ! Que l'autre jour, j'ai rencontré Simone, qui m'a invitée à boire un café. Figurez-vous qu'à cette occasion elle s'est montrée très bavarde, gronde Andrée avant de s'interrompre pour pousser un soupir exaspéré et poursuivre d'une voix de plus en plus aiguë. J'étais au courant qu'il avait vécu une histoire de deux ans avec votre grand-mère, ça oui. Mais le reste ! Il s'est gardé de s'en vanter ! Visiblement, Édouard s'est bien amusé, durant toutes ces années. Pendant que, moi, je pensais à lui nuit et jour malgré les années qui passaient, lui était occupé à déclarer sa flamme à chaque femme qui croisait son chemin ! Dieu sait qu'il y en a eu ! Et dire qu'il m'a raconté qu'il ne m'avait jamais oubliée...

Andrée reprend son souffle. Elle semble si furieuse que ses narines vont fumer, pas de doute !

— Mais... Vous aussi, vous avez dû vivre d'autres aventures durant tout ce temps, non ? osé-je.

Andrée me fusille du regard et frappe un grand coup contre le montant de la porte avant de me répondre :

— Je me suis mariée à un homme que j'appréciais mais que je n'aimais pas. VOILÀ MA FOLLE AVENTURE ! Édouard, lui… Il a distribué les « je t'aime » comme des petits-fours lors d'une soirée mondaine. Comme… Comme ça, tenez !

Sans crier gare, elle se penche vers le côté et attrape un grand vase posé sur le guéridon à côté d'elle. Solal agrippe mon bras et me force à me baisser. Le projectile passe au-dessus de nos têtes pour s'écraser dans l'allée.

— Quelle poigne ! tente de plaisanter Solal, quand nous nous redressons.

Prise de folie, Andrée ne semble pas l'entendre. Elle saisit le grand sac à main accroché au portemanteau à droite du guéridon et vise mon compagnon de galère avec une mine de sniper.

— COMME ÇA ! vocifère-t-elle alors que son missile percute violemment l'épaule de Solal, qui me fait signe d'évacuer la zone de toute urgence. Dites-lui bien que tant que je n'aurai pas une preuve qu'il n'a pensé qu'à moi toutes ces années, je refuse de le revoir !

— Enfin, calmez-vous, déclare-t-il d'un ton de négociateur de traité de paix. Vous…

Quant à moi, je ne demande pas mon reste et file le long de l'allée centrale du jardin avec l'affolement d'un lapin traqué. Un trousseau de clés frôle mon oreille gauche ; un objet non identifié frappe mon mollet. Faut-il que je me jette à terre et que je roule-boule jusqu'à la rue ? Et Solal ? Y laissera-t-il sa peau ? Je tourne la tête et l'aperçois qui tend les bras en signe de paix. La réaction d'Andrée ne se fait pas attendre : la voilà qui se déchausse et lui envoie un escarpin. Solal le rattrape au vol, mais elle n'a pas dit son dernier mot : s'emparant de sa deuxième chaussure, elle s'avance vers lui et… Mon Dieu ! Elle va le lui enfoncer dans l'œil ! Mayday ! MAYDAY ! L'ennemi est trop agressif !

Solal va finir éborgné à ce train-là ! « *Tant mieux, comme ça, tu le trouveras moins séduisant* », *persifle Thomas.*

Toi, tu es un abruti !

— VIENS, Solal ! hurlé-je avant d'ouvrir en grand la porte du jardin puis de me planquer derrière le muret, côté rue.

Après quelques secondes d'attente insoutenable, Solal apparaît à mes côtés. Je lui lance un regard effaré, qu'il me rend. Puis, exactement au même moment, nous éclatons de rire. Un rire torrentiel, qui nous secoue et m'arrache des larmes. C'est à peine si nous entendons la porte qu'Andrée referme avec une violence inouïe.

Jamais je ne me suis autant amusée. Mais, lorsque nous nous calmons enfin, une vision d'horreur m'assaille : celle de Marie-Annick en train de décréter : « VIRÉE ! », rictus maléfique + présence d'un Philostate narquois à l'appui.

— Tu crois qu'on devrait y retourner ? proposé-je, poussée par l'énergie du désespoir.

Solal ouvre de grands yeux surpris.

— Tu es une aventurière, toi ! De mon côté, l'agression à coup d'escarpins m'a refroidi ! Et puis… en amour, inutile de forcer. Ça se fait ou pas.

Après une seconde d'hésitation, je me range à son opinion et acquiesce.

— Tu es un spécialiste dans ce domaine ?

Il laisse échapper un rire bref, se relève et me tend les bras.

— Tu as entendu ma cousine ? répond-il en m'aidant à me redresser. Je n'ai jamais vraiment eu de relation sérieuse, donc je suis loin d'être un spécialiste. Mais ça m'est arrivé de vouloir me forcer. La majorité de mes amis sont en couple depuis un moment, certains se sont mariés, d'autres sont parents… Alors, j'ai eu envie de rentrer dans le moule ; j'ai essayé avec une fille. Et j'ai compris qu'en amour, on ne peut pas faire semblant.

Il s'arrête et me fixe pensivement.

— On le sent, dès le début.

Son regard aimante le mien, et il ajoute :

— Non ?

Mon cœur rate un battement. Il m'adresse un sourire doux, avant de saisir ma main et de m'entraîner… dans la mauvaise direction.

— Attends, c'est là-bas, la maison de ton grand-père !

— Tu ne veux pas que je te montre la fameuse Plagette, que tu devrais déjà connaître ? Habiter dans le coin et ne jamais y être allée, c'est une honte !

— Je ne vis à Perpignan que depuis un an !

— Une honte quand même !

Nous gravissons un escalier étroit qui débouche sur la falaise. Puis, nous passons devant l'ancien phare, le dôme militaire et atteignons l'extrémité du plateau, non loin du sémaphore.

— Regarde, c'est juste là ! dit Solal en pointant du doigt l'adorable petite crique qui s'étend à nos pieds.

Pour y accéder, il faut descendre le long de la falaise, dont le dénivelé est ici adouci : c'est escarpé, mais les nombreuses traces de pas prouvent que c'est largement faisable. Émerveillée par la beauté du lieu, je me tourne vers Solal avec enthousiasme :

— On y va ?

— Je suis partant mais je crois qu'aujourd'hui, décidément, tu rencontres pas mal de problèmes de chaussures ! répond-il en pointant mes talons du doigt.

Je grimace de déception, mais ses iris pétillent.

— Heureusement que j'ai toujours une solution ! Mademoiselle ! Votre monture est avancée, lance-t-il en s'inclinant exagérément.

J'attrape son bras et le force à se redresser.

— Hors de question !

— Pourquoi ?

— C'est trop dangereux !

— Moins que notre rencontre avec Andrée !

— D'autant plus que je ne suis pas un poids plume.

— Tant mieux, les brindilles ne sont pas à mon goût !

— Mais...

Solal prend l'air faussement exaspéré et demande :

— D'autres arguments ?

— Oui.

Il hausse les épaules et me contourne.

— OK, alors laissons tomber. Je proposais seulement de te porter comme un sac de patates pour descendre cette pauvre falaise, Alma ! Mais on le fera une prochaine fois ! Tu viens ?

Y aura-t-il une prochaine fois ?

— D'accord ! m'écrié-je sans plus tergiverser.

Solal se retourne, le visage lumineux :

— J'en étais sûr !

Je souris. Avec lui, tout paraît simple. Il me tend les bras et je m'approche, le souffle court.

— Une, deux...

Il me projette contre lui et attrape fermement mes cuisses. Fesses en l'air, tête en bas : sexy comme jamais !

— En avant, ma chère !

— J'ai connu des montures plus confortables, parviens-je à articuler alors qu'il amorce sa descente et que je suis secouée comme une piña colada.

— Mais jamais aussi dévouée ! Quelle idée de te pointer en talons, aussi !

— Pardon, mais en venant à Leucate récupérer un manuscrit, j'ignorais que je me rendrais sur cette célèbre Plagette !

L'image de Marie-Annick flanquée de Thomas Fallon (alliance maléfique) fait irruption dans mon esprit, mais je les chasse sans ménagement, lorsque Solal me répond de sa voix grave et amusée :

— Et moi, je ne savais pas que je devrais trimballer une voleuse de baskets sur un chemin cabossé !

— Je crois que le sang me monte à la tête.

— Reste parmi nous… Attends, on y est presque… Et… le supplice est terminé !

À ces mots, Solal me repose. Légèrement vacillante, je m'accroche à ses épaules, retrouve mon équilibre.

— Ça va ? demande-t-il avec sollicitude.

— Bien mieux depuis que je suis sur la terre ferme ! Je suis ravie de découvrir ce petit coin de paradis.

— Et ce n'est pas tout ! Tu sais qu'il n'y a pas de Plagette sans baignade ?

Il hausse un sourcil, semblant me défier, et me fait signe de le suivre jusqu'à l'eau.

— Elle doit être glacée ! rétorqué-je en m'exécutant.

— Justement ! C'est revigorant. Dès que je suis à Leucate, je me baigne, quelle que soit la saison. Je ne peux pas déroger à la tradition !

Je plonge mes orteils dans la mer.

— Gelée ! Comme prévu !

— Dommage…

Sans perdre de temps à me convaincre cette fois, il se débarrasse de son T-shirt et de son short. Waouh… Il m'avait fait de l'effet de loin, lorsqu'il entretenait la piscine de son grand-père ; il m'en fait encore plus de près… Impossible de ne pas admirer son corps parfait et doré. Il lève un sourcil amusé.

— Par contre, je me baigne à poil, je n'ai pas pris de maillot. Alors je me demande : tu comptes continuer à me dévorer du regard ou tu contemples pudiquement le paysage en attendant que je sois à l'eau ?

Je rougis et bafouille quelques inepties avant de me retourner.

— Rassure-toi, je réagirais comme toi si la situation était inversée !

Tout à coup, j'ai très chaud. Je passe la main sur ma joue : brûlante. J'ai intérêt à changer de sujet avant de me transformer en un nuage de vapeur.

— C'est donc là que ton grand-père et Andrée se sont rencontrés... Quel dommage, cette rupture. C'est tellement stupide d'être...

— *Possessif ? souffle Thomas à mon oreille. Jaloux ? Pas du tout. Moi, je le suis. Surtout quand je te vois rougir et te troubler devant ce mec... Ce Solal. Il te fait de l'effet.*

— *Je te jure que non !*

— *Tu mens.*

Effectivement. Et me l'avouer me remplit d'une joie légère et enivrante. La voix de Solal, qui s'est éloigné, me ramène à la réalité. Je fais volte-face pour l'observer. Il me fait signe de la main et plonge dans les vagues, avant d'émerger.

— Allez, viens, Alma !

Il disparaît de nouveau et soudain, sans réfléchir plus, je me débarrasse de ma robe et cours le rejoindre. Le froid me fait glapir, mais je ne recule pas. J'avance encore, jusqu'à ce que l'eau atteigne mon nombril, puis plonge. Quand je refais surface, Solal se trouve juste devant moi. Il passe la main dans ses cheveux et siffle, visiblement admiratif.

— Courageuse ! Parce que là, elle est...

— Gelée ! complétons-nous en chœur.

Il touche ma joue et fronce les sourcils.

— Tu claques des dents. Viens, il faut bouger pour te réchauffer. Tu veux que je te montre le rocher plat de mon grand-père et d'Andrée ? Je vois exactement où c'est.

Je hoche la tête, et nous nageons côte à côte le long de la falaise. C'est vivifiant, apaisant et terriblement excitant.

Mais à peine ai-je le temps de savourer ce moment que nous arrivons devant un rocher qui contraste avec les autres par son aspect lisse, brillant et sa largeur.

— C'est ici, murmuré-je alors que nous nous y appuyons.

Solal acquiesce. L'eau dégouline sur son visage. Ébloui par la luminosité de cet après-midi, il plisse les yeux.

Nos corps bougent doucement, ondulant au rythme du courant. Ils s'effleurent. Ma main, que je déplace, frôle la sienne. Je suis enivrée de soleil, de désir. Pleinement consciente de la folie de l'attirance que je ressens pour cet homme qui m'est inconnu, mais refusant de la refréner, je prends une longue inspiration et décide d'oser. De m'écouter, de faire le premier pas.

— Solal, c'est vraiment fou. Peut-être que ce rocher a un pouvoir magique. Je n'en sais rien. Je te connais à peine, mais...

— ... j'ai vraiment envie de t'embrasser, complète-t-il en me lançant un regard ardent, dans lequel je décèle le même désir que le mien. Et si c'est pareil pour toi, alors...

Je ne lui laisse pas le temps de finir et approche mon visage du sien. Gros plan sur ses taches de rousseur et ses longs cils auxquels s'accrochent des gouttes d'eau.

Nos bouches froides et humides se joignent, alors que mon cœur bat la chamade. Nous demeurons un instant immobiles, savourant cette sensation, puis nos lèvres s'entrouvrent. Il m'offre un baiser renversant, un baiser passionné qui me réchauffe, qui me fait oublier comme je grelotte, qui me donne l'impression que Solal n'est pas un inconnu mais au contraire mon âme sœur depuis des années. Un baiser qui me semble la chose la plus folle et la plus naturelle du monde, qui me donne envie de rester une éternité contre ce rocher plat, juste ici, avec lui.

On ne laisse pas l'éditrice dans un coin !

Première rencontre entre Marie-Annick Pollier et Édouard Brunetti

Marie-Annick P. : Je sais que vous aviez l'habitude de travailler avec Marcia, mais je ferai tout pour que notre collaboration soit fructueuse. Vous êtes déjà célèbre, mais dorénavant, les gens s'arracheront vos ouvrages. Imaginez la scène : il ne reste qu'un exemplaire de votre nouveau roman. Deux lectrices veulent l'acheter. Je vous promets, cher Édouard, qu'elles seront prêtes à s'entre-tuer pour l'obtenir ! L'une brandira son parapluie pour éborgner l'autre qui lui labourera les mollets de ses Dr Martens. Il y aura du sang, des flots de sang... Quoique... pas trop non plus. Il ne faudrait pas que votre œuvre soit éclaboussée. Ce serait fâcheux.

Édouard B. : Vous êtes tout de même assez terrifiante, dans votre genre...

Marie-Annick P. : Vraiment ? En tout cas, soyez assuré que j'aime votre écriture et que je suis prête à bosser comme une dingue pour vous. Alors ? C'est d'accord ? Je suis désormais votre éditrice, jusqu'à ce qu'une jeune recrue aux dents plus longues que moi m'évince ?

5. Une sombre affaire de pages arrachées et de barnum effondré

Thomas Fallon ne bouge pas d'un pouce. Jamais nous ne nous sommes tenus si loin l'un de l'autre.

— Alors, il t'a embrassée ? À moins que ce ne soit toi qui aies fait le premier pas…

Honteuse, je hoche la tête sans oser ajouter quoi que ce soit. Inutile de trouver des excuses : le baiser du rocher plat a renversé mon cœur.

— Qu'est-ce que tu comptes faire maintenant ?

J'observe sa chevelure blonde coupée ras, son visage de dieu grec, sa silhouette à la fois souple et puissante… Ce corps dont je connais chaque détail et qui ne provoque en moi plus aucun désir.

— Laisser entrer Solal dans ma vie, murmuré-je.

Thomas fait claquer sa langue contre son palais. Il est contrarié.

— Hier encore, tu m'aimais.

— Hier encore, j'avais besoin de t'imaginer.

— Il a déjà pris toute la place ?

— Parfois, il suffit d'une seconde.

Ses lèvres s'étirent en un sourire ironique.

— Et qu'est-ce qui te dit que ça marchera ? Que ce mec-là ne se fout pas de toi ? Que ce pauvre baiser signifie quelque chose ?

Mon pouls s'accélère. Rien. Rien ne m'indique que je ne vais pas avoir le cœur brisé.

— Rien. Mais je ne peux pas me condamner à rester avec toi. J'ai envie d'essayer. Je veux goûter ses lèvres, sentir sa peau, voir son sourire dont les nuances sont bien réelles, entendre sa voix et vivre nos conversations, que je ne forge pas de toutes pièces. Tu comprends ?

— Je te préviens, si tu te casses la gueule, inutile de revenir vers moi.

J'avale péniblement ma salive, puis me force à respirer. Doucement, je laisse entrer l'air, puis l'espoir. Thomas fait volte-face et...

— Alma ? Tu penses que c'est judicieux de tout lui raconter ?

Retour à la réalité. Avant ma rencontre avec Solal, j'étais accrochée à mon fantasme aussi solidement qu'un chewing-gum sous une semelle, mais là... je le quitte sans regret et savoure le contact de la main de Solal qui enserre mon poignet dans un geste ferme et délicat. Je tente de contenir le sourire 100 % extra-niais qui fleurit sur mes lèvres. Impossible. Il s'épanouit donc, et je constate avec ravissement que Solal me le rend (sauf que lui, bien sûr, n'a pas l'air illuminé, comme moi : il est juste hyper sexy).

— Mieux vaut qu'il sache la vérité, non ?

— Tu as raison. De toute façon, je n'ai jamais réussi à lui cacher quelque chose. Apparemment, quand je mens, je maltraite mon oreille droite.

— Je le note ! répliqué-je en lui lançant un clin d'œil. Allez, on entre ? Si ça se trouve, grâce à nous, il pourrait réaliser qu'il n'aime pas vraiment Andrée et qu'il a surévalué ses sentiments à cause de cette longue séparation... Elle n'a probablement pas tort : s'il a connu tant de femmes c'est que, peut-être, il n'était pas si épris que ça.

Solal grimace.

— Ou qu'il a tout fait pour l'oublier.

— La seule manière de le savoir est de tout lui raconter.

Solal hoche la tête puis toque à la porte avant de l'ouvrir. Nous pénétrons dans la pièce. Édouard se trouve désormais attablé à son bureau. Le dos courbé, les mains en coupe autour de son visage, il lit, absorbé au point qu'il ne réagit pas quand nous entrons. Ce n'est que lorsque Solal l'interpelle qu'il se redresse et nous lance un regard agacé.

— Encore vous deux ? Solal, je descendrai pour le repas. En attendant, j'aimerais qu'on me laisse tranquille. Or, entre tes cousins, tes cousines et toi, je n'ai pas une seconde à moi.

D'un geste las, il repousse le cahier sur lequel il était penché, avant de s'adresser à moi :

— Quant à vous... J'étais en train de relire ce fichu manuscrit, dont il manque le chapitre final. Mais j'ai beau essayer avec toute la meilleure volonté du monde, je n'y arrive pas. Je suis désolé de vous mettre dans une situation embarrassante, mais je ne parviendrai pas à terminer cette histoire. Je l'ai commencée juste après avoir retrouvé Andrée. Maintenant... Ça n'a plus de sens.

— Écoute, Granp, tu dois te ressaisir ! réplique Solal d'une voix décidée. Tu t'en es bien sorti quand elle est partie, la première fois.

— Je ne m'en suis jamais sorti..., objecte Édouard avant de pousser un long soupir. Toutes ces femmes n'ont jamais compté pour moi. J'ai essayé. Bien sûr que j'ai tenté de trouver quelqu'un, de l'oublier dans d'autres bras. Mais elle occupait mon esprit tout entier. Elle prenait toute la place.

— En tout cas, ce n'est pas ce que croit Andrée.

Temps mort. Puis Édouard se lève d'un bond et contourne son bureau pour nous rejoindre d'un pas si rapide que même Philostate, pourtant maître dans l'art de la marche athlétique, lui tirerait son chapeau. Les joues rouges, il se plante devant nous et nous dévisage fiévreusement.

— Quoi ? Tu es allé la voir ? Elle t'a parlé ? Qu'est-ce qu'elle a dit ?

Solal hésite, et je prends le relais.

— Qu'une certaine Simone l'a invitée à boire un café. Visiblement, elle lui a raconté votre vie sentimentale dans le moindre détail…

— Andrée est convaincue que si tu as eu autant d'aventures, c'est que tu ne l'as pas vraiment aimée. Elle est persuadée que durant toutes ces années, tu n'as pas pensé à elle tant que ça…

Édouard ferme les yeux et demeure ainsi durant quelques secondes, alors que Solal tapote son épaule avec sollicitude.

— Si seulement vous pouviez lui prouver votre amour… murmuré-je.

Édouard ouvre un œil.

— Quoi ?

… Puis l'autre.

— Elle a dit que la seule solution pour qu'elle vous pardonne serait de lui prouver votre amour.

Un bon litre de Red Bull + une petite quinzaine d'expressos + une généreuse poignée de Guronsan : voilà l'effet que semble avoir mon intervention sur Édouard, qui se met littéralement à frétiller.

— Alors Andrée et moi allons filer le parfait amour jusqu'à la fin de notre vie ! s'écrie-t-il en frappant dans ses mains, la mine ravie.

Il sautille jusqu'à la longue étagère fixée au mur, juste devant nous, sur laquelle sont alignés ses propres romans, dont je reconnais les tranches. Tout en chantonnant, il saisit un exemplaire, l'ouvre, en arrache la première page puis le jette au sol. Idem pour un autre, puis un autre… Mon Dieu… Sommes-nous en train d'assister au glissement de mon auteur préféré dans la folie ? Édouard chante de plus en plus fort (*Can't Help Falling in Love*, d'Elvis. À moins que ce soit la version de UB40 que j'adore ?) Avec horreur, je réalise ce qu'il se prépare à faire : un immense feu de joie. Un barbecue de ses romans. Une immolation de son talent, façon Jeanne D'Arc. Édouard a pété les plombs, il est devenu dingo. Je dois stopper ce carnage ! Je me précipite vers lui, suivie de près par Solal, mais, lorsque ce dernier pose la main sur le bras de son grand-père, nous avons droit à un sourire sincère et tout à fait… sain.

— Merci, les enfants. Mille mercis ! Grâce à vous, à votre esprit d'ingérence et votre curiosité mal placée, Andrée va enfin comprendre à quel point je suis fou d'elle, et combien je l'ai toujours été !

À ces mots, il nous colle l'un de ses romans sous le nez (*Un tourbillon écossais*) avant de l'ouvrir et de pointer du doigt sa dédicace, que je lis à haute voix.

— « À toi, A., qui ne liras jamais ces mots, toi à qui ma mémoire et mon cœur m'enchaînent. Dans ce tourbillon effréné et hypocrite, tu es la seule à qui je pense. L'Écosse tous les deux. Un rêve. »

— C'est pour elle. Tenez, un autre !

Je saisis *À l'ombre des peupliers*, qu'il me tend, et l'ouvre à la première page :

— « À A. Tu as en toi toutes mes héroïnes. Certaines sont fragiles, d'autres incroyablement fortes. Timides, effrontées, grandes gueules, silencieuses, courageuses, fines mouches. Tu es tout ça. Mon idéal. La seule, à jamais. »

— Je lui ai dédié tous mes écrits. Quarante ans d'écriture, je ne sais combien de romans…

— Soixante-dix-sept ! l'interromps-je, en fan accomplie.

— Vous êtes bien renseignée, ma chère ! Soixante-dix-sept romans, donc, et chacun a été rédigé en pensant à elle. Chacun comporte une dédicace à son adresse. Une lettre à la mer…

— Mais elle a dû les lire, non ? demande Solal, sceptique.

— Andrée déteste la lecture, d'autant plus que lorsqu'elle était jeune, elle avait beaucoup de mal à déchiffrer ; je crois qu'elle est dyslexique. Elle a toujours été dans le corps, l'extérieur, le mouvement. Et puis, quand nous nous sommes retrouvés, elle m'a confié avoir tout fait pour m'oublier : si par exemple elle tombait sur l'une de mes interviews, elle n'y jetait même pas un œil.

— Et vous pensez que...

— Je vais arracher toutes ces dédicaces prisonnières de ces bouquins et les lui apporter ! déclare-t-il avant d'esquisser un pas de danse, puis de s'exécuter. J'ai envie de chanter, de boire du vin, d'écrire...

Écrire... De nouveau, l'image de Marie-Annick surgit dans mon esprit à la manière de cet abominable clown psychotique qui sourit de toutes ses dents dans son vilain égout avant de vous dévorer un môme en deux temps, trois mouvements. Si je ne lui rends pas ce maudit manuscrit, elle va me tuer. Pire ! Me VIRER.

— Justement, en parlant d'écrire... Écoutez, Édouard, je dois être honnête avec vous : si je ne rapporte pas votre roman achevé à Marie-Annick, je serai renvoyée. Voyez-vous, je ne suis qu'assistante éditoriale et je n'ai pas encore décroché de CDI. Or, je tiens beaucoup à mon job et j'ai envie de faire mes preuves...

Solal caresse brièvement mon épaule, puis s'empare du roman que son grand-père s'apprêtait à mutiler.

— Alma et moi, on se charge de récolter toutes ces dédicaces et de les donner à Andrée. Toi, pendant ce temps, tu finis ce foutu manuscrit. Et tout le monde est content. Ça vous va ?

J'adresse un sourire reconnaissant à Solal qui me répond par un clin d'œil complice.

— Oui... Évidemment, réplique Édouard d'un air contrit. Je ne voudrais pas vous faire perdre votre place. Je m'excuse pour tout à l'heure. Il me reste... Voyons... une dizaine de feuillets et cette histoire sera finie. J'en ai pour deux heures, maximum. Ça ira ?

— Bien sûr. Merci infiniment, Édouard.

Solal frappe dans ses mains.

— Parfait ! C'est réglé et...

La porte que l'on ouvre à la volée ne lui laisse pas l'occasion de terminer sa phrase. Deux jeunes hommes d'une vingtaine d'années, l'un très blond, l'autre, plutôt brun et ténébreux, font irruption dans la pièce.

— Granpa ! Le barnum s'est effondré ! s'écrie le blond avec affolement. La table était dressée...

— Et j'avais mis le paquet sur la déco ! précise Emiliana qui surgit à leurs côtés. À cause de Gabin et Camus...

Le brun plaque sa paume sur la bouche d'Emiliana, qui se dégage rapidement.

— Arrête, Gabin ! C'est la vérité ! Vous vous êtes lancés dans un combat de boxe débile et...

— C'est la faute de Camus !

Le blond serre les poings en rougissant :

— PAS DU TOUT !

— BIEN SÛR QUE SI !

— Solal, pitié, aide-moi à remettre tout ça en ordre ! implore Emiliana avant de poser les yeux sur moi. Vous êtes encore là, vous ? Vous n'avez...

— Bonjour, je suis le traiteur, s'exclame l'homme vêtu d'un tablier qui vient de faire son apparition.

— Mais ?

Alors que Camus et Gabin se jettent l'un sur l'autre comme des sauvages, qu'Emiliana exige que je décline mon identité, que le traiteur tente de savoir où se trouve la cuisine, qu'Édouard essaye de faire taire tout le monde, Solal m'adresse un regard d'excuse... suivi d'un grand sourire qui me réchauffe le cœur. Je l'entraîne un peu en retrait.

— Va les aider, proposé-je. Je m'occupe d'Andrée, OK ?

Il m'attire contre lui et dépose un baiser sur mon front.

— Certaine ?

Son souffle sur ma peau… Son parfum…

— Oui, bien sûr, murmuré-je, déstabilisée.

— D'accord, mais à une condition : tu restes dîner ce soir…

Emiliana hurle : « Je le savais, qu'il y avait du coup de foudre dans l'air ! » Oui, elle hurle, mais sa voix me semble très lointaine lorsque les lèvres de Solal frôlent ma joue et qu'il chuchote :

— Je t'ai trouvée, hors de question de te laisser filer.

Dédicace de La Plage déserte, *d'Édouard Brunetti, 2010*

« Comme à chaque fois, à toi, A. Rester des heures dans une eau glaciale, mes jambes frôlant les tiennes, nos souffles courts mêlés. Un rocher plat, un endroit secret où le temps se serait arrêté pour l'éternité. Une vie à vivre cet instant. Je t'aime, je t'ai toujours aimée. »

6. Happy end !
(Tout le monde le savait, non, que le dénouement serait heureux ?)

KissPassion, maison d'édition de romance à Perpignan

— Si je comprends bien, vous êtes en train de me dire que vous auriez pu me rapporter ce manuscrit hier, mais que vous avez préféré... dîner chez Édouard Brunetti ? me demande Marie-Annick avec un regard de serial killer émérite.

Histoire de marquer le coup, elle tapote sauvagement la surface de son bureau de ses ongles longs et manucurés. Bien entendu, Philostate se racle la gorge pour laisser entendre sa désapprobation. À cet instant, je rêverais d'être la reine dingo dans *Alice au pays des merveilles* afin de pouvoir ordonner « Qu'on lui coupe la tête ! »

— Je ne pouvais décemment pas refuser cette invitation, tenté-je de me justifier. Comme le dit Emiliana, l'une des petites-filles d'Édouard, « la cousinade des Brunetti, c'est quelque chose » !

Et elle avait raison... Le barnum vert d'eau abritant une longue table décorée de bouquets de fleurs aux couleurs vives, les bouteilles de vin blanc placées dans des seaux à glaçons dorés, les plats en faïence jaunes remplis à ras bord de *fideuá*, les rires qui fusent, les conversations enjouées et les taquineries… Et ce moment, juste avant le repas, lorsque Solal m'a présenté ses cousins dont je n'ai pas pu retenir les prénoms (il y en avait trop), mais qui m'ont accueillie avec une gentillesse touchante.

— Nous étions à table, et j'étais en train de donner mon avis à Emiliana sur une certaine Amélie, en qui elle n'a pas confiance… Vous comprenez, elle pense que travailler dans le milieu de la romance m'octroie des super pouvoirs en termes de conseils amoureux et…

— Vous vous égarez, m'interrompt Marie-Annick, glaciale.

— Bref. Nous étions au milieu du repas…

L'image de Solal envahit mon esprit. Ses yeux pétillants, son sourire inimitable… Nous avons ri avec Emiliana ; il a entouré mes épaules de son bras ; nous avons discuté de tout et de rien, de nos passés, de nos idées pour l'avenir, de notre quotidien, dans un tourbillon d'excitation, de fébrilité, de sérénité et d'ivresse. Nos verres se sont entrechoqués, nous nous sommes embrassés, légèrement, longuement. En tête à tête ; en présence des autres. Il a été question d'aller à la Plagette, puis de faire une partie de pétanque, puis de ne rien faire du tout. Certains se sont installés sous les pins, dans de grands hamacs tendus pour l'occasion. Solal et moi…

— ALMA !

Je sursaute et reprends mon récit d'une voix précipitée :

— Nous étions au milieu du repas lorsque la porte grillagée du jardin a claqué. Andrée est arrivée. Elle avait les yeux rouges, son maquillage avait coulé et sa robe kimono était toute froissée. Elle a foncé droit sur Édouard et a brandi les feuillets qu'elle tenait serrés contre sa poitrine. Elle lui a dit : « C'est vrai, alors ? Tu m'as aimée… » Il s'est levé d'un bond et il l'a prise dans ses bras. Ensuite, ça a été le baiser le plus renversant que j'aie jamais vu. Vous savez, à l'ancienne ! Il l'a fait basculer en arrière et… Waouh.

Mon regard croise celui de Marie-Annick qui me dévisage, lèvres pincées. Puis elle ouvre le précieux cahier qu'Édouard m'a confié.

— J'ai failli envoyer Philostate à la rescousse. Je ne pensais pas que vous réussiriez toute seule.

— Et pourtant ! dis-je en bombant le torse avec la même fierté qu'un membre des Charlie's Angels ayant accompli sa mission avec brio.

— Et pourtant…, lâche-t-elle, visiblement sceptique.

— Et pourtant…, répète Philostate d'une voix grinçante.

— Vous ! rétorque Marie-Annick en se tournant vers lui. Je vous garde. Dégagez d'ici avant que je change d'avis.

Philostate laisse échapper un couinement ravi qui me donne envie d'attraper son oreille gauche et de tirer dessus jusqu'à ce que mort s'ensuive. Il m'adresse un sourire revanchard et, après moult remerciements (finira-t-il un jour par lécher les pieds de Marie-Annick ?), il sort du bureau en sautillant plus frénétiquement qu'un Teletubby.

Elle garde Philostate. Elle l'embauche. Lui. Ce qui signifie que je vais devoir partir. Je prends une longue inspiration afin de retenir les larmes qui menacent de perler au coin de mes paupières, puis affronte le regard de ma future ex-boss.

— Quant à vous…

— Je rassemble mes affaires et je m'en vais, j'ai compris, murmuré-je.

J'aurais dû rapporter ce manuscrit plus tôt… Mais est-ce que ça aurait changé les choses ? Philostate est meilleur que moi, voilà tout. Et, de toute façon, je ne regrette rien : ni la gaieté de ce repas inattendu, ni les moments volés avec Solal, ni cette immersion dans la famille Brunetti.

— Je vous remercie de m'avoir donné ma chance, conclus-je platement.

— Vous avez un goût certain pour le drame, non ? rétorque Marie-Annick en esquissant une moue d'ennui suprême. Vous pouvez garder vos remerciements pour plus tard : vous avez encore vos preuves à faire.

QUOI ? Quoi, quoi, quoi ?

— Vous ne vous en êtes pas aperçue ? poursuit-elle. Édouard a laissé un mot à mon attention dans le cahier qu'il vous a confié.

Elle s'empare d'une petite carte blanche, qu'elle secoue avant de la lire à haute voix :

— « Ma chère, je crois que vous avez trouvé “votre jeune recrue aux dents longues, celle qui vous évincera”. Sauf qu'Alma n'a rien d'un requin. C'est une jeune femme sensible et dynamique. Intelligente, aussi. Je pense que vous devriez l'embaucher. Je sais que vous n'avez que faire des conseils d'un vieil auteur de romance. Alors, je vous parle en tant qu'ami, puisque depuis toutes ces années c'est ce que nous sommes devenus, vous, la sans-cœur et moi, le grand sensible... Gardez cette jeune femme. Je lui dois beaucoup, elle m'a aidé à retrouver l'amour, et l'amour, c'est tout ce dont j'ai besoin pour écrire. »

Je reste bouche bée alors que Marie-Annick jette la carte à la poubelle et lève les yeux au ciel.

— Quelle mièvrerie..., lâche-t-elle avant que sa voix ne s'adoucisse. Mais c'est la mièvrerie d'Édouard Brunetti, et c'est vrai que nous sommes de vieux amis, maintenant...

Mon cœur bat la chamade. Les paupières plissées, elle me scrute avant de me lancer le cahier, que j'attrape au vol.

— Prouvez-moi que j'ai raison de vous embaucher. Travaillez sur son histoire. Et travaillez dur.

Cette fois, je ne peux retenir mes larmes. Éperdue de reconnaissance, je balbutie quelques mots inintelligibles, mais Marie-Annick esquisse une grimace dégoûtée et me chasse de la main. Je file sans demander mon reste. Je pourrais pousser un hurlement de joie : les locaux sont vides et la journée est terminée, mais je m'abstiens et fonce plutôt récupérer mon sac à main, avant de sortir du bâtiment.

Comme convenu, Solal est là, juste en face. Il m'attend. Et lorsqu'il me sourit de ce sourire qui me donne le vertige et emporte ma raison, lorsque je me jette dans ses bras en riant, je sais, je sens que je tiens ma romance.

Ma romance à moi.

Celle qui fera battre mon cœur mille fois plus fort que toutes celles dont j'ai dévoré les pages.

ALFREDA
ENWY

BOOKSTORE
OF LOVE

1. La Grâce de Lucinda

Tout a commencé en 1912, quand mon arrière-arrière-grand-mère Lucinda a été enterrée avec son livre préféré, selon ses dernières volontés. Cet acte, aussi banal soit-il, a marqué un tournant dans la vie des femmes de ma famille. Dès lors, elles ont été bénies d'une grâce étrange : celle de rencontrer l'amour du fait des livres.

Histoire un peu saugrenue me direz-vous, et je vous l'accorde, mais c'est vraiment arrivé.

Mon arrière-grand-mère Lucie a été la première touchée. Elle avait seize ans quand elle a lié connaissance avec mon arrière-grand-père à l'arrêt de bus de leur village. Ils lisaient le même livre. C'est ainsi qu'ils sont tombés amoureux. Ma grand-mère Léonie, quant à elle, a trouvé l'amour de sa vie en faisant la lecture à des soldats à l'hôpital. Depuis, elle n'a plus jamais quitté le chevet de mon grand-père, elle lui a même appris à lire.

Ma mère Louise a elle aussi perpétué la tradition. C'est en allant à la dédicace d'un auteur dont elle avait adoré le roman qu'elle a croisé la route de mon père. Ce jour-là, il lui a dit qu'il signerait son ouvrage uniquement si elle acceptait de boire un verre avec lui à la fin de sa dédicace.

Ma sœur Laura, pour sa part, a sérieusement essayé d'échapper à cette tradition. Elle n'aimait pas l'idée qu'on puisse lui imposer la façon dont elle rencontrerait l'amour. Mais, comme ses ancêtres avant elle, elle est tombée dans le piège en attrapant le même livre de cuisine que celle qui partage sa vie aujourd'hui.

Cette étrange bénédiction, ma famille l'appelle la Grâce de Lucinda.

2. Des lasagnes, du vin et des livres

Travailler dans une librairie m'apparaît comme une évidence. Pourtant, je n'ai jamais cherché à ce que la grâce de la famille me tombe dessus. J'ai toutefois été élevée parmi les livres, lu mille et une histoires, me faisant des amis fictifs parmi les personnages qui parsemaient mes lectures... Et, après des études de commerce avec Nina, ma plus vieille amie, je savais que bosser avec les livres était une évidence pour elle comme pour moi. Nous avons trouvé un travail dans la librairie de notre enfance. Celle dans laquelle nous passions des heures, assises au milieu des allées pour parcourir les bandes dessinées et les livres de R. L. Stine. Faute de moyens pour acheter notre propre local, nous louons un bail à Mrs McGonagall – oui, comme dans *Harry Potter* –, la propriétaire de cette librairie.

À l'époque, elle faisait mine de râler de nous voir presque tous les jours dans sa boutique, mais elle ne nous mettait jamais à la porte et nous laissait lire autant qu'on le souhaitait. Si elle est trop vieille maintenant pour travailler, elle n'en reste pas moins une grande lectrice. Tous les jeudis soir, avec Nina nous dînons avec elle et nous discutons bouquins. Je l'adore, car elle ne s'offusque de rien et se montre curieuse de toutes nos recommandations. Elle lit aussi bien de l'érotique que du thriller. Je suis certaine que si elle avait un compte

TikTok, elle ferait un tabac à raconter aux internautes ce qu'elle pense de tout ça.

De mon côté, je rêvais d'être entourée de livres et j'espérais beaucoup qu'un jour nous arriverions à avoir notre librairie rien qu'à nous.

— Bonjour, bienvenue chez Dust and Books, s'écrie joyeusement Nina.

Appuyée contre la balustrade du premier étage, j'observe la boutique qui prend vie en ce matin d'automne. Pas n'importe quel matin d'automne, puisque nous sommes le 1er octobre. Mon moment préféré de l'année, parce que les arbres roussissent, les feuilles virevoltent dans le ciel à chaque coup de vent. J'adore par-dessus tout regarder la pluie qui tombe mais aussi les matins où la brume est si basse qu'elle change le décor. J'ignore pourquoi j'associe cette saison à la lecture, tout particulièrement. J'imagine toujours des bougies qui sentent bon, une pile de livres sur une desserte, un fauteuil moelleux, quelques beaux coussins et un plaid doux comme un chat, et bien sûr du thé ou du chocolat chaud.

— Bonjour, je cherche des livres sur le Tibet et la République populaire de Chine.

L'homme retire son chapeau et me fait une petite révérence. Je lui souris, amusée par sa façon de me saluer.

— Bonjour. Nous avons de nombreux ouvrages, et vous devriez trouver votre bonheur au bout de cette allée, je dis en la désignant du doigt. Si ce n'était pas le cas, on peut toujours réserver certaines références en ligne.

— Merci.

L'homme repart aussi vite qu'il a surgi.

Il est tôt, mais déjà plusieurs personnes sillonnent les allées en quête de pépites. Il y a des visages inconnus et d'autres qu'on croise régulièrement. Tout est étrangement fascinant : les gens qui respirent les pages des livres, ceux qui s'émerveillent en tombant sur le roman qu'ils espéraient tant trouver, ceux qui se réjouissent des pépites découvertes par hasard... Je vois certaines personnes avec des piles dans les mains, d'autres qui se prennent en photo dans la boutique... Je ne me lasse pas de cette ambiance joyeuse. Sans doute parce que je me retrouve un peu dans toutes ces âmes à la fois.

En bas du magasin on peut voir les thrillers, les romans fantastiques, les mangas, les BD et les romances. À l'étage, on a plutôt les romans ésotériques, les livres de voyage, de cuisine. Des tonnes de couvertures, de pages, de mots qui ne demandent qu'à être adoptés.

La pluie s'est invitée à la partie. Je la regarde à travers la vitrine tandis que j'encaisse le dernier client de la journée. J'adore la pluie. Bon, un peu moins quand je sors de chez le coiffeur ou que je me fais un brushing. Mais je l'adore quand même. J'aime enfiler mes bottes de pluie, cette satisfaction lorsque, trempé, on arrive (enfin) à se mettre à l'abri, j'apprécie l'odeur particulière qu'elle laisse derrière elle, ou la manière dont elle anime les gens dans la rue.

— Alors, on apporte quel livre à Mrs McGonagall, ce soir ? demande Nina.

Je sors de mes pensées.

— Je propose *Les Sept Maris d'Evelyn Hugo*, je suis certaine que ça va lui plaire. Elle avait adoré *Daisy Jones and the Six*.

— Tu as raison. Linda a tellement bon goût, déclare Nina. À propos, dis-moi que tu n'as pas oublié le vin cette semaine.

Je pouffe. Lorsque j'ai omis d'apporter une bouteille de rouge, à l'une de nos précédentes entrevues, Nina en a fait un drame d'État.

— Non, je n'ai pas oublié.

— Parce qu'il y a deux semaines...

— Je sais, Nina, je sais. Quand vas-tu me pardonner ?

Elle hausse les épaules en soupirant, en grande tragédienne qu'elle est.

— Tu ne comprends pas, Leila, j'ai eu l'impression d'être poignardée en plein cœur, me dit-elle. C'est vrai, on croit connaître quelqu'un puis elle oublie de prendre une bouteille de vin… c'est terrible.

— Tu es complètement folle.

— Si peu. C'est notre rendez-vous hebdomadaire depuis cinq ans maintenant. J'y tiens, c'est tout.

— Ne t'en fais pas, tu auras du vin ce soir.

Nina pose une main sur son cœur.

— Merci, Seigneur.

Une trentaine de minutes plus tard, nous montons à l'appartement du dessus, dans lequel vit Mrs McGonagall. Elle nous ouvre la porte et nous sourit.

— Vous voilà enfin, mesdemoiselles.

Son rouge à lèvres est grossièrement étalé sur ses lèvres et elle en a un peu sur les dents, mais sa joie de nous voir me fait plaisir. Comme à chaque fois qu'elle nous reçoit, elle est bien habillée. Elle porte un tailleur noir. J'aime énormément cette femme, elle est comme un membre de ma famille.

— Bonjour, Linda !

— Mmm, qu'est-ce qui sent bon comme ça ? s'enquiert Nina.

— J'ai fait des lasagnes.

Nous avançons dans le salon en suivant la délicieuse odeur qui flotte dans l'air.

— Ça donne faim.

Nous nous débarrassons de nos affaires et les posons sur les dossiers des chaises du salon. Ces petits rendez-vous chaque jeudi sont un rituel qu'on ne louperait pour rien au monde. Je sais qu'un jour, ça me manquera.

— Que Dieu vous bénisse, Linda.

— Dieu n'a rien à voir là-dedans, le talent en revanche... Vous avez ramené le vin ?

— Oui, je dis, en brandissant la bouteille comme s'il s'agissait du Saint Graal. Je vais finir par croire que j'ai commis un crime il y a deux semaines.

— C'est tout comme, raille Linda.

— C'est ce que je n'arrête pas de lui dire, ajoute Nina. Oublier le vin, c'est comme mettre des chaussettes avec une paire de claquettes. C'est un *fashion faux pas*.

— Pour la centième fois, je suis désolée.

— T'excuser au moins cent fois, c'était un minimum.

Nous éclatons de rire toutes les trois, avant que Nina débouche le vin avec ferveur et remplisse les verres déjà à table. Nous en attrapons un chacune et le levons pour trinquer.

— Des lasagnes, du vin et des livres, que demander de plus, je déclare.

— Je dirais même : des lasagnes, du vin, et des femmes qui lisent des livres, rectifie Linda.

— C'est encore mieux.

Nos coupes s'entrechoquent, et nous buvons une gorgée de lambrusco en nous installant à table. Je l'ai acheté dans une petite boutique du coin, il est délicieux. Et il est français.

— Alors cette histoire de *grâce*, ce n'est toujours pas pour cette semaine ? lance Linda. Je commence à désespérer.

— Vous pensez bien que non, grommelle Nina.

— Je vais finir par croire que vous nous louez votre local exclusivement pour ça, je réplique.

— Hum... Heureusement que ce n'est pas le cas, j'aurais perdu au change, sinon.

Ces deux-là s'amusent à me taquiner à propos de cette béné-malédiction toutes les semaines et prennent très à cœur l'histoire qui plane sur ma famille. Et, toutes les semaines, elles espèrent que je rencontre l'amour à la librairie. Si cela arrivait, je suis certaine qu'elles seraient encore plus contentes que moi.

— Il serait temps que tu rencontres quelqu'un, enfin ! Je ne me fais plus toute jeune. Si je meurs sans que ça arrive, sois sûre que je reviendrais te hanter.

— Elle est têtue, me chuchote ma meilleure amie, elle le fait exprès pour nous emmerder.

— Nina !

Linda rit à gorge déployée et nous l'imitons. J'ai l'impression d'être le vilain petit canard de ma famille. Je dois avouer que je m'en fous. Je n'ai pas besoin d'un homme pour être heureuse pour le moment. Ma vie me convient très bien.

— Peut-être que travailler dans une librairie m'immunise, je dis finalement. C'est assez drôle quand on y pense.

— Qu'est-ce que tu attends pour démissionner, alors ? demande Nina en ricanant.

— Démissionner pour un mec ? Pour une stupide histoire de *grâce* ? Jamais de la vie. Ça arrivera quand ça arrivera.

— Ce n'est pas stupide, c'est romantique. Le romantisme n'a jamais fait de mal à personne.

— Je suis d'accord avec Nina, déclare Linda.

— Chaque règle a son exception. Dans ma famille, c'est moi.

— Ça va changer, j'en suis certaine.

— Et qu'est-ce qui vous fait dire ça ?

— Je ne sais pas, mais j'en suis convaincue, affirme Mrs McGonagall. Et si on mangeait ?

— Je n'attends que ça depuis qu'on est entrées, lâche Nina. Restez assise, Linda, on s'occupe de tout.

Au dîner, nous discutons de tout et de rien, comme tous les jeudis. On refait le monde et on rigole comme des folles.

Et comme tous les jeudis, c'est délicieux. Linda est une cuisinière hors pair.

— Bon, et si on parlait livres ? lance-t-elle après le dessert, en se vautrant dans son canapé.

— Ma partie préférée ! je rétorque en riant.

3. Au revoir, mon amie

Il pleut abondamment, aujourd'hui.

Je porte mes bottes pour la première fois de l'année en traversant Portobello Road, et ça me rend heureuse de marcher dans les flaques. Je vis et travaille dans le célèbre quartier de Notting Hill. Ma mère espère chaque jour que je lui dise que j'ai rencontré mon « Anna Scott » au masculin. Un homme qui entrerait dans la librairie et pour qui j'aurais immédiatement le coup de foudre.

Je regarde les façades colorées avec le même amour chaque jour ; je ne m'en lasse jamais. J'ai voyagé à plusieurs reprises, mais chaque fois que je reviens ici, je retombe amoureuse des lieux. Je me délecte de ce petit quartier rempli d'histoire, de ses marchés d'antiquaires, de ses fleuristes, de tout ce qui en fait sa beauté. Quand le célèbre *Coup de foudre à Notting Hill* a été tourné ici, ma mère est venue assister au tournage. Elle apparaît d'ailleurs comme figurante dans les premières scènes du film, et tous les ans, à l'approche de Noël, on regarde cette comédie romantique en famille.

Je continue d'avancer, mais il y a quelque chose qui cloche, aujourd'hui. Quelque chose qui ne fait habituellement pas partie du décor et qui n'augure rien de bon.

Une ambulance est garée devant le magasin.

Je m'avance jusqu'à la boutique. Il y a du monde amassé face à la vitrine. Je tente de me frayer un chemin jusqu'à la porte d'entrée. Je déteste les gens curieux comme ça.

Ceux qui viennent voir ce qui se passe, car ils n'ont rien de mieux à faire. Je les mets dans le même panier que les gens qui ralentissent et filment sur l'autoroute quand il y a un accident de voiture.

Je trouve Nina, le nez enfoui dans son écharpe, avec son parapluie rouge deux fois trop grand pour elle.

— Qu'est-ce qui se passe ?

Elle se tourne vers moi, on dirait qu'elle est malade. Elle est blanche comme une morte, et ses yeux sont tout rougis. À son visage décomposé, je comprends que quelque chose ne va pas.

— C'est Linda…

Mon cœur loupe un battement, et j'ai peur de ce que je vais entendre.

— Elle est morte cette nuit…

Mon amie sanglote alors que mes yeux se remplissent de larmes. Je fais abstraction des gens autour de nous et la serre maladroitement dans mes bras, malgré les gobelets de café que je tiens dans une main. Mon organe vital me fait mal. Je la connaissais depuis toujours. Et savoir qu'elle ne sera plus là m'anéantit.

— C'est moi qui l'ai trouvée.

Oh non…

Je presse Nina pour rentrer dans la boutique et dépose les cafés sur le comptoir. Aussitôt, ma meilleure amie fond en larmes et je la réconforte comme je peux. Linda était une amie pour elle comme pour moi. Ça va être compliqué de se dire que nos jeudis soir ne seront plus pareils désormais.

— Elle était inerte, toute froide… J'ai appelé les secours tout de suite, bredouille-t-elle.

Je suis sous le choc. Mes mains deviennent moites en quelques secondes, et mon pouls bat plus vite. Linda avait presque quatre-vingt-dix ans et je savais qu'elle nous quitterait bien un jour, mais je me sens vide. Tout comme Nina.

C'était une amie avant d'être une patronne, et je ne peux imaginer ma vie sans elle.

— Je suis désolée que tu l'aies découverte ainsi, Nina. Tu vas bien ?

Elle relève la tête en soupirant.

— Ça va, souffle-t-elle en essuyant ses larmes. Ça va aller. Elle va me manquer, c'est tout…

— À moi aussi.

Les jours qui suivirent la mort de Mrs McGonagall furent longs et pluvieux. Mais, quand arriva le jour de son enterrement, le soleil se mit à briller dans le ciel d'octobre. Comme pour lui rendre hommage.

À elle qui rayonnait tout le temps.

Je fus heureuse de voir autant de monde se manifester pour lui dire un dernier au revoir. Avec Nina, nous attendîmes le soir pour retourner la voir au cimetière où elle était enterrée. C'était le premier jeudi qu'on ne partageait pas toutes les trois autour d'une bouteille de vin.

— Vous me manquez, Linda, murmure Nina en soupirant.

— À moi aussi.

Il y a des tonnes de fleurs sur la pierre tombale en marbre noir. Du rose, du jaune, de l'orange… autant de couleurs qu'elle portait sur ses vêtements, du temps de son vivant.

— Linda, je dis à mon tour. Aujourd'hui, on est jeudi. Et on ne pouvait pas ne pas honorer notre rendez-vous hebdomadaire…

— Alors on a apporté du vin, ajoute Nina.

J'inspire lentement pour faire partir le chagrin qui me serre la poitrine. Déjà une semaine depuis sa mort, et pourtant elle me manque terriblement.

— C'est une super bouteille. Un vin italien, comme vous les aimez.

Nina sort le millésime de son sac ainsi qu'un tire-bouchon

tandis que je prends nos verres. Il y a quand même une chose qui me réconforte ce soir : l'idée qu'elle tiendra sa promesse et qu'elle viendra me hanter tant que je n'aurai pas accompli la grâce de ma famille.

Nina nous sert, et nous échangeons un regard complice. Nous buvons une gorgée à la mémoire de notre chère amie.

— La boutique ne sera plus jamais la même, je dis.

— Vous étiez une femme exceptionnelle.

Nina lève la bouteille et verse son contenu sur la pierre tombale. Et en chœur, nous disons :

— Au revoir, Mrs McGonagall.

4. Mourir sous une pile de livres

Le mois d'octobre se prolonge, et le temps ne s'améliore pas. La mort de Mrs McGonagall me rend toujours aussi triste, mais aujourd'hui j'ai l'esprit distrait et je ne suis pas la seule.

— Il doit arriver quand ? Il nous veut quoi ? On va faire quoi ? Tu sais à quoi il ressemble, est-ce qu'il est gentil ?

— Je ne sais pas, je réponds. Il a juste envoyé un mail pour que l'on convienne d'un rendez-vous, car il avait des choses à nous dire. Il veut probablement parler de la succession de la librairie, il fallait bien qu'on en discute tôt ou tard.

J'essaye de faire bonne figure, mais, tout comme Nina, je ne suis pas rassurée. Nous n'avons pas les moyens de racheter la librairie. Nous n'avons pas assez d'économies de côté. Notre seule option, c'est de continuer à verser un loyer.

— Je vais crever de stress, râle mon amie.

Je passe une main dans mes cheveux tout en la regardant. Et je me rends compte qu'elle tremble un peu. De frustration et d'inquiétude, à l'idée de ne pas en savoir plus. Nous avions un contrat bien défini avec Mrs McGonagall, mais si elle a légué son bien à un descendant de sa famille, j'ignore ce que nous allons devenir. Et je ne peux pas imaginer travailler ailleurs que dans cette librairie, dans cette rue, dans cette ville.

— Il faut que tu te changes les idées. Sinon tu vas exploser.

— Je te confirme. Intérieurement, c'est le bordel.

Je lui souris même si je ressens la même chose.

— Il arrive à quelle heure ?

— En fin de journée, vers 19 heures.

Je vois que le visage de Nina se décompose.

— Un problème ? Elle hoche la tête.

— J'ai rendez-vous à l'hôpital pour une réunion d'information. Ça nous gonfle, mais on n'a pas le choix. On est obligés d'y participer.

— Oui, je m'en souviens. Vas-y, je m'occupe de tout, ici.

— Mais je ne vais pas te laisser seule avec lui.

— Nina, ça fait trop longtemps que tu attends ce rendez-vous…

— Je sais, dit-elle, en se mordant la lèvre.

Nina et son compagnon essayent d'avoir un enfant et, comme ce n'est pas fructueux, ils doivent passer par la PMA. Il est hors de question qu'elle loupe cette réunion. Je peux très bien accueillir cet homme toute seule.

— Tu es sûre que ça va aller ?

Je lui souris. Je suis une grande fille de vingt-huit ans, je devrais pouvoir tenir le coup.

— Ta santé et celle de ton futur bébé sont trop importantes à mes yeux.

— D'accord.

— On s'appelle ce soir quoi qu'il arrive. Tu me raconteras la réunion, et moi je te parlerai de ce qu'on s'est dit.

— *Deal.*

On dirait qu'elle a accepté à contrecœur, mais de toute manière je l'aurais foutue à la porte avec un coup de pied au cul pour qu'elle y aille. J'aime trop Nina et je sais combien ce désir d'enfant est important pour la laisser annuler un tel rendez-vous.

Alors que Nina boit une gorgée de son café, je m'éclipse pour aller ranger les livres. Le rayon de la romance m'enchante à chaque fois que j'y passe. J'adore lire de la romance.

Parfois, je discute avec des jeunes filles qui se font humilier à cause de leur goût en littérature. Selon certains, lire de la romance serait honteux. Il ne s'agirait même pas d'un sous-genre mais simplement de « livres de cul ». Je pense sincèrement qu'il faudrait que ces personnes apprennent à fermer leur bouche. Les gens ont bien le droit de lire ce qu'ils veulent. J'encourage tout le monde à se perdre dans les pages d'un livre. Quel que soit son genre. Fantaisie, thriller, romance, poésie, bande dessinée, peu importe... La lecture est là pour nous faire rêver. Et je trouve ça dommage de rabaisser les gens de cette manière.

Mes romans favoris sont les *romantasy*. Ceux qui mêlent romance et fantaisie. Mettez-moi une guerre entre deux peuples ennemis, une romance entre deux héros qui se détestent avec un soupçon de magie, et je signe direct. Comme les séries *ACOTAR*, *Kingdom of the Wicked*, et j'en passe. Je voue une fascination pour les romans qui mêlent magie, héroïne badass, anti-héros et dont le *wordlbuilding*[1] me coupe le souffle. La lecture est un refuge, une passion, elle rassemble les gens. Il n'y a qu'à voir les regroupements littéraires, le nombre de livres qui sortent par mois... de plus en plus de monde lit et se rencontre grâce à ça. C'est réellement un super pouvoir.

— Il est si bien que ça, ce bouquin ?

Une jeune femme tient un livre de Jennifer Armentrout dans les mains. *From Blood and Ash*.

— La construction de l'univers manque un poil de richesse, mais le caractère de l'héroïne et son aventure valent vraiment le coup. On veut en savoir plus à chaque page tournée et on est frustré de ne pas comprendre comment cela peut se terminer. Il y a plusieurs tomes d'ailleurs.

— Le héros est badass ? demande-t-elle.

— Plus que ça.

— Il y a des scènes de sexe ?

— Oui.

1. Le worldbuilding, ou construction d'univers, est le processus d'élaboration d'un monde imaginaire, parfois associé à tout un univers fictionnel.

— OK, je vais le prendre.

Mon super pouvoir à moi en tant que libraire, c'est de vendre des livres géniaux. La cliente ajoute son livre à sa pile.

— Vous voulez que je les mette en caisse pour vous soulager ?

Elle hésite puis fait non de la tête.

— Si je vous les laisse, j'aurai de nouveau les mains libres et envie de prendre d'autres livres...

Je ris en comprenant tout à fait ce qu'elle ressent.

Je la laisse. La librairie est truffée de recommandations livresques. Et, quand je vois quelqu'un partir avec un roman pour lequel j'ai eu un coup de cœur, je suis la plus heureuse du monde.

Quand vient le soir, Nina s'éclipse pour se rendre à son rendez-vous. En attendant que mon visiteur arrive, je m'occupe de la caisse, je range les invendus qui traînent derrière le comptoir et m'occupe des commandes que nous avons reçues au cours de la journée. Je suis absorbée par mon boulot quand quelqu'un tape contre la porte. Je m'empresse d'aller ouvrir. Un homme d'une trentaine d'années, sans doute le plus classe que j'ai jamais vu, se dessine devant moi.

— Bonsoir, lance-t-il d'une voix grave.

— Bonsoir, vous êtes mon rendez-vous ?

Il esquisse un sourire carnassier tandis que je me pousse pour le faire entrer. Je rougis d'avoir dit ça, même si techniquement c'est la vérité.

— Je suis le petit-fils de Mrs McGonagall et, oui, nous avions rendez-vous. Mais il me semblait que vous deviez être deux.

Il porte un bel imperméable en tweed et dessous un costume noir. Je relève la tête vers son visage. Des yeux aussi bleus que l'océan, des pommettes saillantes, une mâchoire carrée et des boucles qui lui tombent sur le front. Il n'a aucun trait en commun avec Linda.

— Oui, mais ma collègue a dû s'absenter pour des raisons personnelles.

Il fait une grimace comme si ça le dérangeait et scrute un instant le magasin avant de poser son regard sur moi. Je stressais déjà avant qu'il arrive, mais alors maintenant qu'il fait preuve d'un manque certain d'amabilité, c'est pire.

— J'imagine qu'une sur les deux, c'est déjà pas mal.

— Pardon ?

— Je suis Arthur McGonagall.

— Leila Dane, je suis la locataire de Linda.

— Je sais.

— Et amie également. Je suis désolée pour votre grand-mère, toutes mes condoléances.

Je n'ai pas le souvenir de l'avoir vu à l'enterrement, mais en même temps il y avait tellement de monde.

— Arrière-grand-mère, rectifie-t-il.

D'accord...

— Bon, je ne vais pas y aller par quatre chemins, dans son testament, Linda m'a légué cette boutique.

Mon cœur loupe un battement.

— Et cet endroit ne m'intéresse pas.

— Pardon ? je souffle.

— Je veux vendre.

Ça m'aurait étonnée...

Est-ce que ce mec a déjà mis les pieds ici avant aujourd'hui ? L'idée que Linda ait pu laisser cet endroit à un homme aussi sûr de lui, aussi froid me surprend. Elle qui était pleine de vie. Je ne comprends pas et je me retiens de pleurer de rage. S'il vend, alors Nina et moi...

Je préfère ne pas y penser.

— Vous ne pouvez pas.

— Bien sûr que si, répond Arthur d'un air supérieur.

— Non !

— Je ne vis pas ici mais aux États-Unis, alors je veux vendre l'appartement et la librairie. Je n'ai rien contre vous et cette boutique, mais j'en ai rien à fiche.

Il a encore une espèce de sourire en coin. Bien sûr qu'il a tous les droits, et il le sait. Alors que je m'apprête à répliquer, j'ai comme l'impression d'entendre un drôle de bruit. Un bruit que je n'avais jamais entendu ici. Mais, lorsqu'il se plante devant moi, il ravive ma colère.

— Vous débarquez et vous décidez de tout remettre en question sans vous soucier des autres ?

— Je n'ai aucun compte à…

Je l'arrête d'un signe de la main, car le bruit recommence.

— Vous me dites de la fermer, ou je rêve ? demande-t-il en haussant la voix.

— Taisez-vous ! je râle en avançant dans la librairie.

Je cherche d'où vient ce son étrange.

— Vous faites quoi ?

Arthur me suit, et je sens à son pas lourd qu'il est agacé.

— Vous êtes…

Il y a de nouveau ce bruit. Cette fois il résonne dans la pièce.

— Ça vient de la droite, grommelle Arthur.

Je bifurque dans les allées, à l'affût.

— On dirait quelque chose qui…

— Craque.

Je n'ai pas le temps de lever les yeux vers l'étagère de thrillers devant moi que la bibliothèque cède. Les livres tombent par centaines sur moi.

J'ai toujours su que je mourrais comme ça.

Sous une pile de livres.

Les thrillers ont eu raison de moi. *Les traîtres.*

Je tombe à la renverse, la tête légèrement engourdie, et Arthur retient de justesse la grande étagère dont les pieds ont cédé. Il grogne en la déplaçant alors que j'inspecte le carnage. Tous ces livres à terre, il y en a forcément certains qui sont abîmés.

J'ai mal à la tête. Elle me tourne un peu.

— Tout va bien ? demande Arthur en se penchant.

Il est séduisant. Encore plus sans son imper qu'il a retiré je ne sais quand. Je baisse les yeux et remarque qu'il marche sur les livres.

— Vous les piétinez.

— On dirait que vous allez bien, finalement.

Je relève la tête, mais il plisse les yeux et ses mains écartent des mèches de cheveux de mon visage.

— Vous saignez.

Ah…

Le petit-fils de Mrs McGonagall m'aide à me redresser. *Arrière-petit*-fils, pardon.

— Mal à la tête ? me questionne-t-il.

— Un peu.

— Il faudrait aller à l'hôpital.

— Je ne peux pas. Je dois ranger les livres.

— L'étagère est morte.

— Alors il faut en trouver une nouvelle.

— Ça peut attendre.

— Non, j'ai une librairie à faire tourner et… ces pauvres petits livres ne peuvent pas rester ainsi à terre.

— Vous saignez toujours, fait Arthur, impatient.

Je hausse les épaules.

— Il faut une étagère !

— Soit vous avez une commotion, soit vous êtes folle.

— Je suis folle.

Ma réponse est tellement spontanée qu'il esquisse un petit sourire. Lentement il m'aide à me redresser et nous allons vers le comptoir.

— Il y a une trousse de soins dessous, je lui dis.

Arthur s'exécute. Avec sa chemise blanche et sa veste de

costume, il fait *libraire très sexy*. Si on oublie ce pour quoi il est venu, je le trouve charmant. Il dégote de quoi me soigner et ouvre la boîte à pharmacie. Il sort une compresse et une minibouteille d'alcool. Il tamponne méticuleusement mon front et m'inspecte.

— Vous aurez juste une vilaine bosse.

— Ce n'est pas grave, mourir sous une pile de livres est dans le top 3 de mes morts préférées.

— Vous avez un top 3 pour ça ?

Il dépose un pansement sur mon front.

— J'ai un top 3 pour tout, répliqué-je.

— Même pour classer les... disons, les assaisonnements ?

— Sel et poivre en un, herbes aromatiques en deux et sauce soja en trois.

Il ricane et moi aussi.

— Vous devriez rentrer chez vous, on reprendra toute cette conversation autour de la librairie demain.

Je grimace. Je préfère qu'il oublie la raison première de sa venue ici et qu'il me laisse vivre jusqu'à l'âge de Linda dans cette boutique.

— Il me faut une étagère, les magasins IKEA sont encore ouverts pendant...

Je marque une pause en regardant l'heure sur mon téléphone. Il est 19 h 28.

— Deux heures, je reprends, et je ne peux pas conduire.

— Donc vous suggérez quoi ?

— Que vous m'emmeniez, bien sûr.

5. Il était une étagère

— Je vous attends dans la voiture, lance Arthur en coupant le moteur.

— Je n'aime pas faire les boutiques seule.

— Je ne devrais même pas être ici.

— Mais vous êtes là, donc autant venir avec moi plutôt que de vous emmerder face à votre volant.

— Je ne m'emmerde pas.

— J'ai mal à la tête…

Il me jette un regard en biais, je lui souris largement et il finit par souffler.

— Bon sang…

Nous sortons du véhicule. Je dois bien avouer que cette soirée est des plus bizarres. *Si je m'attendais à ce qu'elle prenne cette tournure…* Nous entrons dans l'énorme magasin de meubles à côté du centre commercial.

— Allons au plus vite, j'ai fait un long voyage, je suis éreinté.

— Vous venez d'où exactement ?

— New York.

— Vous habitez là-bas ?

— Oui…

— Ça doit être magnifique. Surtout en hiver avec la neige.

— Sans doute.

Je lève la tête vers lui.

— Dit comme ça, on dirait que vous n'en savez rien.

Il me regarde en soupirant.

— Si, si. C'est beau.

Je pouffe devant sa pitoyable tentative de me faire taire.

— Vous n'êtes pas très loquace.

— Je suis dans un magasin de meubles pour acheter une étagère avec une étrangère que je ne connais pas.

— Hum. C'est le propre des étrangers, on ne les connaît pas…

Il grogne.

— Au moins, je mets un peu de piquant dans votre vie, ajouté-je dans un sourire.

Nous passons devant des décorations absolument adorables. Des tableaux, des tapis, des coussins, des vases, des fleurs séchées. Je n'ai besoin de rien et pourtant, subitement, j'ai envie de tout…

— Oh ! ces cadres sont magnifiques, je dis en me dirigeant vers le rayon qui leur est dédié.

— Tout à fait ravissants, affirme mon ami de fortune, mais il ne s'agit pas d'étagères.

Il glisse son bras sous le mien et m'emmène avec lui.

— Mais c'est injuste…

— Comme me forcer à être ici.

— C'est mieux que d'être solo dans une chambre d'hôtel, je raille.

— Question de point de vue.

— Vous êtes détestable.

— Merci.

Je ne sais pas si je l'apprécie ou pas… Rectification : maintenant que je me rappelle notre conversation de tout à l'heure, avant que le ciel me tombe sur la tête, je sais de nouveau. Je le déteste. L'idée qu'il détient le pouvoir de nous foutre à la porte, avec Nina, et de réduire à néant notre magasin, notre clientèle ainsi que la vie que nous avons créée tout autour de cela me rend triste.

— Vous êtes né ici ? je demande, pour me changer les idées. En Angleterre ?

— Oui. Mais je suis parti faire mes études à Harvard. Et puisque vous allez me poser la question, j'ai étudié le journalisme.

— Ce n'est pas juste de répondre avant que je pose les questions.

Il ricane.

— Nous voilà dans l'allée des étagères, déclare-t-il d'un ton neutre. Y a plus qu'à choisir.

Je fixe toutes celles présentées dans l'allée. Il faut quelque chose d'assez massif. Mais aussi de joli et d'assez grand pour que je puisse y mettre plein de livres. Quand je vais raconter tout cela à Nina, elle ne va pas vouloir me croire.

— Alors ?

— Alors quoi ?

— Vous avez choisi ? s'impatiente Arthur.

— Non…

— Ce sont des étagères. Elles sont toutes pareilles.

— Ab-so-lu-ment pas. Celle-ci est dans un style industriel, celles-ci sont en bois massif, celles-là sont en métal.

— D'accord, d'accord…

— Vous choisissez vos meubles au hasard ?

— Je vis dans un appartement meublé.

— Comme c'est étonnant, je ricane.

— Pardon ?

Il me lance un regard noir.

— Je dis juste que je ne peux pas mettre ces livres sur n'importe quoi. On ne prend pas une étagère au hasard.

— Bon sang, mais qu'est-ce qui lui a pris…, marmonne-t-il en s'éloignant.

J'imagine qu'il parle de Mrs McGonagall et de son choix de lui donner sa librairie. J'avoue que pour moi aussi c'est un grand mystère. Arthur reste silencieux le temps que je regarde tout. Il faut quelque chose qui me plaise, mais qui plaise également à Nina. Après une dizaine de minutes de réflexion, je porte mon choix sur une étagère en pin marron.

— J'ai choisi.

— Alléluia !

Une heure plus tard, nous sommes de retour devant la librairie. Je ne suis pas près de dormir puisque je dois encore réparer la bibliothèque et ensuite ranger les livres. Je ferai une promotion sur ceux qui sont trop abîmés.

— Merci de m'avoir ramenée jusqu'ici, dis-je à Arthur.

— De rien.

— Demain, ma collègue Nina sera là, nous pourrons reprendre notre conversation tous les trois.

— Je vais vous aider à rentrer le carton, il est assez lourd.

— Que de courtoisie ! Je suis certaine que vous n'avez pas l'habitude.

— Je pourrais aussi vous laisser vous démerder.

— Après avoir déposé le carton, merci.

Je souris alors qu'il lève les yeux au ciel. Au moment où nous sortons de la voiture, la pluie recommence à tomber.

— Bon sang, il pleut toujours dans ce pays.

— Pas toujours, non, je réplique. Mais c'est si agréable comme temps…

Il n'ajoute rien, se contente juste d'apporter l'étagère dans le magasin.

— Merci beaucoup.

— Souhaitez-vous que je vous dépose quelque part ? Votre tête vous fait-elle encore mal ?

— Non, ça va. Il faut que je monte l'étagère.

— Vous…

— Je ?

— Monter une étagère à 22 heures n'est jamais une bonne idée.

— Je ne peux pas laisser ça comme ça. Tous ces pauvres livres tombés sur le sol… On se verra demain, à moins que vous ne vouliez m'aider à la monter. Si vous êtes vraiment l'arrière-petit fils de Linda, alors vous resterez.

— Très bien, mais j'ai faim et soif.

Je ne sais pas ce qu'il me prend de lui dire de rester, alors qu'il veut vendre la boutique, mais ça ira bien plus vite à deux.

— Je connais un restaurant qui livre des pâtes à tomber. Ce n'est sans doute pas dans vos habitudes alimentaires, mais elles sont délicieuses.

— Pourquoi ce ne serait pas dans mes habitudes alimentaires ?

— Je ne sais pas, je réponds en haussant les épaules. Je vous imagine manger des trucs… chiants.

— Il faut m'expliquer.

— Les choux de Bruxelles, par exemple. C'est typiquement le genre d'aliment qui ne fait pas rêver. Personne ne dit : « Génial, tu as fait des choux de Bruxelles ! »

— Et donc j'ai la tronche d'un type qui bouffe des trucs chiants ?

Je hoche la tête, et il soupire.

— Comme tous êtres humains, je mange des pâtes.

— Bien noté, je m'occupe du repas.

Tandis qu'il fait de la place au sol en écartant les livres éparpillés devant la bibliothèque, je commande notre dîner via Uber Eats. Nina m'a envoyé plusieurs messages, mais je les lirai plus tard.

— Vous faites quoi à New York ? demandé-je en m'asseyant par terre à ses côtés. Vous êtes journaliste ?

— Je suis chercheur de talents. Je travaille pour des éditeurs, je cherche des manuscrits.

— Manuscrits ? Éditeurs ? Vous vous foutez de moi ?

Arthur laisse tomber le plan du montage.

— Vous travaillez pour des maisons d'édition et vous voulez me priver de ma librairie sans aucun état d'âme ?

— Je n'ai pas envie d'avoir un commerce sur les bras. J'ai une vie à New York et d'autres choses à faire.

Nous nous regardons en chiens de faïence.

— C'est grâce à des gens comme moi que vous arrivez à vivre. Grâce à des gens qui vendent vos livres avec ferveur et grâce aux lecteurs qui entrent dans les librairies… que vous gagnez de l'argent.

Il soupire, comme s'il se fichait de mes mots. Je ne sais vraiment pas ce qui m'a pris d'inviter ce type. C'était vraiment ridicule.

— Et c'est grâce à moi que vous avez des livres à vendre. Sans mon talent pour dénicher des manuscrits, vos étagères seraient vides.

— Vous…

— Oui ?

Je grogne de frustration. C'est injuste que ce soit lui qui possède un tel pouvoir. *Vraiment, Linda, je ne comprends pas votre choix*. Je ne m'attendais pas à ce qu'elle nous lègue son magasin, mais je ne l'imaginais pas, lui, reprendre les rênes…

— Je vous l'avais dit, il n'est jamais bon de monter une étagère à une heure pareille.

— Je ne vous retiens pas. Vous pouvez partir.

— Non, vous avez raison. Il vaut mieux être deux pour faire ça. Mais il est tard, ne parlons plus de la librairie pour ce soir.

— Je ne changerai pas d'avis, Arthur McGonagall. Je ne veux pas quitter cet endroit. Je ne veux pas que vous vendiez.

Il reprend la lecture du plan de travail, et nous passons les trente minutes qui suivent à nous passer les vis et clés BTR sans échanger un autre mot.

Arthur interrompt seulement le montage pour aller chercher notre commande de nourriture.

— Parlez-moi de quelque chose que vous aimez, lancé-je soudain.

— Mon livre préféré est plutôt une saga, de l'écrivain Terry Goodking. Une saga de fantasy adulte.

Nous nous dirigeons vers le comptoir. J'y dépose les plats et sors une bouteille de bière pour lui et une eau pétillante pour moi.

— Je n'ai lu que le premier tome.

— Vous devriez lire les autres.

— Je n'en doute pas.

Je dispose les pâtes devant nous.

— Celles-là sont au bœuf et au pistou, et ici au poulet. J'espère que la bière vous ira.

— C'est parfait.

Nous attrapons les couverts en bois recyclé et commençons à manger. Mmm, c'est un vrai délice.

— Et vous, votre livre préféré ?

— Je ne saurais vous dire, il y en a trop.

— Je pensais que vous aviez un top 3 pour tout.

Touchée.

— Bien, j'ai un attachement aux livres que j'ai pu lire quand j'étais plus jeune.

— Lesquels ?

— *Harry Potter*, *Percy Jackson* et *À la croisée des mondes.*

— Très bon choix.

Je souris, et il m'imite. Pendant quelques minutes, les esprits s'apaisent. Nous reprenons finalement le montage, et l'étagère est enfin installée. C'est magnifique.

— Merci de m'avoir aidée, je vais terminer toute seule de ranger.

Il doit sentir que je le congédie, car il hoche la tête et s'éclipse. Il est tard, mais je commence déjà à remettre de l'ordre dans les livres qui sont tombés. Il n'est jamais trop tard pour réorganiser une bibliothèque.

6. Double combo, Leila K-O

— Il a quoi ?

— Je viens de te le dire.

— Je pars une soirée, s'exclame Nina. Une soirée.

Je souris avant de boire une gorgée de café. Mon amie soupire exagérément. Hier quand j'ai fini de ranger les livres, il était trop tard pour que je l'appelle. Je lui ai simplement envoyé un message en lui disant que j'avais plein de choses à lui raconter.

— Non, mais sérieusement, je te laisse quelques heures et tu te fais assommer par des livres, tu achètes et tu montes une étagère avec un type qui veut nous foutre à la porte… Je ne comprends rien.

— Si ça peut te rassurer, je ne comprends pas grand-chose non plus. La soirée était trop bizarre.

J'ai l'impression de faire une tête de déterrée, car Nina éclate de rire. Je l'imite en me détendant sur ma chaise. Nous venons souvent dans ce petit café car leurs boissons sont délicieuses.

— Je ne comprends pas comment Linda a pu laisser cette librairie à ce type, je lui dis en haussant les épaules.

— C'était son choix et tu sais mieux que personne qu'elle avait toute sa tête à ce moment-là. On ne peut rien y faire.

Je soupire à ce constat. Je sais que Nina a raison, c'est juste que je ne me vois pas travailler ailleurs que dans cette boutique… et son flegme me met minable.

— Je m'imaginais finir ma vie ici…

— Moi aussi, mais rien n'est décidé encore… Bon maintenant dis-moi comment il est.

— Con.

Nina pouffe.

— Physiquement, banane. Il est comment physiquement ?

— Séduisant.

— Ça, c'est intéressant.

— Il y en a des tas, des gars séduisants.

— Mais des gars séduisants qui entrent dans ta librairie et qui…

Je plaque une main sur sa bouche, mais elle me la lèche alors je la retire aussi vite en gloussant.

— Tu es folle.

— Mais la coïncidence est trop belle. Tu t'engueules avec lui, et l'étagère cède. C'est le destin.

— Folle furieuse.

— Mais ce serait si beau.

— Folle à lier.

— Mais, imagine…

— Tarée !

Nina éclate de rire.

— Crois-le ou non, mais un jour l'amour te tombera dessus… comme cette étagère. Et impossible que cela arrive sans que je sois présente. J'attends que ça depuis des années. Je suis à deux doigts de te forcer la main.

— Tu peux toujours essayer…

— J'y arriverai.

— Que tu crois.

Nous éclatons de rire.

— Parlons de choses sérieuses. Il faut établir un plan pour sauver la librairie.

— Tu as des idées ? demande Nina.

— Pas vraiment… On n'a pas les moyens de lui faire une

offre, et je te jure que quand il disait qu'il s'en foutait, il s'en foutait vraiment. Il a une vie aux États-Unis et se fiche d'ici.

— Alors il faut lui montrer que la librairie est indispensable, le forcer à nous garder comme locataires, lui dire qu'il n'y aura rien à gérer et qu'on est fiables. Linda ne lui a pas légué sa boutique pour rien, j'en suis certaine.

Je suis fatiguée aujourd'hui.

Je ne sais pas si c'est dû au nouvel agencement de notre rayon thrillers, mais j'ai la sensation que nous en vendons plus aujourd'hui. Dehors, la pluie tombe toujours avec force sur les parapluies de toutes les couleurs des passants. Je trouve ça adorable.

Il est 19 heures lorsque, après la fermeture de la boutique, Arthur McGonagall passe le pas de la porte. Tout comme hier, il dégage un charme auquel je ne suis pas insensible.

— C'est lui ? murmure discrètement Nina.

— Oui.

— Eh ben…

— Ben quoi ?

Elle reste silencieuse, alors qu'il retire son trench dans l'entrée.

— Ben quoi ? je répète alors qu'on se terre dans les allées de la romance pour l'observer de loin.

Il porte un pantalon gris, avec un pull noir assez moulant. Aussitôt, je l'imagine avec une paire de lunettes noires, des manches remontées sur ses avant-bras, un livre à la main… La vision est assez envoûtante. D'accord, je dois avouer qu'il est plus que séduisant. Dommage qu'il se fiche de cet endroit…

— On continue de se cacher pour le mater ? chuchote Nina.

Aucune de nous ne bouge pour aller le saluer.

— T'as toujours pas expliqué ton « eh ben ».

— Eh ben, il est canon ! Tu devrais enlever ton gilet et

montrer un peu ton décolleté pour lui faire perdre la tête dans les négociations.

— T'es folle.

— Attends, je réarrange tes cheveux.

Elle attrape ma pince et glisse sa main dans mes longueurs pour les travailler un peu.

— Mais tu fais quoi...

Nina hausse les épaules alors qu'Arthur regarde l'heure sur sa montre. Elle finit par me tirer par le bras pour qu'on aille le rejoindre.

— Bonjour ! s'écrie-t-elle d'une voix guillerette.

Il se tourne vers nous, et j'ai l'impression qu'il est encore plus grand qu'hier.

— Bonsoir, répond-il en posant son regard sur nous.

Je lui souris. Il fait de même par politesse.

Ses boucles brunes sont tout aussi indisciplinées que lors de notre première entrevue.

— Votre tête va mieux ?

— Oui, j'affirme en rougissant.

Puis se tournant vers Nina :

— J'imagine que Leila vous a plus ou moins expliqué notre discussion d'hier ?

Ma meilleure amie esquisse un grand sourire.

— Plus ou moins, en effet.

— Je suis le méchant qui veut vous priver de votre librairie, c'est ça ?

— Enchantée de vous connaître, Monsieur le Méchant, je m'appelle Nina.

— Arthur McGonagall.

— Je suis désolée pour votre arrière-grand-mère. C'était une grande amie à nous.

— Dans ce cas, je suis désolé que vous ayez perdu une amie également.

Je m'avance vers eux tandis qu'il reprend la parole, d'un ton plus solennel :

— Bon, je ne vais pas y aller par quatre chemins. Je n'ai pas demandé à hériter de cet endroit. Elle n'avait sans doute plus toute sa tête quand elle a pensé à moi, car…

— Linda n'était pas sénile, je le coupe.

— Elle lisait deux livres par semaine, faisait des gratins dauphinois et des lasagnes à tomber. Elle n'était pas sénile, renchérit Nina.

— Si vous le dites.

Il me toise de toute sa hauteur, et je lui rends la pareille, d'un air furieux.

— Quand une dame de quatre-vingt-dix ans parle d'une bénédiction dans son testament, en me léguant cet endroit, car soi-disant « j'y trouverais ce que je cherche », c'est qu'il y a un problème.

Je tique.

Nina tique.

Ce n'est pas vrai !

Quand Linda disait qu'elle reviendrait me hanter si je ne trouvais pas l'amour avant qu'elle meure, je n'avais pas imaginé que sa malédiction prendrait la forme d'un New Yorkais hyper sexy d'une trentaine d'années. Bon sang, cette Mrs McGonagall n'a rien trouvé de mieux que de jouer les entremetteuses. J'aurais dû m'en douter.

— Oh putain, lâche ma meilleure amie comme une bombe. Putain de bordel de livre, c'est…

Arthur se tourne vers elle.

— Un souci ?

— Non.

— On dirait, pourtant.

— Non, j'ai juste reçu une notification qui me rend très heureuse. Les petits bonheurs de la vie…

Mes joues me brûlent. Je me sens virer à l'écarlate tandis

que Nina adopte un sourire XXL. Arthur ne comprend rien à rien, le pauvre.

— Toujours est-il que j'ai une vie à New York et que je ne compte pas m'encombrer de cet établissement. Mon arrière-grand-mère a sans doute fait une erreur.

— Je suis désolée, je vais devoir vous laisser, nous annonce Nina. J'ai reçu une nouvelle notification, ma maman a besoin de moi.

La menteuse.

— Tu…

Mais déjà elle attrape sa veste et contourne le comptoir.

Elle se fout clairement de ma gueule.

— On discutera une autre fois, Arthur, ajoute-t-elle. Revenez demain, on fait une cession de lecture pour les enfants. Bonne soirée !

— Je… veuillez m'excuser, je reviens, lui dis-je en lui courant après.

Il pleut des cordes dehors, mais je m'en fiche. Nina ouvre son parapluie et me sourit de façon machiavélique. J'ai envie de la forcer à rentrer dans la librairie avec moi.

— Tu me fais quoi, là ?

— C'est le destin, s'écrie Nina.

— Non, c'est Linda.

— Elle a provoqué le destin. Oh bon sang, ça devait être écrit quelque part qu'elle allait t'envoyer quelqu'un, tellement elle t'aimait !

— Tu… ne me laisses pas seule avec lui.

— Ce type est sexy en diable. Il avait besoin d'un break et elle le savait sans doute. C'est un génie.

— Une traîtresse, oui.

— Tu ne peux pas nier que l'étagère qui s'effondre sur toi, alors qu'il est là, ce n'est pas banal. La Grâce de Lucinda l'a fait exprès pour que vous passiez du temps ensemble.

— Et après ?

— Il attend, tu devrais le rejoindre.

Sur ce, elle me plante sur le trottoir. Je me hâte de retourner à l'intérieur.

— Désolée, elle…

— Vous êtes trempée.

— Effectivement. Excusez Nina, elle… est folle. J'ignore pourquoi il sourit.

— Quoi qu'il en soit, je le sais : votre décision est prise et rien ne pourra vous faire changer d'avis.

— Leila… Je peux trouver un nouveau propriétaire qui accepte les locataires.

— Je dois ranger une pile de livres, vous pouvez y aller.

J'esquive le sujet. Je ne peux pas lui en vouloir et je n'en veux pas à Linda non plus, ses intentions étaient louables. Mais je ne suis pas dupe, posséder une boutique pareille dans le quartier, c'est réaliser une super affaire. S'il vend à quelqu'un, il nous virera forcément.

— Je peux jeter un coup d'œil au rayon de la fantasy ?

— Bien sûr, oui.

Nos chemins se séparent quand nous prenons des allées différentes. Je range les livres qui n'ont pas été remis à leur place, tandis qu'il flâne de son côté. Je me sens un peu bizarre, comme si le fait de ne pas être seule dans ces lieux me mettait mal à l'aise. C'est un peu troublant que Linda ait laissé à son arrière-petit-fils une librairie juste parce qu'elle avait envie que le don de ma famille me bénisse à mon tour. Je secoue la tête pour la sortir de mon esprit.

Je m'avance pour aller récupérer d'autres livres au comptoir quand on se bouscule.

— Pardon.

Un roman m'échappe des mains, et Arthur se penche pour le ramasser.

— *The Little Bookshop of Lonely Hearts*[1], lit-il. J'espère que tout finit bien…

De tous les putains de livres, pourquoi fallait-il que ce soit lui qui tombe au sol ? On dirait un enchaînement de mauvaises blagues…

Une fois de plus, je sens mon visage se parer de rose, car je trouve sa voix captivante. Je serais curieuse de l'entendre lire à haute voix.

— C'est un très beau livre, plutôt feel-good.

— Je ne lis que des romans de fantasy, dit-il en reposant le livre en haut de ma pile.

— Pour votre métier, aussi ?

— Pas seulement, je suis en charge du pôle thriller et des romans d'anticipation, également.

Je hoche la tête avant de ranger les derniers romans. Arthur m'attend au comptoir, un livre à la main. Je ne l'avais pas remarqué quand on s'est rentrés dedans.

— Vous comptez le prendre ? je demande en fixant le thriller qu'il tient.

— Oui, dit-il en souriant.

Waouh… C'est vrai qu'il est sexy.

Et en plus, il aime lire.

Double combo, Leila K-O.

— Il est très bien, je l'ai adoré.

— Le petit avis lecture collé sur la couverture était de vous ?

— Oui.

— Je vous en dirai des nouvelles.

— Vous serez sans doute parti d'ici là.

— Dans ce cas, je vous écrirai. Je connais l'adresse, il paraît même que l'endroit m'appartient.

Un petit gloussement m'échappe. J'encaisse son livre et

1. *La Petite Librairie des cœurs brisés*, roman de Annie Darling.

ferme le magasin. Quand je me tourne vers lui, je constate qu'il a les yeux levés vers le ciel.

— Tiens, le mauvais temps est parti.

— Il ne pleut pas à longueur de journée.

— Je suis là depuis quarante-huit heures, il a plu 90 % du temps.

— C'est bien ce que je dis.

Je souris avant de tourner les talons.

— Bonne soirée, Arthur.

— À vous aussi.

7. Bradley est un con

Je suis en retard.

Putain, je suis en retard.

Comment j'ai pu oublier ce rendez-vous ? La semaine passée, j'ai eu un *date* avec un type sympa et quand il m'a proposé de remettre ça à l'Opéra, car il avait des places, j'ai dit oui avec un tel enthousiasme que je devrais avoir honte d'avoir oublié.

Je n'ai pas franchement envie d'y aller, passer la soirée sous un plaid avec un livre me fait plus rêver pour le coup, mais je ne peux pas lui faire faux bond, ce n'est pas très sympa.

Cela dit, je n'aurais pas oublié si nous nous étions envoyé des messages dans la semaine. Heureusement qu'il m'a écrit dans l'après-midi, sinon, il se serait pris le lapin de l'année.

J'enfile une robe noire habillée, sur une paire de talons dorés, et je me maquille.

Nous avons rendez-vous dans vingt minutes alors je ne prends pas le temps de me faire un brushing, je laisse mes cheveux longs au naturel. J'enfile un trench par-dessus ma robe, j'attrape mon sac et file dehors. Je chope un taxi dans la minute et je profite de la route pour lui dire que j'aurai un peu de retard.

Lorsque j'arrive au Royal Opera House, il m'attend dehors et semble être au téléphone. Il me fait signe lorsqu'il me voit.

— Je suis désolée !

— Ma mère m'a appris que les femmes sont toujours à

l'heure, qu'elles arrivent une fois qu'elles se sont suffisamment fait désirer.

— Ta mère est plutôt sage.

Il sourit. Un sourire XXL et *ultra bright.*

Mon rendez-vous m'offre son bras et nous avançons vers l'entrée. D'autres gens se pressent. Un jeune homme prend nos billets et nous indique nos places. Quand je retire mon manteau à l'entrée des vestiaires, il me fixe avec intérêt. Un grand intérêt.

— Tu es magnifique.

— Merci, Bradley.

Il est professeur – de je ne sais plus quoi – à l'Imperial College London. Il a trente-cinq ans, possède un appartement et une Mustang noire. C'est à peu près tout ce que j'ai retenu de lui lors de notre premier rendez-vous. Je crois que j'en sais plus sur son argent que sur ses passions. Nous rejoignons nos sièges. Il y a du monde, la salle est presque pleine.

— Tu étais déjà venue ici ?

— Jamais, non. Je suis plutôt du genre cinéma, d'habitude.

Bradley rigole, comme si j'avais fait une blague tordante.

— J'adore ta fraîcheur.

Ah ?

J'avoue que je ne sais pas bien comment le prendre. Est-ce qu'il vient poliment de me traiter de pouilleuse, ou alors c'est moi qui suis à côté de la plaque ?

— Ta petite boutique marche bien ?

— Oui. Très. C'est réjouissant de voir qu'il y a toujours du monde dans les librairies.

— C'est certain. Même si, malheureusement, la plupart des gens n'achètent pas de la vraie littérature.

J'ai le pressentiment que je vais avoir envie de le frapper très rapidement.

— Pardon ?

— Je parle surtout des romans de bonnes femmes.

Pardonne-moi l'expression, mais les romances à l'eau de rose, truffées de cul pour faire rêver la ménagère ou l'étudiante crédule qui s'ennuie, c'est vraiment pitoyable.

Oh ! waouh.

— La romance est un genre comme un autre, je rétorque d'un ton dur. Elle n'a pas à rougir devant les thrillers. Qui sommes-nous d'ailleurs pour juger les gens et ce qu'ils aiment lire ? Je trouve les essais politiques chiants à mourir, mais je ne critique pas ceux qui en raffolent.

Il glousse comme une dinde, et je rêve que le lustre au-dessus de nos têtes tombe et l'écrase.

Bradley est un gros con misogyne.

— Quels sont les genres dignes selon toi ? je demande en haussant les sourcils.

— Tu ne peux pas mettre des livres pornos au même rang qu'un essai philosophie ou de la poésie.

— En fait, si.

Il me regarde bizarrement, comme s'il n'avait pas l'habitude qu'une femme le contredise.

— Je vais te faire un petit cours rapide : en littérature, tu as le genre narratif, qui englobe les contes, les romans, les nouvelles, les mémoires et j'en passe. Tu as le genre théâtral, le genre argumentatif et le genre épistolaire. Tous appartiennent à la même famille et sont au même niveau.

Je me redresse subitement et conclus :

— Toi, en revanche, tu n'es clairement pas au niveau.

— Leila ? Qu'est-ce que tu fais ?

— Au revoir, Bradley. Oublie mon numéro, oublie-moi et essaye d'oublier ta mentalité pourrie en partant.

Je quitte la salle sans un mot.

Un des membres du personnel, vêtu d'un costard m'arrête.

— La pièce va bientôt commencer, madame. Vous ne souhaitez pas rester ? Les portes seront closes jusqu'à l'entracte.

— Non, je pars. Passez une bonne soirée.

En dévalant l'escalier à la hâte, je me cogne contre quelqu'un.

— Désolée.

— C'est moi.

On relève la tête en même temps, et mon souffle se coupe. C'est presque impossible qu'il soit vraiment là, alors j'enfonce mon doigt dans son torse.

— Aïe ! Pourquoi faites-vous cela ?

— Pour m'assurer que vous êtes bien là, je réponds bêtement, en croisant les bras devant moi.

— Londres n'est pas si grand que ça, dit-il en souriant.

— Visiblement.

Son regard qui descend le long de mon corps ne m'échappe pas. Je dois dire que je le dévisage aussi. Il est très élégant dans son costume noir. Étonnant de ne pas le voir accompagné, beau comme il est.

— Vous êtes radieuse.

Je me sens rougir.

— Vous êtes plutôt pas mal, vous aussi.

— J'essaye en tout cas.

Je souris encore. Une chose est sûre, il est bien mieux que ce con de Bradley.

— Tout va bien ? Vous aviez l'air agacée en descendant l'escalier. Ce n'est pas dû à ma présence, j'espère ?

— Non, je fuis loin de mon *date* qui sort des clichés aussi lourds que son ego. Je vais rentrer.

— Vous voulez dîner quelque part ?

— Je…

Sa question me prend au dépourvu.

— Vous n'êtes pas ici pour voir la pièce ? D'après les critiques, elle est vraiment bien. Ne changez pas vos plans pour moi.

— Je crois que je préfère manger.

— D'accord.

C'est sorti tout seul.

— Alors, allons-y.

Il me tend son bras pour descendre la fin de l'escalier et m'amène au vestiaire. Nous récupérons nos manteaux et, lorsque nous sortons, l'air est humide et le ciel noir.

— Alors comme ça il ne pleut pas tout le temps ?

— C'est ainsi que Londres vous accueille, je réponds. Où souhaitez-vous dîner ?

— Je m'en fiche... mais les pizzas du Bronx commencent à me manquer

— Bonne idée. Il y a une pizzeria à tomber pas loin d'ici.

— Je vous suis.

Nous courons sous la pluie pendant cinq minutes avant d'arriver sur les lieux. L'un des serveurs nous installe à une table qui donne sur la rue. Je me débarrasse de mon manteau, et Arthur en fait de même

— Alors, est-ce qu'on peut dire que le rencard que vous avez fuit fait désormais partie de votre top 3 des pires rencards ?

— Il arrive en numéro 1, oui.

— Je serais curieux de découvrir ces clichés « aussi lourds que son ego ».

Il sourit.

— Il a juste dénigré la littérature, et particulièrement la romance. Je trouve insupportables ces gens qui se croient meilleurs que les autres et qui se permettent de tout juger. Que chacun lise ce qu'il veut !

— C'était un con.

— Effectivement.

— Et les deux autres ?

— Étonnamment, ce connard se place aussi à la deuxième et troisième place de mon classement.

Arthur éclate de rire. Ce son est d'une douceur sans pareille.

Un serveur nous apporte les cartes. Nous commandons du vin et deux pizzas au cheddar.

— J'aimerais bien que vous me parliez d'un des romans que vous avez dénichés pour votre maison d'édition.

— Je peux vous citer Juliet Robbyrt, entre autres.

— L'autrice de *The Serpent in the North* ?

— Oui.

— J'ai adoré ces romans, j'attends le dernier tome avec impatience.

Arthur sourit.

— Moi aussi.

— Ça doit être très gratifiant, non ? Je veux dire quand un des romans pour lequel vous vous êtes battu devient un best-seller.

— C'est vrai, ça l'est. Juliet est devenue une amie, qui plus est. J'ai été bêta-lecteur sur le deuxième tome. Malheureusement pas sur le dernier, car j'avais trop de travail et nos plannings ne coïncidaient pas.

— Vous avez commencé le livre que vous avez acheté à la librairie ?

— Pas encore, j'avais du boulot.

C'est la première fois que je parle « lecture » avec un homme, à l'occasion d'un rendez-vous. Enfin, si on peut appeler ça un rendez-vous… Je crois que finalement la soirée ne pouvait pas mieux tourner.

Notre serveur nous apporte nos plats et nos verres de vin. Je me jette littéralement sur la pizza et dévore la première part avec entrain. On dirait que je n'ai pas mangé depuis plusieurs jours.

— Je suis désolée, j'ai trop faim. Quand il y a de la bouffe pas loin, j'oublie complètement mes bonnes manières.

— Ne faites pas attention à moi, continuez. Qui suis-je pour vous juger alors que je viens de renverser de la sauce tomate sur ma chemise ?

Je m'esclaffe. Il n'y a rien de très féminin dans mon comportement, mais je me sens réellement bien et je n'ai pas envie de faire de chichis. Je ne crois pas non plus avoir besoin d'en faire.

— Vous vous plaisez à Londres ?

— Je vois de la famille, je dîne avec une amie de mon arrière-grand-mère et j'achète même des étagères avec elle, c'est différent de ce que j'avais prévu, mais il y a pire.

— Ravie de ne pas être ce que vous aviez envisagé de « pire ». Est-ce que...

Je m'arrête net et me réfugie derrière mon verre dont je bois une bonne gorgée.

— J'écoute ?

— Linda... Vous a-t-elle vraiment parlé d'une bénédiction ?

Arthur hoche la tête.

— Oui, mais je ne comprends pas encore ce qu'elle voulait dire. C'est assez étrange, et personne dans ma famille n'a pu m'éclairer sur la question.

Tu m'étonnes.

— Est-ce que vous comptez mener votre petite enquête ?

— Je ne sais pas. Je ne pense pas en avoir le temps, je prends l'avion dimanche soir. J'ai pas mal de rendez-vous professionnels lundi. Je suppose que c'était juste une façon de dire les choses.

Je le regarde attentivement alors qu'il poursuit :

— Linda disait toujours que je vivais à cent à l'heure, j'imagine qu'elle voulait peut-être simplement que je prenne le temps d'apprécier ce qu'elle avait construit ici...

Ou peut-être voulait-elle qu'on se rencontre.

— Ou alors, elle voulait que je vous rencontre, lâche-t-il comme une bombe.

Cet écho à mes pensées fait battre mon cœur un peu plus fort.

— Qui sait ?

Il sourit, et nos regards s'accrochent un peu trop longtemps. J'ai l'impression qu'ainsi il peut lire dans mon âme, entendre ce qui traverse mon esprit et comprendre la raison qui a poussé Linda à l'envoyer ici.

Je n'avais jamais ressenti ça avant.

8. Lorelai Gilmore est mon héroïne

Le jeudi suivant, j'ai la boule au ventre. Parce que Nina est malade et que Linda me manque… Après avoir fermé la boutique, je ne sais pas pourquoi, mais je ressens l'envie de monter à l'appartement de mon ancienne patronne.

J'ai un double de la clé.

Je sais bien qu'elle ne sera pas là, mais j'ai envie de revoir la décoration, les photos au mur, de respirer l'odeur de fleurs qui emplissait toujours le salon. Je prends 'escalier et, au moment d'enfoncer la clé dans la porte, je me rends compte que celle-ci est ouverte.

— Un souci ? demande une voix à l'intérieur. Vous avez besoin de quelque chose ?

— Oh Arthur, je suis désolée…

Je le découvre dans l'entrebâillement de la porte. Il a revêtu une tenue plus décontractée aujourd'hui ; un jean et un pull dont les manches sont remontées sur ses avant-bras. Ses boucles brunes tombent toujours sur son front, et j'ai envie de glisser mes doigts dedans. Seigneur, il porte une paire de lunettes à monture noire.

Comme dans mon fantasme.

— Chaque jeudi, avec Nina, nous venions passer la soirée chez Linda. On buvait du vin et on parlait livres. Je crois que ça me manque. Je ne voulais pas vous déranger.

— Vous ne me dérangez pas. Vous voulez entrer ? Il faudra cependant vous contenter de moi.

— Je m'en contenterai.

Il sourit.

Ce si beau sourire.

Il me fait pénétrer dans le salon. Je suis venue des centaines de fois ici, mais je suis émue d'y être aujourd'hui. Ma vieille amie me manque beaucoup et, sans sa joie de vivre, cet appartement pourtant coloré et décoré avec goût me semble un peu terne et triste. Alors que j'avance dans le salon, une odeur vient chatouiller mes narines.

— Je dérange, peut-être ?

— Pas du tout, j'ai préparé à dîner, mais il y en a sans doute trop pour une seule personne.

— Vous avez fait des lasagnes ? je demande en reconnaissant l'odeur, perplexe.

— Oui, j'adore cuisiner quand j'ai le temps.

— Vous lisez et vous cuisinez ?

Ce mec est bon à marier.

J'ai dû parler tout haut au lieu de garder ces pensées pour moi, car il m'offre un sourire carnassier et son regard s'assombrit légèrement. Je passe une main dans mes cheveux, un peu mal à l'aise.

— Oui, je m'habille même tout seul.

Je glousse comme une enfant. Bon sang, il faut que je me ressaisisse, j'ai l'air d'une idiote. Je me rassure en me disant qu'il ne semble pas me trouver trop stupide ou, du moins, il ne le montre pas.

— Désolée, c'est juste que la dernière fois que je suis venue ici, Linda avait cuisiné des lasagnes.

— Cela vous dit de les déguster avec moi, en souvenir de Linda ? Je ne garantis pas que les miennes seront meilleures, mais c'est elle qui m'a appris à les faire si ça peut faire pencher la balance.

— Avec plaisir. Je peux vous aider à préparer quelque chose ?

— Non, installez-vous. Un frisson étrange me traverse lorsque nos doigts se frôlent alors qu'il me débarrasse de mon manteau. Je me sens un peu perdue, un peu bizarre aussi. J'ai un drôle de feeling.

— Il faudra attendre encore quelques minutes pour qu'elles soient prêtes, lance Arthur en revenant de la cuisine.

— Il n'y a pas de souci. Quand vous veniez voir votre arrière-grand-mère, que faisiez-vous ensemble ?

— On mangeait, on parlait de livres et d'autres choses.

— Et ce soir ? Vous êtes à Londres, il y a plein de choses qui pourraient vous occuper – dont un superbe opéra –, et pourtant vous dînez pour la deuxième fois avec moi…

— Troisième fois si on compte le *Uber Eats* du premier soir.

Je hoche la tête.

— Parlez-moi de vous, Leila. On parle presque toujours de moi.

— Il n'y a pas grand-chose à dire, je réponds, mal à l'aise.

— Tous les personnages de romans qui déclarent ça ont souvent plein de choses à dire.

J'aime qu'il se réfère au monde littéraire.

— Je vis dans cette ville depuis toujours. Je suis une grande lectrice. En fait, disons que dans ma famille, nous avons un lien particulier avec la littérature. Mon père est Richard Dane.

— L'écrivain de thrillers ? s'étonne-t-il.

— Oui.

— J'ai lu au moins la moitié de sa bibliographie.

— Il serait très heureux de l'apprendre. Votre préféré ?

— *L'Autre*, sans hésitation. Le rythme était soutenu, l'histoire aussi glauque que glaçante. Pour moi, c'est son meilleur thriller. Et vous ?

— C'est l'un de mes préférés aussi. Avec *L'Affaire Oseman*.

Arthur hoche la tête.

— Et ensuite ?

— Pardon ?

— Vous parliez de vous, et je vous ai coupée.

— Oh ! il n'y a vraiment rien d'excitant à raconter. Je ne suis qu'une simple libraire qui vit à Notting Hill. Avec Nina, nous avions la même passion et on a décidé de reprendre les rênes de la librairie de Linda quand elle est devenue trop vieille.

Le regard qu'il pose sur moi est doux et profond.

— Il me semble que vous avez des points communs avec une comédie romantique assez célèbre.

— C'est pas faux.

— Vous avez des passions en dehors de la lecture ?

— J'adore regarder des séries dramatiques. Lorelai Gilmore est l'une de mes héroïnes préférées.

— Je ne connais pas.

— *Gilmore Girls*. La série par excellence à regarder tous les automnes. C'est disponible sur Netflix, alors pas d'excuse.

— Et qui est cette Lorelai ?

— Une trentenaire, maman d'une ado de seize ans au début de la série. Elle est libre, indépendante, drôle, sensible. Elle sait ce qu'elle veut et elle ne se laisse pas marcher sur les pieds. Je la trouve très inspirante.

— Je ne vous connais pas bien, mais à première vue vous lui ressemblez pas mal.

— Sans doute l'un des plus beaux compliments qu'un homme ait pu me faire, je dis en gloussant.

— Il se place dans le top 3 ?

— À la première place.

Nous rions joyeusement.

Et, quand nos regards se croisent, je sens une tension dans l'air, très déstabilisante.

— Je suis un piètre hôte, je ne vous ai pas proposé à boire.

Malheureusement ça se limite à trois choix : de l'eau, de la bière ou du vin blanc.

— Un verre de vin blanc sera parfait.

— Je reviens.

Je le regarde partir, matant sans scrupule ses fesses moulées dans son jean.

— Au fait, Leila…, commence-t-il en revenant dans le salon et en posant mon verre sur la table. Je ne vais pas vendre.

J'accuse le coup une seconde, avant de me jeter dans ses bras. Mon corps s'est vu dicter ce mouvement par une force invisible. Je sens les larmes me monter aux yeux.

— … du moins pas tout de suite, je tenais à vous le dire, ajoute-t-il tout en se crispant légèrement. Alors, ne vous tracassez pas avec cela.

Je relève la tête et m'éloigne d'un pas.

— Désolée pour l'étreinte, c'est un geste venu du cœur. Quelles que soient vos motivations, merci.

— Ce n'est rien. Ne pleurez pas.

J'essuie mes larmes du bout des doigts.

Et, tout autour d'un verre de vin blanc, nous discutons du temps qu'il nous faudrait à Nina et à moi pour réunir une somme suffisante afin de racheter la librairie. D'ici un an nous aurons un bel apport et les charges de remboursement ne seraient pas trop importantes. Linda avait fait venir quelqu'un pour estimer la valeur de l'immeuble et pour obtenir un prêt qui ne nous foutrait pas dans le rouge.

Bien sûr, on pourrait acheter ailleurs. Mais ça ne serait pas la même chose. Mes parents m'ont déjà proposé plusieurs fois de m'aider, mais je veux me débrouiller par moi-même pour me dire que j'ai réussi sans solliciter personne.

— Vous allez devenir mon propriétaire, mais peut-être pourrions-nous nous tutoyer. Après trois dîners, ça me semble correct.

— Plus que correct.

Je souris.

— Pourquoi vous avez…

— Tu, me coupe-t-il.

Et voilà que je me remets à rougir.

— Pourquoi tu as changé d'avis ?

— Tu es passionnée, tu aimes cet endroit, et Linda pensait sans doute que je le comprendrais. Elle avait raison.

Je dissimule mon émotion en buvant une gorgée de vin. J'ai hâte de le dire à Nina.

— Mon arrière-grand-mère a reçu beaucoup de propositions pour racheter l'immeuble. Certains l'ont même menacée si elle n'acceptait pas.

— Je l'ignorais.

Et ça me fait mal au cœur.

— Je n'aime pas l'idée que des gens aussi mauvais soient en possession de cet endroit, affirme-t-il en me regardant droit dans les yeux.

— Merci.

Le silence s'abat entre nous tandis qu'il va chercher le plat au four. Je l'aide à mettre la table et je me sens bien. Ce n'est pas la même ambiance qu'avec Linda et Nina, mais c'est tout aussi agréable.

— Alors, ces lasagnes ?

— Dignes de celles de Linda. C'est délicieux.

9. Team Dramione

— C'est plutôt pas mal...

J'éclate de rire.

— C'est vraiment moche de mentir.

— Je comprends pourquoi tu aimes et je pense que c'est aussi dû au fait que tu ressens une certaine nostalgie en regardant cette série que tu as connue plus jeune.

— C'est vrai.

Après le dîner, je ne voulais pas spécialement partir, et il ne semblait pas avoir envie de me mettre dehors non plus. Alors, j'ai proposé de lui montrer Lorelai Gilmore à l'écran et il a dit oui.

— Tu pars toujours dimanche ?

— Non.

Cette réponse fait bondir mon cœur sans que je comprenne pourquoi. Je me retiens de sourire. Il y a vraiment quelque chose qui cloche chez moi. Je crois que je craque complètement pour lui.

— Comment ça se fait ? je demande bêtement.

Puis aussitôt j'ajoute :

— Désolée, ça ne me regarde pas. Je suis trop curieuse.

— J'ai un rendez-vous pour peut-être trouver le best-seller de demain. De ce fait, je reste jusqu'à mercredi prochain.

Je hoche la tête en l'observant. Derrière lui, le portait de Linda accroché au mur semble se moquer de moi. Son joli sourire sur la photo a un air de « J'ai toujours raison ».

— Avoir des rendez-vous avec des éditeurs ou des auteurs, ça doit être passionnant.

— Pas toujours, mais je le vis avec passion en tout cas. J'adore le relationnel, faire la liaison, chercher des pépites. Je suis plus que reconnaissant de faire un job que j'aime.

Il se redresse sur le sofa. C'est vrai qu'il paraît enchanté par son boulot, et j'ai le sentiment que ça le rend encore plus beau.

— Linda n'avait pas de café et j'en ai terriblement envie, est-ce que tu veux venir avec moi en chercher ?

— Je ne dis jamais non à un café, rétorque-t-il dans un sourire.

Arthur prend mon manteau sur une chaise et m'aide à l'enfiler, il met ensuite le sien, et nous descendons dans la rue. Il fait noir, mais il ne pleut pas. Le vent d'automne est frais. Les trottoirs brillent sous le reflet des lampadaires.

Au coin de la rue, nous nous arrêtons dans un *coffee shop.*

— Qu'est-ce que tu prends ?

— Un café long avec supplément crème.

— Un double expresso, avec du sucre, pour ma part.

Arthur règle la note puis nous marchons dans la rue sans but précis. La chaleur du café me réchauffe les mains.

— Tu travailles pour plusieurs éditeurs ?

— Un seul pour l'instant, pourquoi ? Aurais-tu des manuscrits à me soumettre ? lance-t-il en me faisant un clin d'œil.

J'éclate de rire. *S'il savait.*

— Non, pas du tout, je lis surtout. Même si…

Je me stoppe avant d'en dire plus, mais, lorsque nos regards se croisent, j'ai l'impression qu'il aimerait que je poursuive et qu'il va chercher à me tirer les vers du nez.

— Leila, tu ne peux pas t'arrêter comme ça. C'est cruel.

J'aime la façon dont sonne mon prénom sur ses lèvres.

— C'est ridicule…, je dis en secouant la tête.

— Je suis tout ouïe.

Je soupire exagérément.

— Quand j'étais plus jeune, j'écrivais des fanfictions et je les mettais en ligne sur mon blog.

— Continue.

— Mais j'ai fini, je souffle. C'est tout ce qu'il y a à savoir. Je laisse l'écriture aux gens doués.

— Tu écrivais sur quoi ?

Je me lance sans respirer :

— *Harry Potter*, je faisais des fanfictions sur Dramione. Drago Malfoy et Hermione Granger. Si tu te moques, je te tape.

Il ricane et s'éloigne d'un pas.

— Loin de moi cette idée.

— J'ai terminé mon histoire, mais je ne sais plus trop ce qui s'y passe depuis le temps…

Arthur semble très intéressé, et moi je suis rouge de honte. Je n'avais pas parlé de ça depuis des années, mais c'est amusant de le faire avec quelqu'un que je viens tout juste de rencontrer. Mais Arthur est sans doute l'homme avec lequel j'ai le plus de points communs.

— Ron Weasley est l'un de mes personnages favoris. J'aime beaucoup Hermione aussi, mais je trouvais qu'une histoire d'amour entre deux ennemis pouvait être encore plus grisante. C'était tellement plus logique dans mon esprit d'adolescente. Drago est un personnage complexe et torturé. Je préfère les héros comme ça.

— Je comprends.

Je baisse les yeux vers le sol et fixe les feuilles qui s'accumulent sur le trottoir.

— Ils ne sont pas dans les mêmes maisons, se détestent… mais s'attirent. Mon histoire avait trouvé un petit public d'ailleurs. Je crois même avoir ajouté de la magie dans une scène sensuelle.

— Il faut que je la lise. Vraiment. Tu ne peux pas me vendre ça et me laisser sans rien.

— Jamais.

— Dis-moi au moins si tu t'es servie de la baguette à ce moment-là…

Je ris aux éclats.

— J'emporterai ce secret dans la tombe. J'ai supprimé mon blog de toute manière. J'avais tellement honte que quelqu'un le lise, ça devait être truffé de fautes.

Alors qu'il me sourit malicieusement, je me rends compte que je suis arrivée devant chez moi.

— C'est ici que je vis, je lance.

— Ah…

Il semble déçu.

— Mais on peut continuer à marcher, précisé-je avant de bâiller.

— Tu as l'air fatiguée, tu devrais te reposer.

Nos regards s'accrochent.

Ai-je déjà dit que je pensais sincèrement craquer pour lui ?

Je pourrais lui expliquer que c'est à cause moi s'il est à Notting Hill, histoire qu'il ne se torture pas pour rien avec cette histoire de « bénédiction », mais les mots ne sortent pas vraiment. Je ne veux pas qu'il me prenne pour une folle.

— On se reverra probablement, je dis en passant une main dans mes cheveux.

— C'est certain. Bonne nuit, Leila.

On s'observe en silence pendant quelques secondes. C'est troublant. J'ai l'impression qu'il veut m'embrasser. J'aimerais qu'il ait envie de m'embrasser, car moi j'en meurs d'envie. Mais, à la place, je murmure simplement :

— Bonne nuit.

10. Tout commence par une attirance

— Comment tu as su que Sara était la bonne ?

— J'en sais rien. Un coup de foudre, répond ma sœur.

Laura me ressemble en tout point physiquement : yeux bleus, cheveux châtains, nez en trompette. Cheffe cuistot, elle est en couple avec sa copine depuis trois ans ; elle a rencontré Sara dans une librairie culinaire. Elles ont attrapé le livre qu'elle souhaitait lire en même temps. C'était le dernier de la pile.

— À ce moment-là, on s'est regardées. Je l'ai trouvée magnifique. J'ai voulu lui donner le bouquin, mais elle a insisté pour que je le garde en disant que je n'aurais qu'à l'inviter à manger un soir une des recettes que je trouverais à l'intérieur.

Et elle a noté son numéro de téléphone sur une page, comme ça, elle n'avait d'autre choix que de le prendre.

Je connais cette histoire par cœur.

— Tout commence par une attirance physique ou intellectuelle. Il y a forcément quelque chose qui perturbe ton esprit, puis ton cœur.

C'est fou. Laura a toujours des étoiles dans les yeux quand elle parle de sa rencontre avec Sara. Que ce soit du fait de la Grâce de Lucinda ou non, elle est très heureuse aujourd'hui et c'est en partie grâce aux livres…

Je me laisse aller sur le canapé turquoise de ma sœur.

Je pense à Arthur. Je ne comprends pas pourquoi. Ça fait trois jours que nous avons dîné ensemble et pris ce café. On est dimanche, je sais qu'il est toujours là et j'ai encore envie d'apprendre à le connaître un peu avant qu'il retourne à New York. Je suis sortie avec assez d'hommes pour savoir qu'aucun d'eux n'a réussi à me rester en tête, comme lui. Je me demande ce qu'il se serait passé si je m'étais avancée pour l'embrasser. Est-ce qu'il m'aurait repoussée ? Est-ce qu'il m'aurait embrassée en retour ?

— Sara n'est pas là, au fait ?

— Elle bosse de nuit. Mais tu veux bien m'expliquer ce qui t'arrive ? Tu sembles toute déprimée.

Pas déprimée, pensive.

Ma sœur est ma première confidente. Je crois que c'est réciproque. C'est moi qu'elle a appelée en sortant de la librairie, le jour où elle a rencontré Sara. Je me souviens de ses mots, juste après que j'ai décroché : « Je l'ai rencontré, Leila. L'amour de ma vie. La Grâce de Lucinda a frappé. »

— Je t'avais dit que Linda était décédée…

Elle hoche la tête, peinée pour moi. Elle savait que j'étais proche d'elle.

— Elle a légué sa librairie à son arrière-petit-fils, mais lui voulait la vendre. Quand il est venu m'expliquer tout cela, je l'ai interrompu car un bruit étrange venait d'une des bibliothèques. Résultat : une étagère remplie de livres m'est tombée dessus. Il a retenu le tout d'une main, et depuis on se croise parfois sans vraiment le vouloir.

Ma sœur me regarde avec un drôle de sourire. Le genre de sourire stupide qu'ont les gens qui sont amoureux et qui vont te faire la morale.

— Si tu me poses toutes ces questions sur Sara, c'est parce que tu craques sur lui ?

— Il est effectivement très séduisant, et je dois bien avouer que je pense à lui. C'est idiot, j'ai l'impression que c'est à cause de cette stupide « bénédiction ». En fait, Linda n'arrêtait pas de me tanner avec cette histoire, elle disait que si je ne rencontrais pas l'amour avant sa mort, elle viendrait me hanter.

— Et elle t'a amené un séduisant jeune homme.

— J'ai très envie de le revoir.

— Tout ce que tu dois faire, c'est lire entre les lignes de ton cœur. C'est toi qui décides, juste toi. La Grâce de Lucinda, c'est une simple succession de hasards. C'est drôle, c'est romantique, mais ça ne doit surtout pas t'empêcher de vivre une histoire d'amour. Celle que tu choisis, toi.

Ce soir-là, je rentre à la maison, sans être beaucoup plus avancée. Je me sens toujours perdue. Mais je sais à l'évidence que j'ai vraiment craqué pour Arthur.

11. C'est un 7, mais il bosse dans une librairie

J'aime les femmes qui écrivent.

J'aime les femmes qui écrivent sur les hommes.

J'aime les femmes qui inventent des héroïnes fortes et badass qui n'ont pas besoin d'être sauvées par les hommes. J'aime les héroïnes de livres, de films, de séries qui me rendent fière d'être une femme.

Je suis sensible au charisme. Je peux ne pas pleurer devant la mort d'un personnage, mais en revanche pleurer ou frissonner de la tête aux pieds quand une femme se révèle, se relève.

Je ne choisissais peut-être pas très bien mes lectures quand j'étais plus jeune, mais je crois me souvenir que dans les livres d'aventures le héros était toujours un homme ou un garçon. *Harry Potter*, *Percy Jackson*, *Le Seigneur des anneaux*, *L'Apprenti épouvanteur...* Souvent, la femme est un personnage secondaire. Et, la plupart du temps, elle est sauvée par le héros... De nos jours, les romans avec des héroïnes sont de plus en plus courants et ça fait du bien.

Je referme *Shatter me* avec la sensation d'avoir un énième crush livresque. Et, tout comme lorsque j'étais enfant, de m'être fait des amis fictifs que je n'oublierais jamais. Encore un roman pour lequel je vais mettre une recommandation positive à la librairie. Il est plus de 2 heures du matin, demain sera une grosse journée de boulot et je vais être complètement crevée, mais ça valait le coup.

Le lendemain, je suis bel et bien déphasée. Je reste trop longtemps sous la douche, je bois au moins deux cafés et j'enfile mon pull à l'envers. Deux fois. Mais il en valait la peine, ce fichu livre.

J'arrive à la boutique avec un peu d'avance. Nina est encore souffrante. Elle a choppé une grippe. Elle me manque déjà. J'ai toujours la sensation que la librairie n'est pas la même quand elle n'est pas là. Malheureusement, je suis seule toute la journée.

Ça va le faire.

Putain, ça le fait pas du tout.

Je suis débordée. Je n'arrive pas à gérer le monde en caisse, ceux qui viennent récupérer des commandes et ceux qui sont en magasin. Je ne sais pas comment m'y prendre pour être partout à la fois.

— Tu as besoin d'aide ?

Je me retourne d'un bond et découvre Arthur derrière le comptoir.

— Tu…

Il est là, impeccablement habillé d'un pantalon noir et d'une chemise bleu nuit. Ses boucles tombent toujours à la perfection sur son front.

— Tu as l'air débordée, murmure-t-il contre mon oreille. Si tu as besoin de moi, je suis ton homme.

Je sens son souffle chaud sur ma peau, et ce n'est clairement pas le moment pour se sentir déstabilisée.

— Merci, je réponds. Tu serais plus à l'aise en caisse ou en retirant les commandes des clients ?

— Où puis-je trouver celles-ci ? demande-t-il.

Je lui montre l'armoire dans son dos.

— C'est classé par nom en ordre alphabétique. Les gens reçoivent un SMS quand leur commande est arrivée. Il nous le faut comme preuve.

Il me sourit et s'approche du comptoir. La femme en face de lui semble sous le charme. Je la comprends, mais pas le temps de rester figée à le mater comme une idiote.

— Bonjour, dit-il. Vous venez récupérer des livres ?

Je retourne à la caisse et, maintenant que je n'ai plus à tout gérer à la fois, la file de clients s'amenuise. Toutes ces personnes qui achètent des livres, quel bonheur ! Entre-temps, je mets en rayon des nouveautés reçues hier. Du coin de l'œil, je ne peux pas m'empêcher de le regarder. Il semble dans son élément. Il est poli, souriant, il parle avec les gens, discute de livres… je pourrais largement m'habituer à le voir ici, même si c'est complètement débile, car il a une vie de l'autre côté de l'Océan et puis, on ne se connaît que depuis une semaine. Mais quand même, avoir un libraire aussi sexy à ses côtés, c'est tentant.

— Bon sang, tu as vu ce mec ? couine une jeune femme dans le rayon où je me trouve.

— J'ai vu, répond son amie en gloussant. C'est un 7, mais il bosse dans une librairie.

— Bon sang, il est canon.

On dirait qu'Arthur entend tout de là où il se trouve, car son regard perçant dévie jusqu'ici. Les deux filles gloussent alors que je tente, les joues rouges, de me reconcentrer sur ma tâche.

Quand enfin la boutique connaît une accalmie, je souffle. Je crois que, si je suis encore debout, c'est grâce à Arthur. Je le rejoins derrière le comptoir et, quand il me voit, c'est comme si je captais toute son attention.

— Merci de m'avoir aidée, sans toi, je n'aurais pas réussi je pense.

— Ça t'aurait peut-être pris plus de temps, mais tu y serais parvenue. Cela dit, quand je t'ai vue à travers la vitrine du magasin, tu avais l'air au bout de ta vie.

— C'est peu de le dire.

Je ricane. Qu'il soit venu m'aider me touche beaucoup.

— Entre le coup de l'étagère et maintenant ça, j'ai l'impression de te faire bosser sans arrêt. J'ai honte.

— Faut pas, dit-il en souriant.

— En même temps, c'est comme si tout le monde s'était donné rendez-vous ici aujourd'hui, sachant que je serais seule. Nina est malade et... Bref, je divague. Merci.

— Pas de quoi.

Un ange passe.

On se regarde, on se dévore des yeux même. Je ne rêve pas, on dirait qu'il a envie de m'embrasser et c'est réciproque.

Un baiser dans une librairie, c'est romantique, non ?

— Excusez-moi, je cherche un livre d'Annie Darling.

Ma bulle vient d'éclater. Arthur plisse les yeux face à la cliente, il semble agacé. Pendant quelques secondes, c'était comme si on était seuls au monde.

Je me tourne vers la femme près de nous.

— Bonjour, vous désirez quel ouvrage en particulier ?

Elle déplie un papier et lit :

— *Crazy in Love at the Lonely Hearts Bookshop*[1]. Et la suite, si vous l'avez.

Je manque de m'étouffer et le pire c'est que je sens le regard perçant d'Arthur dans mon dos. Les livres de cette autrice ne cessent de m'envoyer des messages subliminaux. Très déstabilisant.

— Pardon, je...

Elle me tend son papier.

1. En français : *Retour de flamme à la Librairie des Cœurs Brisés,* de Annie Darling.

— Je vais regarder, je pense que nous avons la collection complète, classée en feel-good.

À quel moment le monde va-t-il arrêter de se foutre de ma gueule ? En plus de m'envoyer son arrière-petit-fils, Linda hante aussi la librairie !

C'est Arthur qui l'encaisse tandis que je file me perdre dans des rayons éloignés. Je préfère l'éviter, car je ne suis pas certaine de rester sage si nous nous retrouvons seuls à nouveau.

— Tu te caches ? demande-t-il en apparaissant soudain, plus magnétique que jamais.

Je rougis, consciente de vivre un de ces moments uniques qui n'arrivent pas souvent. Un de ces moments qui ne s'oublient pas. Cette librairie, cette tension et cette stupide ancêtre qui a béni ou maudit ses descendantes, ça me trouble beaucoup trop et ça me fait tourner la tête. J'ai besoin de réfléchir, on ne peut assurément pas toutes tomber amoureuses de cette manière quand même…

— Tu devrais le faire aussi. Tu devrais t'en aller…

— Demande-moi de partir, Leila. Sinon, je vais t'embrasser.

Ses mots mettent le feu à mon cœur.

Et ceux que j'articule me coûtent énormément :

— Va-t'en, Arthur.

Il me sourit avant de tourner les talons.

Il faut que je réfléchisse même si je crève d'envie de le rattraper. Je ne peux pas embrasser un mec qui vit loin de chez moi, c'est pas compatible avec mon emploi du temps et je ne peux pas non plus l'embrasser alors qu'il y a cette foutue malédiction familiale à la con qui plane au-dessus de ma tête.

12. Les pages de mon esprit

Je frappe à l'appartement de Linda.

Il est 2 heures du matin.

Je suis complètement à côté de la plaque. Ces derniers temps, j'ai l'impression de ne plus être moi.

Arthur ouvre la porte après presque une minute. Il est torse nu et ne porte qu'un pantalon de jogging noir. Ses abdos apparents sont à tomber. Comment peut-il être plus séduisant à chaque fois ?

— Leila ?

Est-ce que je viens de frapper chez un homme que je connais à peine en pleine nuit ? Est-ce que je viens de le réveiller par pur égoïsme ? Est-ce que je veux l'embrasser ?

Oui. Oui. Et encore oui.

Peut-être que je veux d'autres choses aussi…

Et peut-être aussi que j'avais dit que je ne voulais l'embrasser à cause de la Grâce de Lucinda… mais finalement cette envie est plus forte que ma raison. Toutes les réflexions que j'ai pu avoir après son départ m'ont menée à lui.

— Leila ? répète-t-il.

Il semble inquiet, perdu.

Je m'avance sans un mot, son regard devient profond, dur. Je sais qu'il devine mes intentions. J'en crève depuis qu'il est parti de la librairie, et sans doute que lui aussi, car il me laisse faire. Alors je me hisse sur la pointe des pieds et pose mes lèvres sur les siennes. Il n'a aucune hésitation, aucun recul.

Il grogne même au moment où ses bras me lovent contre son torse chaud. Je soupire d'aise, de plaisir.

Ce baiser ne calme en rien mon esprit perdu, c'est tellement bon que j'en tremble. Son odeur m'enivre. Sa peau douce et ses muscles durs me fascinent. La façon dont ses lèvres répondent suavement aux miennes m'hypnotise.

J'ai embrassé des hommes, couché avec certains, mais je n'ai jamais ressenti cette exaltation. Et, à la façon dont son regard glisse sur moi, je comprends que ça nous prend aux tripes tous les deux.

La Grâce de Lucinda a peut-être frappé. L'étagère n'a peut-être pas cédé pour rien. Et ces titres de livres qui semblent nous crier des évidences, peut-être que ça aussi, ce n'est pas rien.

Je n'ai jamais eu de coup de cœur. Pas comme ça.

Et, à cet instant précis de ma vie, je sais ce que cela signifie.

— Désolée de t'avoir réveillé pour ça. Je voulais savoir…, je souffle contre ses lèvres. C'est égoïste.

Le regard qu'il pose sur moi est brûlant de désir. J'ai envie de lui tout comme il a envie de moi.

— Top 3 des meilleurs réveils de ma vie.

Je souris.

Et cette fois c'est lui qui m'embrasse. Il me presse davantage contre lui avant qu'une de ses mains décide de se perdre dans mes cheveux. Je lui réponds avec ardeur. On ne dirait pas du tout un homme qui vient de se réveiller. Son baiser est fougueux, intense.

— Je voulais savoir moi aussi le goût que tu avais et si ta peau était aussi douce que je l'avais imaginé.

Bon sang, il est encore plus canon quand il dit des trucs sexy comme ça.

— Tu n'es pas déçu ? je m'enquiers à voix basse.

— Non.

Il dit ça de façon presque inaudible. Lentement, il se penche à nouveau vers moi et m'embrasse dans le cou.

— Tu veux entrer ? demande-t-il contre ma peau.

— Tu veux que j'entre ?

— Ce que je veux est troublant, Leila. Tu es troublante.

Aucun homme ne m'avait jamais dit quelque chose d'aussi érotique. Il continue de m'embrasser, de me goûter, de me donner des frissons presque irréels.

— Tu peux t'enfuir, si c'est ce dont tu as envie. Mais si tu restes…

Je m'éloigne suffisamment pour que nos regards se croisent.

— Si je reste ?

Il esquisse un sourire, et nous nous embrassons derechef.

Et plus encore.

— Désolée de m'être endormie, je murmure en battant des cils.

C'est arrivé juste après que nous ayons fait l'amour de façon incroyablement intense.

Je me redresse légèrement.

Il est en train de lire un livre, torse nu, il a mis ses lunettes et braque son regard sur moi.

— Ce bouquin traînait dans le salon de Linda, me dit-il.

— Il est bien ?

— Plutôt oui. J'ignorais qu'elle lisait des romances.

— Un homme nu, qui lit de la romance… c'est très sexy, j'avoue d'une petite voix.

— Tu m'en vois ravi, répond-il en se penchant pour m'embrasser sur la joue.

Puis, au creux de mon oreille, il chuchote :

— Si je te dis que j'ai toute une collection de marque-pages chez moi, ça te fait quoi ?

— Ça me donne envie de te dévorer.

L'alchimie est encore là et elle est irrésistible. Elle n'a pas disparu lorsque nous avons couché ensemble. À vrai dire, elle est encore plus forte maintenant. Ce qui se passe actuellement tient presque de l'irrationnel. Ça me grise complètement.

Mais soudain, balayant la pièce des yeux, je me redresse.

— Est-ce qu'on est dans la chambre de Linda ?

— Ravi de t'avoir fait tourner la tête à ce point pour que tu ne le réalises que maintenant.

— Mon Dieu, c'est son lit ? J'ai couché dans le lit de mon amie décédée ?

Je suis horrifiée, alors qu'il éclate de rire.

— Non, c'est la chambre d'amis, explique-t-il en posant son livre sur la table de chevet.

Je soupire de soulagement et me laisse à nouveau tomber sur le matelas.

— Leila ?

— Oui ?

Sa voix est un peu bizarre.

— Je t'avoue en toute honnêteté que je pensais qu'en couchant avec toi, ça estomperait l'effet que tu me fais.

— Quel effet ?

— Tu me plais énormément, tu m'attires aussi. C'est brutal, j'en ai bien conscience. Comme…

— Un coup de foudre ?

La façon dont il me regarde me liquéfie. On dirait qu'il est… reconnaissant du fait que je comprenne si vite.

— Oui. Comme si tu t'étais inscrite dans les pages de mon esprit et que je n'arrivais pas à lire autre chose que toi.

Bon sang.

— Si tu continues à me parler comme ça, je vais vraiment te dévorer, Arthur.

— Je m'en souviendrai.

J'espère bien.

Peut-être est-il temps de lui dire. Ou, du moins, d'essayer de lui expliquer cette bénédiction dont lui a parlé Linda.

— Arthur, j'ai peut-être une explication à tout cela...
— Comment ça ?
— Ce que je vais te dire n'a vraiment rien de rationnel, ça va même te sembler loufoque et...
Te faire peur.
Ses mains prennent mon visage en coupe, et il m'embrasse langoureusement.
— Je t'écoute, dit-il en s'éloignant. Parce que ça, ce baiser, ce qu'il me fait ressentir, ce n'est déjà pas rationnel. Rien ne l'est depuis que je suis arrivé ici de toute manière.
Je m'enveloppe dans le drap et m'assieds en tailleur. Il me regarde avec attention. Comment expliquer un sentiment comme celui-là ? Comment expliquer une histoire aussi folle ?
— Je ne sais pas par où commencer. C'est...
Mes mains me semblent moites tout à coup, et je me sens vraiment stupide. J'aurais dû l'embrasser et fuir ensuite. Je n'aurais jamais dû rester.
— Commence par le début, c'est comme ça que le commun des mortels fait, raille-t-il, amusé.
— C'est digne d'un roman.
— Ça tombe bien, j'en lis beaucoup.
— Un mauvais roman.
— C'est à moi d'en décider.
— Argh, tu es...
— Je sais.
— Alors écoute-moi, car je ne me répéterai pas. Et enfile quelque chose, c'est assez déstabilisant de te voir comme ça.
— Beaucoup qualifieraient ça de sexy.
Il se redresse et attrape sa chemise, et il reste debout.
— C'est mieux ?
Non.
— Oui, je réponds pourtant.
— Alors, je suis tout ouïe. Raconte-moi.
— Mon arrière-arrière-grand-mère Lucinda s'est fait

enterrer avec son livre préféré. Depuis, toutes les femmes de ma famille... ont rencontré l'amour grâce à la littérature. On appelle ça la Grâce de Lucinda. Ma grand-mère, ma mère, ma tante, ma sœur... Pour toutes ces femmes, les livres ont joué un rôle, d'une manière ou d'une autre, dans leur histoire d'amour.

— La bénédiction dont parlait Linda dans son testament... c'était l'histoire de ta famille ? C'est... pour ça que ton amie a réagi comme ça quand j'ai parlé de Linda ?

— Oui.

Je l'observe, en tentant de saisir le moment où il me prendra pour une folle et où il me dira de foutre le camp d'ici, mais il reste calme.

— J'ignorais qu'elle allait faire ça et je... suis désolée qu'elle t'ait donné cette librairie en croyant... En fait, je ne sais pas bien ce qu'elle croyait.

— Elle me reprochait de travailler trop, de ne pas me caser, de ne pas venir la voir assez souvent. Elle m'a berné... elle savait ce qu'elle faisait.

Ses yeux se plantent dans les miens. Je n'arrive pas à savoir s'il est en colère, s'il lui en veut et m'en veut aussi par la même occasion.

— Elle m'a dit qu'elle viendrait me hanter si cette bénédiction de famille ne me tombait pas dessus avant qu'elle ne meure. Et elle t'a envoyé ici, j'avoue dans un murmure.

— Elle n'était pas sénile, remarque Arthur.

— Non, elle avait toute sa tête.

Il éclate de rire.

Pas d'un rire hystérique, non d'un rire heureux.

— J'ai bien conscience que tout ça semble irréel, mais je devais te le dire. Et puisque j'en suis à t'avouer des choses : je voulais t'embrasser ce soir pour voir si l'attirance et l'alchimie se complétaient aussi de façon charnelle.

— C'est pire que ça, avoue-t-il à son tour.

Mon cœur bat à tout rompre. Quand Arthur s'avance vers moi, puis s'assied sur le lit à mes côtés, il menace d'exploser.

— Tu avais raison, c'est digne d'un roman. Mais un roman dans lequel nous serions les personnages principaux ne peut être mauvais.

Il caresse mon visage.

J'ai l'impression de me consumer.

Lentement, il s'incline et m'embrasse.

J'ai l'impression de rêver.

Son baiser est doux, lent, intense. Je serre les pans de sa chemise dans mes poings, et nous nous embrassons plus fort. C'est simple, comme si nos lèvres étaient faites pour se trouver.

— C'est complètement surréaliste.

— Je sais, dit-il la voix grave. Mais je n'ai aucun doute sur nous deux.

— Moi non plus.

13. *Love at First Sight at the Bookstore*

Deux ans plus tard

— Votre livre est absolument génial. Je l'ai adoré, dévoré d'une traite.

— Merci, je réponds le sourire aux lèvres.

Je termine ma dédicace et lui donne le roman. À peine quitte-t-elle la file qu'une autre personne s'avance pour me faire dédicacer son exemplaire.

— Bonjour, me dit-elle joyeusement.

— Bonjour, je mets la dédicace à quel nom ?

— Pour Nina.

— Comme ma meilleure amie.

La jeune fille aux cheveux blonds sourit.

— Est-ce que vous avez vécu cette histoire ? me demande-t-elle.

J'ai écrit sans réfléchir.

Mon histoire, notre histoire.

Celle d'une bénédiction, d'un coup de foudre.

D'une femme et d'un homme qui aimaient les livres.

D'une femme et d'un homme qui sont tombés amoureux aussi simplement qu'on respire.

Dans l'ombre quelque part, je sais qu'il est là. L'homme

de ma vie. Sans lui, je n'aurais jamais pu éditer ce livre, sans lui il n'aurait même jamais existé.

— Oui, il y a un peu de vécu là-dedans.

— C'est pour ça que l'intensité des sentiments est si bien décrite !

— Merci.

Je tremble légèrement en lui écrivant un petit mot affectueux sur la première page. J'ai encore du mal à réaliser que j'ai écrit un livre, et encore plus qu'il plaît assez pour organiser des séances de dédicace.

Je vis chaque instant pleinement.

Je profite de ma vie et mesure la chance incroyable que j'ai.

Bien après la dédicace, nous nous retrouvons enfin seuls.

— Quel succès ! lance une voix grave que je reconnais aussitôt.

— T'as vu ça !

Arthur sourit et m'attire dans ses bras pour m'embrasser dans les rues pluvieuses de Londres.

— J'en suis très fier.

Il est revenu aujourd'hui après une longue semaine de déplacement.

— La pluie te dérange moins on dirait.

— Depuis que je peux t'embrasser sous ses gouttes gelées, je trouve ça très romantique, répond-il joyeusement.

— Alors tu étais juste frustré tout ce temps.

— Démasqué.

Rien n'a changé entre nous.

Ni l'attirance, ni l'alchimie, ni l'intensité.

— Je t'avais dit qu'un livre qui nous prenait pour héros ne serait jamais mauvais.

— C'est vrai.

CARO
M. LEENE

ROMANCE
ET PRÉJUGÉS

Aux lectrices de romance,
ne rougissez jamais de vos lectures !

« Il est aisé de s'accrocher à ses stéréotypes et ses idées préconçues, on se sent ainsi rassuré dans sa propre ignorance. »

MICHELLE OBAMA

Chapitre 1

Paris, janvier 2022
Nathan

— Ah ouais quand même ! lâcha Samuel, mon meilleur pote. Elle a vraiment tout embarqué…

J'avisai la table de la salle à manger où trônait un saladier et une cuillère en bois. A priori Cindy, mon ex, s'était fait plaisir et je regrettais déjà d'avoir accepté d'aller faire un tour le temps qu'elle emballe ses affaires. « Ça sera moins douloureux », avait-elle dit. Tu parles ! « Trop bon, trop con » était une expression qui m'allait comme un gant. Ma sœur Nina m'avait prévenu, et je la voyais déjà monter sur ses grands chevaux lorsqu'elle serait mise au courant.

— Bonne nouvelle : elle a laissé le balai à chiottes et un rouleau de PQ !

Samuel continuait l'inventaire alors que je restais focalisé sur ce saladier fêlé. C'était donc tout le peu de considération qu'elle m'accordait ? Je savais que notre relation était morte et enterrée depuis plusieurs mois, mais, après deux ans et demi ensemble, j'avais espéré un peu plus d'estime. Cindy avait proposé de repartir avec ses affaires et ce qu'elle avait payé. Sur le moment, j'avais naïvement pensé qu'il s'agissait de sa collection de bougies, de ses coussins, du tapis gris et de son énorme bibliothèque. Je comprenais maintenant à quel point j'avais été stupide.

— Je croyais que le partage devait être équitable, persista Samuel de la cuisine. Oh merde...

— Quoi ? lançai-je en le rejoignant.

Il était devant le frigo ouvert, le dos courbé. La cuisine était minuscule si bien que nous n'avions qu'un demi-réfrigérateur.

— Une bouteille de lait entamée, un vieux pot de confiture, une 1664 et un bocal de cornichons, énuméra-t-il. C'est du délire, Nathan ! Tu devrais l'appeler pour lui demander si elle ne se fout pas de ta gueule.

— C'est elle qui a fait le dernier plein de bouffe, répondis-je laconiquement comme si cela justifiait son comportement.

— Ah, OK. Donc, si je suis ton raisonnement, tu devrais limite lui envoyer un message pour la remercier de t'avoir laissé quatre pauvres trucs ? C'était quoi le deal, déjà ? Elle prenait ce qui lui appartenait ?

Il se pencha, attrapa la bière, puis ouvrit un tiroir.

— Bordel ! Elle a même piqué le décapsuleur. Le putain de décapsuleur. Tu vivais à ses crochets, mec, ou quoi ? ajouta-t-il avec ironie.

La question était légitime si je me référais à ce qu'il restait dans l'appartement sauf que *je* payais le loyer et les charges tous les mois. *Moi*, pas elle.

Le téléphone de Sam sonna. Je savais déjà qu'il s'agissait de ma sœur. Ils étaient ensemble depuis un an et, même si au début la nouvelle ne m'avait pas réjoui, j'avais fini par m'y habituer. Je n'entendais pas distinctement ses paroles, mais je savais à l'intonation de sa voix qu'elle était tendue. Elle l'était toujours lorsqu'il s'agissait de Cindy. Elles ne pouvaient pas s'encadrer. Une espèce de coup de foudre inversé où chacune se concentrait sur les défauts de l'autre. Elles avaient tenté de faire des efforts pour moi avant de décider d'un commun accord que c'était inutile. Je quittai la pièce afin de leur laisser un peu d'intimité, je n'avais pas non plus envie de les entendre me traiter d'abruti. J'avais un minimum de fierté !

À mon tour, je passai la salle de bains en revue. Le gel douche, le rasoir et la mousse à raser trônaient sur l'étagère comme trois âmes en peine, et les grosses serviettes moelleuses s'étaient volatilisées. Je poussai ensuite la porte de la chambre et me figeai. La pièce me sembla gigantesque, sûrement parce que les bibliothèques IKEA avaient disparu. C'était étrange de redécouvrir le mur blanc.

— Si tu veux mon avis, ça c'est une bonne chose !

Je tournai la tête vers Sam qui contemplait également le mur.

— Je ne sais pas comment tu faisais pour ne pas te sentir agressé par tous ses livres.

Il marquait un point. Lorsque Cindy avait emménagé chez moi, elle avait posé une condition : avoir sa propre bibliothèque. Sa demande ne m'avait pas paru extravagante, donc j'avais acquiescé. Je comprenais qu'elle ait besoin de se sentir chez elle. Puis les semaines étaient passées et la dizaine de livres de départ s'était muée en centaines. C'était une lectrice compulsive.

— Ça tournait à l'obsession, son truc de romance.

Je savais que Sam faisait un gros effort pour ne pas rire. Une fois, nous avions trouvé Cindy en pleine réorganisation de la bibliothèque. Rien d'hallucinant si ce n'est qu'elle était assise au milieu de piles de livres. Elle hésitait entre le classement par couleurs et celui par séries qui ne devaient traditionnellement pas être séparées. Sam et moi avions plaisanté, mais cela ne l'avait pas du tout amusée. Cette nuit-là j'avais dormi sur le canapé.

— Je descends, m'annonça Sam, je vais chercher des bières et des pizzas. Je te prends un truc pour demain matin ?

Je supposai que sa proposition n'était pas sans fondement alors j'acquiesçai.

— Tous les placards sont vides ?

— Ouaip.

Il me lança un regard désolé car, même s'il savait que je n'aimais plus Cindy, la situation n'en restait pas moins humiliante.

— Prends-moi une boîte de céréales et de la brioche.

— Ça marche, ça te changera de toutes ces merdes *healthy* !

Quelques heures plus tard, nous étions avachis sur le canapé, légèrement somnolents à cause de l'alcool. Voir mon appartement aussi vide me foutait le moral à zéro alors, pour me dérider, Sam avait entrepris d'évoquer tous les comportements étranges de Cindy. En même temps, il zappait régulièrement sur les chaînes de la télé, si bien que nous passions d'un extrait de film d'action, à une rediffusion de match de foot en passant par des reportages sur des flics ou des familles nombreuses.

— Elle n'était pas méchante, lançai-je. Je crois que ses conneries de bouquins lui sont montés à la tête.

— Disons qu'elle vivait dans un autre monde.

— Pas faux. J'avais beau tout faire, je n'étais jamais à la hauteur des héros de ses romans.

— Tu ne l'aimais pas vraiment…

Il laissa sa phrase en suspens comme une invitation à méditer. Il avait raison, le coup de cœur du début n'avait jamais évolué vers une relation plus forte. J'avais voulu y croire, mais un an plus tard nous en étions au même stade. Pire, je commençais à bloquer sur des petits détails du quotidien. Le pouce de Sam se mit à nouveau à danser sur la télécommande pendant que j'attrapai une bière.

« Les hommes reconnaissent que le culte de la minceur chez une femme est disproportionné. Malgré tout, 26 % de Français jugent nécessaire qu'elles fassent attention à leur poids. Une pression existe donc de la part de la

gent masculine mais ne reste pas l'unique facteur de l'image... »

— C'est marrant comme on parle toujours de la pression que les femmes subissent mais très rarement de celle qui pèse sur nous. Bien sûr, leurs revendications sont légitimes et la société a encore de gros progrès à faire mais, sérieux, pour ce qui est de la pression on n'est pas en reste.

Les coudes appuyés sur les genoux, je me concentrai sur la journaliste. Je comprenais son point de vue et sa volonté de mettre fin au patriarcat. Mieux, j'y adhérais. Mais depuis plusieurs mois, fort de ma propre expérience, j'avais remarqué que les diktats sociétaux concernaient également les hommes. Nous n'échappions pas aux préjugés sexuels et nous aussi devions toujours être parfaits en toute circonstance. Selon moi, les femmes avaient des attentes contradictoires nous concernant et cela devenait compliqué de s'y conformer. Elles nous voulaient musclés mais pas bodybuildés, sensibles mais pas pleurnichards car le côté bad boy était plus attirant. Il nous fallait avoir une petite barbe, mais éviter le mode grizzly. Elles recherchaient la sécurité, mais avaient besoin du frisson lié à l'inattendu. Quoi que nous fassions, cela ne convenait jamais. Le modèle masculin véhiculé à travers les publicités, les films ou les livres étaient irréalistes. L'homme d'aujourd'hui, au même titre que la femme, n'avait rien de ces mannequins qui inondaient notre quotidien, nous poussant à la quête de l'attitude et du corps parfaits.

Un reportage fut ensuite diffusé puis une nouvelle invitée fit son entrée sur le plateau. Son nom apparut en bas de l'écran, mais mon téléphone sonna au même moment, si bien que je n'y prêtai pas attention. Depuis une demi-heure, j'échangeais des messages avec ma sœur. Sam ricana, et je tournai la tête vers lui.

— Qu'est-ce qui t'arrive ?

— C'est pas les bouquins de Cindy ?

Je plissai les yeux. Des livres étaient en train de défiler à l'écran pendant que la nana parlait. Sam avait raison, j'en reconnaissais la plupart.

— C'est qui ?

— Ambre je sais pas quoi, elle est éditrice chez Relief Éditions.

« Le succès de la romance en littérature ne s'essouffle pas. Les lectrices en redemandent et ne semblent pas se lasser. Le besoin de rêver, la recherche d'un happy end, les histoires d'amour sont autant de raisons qui les poussent à choisir ce genre plutôt qu'un autre. La romance s'apparente depuis toujours à une lecture plaisir, une lecture doudou qui permet de décompresser et de s'échapper d'un quotidien pas toujours très rose. »

— Ah bah tu m'étonnes que les lectrices s'échappent, rétorquai-je. Tous les mecs de ces bouquins sont parfaits. Ils sont canon, grands et musclés, la petite barbe qui va bien, le regard sombre et l'attitude intrigante. Ils baisent comme des dieux pendant des heures, disent ce qu'il faut au moment où il faut, et ont toujours un passé compliqué qui explique leur comportement de connard. Très réaliste.

Sam se mit à glousser en entendant mon laïus.

— Le sujet a l'air sensible.

— Bien sûr qu'il est sensible. Pendant plus de deux ans, j'ai été en compétition avec des Jason, Ryan, Evan, Liam et compagnie. Tu veux que je te dise, le pire c'est que j'ai moi-même participé à ma propre chute en lui offrant certains de ces livres. Les hommes devraient être mis au courant de cette concurrence déloyale.

— Pourquoi tu ne nous rédiges pas un article dessus ?

La question eut le mérite de me faire éclater de rire avant que je ne réalise qu'il m'observait, imperturbable.

— Tu plaisantes, rassure-moi ?

Il haussa les épaules, l'air de dire « Je n'ai jamais été aussi sérieux de ma vie. »

— À mon avis ça rendrait service à plus d'un mec !

Il laissa échapper un rot sonore. Le pack de bière y était passé, ce qui signifiait que nous étions éméchés.

— Informer les gens, les mettre en garde des dangers qui les entourent, c'est bien ton taf, non ?

J'étais journaliste pour un grand quotidien et j'avais carte blanche à propos de mes articles. Le rédacteur en chef me faisait confiance et appréciait tout comme nos lecteurs le ton incisif que j'employais dans mes billets, un mélange d'humour et de sarcasme. J'écrivais sur tout, je n'avais aucune limite ni restriction. Si le sujet me plaisait, je fonçais. La liberté de s'exprimer, c'était la richesse de mon métier et j'adorais ça. Je contemplai Sam en silence puis reportai mon attention sur la jeune femme à l'écran. Et s'il avait raison ?

« Il y a nos histoires d'amour, celles que nous vivons ou que nous tentons de vivre dans une société ultra-normée et puis il y a celles des autres, celles dont nous sommes les spectateurs, les lecteurs. Chez Relief Éditions, nous avons à cœur d'offrir à nos lectrices la possibilité de s'évader... »

— La possibilité de s'évader ? De flinguer leur couple plutôt !

J'entrai dans la barre de recherche *Ambre* suivi de *Relief Éditions*. Immédiatement, sa photo apparut à l'écran. Ambre Poulin. Je consultai son profil Linkedin pour en apprendre davantage. Elle était responsable de la collection romance depuis trois ans et s'astreignait, je cite, « à proposer toujours plus de contenu qualitatif aux lectrices ». Quelques lignes plus loin, elle s'amusait à dire que « les romances ne sont pas uniquement une question de femmes, mais il semble que les hommes s'inquiètent que leur virilité soit remise en cause s'ils sont pris en flagrant délit d'émotion ». Un ramassis de clichés comme dans ces putains de bouquins. Voilà ce que c'était ! Je ne savais pas si c'était l'alcool, l'influence de Sam, mon ego malmené, le pillage de mon appart, ou l'envie réelle de défendre la cause masculine et d'alerter le monde sur les dangers de la romance, mais c'était décidé : cet article, j'allais l'écrire.

Chapitre 2

Paris, février 2022
Ambre

Il n'y avait rien de plus excitant que de recevoir un manuscrit d'une de mes autrices préférées. Me plonger dans une aventure inédite entourée de nouveaux personnages était pour moi une source inépuisable de plaisir.

Le mail était arrivé jeudi et m'avait immédiatement procuré un frisson d'excitation. L'autrice avait pris le soin de joindre un résumé, et je savais déjà que l'histoire allait me plaire. Je ne m'étais pas trompée : je l'avais dévorée en un week-end. Bien sûr, il y avait quelques modifications à apporter, des maladresses à gommer, mais dans l'ensemble c'était un très bon texte. Il ne faisait aucun doute que les lectrices seraient conquises.

J'étais responsable de la collection romance chez Relief Éditions. Un poste qui faisait ma fierté et que j'avais obtenu grâce à mon investissement. Mon entourage me demandait souvent si je ne me lassais pas des histoires d'amour. La réponse était toujours la même : non. Chaque romance était différente, et l'esprit créatif de nos auteurs était sans limites. Il arrivait que des thèmes soient parfois récurrents, stéréotypés dans certains cas, mais jamais ennuyeux. Nous sélectionnions nos publications avec un soin méticuleux afin de plaire au plus grand nombre.

Mes journées étaient donc remplies de beaucoup d'amour, de règles grammaticales et d'orthographe, de livres aux couvertures illustrées ou sexy, de réunions interminables, de salons littéraires et de séances de dédicace éprouvantes. Je me faisais un point d'honneur à être disponible pour mes auteurs en les accompagnant le plus souvent possible dans leurs déplacements, si bien que ma vie personnelle en pâtissait légèrement. J'étais célibataire depuis dix mois, ce qui déplaisait fortement à Leslie, ma meilleure amie et assistante d'accueil de l'entreprise. Elle me rabâchait sans cesse que je travaillais trop et que je n'allais pas rencontrer un mec en restant le nez dans mes bouquins. Elle avait raison, mais je faisais une pause. Ma dernière relation m'avait poussée dans mes retranchements, et j'avais ressenti la nécessité de me recentrer sur moi. Attention, je n'étais pas déprimée, au contraire, je ne m'étais jamais sentie aussi bien, aussi libre. Aussi heureuse. Placer mon bonheur au cœur de mes priorités était égoïste, mais très agréable !

La semaine avait commencé sur les chapeaux de roues : je venais de passer deux heures avec le service marketing pour parler stratégie, couverture et titre. Ils m'avaient rendu dingue en rejetant toutes mes propositions de titres et mes moodboards. Pas assez accrocheurs selon eux. Ils voulaient absolument que le livre se démarque de la concurrence. J'espérais juste que nous n'allions pas partir sur une ligne trop originale car ensuite c'était moi qui devrais annoncer à l'auteur nos choix et les défendre. Je ne comptais plus les mails désespérés que je recevais contestant nos décisions. C'était une étape difficile du processus pour les auteurs (autrices, 95 % du temps), elles étaient comme des femmes qui venaient d'accoucher à qui on aurait dit : « Voici votre bébé, il s'appelle Marcus et on l'a habillé en vert fluo pour le reconnaître au milieu de la pouponnière. » Nos décisions marketing n'étaient pas toujours comprises ! Je traversai le hall en soupirant, encore une fois j'allais devoir arrondir les angles. Je repoussai dans un coin de ma tête la difficile conversation à venir et me dirigeai vers Leslie pour la saluer.

— Canon ton pull ! lança-t-elle en me voyant.

Elle enleva son casque de standardiste et se leva pour toucher la manche.

— Il est super doux. Tu l'as acheté où ?

J'étais une inconditionnelle du shopping. Je ne dévalisais pas les magasins, mais je m'autorisais régulièrement l'achat d'une ou deux pièces tendance.

— Il te fait des seins de dingue !

Je souris, je voyais exactement ce qu'elle voulait dire car je m'étais fait la même réflexion dans la cabine d'essayage. C'était pourtant un pull très simple : blanc à col roulé, mais il épousait parfaitement mes courbes. Je l'avais associé à une jupe crayon marron en cuir et des bottines. Dans ma tête, aujourd'hui, j'étais la reine du monde, une Beyoncé blanche au sommet de sa gloire. Cette sensation était le meilleur booster de confiance de la planète ! Je jouai des sourcils pour lui montrer mon assentiment.

— Chez Miss Suzanette. On prend un café ? proposai-je.

— Tu ne peux pas, ton rendez-vous Tinder est arrivé, dit-elle en gloussant.

— Tu aimerais bien que ça soit vrai ! Mais un, je ne me suis toujours pas inscrite et deux, même si c'était le cas, je ne rencontrerais pas mes matchs ici.

— Tu pourrais, pour savoir ce que j'en pense. C'est bien connu que deux avis valent mieux qu'un.

Le pire c'est qu'elle était tout à fait sérieuse. Depuis plusieurs semaines, elle insistait lourdement pour que je rencontre des mecs. Elle avait toujours un homme à me présenter ou un lieu branché à me faire découvrir dans l'espoir que je passe la nuit accompagnée.

— Bon, café ? insistai-je.

— Non, il y a vraiment un mec qui t'attend dans la salle de réunion.

Elle afficha un petit sourire en coin tandis que je fronçais les sourcils.

— Je n'ai pas de rendez-vous.

Au même moment, Maya, une éditrice de la collection historique nous rejoignit en s'éventant.

— Il est pour qui le canon de la salle de réunion ?

Leslie me lança un regard entendu qui attisa ma curiosité.

— Crache ta pastille, Les !

— C'est un journaliste. Il veut s'entretenir avec toi. Je n'en sais pas plus.

J'étais perplexe. Ce n'était pas dans leur façon d'agir, généralement, ils me contactaient par téléphone puis m'envoyaient une liste de questions par mails. Dans de très rares cas, nous nous rencontrions pour ajouter une photo à l'article.

— Si tu es occupée, je veux bien m'entretenir avec lui, rétorqua Maya, amusée.

— Elle est libre comme l'air, précisa rapidement ma traîtresse de meilleure amie. J'ai vérifié, aucune réunion dans son planning avant 15 heures.

J'étais de plus en plus intriguée par cet homme mystère soi-disant canon.

— J'y vais, fis-je avec assurance.

— Ça c'est mon bébé ! s'excita Leslie. Regarde-moi, Ambre.

Je m'exécutai bien sagement, sans trop savoir pourquoi. Elle me détailla une poignée de secondes, m'ébouriffa les cheveux – ce qui me fit râler – et me pinça les joues.

— Aïe !

— Parfait.

— Tu es complètement tarée, ma pauvre !

— Pas du tout, je m'assure que tu sois à ton avantage. Gonfle un peu ta poitrine.

— Mais ça va pas ! Calme-toi, je ne compte pas m'envoyer en l'air dans l'heure qui suit.

Mes deux collègues soupirèrent d'agacement à moins que ce soit de frustration ou même d'envie. Je préférais ne pas savoir !

— Tu nous raconteras.

Je levai les yeux du ciel, désabusée.

— Ai-je besoin de vous rappeler que les romances que nous publions restent de l'ordre du fantasme ?

Je me dépêchai de tourner les talons, consciente qu'elles allaient essayer de me convaincre du contraire.

— Tu ne peux pas savoir ! cria Leslie. Il ne faut jamais sous-estimer la force du destin.

Je levai la main en l'air et l'agitai en guise de réponse puis je pénétrai dans le couloir, direction la salle de réunion.

Leslie avait raison sur un point, le gars en face de moi était tout à fait mon style. Il ne m'avait pas encore aperçue si bien que j'eus tout le loisir de le détailler. Il avait la trentaine et un profil avantageux – il était grand et brun. Si ses yeux étaient bleus, ce serait le combo parfait ! Son visage était ombré par l'éternelle barbe de quelques jours qui plaisait tant à la gent féminine. Sa carrure était quant à elle mise en valeur par un pull noir, et il portait un jean stone sur une paire classique de Converse. Il tenait à la main un de nos best-sellers et le feuilletait d'un air impassible. Il y avait dans cette salle de réunion, une immense bibliothèque où étaient exposés des exemplaires dédicacés de nos publications depuis près de vingt ans. Il n'était d'ailleurs pas rare que nos visiteurs repartent de nos locaux avec un livre en souvenir. Je me raclai délicatement la gorge pour m'annoncer. Il referma le livre d'un coup sec et le reposa sur l'étagère.

— Bonjour, je suis Ambre Poulin.

Ses yeux étaient bleus : merci, mon Dieu ! Je m'avançai pour lui serrer la main. Le Covid n'était pas encore un lointain souvenir, mais je vivais l'assouplissement des gestes barrières comme un véritable soulagement.

— Nathan Lerrier, merci de me recevoir.

Il me présenta sa carte de presse.

— Que puis-je faire pour vous, monsieur Lerrier ?

— Je suis journaliste chez *Allô l'info*.

C'était un des quotidiens les plus célèbres du pays, et je n'avais encore jamais eu de contact avec un membre de leur équipe.

— J'aurais voulu m'entretenir avec vous aujourd'hui ou dans les prochains jours à propos d'un article que je suis en train d'écrire.

— Sur quel thème ?

— La romance.

— Vous êtes effectivement au bon endroit ! dis-je en souriant.

Il ne me rendit pas mon sourire, il paraissait même crispé. Leslie avait oublié de préciser qu'il était coincé.

— Je ne voudrais pas me montrer impolie, mais pourquoi ne pas m'avoir appelée ?

— Je privilégie toujours la spontanéité. Si je vous avais prévenue de ma visite ou envoyé une liste de questions, vous auriez eu le temps de vous préparer. Notre société passe trop de temps à se cacher derrière les écrans, j'aime autant favoriser le contact.

— Je n'ai pas pour habitude de mentir.

Son petit sourire narquois ne m'échappa pas, même s'il fut fugace. Je fronçai les sourcils. Un truc clochait.

— Je peux revenir à un autre moment si vous préférez ? proposa-t-il d'une voix aimable.

J'avais le sentiment étrange que le type était là contre son gré et se forçait à être avenant. Il semblait se contenir, employait un ton qui se voulait sympathique, mais son regard racontait une autre histoire. Je le dévisageai, hésitante. Je pouvais lui mentir et inventer une réunion importante dans vingt minutes, puis filtrer ses appels dans les prochains jours, mais j'avais la certitude qu'il ne lâcherait pas l'affaire aussi facilement. Et puis Leslie n'aurait aucun scrupule à intervenir en sa faveur une fois qu'elle aurait compris mon manège d'évitement. Non, vraiment, le mieux était de me débarrasser le plus vite possible de cet article.

— Non, c'est bon, mais allons dans mon bureau, nous serons plus à l'aise.

Je l'invitai à me suivre d'un signe de tête poli, bien décidée à expédier cette entrevue.

Nathan

J'essayai de paraître sympathique, mais le sujet avait tendance à me tendre. Vraiment. Ambre Poulin était pourtant avenante et professionnelle, et répondait à mes questions avec naturel. J'avais commencé par une série classique que j'intitulais NAPP (nom – âge – parcours professionnel) qui permettait à la personne interrogée de se mettre dans l'ambiance tranquillement. Ambre n'en avait pas besoin car elle était à l'aise et plutôt bavarde. J'avais ainsi appris qu'elle avait trente ans, parlait couramment italien, collectionnait les couteaux suisses, adorait le SAV des émissions d'Omar et Fred, raffolait des beignets – moi aussi – et que sa grand-mère avait une jumelle.

— C'est donc pour cette raison que si vous voulez gagner au Monopoly, vous devez acheter les gares, ajouta-t-elle.

Je ne savais même pas comment nous avions fait pour dériver autant du sujet initial. J'écrivis quelques mots sur mon carnet et continuai sans rebondir sur son aveu précédent.

Sinon quelle serait la prochaine étape ? Me révéler qu'elle était fan de Justin Bieber ? Merci, mais non merci. Nous n'étions que lundi !

— Quel est votre style de lecture ? demandai-je en tentant de ramener la conversation sur un terrain plus sérieux.

La question pouvait paraître anodine, pourtant elle sembla fonctionner comme un électrochoc. Elle plissa les yeux puis releva le menton, me mettant au défi de répondre pour elle. Enfin, c'était de cette manière que j'interprétai son attitude.

— À votre avis ? fit-elle après une poignée de secondes.

— Je ne pense pas trop me tromper en disant la romance.

Elle continua de me dévisager en silence, si bien qu'un instant j'eus presque envie de décliner mon NAPP pour détendre l'atmosphère. Elle avait un regard perçant et n'était pas gênée du silence qu'elle imposait.

— Voyez-vous, monsieur Lerrier, c'est comme si vous disiez que le plat favori d'un pâtissier était un gâteau ou que l'occupation préférée d'un fleuriste était de cueillir des fleurs. C'est réducteur.

— Avouez que la romance fait tout de même partie de votre trio gagnant.

— Et quels sont les deux autres selon vous ?

— Le feel-good, peut-être ?

— Je vous préviens que si vous ajoutez un livre sur le DIY, je ne réponds plus de rien. C'est marrant quand même cette façon de vouloir nous ranger dans des cases. C'est typiquement français et masculin. En Italie…

C'était reparti ! Je clignai des yeux pour ne pas perdre le fil, mais, à la fin de sa tirade, je ne savais même plus quelle était la question d'origine.

— Donc, non, je ne lis pas que de la romance. J'adore les thrillers et la fantaisie, précisa-t-elle avec aplomb.

J'étais dubitatif, mais je gardai mon opinion pour moi. Cela faisait déjà quarante minutes que j'étais là et je n'avais pas encore abordé les sujets intéressants. Elle croisa les bras avec provocation, attirant mon attention sur sa poitrine. Je me dépêchai de détourner le regard car j'étais certain qu'elle trouverait une remarque à faire. Elle aurait d'ailleurs raison. C'était impoli et déplacé. Dans un des bouquins de Cindy, Ambre aurait été décrite comme jolie, le visage vierge de maquillage – ce qui n'était pas tout à fait vrai. Son pull blanc aurait à lui seul tenu en haleine les lectrices sur une demi-page car il tranchait avec sa chevelure et ses grands yeux chocolat, et surtout il la mettait parfaitement en valeur. C'était toujours les mêmes descriptions ! L'héroïne était canon, un visage poupin, des courbes à se damner mais n'en avait pas conscience. À d'autres ! Ambre était mignonne et le savait. Elle n'était pas dans la séduction, mais il se dégageait d'elle une confiance qui, je devais bien l'admettre, était attirante. Le destin ne faisait pas toujours bien les choses ! Je n'étais pas ici pour draguer, mais pour alerter les hommes sur les dangers de la romance.

— Vous ne m'avez pas dit de quelle problématique traitera votre article ?

Est-ce qu'elle lisait en moi ? Elle me dévisageait, intriguée. Cette femme était perspicace, et je me demandais comment elle ne pouvait pas se rendre compte que leurs publications mensuelles étaient irréalistes.

— Je n'ai pas encore totalement décidé de l'orientation définitive.

Je mentais évidemment, mais lui révéler que je comptais descendre la romance en général n'aurait pas eu très bon effet. De plus, j'avais besoin de matière et je voulais des exemples concrets sur lesquels m'appuyer. J'étais certain que sans le savoir elle viendrait étoffer mes arguments.

— On continue ? Je ne voudrais pas vous prendre trop de temps.

Elle acquiesça, mais je voyais bien à l'expression de son visage qu'elle était méfiante. Pour dissiper ses doutes, je tentai de sourire… Sans grand succès.

Chapitre 3

Ambre

LA ROMANCE
OU LE NOUVEAU FLÉAU DES HOMMES
Par Nathan Lerrier

Définition du fléau : Personne ou chose qui est une catastrophe par son caractère nuisible, importun.

Synonymes : Calamité – désastre – malheur

C'est exactement ce que la romance m'évoque. Alors, je vous vois déjà venir, vous insurger même pour certain(e)s, mais lisez la suite avant de me jeter la pierre ! Car cet article a avant tout un caractère préventif.

Que les choses soient claires : je n'ai pas toujours été de cet avis, je dirais même que je n'avais aucun avis sur ce genre. Je savais simplement que ce n'était ni mon style de lecture, ni mon style de film. Là où je recherchais de l'action, du suspense, ma petite amie, elle, était à l'affût de l'amour et des grandes déclarations. Nous ne pouvions pas regarder un film, une série sans qu'elle ne lance des pronostics pour savoir qui allait finir avec qui. Dans un premier temps, j'avoue ne pas y avoir accordé d'importance, je crois même que cela m'amusait, puis très vite nous n'avons plus regardé la télévision ensemble. Le cinéma, lui, était déjà un lointain souvenir des débuts de notre relation. Nos goûts étaient devenus trop différents. Elle me laissait la télé et partait bouquiner dans la chambre. J'étais heureux de pouvoir m'étaler sur le canapé, inconscient que mon couple se délitait. Je ne voyais que le positif de la situation : regarder des types sauver la planète, confortablement allongé et en silence. Rien d'inquiétant pour la majorité des ménages qui, le soir, vaque à des occupations différentes. Seulement, chez nous, des livres – aux couvertures pas toujours de très bon goût d'ailleurs – se sont mis à fleurir dans toutes les pièces de l'appartement et même dans la voiture, me poussant à m'interroger sur mon propre physique. Je n'ai jamais vu autant de torses huilés ! J'ai même fini par me demander si je n'étais pas le seul spécimen sur Terre à ne pas avoir d'abdominaux ! J'ai choisi d'en rire (jaune parfois) et je me suis mis à faire quelques pompes en toute discrétion... Il y avait donc toujours un nouveau tome à acheter, une nouvelle romance coup de cœur à découvrir, un dernier chapitre à lire. Il m'arrivait de les feuilleter à l'occasion sans jamais vraiment m'y attarder et surtout sans le moindre soupçon. Comment ai-je pu oublier que le danger est fourbe et vient souvent de l'intérieur ? Alors, bien sûr, cette relation n'avait certainement aucun avenir et d'autres penseront que la romance a le dos large, mais on ne pourra pas m'ôter de l'idée qu'elle a précipité la fin de mon couple. Les mauvaises langues diront que je cherche une excuse, que je me dédouane de mes responsabilités, mais je vous assure, ouvrez un de ces livres et vous comprendrez !

Un caractère préventif ? Je clignai des yeux plusieurs fois, pas certaine d'être bien réveillée. Je décodais maintenant l'expression inquiète de Leslie lors de mon arrivée. J'avais mis son teint blafard sur le compte d'un week-end difficile alors qu'elle avait tout simplement essayé de me prévenir. « Nathan Lerrier t'a fait livrer un exemplaire de son article. » Mais quel fumier, sérieux ! C'était quoi le problème de ce type pour descendre la romance sur une, deux ... Je tournai les pages frénétiquement et découvris avec horreur qu'il avait été plutôt prolixe vu le texte qui s'étalait sous mes yeux. J'inspirai et expirai lentement dans une vaine tentative de retrouver mon calme. La romance était très souvent dénigrée, c'était loin d'être une nouveauté, j'en avais pris mon parti, mais je n'aimais pas l'idée d'avoir été utilisée. J'aurais dû me fier à mon instinct. Qu'est-ce qu'il avait dit déjà concernant la problématique de son article ? Pas d'orientation claire définie ? Tu parles ! Il s'était bien moqué de moi. Je continuai de parcourir ce torchon avec une tension proche des vingt-deux. Grâce à mes informations, il avait référencé les différents styles de romance (c'était sûrement la partie la plus objective de ce texte !), seulement, au lieu de saluer la richesse du genre, il s'interrogeait. Selon lui, les romances manquaient d'originalité, et la fin sans surprise et connue dès le premier chapitre les rendait sans intérêt. Il avait choisi ce passage pour me citer, ce qui était un comble car je venais légitimer son article !

> *Ambre Poulin responsable de la collection romance chez Relief Éditions : « L'amour traverse les époques. Tomber amoureux au* XXIe *siècle n'est pas différent du* XVIIIe *ou encore du* XVe *siècle. Il a toujours été question de deux personnes, trois parfois lorsqu'il s'agit d'un triangle amoureux. Peu importe la ville, le pays, le siècle, l'amour a franchi les époques. Les sentiments et les réactions physiologiques qui en découlent sont*

les mêmes depuis des centaines d'années. Dans une romance moderne, les codes, les mœurs sont déjà connus car ils font partie de notre environnement. Par contre, les autrices de romances historiques font un travail de recherche considérable pour transposer leurs histoires à une autre période. »

Transposer ? Ce verbe a attiré mon attention et est venu confirmer mes doutes. Mis à part l'époque, ces romans qui placent l'amour au centre de leurs histoires se ressemblent tous. Et pas qu'un peu. Il suffit d'ailleurs de lire quelques quatrièmes de couverture pour se rendre compte que je n'exagère pas ! Un homme de pouvoir charismatique (un comte français, un héritier de clan écossais, un riche homme d'affaires) volage et allergique à l'amour pour une raison souvent très similaire (abandon, père violent, abusé sexuellement pendant son enfance, parents séparés ou décédés) rencontrent une jeune fille parfaite, inconsciente de sa beauté et généralement sans grande expérience sexuelle. Le décor, entendez le lieu et l'époque, change mais les circonstances restent identiques. Ces histoires et ces personnages sont tout simplement permutables.

Pour étayer son propos, il avait pris le soin de citer des courts extraits de nos publications qui effectivement avaient quelques ressemblances. C'était un raccourci stupide d'autant plus que je lui avais expliqué l'importance des recherches entreprises par nos autrices. Certaines se documentaient énormément, et c'était un manque de respect de sous-entendre que ces histoires étaient identiques. Bien sûr il y avait des codes à respecter, mais comme dans n'importe quel autre genre. Le thriller en était le meilleur exemple et sa construction n'avait rien d'original. Le mieux aurait été d'arrêter de lire ce ramassis de conneries, mais je n'arrivais pas à m'en empêcher. Cet abruti avait listé tous les clichés qui faisaient les choux gras de nos détracteurs en se permettant de les commenter. Le pire c'est qu'il se croyait drôle alors qu'en fait c'était simplement un type aigri qui, d'après ce que je comprenais, s'était fait larguer. Je ne savais pas qui était son ex, mais j'étais à deux doigts de lancer une recherche Internet pour lui envoyer des fleurs et la féliciter.

Je n'irai pas jusqu'à qualifier la romance de sous genre car je trouve cette expression élitiste et condescendante, malgré tout ce sont des histoires irréalistes, bourrées de clichés (vous avez vu, la liste est longue !) qui, à mon sens, induisent le lectorat en erreur en lui faisant croire que la fin est toujours heureuse et que, peu importe les aléas, l'amour triomphe. Spoiler alert : C'est faux !

Rappelons juste que dans la réalité un homme qui enlève une femme (à n'importe quel siècle) est un psychopathe et qu'il doit finir en prison, et non marié et heureux. Sous-entendre le contraire est un total manque de respect vis-à-vis des victimes de ces détraqués. Les histoires d'amour, à quelques exceptions près, desservent la cause féminine et ne font que discréditer les hommes en véhiculant une image d'eux parfaitement imparfaite, comme si leurs défauts étaient acceptables et les rendaient adorables. N'oublions pas que la société a décidé (à juste titre) de faire la chasse au comportement déplacé des hommes. La tolérance zéro *et le #MeToo ne disent donc rien à ces auteurs ? Il me semble pourtant – arrêtez-moi si je me trompe – que dans notre quotidien un maniaque du contrôle n'est rien d'autre qu'un pervers narcissique. Je m'interroge donc sur le message qu'elles essayent de promouvoir au travers de leurs écrits.*

C'en était trop ! D'un geste solennel, je fermai le journal et l'envoyai valser à travers la pièce. Il s'écrasa sur la cloison vitrée avec fracas. Quelle enflure ! Quand je pense qu'il avait été jusqu'à me livrer son article. Quel était l'intérêt ? Attirer l'attention, se faire mousser ? Je le revoyais, assis en face de moi, me poser des questions, me dire qu'il adorait les beignets à la pomme et admettre qu'il ne faisait plus de jeu de société depuis l'âge de quatorze ans. Dans l'ensemble, la discussion avait été fluide, même si j'étais celle qui avait le plus parlé. Cet article, c'était vraiment un coup bas. Je restai de longues minutes à ruminer avant de me décider à agir. Nathan Lerrier avait commis l'erreur de réveiller mon côté peste. Il ne perdait rien pour attendre ! Soudain, je me levai, attrapai mon manteau et passai comme une furie devant Leslie en lui criant que je partais faire une course. Quinze minutes plus tard, je faisais le chemin inverse, un sac à la main. Mon amie tenta de m'intercepter, mais je profitai de la sonnerie de son téléphone pour l'esquiver. À bout de souffle et dopée par la colère, je posai mon butin sur mon bureau et en ouvris le dernier tiroir, celui dans lequel je stockais des baguettes chinoises. Parfait ! Nathan Lerrier avait voulu jouer, il n'allait pas être déçu ! J'installai mes ingrédients et me lançai.

Un quart d'heure plus tard, la porte s'entrebâilla et la tête de Leslie apparût.

— Ça va, Ambre ? demanda-t-elle prudemment.

— Très bien, dis-je en reportant mon attention sur ma tâche.

— Mais qu'est-ce que tu fais ?

Elle entra en refermant derrière elle puis s'approcha de

moi alors que je plantais une baguette dans un beignet et la tournais délicatement afin de former un léger trou.

— Je prépare une livraison spéciale en main propre pour M. Lerrier.

— Des beignets ? répondit-elle perplexe.

Ses yeux passaient de mon atelier cuisine improvisé à mon visage sans discontinuer. Visiblement, elle était perdue.

— Je les fourre à la moutarde.

— Alors ça j'avais compris, merci. Mais pourrais-tu m'expliquer pourquoi ?

— Tu as lu son article ?

— Oui.

— Alors tu sais pourquoi.

Comme elle ne pipait pas un mot, je me sentis obligée de préciser.

— Pour me venger. Ce mec vient de nous humilier en m'utilisant, je ne peux pas laisser passer ça.

Mon aveu fut accueilli par un long silence réprobateur. Leslie était exubérante, amusante, fêtarde, mais elle avait la tête sur les épaules et je savais qu'elle n'allait pas cautionner ma vengeance. Peu importe, j'étais décidée. Au pire, il me traiterait de folle, au mieux nous trouverions un terrain d'entente. Une chose était sûre : je devais défendre nos autrices. Elles étaient loin d'être niaises et sans cervelle comme il l'avait insinué. Elles avaient la tête sur les épaules et étaient des femmes intelligentes et accomplies.

— C'est un peu immature, non ? lança-t-elle.

Je repris le fourrage des beignets en l'ignorant. Rien de ce qu'elle pourrait dire ne m'empêcherait de mettre mon plan à exécution : j'allais me pointer à son bureau comme une fleur, sous prétexte de discuter de l'article, et les beignets seraient mon capital sympathie pour l'atteindre. C'était aussi simple que ça ! Pour le reste, j'improviserais sur place.

Nathan

— J'ai apporté des beignets.

Je relevai la tête, surpris. Ambre se tenait sur le seuil de mon bureau, un simulacre de sourire affiché sur le visage. Sans cesser de me montrer ses dents, elle entra en me tendant un sac auréolé de graisse que j'acceptai, déconcerté. Qu'est-ce qu'elle faisait ici ?

— Merci.

— Alors c'est là que vous bossez ?

Elle pivota sur elle-même et lança un regard circulaire à mon antre avant de reporter son attention sur moi. À première vue, elle paraissait calme, sauf que l'étincelle meurtrière qui brillait dans ses yeux n'était pas de très bon augure. Je n'avais aucun doute : elle avait lu mon article, et il l'avait énervée. C'était compréhensible.

— J'ai reçu votre article, dit-elle en guise d'introduction.

Mon sang se glaça. Comment ça « reçu » ? Je n'avais rien envoyé du tout. Peu importe la teneur de mes mots, je ne paradais jamais. Sam avait bien émis l'hypothèse que je le lui envoie, mais ce n'était pas mon sty… *oh bon sang !* Il n'avait quand même pas osé ? Je sentis mon visage s'échauffer. Bien sûr que si ! Malgré mes protestations, il trouvait son idée géniale et n'avait eu de cesse d'insister. J'étais vraiment le dernier des abrutis d'avoir imaginé qu'il m'écouterait. Lorsque je lui avais parlé de ma rencontre avec Ambre, il avait été catégorique : je devais la revoir. L'idée me plaisait car c'était une jeune femme pétillante, intéressante et très charmante, mais l'article rendait toute tentative impossible. Je n'étais pas candide au point de penser qu'elle me pardonnerait notre divergence d'opinions, même si j'avais essayé de tempérer mes propos. Était-il possible que j'aie arrondi les angles, dans l'espoir inconscient de la revoir ? Aucune idée, mais une chose était maintenant sûre : Sam avait agi derrière mon dos. Il ne perdait rien pour attendre. J'attrapai mon portable et lui envoyai un simple « Connard ». L'appareil vibra quelques secondes plus tard, mais je ne consultai pas sa réponse. Ma priorité était de me débarrasser d'Ambre avant qu'elle ne fasse un esclandre. J'étais peut-être naïf, mais je savais reconnaître une femme en colère et surtout j'avais conscience des risques encourus. Mon naturel discret qui n'aimait pas se donner en spectacle était en alerte rouge.

— Je suis désolé, j'ai une réunion qui va bientôt démarrer.

— À 11 h 8 ? demanda-t-elle en arquant un sourcil, étonnée.

J'acquiesçai sans chercher à me disculper.

— Est-ce que vous essayez poliment de me dire de partir ?

— Je…

— Parce que voyez-vous, m'interrompit-elle, la plupart du temps les réunions commencent à heure pile ou à la demie…

Alors que je peinais à formuler une vague explication, elle se laissa tomber sur l'une des deux chaises face à mon bureau sans y avoir été invitée. Je retins difficilement une grimace. Elle comptait donc rester.

— Je vous en prie, asseyez-vous.

Mon ironie ne lui échappa pas, et je récoltai un regard noir. Est-ce que j'allais devoir justifier mes propos et défendre mon article ? J'en avais bien l'impression. Est-ce que j'avais une chance de m'en sortir vivant ? C'était peu probable.

— Je vous écoute.

J'ouvris le sac de beignets et l'orientai vers elle dans une invitation silencieuse qu'elle déclina.

— J'en ai déjà mangé un sur le chemin. Ils sont tout à vous, lança-t-elle. C'est un peu mon drapeau blanc en quelque sorte.

— Je ne savais pas que nous étions en guerre, dis-je pince-sans-rire.

— Je vous pensais plus intelligent.

Plutôt que de répondre à sa provocation, j'attrapai une de ces petites douceurs, l'eau à la bouche.

— Ils sont fourrés ? demandai-je.

Elle me gratifia d'un clin d'œil.

— Surprise ! fit-elle en souriant.

Cette fois, c'était un vrai sourire, et il illumina tout son visage. Sam était vraiment un abruti de m'avoir fait ce sale tour, néanmoins je devais reconnaître une chose : revoir Ambre était loin d'être désagréable. Je fourrai un mini beignet dans ma bouche avant de dire une banalité quelconque sauf que la saveur qui éclata sous mon palais me surprit. Ce n'était pas du chocolat et encore moins de la compote. D'un bond, je me précipitai vers la poubelle, envoyant valser ma chaise par la même occasion. Je recrachai l'intégralité du contenu sans la moindre classe, les yeux pleins de larmes, avec d'affreux haut-le-cœur. Je restai de longues secondes, la tête dans la corbeille à me débarrasser de la moindre goutte de salive, tremblant. Il fallait que j'aille me rincer la bouche. Malgré ma gêne, je me redressai, prêt à lancer une plaisanterie.

— Il va falloir faire une réclamat…

Seulement Ambre avait disparu. Je plissai les yeux, étonné. Disparu ? Est-ce que je l'avais dégoûtée au point de la faire fuir ? Ce n'était pas ma faute si… *oh*… Je me figeai, les yeux et la bouche grands ouverts, les pièces du puzzle s'assemblant soudain. Elle ne s'était quand même pas hasardée à me jouer un tour pareil ? Si je me référais à sa disparition, il semblait bien que oui. J'aurais dû être outré, furieux, voire vexé sauf que ce n'était pas du tout le premier sentiment qui m'animait. Bien au contraire, j'étais ravi : Ambre venait de me donner la parfaite excuse pour la revoir !

Chapitre 4

Ambre

Je m'étais enfuie.

Je n'avais pas été capable de rester et d'assumer. J'avais déserté le champ de bataille, prenant mes jambes à mon cou au moment où Nathan recrachait son beignet. Soudain, j'avais pris conscience du ridicule de la situation. J'étais debout alors qu'il était agenouillé, presque en train de vomir. Est-ce que la vengeance m'avait apporté une forme d'apaisement ? Pas le moins du monde ! Bien au contraire, je m'étais sentie honteuse d'avoir eu une attitude aussi puérile. Leslie avait essayé de me faire entendre raison avant mon coup de folie, mais je n'avais rien écouté. J'avais été totalement déraisonnable et hors de contrôle.

— Je ne suis là pour personne, lui criai-je à mon retour dans les locaux.

J'étais trop embarrassée par mon attitude pour lui raconter mon entrevue. Je me terrai dans mon bureau tout l'après-midi, pétrifiée à l'idée de voir débarquer Nathan. Par chance, il ne se manifesta pas. Je ne reçus donc ni plainte incendiaire, ni attaque d'œufs pourris en quittant mon bureau le soir. J'avais attendu qu'il fasse nuit et rasé les murs en sortant, tête baissée. Même chez moi, je ne me sentis pas à l'aise, et ma conscience me tortura une bonne partie de la nuit.

Au réveil, mon ressentiment à l'égard du journaliste n'avait pas faibli, j'étais toujours très en colère contre lui, mais je regrettais d'avoir agi de la sorte. Le contacter par téléphone et lui demander un droit de réponse en argumentant calmement aurait été beaucoup plus intelligent et efficace. Plus mature aussi. Malheureusement ce qui était fait était fait, j'allais donc continuer de prier ma bonne étoile afin de ne jamais recroiser ce type.

Une heure plus tard, j'arrivai dans les locaux de Relief Éditions.

— Salut, Leslie,

Je lui fis un petit signe de main sans m'arrêter. Je savais que nous devions avoir une conversation, mais il était à peine 9 heures et j'avais très mal dormi. Je préférais attendre un moment avant de me faire sermonner. Je m'engageai dans le couloir, saluai quelques collègues sans m'attarder et me dirigeai vers mon bureau. La porte était ouverte, si bien que je pus apercevoir un visiteur. Je me figeai. L'homme était assis et je ne voyais que son dos, mais j'étais sûre d'une chose : il s'agissait de Nathan. Sans faire de bruit, je fis demi-tour et me précipitai à toute vitesse vers mon amie.

— Qu'est-ce qu'il fait là ? dis-je le cœur battant.

— Il a demandé à te parler.

Elle accompagna sa réponse d'un haussement d'épaules comme si c'était une simple visite de courtoisie. J'avais envie de hurler « moutarde » pour lui rafraîchir la mémoire, mais j'avais trop peur d'attirer l'attention.

— J'avais dit que je ne voulais voir personne.

— Oui, hier. Pourquoi il y a un problème ?

Elle releva le menton en signe de provocation, avec un petit air innocent. Elle me mettait au défi de passer aux aveux, mais ce n'était pas au programme. Une seconde, mon regard dévia vers la porte de sortie du bâtiment. Je pouvais très bien faire du télétravail aujourd'hui.

— Si tu comptes te tirer, je te préviens, je lui file ton adresse.

Je secouai la tête pour revenir à la raison.

— Je ne pensais pas du tout à m'enfuir, mentis-je avec aplomb.

— Si tu le dis.

J'étais de mauvaise foi, et nous le savions toutes les deux.

— Il était comment à son arrivée ?

— Comment ça ?

— Je ne sais pas : énervé, en colère, fur...

— Charmant.

— Charmant ? répétai-je perplexe.

— Oui, comme l'autre fois.

Sûrement pour noyer le poisson, me dis-je intérieurement.

— Peut-être qu'il est temps d'assumer, Ambre.

— Assumer ?

— Est-ce que je dois te faire un dessin ? Et puis arrête de répéter tout ce que je dis !

Elle leva les yeux au ciel alors que je soupirais de dépit.

— Si je ne suis pas sortie dans une demi-heure, viens t'assurer que je suis toujours vivante, grommelai-je.

— Tu exagères.

— C'était de la moutarde forte, lâchai-je avec une grimace. Pas un truc douceâtre, mais une sauce bien puissante qui arrache.

— Ça aurait pu être pire. Tu aurais pu choisir du wasabi. Allez, ouste ! Va affronter ton destin !

Elle me fit signe de déguerpir en riant sans le moindre apitoiement. Alors, la mort dans l'âme, je m'exécutai.

J'inspirai profondément avant d'entrer dans le bureau. Je devais faire amende honorable et éviter de la ramener. Après tout, je pouvais m'estimer heureuse qu'il n'ait pas porté plainte. Et s'il s'était mis en tête d'écrire un article sur moi dans les prochains jours pour me laminer sur la place publique ? J'en avais des sueurs froides rien que d'y penser !

— Bonjour !

Ma voix haut perchée le fit sursauter, j'allais devoir ajuster mon timbre et éviter de paraître trop enthousiaste. Il me prenait déjà pour une folle, autant éviter d'aggraver mon cas ! Je ne me risquais pas à aller lui serrer la main, il y avait peu de chances qu'il soit violent, mais je préférais jouer la carte de la sécurité. Je m'installai derrière mon bureau, essayant de paraître détendue.

— Monsieur Lerrier, que puis-je...

— Nathan, me corrigea-t-il.

Je hochai la tête et repris :

— Que puis-je faire pour vous, Nathan ? Rassurez-moi, vous n'êtes quand même pas revenu dans le but d'écrire un nouvel article ?

Je n'avais pas pu m'empêcher d'être sarcastique, mais c'était plus fort que moi, sa présence avait le don de m'irriter. Ses fesses se décollèrent du fauteuil dans lequel il était installé, et il me tendit un sachet en papier luisant de graisse.

— Non, je suis venu vous apporter ça car manifestement votre boulangerie fait les pires beignets du monde.

Je fermai les yeux, je ne pouvais pas laisser passer cette perche. J'étais une adulte, et à ce titre je devais être capable de reconnaître mes erreurs.

— À ce propos... je... je vou... je voulais m'excuser.

Voilà c'était dit ! Leslie serait fière de moi. Il ne répondit pas et se contenta de m'observer. Qu'est-ce qu'il attendait ?

— De ?

Génial, il n'allait pas me faciliter la tâche ! C'était de bonne guerre.

— Je me suis très mal comportée hier.

— Oh ! vous voulez dire que c'est vous qui avez chargé le beignet de moutarde ?

Son ironie me fit lever les yeux au ciel, et je me rendis compte bien trop tard que je souriais.

— C'était astucieux, audacieux même, mais parfaitement dingue.

— Vous m'aviez énervée.

— Rappelez-moi de ne plus m'y risquer.

— Comment avez-vous pu écrire autant de stupidités ? enchaînai-je.

Il se mit à rire de façon spontanée alors que j'étais très sérieuse.

— C'était une vraie question.

La pièce redevint silencieuse en une fraction de seconde tandis qu'il m'étudiait.

— Comment pouvez-vous ne pas vous rendre compte que vous publiez autant de mensonges ?

— Quoi ?

— Vous faites croire aux femmes que l'homme parfait n'est pas un mythe en ancrant vos histoires dans notre actualité, si bien que certaines finissent par se déconnecter de la réalité en attendant une personne qui ne viendra jamais. Vous contribuez à leur donner une image faussée de l'amour en idéalisant des hommes qui n'existent pas ou pire qui sont des vrais connards.

Je fronçai les sourcils, atterrée par son monologue.

— Oh oui, l'option toxicité est certainement le point le plus abject de vos publications. Enfin, s'il n'y avait que ça ! J'ajouterai que vous véhiculez un standard de beauté absurde. Tous vos héros sont beaux, musclés et bien pourvus par la nature. Vos héroïnes se voient, elles, comme des femmes banales alors que leur description laisse bien au contraire penser qu'elles sont très jolies. Est-ce qu'elles sont bêtes au point de ne pas voir qu'elles sont canon ? C'est n'importe quoi !

Il marqua une courte pause pour reprendre son souffle, nul doute qu'il allait enchaîner.

— Et je ne parle même pas de certains dialogues : « Tu es à moi », « Tu m'appartiens », « Va te faire foutre ! », « Avec plaisir, bébé ». Vous imaginez quelqu'un dire une connerie pareille aujourd'hui alors que le hashtag « #balancetonporc » est un des plus utilisés sur les réseaux sociaux ? Je suis presque sûr que si je vous avais abordée dans un bar avec une phrase d'accroche type « C'est moi la personne que vous attendiez ? » ou « Ça te ferait plaisir de m'embrasser ? », vous m'auriez insulté.

— Preuve en est que je sais distinguer le bien du mal. Ce n'est pas parce qu'on lit des polars qu'on veut être détective, qu'on voit des histoires de meurtres partout ou pire qu'on est un psychopathe. Votre analyse est absurde et réductrice.

— Vous…

— Non, laissez-moi finir, je vais vous donner un exemple très concret. La semaine dernière, j'ai vu une étude qui parlait des films porno.

Ses yeux s'arrondirent de surprise alors que j'entamais mon argumentaire. Il m'avait vraiment énervée, et il était hors de question que je le laisse continuer à nous rabaisser de la sorte.

— Figurez-vous que les deux tiers des femmes interrogées aiment qu'il y ait de l'agressivité dans la pornographie, mais 95 % d'entre elles ne veulent pas pratiquer du sexe agressif car, voyez-vous, elles ont le droit d'aimer regarder des gens s'envoyer en l'air de façon bestiale sans pour autant avoir envie d'être à leur place. Si je reprends mon exemple des polars, ce n'est pas parce que vous regardez *Mort sur le Nil* que vous avez envie de devenir Hercule Poirot. La pornographie c'est de la fiction, une forme de fantasme, au même titre que nos romans. Et sachez, Nathan, que le fantasme est par définition une représentation imaginaire suggérée par l'inconscient. Je vous invite donc à ne pas tirer de conclusion hâtive et nous accuser de tous les maux. En plus, vos propos sous-entendent que les femmes sont stupides et ne savent pas distinguer le vrai du faux, le bien du mal. Nos lectrices aiment les romances, ce n'est pas pour autant qu'elles sont sans cervelle et niaises. Nos lectrices ne devraient pas être jugées à partir de leur goût littéraire. Jusqu'à preuve du contraire, nous sommes dans un pays libre.

Je ponctuai ma tirade d'un sourire hypocrite.

— Je n'ai pas dit le contraire, répondit-il, la mâchoire serrée.

Je sentis mes sourcils s'arquer devant son évidente mauvaise foi.

— C'est quand même dingue qu'il y ait toujours quelqu'un pour nous dire quoi faire, quoi porter, quoi regarder et maintenant quoi lire ! Quelle est la prochaine étape ? enchaînai-je. Les hommes vont-ils nous imposer notre position pour accoucher ?

Bien sûr la question était rhétorique, mais je laissai volontairement un blanc pour le mettre mal à l'aise avant de lui porter l'estocade finale.

— Je veux un droit de réponse, lâchai-je au moment où il ouvrit la bouche.

— Pardon ?

— Vous m'avez parfaitement comprise. C'est légal et...

— Je sais très bien ce qu'est un droit de réponse !

— Donc vous acceptez ?

— Non.

— Si c'est nécessaire, je peux vous adresser un recommandé en bonne et due forme pour motiver ma demande...

Il me fixait perplexe.

— Ou alors ça peut rester entre nous, proposai-je.

— Rester entre nous ?

— Oui, vous pourriez tout simplement écrire un nouvel article plus nuancé cette fois.

— Et qu'est-ce que j'y gagne, moi ?

— À ne pas passer pour un sale type condescendant et élitiste qui se croit tout permis.

— Rien que ça !

— Je ne suis pas certaine que votre journal apprécierait de savoir que vous n'avez pas été totalement honnête lors de notre rencontre.

— Première nouvelle !

— « Je n'ai pas encore totalement décidé de l'orientation définitive de mon article », le citai-je en mimant des guillemets. Foutaises !

Il eut au moins le mérite de rougir.

— Vous savez que j'ai raison. Je propose donc que nous convenions d'un nouvel entretien où je répondrais point par point à vos attaques.

— Mes attaques ? Parce que vous vous êtes sentie agressée, peut-être ? Excusez-moi, mais c'est le monde à l'envers. Vous et vos beignets êtes les agresseurs de cette pièce !

— C'est vous qui avez commencé, dis-je en croisant les bras.

— On nage en plein délire !

— Pas du tout. Je veux avoir la possibilité de m'exprimer et surtout je veux pouvoir vous faire changer d'avis.

Il secoua la tête en riant.

— Vous vous êtes crue dans l'un de vos romans ?

— Pardon ? Vous faites une fixette ! Est-ce que finalement ça ne serait pas vous qui êtes totalement déconnecté de la réalité ? Car si vous pensez que la prochaine étape c'est un baiser passionné où nous enverrions valser tous les documents posés sur mon bureau, vous rêvez.

L'image s'invita dans mon esprit et n'eut absolument rien de désagréable. Bien au contraire, mon cerveau s'amusa même à me torturer en inventant une suite. Je sentis le feu me monter aux joues et, à voir les pupilles dilatées de Nathan, je compris que nous partagions le même scénario. Je clignai des yeux, surprise par mon attirance soudaine pour lui. Perturbée par ma réaction, je me levai et, d'un pas décidé, je contournai mon bureau pour me poster devant lui. Je lui tendis la main dans l'espoir de retrouver une attitude professionnelle – ou qu'il me touche peut-être... – et qu'il accepte mon droit de réponse. Il me fixa un long moment, pendant lequel j'essayai de ne pas paraître impressionnée par son regard brûlant. Puis, soudain, il enroula ses doigts autour des miens. Pile à cet instant, on frappa à la porte et Leslie apparut. Dans un premier temps, elle sembla surprise de nous voir main dans la main, mais très vite un grand sourire anima son visage.

— Super ! Je vois que vous avez fait la paix !

Comme des gamins pris en faute nous nous écartâmes en sursautant. Nathan se leva et quitta ensuite la salle précipitamment en me criant qu'il attendait les détails de notre prochain rendez-vous. J'acquiesçai en silence, j'avais déjà mon idée et si j'étais sûre d'une chose c'est qu'elle n'allait pas lui plaire !

Chapitre 5

Paris, mars 2022
Nathan

— Alors vous montez ? lança Ambre.

Elle était garée en double file et avait baissé sa vitre. Comme je restais immobile, elle me faisait des grands gestes impatients. Pourquoi avais-je le sentiment de m'être fait avoir ? Sûrement parce que c'était le cas !

Elle m'avait donné rendez-vous à 9 heures devant le Roi du Café, rue Lecourbe, en me précisant d'attendre à l'extérieur. La requête était étrange, mais je m'étais exécuté bien sagement sans chercher à comprendre. J'étais arrivé avec un peu d'avance, ravi de la revoir, ce qui m'avait permis de consulter le menu affiché sur la vitrine. La formule *Petit déj royal* avec ses deux viennoiseries, tartines beurre confiture, œufs brouillés au lard, café et jus d'orange pressée m'avait paru alléchante. Dommage qu'elle ne soit plus qu'un lointain souvenir. Je lançai un regard en arrière, un peu inquiet. Le bistrot avec sa devanture noire défraîchie et ses lettres or et blanches était un endroit neutre et sûr, presque accueillant, mais surtout parfait pour repartir sur de bonnes bases. La Clio grise et cabossée d'Ambre faisait office de terrain ennemi. Et puis, je ne savais même pas où nous allions.

C'était comme si elle me proposait de me jeter dans la gueule du loup volontairement.

— Pour quoi faire ? tentai-je sans bouger.

— Allez, dépêchez-vous, on va être en retard !

Évidemment, elle ignora ma question et accompagna son ordre d'un coup de klaxon strident qui me fit sursauter. Cette nana était vraiment étrange – et très autoritaire ! Légèrement perturbé par le changement de programme qu'elle m'imposait, mais néanmoins curieux, j'abandonnai le trottoir pour m'installer à ses côtés.

— Tenez, je vous ai pris ça.

Elle se contorsionna, attrapa un sac en papier sur le siège arrière et me le tendit. Ça devenait une habitude !

— Promis, ils sont délicieux.

J'arquai un sourcil, sceptique. Je n'avais pas vraiment envie de réitérer l'expérience du beignet à la moutarde. Comme je ne bronchais pas, elle soupira, ouvrit le sac sur ses genoux et mordit à pleines dents dans un des petits pains sucrés. Elle laissa échapper un grognement de satisfaction tout en s'insérant dans la circulation.

— Une tuerie, même si je dois avouer que ma préférence va à ceux au chocolat.

D'autorité, elle posa le sachet sur mes genoux alors que nous traversions le pont Garigliano.

— Goûtez. Vous m'en direz des nouvelles !

— Où va-t-on, Ambre ? Votre message ne stipulait pas de balade matinale, dis-je en observant un beignet sous toutes ses coutures.

— Bien sûr, sinon vous ne seriez pas venu.

— Et donc ?

— Nous allons à Suresnes.

— Suresnes ?

— C'est une ville de banl…

— Je sais très bien où est Suresnes, mais pourquoi ?

Elle se contenta de sourire, énigmatique, l'attention rivée sur la route devant elle. Je bouillonnais, à la fois agacé et curieux de connaître la suite du programme. Ambre me plaisait, c'était indéniable, mais il y avait une longue liste de raisons qui m'interdisait de lui faire savoir. Un, elle était complètement barrée ; et après Cindy j'avais besoin de stabilité. Deux, elle était éditrice de romance, genre littéraire qui m'avait coûté mon couple. Trois, j'étais presque certain qu'il existait une histoire de déontologie : un journaliste ne pouvait pas sortir avec son sujet d'article. Quatre, j'avais besoin d'un break. J'avais consciencieusement énuméré ces arguments la veille au soir à Sam, mais il n'avait absolument pas été convaincu. Moi non plus d'ailleurs.

— Je vous emmène à un salon de la romance.

Le temps se suspendit l'espace de quelques secondes. Je clignai des yeux, essayant de percevoir les sons de l'habitacle, seulement j'avais le sentiment d'être devenu sourd. Les lèvres d'Ambre remuaient, je supposai donc qu'elle babillait comme à son habitude, seulement tout était silencieux. Puis mes oreilles se mirent à siffler, et soudain tout redevint normal.

— Pourquoi vous me fixez comme ça ? demanda-t-elle.

Je détournai le regard, reposai le beignet à l'abri dans son sac et me penchai pour ouvrir la boîte à gants.

— Mais qu'est-ce que vous faites ?

— Je cherche une corde…

— Une corde ?

— Oui, pour me pendre !

— Ah ah ah ah, très drôle ! fit-elle d'un ton laconique. Voilà exactement pourquoi je ne vous ai rien dit avant. Votre esprit étriqué et bourré de préjugés vous aurait forcé à refuser.

— N'étions-nous pas censés repartir sur de bonnes bases et nous comporter comme les adultes responsables et matures que nous sommes ?

— Je l'ai fait, je vous signale ! J'ai apporté des beignets.

— Ambre, les beignets ne peuvent pas être la solution a tous vos problèmes.

— Peut-être, mais souvent, ils aident.

Elle affichait une mine boudeuse.

— Et si j'avais d'autres obligations dans la journée ? Nous sommes samedi...

— C'est le cas ?

— Non, mais j'aurais pu.

Elle n'ajouta rien et alluma la radio. NRJ évidemment. Je baissai le son sans lui demander l'autorisation car il y avait des limites à ne pas dépasser, et Harry Styles en était une pour moi.

Le quart d'heure suivant se déroula dans un calme relatif, elle avait remonté le son, si bien qu'un nouvel artiste commercial et criard s'était mise en tête de me percer les tympans. Je me concentrai sur le paysage qui défilait, cherchant un sujet de conversation. Je n'étais pas du genre timide, mais avec elle j'avais l'impression de marcher sur des œufs.

— Alors, quelle est votre dernière lecture ?

Ambre avait rompu le silence, elle s'était exprimée d'une voix polie, essayant j'imagine de détendre l'atmosphère.

— *Mon boss est aussi mon coloc* ou l'inverse, je ne sais plus trop.

J'observai son profil et le sourire qui se dessinait sur ses lèvres. Je vis qu'elle faisait un gros effort pour ne pas éclater de rire.

— Et juste avant il y a eu *Toxic Game with My Sexy Enemy* et *Comment j'ai branché mon meilleur ami.*

— Bien sûr !

— Si, je vous promets. N'allez pas penser que j'ai écrit un article sans me documenter.

— Quel est votre schéma préféré dans ces cas-là ? dit-elle, dubitative.

— C'est-à-dire ?

— Vous n'avez pas poussé vos recherches au point de vous intéresser aux différents schémas utilisés par nos auteurs ?

Je remarquai une note de reproche dans sa voix.

— Vous parlez chinois, là !

— OK, reprit-elle, alors nous avons par exemple, le schéma boss-employée, le *enemies to lovers*, le *friends to lovers*, le bad boy, les retrouvailles, ou encore mon préféré le *fake fiancé.*

— Je pense pouvoir dire sans me tromper que mes lectures traitaient des trois premiers. Le dernier m'est par contre totalement inconnu.

— Quel dommage, vous loupez quelque chose !

— Si vous le dites. Et donc, quel est le principe ?

— Un homme et une femme qui parfois ne se connaissent même pas très bien, se retrouvent à jouer la comédie et faire semblant d'être en couple.

— Et pour quelle raison ? m'étonnai-je.

— C'est très variable, une raison professionnelle, familiale, ou pour rendre un ex jaloux.

— Et je suppose qu'ils finissent par tomber amoureux ? Quelle grande surprise !

— Vous faites la même erreur que nos détracteurs. Ce qui passionne les lectrices ce n'est pas la fin, mais la façon dont ils tombent amoureux ainsi que la manière dont ils vont affronter les épreuves pour vivre heureux.

— C'est toujours la même fin, ils se marièrent et eurent beaucoup d'enfants.

— Non, il y a parfois des exceptions.

— Vous voulez dire que les héros ne finissent pas toujours ensemble ? répliquai-je en ricanant.

— Certaines histoires connaissent de terribles drames avant de se finir sur une note positive, je vous assure. Je vous donnerai quelques titres pour documenter votre nouvel article. Et pendant que j'y pense, il ne faudra pas oublier de mentionner que la romance permet aussi d'apprendre deux trois trucs utiles.

Je plissai les yeux, perplexe, car je ne comprenais pas son sous-entendu.

— En matière de sexe, précisa-t-elle, amusée. Vous n'êtes pas d'accord ?

Je refusai d'entrer dans son jeu car un, je n'étais pas certain qu'elle attende une réponse, et deux, peu importe celle que je lui donnerais, elle l'interpréterait de façon à me mettre mal à l'aise.

— Ces romans sont une mine d'or en ce qui concerne les pratiques sexuelles ! continua-t-elle. Très honnêtement, plus d'un homme devrait lire quelques passages pour savoir comment s'y prendre.

Je finis par céder à la tentation de donner mon avis.

— Arrêtez une seconde ! L'acte sexuel semble durer des heures, personne n'est jamais fatigué. Ces personnages sont des véritables machines à orgasmes ! C'est ridicule et très loin d'être réaliste ! Cela induit en erreur les lecteurs, peu importe leur sexe.

— Vous êtes de mauvaise foi !

Mieux valait l'ignorer et recentrer le débat.

— Pour revenir à un problème plus général, je dirai que la romance n'a aucun fond.

Elle me fusilla du regard alors que nous étions arrêtés à un feu.

— Aucun fond ? Mais cela ne veut strictement rien dire parce qu'il y a dans les romances une multitude de sujets de société qui sont abordés. C'est tout de même amusant cette faculté qu'ont certaines personnes à brandir l'argument du fond. Après tout, qu'est-ce que ça peut bien leur faire ? Qu'ils n'aiment pas c'est une chose, mais pourquoi vouloir absolument nous convaincre que nous ne devrions plus lire d'histoires d'amour. Moi par exemple, je déteste la fantaisie car...

— Je croyais que c'était l'un de vos genres préférés ?

Elle leva les yeux au ciel, comme si ma remarque était stupide.

— C'est vous qui me l'avez dit, me défendis-je.

— Vous m'aviez énervée !

Cette femme était complètement folle, mais son grain de folie était irrémédiablement attirant.

— Peu importe, décrété-je, je vous ai coupée, continuez je suis curieux d'entendre la suite. Donc concernant le fait que vous n'aimez pas la fantaisie ?

— Je garde mon avis pour moi et je ne passe pas mon temps à crier au scandale en traitant les lecteurs de gamins ou d'illuminés refusant de vivre dans la réalité. Et c'est la même chose pour les lecteurs de thrillers. Est-ce que leurs lectures font d'eux des gens complètement malades ?

— Vous exagérez.

— Pourquoi ? Ça vous choque que je les traite de tordus ou de dégénérés en me basant sur leur bibliothèque ? C'est exactement l'amalgame qui est fait à propos de nos autrices et lectrices. Elles seraient soi-disant frustrées sexuellement et certaines développeraient même des tendances nymphomanes. Du délire !

Elle marquait un point, mais je me gardai bien de lui dire.

— Pourquoi vouloir nous imposer un genre de lecture ? martela-t-elle. Le principal n'est-il pas de lire ? La lecture a plusieurs fonctions, et l'une d'entre elles est le plaisir. Pour ma part, lire un essai politique m'ennuie à mourir, est-ce que cela fait de moi pour autant une personne sans cervelle ni jugeote incapable de voter lors d'une élection ?

Elle était à bout de souffle et les jointures de ses doigts étaient blanches tellement elle était crispée.

— Et surtout, assena-t-elle, comment expliquer que la

romance soit un des genres littéraires qui se vendent le plus si c'est si nul que ça ? Si vous voulez mon avis, je trouve un peu paradoxal qu'une poignée de soi-disant intellos élitistes se permettent de nous juger alors que notre communauté de lecteurs est la plus importante. Ça serait une problématique intéressante à aborder pour votre article, qu'en pensez-vous ?

Je me contentai de me taire car pour le moment il n'était pas question de nouvel article. Ambre voulait me convaincre, mais j'étais d'un naturel têtu et je n'étais pas certain qu'une immersion en terre sauvage me fasse changer d'avis !

Et puis j'avais très envie de passer le reste de mon samedi avec elle…

Chapitre 6

Nathan

OK, c'était pire que prévu !

Partout autour de moi, des hordes de femmes poussaient des cris et se sautaient dans les bras. Elles se serraient les unes contre les autres à tour de rôle, riaient et plaisantaient avant d'interpeller une nouvelle venue. Ma tête n'était déjà pas loin d'exploser alors que je n'avais même pas encore pénétré au centre de l'enfer.

Nous étions arrivés à Suresnes depuis une vingtaine de minutes, et j'attendais Ambre dans le hall. Initialement, elle était partie chercher mon entrée – *un pass illimité, Ô joie intense* –, mais elle avait été interceptée en chemin par un homme qui lui tenait maintenant la jambe. Poireauter commençait à me taper sur le système !

De nouveaux cris proches de l'hystérie me firent sursauter et détournèrent mon attention : quatre types vêtus de noir de la tête aux pieds, musclés – et beaux gosses, cela va sans dire –, traversèrent la salle. Inutile de préciser que leur arrivée sembla ravir l'ensemble de la gent féminine qui se mit à les suivre en piaillant. Est-ce qu'elles n'avaient pas compris qu'ils étaient payés pour amuser la galerie ?

— Ils sont là pour mettre un peu d'ambiance.

Je pivotai en direction d'Ambre. Elle me regardait en riant tout en jouant des sourcils d'un air amusé.

— Désolée, j'ai été retenue, dit-elle en me tendant mon pass. Mettez-le en évidence, il vous donnera accès aux conférences, activités et séances de dédicace sans restriction.

— Des conférences ?

— Oui, ce sont des sessions d'une heure sur des sujets variés. Les autrices interviennent et échangent avec les lectrices. Je parle au féminin car cela ne vous aura pas échappé que le public est composé à 95 % de femmes.

— 98 %, j'aurais dit ! Quels sont les thèmes abordés ?

— La place du sexe dans la romance, la romance et le handicap, les nouveaux codes amoureux et l'héroïne engagée, lista-t-elle. Je pense que le dernier thème peut vous intéresser et peut-être même vous faire changer d'avis. Nous ne sommes pas que sans cervelle contrairement à ce que vous avez l'air de penser.

J'enfilai le pass autour de mon cou en l'observant.

— Pourquoi est-ce si important pour vous ?

— De ?

— Me faire changer d'avis.

Pour toute réponse, elle plongea son regard dans le mien pendant de longues secondes. Est-ce qu'elle essayait la télépathie ? Car, si c'était le cas, cela ne fonctionnait pas du tout.

— La première conférence est dans deux heures.

Elle venait de rompre le silence sans avoir répondu à ma question. Je clignai des yeux, m'efforçant de reprendre mes esprits. Le silence m'avait dérouté, cette femme me faisait perdre mes moyens.

— Je vais rejoindre mon équipe et mes autrices, venez, je vais vous présenter.

Elle ne se soucia pas de ma réponse et se dirigea d'un pas décidé vers la salle principale. À mi-parcours, elle lança un regard discret afin de vérifier que je n'étais pas resté en plan.

Ambre avait un petit côté autoritaire que je trouvais très attirant et, comme j'avais envie qu'elle m'apprécie, je m'exécutais sans broncher. Cette attitude passive était une première pour moi. Je n'étais pas un gros dragueur, mais quand une femme me plaisait, je savais lui faire comprendre et surtout j'étais entreprenant. Tout l'inverse du moi de ces dernières semaines ! Seulement, Ambre me perturbait. Sam m'avait lancé le défi de l'inviter à boire un verre, mais pour le moment je n'avais pas la moindre ouverture. Nous n'étions même pas passé au stade du tutoiement.

— Alors là, vous avez les différentes maisons d'éditions, de ce côté-là l'espace conférences, sur votre gauche le photobooth, plus loin les speed datings auteurs-lecteurs et édit...

— Speed datings ?

— À droite les mises en avant blogs et partenaires.

— Vous connaissez les lieux comme votre poche.

— Je suis déjà venue hier pour m'assurer que tout était en place. Ici, nous avons les essais couvertures avec plusieurs professionnels du graphisme et tout au fond le coin restauration.

Ambre se retournait de temps en temps pour illustrer son discours de gestes, tout en se déplaçant rapidement. Je suivais ses indications en faisant attention de ne pas la perdre. Il y avait énormément de monde, et plusieurs fois nous fûmes pris en sandwich par des groupes de jeunes femmes enthousiastes. À aucun moment elle ne s'agaça d'être retardée, au contraire elle prenait même le temps de saluer certaines personnes et distribuait beaucoup de sourires. De mon côté, je me contentais de l'imiter, essayant de retenir les noms et les rôles de toutes ces personnes. À une intersection, nous bifurquâmes dans une allée plus calme et encore fermée au public. Un panneau indiquait que les séances de dédicace commençaient à 11 heures. Plus que dix minutes et le calme apparent de cette zone ne serait qu'un lointain souvenir.

— Quelle effervescence ! fis-je pour relancer la conversation.

— Oui, c'est un salon que les lectrices affectionnent énormément. Les autrices de romance sont très disponibles et accessibles si bien qu'elles attirent toujours beaucoup de monde.

— Où allons-nous ?

— Passer les troupes en revue !

Effectivement, Ambre fit plusieurs arrêts à différents stands où elle gratifia les auteurs de recommandations bienveillantes après m'avoir présenté. Les autrices que je rencontrai étaient souriantes et polies, et j'échangeai quelques mots avec plusieurs d'entre elles. Elles venaient d'horizons très différents, et chacune avait une histoire originale qu'elle se plaisait à raconter. C'était des jeunes femmes simples, la tête sur les épaules, bien différentes de leurs héroïnes. Certaines me confièrent leur excitation à l'idée de rencontrer leur lectorat pour la première fois pendant que d'autres paraissaient plus intimidées, presque effacées. Cette variété de tempéraments était intéressante, et il était agréable de constater qu'elles ne se prenaient pas au sérieux. Depuis mon arrivée, je n'avais entraperçu aucun ego surdimensionné. Une première !

Nous passâmes à la table de dédicaces suivante alors que l'allée s'animait. Des groupes de jeunes femmes munies de tote bags pleins à craquer commencèrent à faire la queue devant leurs autrices préférées. Autour de moi, il y avait beaucoup de brouhaha, de rires, de selfies et de bonne humeur. L'ambiance était joyeuse, agréable. On aurait dit un énorme groupe de copines qui se retrouvaient après de longs mois moroses.

— Je reviens, attendez-moi là, j'en ai pour cinq minutes.

Je pivotai vers Ambre, elle était légèrement échevelée car elle venait d'ôter son pull. Lui proposer qu'on se tutoie me brûlait la langue, mais je me retins. Ce n'était pas le bon moment, même si après son sale coup des beignets ça aurait été plus à propos.

— Aucun souci, prenez votre temps, dis-je avec un peu trop d'enthousiasme.

Je la suivis du regard alors qu'elle filait sans un mot avec l'espoir qu'elle se retourne, mais elle n'en fit rien.

Une dizaine de minutes s'envola puis le quart d'heure s'écoula, et je finis par me demander si elle allait revenir. Au début, je me contentai d'observer les jeunes femmes qui faisaient la queue. Elles étaient normales ! Avec le temps – et ma rupture – je les avais diabolisées alors que la plupart d'entre elles semblaient tout à fait saines d'esprit. Bien sûr, il y avait quelques exceptions et une dizaine de rigolotes m'abordèrent pour amuser la galerie. J'étais un des rares hommes du salon, et ma présence ne passait pas inaperçue. J'écopai donc de plusieurs invitations, dont deux salaces et de beaucoup de demandes de selfies lorsque je leur expliquais que j'étais journaliste. Pourvu qu'aucune d'entre elles n'ait l'idée de me chercher sur Internet car il était peu probable que mon dernier article les amuse !

Après une demi-heure d'attente, pour patienter, je feuilletai l'ouvrage qui se trouvait sur la table. Il était annoncé par des affiches publicitaires comme étant la nouveauté du printemps. Une comédie romantique rafraîchissante et pleine d'humour grâce au point de vue 100 % masculin, si on en croyait les retours des blogueuses mis en avant. *Au secours, je suis tombé sous le charme d'une autrice de romance !* Quel était l'intérêt d'écrire un titre aussi long ?

— Vous vous documentez ?

Ambre était enfin de retour et me dévisageait avec un grand sourire. Je l'imitai et optai pour l'humour.

— Est-ce que vous savez si le roman *Au secours, je suis tombé sous le charme d'une éditrice !* existe déjà ?

Sa réaction fut immédiate : sa bouche forma un petit « o » surpris et ses joues se colorèrent de rose. Puis ses yeux se plissèrent. Elle devint méfiante.

— C'était une vraie question, me défendis-je.

Je lui souris alors, conscient de ma maladresse, mais il fallait bien que l'un de nous dévoile un peu son jeu. Je crois que cela fonctionna car elle sembla se détendre.

— Il faut demander à Lucie, répondit-elle, amusée, en se tournant vers l'autrice occupée à signer un exemplaire. Lulu, est-ce que...

Malheureusement, je n'entendis pas la fin de la phrase car mon attention fut soudain accaparée par une jeune femme qui fonçait sur moi : Cindy. Est-ce que je rêvais ? À aucun moment je n'avais imaginé la croiser ici, alors que c'était finalement tout à fait logique. Mon ex était une *aficionado* de la romance, et d'après ce que j'avais pu voir ce salon était un rendez-vous incontournable.

— Lucie aimerait bien en savoir plus sur votre idée d'histoire à propos d'une éditrice ? Est-ce que le héros est journaliste, par hasard ?

— Salut, Nathan, lança au même moment Cindy.

— Salut.

Mon ton était nettement moins enthousiaste que le sien. Je ne l'avais pas revue depuis notre séparation, mais, comme nous avions quelques amis communs, j'avais appris par Sam qu'elle se vantait de m'avoir largué. Elle racontait à qui voulait bien l'entendre que j'avais passé les semaines après son déménagement – le mot pillage me semblait plus à propos – à me morfondre. N'importe quoi !

— Bonjour, continua-t-elle à l'attention d'Ambre. Je suis Cindy.

— Mon ex, précisai-je.

Son regard empli de curiosité alla de l'un à l'autre. Ambre ne pipait pas un mot.

— Tu vas mieux depuis notre rupt...

Elle s'arrêta net et jeta un coup d'œil à Ambre.

— Depuis tout ce temps ? reprit-elle.

Sa fausse considération me crispa immédiatement.
— Très bien, merci.
— Tu as gardé l'appartement ?
— Oui, pourquoi ?
Elle haussa les épaules comme si la réponse attendue était logique.
— Les souvenirs…
À nouveau, elle laissa sa phrase en suspens. Je savais très bien ce qu'elle cherchait à faire. Si nous avions été des chiens, elle m'aurait pissé dessus pour marquer son territoire.
— En tous les cas, tu es bien la dernière personne que je m'attendais à croiser ici ! Tu as changé de style de lecture ?
Son ton était moqueur, je détestais son attitude et sa façon de parader.
— À moins que…
Elle regarda Ambre, son allusion était à peine voilée et je savais très bien ce qu'elle sous-entendait. J'aurais dû la contredire, couper court, mais une part de moi avait envie de l'emmerder. C'était sûrement de la fierté mal placée, mais sur le moment mon idée me parut géniale. D'autorité et priant le ciel qu'Ambre entre dans mon jeu, je l'attrapai par les épaules et l'attirai contre moi. Après tout le *fake fiancé* était bien son schéma préféré !
— Je suis toujours un inconditionnel des thrillers psychologiques, même si Ambre essaye de me convertir.
La principale intéressée laissa échapper un petit cri de surprise avant de se figer, raide comme un piquet. Il était peu probable que nous fassions illusion, d'ailleurs Cindy fronça les sourcils, suspecte. Il fallait que j'en remette une couche pour paraître crédible.
— Pas vrai, chérie ?
Je poussai le vice jusqu'à lui embrasser la tempe et, alors que je redoutais une gifle cinglante – et humiliante –, je sentis le bras d'Ambre se faufiler dans mon dos. Merci, mon Dieu !

Chapitre 7

Ambre

J'étais déjà dans un état second depuis que Nathan m'avait attirée contre lui, mais le « chérie » lancé de façon anodine me figea.

Dans ma vie, j'avais vécu des situations galères, gênantes parfois – merci, Leslie –, mais rien de comparable à celle-ci. J'étais écrasée contre le torse d'un homme que je connaissais à peine, le regard de son ex – copine, fiancée, femme ? – braqué sur moi. Je clignai des yeux, déroutée, je devais me ressaisir et, en priorité, me dégager de cette étreinte confortable. Mais de nouveau Nathan me prit de court en posant ses lèvres sur ma tempe. Je savais que ce geste était une forme de supplication. Il voulait que j'entre dans son jeu, mais pour quelle raison ? Je détestais me retrouver au milieu d'une querelle de couple, même si le couple en question était séparé. Soudain, un rictus moqueur se dessina sur le visage de Cindy et me décida à agir. Je ne devais rien à Nathan surtout après son article, seulement il y avait cette histoire de beignets... Faire l'autruche était inutile : je m'étais mal comportée. Très mal. Je passai donc mon bras derrière son dos et lançai un grand sourire à la jeune femme. Ses lèvres remuèrent, mais tous les bruits du salon étaient étouffés par les battements de mon cœur. Aucun doute, cet homme me plaisait. J'avais d'ailleurs débriefé avec Leslie vingt minutes au téléphone pour lui raconter dans les moindres détails notre trajet en voiture et notre arrivée au salon. J'avais décidé d'être honnête avec mon amie en lui avouant que l'air semblait crépiter à chacune de nos rencontres. Avec son tact et sa spontanéité légendaires, elle avait été catégorique : « Tape-le-toi ! » Le conseil était clair, et si au début il m'avait fait lever les yeux au ciel, il m'avait ensuite paru digne d'intérêt. Certes, il y avait cette histoire d'article et ses idées préconçues sur la romance, mais Nathan dégageait un truc qui m'attirait. « Et si le destin, l'avait mis sur ta route ? »

Derrière ses paroles provocantes, Leslie était une grande romantique. Ce n'était pas mon cas ! Même si je baignais au quotidien dans la romance, je ne voyais pas des histoires d'amour partout. J'étais une femme pragmatique.

— Depuis combien de temps êtes-vous ensemble ?

Je savais reconnaître une femme jalouse lorsque j'en voyais une, et cette Cindy en était le parfait exemple.

— Un mois, répondit-il avec naturel.

Elle acquiesça en silence puis me détailla de la tête aux pieds. Il était temps d'entrer dans la peau du personnage : j'avais lu suffisamment de manuscrits pour savoir qu'il fallait faire preuve d'initiatives sans jamais trop s'éloigner de la vérité.

— Nathan est venu m'interviewer pour un article et…

— Ça été le coup de foudre, compléta-t-il. Tu peux donc être rassurée, je ne me morfonds plus du tout.

La précision dégoulinait de sarcasme, et la jeune femme se crispa. Je ne savais pas si c'était conscient, mais Nathan resserra son étreinte comme s'il avait peur que je m'envole.

— Vous êtes auteur ? me demanda-t-elle ignorant son attaque.

— Non, éditrice chez Relief Éditions.

— Oh ! c'est ma maison d'édition favorite ! J'adore tous

vos livres, et vos couvertures sont tellement canon. Nathan vous a dit qu'il les détestait ?

— Il a été plutôt clair sur le sujet, répondis-je en la gratifiant d'un clin d'œil.

— Il est allergique à la romance.

Nul doute que son sourire cachait une fausse gentillesse.

— « Il » est là et vous entend.

Je relevai la tête vers lui, ses traits étaient tirés et visiblement il n'était pas loin d'exploser. Je devais agir pour le ramener dans son rôle, je me mis donc sur la pointe des pieds et déposai un baiser dans son cou, au niveau de son pouls. Mes lèvres s'attardèrent quelques secondes, pleines d'avidité. Sa peau était chaude, et il sentait divinement bon. Je jouais si bien mon rôle qu'un instant j'en oubliai presque que c'était de la comédie. Le retour à la réalité fut difficile, et je chancelai. C'était dingue ! Nathan m'irritait et notre rencontre n'avait pas démarré sur de très bonnes bases, mais notre faux couple était une évidence. Ces derniers jours, il avait été le centre de mes pensées et je ne comprenais pas comment je pouvais en même temps désirer l'étriper et apprendre à le connaître.

— Attention tu vas tomber.

Sa voix était lointaine, je clignai des paupières, encore secouée par ma propre réaction.

— Tout va bien ?

Je me contentai de hocher la tête sans oser le regarder. Qu'est-ce qui m'avait pris d'être si entreprenante ?

— Ambre ?

Le timbre était à la fois tendre et sensuel. Le doigt sous mon menton, il me força à l'affronter. Je tentai de reculer tout en bégayant un semblant de réponse inaudible. J'aurais voulu disparaître, mais son bras m'emprisonnait toujours. J'étais hypnotisée, subjuguée par l'envie féroce de caresser ses lèvres. Elles avaient l'air si douces.

— Bon je vous laisse, à plus.

La voix de Cindy fonctionna comme un électrochoc, et tout d'un coup je revins à la réalité. La jeune femme tournait les talons sans plus de cérémonie. Que venait-il de se passer ?

— Ouais c'est ça, salut, lâcha Nathan.

Je lançai un coup d'œil à la dérobée à mon faux petit ami : il était stoïque, bien loin de mon état de loque. Notre mascarade ne semblait pas l'avoir perturbé. Je me raclai la gorge et cette fois me dégageai. Je devais absolument trouver un truc à dire pour sauver les apparences.

— Je...

— Désolé pour tout ça, m'interrompit-il. Merci d'avoir joué le jeu.

Il m'observa en grimaçant.

— Tu n'étais vraiment pas obligée.

— Eh, le journaliste ! Il fallait nous dire que vous étiez en couple.

Nous fîmes volte-face simultanément, surpris. Un petit groupe de jeunes femmes, des livres à la main, nous regardait en riant.

— Vous avez très bon goût, mademoiselle !

Je m'apprêtai à les corriger, mais Nathan ne m'en laissa pas l'occasion et attrapa ma main. D'un geste naturel, il entrelaça nos doigts et fit un pas vers elles.

— Vous n'aviez pas posé la question !

— Je comprends mieux pourquoi vous avez refusé ma proposition.

— Quelle proposition ? demandai-je curieuse.

— À votre avis ? minauda l'une d'entre elles avec un petit air lubrique.

Cette nana n'avait pas sa langue dans sa poche, mais elle n'avait rien de désagréable. Son ton était plein d'humour, elle était même plutôt sympathique.

— J'aimerais vous demander un conseil, lâcha Nathan. Vous êtes bien des expertes de la romance ?

Elles répondirent toutes en chœur un oui franc et massif. Où voulait-il en venir ?

— Voyez-vous, Ambre et moi jouons aux *fake fiancés*.

Son aveu me surprit et instantanément je cherchai à libérer ma main, honteuse, sauf qu'il ne m'en laissa pas l'occasion. Le petit groupe nous dévisageait avec curiosité.

— Vous connaissez ce schéma romanesque ? Il paraît que c'est un des plus populaires.

— Évidemment !

Elles parlaient d'une seule et même voix.

— Parfait, car moi pas vraiment. Enfin je sais juste que le faux couple finit ensemble à la fin, mais comment ça se passe exactement ?

Elles froncèrent les sourcils en échangeant des regards intrigués.

— Comment ça, comment ça se passe ?

— Qu'est-ce qui fait pencher la balance pour qu'ils deviennent un vrai couple ?

Mon cœur battait la chamade. J'adorais sa façon de se dévoiler, ce n'était pas commun. Je crois même qu'il n'y avait pas la moindre trace de gêne dans sa voix alors que de mon côté j'étais à deux doigts de partir en courant.

— Oh c'est facile, répondit la jeune femme du début. C'est le premier baiser qui fout le bordel !

— Le premier baiser ?

— Ouais. Au début aucun des deux ne veut admettre son attirance, expliqua-t-elle, mais lorsqu'ils s'embrassent pour la première fois, ils ne peuvent plus cacher leurs sentiments.

— D'accord.

— Ça fait longtemps que vous faites semblant ? s'enquit-elle.

— Oh non, vingt minutes, mais je ne suis pas vraiment du genre patient. J'aimerais bien sauter quelques chapitres pour arriver à la fin heureuse. Pas toi, Ambre ?

Elles se mirent à rire devant son empressement alors que

je sentais mes joues s'enflammer. Il n'allait quand même pas oser ?

— Est-ce que l'héroïne est timide dans vos bouquins ?

— Ça dépend ! Mais pour être honnête, c'est généralement le mec qui prend l'initiative.

— Et le consentement dans tout ça ?

Elles pouffèrent, mais je trouvais sa question adorable. Nathan était prévenant, un vrai gentil. Et il fallait savoir que j'étais team gars bien, les mecs alpha avaient tendance à me taper sur le système. Je comptais dans ma tête jusqu'à trois puis inspirai. C'était le moment de lâcher prise !

— Tente ta chance, au pire tu te prendras une gifle si je ne suis pas d'accord.

Un large sourire enfantin s'afficha sur son visage pendant que nos spectatrices gloussaient et l'encourageaient en même temps. Nathan ne se fit pas prier et m'attira contre lui sous les hurlements de notre fan club. Nous nous donnions en spectacle, mais c'était le dernier de mes soucis.

— Je vais t'embrasser, Ambre, me prévint-il, le regard rivé sur ma bouche.

— Je croyais que tu n'étais pas pati…

Ses lèvres s'écrasèrent – enfin – sur les miennes, et il avala la fin de ma phrase. J'entendis des sifflements autour de moi, puis tout disparut à mesure qu'il m'embrassait. Si au début le baiser fut sage, très vite il se transforma en une étreinte passionnée. Je devais me reprendre, ce n'était pas du tout professionnel ! Nathan dut sentir que j'allais m'enfuir car il se mit à picorer mes lèvres tout en murmurant :

— Ne pense même pas à t'échapper.

Un baiser.

— Car un, je suis venu avec toi et Suresnes est à plus d'une heure de transport de chez moi.

Un nouveau baiser.

— Deux, je n'ai pas envie de me retrouver comme un con au milieu de ces nanas hystériques.

Encore un baiser.

— Trois, tu ne peux pas gâcher notre fin heureuse.

Le dernier point me fit rire, et je reculai légèrement sans rompre notre étreinte. Je passai mes bras autour de son cou et plongeai mon regard dans le sien.

— Tu ne trouves pas ça cliché ?

— Quoi ?

Il vint caresser mes lèvres, ce qui me fit frissonner de plaisir. On aurait dit qu'il ne pouvait pas s'en empêcher.

— De te servir de la romance que tu as largement critiquée pour me séduire ?

Ce fut son tour de me dévisager avec espièglerie.

— Est-ce que c'est un problème ?

Pour toute réponse, je me mis à rire puis l'embrassai à mon tour, ravie de la tournure des événements !

Épilogue

COMMENT J'AI ÉTÉ ROMANCISÉ
Par Nathan Lerrier

Si le mot n'existe pas, il décrit néanmoins de manière très juste l'expérience que j'ai vécue la semaine dernière ! Suite à un précédent article sur la romance, j'ai été invité à un salon littéraire et pas n'importe lequel : Suresnes, Friends and Romance. Vous ne connaissez pas ? Pas d'inquiétude, j'étais dans le même cas que vous il y a encore sept jours !

Ma sœur, à qui j'ai raconté cette folle journée, pense que j'ai été victime d'un retour du karma car je n'avais pas été des plus tendres avec le genre. Possible. Par contre que les choses soient claires : cette invitation (pass illimité et formule sandwich et boisson incluse) ne m'a pas totalement fait changer d'avis. Ce style littéraire ne me correspond pas (team polars flippants), et je le trouve TOUJOURS bourré de clichés… MAIS je veux bien admettre que la communauté Romance est loin d'être celle que j'avais décrite.

Personnellement, je n'avais jamais entendu parler de ce salon. Le nom qui fait écho au célèbre Sea, Sex and Sun *peut d'ailleurs surprendre, voire inquiéter. État d'esprit dans lequel je me trouvais à mon arrivée, surtout lorsqu'on sait que j'y ai été emmené de force ! Rassurez-vous : je n'ai été ni bâillonné ni menacé d'un couteau sous la gorge. Une simple et courante prise en otage dans une voiture cabossée a eu raison de moi. Alors curieux ? Préparez-vous car les prochaines lignes vont être criantes de vérité.*

Sur place, abandonné dans le hall d'entrée par mon hôte, j'ai tout le loisir d'observer le public et je prends peu à peu la mesure de ce qui m'attend, avec je l'avoue une certaine (énorme) appréhension ! Partout des jeunes femmes de tout âge se serrent dans les bras, échangent des bonjours bruyants, rient et s'interpellent. Il y a des affiches de livres de la taille d'arrêts de bus placardées sur les murs, des guirlandes cœurs, étoiles et papillons qui clignotent, un groupe de mecs embauchés pour sexiser (oui j'invente des mots !) les lieux et Katy Perry en fond sonore. Est-ce que vous imaginez le topo ? Parce qu'il faut le vivre pour le croire !

Une fois mon pass récupéré et un léger contretemps (qui lui n'a rien eu de désagréable), me voilà à errer seul, dans des allées pleines à craquer où il règne une joyeuse effervescence.

Pour un novice de mon espèce qui est plus habitué à des salons feutrés (parfois élitistes et condescendants, reconnaissons-le), cet événement a des airs de cour de lycée un matin de rentrée scolaire. À un détail près : les participantes sont majeures. J'y croise toutefois quelques congénères de sexe masculin qui se révèlent beaucoup plus discrets. Certains, réquisitionnés par leur compagne pour porter des sacs remplis à ras bord, me lancent des regards de pure panique. Par solidarité, je lève le poing en guise d'encouragement silencieux. Que la force soit avec vous ! *(Oui, je suis fan de* Star Wars *!)*

Mais revenons-en au fait.

Mon métier et mon goût pour la lecture m'ont amené à participer à plusieurs événements littéraires, et si l'ambiance a toujours été studieuse et calme, celle de Suresnes fait figure d'exception. Vraiment.

Ici pas de prise de tête, presque aucun vouvoiement, tout le monde (auteurs, lecteurs, éditeurs, organisateurs et bénévoles) semble se connaître et pire s'apprécier ! Je ne suis pas naïf et j'imagine qu'en vérité ce n'est pas le cas, mais le moins que l'on puisse dire c'est que la bonne humeur s'affiche sur tous les visages que je croise. TOUS. Je suis même à plusieurs reprises le témoin amusé de retrouvailles où des cris de surprise suivis de larmes de joie figent le salon le temps d'une seconde. Je discute aussi avec des festivalières (il paraît que c'est le terme exact) et j'apprends entre deux anecdotes que pour certaines c'est la première rencontre « en vrai ». Au fil de mes échanges, je découvre une communauté attachante, spontanée, solidaire et sensible. Touchante. Fleur bleue pour la plupart c'est vrai, et chose TRÈS surprenante : heureuse en ménage ! Moi qui pensais que les lectrices couraient après le grand amour, insatisfaites des hommes de notre réalité, je me suis planté. Intrigué par cette découverte, j'enfile ma casquette de journaliste : la vérité doit absolument être rétablie ! Sans attendre, je pars en quête de réponses. Les questions posées au hasard de mes rencontres font très souvent sourire et je récolte également quelques froncements de sourcils, mais 100 % des personnes interrogées me répondent avec un évident naturel et surtout beaucoup de gentillesse.

Au détour d'un de mes sondages, Delphine, trente-cinq ans, mariée et mère de trois enfants, m'invite à me joindre à elle et son petit groupe d'amies. Très vite, je suis intégré à cette joyeuse bande et nous nous retrouvons à faire la queue (assis en tailleur par terre) pour obtenir la dédicace d'une autrice dont je n'ai jamais entendu parler, mais qui, d'après les infos de mes nouvelles acolytes, aurait vendu trente mille exemplaires de sa dernière publication. Alors info ou intox ? Après vérification auprès de la maison d'édition, il s'agit en vérité de quarante mille. Pas trente. Je répète : QUARANTE MILLE. Entre nous, je ne citerai pas de nom, mais je connais des auteurs qui se targuent d'être des fabriques à best-sellers pour nettement moins que ça… je dis ça, je ne dis rien !

Une fois notre fameuse dédicace en poche, vous pensez sûrement que nos chemins se sont séparés ? Pas du tout et je terminerai d'ailleurs sur cette note plus que positive : nous filons à toutes jambes assister à la dernière conférence du jour : « Les héroïnes engagées ». Un des échanges les plus intéressants et enrichissants auquel j'ai pu participer. Je vous assure (parole de journaliste objectif). Bref, vous l'aurez compris : il n'y a que les cons qui ne changent pas d'avis !

LOUISA
MÉONIS

HELP !
LE PÈRE DE MON ENFANT EST UN HÉROS HARLEQUIN !

Chapitre 1

Je fixe la petite croix rouge des yeux. J'ai beau cligner plusieurs fois des paupières, elle ne disparaît pas. Je dirai même plus qu'elle me jauge, cette saleté. Elle m'observe comme si elle savait que je ne suis définitivement pas prête à encaisser le choc de sa fichue apparition. Ou de son manque de disparition. Non, parce qu'au bout du cinquième test je crois que je ne peux plus le nier, c'est positif. Je dois regarder la vérité en face.

Je suis foutrement enceinte !

C'est pas que l'idée d'avoir des enfants ne me plaît pas. J'écris et illustre des livres pour enfants, donc c'est assez évident que j'adore les enfants !

Je vis, respire, écris, dessine ENFANT.

Toute ma vie tourne autour des enfants. Je travaille même pour que chaque enfant rêve encore plus grand !

Je fais parler des animaux et invente des histoires extraordinaires dans des mondes qui n'existent que dans leurs esprits.

Je suis une star auprès des moins de dix ans !

Alors oui, je veux des enfants… Un jour. Pourquoi pas.

Avec un homme doux, attentionné, amoureux de moi et que j'aurais épousé. Un homme qui me comprendrait et m'accepterait malgré mes excentricités. Pas aujourd'hui. Pas comme ça. Parce que là on en est franchement loin ! Une seule et unique aventure sans lendemain… et voilà le karma qui s'abat sur moi à l'aide d'une arme de destruction massive qui pleure et fait ses besoins dans une couche.

Comment est-ce que je peux être aussi fertile ? Comment les préservatifs peuvent être si peu fiables ? Et pourquoi j'ai couché avec ce type ?

Tous mes signaux d'alerte me disaient pourtant : « Fuis tant qu'il est temps. » Mais vu que mes hormones me criaient « Vas-y, c'est ta chance ! », je n'ai rien écouté. Depuis quand les filles comme moi intéressent les hommes comme lui ? Je veux dire, le gars est un génie de l'informatique, intelligent, spirituel, la totale. Mais aussi grand, brun, avec des yeux de folie couleur café… et je ne fais même pas référence à ses abdos, ni à sa gueule d'ange. Une espèce de tentateur créé par le Diable en personne pour égarer les pauvres âmes sensibles, en manque de sexe comme moi.

Je sais que c'est contradictoire, mais Lucifer était une saleté d'ange avant de devenir le Diable !

Eh bien, Loukas est mon Lucifer. Il m'a regardée, et je me suis mise à sourire comme une idiote, à rire comme une pintade et je ne parle même pas de ma transpiration excessive.

En bref, j'étais foutue ! Et puis j'y suis allée à fond ! C'était la nuit la plus torride de mon existence. Bon, vu que je n'avais pas eu beaucoup d'expériences similaires, la comparaison était facile. Pas que j'étais une oie blanche avant que Monsieur Yeux-couleur-café retire mon string avec ses dents, mais on va dire que mon ex ne jouait pas dans la même cour.

Hector… Nom d'un chien, quand je pense que je suis restée sept ans avec ce gros naze ! Sept ans à attendre une demande en mariage qui n'est jamais arrivée. Et c'est pas le pire. Cet idiot est parti avec l'une de mes amies d'enfance. Oui, j'étais a priori la seule personne à ne pas être au courant qu'Hector et Leslie s'aimaient passionnément ! Rectification : qu'ils *s'aiment* passionnément.

Il l'a toujours aimée, elle. Pas moi.

Une fois, pendant un cunni, il m'a appelée Leslie. Cela aurait dû me mettre la puce à l'oreille. Un peu comme le jour où il m'a dit qu'il préférait les blondes, alors que je suis brune. Ou encore... Non, en fait je vais arrêter là parce qu'il y a eu tellement d'indices que ce serait trop long de tous les énumérer. Ce qui m'embête le plus dans cette histoire, c'est mon célibat. En toute honnêteté, je ne suis pas taillée pour ça. Je n'aime pas sortir ni dîner seule.

Bon sang, que le restaurant en couple me manque !

Cette enflure d'Hector avait beaucoup de défauts, mais la bouffe pour lui, c'était sacré. On mangeait bien tous les deux. On essayait souvent de nouveaux petits bouchons sympas et on parlait durant des heures de nourriture. Et puis quand je rentrais du travail, j'avais une personne à qui raconter ma journée. Il était si attentif...

Il était mon point d'ancrage.

Et depuis qu'il m'a quittée, tout part en sucette !

D'après ma mère, reine de la méditation tantrique et sexologue, tout cela est dû à un problème de relation avec mon père... Conneries ! Et puis c'est pas un peu sa faute à elle, ça ? Parce que concrètement je ne peux pas être tenue responsable de ne pas avoir de père, si ? C'est elle qui s'est envoyée en l'air dans les toilettes d'une discothèque. C'est à elle que le mec n'a même pas donné son vrai numéro. En clair, je n'y suis pour rien dans cette affaire !

— Par contre, là, c'est bien moi la responsable, je râle en lorgnant à nouveau le test de grossesse.

C'est un cauchemar. Un putain de cauchemar.

Je soupire.

Pourquoi je me suis envoyée en l'air avec un geek plein aux as ?

Il ressemble à l'un de ces types que l'on trouve sur les couvertures Harlequin des années 1990. Et moi je suis le genre de fille qui achète ces bouquins dans les vide-greniers. Argh, c'est n'importe quoi !

Toute cette histoire ne paraît pas très réaliste. J'imagine une seconde ce à quoi doit ressembler sa vie… Je vois bien Loukas diriger le monde de la finance d'une main de fer, tout en gardant un regard intense et un brin énigmatique, évidemment.

Puis, je me remémore que vingt minutes plus tôt j'étais en train de dessiner une crotte qui parle à un pot.

C'est bien ce que je disais : notre rencontre, c'est n'importe quoi ! Les mecs comme lui ne croisent pas les filles comme moi. Et ils couchent encore moins avec !

En plus, j'étais certainement le pire plan cul de sa vie. *La fille avec qui il a couché pour se donner un air de normalité.* Ou alors, il était ivre et je ne m'en suis pas rendu compte. Il faut dire qu'il était tellement… Je secoue la tête pour me remettre les idées en place. Il était tellement *tout ça* que je suis enceinte ! Alors, maintenant je vais devoir le contacter.

Je pince les lèvres.

Mouais.

Il ne m'a jamais rappelée, écrit de messages, de mail, fait de signaux de fumée, envoyé un pigeon voyageur. Rien. Je crois, sans trop me tromper, qu'il n'a même jamais envisagé de me revoir.

Encore un que j'ai fait fuir. Si je devais écrire un livre sur ma vie, il s'intitulerait : *Les Mille et Une Façons de faire déguerpir un homme.*

Je parle trop. Je transpire trop et quand je bois, c'est pire !

Une fois, l'un de mes rendez-vous Tinder a dit que je souffrais de diarrhée verbale. C'est dire… Et ce soir-là, on était au niveau salmonella ! Après le deuxième verre, je me suis mise à lui raconter que le rêve de ma vie était de me marier, d'avoir des enfants. Et puis, je suis allée à fond dans les descriptions. La totale ! Quatre gamins, une maison, un mariage idyllique… Sans oublier, le chien. Une horreur ! On me l'a présenté comme un phobique de l'engagement, et moi, je lui ai dit que je rêvais d'avoir un carlin que j'appellerais Tequila. Mais qu'est-ce qui ne va pas chez moi ?

Je me tapote un moment le front contre le bord de mon lavabo et finis par sortir de ma salle de bains.

Conclusion de tout cela : je suis enceinte et j'ai maintenant la marque de mon lavabo sur le front, me dis-je en attrapant mon portable.

Pas d'appel. Pas de message. Enfin si, ceux de ma mère qui m'envoie des exercices pour muscler mes fesses qu'elle juge trop flasques. En l'état actuel des choses, ça ne m'aide pas. Même si je dois avouer que faire bouger mon postérieur ne me ferait pas de mal. Les seuls moments où je me tortille, c'est quand je change de position pour dessiner ou encore taper sur le clavier de mon ordinateur portable. Tout cela n'aide pas ma cellulite à disparaître.

Je scrute avec attention mon téléphone et émets un long soupir de désespoir. Je dois réussir à joindre ce Loukas. Sauf que je n'ai pas son numéro… puisqu'il ne me l'a pas donné. Tout dans cette histoire montre bien qu'il ne comptait pas me revoir ! Sauf qu'il va falloir.

Je dois avouer que durant quelques secondes, l'idée de ne pas lui dire me traverse l'esprit, mais je la balaye quasi immédiatement. Je ne veux pas avoir à affronter le truc qui va sortir de mon vagin dans dix ans et lui expliquer que je ne suis qu'une pauvre poule mouillée. Non, parce que simplement lui affirmer que « ben, je n'avais pas son numéro de téléphone » ne passera pas. D'autant plus que je compte, parmi mes nombreux défauts, celui du stalking névrotique avancé. En gros, lorsqu'un homme me plaît, je le traque sur Internet comme une déséquilibrée. Je tente généralement de faire ça discrètement. Mais, quand on se retrouve à liker une photo vieille de trois ans sans faire exprès, il devient difficile de raconter à votre rencard – que vous venez de rencontrer – pourquoi vous avez fait une telle chose à 4 heures du matin. Surtout, si cela passe par un échange en MP[1].

On pourrait croire que ce genre d'expériences m'a convaincue d'arrêter cette pratique douteuse… mais non. J'ai juste créé un deuxième compte sous pseudo pour limiter les dégâts.

J'ai honte.

Enfin bref, revenons-en à nos moutons : la croix sur le test, mon utérus, Loukas et surtout comment le contacter sans passer pour une déséquilibrée.

De nouveau, j'entends.

Je pourrais demander son numéro à mon amie Marcelle qui est mariée au meilleur copain de Loukas, André. Mais, je ne le ferai pas pour la simple raison que ce n'est pas le genre de nouvelle que l'on annonce par téléphone. D'autant plus que si je demande son numéro à Marcelle, je vais avoir droit à un interrogatoire en règle.

Et je vais devoir mentir. Or, s'il y a bien une chose pour laquelle je suis mauvaise – en plus de ma capacité à garder un homme à mes côtés – c'est le mensonge.

J'inspire une grande bouffée d'air.

Je vais devoir la jouer face à face, le regarder dans les yeux et lui dire. Voyons le bon côté des choses, cela me permettra de jauger ses réactions.

Et de replonger dans ses yeux café…

Je soupire, rêveuse, avant de grimacer et dodeliner de la tête. *Julie, ce n'est pas le moment de laisser ton côté midinette prendre le dessus.*

Oui, Loukas est incroyablement sexy. Oui, il t'a fait ressentir des choses que tu n'avais jamais ressenties, mais arrête tout de suite de rêver et oublie ces fantasmes insensés.

Je n'aurais pas dû lire ce roman Harlequin hier soir !

1. Messagerie privée.

À cette pensée, mon cerveau se met immédiatement en branle. Je m'imagine en robe de satin blanc, coiffée d'un chignon torsade super compliqué. Loukas entrerait chez moi, le regard mystérieux, nimbé d'une aura magnétique. Un coup de vent s'inviterait à ce moment-là, rabattant ma robe sur mon corps parfaitement sculpté, laissant deviner chacune de mes courbes. Il n'y aurait que le silence et une tension sexuelle à couper au couteau entre nous. Il me plaquerait contre un mur et m'embrasserait avec passion.

Quelque chose chatouille mon menton, et je jure quand je me rends compte que je bave légèrement.

Bon enfin bref, nous ne sommes pas dans un Harlequin et je ne suis pas certaine de pouvoir lire quoi que ce soit sur son visage en réalité. Loukas fait partie de ces gens dont les traits ne laissent rien paraître. Probablement un truc de riche. Il a la même expression quand il dit « Il pleut aujourd'hui » et « Baisse ta culotte, Julie ». C'est d'ailleurs assez perturbant. Mais aussi incroyablement sexy. Cette distance teintée de mystère, c'est hot.

Mais il est tellement dans le contrôle…

Je soupire une seconde avant de sursauter quand mon portable se met à vibrer. Je le rattrape in extremis avant qu'il ne s'écrase au sol et décroche à bout de souffle.

— Allô ?

— C'est Loukas.

Silence. Je regarde autour de moi comme si je soupçonnais d'être sur écoute.

Voilà qui est tout de même bizarre…

— Loukas Papadakis, ajoute-t-il, compte tenu du fait que je reste silencieuse.

Ma bouche s'ouvre, puis se referme aussitôt. Tout se mélange dans mon esprit. Le bébé, mais aussi le fait qu'il me rappelle. Mon cœur semble faire des saltos arrière dans ma poitrine, et mon estomac ne fait pas mieux.

— Julie ?

— Oui, pardon je… capte mal, je lâche.

Je secoue la tête en me demandant pourquoi j'ai dit ça.

Et surtout, pourquoi il me rappelle ?

Il a senti que j'étais enceinte ? Non, ça c'est très peu probable.

— Je ne te garde pas longtemps alors. Je voulais juste savoir si tu étais disponible ce soir.

Pour du sexe torride ou pour un dîner au restaurant ?

C'est pas la même chose, ni la même tenue à envisager et encore moins la même méthode d'épilation à prévoir.

Les hommes ne savent pas à quel point il est difficile d'être une femme de nos jours !

— Ah, ce soir ça ne tombe pas si bien que ça, je lâche en hochant doucement la tête.

Il faut que je me fasse un minimum à l'idée qu'il y ait quelque chose de vivant dans mon ventre avant de lui annoncer, je crois. Et puis, on ne sait jamais, peut-être que les cinq tests ont tort !

C'est peu probable. Mais ça reste malgré tout probable.

— Julie, on sait tous les deux que tu es disponible, dit-il avec sa saloperie d'accent grec ultra-sexy.

Dis donc, il ne doute de rien celui-là !

Je pourrais très bien ne pas être disponible. Il n'est pas censé savoir que je suis désespérée !

— Ça veut dire quoi, ça ? J'ai peut-être des tas de choses à faire ! Je suis une femme active et…

— À 20 heures ? me coupe-t-il, autoritaire.

Non, mais pour qui il se prend ? Genre, je suis restée suspendue à mon téléphone en attendant son appel, comme une vieille fille désespérée ?

Oui, c'est le cas ! Mais c'est pas une raison !

— Je ne suis pas disponible ce soir, donc…

— Annule, me coupe-t-il à nouveau.

Il est sérieux ?

Et pourquoi ça m'excite ?

— C'est impossible.

Il a attendu des mois pour me rappeler et là il faudrait que je sois à sa disposition immédiatement ?!

Voilà où ça mène d'arracher une chemise après dix minutes de conversation. Bon, en l'occurrence, c'était plus de dix minutes, mais qu'importe !

— Écoute, Loukas, je ne suis pas ce genre de fille. Au mariage, j'avais beaucoup bu et je n'avais jamais eu d'aventure d'une nuit. En gros, je ne cherche pas à réitérer l'expérience.

— Si nous recouchions ensemble ce ne serait mathématiquement plus une aventure d'une nuit !

Je secoue la tête, décontenancée.

— C'est pas tout à fait faux, mais...

— Julie, ce n'est qu'un dîner, pas une demande en mariage !

— Bien, je dis, pas convaincue pour autant.

Ce qui est un comble ! J'ai attendu des plombes qu'il se décide à m'appeler et, maintenant que ce moment est enfin arrivé, je me fais désirer. C'est certainement parce que je suis une grosse dégonflée. Il n'est plus question de lécher ses abdos, mais de lui annoncer que je suis enceinte. Clairement, l'issue du dîner ne serait pas celle que j'envisageais jusque-là.

Et puis qu'est-ce que je vais mettre ? Qu'est-ce qu'on porte pour annoncer à un plan cul que l'on est enceinte ?

Au mariage, j'étais allée chez le coiffeur, une esthéticienne m'avait maquillée et là, j'ai un bouton sur le menton ! Et puis, côté poils... Je suis velue. Il faut dire que je n'ai pas eu des masses d'occasions d'exhiber mon corps depuis la célébration de Marcelle et son mari. Je n'aime pas me faire épiler. C'est gênant et douloureux. Et le rasoir, j'ai toujours un peu la flemme. En résumé, je devrais mettre un pantalon. Avec des talons. De très hauts talons car Loukas est grand et j'ai besoin de me sentir en confiance.

— Je voulais t'appeler avant, mais j'étais en déplacement professionnel.

Et il s'appelait comment ton déplacement ? je me demande mentalement.

L'image de lui avec une mannequin Victoria's Secret à son bras que j'ai vue sur Internet me revient à ce moment-là.

Mais qu'est-ce qu'il a pu me trouver ? je m'interroge tout à coup.

L'alcool probablement !

Non parce qu'il est clair que je ne suis pas son genre et il ne me semblait pas si ivre que ça… Si ? Non ? Zut, je ne sais pas. Il est tellement stoïque que je ne sais pas.

Poker Face de Lady Gaga se met à résonner dans ma tête. Génial, il ne manquait plus que ça !

— Je vois, je marmonne.

— En plus, tu es la meilleure amie de la femme de mon meilleur ami et…

Il fait une pause, et je comprends à demi-mot que Marcelle a quelque chose à voir avec cette intervention divine. Peut-être pas divine, mais tout du moins inespérée !

— Je ne voulais pas que, lorsque l'on se croisera à nouveau, ce soit étrange entre nous, ajoute-t-il finalement.

Ah bien ça c'est pas franchement gagné ! Non, parce que de la gêne il va y en avoir quand je lui aurais avoué que je suis enceinte !

Mon cerveau fait une pause et je grimace quand je comprends le sens caché de sa phrase. Non seulement c'est mon amie qui a dû le tanner pour qu'il me rappelle. Mais en plus ma grande tirade sur le fait que je ne suis pas une fille facile ne servait à rien puisqu'il n'avait pas l'intention de coucher avec moi ce soir !

OK, je suis super vexée.

— Je serai chez toi à 20 heures, m'annonce-t-il en me coupant dans mes pensées.

D'accord, je serai la fille en jogging désespérée !

J'ouvre la bouche pour lui répondre, mais constate qu'il a déjà raccroché.

Super ! La soirée s'annonce géniale.

Je le rappellerais bien pour lui dire le fond de ma pensée, mais il a masqué son numéro.

J'adore ma vie !

Je soupire, retourne machinalement sur le message de ma mère et clique sur le lien qu'elle m'a envoyé. La blonde en legging gigote dans tous les sens pour muscler ses fesses.

— Quelle énergie ! je marmonne, perplexe, en mettant mon téléphone en veille.

Je le pose sur le comptoir de ma cuisine et reste un moment les yeux dans le vide.

Pour résumer : mes fesses sont flasques, je suis enceinte, je dîne ce soir avec le père de mon futur enfant qui n'est au courant de rien et qui me sort pour faire plaisir à ma meilleure amie.

Une notification apparaît sur mon portable, pendant une seconde, je pense que c'est Loukas qui me donne son numéro, mais non. C'est ma banque qui m'indique que j'ai atteint le plafond de mon découvert autorisé.

Génial !

Chapitre 2

J'observe mon reflet et soupire. C'est la catastrophe !

Il va me voir et s'enfuir, je songe avant de me rappeler qu'il n'est là que pour faire plaisir à Marcelle.

Un moment, j'ai été tentée d'enfiler un jogging pourri afin de lui rappeler qui est le patron, mais ma fierté m'a interdit ne serait-ce que le début de cette pensée. Donc j'ai opté pour le combo ultime : rasage intégral de mon corps, masque bonne mine – comme si avoir un teint de pêche allait sauver mon honneur –, maquillage et évidemment j'ai tenté un truc avec mes cheveux. Je dis un truc parce que je suis douée pour certaines choses, mais la coiffure n'en fait pas partie.

Il faut dire qu'en tant qu'auteure de livre pour enfants, je passe le plus clair de mon temps en pyjama. Cela n'excuse en rien mon manque de savoir en matière capillaire, mais cela explique certainement bien des choses. Comme le fait que je possède beaucoup trop de leggings.

J'essaye d'aplatir l'étrange arrondi qui siège sur le haut de mon crâne et sursaute quand la sonnerie de la porte d'entrée retentit. Je grimace en avisant le bazar qui règne dans ma salle de bains et grogne de dépit en songeant que le reste de mon appartement n'est pas beaucoup mieux. Dans l'urgence, j'ai vidé ma penderie et, tel un petit poucet fashionista, semé des fringues un peu partout chez moi.

Finalement, je détache mes cheveux, me rue dans mon

salon, attrape mes vêtements, en fais une boule que je jette dans ma chambre avant d'en fermer la porte.

Ce que l'on ne voit pas ne peut pas nous faire de mal. Et puis comme ça j'ai une bonne excuse pour ne pas l'attirer dans mon lit – enfin, en plus de ma culotte ventre plat.

La sonnette retentit à nouveau juste avant que j'ouvre la porte d'entrée. Je souris comme une vendeuse de télé-achat et lâche un « bonjour » qui semblait bien plus glamour dans mon esprit. *Il y a tellement de choses qui sont plus glamour dans mon esprit !*

— Salut, me répond sobrement Loukas.

Il me détaille des pieds à la tête, sourit légèrement, et je me demande si j'ai déjà des bouffées de chaleur.

Il est encore plus sexy que dans mon souvenir. Ce que je ne pensais pas possible au demeurant. Loukas Papadakis défie toutes les lois de l'univers – y compris celle qui veut qu'un mec d'un coup d'un soir est forcément plus moche quand on le découvre à jeun. Eh bien, lui, ce n'est pas son cas.

Avec son pull couleur crème et son jean qui tombe à la perfection sur ses jambes musclées juste ce qu'il faut, il est encore plus beau.

Il n'y a pas de justice, moi je vous le dis !

— Ouais salut, je sors avant de me rappeler que je l'ai déjà salué.

Super, Julie, tu commences tellement bien que tu me vends du rêve !

J'avale avec difficulté ma salive tandis que ses yeux se posent sur mes lèvres. Quel est l'abruti qui a monté le chauffage ?!

Comment fait-il pour me troubler autant ?

Je crois que la réponse est facile : il est canonissime !

Quand je pense que j'ai réussi à passer une nuit avec un type pareil, je n'en reviens toujours pas ! *Tout comme le fait que je suis enceinte...* Moment de gêne, bonjour !

Le cœur au bord des lèvres, l'estomac en vrac, je me ratatine contre le mur de mon couloir pour le laisser entrer chez moi.

— Je ne suis pas encore tout à fait prête, j'annonce, n'ayant trouvé aucune autre excuse.

Je dois lui dire pour le bébé, mais je ne me vois pas balancer : « Tu sais quoi ? Non ? Surprise ! Je suis enceinte ! » entre le fromage et le dessert.

J'y ai beaucoup songé pendant que je me rasais les jambes et je pense que je dois lui dire avant. Dans un endroit tranquille. Sans public pour assister à ma déchéance.

Sans un mot, il se décide à entrer. Il me frôle, et je crois défaillir. Je le revois la tête entre mes jambes ou encore en train de...

STOP ! *Julie, focus.*

Je me mets à rougir de la tête aux pieds, et Loukas sourit avec arrogance. Abruti de beau gosse grec aux spermatozoïdes super soniques !

Je sursaute lorsque j'entends la porte d'entrée claquer et me fige quand sa grande main prend place au-dessus de ma tête.

J'hallucine ou il vient vraiment de fermer ma porte d'un coup de talon ? Son visage est désormais à quelques millimètres du mien.

— Donc tu n'es pas prête ? me demande-t-il avec son putain d'accent trop sexy.

— Non, je miaule, perdue dans la contemplation de sa bouche charnue.

Le bout de son nez frôle le mien, et je tente de me souvenir comment on fait pour respirer.

— Je vois, souffle-t-il contre mes lèvres.

— Et si on buvait quelque chose ? je m'écrie avant de me faufiler comme je peux de son emprise.

Je reste plantée au milieu de mon salon et souris toujours comme une imbécile tandis qu'il se redresse et m'observe, visiblement surpris.

— Je peux t'offrir…

Je réfléchis à ce que j'ai à boire chez moi et finis par dire sans grande conviction :

— Un verre d'eau ?

Dommage, j'ai oublié de faire les courses !

— Je te remercie, mais ça devrait aller, dit-il poliment.

— Bien… bien, je lance en gigotant bizarrement avant de me cogner dans l'une de mes chaises.

Moi, nerveuse ?

Nooon, du tout.

— Je vais…

Je termine ma phrase en montrant la porte de la salle de bains et me rue à l'intérieur comme une psychopathe.

— Merde, merde, merde, je souffle à voix basse.

Concrètement, sur une échelle de 0 à 10, je dirais que la soirée pour le moment se situe à -12. Une bonne moyenne compte tenu de mon passif !

Je ferme les yeux et grogne de désespoir.

C'est la lose ultime. Je sais qu'il faut que je lui dise et que le plus tôt sera le mieux, mais le comment reste encore en dehors de ma portée. Je peux lui lâcher la nouvelle tout de go, peut-être… Non. Une accroche humoristique puis hop, je lui annonce. Mais je ne connais pas de blague… En fait, si je connais celle du petit pois dans un ascenseur ! Mais quel est le rapport avec ma grossesse ?

Je soupire de désespoir et m'agrippe au lavabo.

Toutes ces conneries me collent le tournis !

J'ouvre les yeux et croise mon reflet. Cette foutue crème teint de pêche, c'est de la daube ! On dirait un zombie. Je suis pâle et ça fait ressortir à la fois mes cernes et mon bouton sur le menton. Super !

— Tout va bien ? me lance la voix de Loukas derrière la porte.

Je sursaute.

Dans l'action ma main renverse un flacon en verre qui s'explose évidemment sur le sol. Je jure, tente de ramasser les morceaux et m'entaille la main.

— Et merde ! je m'écrie tandis que du sang se met à couler le long de mes doigts.

C'est la catastrophe. La nausée m'envahit inexorablement. Je ne supporte pas la vue du sang. Et là, on se croirait presque dans un film d'horreur ! J'inspire de grandes bouffées d'air et gémis. Je vais me trouver mal… Et puis cette odeur, c'est pas possible !

Je tends fébrilement le bras pour attraper une serviette, et la porte de la salle de bains s'ouvre presque au même moment sur… ma tête.

— Zut, désolé ! s'exclame Loukas tandis que je tente tant bien que mal de faire abstraction du sang qui coule de ma main, de l'atroce odeur qui se dégage et de mon presque-traumatisme crânien.

— Mais qu'est-ce qui pue comme ça ? s'enquiert-il en entourant ma main de la fameuse serviette.

— Un cadeau de ma mère, je marmonne concentrée sur le fait de ne pas vomir et ou m'évanouir.

— Mais c'est quoi comme parfum ? demande-t-il tout bas en regardant autour de lui.

— Je crois que c'est un mélange de phéromone de bouc, de gingembre et de magnolia, je réponds les yeux fermés.

Silence.

Je les rouvre et, si je ne me sentais pas aussi mal, je rirais devant sa tête déconfite.

— Je suis certain qu'il y a une explication à cet étrange mélange, mais je ne veux pas la connaître, marmonne-t-il, ses yeux couleur café rivés sur moi, comme s'il étudiait la situation.

Loukas c'est le genre d'homme à prendre les choses en main. Nous serions nés dans un autre temps (voire carrément monde), il aurait été chevalier de la Table ronde à n'en pas douter. Je l'imagine en armure et moi en demoiselle en détresse. Je soupire rêveuse avant de me rappeler que nous ne sommes pas dans l'un de mes romans.

— Ma mère est sexologue et très adepte de méthode naturelle, tout ça, j'explique malgré tout.

— OK ! lâche-t-il en soulevant avec douceur la serviette pour constater les dégâts.

J'en profite pour l'observer et admire sa force tranquille. Bon, il est tout de même ultra-autoritaire. Ce qui devrait m'agacer au lieu de m'exciter. Je baisse les yeux et vois ma plaie.

— Oh non, il y a tellement de sang, je geins, en sentant mon estomac faire des cabrioles.

Pourquoi j'ai regardé ?

— C'est ce qu'il se passe quand on se coupe ! lance-t-il en orientant délicatement ma main vers la lumière.

— Je ne supporte pas la vue du…

Je fais une pause et tente de convaincre mes tripes de rester là où elles sont.

Je repose la même question idiote, mais… Pourquoi j'ai regardé ?

— Je vois ça…

Il lève mon menton pour que nos yeux se rencontrent et me souffle :

— Concentre-toi sur moi et sur ta respiration.

Mon cœur chavire avant d'être rattrapé par une nausée. J'inspire une grande bouffée d'air et suis ses conseils en me focalisant sur sa barbe naissante.

— Il y a encore un morceau de verre, me dit-il doucement.

Je l'imagine en train de soigner notre enfant, et un truc se réchauffe au fond de moi.

Je me fustige immédiatement et reviens dans le présent. Un

présent où j'ai un morceau de verre dans ma main ouverte comme un chapon à Noël.

Oui, je sais, j'exagère, mais c'est quand même coupé et il y a du sang !

— Tu trouveras une pince à épiler dans la trousse rose, je dis en désignant celle-ci de ma main valide.

Il se relève et lit à haute voix : « Je suis Rhum antique. »

— C'est un cadeau.

Un cadeau de moi à moi.

Il ne dit rien, l'ouvre et en sort une pleine poignée de tampons avant de parvenir à extirper la fameuse pince à épiler. Il la détaille du regard, et je vois qu'il veut faire une remarque mais se ravise. C'est sûr qu'il ne doit pas souvent se servir d'une pince telle que la mienne, c'est-à-dire couverte de strass rose pailleté. Il prend le flacon de désinfectant à côté ainsi que du coton et se réinstalle devant moi. En silence, il tapote ma plaie avec douceur et je ne peux m'empêcher de le trouver incroyablement beau.

Avant de le rencontrer, je n'avais jamais vu un homme aussi séduisant que lui. En réalité, Loukas n'est pas juste séduisant, il est aussi incroyablement intelligent et il dégage une telle aura de confiance en lui que c'est à la fois troublant et fascinant.

La première fois que je lui ai adressé la parole, j'ai bégayé. Il m'a fallu deux verres de vin pour communiquer normalement.

— Il va peut-être falloir des points, murmure-t-il, concentré sur sa tâche.

Je ne sais pas si c'est dû à mes hormones frétillantes, mais je l'imagine très bien en papa calme et patient avec nos enfants.

Enfin s'il veut partager l'aventure avec moi !

Je me sens un peu mal à l'aise à cette idée. J'ignore comment il va réagir, et cela m'effraye.

Minutieusement, il retire le morceau de verre et, au moment

où il s'approche de la poubelle, je me souviens qu'elle est pleine de tests de grossesse positifs.

— Non ! je crie.

Il me scrute avec surprise, et je ne peux pas empêcher mon regard de fixer la poubelle.

— Non pour les points ? me demande-il les sourcils froncés.

— Je veux dire que ma poubelle est pleine, je marmonne au comble du malaise.

— Eh bien, je la viderai quand j'en aurai fini avec ta main, dit-il le coton toujours dans les airs.

J'avoue que je ne m'attendais pas à cette proposition. En plus d'être beau comme un dieu grec, il est bien élevé !

Bon sang, il y a un truc que ce type ne sait pas faire ?

— Ou bien on sort de la salle de bains et on jette ce coton dans la poubelle de ma cuisine !

Julie ou l'esprit pratique !

— Je n'ai pas fini de soigner ta main, me déclare-t-il .

Je jette un regard à ma plaie et le regrette immédiatement. Mon estomac se rebelle presque aussitôt.

Pas vomir, pas vomir, je me répète les yeux fermés.

Au bout d'un long moment de silence, je les rouvre et vois Loukas qui contemple la poubelle… pétrifié.

— Tu n'écoutes rien, je le réprimande en soupirant.

Il ouvre puis ferme la bouche en continuant de scruter ce qu'il a sous les yeux.

— Je suis enceinte, je dis même si je crois qu'il a compris.

— Il y a beaucoup de tests, constate-t-il sans arrêter de les regarder.

— Je n'ai pas été convaincue par les quatre premiers donc je suis allée jusqu'à cinq.

— Et le père, c'est…, commence-t-il en m'observant avec attention.

Le coin de ma bouche se retrousse. Je grimace, me mords la lèvre…

— Moi ? demande-t-il en écarquillant les yeux.

Je fronce le nez et dodeline de la tête.

— J'ai mis un préservatif.

Silence.

— Les quatre fois.

Bordel, c'était vraiment une sacrée nuit !

— Les préservatifs ne sont pas fia…

— Et qui me dit que ce n'est pas un autre ? me coupe-t-il avec un air dément.

On peut clairement lire la panique sur son visage.

— On fera un test de paternité si c'est…

— Merde ! crie-t-il, me faisant sursauter.

Je tente de me lever, mais il se positionne devant moi. Sa figure à hauteur de la mienne. Tellement proche que j'en louche.

— Tu ne prends pas la pilule ?

— Alors c'est une drôle d'histoire, je réponds en riant de façon très aiguë. Comme tu le sais, je me suis séparée d'Hector et…

— Ton ex à la tête plate ? m'interroge-t-il toujours dans la même position.

Je cligne des yeux et hoche la tête.

— Oui, on s'est séparés et…

Je fais une pause, car je ne sais pas trop comment parler du néant de ma vie sexuelle sans passer pour une pauvre fille.

— Et ?

— On va dire que je n'avais pas vraiment de nécessité de la prendre, je bougonne.

Il bondit brusquement.

— Parce que tu voulais des enfants ?

— Non, parce que je n'avais aucun rapport sexuel ! je m'écrie, vexée.

Il me dévisage.

— Avec personne. Depuis Hector, je n'ai rencontré aucun un homme avec qui j'ai eu envie ou qui a eu envie de coucher avec moi. Alors oui, quand tu m'as embrassée, j'ai fait preuve d'un certain enthousiasme, j'avoue, mais je n'ai pas fait exprès de tomber enceinte !

— Tu as arraché ma chemise, me rappelle-t-il.

Je rêve ou il va bientôt m'accuser d'avoir abusé de lui ?

Je me lève à mon tour. Rien ne se passe comme je l'avais prévu !

Bon, je n'avais rien prévu en vérité, mais si j'avais prévu quelque chose ça n'aurait pas été ça.

— C'est toi qui m'as embrassée !

— Excuse-moi, mais je n'avais pas imaginé que cela déboucherait sur une sexapocalyptique !

— Ce terme n'existe même pas, je murmure, tendue.

— Je le sais ! crie-t-il.

— Mais pourquoi tu cries ?

— Peut-être parce que tu es enceinte… voire très enceinte, s'énerve-t-il en sortant les tests de la poubelle un à un.

— Je ne crois pas que l'on puisse être plus ou moins enceinte, je déclare en y réfléchissant sérieusement.

Il se redresse et m'observe comme si j'avais deux têtes à la place d'une. Il jure un moment en grec, inspire une fois, deux fois, trois fois et redevient comme par magie le très énigmatique millionnaire que j'ai rencontré au mariage de Marcelle.

— Bien, dit-il droit et le visage neutre.

Je le regarde, perplexe, et répète avec prudence : « Bien ».

— Tout ceci n'était pas prévu, affirme-t-il avec calme.

— Non, pas vraiment, en effet.

Il inspire une nouvelle fois, ouvre puis ferme les poings le long de son corps.

— Nous sommes des adultes, donc nous allons gérer cette situation en…

Il fait une pause.

— En adultes ? je termine pour lui.

— Oui, parce que nous sommes des adultes.
— Tu te répètes, je lui fais remarquer.
— Julie, concentre-toi ! me gronde-t-il.
— Eh !
— Donc nous sommes sûrs que tu es…
Il ne termine pas sa phrase et me fixe.
— Enceinte ?
— Oui, répond-il. Il y a des preuves qui semblent tendre à cette possibilité.
— Effectivement, je dis à mon tour, ne voyant pas trop où il veut en venir.
— Finalement, si nous prenons en compte la date de notre rapport sexuel, tu n'es pas si enceinte que ça, poursuit-il avec un léger sourire.
— Quitte à me répéter, il n'y a pas d'un peu enceinte. Soit on l'est, soit on ne l'est pas.
— Il y a peut-être une erreur, je veux dire, tu n'as fait que…
Il marque une pause, compte les tests dispersés dans la poubelle et termine en marmonnant sombrement : « Cinq tests. »
— Nous devrions tout de même faire une petite batterie d'examens, ajoute-t-il, afin d'être certains que ce… cet état soit…
Il grimace, et je termine à nouveau pour lui :
— Réel ?
— Non, définitif.
— Ah oui… oui, parce que si on compte jusqu'à sa majorité ça fait long.
— Un enfant, c'est à vie, lâche-t-il comme s'il parlait d'une peine de prison.
— Enfin on n'est pas dans *Tanguy*, les enfants finissent par quitter la maison, un jour ! je réplique avant de rire.
— Je ne connais pas *Tanguy*.
— C'est un film français.

— S'il te plaît, Julie, concentre-toi sur cette conversation.

— Mais je suis très concentrée !

— Donc parlons aspect pratique. Que comptes-tu faire ?

— Ah oui, toi tu vas droit au but, je marmonne.

— Ce que je voudrais savoir, c'est...

— J'ai compris ! je le coupe avec colère.

Avant de reprendre plus doucement :

— Je veux le garder. Je vois bien que tu n'es pas enthousiaste et sache que j'ai été tout aussi surprise que toi par cette nouvelle, mais...

Je m'interromps et prends le temps de peser mes mots :

— Je veux cet enfant. Je n'ai pas besoin de toi. Je suis largement capable de l'élever seule. Je voulais que tu sois au courant et voilà qui est fait, je conclus avec un air résolu.

— Je ne voulais pas dire que tu ne devais pas le garder. Je faisais allusion aux examens médicaux.

— Ah bon ?

— Oui.

Il me faut un moment pour intégrer cette information. Est-ce qu'il dit ça parce qu'il ne veut pas passer pour un connard ou parce que c'est la vérité ?

— Tu ne me sembles pas vraiment du genre à vouloir devenir père, je lui fais remarquer.

— Ce n'était pas dans mon programme immédiat effectivement, avoue-t-il sans la moindre hésitation.

— Pourtant tu viens de dire que tu ne souhaitais pas que j'avorte.

— Et ?

— Et ce n'est pas logique.

— Julie, je crois que tu as été assez claire sur le fait de vouloir garder cet enfant et pour ma part, en toute honnêteté, je n'aurais pas supporté que tu...

Il termine par un soupir, et je hoche doucement la tête.

— Je comprends. Je m'étais promis de n'être jamais comme

ma mère et finalement je me retrouve enceinte d'un homme que je ne connais pas. Bon, moi, au moins, je connais ton nom ! je lance, sarcastique.

— Ravi que cela te convienne de connaître mon nom. Passons donc à l'aspect pratique, répète-t-il.

— Je vais évidemment prendre rendez-vous chez le médecin et te tiendrai au courant.

Il va peut-être enfin me donner son numéro de téléphone du coup… Ou au moins son mail.

— Nous devons fixer une date pour le mariage, dit-il avec détachement en sortant son portable de sa poche.

Je le regarde faire défiler je ne sais quoi sur son écran, et au bout d'un moment il me sort :

— Je ne sais pas combien de temps prennent toutes les formalités en France, mais je pense que compter six semaines n'est pas trop déconnant. Ou alors on part sur un mariage en Grèce, ce qui ravira ma famille, en plus. Une préférence ?

Je secoue la tête, complètement perdue.

Il lève les yeux et m'observe comme s'il attendait quelque chose.

— Le 8 du mois prochain ? me demande-t-il.

— Je… pardon ?

— Le mariage. Nous pouvons aller jusqu'à deux mois, mais ensuite je crains que…

Mon cerveau vient de couper le son.

Est-ce qu'il m'a demandé de l'épouser ?

Je remonte le fil de la conversation.

Merde.

— … pluie…

— Je ne veux pas t'épouser ! je le coupe dans son monologue.

— Je crains que cela ne soit pas possible.

— Euh si !

— Il est hors de question que je ne m'investisse pas personnellement et financièrement dans la vie de cet enfant.

— Et tu n’as pas besoin que l’on soit mariés pour ça.

— Si.

— Non.

Il grimace, inspire quatre fois et reprend doucement :

— Cet enfant portera mon nom.

— Et je ne vois pas pourquoi tu as besoin de m’épouser pour ça !

Il me contemple avec une perplexité évidente.

La douleur dans ma main se réveille. Je jette un coup d’œil à ma paume et fronce les sourcils. Je sursaute quand je sens la chaleur de Loukas m’envelopper. Je lève les yeux et surprends son regard sur ma blessure. Avec douceur et délicatesse, il prend ma main dans la sienne et me dit :

— Je veillerai sur toi et sur notre enfant. Vous ne manquerez jamais de rien. Je te le promets.

J’avale avec difficulté ma salive et me sens toute… chose. Oh là là ! je suis mal. Vraiment mal. Ce type est bien trop… tout ! Et puis cette situation ressemble de façon assez folle aux romans que j’adore lire. Si on omet le passage où il ne m’a pas donné son numéro de téléphone. Ou encore celui, après notre nuit sexapocalypse, quand il m’a dit que je lui avais bavé sur le bras en dormant. Mais sinon dans l’ensemble ça passe !

Je couine, l’esprit rempli d’idées romantiques et il me scrute comme s’il attendait quelque chose.

— Donc le 8 ? me demande-t-il au bout d’un moment.

— Pour ?

— Le mariage, dit-il comme s’il se posait de sérieuses questions sur ma santé mentale.

Je récupère ma main, redresse la tête et le fixe dans les yeux.

Reviens sur Terre, Julie. Il ne faut pas juger un livre à sa couverture, et même si Loukas ressemble à l’un de ces héros, toi tu n’as rien d’une héroïne.

— Il n'y aura pas de mariage ! je m'exclame en sortant de la salle de bains avec Loukas sur les talons.

— Julie, nous avons couché ensemble il y a déjà soixante-huit jours, compte tenu ta morphologie, il n'est pas bien prudent de tarder plus, dit-il derrière mon dos.

Je me tourne, offusquée.

— Je ne sais pas ce qui me choque le plus : que tu me sortes le nombre de jours exacts depuis notre seule et unique nuit ensemble, ou que tu viens de me traiter de grosse !

— J'ai une très bonne mémoire et une grande capacité d'analyse, annonce-t-il simplement.

— Et grâce à ta grande capacité d'analyse tu estimes que j'ai des bourrelets saillants ? je crie, furieuse.

— Tu n'as pas de bourrelets ! déclare-t-il comme si j'étais idiote.

— Tu viens de dire que compte tenu de ma morphologie dans six semaines je ressemblerais probablement à un hippopotame !

— Non, je voulais dire qu'il te sera difficile de cacher ta grossesse plus longtemps.

— Parce que je suis grosse ?

— Julie, tu n'es pas grosse, mais tes hanches sont larges et ta poitrine est bien… ronde.

Je rêve ou il me reluque ouvertement les seins, là ?

Je toussote, et il relève enfin paresseusement les yeux avec un sourire de connard sexy.

— Donc parce que j'ai des fesses et des seins, tu estimes que je vais être une grosse femme enceinte ? je lui demande les bras croisés sur ma poitrine.

— Je n'ai pas dit que…

Il grogne puis reprend :

— Tu es une femme avec tout ce qu'il faut là où il faut.

— C'est censé être un compliment ?

Il répond un truc en grec tandis que je le fusille du regard.

— Je ne parle pas cette langue, je lance, agacée.

— J'ai dit : « Pourquoi faut-il que les femmes soient aussi compliquées ? »

— Les femmes ne sont pas trop compliquées. Les hommes sont juste des imbéciles !

— Je suis beaucoup de choses, mais pas imbécile, Julie.

— Alors tu es juste un mufle ! je rétorque.

— Bien, maintenant que j'ai été démasqué, allons à l'hôpital, marmonne-t-il en éteignant la lumière de la salle de bains.

— Je ne crois pas qu'aller aux urgences pour faire des analyses soit nécessaire.

Il attrape mon sac et ma veste.

— Non, mais pour faire des points à ta main, oui ! réplique-t-il en ouvrant maintenant la porte d'entrée.

Je cherche une repartie intelligente, mais, vu que je n'en trouve aucune, je décide de faire un bruit bizarre qui n'a absolument aucun intérêt. Hormis celui de me ridiculiser.

— À tes souhaits, dit Loukas amusé en fermant la porte derrière moi.

Je lui jette un regard mauvais, et il me sourit avant de m'aider à enfiler ma veste. Je croise à nouveau les bras sur ma poitrine et le regarde appuyer sur le bouton de l'ascenseur.

— J'habite au deuxième étage ! je lui fais remarquer.

— Certes, mais tu es très pâle. J'ai peur que tu t'évanouisses et je ne veux pas te porter dans l'escalier.

— Je ne suis pas si grosse que ça ! je m'écrie.

— Tu es une femme adulte et je ne suis pas un body-builder, s'agace-t-il alors que les portes de l'ascenseur s'ouvrent.

Je passe devant lui, suspicieuse. Il lève les yeux au ciel, appuie sur le bouton, se positionne à côté de moi et passe une main autour de ma taille. Je sursaute et tourne un peu trop vite la tête, me retrouvant nez à nez avec Loukas.

— Ne t'énerve pas, Julie. J'ai peur que tu t'évanouisses

et je ne veux pas que tu te blesses, murmure-t-il tout près de ma bouche.

— Je n'ai rien dit…, je souffle le cœur battant.

Bon sang, il est tellement beau.

On reste un moment à se jauger en silence.

Mon cœur menace de quitter ma poitrine.

Mes lèvres réclament les siennes. Pourtant aucun de nous ne bouge.

Les portent s'ouvrent à nouveau, nous faisant sursauter. Ou juste moi. Non, je suis presque certaine que lui aussi a sursauté.

— Ma voiture est juste devant, dit-il en se redressant à côté de moi.

Je ne dis rien et me fige quand on sort de mon immeuble et que je me retrouve face à une voiture de sport rouge.

— Laisse-moi deviner, c'est elle ? je demande, les yeux rivés sur le bolide.

— Lamborghini Aventador de 2021, m'indique-t-il en m'ouvrant la portière.

Bon sang, cette voiture coûte plus cher que tout ce que je possède ! C'est avec cette pensée que je m'installe à l'avant, puis m'attache. Mais, au même moment, mes yeux se posent sur mes pieds et je jure. J'ai oublié de mettre mes chaussures ! Résultat des courses, je me trimballe en chaussons coccinelles depuis tout à l'heure. Je fais quoi ? Je lui dis ? Je ne peux pas aller aux urgences en chaussons !

Il démarre et je m'écrie :

— J'ai oublié mes chaussures !

Il jette un œil à mes pieds, puis à mon visage et me sort avec un total détachement :

— Je sens que les prochaines cinquante années ne vont pas être ennuyeuses !

Sans un mot de plus, il accélère en direction de l'hôpital.

Chapitre 3

Mes yeux naviguent entre mes chaussons coccinelles et les longs doigts de Loukas qui tapotent furieusement sur ses cuisses.

— C'est long, marmonne-t-il avant de se lever pour faire le tour de la salle d'attente bondée, puis de se rasseoir.

Quand on est arrivés, je me suis mise à compter le nombre de fois qu'il faisait ça, mais au bout de deux heures j'ai perdu patience. Loukas recommence à se plaindre, se lève, fait quelques pas, se réinstalle et se remet à tapoter ses cuisses. Tout à l'heure, il y a eu une variante puisqu'il est revenu avec deux bouteilles d'eau.

— Nous serions en Grèce, ta main sera déjà soignée, nous en serions déjà au dessert ou en train de baiser, grogne-t-il.

Je l'observe, surprise, et plutôt que de l'interroger sur la dernière partie de sa phrase – la plus intéressante en bref –, je lui demande :

— Les urgences en Grèce sont plus rapides ?

— Non. En fait, je ne sais pas. J'ai un médecin et une aile à l'hôpital d'Athènes dédiés à ma famille.

— Voilà qui est… pratique, je souffle, un brin choquée.

Et carrément hallucinant !

Le gars a un hôpital pour lui et sa famille. Je ne savais même pas que c'était possible.

Il me redemande si je me sens bien, si je ne veux rien à manger ou à boire, avant de s'enquérir une nouvelle fois :

— Tu es certaine que ton médecin ne pourrait pas nous recevoir ?

— Loukas, je t'ai déjà expliqué que son cabinet est fermé et que je n'ai pas son numéro de portable.

— Je trouve ça tout de même incroyable que dans ton état nous soyons obligés d'attendre autant ! grogne-t-il.

— Ma coupure n'est pas une vraie urgence, je lui déclare derechef.

— Tu es enceinte ! Ta coupure pourrait s'infecter et tu finirais avec une horrible infection qui vous tuerait toi et l'enfant, gémit-il.

— Tu sais être rassurant, je marmonne.

Je suis flattée de toutes ses inquiétudes et j'ai d'ailleurs découvert un Loukas très protecteur – ce qui n'est pas pour me déplaire –, mais il rend l'attente encore plus interminable !

— Vivement que l'on rentre en Grèce ! lance-t-il avant de se lever pour refaire son tour.

— Comment ça ? je réplique, mais il n'écoute pas car cette fois-ci, il part râler à l'accueil.

Agacée, je me lève et le rejoins.

— ... j'ai compris, mais ma femme est enceinte ! s'énerve Loukas.

Je me fige. Il vient de me présenter comme sa femme ou je rêve ?

— Loukas ? l'interpelle une femme médecin.

Femme qui ressemble plus à un mannequin qu'à un médecin, au passage.

— Bonjour..., répond Loukas avec un sourire étrange.

— Daphné ! ajoute-t-elle, vexée.

— Oui, je sais.

Clairement, c'est faux. Il avait oublié son prénom.

La seule question est : « Comment ? »

Cette femme est tout ce que je ne suis pas !

Est-ce que si Marcelle ne lui avait pas rappelé mon existence il aurait oublié mon nom à moi aussi ?

— Qu'est-ce qui t'amène ? l'interroge-t-elle en déposant ses dossiers au comptoir.

— Ma fiancé s'est blessée et…

— Je croyais que c'était votre femme ? lui fait remarquer la secrétaire médicale.

Je me mords les lèvres pour ne pas rire tandis qu'il essaye de la tuer du regard.

— Nous nous marions la semaine prochaine donc à quelques jours près ! lui répond-il.

Dis donc, ce mariage se rapproche à vitesse éclair !

— Waouh… toutes mes félicitations, souffle le médecin-mannequin.

— Oui, le coup de foudre ça ne se contrôle pas ! N'est-ce pas… mon cœur, dit-il en se tournant vers moi puis en m'attrapant par la taille.

La blonde me lorgne, reste un moment sur mes chaussons, et quand elle lève les yeux je vois beaucoup d'incompréhension dans son regard. C'est sûr que je ne suis absolument pas le type de Loukas.

D'après mes recherches, il aime les femmes qui défilent en sous-vêtements avec beaucoup d'aisance. Ce qui n'est pas mon cas. Du moins, seulement quand je suis chez moi et sans spectateur.

— C'est très inattendu, lâche-t-elle, les yeux ronds.

Je ne lui fais pas dire ! Dès le début c'était gênant, mais là, on a atteint un tout autre niveau. J'ai envie de rentrer chez moi et de me goinfrer de chocolat en lisant l'une des romances que j'aime tant. Le temps de quelques pages, je serais une héroïne forte que rien n'arrêterait.

— Oui, fait Loukas avec un sourire crispé.

— Et donc vous vous êtes blessée ? me demande le médecin tandis que la secrétaire lui tend mon dossier.

Pitié, pourvu qu'elle ne me soigne pas. Clairement, elle en pince pour Loukas et ils ont un passé commun.

Et puis, quitte à me répéter, cette situation est très gênante.

— Je me suis entaillé la main avec du verre, je lui explique avant de me mordre les lèvres.

Je jette un coup d'œil désespéré en direction de la salle d'attente.

Qui sait, peut-être que le Dr Carter[1] *va apparaître et crier mon nom ?*

— Bien, nous allons regarder cette main alors, déclare-t-elle avec un enthousiasme qui sonne faux.

Donc on reste dans la gênance *jusqu'au bout !*

Je crois que cette journée ne pourrait pas être pire.

— Je te remercie, Clotilde, dit Loukas avec un grand sourire.

Ah bah si, on peut faire pire !

La blonde se stoppe net, se tourne, l'observe, et je crois qu'elle vient officiellement de perdre foi en la gent masculine.

— De rien, grogne-t-elle avant de repartir.

Je la laisse prendre de la distance, tire sur le bras de Loukas et lui glisse :

— Elle s'appelle Daphné, espèce d'abruti !

Il jure et me répond en reprenant la marche :

— Clotilde c'était sa copine. Il faut dire qu'elles se ressemblent.

Je reste une bonne seconde interdite. Est-ce que j'ai bien compris ? Il a fait un plan à trois avec le médecin et sa copine ? Ou il s'est juste tapé les deux, mais pas en même temps ?

Je ne sais pas laquelle de ces options me perturbe le plus.

— Julie ? Tu vas faire un malaise ? me demande-t-il en m'observant avec ses grands yeux noisette, visiblement prêt à me rattraper.

1. Personnage de la série médicale urgences.

— Je devrais peut-être faire un test de dépistage de MST, je lui réponds, toujours perturbée.

— Pourquoi ? s'enquiert-il doucement avec une certaine prudence.

— Tu as visiblement un passé assez chargé.

Il jette un coup d'œil au médecin qui nous attend plus loin puis à moi.

— Je comprends que la situation puisse être un peu…

— Gênante !

Il grimace et reprend :

— Nous ferons tous les tests que tu souhaiteras, mais sache que je fais des dépistages de MST régulièrement et je n'ai jamais eu de rapport sexuel sans protection.

— Le fait que ton ex fasse semblant de ne pas écouter ce qu'on se dit rend cette conversation encore plus agréable, je grommelle.

— C'est toi qui l'as lancée, rétorque-t-il avec un son foutu accent.

— Non, pas vraiment ! Je voulais juste… tout ça, ça fait beaucoup et la perspective de me faire trifouiller la main par ton ex n'aide pas.

— Ce n'est pas mon ex, Julie. C'est juste Clotilde ! m'explique-t-il comme s'il annonçait la météo.

— Elle s'appelle Daphné, bordel !

Il soupire et quand je vois le médecin commencer à taper du pied avec impatience, les bras croisés devant la salle d'examen, je me remets en route.

— Désolée, je marmonne en passant devant elle.

— Ce n'est rien. Je réagirais sans doute comme vous si je me retrouvais face à l'ex plan cul de mon futur mari dont il a oublié le nom, dit-elle avec un grand sourire.

Génial. Vraiment génial.

— Ce n'est pas… enfin, je veux dire…

— Et si vous me disiez plutôt comment vous vous êtes fait mal, dit-elle en enfilant ses gants.

Je jette un regard désemparé à Loukas, mais il semble complètement à l'aise avec la situation.

J'adore ma vie.

— J'ai fait tomber un flacon de parfum et je me suis entaillée en voulant ramasser les morceaux de verre, j'explique en marmonnant chaque mot.

Je veux partir d'ici, me rouler en boule et fermer les yeux en priant pour que rien de tout cela ne soit jamais arrivé. C'est pas le genre de choses qui arriverait dans un de mes Harlequin ! Dans mes romances, les ex sont dangereuses et méchantes ; elles ne travaillent pas dans des hôpitaux ni ne soignent l'héroïne qui s'est bêtement blessée.

— Et je lui ai cogné la tête en ouvrant la porte de la salle de bains, ajoute Loukas en s'asseyant sur une chaise dans le coin de la salle d'examen.

— Ça explique ce magnifique hématome sur votre front.

— Merde, je jure en passant ma main sur mon front.

J'ai un œuf sur la tête !

— Je vais vous mettre une bonne crème, mais j'espère que vous avez prévu une maquilleuse pour le grand jour, dit le médecin en retirant mon bandage de fortune.

— Quel grand jour ? je demande immédiatement.

— Votre mariage !

— Ah oui… ça ! je murmure, bougonne.

— On devrait peut-être faire un scanner, dit-elle en scrutant ma bosse.

— Elle est enceinte, intervient Loukas.

— Oh ! Que de surprises ! lâche-t-elle, le regard d'autant plus suspicieux.

— Ouais, je dis entre mes dents.

— On va devoir faire des points. On peut jeter un coup

d'œil au bébé si vous voulez, propose-t-elle en retirant ses gants.

— Non ça ira, on ne va pas vous dé…

— Avec plaisir, me coupe Loukas.

Non, mais il n'est pas sérieux ?

— Bien, je vais chercher de quoi faire les points et la sonde vaginale pour l'échographie. Julie, je vous laisse vous déshabiller.

Elle a dit vaginale ou j'ai rêvé ?

J'ai à peine le temps d'ouvrir la bouche qu'elle est déjà partie.

— Décidément avec Daphné les choses se finissent toujours de la même façon. Je crois qu'elle aime vraiment les plans à trois, dit Loukas avec sérieux en tapotant sur son téléphone.

Je vais le tuer.

C'est moche, je sais, mais après tout un enfant a-t-il vraiment besoin d'un père ?

Chapitre 4

La bonne nouvelle, c'est que je peux être désormais certaine de la véracité des tests de grossesse. La moins bonne, c'est que je suis officiellement enceinte. Et la carrément mauvaise, c'est que le père de mon futur enfant est cinglé. Heureusement, j'ai échappé à la sonde vaginale. Voyant ma tête à l'arrivée de l'appareil, Loukas a demandé si un autre médecin pouvait me faire l'échographie ou s'il y avait un autre appareil moins… invasif.

Il a raison, il est intelligent !

Et, encore plus heureusement, une sonde sur mon ventre a finalement suffi.

Je crois que Loukas a versé une larme quand on a entendu le cœur de notre enfant battre.

Je *crois* parce qu'il s'est écarté au moment où j'ai entraperçu une larme. Et depuis, il ne dit plus rien.

Quelque chose a changé. Je ne sais pas encore ce que c'est, mais je le sens.

Je l'observe à la dérobée tandis qu'il est concentré sur la route et, quand je tourne la tête en direction de la vitre, je constate que l'on a passé ma rue.

— Tu t'es trompé de chemin, je lui fais remarquer.

— Non.

— Mon appartement est dans cette rue ! je m'agace.

— Le restaurant est par là.

— Il est 23 heures, je crois que notre réservation est définitivement perdue !

— Je leur ai envoyé un message pendant que Clotilde soignait ta main, dit-il.

Je le dévisage, la bouche grande ouverte, et sors au bout d'un moment :

— Elle s'appelait Daphné !

Il faut vraiment que je revoie mon sens de la repartie parce qu'à chaque fois je pinaille sur un détail plutôt que sur ce qui me choque véritablement.

— Julie, sincèrement, je me fiche de son prénom, me répond-il en soupirant, avant de se garer.

— Je me sens presque flattée que tu arrives à te souvenir du mien, je marmonne, les bras croisés.

— Il faut dire que tu es assez mémorable.

Il arrête le moteur, et je le regarde, choquée – cette fois-ci, dans le bon sens.

Il me trouve mémorable. J'ai des papillons dans le ventre.

— Je n'avais jamais entendu personne ronfler aussi fort que toi ! Un bruit pareil, c'est quasi inhumain. On dirait l'un de ces énormes phacochères dont je ne me rappelle plus le nom en français.

— Un sanglier, je grogne.

— Oui ! Un sanglier en train de mourir, dit-il en riant.

Je l'observe sortir de la voiture, tout en me répétant que le meurtre est un crime passible de prison. Après un long moment, je sors à mon tour et soupire en constatant que mes chaussons risquent de faire tache au restaurant.

— Tu ne te sens pas bien ? me demande Loukas déjà à côté de moi.

— Je suis fatiguée et j'avais oublié que mes pieds étaient ornés de coccinelles !

— Décidément.

— Si tu as vraiment faim, on peut commander quelque chose et se le faire livrer ?

— Toi, tu n'as pas faim ? m'interroge-t-il en m'étudiant de ses yeux couleur café.

— La soirée a été chargée et…

Je termine ma phrase par un soupir.

Que dire à part que rien de tout ce qui s'est passé n'était prévu, que j'ai envie de prendre une douche et de me rouler en boule en réfléchissant à ma vie qui m'échappe inexorablement.

— OK, on va rentrer, mais avant cela on va chercher un truc à manger.

Je soupire de nouveau. Il me fixe, les lèvres pincées, et ajoute doucement comme s'il s'excusait :

— Je ne sais pas cuisiner et je ne veux pas être accusé de laisser ma femme enceinte mourir de faim.

— Je ne suis pas ta femme !

— À quelques jours près, il ne sert à rien de tripoter !

— De chipoter, tu veux dire ?

Il réfléchit, lève un sourcil et sourit.

Je le regarde prendre la direction du restaurant sans un mot de plus.

Bordel, c'était quoi ça ? Lady Gaga recommence à chanter *Poker Face* dans mon esprit.

— Julie, tu veux quoi ? s'enquiert-il en entrant dans l'enseigne.

— Des pâtes à la bolognaise.

Il lève son pouce et disparaît à l'intérieur.

Je jette un coup d'œil circulaire et ne peux m'empêcher de me demander quand je vais me réveiller de cet étrange rêve.

Si ce matin on m'avait dit que ma journée se déroulerait ainsi, je n'y aurais jamais cru. Il y a encore quelques heures, je chouinais parce que Loukas ne me rappelait pas. Maintenant, je suis enceinte de lui et je râle parce qu'il a décidé que l'on devait se marier.

Je passe une main sur mon visage et m'accroche un instant à la voiture. Je cale ma tête entre mes bras et tente d'inspirer, puis d'expirer calmement.

Tout va trop vite.

Je ne suis pas taillée pour tout ça, pour gérer ce millionnaire grec bien trop sexy ! Il conduit une voiture qui semble sortir tout droit d'un *James Bond* ; on dirait qu'il s'est échappé d'une pub pour parfum de luxe. Et, cerise sur le gâteau, il fait des plans à trois avec une médecin urgentiste !

Sans compter que je passe sous silence le fait que ce même médecin est celui qui m'aura fait entendre pour la première fois les battements de cœur d'un bébé que je ne pensais pas trouver là. Non parce que finalement, dans toute cette histoire, ce qu'il faut retenir c'est que je vais avoir un bébé. Ma vie bien rangée va changer du tout au tout. Heureusement, j'ai de l'argent de côté et mes illustrations ainsi que mes livres se vendent bien. Je suis propriétaire de mon petit appartement et, même si je n'ai qu'une seule chambre, dans un premier temps cela suffira. Quand le moment sera venu, je le vendrai et m'en servirai d'apport pour acheter une petite maison. Oui, ça va être sympa. Je vais déménager dans un village, j'aurai un potager, une petite piscine en été et une jolie balançoire. Ma mère sera ravie de devenir grand-mère et tout se passera merveilleusement bien.

— Merde, tu vas faire un malaise ? me demande Loukas.

Je lève la tête et le vois qui se tient à côté de moi avec un sac marron contenant certainement les pâtes.

— Non. Je vais bien. Je suis juste… chamboulée par tous les événements de la journée.

Et le terme est faible.

Ma vie ne sera plus jamais la même.

— Il y a des jours comme ça, lâche-t-il en s'installant au volant de sa voiture.

Je me redresse en faisant la moue, monte à mon tour et lui demande :

— Comment ça « Il y a des jours comme ça » ?

Il pose le sac brûlant sur mes cuisses et démarre tandis que je le soulève prestement.

— Dans la vie, on ne peut pas tout prévoir. Parfois le destin est un connard et c'est comme ça ! me dit-il en prenant la direction de mon appartement.

— Tu veux dire que cela t'arrive souvent de mettre des femmes enceintes ?

— Non, ça c'est une première ! répond-il en riant.

— J'avoue que je n'avais pas particulièrement anticipé de réaction de ta part, mais tu me surprends malgré tout, je souffle.

— Qu'est-ce qui te surprend ? Que je ne sois pas encore parti en courant ? Que je t'aie acheté des pâtes bolognaise ? Ou encore que je veuille t'épouser ?

— Un mélange de tout ça ! Mais surtout je ne comprends pas pourquoi tu tiens absolument à ce que l'on se marie.

Il ferme les yeux une seconde, puis arrête la voiture et dit :

— Julie, je ne veux pas que tu prennes mal ma réponse.

— Mais… ?

Pourquoi je prendrais mal sa réponse ?

C'est bizarre… à moins que…

— Tu penses que je vais être une mauvaise mère ? je lui demande avec une voix suraiguë.

— Non.

Sans un mot de plus, il récupère le sac et sort de la voiture. Furieuse, je l'imite, mais manque de perdre mon équilibre dans la précipitation. Loukas me rattrape de justesse et m'observe à la lueur d'un lampadaire, les lèvres pincées.

— Ces prochaines années vont être vraiment très intéressantes…

Il replace une mèche de cheveux derrière mon oreille.

Mon cœur se met à battre la chamade tandis que ses yeux se posent sur mes lèvres.

— Pourquoi tiens-tu tant à m'épouser ?

Il se raidit et s'écarte de moi.

— Il y a plusieurs raisons, Julie.

— Pourquoi tu ne me les donnes pas tout simplement ? j'insiste.

— Bien. La première est égoïste. Ma société est placée en Bourse, je ne peux pas me permettre de laisser une telle situation éclabousser ma réputation ou la sienne. La deuxième est qu'avec mon nom cet enfant aura toutes les portes ouvertes. Il pourra aller dans les meilleures écoles et faire ce qu'il veut de sa vie. La troisième est ma famille. Elle est très religieuse et traditionaliste. Donc elle n'acceptera jamais cet enfant si nous ne sommes pas mariés. Je pourrais également me retrouver déshérité.

— Toutes tes raisons sont financières en résumé, je marmonne sous le choc.

Un muscle de sa mâchoire tressaute.

— Tu sais qu'il n'y a pas que l'argent qui compte ? je l'interroge, ébahie par ses propos.

— Julie, on ne se connaît pas. Tu croyais que je te demandais en mariage pour ton charme hors du commun ? Tes ronflements bestiaux ? Cette saleté d'odeur que tu te traînes depuis plus de quatre heures ? Ou encore pour ton postérieur rebondi qui m'obsède depuis plus de deux mois ?

Il fait une pause et reprend :

— Nous ne vivons pas dans un de tes livres avec des animaux qui parlent. Ici, c'est la réalité. Le coup de foudre n'existe pas, et je suis un homme excessivement riche qui compte bien le rester. Donc, nous allons nous marier et fonder une très jolie famille. Tu auras une grande et belle maison, un chien, des enfants, une voiture de luxe et des tas de choses qui valent très cher.

— Si avoir cet enfant te coûte autant – je veux dire la liberté, ce n'est pas rien –, pourquoi ne pas m'avoir demandé de ne pas le garder ou un truc dans le genre ?

— Premièrement, je ne suis pas un monstre. Deuxièmement, qui dit que je tiens tellement à cette liberté ? Si ce n'est pas avec toi que je me marie, ce sera avec une autre ! lâche-t-il en prenant la direction de mon appartement.

Je jure et lui cours après. Il marche vite, ce con !

— Comment ça ?

— Julie, j'ai faim ! grogne-t-il en montant dans l'ascenseur.

— Et ça t'empêche de parler ?

Il m'observe en silence, puis s'approche doucement, pose sa main sur ma nuque et m'embrasse. Mes muscles se tendent de surprise. Il passe sa main sur mes reins. Sa chaleur me ramollit jusqu'à ce que je devienne une poupée de chiffon dans ses bras. Je gémis et le suis. Je ne sais plus ni qui je suis ni où je vais. Plus rien ne m'importe en dehors de ses lèvres et la chaleur de son corps. Mon dos se cogne contre le mur et sa bouche disparaît.

— Tes clés ? me demande-t-il à bout de souffle.

Je rouvre les yeux et constate que nous sommes devant ma porte d'entrée. Tremblante, je fouille mon sac à main et en sors mon trousseau. Il l'attrape, ouvre la porte, allume la lumière de l'entrée et dépose les plats sur mon comptoir.

— Je t'ai pris de la mousse au chocolat, me dit-il alors que je l'observe depuis le couloir.

Mais que vient-il de se passer ?

Il s'est souvenu que la mousse au chocolat est mon dessert préféré ou c'est un hasard ?

Concentre-toi, Julie !

On parlait, il m'a embrassée et là il retire ses chaussures, installe des pâtes sur ma table basse et explore mes placards.

Je ferme la porte et continue de l'observer avec le sentiment qu'il se moque de moi.

— Et si tu venais manger, dit-il installé sur mon canapé.

— Quand tu as dit que tu avais faim, tu n'as pas menti, je grommelle en retirant ma veste.

— Je ne rigole jamais quand il s'agit de bolognaise !

— Je vois ça, je souffle en m'asseyant à ses côtés.

— Nous avons une villa en Toscane que j'adore, me dit-il entre deux bouchées.

— Ta famille a une villa en Toscane ? je répète en attrapant enfin mon plat.

— Non. Toi et moi, rectifie-t-il avant de fourrer une grosse bouchée de pâtes dans sa bouche.

— Comment ça ?

— Nous sommes presque mariés, donc je t'inclus, continue-t-il concentré sur les spaghettis qu'il engloutit à une vitesse folle.

Bien sûr ! Son fichu mariage !

— J'ai compris les enjeux financiers pour toi, mais…

Je fais une pause, tripote quelques morceaux de viande hachée du bout de ma fourchette et reprends :

— Loukas, tu l'as dit toi-même, tu ne m'aimes pas. Et même si j'ai compris tes raisons, je ne les accepte pas. On se marie par amour, parce que l'on voit un avenir avec l'autre. Et non dans le simple but de rester sur un testament ou de garder sa valeur en Bourse.

— J'ai presque quarante ans, m'indique-t-il en haussant les épaules. Je sais que je ne me marierai pas par amour. Je dois le faire parce qu'un homme de mon âge célibataire fait peur aux investisseurs et que même si je ne l'envisageais pas tout de suite, je sais qu'un jour je devrais fonder une famille.

— Devoir et vouloir ce n'est pas la même chose, je lui fais remarquer.

— Je suis désolé pour toi. Je sais que ce n'est pas la vie sentimentale dont tu avais rêvé, mais tu auras tout ce que tu voudras. Des enfants, une maison… tout. Je ferai tout pour te rendre heureuse.

— Hormis l'amour ! je lance sous le choc.

— Il y a plusieurs façons de s'aimer. On peut choisir de se respecter, de respecter les choix de l'autre, d'aimer notre famille et de se soutenir. Parfois, il n'y a pas besoin de romantisme, de drame ou de je ne sais quoi d'autre pour être heureux.

— Je ne crois pas que se marier parce que je suis enceinte est une bonne idée. Imagine que je fasse une fausse couche !

— Ce serait triste et je suis certain que nous saurons rebondir pour construire notre famille.

— Et si on se rend compte que je ne peux pas avoir d'enfants ?

— On adoptera, répond-il comme si c'était facile.

— Donc pour toi c'est bouclé ? Tu veux vraiment m'épouser ?

— Tu es belle, intelligente, entre nous c'est électrique et tu veux une famille. En plus, ma mère va t'adorer !

— Tu es sérieux ? Tu veux m'épouser pour ne pas perdre tes nombreux privilèges et pour faire plaisir à ta mère ?!

Il se met à parler en grec, et je le fusille du regard.

— Julie, je ne suis pas doué pour faire de grandes déclarations, des compliments ou avec les gens en règle générale. Normalement, mon argent suffit. Mais pas avec toi, évidemment ! conclut-il en soupirant.

Je l'observe, sceptique.

— Le fait est que tu es parfaite comme tu es. Est-ce que tu veux l'une de ces saletés de demande en mariage ultra-romantique comme dans les films ? m'interroge-t-il avec ce qui semble être de la terreur dans ses yeux.

— Je ne suis pas certaine que je te dirai oui, malgré tout !

— Au moins, tu ne me coûteras pas cher en fleurs ! Tu ne manges pas ?

— Non, je n'ai pas faim ! je grogne en jetant ma boîte de pâtes sur la table basse.

Il jette des coups d'œil à mes restes, et je finis par lui dire en soupirant :

— Tu peux les manger si tu veux.

— Merci.

Je me laisse tomber sur le canapé, ferme les paupières.

Est-ce que je suis prête à mettre de côté l'amour et tenter cette vie avec Loukas ? Est-ce que je suis certaine de ne pas finir par tomber amoureuse de cet abruti ?

Je me réveille en sursaut quand mon dos rencontre une surface molle. Celle-ci roule sur mon lit et tombe par terre dans un fracas. J'ouvre les yeux, et il faut un moment à mon cerveau pour intégrer la scène. Loukas est sur le ventre, par terre dans ma chambre, et il m'observe avec des yeux noirs. Pour ma part, je suis allongée sur ma couette dans une position étrange.

— Qu'est-ce que… ? je lance sous le choc.

— Tu t'es endormie il y a quelques minutes sur le canapé, m'explique-t-il en retirant le string à paillettes rose devant sa figure. Je me suis dit que j'allais te porter jusqu'à ton lit.

— Ah…, je lâche, ne sachant pas trop quoi ajouter d'autre.

— Soit tu t'es fait cambrioler, soit tu as un système de rangement particulier, dit-il en regardant autour de lui.

Je grimace devant la vision apocalyptique qu'offre mon antre. Il faut dire que ce n'est pas si simple de se préparer pour un rendez-vous avec l'homme à qui vous devez annoncer que vous êtes enceinte et avec qui vous aimeriez bien – accessoirement – coucher à nouveau.

— Il y a un peu de désordre, j'avoue tout bas.

Du bout des doigts, il attrape une chaussette et la secoue.

— Je crois pouvoir dire que nous sommes au-delà d'« un peu de désordre », grogne-t-il.

Gênée, je me lève et débarrasse mon linge éparpillé. Je fronce les sourcils quand je me rends compte que je ne sais pas où le mettre et finis par le poser dans un coin. Je me tourne et aperçois Loukas qui tente de se lever en se raccrochant au lit. Il semble tout paralysé.

— Tu t'es fait mal ? je lui demande en me hâtant de l'aider à s'asseoir.

— J'ai le dos fragile.

— Tu n'es pas tombé sur le ventre ? je l'interroge, surprise.

Il me dévisage, l'air de dire « Elle est sérieuse ? »

— Euh, peu importe, j'ajoute très vite. Tu veux un médicament pour la douleur ?

Il passe les mains dans son dos et grogne :

— Je vais m'allonger… et dormir là, si ça ne te dérange pas.

Je ne dis rien et commence à délasser ses chaussures.

— Tu fais quoi, là ? s'enquiert-il avec des yeux ronds, comme si je tentais de voler l'un de ses reins.

— Tu ne vas pas t'allonger avec tes chaussures !

Il m'observe, hésitant, et finit par se détendre.

— De rien, je marmonne en retirant ses baskets.

— Merci, Julie, soupire-t-il.

— Tu veux que je t'aide à te déshabiller ?

Il me regarde, étonné.

— Je ne vais pas abuser de ton corps ! C'est simplement pour que tu sois plus à l'aise.

— Dommage, une bonne fellation peut aider à évacuer certaines tensions…, dit-il avant de se laisser tomber contre mes oreillers.

— Je ne te sucerai pas parce que tu as mal au dos ! je rétorque, outrée.

— C'était une blague !

— Ah…

Je le scrute en silence, et au bout d'un moment il me demande doucement, comme s'il avait honte :

— Je veux bien que tu m'aides à retirer ma veste.

Je souris légèrement, contente de pouvoir l'aider et tente d'enlever son habit en douceur.

Je n'y arrive évidemment pas.

Nous finissons tous les deux essoufflés et le cœur battant à tout rompre. Je crois même que j'ai déchiré sa chemise dans la bataille. Ayant désormais trop chaud, je dézippe ma robe et pars à la recherche d'un short et d'un T-shirt. Lorsque je relève la tête, je remarque que Loukas me déshabille du regard. Son entrejambe est… gonflé. Ce qui ne laisse aucun doute sur ce qui anime ses pensées.

Finalement, ce n'est pas certain que l'histoire de la fellation était une blague.

Je me tourne, visage côté mur, et enfile mon pyjama en souriant. Sans un mot, je m'allonge à côté de lui et mordille l'intérieur de ma joue, mal à l'aise. Je sursaute presque quand je sens sa main se positionner sur la mienne. Il ne bouge pas. Je ne bouge pas. Je ne sais même pas trop ce qui est en train de se passer.

Est-ce que je suis censée dormir ? Ne rien dire ?

— J'ai eu un accident de moto quand j'avais quinze ans. On a dit à ma mère que je ne marcherais plus jamais. Je suis resté en fauteuil plus de deux ans.

— Merde ! Tu veux que j'appelle un médecin ? je lui demande inquiète en me tournant pour lui faire face.

— Non, ça va aller, me souffle-t-il en casant une mèche de mes cheveux derrière mon oreille.

Sa main reste un instant sur ma joue, et je me surprends à trouver ce geste incroyablement intime. Pourtant, nous sommes simplement allongés sur mon lit, et vêtus qui plus est.

— Je voulais juste que tu le saches. On va avoir un bébé et c'est le genre d'info qui est importante, m'explique-t-il en faisant glisser le bout de ses doigts le long de ma mâchoire.

— Je ne comprends pas. Tu n'es pas guéri ?

— Si, mais il y a certaines choses que je ne pourrai pas faire.

— Comme porter une femme adulte dans l'escalier ? je rétorque, amusée.

— Oui, ou faire certains manèges, jouer au rugby... Enfin je crois que tu as compris l'idée, soupire-t-il.

— Je te remercie de me l'avoir dit.

Je plonge dans ses yeux noisette et je crois que le temps vient de suspendre son cours. Au bout de ce qui me semble être une éternité, Loukas pose enfin ses lèvres sur les miennes et je me laisse emporter dans un baiser enflammé. Nos corps se rapprochent, s'aimantent.

La journée a été tellement longue que sa bouche me paraît le remède idéal à toutes mes inquiétudes. Mes mains se faufilent dans ses cheveux que je tire en arrière. Je me souvenais qu'il embrassait bien, mais je me rends compte que mes souvenirs alcoolisés ne lui rendaient pas justice.

Il me glisse à l'oreille des choses en grec, et ça décime le peu de morale qu'il me restait. Je m'allonge sur lui, retire mon T-shirt et me jette à nouveau sur ses lèvres. Sa main droite passe sous mon short et empoigne avec fermeté ma fesse droite. Je suis surprise de la vitesse avec laquelle il me déshabille malgré son mal de dos.

Ce type me rend folle.

Bien trop folle.

Bien trop excitée pour réfléchir, j'empoigne son sexe et m'empale dessus. Nous soupirons tous les deux d'extase une seconde avant qu'il ne me renverse et commence à aller venir en moi.

— Je croyais que tu avais mal au dos, je lui fais remarquer, à bout de souffle.

— Concentre-toi, Julie ! m'ordonne-t-il avant de m'embrasser.

Ou me dévorer. Je ne sais pas trop.

— Je sens que les prochaines années ne vont pas être ennuyeuses, je souffle juste avant de jouir.

Chapitre 5

— Oui, je comprends que tu sois surpris, mais parfois l'amour est surprenant !

J'ouvre les yeux, regarde mes draps défaits, reconnais la voix de Loukas depuis la pièce d'à côté et me remémore tout ce qu'il s'est passé la veille.

Bon sang, c'était incroyable…

Loukas était si doux, si… tout ! je songe en soupirant avant d'être rattrapée par des nausées.

Je referme les yeux et tente de contrôler mon estomac qui souhaite apparemment se rebeller.

— Pourquoi tout de suite tu penses que je l'ai mise enceinte ? me parvient la voix de Loukas.

*Mais à qui parle-t-*il ?

— Je ne dis pas qu'elle n'est pas enceinte et je ne dis pas non plus qu'elle est enceinte, continue-t-il.

Hein ?

— Pourquoi tu ris ? fait-il, visiblement outré par la réaction de son interlocuteur.

Il ne dit plus rien, et j'en viens à me demander s'il n'a pas raccroché.

— J'attends que tu te calmes, s'énerve-t-il soudain.

Bon, il n'a pas raccroché et semble vexé.

— Julie et moi serions ravis que vous vous joigniez à nous pour notre mariage. Nous avons conscience que l'on vous prévient au dernier moment, mais votre présence compte énormément pour nous, dit Loukas avec sérieux.

Je fais la moue. Non seulement parce que je n'ai pas envie de l'épouser, mais surtout parce que je n'ai aucune idée d'à qui il parle !

— Je ne comprends pas ce qui te fait rire et je suis vexé que tu ne me prennes pas au sérieux. L'amour ne se contrôle pas. Je suis vraiment heureux d'avoir une famille à moi.

Eh bien, Loukas est drôlement convaincant !

Même moi je le crois alors que je sais très bien que tout cela n'est qu'un simulacre. Enfin, je ne sais pas.

Je me rappelle ce moment suspendu dans le temps où j'ai senti ses lèvres se poser avec délicatesse sur mon ventre.

Je crois que l'idée d'être père ne lui déplaît pas tant que ça.

— Je te remercie et je te dis à mardi.

Plus un bruit.

Cette fois-ci, il a dû raccrocher.

Je soupire et finis par me lever. À peine ai-je mis un pied à terre que mon estomac se soulève. Je cours aux toilettes et…

Bon, pas la peine de faire un dessin.

— Julie, tu vas bien ? demande Loukas, de l'autre côté de la porte.

— Oui ! je grogne avant de me remettre à vomir.

— Sur Internet, ils disent que manger des biscuits secs aide à faire passer les nausées. Je n'ai rien trouvé dans ton placard hormis des croûtons pour la soupe. Tu veux essayer ?

Accroupie, la tête au-dessus de la lunette des toilettes, je lui jette un regard mauvais. Je suis bien tentée de lui dire de se fourrer ses biscuits secs dans le… Je n'ai pas le temps de conclure ma pensée que ledit paquet de croûtons apparaît devant mes yeux.

— Essaye, tente-t-il avec une voix douce.

Je lève la tête et le regrette amèrement.

— Pourquoi faut-il que tu sois si beau ? je demande en

soufflant avant de me sentir mortifiée pour avoir dit ça à haute voix.

Il m'observe, mi-souriant, mi-surpris.

— Je suis beau parce que je suis grec. Maintenant, mange des croûtons !

— Ça ne veut rien dire, je marmonne en m'asseyant à côté de mon nouveau meilleur ami – le porte-papier.

— Tu comprendras quand nous y serons !

— En Grèce ? je lance, incertaine d'avoir bien tout compris.

— Oui. Nous partons dans quelques heures, m'apprend-il en me tendant un croûton.

— Pourquoi est-ce que je partirais en Grèce dans quelques heures ? je l'interroge avant de fourrer dans ma bouche le biscuit salé.

— Pour notre mariage et parce que c'est là-bas que je vis.

Je le scrute, tout en finissant ma bouchée.

— Je n'ai pas accepté de t'épouser. Et je n'ai aucune intention de vivre à l'autre bout du monde.

— Tu vas adorer !

Donc il est vraiment sérieux ?

— Écoute, Loukas, je comprends que tu te sentes dépassé par cette grossesse inattendue et que tu le gères à ta façon, mais tu vas devoir devenir... raisonnable.

— Raisonnable ? répète-t-il en calant son épaule contre le chambranle de la porte.

Je me lève doucement, tire la chasse d'eau et reprends :

— On ne se connaît pas. J'ai bien compris toutes les raisons pour lesquelles tu veux m'épouser, mais pour ma part elles ne sont pas suffisantes.

J'asperge les toilettes de gel parfumé, puis tire à nouveau la chasse d'eau.

— En plus de cela, je ne peux pas déménager pour la Grèce. J'ai un travail, un appartement et je ne compte pas tout quitter sur un coup de tête.

— D'accord. Donc comment tu imagines les choses pour nous ? Pour notre famille ? me demande-t-il sans bouger de devant la porte.

Notre famille...

Loukas, moi, le bébé.

Je devrais me sentir heureuse de sa réaction, mais tout va trop vite pour moi.

Pourquoi ai-je l'impression d'être prise au piège ?

— On pourrait se fréquenter davantage et voir où ça nous mène, je réponds. Pour le bébé. Je suis ravie que tu souhaites autant t'investir.

J'avoue être assez fière de ce que j'ai dit. C'était encourageant et plein d'espoir. Mais mon sourire s'efface quand il prend un air victorieux. J'ai l'impression que je viens de tomber les pieds joints dans son piège diabolique.

— Se fréquenter davantage et voir où ça nous mène ? répète-t-il.

— Oui. Apprendre à se connaître, si tu préfères, je souffle, gênée.

Il faut dire qu'avoir ce genre de conversation dans les toilettes, ça n'aide pas au confort.

— Et on fait ça comment avec toi en France et moi en Grèce ?

— Pour le moment, tu es en France, je lui fais remarquer.

— Oui, mais je dois repartir ce soir. Je dois être sur place pour mon travail et je ne pourrai pas revenir avant au moins trois mois. Alors que j'aimerais être présent durant ta grossesse.

— Voilà qui est... embêtant ! je lance, voyant gros comme une maison la suite de notre conversation se profiler.

Voire de notre histoire...

Il va me dire que je peux travailler de n'importe où et que lui, ce n'est pas son cas, qu'il serait pratique que je vienne en Grèce et que, en plus, je pourrais faire la connaissance de sa famille… Mais, une fois là-bas, nous savons tous comment cela va se passer. Je vais tomber amoureuse de lui. Je vais accepter de l'épouser. On va baiser comme des lapins partout en Grèce et nous allons avoir des tas d'enfants avec des prénoms tout aussi grecs que lui. Je serai pleine aux as et je vais vivre au bord d'une piscine dans des robes vaporeuses. J'aurai du personnel de maison et serai plongée dans un luxe permanent.

C'est moi ou la suite de cette conversation s'annonce trop cool ?

— Dommage que tu ne puisses pas travailler depuis la Grèce ! Tu fais quoi déjà dans la vie ? demande-t-il avec une innocence feinte.

Il sait très bien ce que je fais dans la vie. D'ailleurs, c'est le seul homme adulte qui ait lu l'un de mes livres avec un semblant d'intérêt.

Au mariage, alors que j'étais prise dans un de mes monologues épiques, il a téléchargé l'un de mes livres sur son portable. Je me rappelle que je me suis tue de surprise pendant qu'il lisait. Il m'a même posé des questions sur mon travail. Sans moquerie et avec beaucoup de curiosité.

Puis ce fut le drame. Ça a réveillé ma libido, et je me suis jetée sur lui.

Il faut dire qu'il n'y a que Loukas qui me regarde comme si j'étais la personne la plus importante au monde.

— J'écris et illustre des livres pour enfants, je marmonne.

J'aime être son monde. J'aime qu'il insiste pour m'épouser. J'aime qu'il ait fait des recherches Internet sur les nausées. J'aime qu'il sache le nombre de jours exacts depuis la nuit que l'on a passée ensemble.

Il croise les bras et m'observe en silence.

Après quelques secondes, je m'avoue vaincue.

Il me plaît beaucoup trop, et je crois que je le regarde moi aussi comme s'il était mon monde.

— Bon… Je veux bien venir un peu en Grèce. Pour des vacances. Ça fait longtemps que je n'en ai pas pris.

Il lève les sourcils et attend la suite.

— Mais je ne t'épouserai pas et si toute cette histoire ne me plaît pas je rentrerai chez moi.

— Julie, je vis dans une résidence sur une île avec piscine, accès privé à la plage, du personnel et j'ai même un spa privé. Je crois que tu ne devrais pas trop t'y déplaire. Sans compter qu'il y a des ânes pas trop loin. Ton âne pourrait partir vivre en Grèce ?

Il se rappelle que mon héros est un âne !

Je suis restée sept ans avec Hector, et il n'était pas fichu de s'en souvenir.

— Tu sais, on a beau adorer partir en vacances, on est toujours ravi de rentrer chez soi, je lâche en guise de défi.

Mais, vu l'étincelle dans ses yeux, je crois qu'il accepte de le relever sans souci.

Chapitre 6

Dix jours plus tard

Bon, on ne va pas se mentir. Nous sommes très loin du bagne. Je soupire longuement et étale un peu plus la crème solaire sur mes bras.

Tout ce soleil ! Toute cette plage !

Je tends la main, saisis un morceau de melon bien frais, le croque et soupire une nouvelle fois.

— Tu es certaine que tu ne veux pas quelques biscuits salés ? me demande Loukas.

Je baisse mes lunettes teintées, scrute son corps presque nu, bronzé et huilé.

Non, vraiment, je vis bien la Grèce.

— Ça ira, je souffle en continuant de le déshabiller ouvertement du regard.

Il rit avant de m'embrasser et retourner s'installer sur le transat à côté de moi.

Je ne sais pas trop si c'est la présence perpétuelle de Loukas près de moi, de trop nombreuses années d'abstinence – ou d'insatisfaction sexuelle – sans oublier encore mes hormones, mais le fait est que ma libido est sacrément au taquet.

— Je t'ai réservé une surprise pour ce soir et je veux être en forme, me dit le beau Grec, les yeux fermés.

— Tu ne travailles jamais ? je lui réplique du tac au tac.

— Je fais une pause.

— Tu m'as fait venir en Grèce car tu étais soi-disant trop occupé par ton boulot et que, je cite, tu devais « être sur place ». Sauf que depuis que je suis ici, tu n'es allé qu'une seule fois à ton bureau et tu fais beaucoup de pauses !

— Normalement c'est le cas, mais je ne vois pas l'intérêt d'aller bosser si je ne fais que penser à toi. Je dois me faire une raison, mon cerveau préfère rester concentré sur ma femme.

Je l'observe, les yeux ronds.

On peut reprocher bien des choses à Loukas, mais pas son évidente honnêteté ! Ce que j'ai appris à mes dépens... Il dit tout ce qu'il pense. C'est à la fois perturbant et agaçant. Perturbant, parce que là par exemple il vient de m'avouer qu'il pense sans cesse à moi et je ne peux qu'en tirer certaines conclusions. Comme le fait que je lui plaise. Malgré tout, je ne veux pas me dire qu'il est amoureux car cela me semble bien trop dangereux et je ne sais pas moi-même où j'en suis de mes sentiments.

Et agaçant, parce que ses cheminements de pensée sont... aléatoires et parfois étranges. Je crois que je ne suis pas près d'oublier son monologue sur les mouettes ou encore la fois où il m'a dit sans détour que l'odeur de mon sexe avait changé. Il a entrepris des tas de recherches et m'a ensuite dressé un rapport complet sur les modifications que la grossesse allait faire subir à mon corps. Tout cela à table, avec sa famille. Je n'ai jamais été aussi gênée de ma vie. Cela dit, depuis que je le connais, il y a eu tellement de moments bizarres que je ne peux déterminer lequel remporte la palme.

Heureusement, sa famille le connaît très bien et ne s'est aucunement offusquée de cette conversation. Mais, étant donné qu'ils sont tous comme lui, j'ai ensuite eu droit aux commentaires de sa mère sur le sujet...

Bon, en vérité, j'adore sa famille. À peine avais-je posé un pied en Grèce que je faisais déjà partie des leurs. Loukas ne m'a pas passé la bague au doigt – à leur plus grand désarroi –, mais c'est tout comme. Je pose machinalement ma main sur mon ventre légèrement arrondi et souris.

J'aime être enceinte. J'aime l'attention de Loukas et son émerveillement à chaque fois qu'il apprend une nouvelle chose. Il n'avait pas menti. Il veut participer à ma grossesse, et je sais que ce sera un père merveilleux. Je le vois jouer avec ses neveux et je m'étonne d'ailleurs de sa réputation de célibataire absolu.

Il me soutient, et je l'ai même surpris une nuit en train de murmurer des choses en grec à mon ventre.

— Et puis je t'avoue que tout ce sexe m'épuise. Je n'ai jamais autant baisé de ma vie, dit-il toujours alangui.

Je lui jette un nouveau regard.

Bientôt il va m'accuser de profiter de lui !

— Je ne m'en plains pas, se rattrape-t-il presque immédiatement, je n'ai jamais été aussi excité par une femme. J'ai sans cesse envie de toi. C'est infernal ! Même là, j'essaye de me reposer, de me tenir tranquille, mais je ne vois que tes seins bien ronds et bien…

Il termine par un soupir.

Nouvel aveu !

Je me repasse mentalement son tableau de chasse, composé principalement de mannequins et de médecins sexy et me demande ce qui me vaut ce titre honorifique.

Je crois qu'il vaut mieux que je change de sujet.

— Et si tu me parlais de cette surprise ?

— Je dirais bien que tu vas adorer, mais je n'en suis pas certain. Le fait est que tu vas être étonnée, marmonne-t-il.

Voilà qui n'est pas des masses rassurant.

— Je ne dis pas que je suis contre les nouvelles expériences sexuelles, mais si tu n'es pas certain que cela va me plaire nous devrions certainement en parler en amont.

— Ma douce et belle Julie, ma surprise n'a rien avoir avec tes fesses exquises.

— Mais tu m'as dit que tu voulais être en forme ce soir ! je lance, perdue.

— Parce que si je suis toujours en vie à ce moment-là, je veux être en super forme.

Bordel, mais c'est quoi cette surprise ?

J'ouvre la bouche pour protester, mais il me coupe sans même prendre la peine d'ouvrir les yeux :

— Tu ne sauras rien, donc sauf si tu veux que j'aille te chercher à manger ou à boire, je ne veux plus rien savoir.

— Tu es bien trop autoritaire, je râle.

— Je sais.

Je le scrute, les sourcils froncés.

— Tu ne comptes même pas t'excuser !

— D'être autoritaire ? lance-t-il, sidéré.

— Oui !

— Eh bien non ! C'est comme si je te demandais de t'excuser de ne pas reboucher le dentifrice ou encore de ronfler ou encore de grogner ou…

— J'ai compris ! je m'écrie, carrément vexée.

— Bien, puisque nous sommes d'accord, on se repose maintenant, dit-il avant de bâiller.

Je l'observe en fronçant le nez, ce qui le fait rire doucement, avant de fermer de nouveau les yeux.

— Je suis habillée, maquillée et coiffée, je dis à Loukas en le dévorant du regard.

Le voir en maillot de bain, c'est quelque chose, mais alors en costume… Tout ça me donne comme une envie folle de déchirer sa chemise hors de prix.

— Plus tard, me glisse-t-il à l'oreille en passant doucement le bout de ses doigts le long de mon dos nu.

J'ouvre la bouche pour râler et me fige en entendant une voix que je connais par cœur :

— Hello, hello, les amoureux !

— Maman ! je m'exclame en m'écartant de Loukas d'un bond.

— Ma fille ! s'écrie-t-elle avant de venir m'étreindre.

Elle s'écarte, m'étudie du regard avec un sourire tendre.

— Tu es magnifique et toute bronzée, me dit-elle avant de se tourner vers Loukas qui s'est avancé pour la saluer.

— Je suis ravi de vous rencontrer, madame.

— Bon sang, vous êtes…

Je lève les yeux au ciel. Ma mère aime les hommes… et les femmes. Et Loukas est très beau. Autant dire que je n'ai pas fini d'en entendre parler.

— Merci, lui répond-il, incertain.

— Vous dégagez une sacrée énergie sexuelle, continue ma mère.

— Julie et moi sommes en effet très productifs.

— Est-on vraiment obligés d'avoir ce genre de conversation ? je les interroge, la mâchoire crispée.

— Ma chérie, vous allez vous marier, donc je crois qu'il est absolument nécessaire que je vérifie que Loukas subvienne à tous tes besoins !

— J'ai un travail et des économies. Loukas n'a pas à subvenir à mes besoins ! je m'agace, choquée par son discours misogyne et rétrograde.

— Je le sais, mais le sexe est primordial. L'argent ça va, ça vient. L'amour, le sexe, c'est ce qu'il y a de plus important. Si vous avez ça, vous avez tout, finit-elle par dire avec un grand sourire.

— Euh… OK, je réponds en me pinçant l'arête du nez.

Une idée étrange me vient.

— Pourquoi me parles-tu de mariage ? je m'enquiers, suspicieuse.

Et pourquoi elle est là ? Pas que je ne sois pas contente de sa visite surprise, mais tout ça ne me semble pas bien net…

— Bah alors, on n'attend pas Marcelle ? lance ma meilleure amie en choisissant ce moment pour faire son entrée.

Je l'observe une seconde sous le choc, puis me jette dans ses bras pour la saluer. Je lève une seconde la tête et vois son mari qui me sourit en arrière-plan.

— Alors il paraît que des félicitations sont de rigueur ?

Je coule un regard vers Loukas qui a un sourire crispé.

C'est bien ce que je disais ! C'est pas bien net tout ça !

— Des félicitations pour ? je demande, de plus en plus anxieuse.

Tout le monde se jauge avec surprise hormis Loukas qui attrape quelque chose dans sa poche. Sa main se crispe.

Et pour une fois Lady Gaga ne chante pas *Poker Face* dans mon esprit.

Sa pomme d'Adam monte et descend. Il pose un genou à terre et là, c'est moi qui me crispe. J'avale avec difficulté ma salive.

Il ouvre un écrin.

Ne me dites pas qu'il fait ce que je crois qu'il fait ?

— Julie, je ne suis pas le meilleur homme de la Terre, mais je promets de veiller sur toi, tous nos enfants à venir, de te faire jouir et rire chaque jour. Je courrai après tous les ânes que tu voudras prendre pour modèle pour un nouveau livre. Je ferai des expériences culinaires à base de yaourt et de farine. Je t'offrirai toutes mes richesses et toute ma personne si tu le veux.

Je me demande un instant s'il tremble. *Oui*, il tremble. Ou alors c'est moi…

— Je trouvais bizarre que tu ne me parles plus de ce fichu mariage ! je m'exclame à bout de souffle alors que je ne bouge même pas.

J'hyperventile ! Qu'est-ce qu'il m'arrive ?

Il soupire, pince les lèvres et marmonne :

— Pitié, Julie, concentre-toi.

— Je n'aime pas quand tu dis ça !

— Je suis désolé, mais je suis assez stressé là tout de suite et… je voudrais vraiment que tu dises oui.

— Pourquoi ? je lâche en croisant les bras.

Je n'ai pas besoin de lui dire, il sait que je n'ai pas changé d'avis. Certes, nous n'avons pas reparlé de mariage, mais nous avons passé ces derniers jours presque intégralement ensemble. Il a aussi conscience que je ne me marierai pas pour de simples questions d'argent.

Il jette un regard circulaire à l'assemblée et semble moins sûr de lui tout à coup.

— Je ne suis pas très à l'aise avec le fait de faire des déclarations de ce genre, murmure-t-il.

— On va vous laisser ! s'exclame le mari de Marcelle, visiblement gêné par cet étalage de sentiments.

— Non, vous pouvez rester, dit finalement Loukas en se levant.

Il inspire une grande bouffée d'air, sort la bague de son écrin et attrape ma main gauche.

Nous tremblons de plus belle.

— Julie, la vérité c'est que tu m'as captivé à l'instant où j'ai posé les yeux sur toi. Au début, c'est parce que je te trouvais curieuse. Je t'ai vue cacher une verrine dans un pot de fleurs et… Enfin, tout en toi m'intriguait ! Puis, à table nous avons commencé à parler et je me suis demandé si tu n'avais pas des problèmes psychologiques.

— C'est pas franchement la déclaration à laquelle je m'attendais, je grommelle un brin vexée.

Il rit et reprend :

— Je ne sais pas à quel moment j'ai commencé à te trouver plus attirante que curieuse. Je crois que c'est quand tu as arraché ma chemise. Ou quand tes lèvres se sont posées sur les miennes. Ou peut-être avant cela quand tu as mordillé ta lèvre à table ou… je ne sais pas. Ce que je sais c'est que tu me fascines. Plus les jours passent et plus tu me fascines. J'aime t'entendre me parler des romances que tu lis, des livres que tu écris, te voir dessiner et froncer les sourcils quand tu hésites. J'aime t'entendre ronfler et je suis prêt à reboucher le dentifrice tous les matins du reste de nos vies. J'ai même pris un avion pour la France exprès pour te revoir !

Ses dernières paroles me laissent sous le choc.

— Je croyais que c'était Marcelle qui t'avait convaincu de me rappeler ! je lance.

— Non, je l'ai appelée parce que j'avais perdu ton numéro.

— Quoi ? je m'exclame.

— Julie, je ne veux pas passer un autre jour sans être ton mari. Je veux me réveiller tous les matins soit à côté de toi, soit entre tes jambes. Je souhaite être le père de tes enfants et je veux un chien que l'on n'appellera pas Tequila. Oui, un vrai chien, pas un petit truc tout moche et qui pète. Voilà, alors maintenant si tu pouvais dire oui ça m'arrangerait.

— Je…

Ma bouche s'ouvre et se referme. Je suis sous le choc.

— Tu es amoureux de moi ? je demande, le cœur battant.

— Oui ! répond-il comme si c'était évident.

Je secoue la tête de surprise.

— Julie, je t'aime depuis le premier jour. J'étais dévasté quand j'ai perdu ton numéro et que je voyais que tu ne me rappelais pas.

— Tu ne m'avais pas donné ton numéro, je lui réplique.

— Si, je l'avais noté sur un papier que j'avais glissé dans la poche de ta veste.

Je secoue à nouveau la tête.

— Je n'avais pas de veste !

— Si, une veste rose pâle, précise-t-il, sûr de lui.

— Non, je n'avais pas…

— Bon, on ne va pas tourner autour du pot. C'est oui ou pas ? Non, parce que je voudrais bien me doucher et poser mes affaires, nous coupe ma mère.

Tout le monde la regarde, puis je reviens à Loukas, à sa bague, à ses yeux couleur café, à mon cœur qui bat à la chamade.

— Tu m'aimes ? je lui demande à nouveau.

— Oui, Julie, et je ne veux pas passer le reste de ma vie sans être ton mari. Je suis prêt à aller vivre en France dans ton deux-pièces si c'est ce que tu veux. Parce que je te suivrai au bout du monde.

— Oui, je finis par souffler le cœur battant.

Loukas fait glisser la bague à mon doigt et m'embrasse avec fougue. Tellement, que toutes les personnes présentes nous laissent en s'excusant, gênées.

— Tu as fait fuir tout le monde, je murmure contre ses lèvres.

— Tu as dit oui, dit-il avant de m'embrasser à nouveau.

Il dégrafe le haut de ma robe, et je susurre :

— Tu ne voulais pas garder des forces pour ce soir ?

— Je prends juste un peu d'avance ! lance-t-il

Il me pousse jusqu'au canapé, et je ris quand il tombe en retirant trop vite son pantalon.

— Un peu plus que de l'avance, je réponds en gémissant quand ses lèvres se posent sur mon intimité.

— Je m'en fous parce que tu as dit oui !

Chapitre 7

Six mois plus tard

— Je trouve qu'elle ressemble à mon grand-père Isariah, déclare Loukas en admirant notre fille dans ses bras.

— C'est ton enfant, c'est normal qu'il y ait un air de famille, je lui rétorque, amusée par son air ébahi.

— Je faisais plus référence au fait qu'elle soit aussi fripée que lui. Je pensais qu'elle serait plus… potelée, dit-il en souriant.

— Elle vient de sortir de mon vagin !

— Je sais, je ne dis pas qu'elle est moche… non, en fait, elle est moche, mais c'est pas grave je l'aime quand même, répond-il en caressant doucement sa main.

— Ne dis plus jamais que ma fille est moche ou tu ne verras plus le trou par lequel elle est sortie !

— Il me restera toujours ta bouche et ton petit trou du…

— Ne parle pas comme ça devant elle ! je le coupe.

— OK ! fait-il amusé avant de venir m'embrasser doucement.

— Promets !

— Je vous le promets, madame Papadakis.

— Comme si tu allais tenir ce genre de promesse…, je lance immédiatement.

— Je la tiendrai parce que mon amour pour toi n'a aucune limite et que je veux d'autres bébés qui ressemblent à mon grand-père de quatre-vingt-quatorze ans !

Je ris, me mords les lèvres et l'embrasse à nouveau avant de lui souffler :

— Qu'importe mes sentiments pour toi, je n'hésiterai pas à mettre mes menaces à exécution si tu n'es pas sage !

— Pour toi, je deviendrai sage, mon amour, murmure-t-il contre mes lèvres.

J'avais raison. Il a suffi que j'accepte de le suivre en Grèce pour que toute ma vie se voie bouleversée. Je l'ai épousé à peine deux semaines après mon arrivée. Je suis tombée amoureuse de lui avant d'avoir eu le temps de dire ouf. Et je suis terriblement heureuse.

Si je n'avais pas aussi mal entre les jambes, je dirais que toute cette histoire est pire qu'un roman à l'eau de rose.

Heureusement Loukas reste Loukas. Un brin impoli et surtout terriblement agaçant.

Comme quoi l'amour est aveugle, sourd et muet, et les histoires d'amour peuvent ressembler à un roman Harlequin !

ALANA
SCOTT

LA LIBRAIRIE DES DÉLICES

&H 10 ANS

Chapitre 1

Tu me manques Caro, je t'aime.

Yann... Toujours les mêmes mensonges.

Je ravalai mon agacement et rangeai mon téléphone dans mon sac à main. Le métro arrivait à ma station. Je me mis debout et observai discrètement mon reflet dans les portes vitrées. Petite robe à fleurs, bleue et blanche, sandalettes, sac marron, et bijoux argentés ; mon choix de tenue pour ce premier jour d'été me plaisait beaucoup.

Je glissai une mèche blonde derrière mon oreille, puis descendis de la rame. Même si j'étais en retard – comme la plupart du temps – et que ma sœur risquait encore et toujours de me sermonner, il était hors de question que je me dépêche. Il faisait assez chaud, et je n'avais pas envie d'arriver en sueur au magasin. Je marchai donc tranquillement dans les rues de Paris, tout en flânant un peu devant les vitrines des boutiques et en humant les odeurs des restaurants. Il était déjà 14 heures, et je n'avais encore rien avalé de la journée hormis un café à mon réveil. Heureusement, Valentine préparait les meilleurs muffins du monde, et la simple pensée que j'allais pouvoir en manger dans quelques minutes me réchauffait le ventre.

Lorsque je poussai les portes vitrées de la Librairie des Délices, mon regard se posa aussitôt sur la montagne de gâteaux qu'il y avait au comptoir.

— Caro !

Je sursautai en entendant la voix furieuse de ma sœur et me tournai lentement vers elle. Contrairement à moi, Valentine avait hérité les yeux marrons de notre père, ses cheveux châtain foncé et sa grande taille. Avec son mètre quatre-vingt-cinq, ma sœur me dépassait d'une bonne tête. Pour autant, elle ne m'impressionnait pas le moins du monde, même lorsqu'elle était en colère. Parce que je la connaissais mieux que quiconque, et je savais qu'elle n'arrivait jamais à m'en vouloir très longtemps.

Valentine se planta devant moi, les bras croisés sur la poitrine, et ignora les quelques clients déjà présents dans la salle, installés à des tables autour de nous.

Je lui adressai mon sourire le plus innocent.

— Bonjour ! Oh ! j'adore ta chemise, elle est en lin ? Tu l'as achetée où ? Elle te va à merveille !

Ma sœur haussa un sourcil.

— Tu crois vraiment que ta technique de charme va fonctionner ?

— Évidemment.

Je me mis sur la pointe des pieds et déposai un rapide baiser sur sa joue.

— Tu sens bon. T'as mis le parfum Dior que Darren t'a offert pour ton anniversaire, n'est-ce pas ?

En entendant le nom de son mari, le visage de Valentine se détendit.

— Oui, c'est… Non ! Tu ne m'auras pas aussi facilement ! Je veux bien tolérer tes petits retards quotidiens, mais là, ça fait déjà une heure que j'ai ouvert le magasin !

Je soupirai et lui répondis à voix basse :

— Si tu veux tout savoir, j'ai dû faire tourner une machine en urgence parce que je me suis rendu compte que je n'avais plus de sous-vêtements propres pour cette nuit. Et j'ai voulu attendre qu'elle soit finie pour étendre mon linge en espérant qu'il sera sec d'ici ce soir, parce que je déteste porter un pyjama sans rien en dessous, et que sinon je vais me promener toute nue dans ton appart.

Valentine secoua la tête, exaspérée.

— De toute façon tu as toujours une bonne excuse. Allez, mets-toi au travail maintenant.

— Oui, chef !

En réalité, Valentine n'était pas ma patronne. Nous étions toutes deux associées, même si elle détenait un peu plus de parts que moi dans la société.

Ma sœur était passionnée par la pâtisserie et avait toujours voulu ouvrir un café. Quant à moi, j'adorais les livres et j'aimais être au contact des gens. Alors, lorsque Valentine m'avait proposé d'ouvrir avec elle un café-librairie il y a deux ans, j'avais accepté.

Ça n'avait pas été facile au début. Il nous avait fallu plusieurs mois avant d'obtenir un chiffre d'affaires positif, mais aujourd'hui, grâce à ma témérité, à la sagesse de ma sœur, et à beaucoup d'efforts et de boulot, notre établissement s'était fait un nom dans le quartier et marchait plutôt bien. Nous avions même une clientèle d'habitués, en plus des quelques personnes curieuses de découvrir chaque jour le lieu de détente et de gourmandises que nous avions créé.

J'étais vraiment fière du chemin que nous avions parcouru, et de ce qu'il en était à présent.

Et, même si avec Valentine il nous arrivait de temps à autre de nous crêper le chignon (encore plus depuis que j'avais quitté mon petit ami et que j'avais emménagé chez elle, car nous nous côtoyions désormais presque H24), je n'avais pas une seule fois regretté de m'être lancée dans ce grand projet et de bosser à ses côtés.

— Je peux te laisser gérer seule la salle quelques minutes ? lui demandai-je. Il faut que je passe une commande de livres. J'ai oublié de le faire hier soir.

Le magasin ouvrait à 13 heures et fermait à 19 heures.

Valentine venait toujours plus tôt pour préparer ses gâteaux et le comptoir, tandis que moi, je m'occupais de la partie littéraire et restais toujours plus tard pour faire, entre autres, le ménage.

Mais, lorsque les clients étaient présents, nous nous occupions toutes deux de les servir, de les conseiller – soit en nourriture, soit en bouquin, ou bien les deux –, et de les encaisser.

— Est-ce que tu peux aller voir Mme Varel avant ? Elle voulait te poser une question au sujet d'un roman.

Je balayai du regard la grande salle aux murs rose pâle et repérai la sexagénaire, assise sur une banquette bleu ciel, en train de bouquiner tout en buvant un thé noir – sa boisson habituelle.

Je fis comprendre à ma sœur par un hochement de tête que je m'en occupais.

Je déposai mon sac à main sur le comptoir, relevai mes boucles blondes en un chignon rapide – car j'avais toujours l'habitude de les attacher lorsque je travaillais –, enfilai un tablier noir par-dessus ma robe, puis me rendis auprès de Mme Varel.

— Bonjour, Hélène !

La vieille dame releva la tête vers moi, réajusta ses lunettes sur son nez et m'adressa un grand sourire.

— Oh ! Caroline ! Vous voilà enfin !

Je lui rendis son sourire.

— Ma sœur m'a dit que vous aviez une question au sujet d'un livre.

— Comment ?

Même si elle portait un appareil auditif, ce dernier était très certainement mal réglé ou de mauvaise qualité, car la plupart du temps elle n'entendait pas grand-chose.

— Ma sœur m'a dit que vous aviez une question au sujet d'un livre ? répétai-je en haussant la voix.

Je n'aimais pas parler trop fort, car notre café-librairie était un lieu de calme et de tranquillité. Beaucoup de gens venaient ici pour lire, travailler ou se détendre.

Nous diffusions également en fond une légère musique d'ambiance relaxante, que tout le monde appréciait, et demandions aux clients trop bruyants de baisser d'un ton ou de s'en aller pour ne pas déranger les autres.

— Ah oui ! C'est au sujet du prochain roman d'Alexandre Coupet, vous le recevrez bien le jour de sa sortie ?

— J'allais justement le commander. Normalement, oui, on l'aura la semaine prochaine.

— Parfait ! Quand j'ai posé la question à votre sœur, elle m'a dit qu'elle ne connaissait même pas cet auteur !

Cela ne m'étonnait pas, car même si Alexandre Coupet était un écrivain français très en vogue en ce moment, Valentine n'était pas du tout branchée bouquins. J'avais bien essayé, dans le passé, de faire lire mes ouvrages préférés à ma sœur, en vain. Cela l'ennuyait. Honnêtement, en tant que grande romantique, rêveuse, et passionnée des livres, j'avais du mal à comprendre qu'elle ne puisse pas aimer ça. J'adorais tellement me plonger dans les pages d'un roman, dans son histoire et dans la vie des personnages qu'elle racontait. J'adorais toutes les émotions qu'un texte pouvait me faire ressentir. J'étais à chaque fois fascinée par les mots et envoûtée par les créations des auteurs.

Peut-être qu'un jour je réussirai moi aussi à faire s'évader des lecteurs dans un autre monde…

— Je dois vous laisser, Hélène, j'ai du travail qui m'attend dans l'arrière-boutique. Je reviendrai vous voir tout à l'heure. Savourez bien votre thé et votre lecture du moment !

— Merci, Caroline.

Je tournai les talons et me stoppai net en entendant un énorme boum au-dessus de ma tête.

Bizarre, l'appartement qui se trouvait au-dessus était inhabité depuis des mois. À moins que ce ne soit plus le cas ?

J'attendis que ma sœur ait terminé de servir une cliente, puis la rejoignis devant le comptoir.

— Tu as entendu ? lui demandai-je.

Je levai mon index en direction du plafond.

Elle acquiesça.

— Je crois que quelqu'un vient d'emménager. Depuis ce matin, j'entends du bruit. C'est un peu désagréable, et plusieurs clients ont quitté le café en affichant un air agacé.

Super.

— J'espère que cela ne durera pas.

Un nouveau boum résonna au-dessus de nos têtes et nous fit toutes les deux grimacer.

— Je crois que d'ici ce soir, il ne restera que Mme Varel dans la salle, plaisantai-je.

Valentine s'esclaffa, puis leva son bras vers moi et tapota sa montre.

— Allez, va te mettre au boulot maintenant, au lieu de dire des bêtises !

— Seulement si tu me donnes un muffin double chocolat et un cappuccino.

Ma sœur leva les yeux au ciel.

— Autre chose, madame ?

Je souris, amusée.

— Du sucre, et une serviette.

Devant son regard noir, je me pressai d'ajouter :

— S'il te plaît, grande sœur que j'aime de tout mon cœur ? En plus je n'ai rien mangé encore, je pourrais faire un malaise et ne pas pouvoir travailler de toute la journée !

— Oui, puis tu pourrais aussi te mettre un mois en arrêt maladie parce que je ne t'aurais pas donné de muffin, hein ?

— J'aurais plutôt dit deux mois !

Un groupe de personnes pénétra dans le magasin, et je m'écartai du comptoir en direction de l'arrière-boutique.

— Tu peux me préparer tout ça ? insistai-je, je reviens dans cinq minutes ! Merci, je t'aime !

Puis je m'éclipsai rapidement, tout en ayant hâte de revenir prendre mon petit déjeuner tardif.

Chapitre 2

Cela faisait cinq jours. Cinq jours qu'il y avait du bruit continu et agaçant à l'étage. Cinq jours que la plupart des gens préféraient prendre à emporter que sur place. Nos nouveaux clients risquaient de ne plus remettre les pieds ici, quant à nos habitués, même eux risquaient d'aller voir ailleurs si ce boucan s'éternisait.

Est-ce que la ou les personnes du dessus étaient en train de refaire tout l'appartement ? Aujourd'hui, on avait carrément eu droit à la perceuse ! Et je n'en pouvais plus.

— Il faut que j'aille voir ce qui se passe là-haut, déclarai-je à ma sœur.

Valentine était en train de réajuster sa présentation des gâteaux au comptoir.

— Ils ne vont pas arrêter leurs travaux pour toi, tu sais ?

— Bien sûr que si, nous sommes victimes d'un trouble anormal de voisinage, qui en plus nuit à notre commerce !

— Donc tu veux porter plainte ?

— Non, d'abord je vais leur parler. On peut peut-être s'arranger entre nous. Mais si ce n'est pas possible, j'irai plus loin. On pourra avoir des dommages et intérêts.

En réalité, je ne savais pas si ce que j'avançais était possible ou non. Il faudrait que je me renseigne auprès de Yasmine, ma meilleure amie, qui était avocate. Bon, avocate spécialisée en droit de la famille, mais elle devait sans doute avoir étudié un peu les problèmes de voisinage et nuisances sonores durant ses études.

Valentine soupira.

— OK, fais comme tu veux. Mais reste calme. Je te connais, quand quelqu'un ou quelque chose t'énerve vraiment, tu deviens une sacrée tempête. Et au final, c'est contre toi qu'on va porter plainte.

Elle exagérait ! Bon, je dois admettre que ça m'était déjà arrivé de m'emporter... Comme ce matin, envers un type dans le métro qui m'avait écrasé le pied et abîmé mon beau talon... Mais ça restait assez exceptionnel.

Je sortis de derrière le comptoir avec l'intention de me rendre à l'étage, mais je m'arrêtai dans mon élan en apercevant Marie entrer dans le magasin.

Marie était une cliente de longue date. Elle avait la trentaine, de longs cheveux bruns, et elle faisait partie du petit cercle littéraire que j'avais créé il y a six mois. Avec huit autres femmes passionnées de livres, nous nous retrouvions tous les jeudis soir autour d'un café – toujours accompagné de petits gâteaux – pour parler bouquins. Nous avions aussi l'habitude de choisir un roman à lire en commun d'une semaine à l'autre pour pouvoir ensuite en débattre ensemble.

Ces moments que je partageais avec les filles illuminaient autant ma semaine que mes séances d'écriture secrètes et nocturnes.

— Salut, Marie ! Tu vas bien ?

Elle se pencha vers moi et m'enlaça brièvement.

— Super, et toi ? Oh ! quel est ce bruit désagréable au-dessus ? Quelqu'un est en train de percer les murs ?

— Je comptais justement aller voir ce qu'il se passe. Ça fait presque une semaine que ça dure, avec Valentine, on n'en peut plus !

— Tu m'étonnes. J'avais un peu de temps libre, alors je pensais venir terminer le livre de K. A. Roberts tranquillement ici, mais je crois que je vais prendre un double expresso à emporter et aller bouquiner dans le parc d'à côté. J'espère que tu ne m'en voudras pas !

Je souris tout en secouant la tête.

— Pas le moins du monde. Lire ici est impossible, même avec des boules Quies ! Mais tu es déjà à la fin de *Trahisons sur la Seine* ?

Cela ne faisait même pas deux jours que nous avions décidé de le lire avec le cercle, et il y avait bien six cents pages !

— L'histoire est tellement prenante que je ne l'ai pas lâché de la nuit ! C'est pour ça que je viens chercher du café, sinon, je crois que je vais m'écrouler de fatigue d'ici la fin de la journée !

Je n'avais pas encore commencé le roman, car j'avais préféré me consacrer à l'écriture du mien la veille, mais j'avais tout de même hâte de le lire. Comme tous les livres de K. A. Roberts, il s'agissait d'un thriller, et il avait l'air aussi passionnant que les autres !

— Tu me mets l'eau à la bouche !

— Je suis sûre que tu vas adorer ! Bon, je vais aller passer ma commande. Je ne sais pas si j'aurais le temps de venir au café en début de semaine, mais on se voit jeudi prochain dans tous les cas !

— Ça marche ! À jeudi alors !

Elle me salua de la main, puis se dirigea vers le comptoir. Je l'observai un instant discuter avec ma sœur, puis m'éclipsai dans l'arrière-boutique. Elle était composée d'une pièce avec une partie stockage – remplie de cartons –, et d'un coin bureau. Il y avait également deux portes, l'une donnait sur une petite cuisine dans laquelle Valentine préparait chaque matin ses pâtisseries, l'autre était notre porte d'entrée intérieure et nous permettait d'accéder au hall du bâtiment. Je passai donc par cette dernière pour ensuite monter l'escalier. Il n'y avait d'ailleurs qu'un seul étage et un seul logement.

Le bruit de perceuse était vraiment assourdissant.

Je serrai les dents et appuyai sur la sonnette de l'appartement. Mais, étant donné le vacarme, il y avait peu de chances que les personnes à l'intérieur l'entendent.

Et, comme je m'y attendais, personne ne vint m'ouvrir.

Je soupirai avec agacement, puis me mis à tambouriner contre la porte.

— Hé ! criai-je.

Soudain, la perceuse s'arrêta.

Miracle !

Quelques secondes plus tard, un homme apparut devant moi. Il était grand, encore plus que ma sœur, et son débardeur blanc et taché de peinture moulait parfaitement ses abdos.

Mon regard glissa sur ses bras musclés avant de remonter sur son visage ovale, entouré de mèches brunes, puis de s'ancrer dans ses yeux noirs perçants.

— Oui ? demanda-t-il d'une voix grave.

J'ouvris la bouche, mais restai muette.

Certes, son apparence très séduisante m'avait assez troublée, cependant, il n'y avait pas que ça. Cet homme d'une trentaine d'années n'était autre que… Alexandre Coupet. L'auteur de romances, et notamment de *Un été dans le Sud*, *Trouve-moi*, et de *Dans tes pas*. Trois best-sellers qui s'étaient vendus à des dizaines de milliers d'exemplaires en France et à l'étranger. Son prochain livre, qui s'intitulait *Sans un regard*, devait sortir mercredi prochain et serait également disponible à la vente dans notre café-librairie. Alexandre Coupet était l'un de mes auteurs favoris, un modèle d'inspiration pour moi, qui rêvait constamment de pouvoir un jour terminer d'écrire un livre et le publier.

Alexandre fronça les sourcils, puis agita la main devant mon visage.

— Mademoiselle ?

Reprends-toi, Caro !

Je sortis de ma transe et croisai les bras sur ma poitrine.

— C'est madame, le corrigeai-je.

Il sembla amusé.

— Pardonnez-moi, *madame*. Que puis-je pour vous ?

Sa bouche aux fines lèvres attira un instant mon regard, mais mes iris verts retrouvèrent très vite les siens.

Ce n'était pas le moment de laisser son charme me perturber à nouveau.

— Je travaille dans le café-librairie qui se trouve juste en dessous, et vos travaux deviennent assez dérangeants. Vous avez bientôt fini ?

Alexandre jeta un bref regard derrière lui, puis me fixa derechef.

— Je devrais avoir terminé en milieu de semaine prochaine. Je viens d'emménager et l'appartement était dans un sale état, j'ai même dû refaire complètement la cuisine. Désolé pour le désagrément.

Bon… De toute façon, demain nous serions dimanche et le magasin serait fermé jusqu'à mardi. Alors nous n'aurions qu'à le supporter encore deux ou trois jours. C'était tolérable.

— D'accord. Merci.

Je pivotai, prête à partir.

— Je viendrai faire un tour dans votre café, me dit-il soudain, dès que j'en aurais fini avec tout ça.

Je tournai la tête vers lui.

— Vous êtes le bienvenu, monsieur Coupet.

Il m'observa, surpris.

— Comment connaissez-vous mon nom ? Je ne l'ai pas encore inscrit sur ma boîte aux lettres.

— Je travaille dans un café-librairie, lui précisai-je.

Alexandre se donna une petite tape sur le front, comme s'il s'en voulait de ne pas avoir compris par lui-même.

— Et vous, vous êtes madame… ?

— Gallo, lui répondis-je, Caroline Gallo.

— Caroline, répéta-t-il dans un murmure.

J'eus soudain l'impression que le regard qu'il posait sur moi devenait plus intense et sentis mon rythme cardiaque s'accélérer.

— À… À bientôt, monsieur Coupet, bredouillai-je.

Et je pris aussitôt la fuite.

Est-ce qu'il avait réussi à me troubler ? Oui. Complètement.

Chapitre 3

Dix-neuf heures.

Valentine et moi attendîmes que les derniers clients quittent le magasin avant de verrouiller la porte extérieure et de baisser les stores.

— Bon, je te laisse, à tout à l'heure !

— Tu me gardes une part de gratin dauphinois ? lui demandai-je, je sais que Ambre adore ça, et la dernière fois, elle a tout mangé sans penser à sa pauvre tante qui rentrait plus tard, affamée !

Valentine s'esclaffa.

— OK, je vais essayer de négocier avec elle, mais pas sûr que j'y arrive ! Dans le pire des cas, il reste les carottes et les champignons d'hier.

Mouais. Ça me faisait beaucoup moins envie !

— Bien, j'y vais ! ajouta-t-elle.

Elle disparut dans l'arrière-boutique afin de s'en aller par l'entrée du bâtiment.

Comme j'avais encore pas mal de boulot, je me mis aussitôt au ménage. Je commençai par débarrasser les tables, puis par faire la vaisselle avant de nettoyer toutes les surfaces de la pièce. Ensuite je passai l'aspirateur et un coup de serpillière, puis, lorsque j'eus rangé tout mon matériel de nettoyage, j'allais comme d'habitude m'installer à mon bureau.

J'ouvris ma session, ainsi que le fichier Word qui s'intitulait *Sunny Day*.

La deuxième partie de mon travail du jour, celle que je préférais, allait enfin commencer.

Je fis défiler les quinze premiers chapitres de mon histoire, le sourire aux lèvres. J'étais vraiment fière de mon avancée et, surtout, du texte en lui-même. Il s'agissait d'une romance entre Clara, une jeune femme ne croyant plus à l'amour, et Edward, un homme au passé compliqué qui allait réussir à la faire tomber amoureuse de lui.

L'héroïne me ressemblait beaucoup. Je m'étais d'ailleurs inspirée de ma vie et de mes propres relations amoureuses passées – et qui avaient toutes mal fini – pour créer son personnage.

Sauf que, contrairement à ma protagoniste, je croyais toujours en l'amour et je continuai à espérer – peut être naïvement – pouvoir rencontrer un jour un homme sincère, fidèle et bienveillant. Un peu comme Edward, avec qui je pourrais vivre une vraie et magnifique histoire d'amour.

Je relus les dernières lignes que j'avais rédigées la veille, lançai l'album *RED* de Taylor Swift en fond sur mon PC, puis me plongeai à nouveau dans l'esprit de Clara et dans l'univers que j'avais inventé.

Mais, après seulement quelques minutes, de la musique au volume très élevé et en provenance de l'étage, résonna dans la pièce. Le son était si fort qu'il couvrait complètement la magnifique voix de ma chanteuse préférée et que je n'eus aucun mal à reconnaître qu'il s'agissait de *Music for a Sushi Restaurant* de Harry Styles.

Je serrai les dents et fusillai le plafond du regard.

Alexandre Coupet se croyait-il seul dans un bâtiment en pleine campagne ou quoi ?

Je patientai, dans l'espoir que monsieur l'écrivain sexy se souvienne brusquement du fait qu'il se trouvait en plein centre-ville et qu'il avait des voisins. En vain. Le son persista, et une nouvelle chanson de Harry Styles s'enchaîna.

Il m'était impossible de me reconcentrer, et il était hors de question que je rentre chez Valentine sans avoir écrit au moins une page. D'autant plus que chez elle je ne pouvais pas écrire. La chambre d'amis dans laquelle je logeais était située à proximité du salon. De 19 à 21 heures, je pouvais entendre toutes les discussions entre ma sœur, son compagnon Darren et leur fille Ambre. Puis de 21 heures à 23 heures, Darren et Valentine regardaient la télé, et j'avais presque l'impression d'être devant l'écran avec eux.

Bref, le café était pour moi l'endroit idéal pour travailler car j'étais seule et au calme… Du moins, en général. Agacée, je me levai et décidai d'aller rendre une fois de plus visite au nouvel habitant du dessus. Je m'étais déjà montrée assez tolérante vis-à-vis de ses travaux. D'autant plus qu'ils avaient duré un peu plus longtemps que prévu et que je n'étais pas retournée le voir pour me plaindre. Cela faisait d'ailleurs seulement une semaine qu'il avait terminé, et voilà qu'il était redevenait bruyant et dérangeant ! Ça commençait à bien faire !

J'appuyai sur la sonnette de son appartement, en espérant que ce coup-ci Alexandre Coupet l'entendrait. Et, par chance, la musique *Cinema* de Harry Styles diminua soudain de quelques décibels et Alexandre m'ouvrit la porte cinq secondes plus tard.

Il était vêtu d'un short de sport bleu foncé, d'un débardeur noir, et d'une paire de baskets. La sueur qui perlait sur son front, ses joues rouges, et son souffle rapide, m'indiquèrent que je venais sans doute de l'interrompre dans une séance de sport intense. Mes yeux glissèrent un court instant sur son corps, et plus particulièrement sur ses abdominaux parfaitement sculptés sous son T-shirt moulant, avant de revenir se poser sur ses iris noirs perçants.

Argh, pourquoi faut-il que cet homme canon, qui représente également pour moi un modèle dans le monde littéraire, soit un voisin aussi agaçant ?

Alexandre sembla surpris de me voir.

— Bonsoir, madame Gallo. Que puis-je pour vous ?

J'étais étonnée qu'il se soit souvenu de mon nom. Nous ne nous étions pourtant pas revus depuis son emménagement.

— Bonsoir, monsieur Coupet, est-ce que vous pourriez écouter Harry Styles un peu moins fort ? Je travaille juste en dessous, lui rappelai-je.

Il fronça les sourcils.

— Le café n'est pas censé être fermé à cette heure-là ?

Alors comme ça il s'était renseigné sur nos horaires d'ouverture… D'ailleurs, lui qui m'avait dit vouloir y passer après ses travaux, il n'y avait encore jamais mis les pieds.

— Au public, si, mais ça n'empêche pas le fait que je puisse encore y travailler.

Même si ce n'était plus pour le magasin…

Il hocha la tête.

— Vous avez raison, excusez-moi, je vais baisser le volume. Je ne pensais pas que les murs étaient si fins dans cet immeuble. À moins que vous n'ayez une ouïe surdéveloppée ? Vous êtes la seule à toujours venir vous plaindre.

Il avait esquissé un léger rictus, mais je pris cependant sa petite taquinerie comme une pique.

— Que je sois la seule à venir me plaindre ne change rien au fait que vous êtes bruyant et dérangeant. Alors s'il vous plaît, et si vous ne voulez pas que j'en arrive à devoir appeler la police, soyez un peu plus respectueux vis-à-vis des gens qui vous entourent, qu'ils soient nombreux ou non. C'est le b.a.-ba de la vie en société. Merci, et bonne soirée.

Et je tournai aussitôt les talons.

De retour à la librairie, je me réinstallai à mon bureau et souris fièrement. Ma réplique lui avait sans doute cloué le bec car il n'avait même pas essayé de me retenir ou de rétorquer quoi que ce soit. En plus de ça, j'étais contente d'avoir su garder mon sang-froid, malgré sa provocation. Et, surtout, Alexandre n'avait pas remonté le volume de sa musique, et j'espérais à nouveau travailler dans le calme et la tranquillité !

Je me penchai sur mon histoire, les mains sur le clavier et le regard rivé à l'écran, puis me remis à écrire… Jusqu'à ce que le corps séduisant d'Alexandre Coupet traverse mon esprit. Une vague de chaleur me parcourut et je secouai aussitôt la tête pour chasser cet homme de mes pensées.

Concentre-toi, Caro ! Ce n'est pas lui le héros de ton histoire. Mets-toi dans la peau de Clara et pense à Edward !

Mais c'était plus facile à dire qu'à faire, parce que Alexandre me plaisait autant qu'il m'agaçait.

Chapitre 4

Je terminai d'encaisser deux jeunes femmes et leur tendis leur reçu bancaire.

— Merci, et bel après-midi à vous, leur dis-je avec le sourire.

— À vous aussi, merci ! me répondirent-elles en chœur.

Je les regardai un instant s'éloigner vers la sortie, puis m'occupai de débarrasser leur table.

Lorsque je ramenai les couverts vides au comptoir, ma sœur me tendit un plateau rempli de deux tasses de café, d'un thé, et de trois muffins.

— C'est pour la six, m'annonça-t-elle.

J'acquiesçai, puis récupérai la commande et allai servir les boissons et viennoiseries à un groupe installé au fond de la salle.

— Et voilà ! Bonne dégustation, et n'hésitez pas à me faire signe s'il vous faut autre chose.

— Merci !

Puis je me retournai et balayai la pièce du regard, à la recherche d'une nouvelle tâche à faire.

Au même moment, Alexandre Coupet passa la porte d'entrée. Il était vêtu d'un pantalon bleu marine avec une ceinture marron – assortie à ses chaussures –, et d'une chemise blanche. Sa tenue sentait le chic – même de loin – et lui allait parfaitement bien.

Je le regardai, surprise qu'il se pointe au café, et ses yeux perçants ne tardèrent pas à se poser sur moi.

Il m'adressa un petit sourire et me fit un signe de la main pour me saluer, comme si on se connaissait bien.

Je le fixai, perplexe.

Avait-il oublié la conversation que nous avions eue la veille ? Nous étions loin d'être en bons termes tous les deux…

— Bonjour, monsieur, lui dit Valentine depuis le comptoir.

Le regard d'Alexandre quitta le mien pour aller se poser sur le joli visage de ma sœur.

— Bonjour.

— Vous désirez manger sur place ou à emporter ? lui demanda Valentine.

— Sur place.

— Très bien ! Notre serveuse va s'occuper de vous.

Si j'avais parlé à ma sœur de notre voisin du dessus et de son identité, je ne lui avais cependant pas montré de photo de lui et avais également omis de lui dire qu'en dépit de son comportement énervant il me faisait beaucoup d'effet.

Alors Valentine n'avait aucune idée de qui était notre nouveau client, ni de ce que je ressentais à ce moment précis. À savoir, un étrange mélange d'agacement et de désir pour cet homme…

Reste professionnelle, Caro, et tout se passera bien, me répétais-je mentalement.

J'expirai un bon coup, puis m'avançai vers Alexandre.

— Bonjour, suivez-moi, je vous prie.

Je le guidai jusqu'à une table, à côté de la fenêtre donnant sur la rue.

— Je vous apporte la carte des boissons et des pâtisseries, ajoutai-je.

Je m'écartai en évitant de croiser son regard qui me donnait rapidement chaud, et allai chercher le menu au comptoir.

— Plutôt pas mal le jeune homme, me glissa discrètement Valentine.

Et encore, elle ne l'avait pas vu en tenue de sport…

— Tu n'es pas déjà mariée ? lui rappelai-je avec un sourire taquin.

— J'ai quand même le droit de trouver beau un autre homme que mon mari ! s'indigna-t-elle. Tu ne le trouves pas charmant, toi ?

Je préférai l'ignorer que de lui répondre et repartis vers Alexandre Coupet pour lui donner la carte.

— Je vous laisse choisir.

— Une recommandation parmi les pâtisseries ? m'interrogea-t-il.

Je le dévisageai et tentai de ne pas le laisser me troubler.

— Hum, les muffins sont vraiment incroyables, surtout celui au double chocolat, si vous aimez le chocolat. Mais, bien sûr, tout est délicieux et fait maison, ici. C'est ma sœur, au comptoir, qui s'occupe de cuisiner tous les gâteaux.

— Ah, c'est donc votre sœur. Je me disais qu'il y avait un petit air de ressemblance entre vous.

Il disait sans doute ça pour faire la conversation, car Valentine et moi étions franchement différentes physiquement, et toutes les personnes que nous rencontrions étaient toujours surprises lorsque nous leur révélions que nous avions un lien de parenté.

— Je vous laisse réfléchir, lui répondis-je simplement.

— Pas la peine, je vais prendre un cappuccino et suivre votre conseil en goûtant le muffin double chocolat.

Tiens, on a exactement les mêmes goûts.

— D'accord, je vous apporte ça dans un instant.

Je récupérai la carte, puis allai transmettre la commande à ma sœur.

Valentine lança la machine à café, puis me jeta un œil curieux.

— J'ai l'impression que vous avez plus parlé que nécessaire, je me trompe ?

Elle était pire qu'une inspectrice !

— Il est bientôt prêt, ce cappuccino ?

Ma sœur m'observa avec intérêt.

— Pourquoi ai-je le sentiment que tu me caches quelque chose au sujet de cet homme ? Tu le connais ?

J'avais lu une fois dans un article que les jumeaux arrivaient à deviner ce à quoi ils pensaient entre eux. Avec Valentine, nous n'étions pas jumelles, et pourtant cela nous arrivait aussi. À moins que nos esprits ne soient aussi lisibles qu'un livre ouvert…

— C'est le voisin du dessus, lui révélai-je à voix basse.

Valentine écarquilla les yeux.

— Lui ?

Elle se pencha pour mieux voir Alexandre.

— Tu ne m'avais pas dit qu'il était aussi beau gosse !

Je me contentai de hausser les épaules.

— Oh ! je vois, murmura-t-elle, il te plaît… Et pas qu'un peu !

— Valentine, grognai-je, le cappuccino !

— C'est bon, il arrive !

Elle s'empressa de me le poser sur un plateau, avec le muffin, et j'allai aussitôt servir Alexandre.

— Mmm ! Tout ça a l'air vraiment bon ! Merci.

Et ça l'était !

— Bonne dégustation.

Je pivotai, prête à le laisser manger tranquillement.

— Madame Gallo, lança-t-il, je peux vous parler un instant ?

Je lui fis face à nouveau, intriguée.

— Je voulais m'excuser pour ce que je vous ai dit hier soir. Je ne voulais pas vous contrarier. Et je vous promets de me montrer plus discret et respectueux à l'avenir.

Il avait l'air sincère.

— D'accord, j'accepte vos excuses et j'espère que vous tiendrez votre promesse.

Il hocha la tête.

— Bonne dégustation, ajoutai-je.

Puis je repartis vers le comptoir.

— Qu'est-ce qu'il t'a dit ? m'interrogea aussitôt ma fouineuse de sœur.

— Que ça ne te regardait pas !

— Oh ! allez, tu peux me raconter !

Je l'abandonnai en constatant qu'un client me faisait signe, probablement pour payer.

Lorsque j'eus terminé de l'encaisser, ce fut au tour d'Alexandre de me demander l'addition.

— Vous avez mangé très vite, ne pus-je m'empêcher de constater.

— Malheureusement, j'ai du travail qui m'attend à l'étage.

— Un nouveau roman en préparation ?

Il me sourit.

— En effet. Vous avez déjà lu l'un de mes livres ? Je sais que vous me connaissez parce que vous travaillez ici, mais cela ne signifie pas forcément que vous êtes une de mes lectrices. Alors ?

— Oui, je vous ai déjà lu, lui avouai-je.

— Et vous avez aimé ?

J'étais étonnée qu'il me demande mon avis. Il était auteur de best-sellers. Énormément de personnes appréciaient ses histoires dans le monde entier, alors, je ne comprenais pas en quoi ça l'intéressait de savoir si j'avais aimé ou non ses romans. Pour autant, la fan que j'étais fut ravie de pouvoir lui répondre.

— Oui. Beaucoup. Même le dernier, bien que mon préféré reste *Un été dans le Sud*. Probablement parce qu'il se déroule au bord de la mer et que ça fait des années que je n'y suis pas allée ! Enfin, j'ai aussi adoré les personnages et l'histoire, mais le choix de la ville, les paysages décrits, la plage, le soleil… Ça m'a vraiment fait rêver et m'a permis de m'évader de Paris quelques jours, comme si j'étais en vacances ! Merci pour ça.

Alexandre semblait véritablement ravi.

— Merci à toi.

Je le regardai, surprise par son tutoiement soudain.

— Ah, désolé, merci à vous, madame Gallo, se reprit-t-il.

Le petit rictus qu'il affichait me fit deviner que la situation l'amusait.

J'aurais probablement pu lui dire qu'on pouvait cesser avec les convenances à présent, d'autant plus que nous avions quasiment le même âge, mais puisqu'il avait déjà rectifié sa phrase, je décidai de ne rien changer à notre relation pour le moment.

— En tout cas, reprit-il, je ne pensais pas que vous étiez une si grande fan de mes écrits.

— Je n'ai jamais dit que je l'étais.

Et, même si c'était bien le cas, je n'avais pas envie de lui avouer maintenant.

— *Sans un regard* est sorti il y a seulement quelques jours, et vous l'avez déjà fini.

— C'est juste que je lis beaucoup et très vite, affirmai-je.

Il m'observa, toujours en affichant une expression amusée.

— Vous ne me croyez pas ? m'offusquai-je.

— Lorsque vous avez parlé d'*Un été dans le Sud,* vous aviez vraiment l'air très enthousiaste…

— Parce que je l'ai beaucoup aimé, mais ça ne veut pas dire pour autant que je suis fan de vous ! Et si j'ai déjà lu *Sans un regard,* c'est aussi parce qu'il est vente dans notre librairie, et que cela me permet de pouvoir mieux le présenter et le conseiller aux clients qui seraient intéressés.

— Cela signifie-t-il que vous avez lu tous les livres qui sont en vente dans votre librairie ?

Je déglutis nerveusement.

Il m'avait piégée.

— Vous réglerez par carte ou en espèces ?

Alexandre éclata de rire.

— Par carte, finit-il par me répondre.

J'allai chercher la machine et la lui tendis. Grâce au sans contact, l'opération fut rapide, et je déposai son reçu devant lui, sur la table.

— Merci, lui dis-je.

— Au fait, vous ne voulez pas savoir ce que j'ai pensé du muffin ?

Ah oui.

— Je vous écoute.

— Une tuerie ! Je crois qu'il s'agit du meilleur que j'ai mangé de ma vie.

Je souris, heureuse que mon muffin préféré lui ait fait autant d'effet.

— Vous devriez complimenter la cuisinière en partant, elle en sera vraiment ravie !

— Je n'y manquerai pas. Et je reviendrai très certainement !

— Oh oui, n'hésitez pas. Au moins, quand vous êtes ici, je sais qu'il n'y aura aucune nuisance sonore en provenance du plafond.

Alexandre rigola.

— Oh mais attendez, maintenant que j'y pense... Mon prétendu tapage n'a peut-être été qu'un prétexte pour venir me voir, madame la fan !

Il me prend carrément pour une obsessionnelle, là.

— Je ne suis pas votre fan ! m'exclamai-je, irritée.

Alexandre rit de plus belle, et je me sentis gênée de réaliser que j'avais attiré l'attention de quelques clients.

— Vous vous faites des films, repris-je plus calmement.

Il se leva de sa chaise, et je reculai d'un pas pour éviter qu'on ne soit trop proches.

— Peut-être, murmura-t-il en m'observant.

Je croisai les bras sur ma poitrine afin d'instaurer une sorte de barrière de protection entre nous.

— Gardez votre imagination débordante pour vos livres, monsieur Coupet.

Il me sourit.

— C'est vrai que je pourrais tout à fait ajouter à mon histoire en cours le personnage d'une jeune, ravissante et agaçante serveuse.

Venait-il réellement de laisser sous-entendre qu'il me trouvait jolie et casse-pieds ?

— Pardon ?

Ses lèvres s'étirèrent davantage.

— Bon après-midi, madame Gallo !

Je restai immobile, encore troublée par ses mots, et le regardai parler un instant à ma sœur avant de quitter le magasin.

— Tout va bien ?

Je sursautai légèrement en réalisant que Valentine s'était approchée de moi.

— Euh, oui.

— Tu as l'air carrément bizarre. Qu'est-ce qu'il t'a dit ?

Je secouai la tête.

Mieux valait que je ne raconte pas tout à ma sœur, sinon, elle aussi risquait de se faire des films !

— Rien de spécial, on a discuté de ses romans.

Je débarrassai la table d'Alexandre et contournai ma sœur pour aller déposer la vaisselle sale dans l'évier.

— Je suis sûre qu'il s'est passé autre chose, marmonna-t-elle dans mon dos.

Argh, maudite connexion entre sœurs !

Je décidai de m'accorder une petite pause dans l'arrière-boutique et récupérai mon téléphone dans mon sac à main.

Je serrai le portable entre mes doigts en apercevant que j'avais reçu un énième message de Yann.

Est-ce qu'on peut se voir s'il te plaît ? Il faut qu'on parle.

Non. Moi je n'ai plus rien à te dire.

J'effaçai son message et décidai qu'il était temps que je bloque son numéro. Je ne l'avais pas encore fait car une part de moi aimait le voir essayer en vain de me récupérer. Sauf qu'il m'avait trompée, et déjà perdue à jamais.

Je n'accordais jamais de seconde chance en amour. Si une personne me brisait le cœur une fois, il lui serait impossible de recoller tous les morceaux.

Adieu, Yann.

Chapitre 5

Deux jours plus tard, Alexandre Coupet se pointa à nouveau à la Librairie des Délices. Cette fois, il portait un jean, un polo vert kaki, et une paire de lunettes rondes qui lui donnait un air de professeur assez sexy.

— Bonjour, lui dis-je en m'approchant, vous désirez consommer sur place ou à emporter ?

— Bonjour.

Il leva la petite mallette noire qu'il tenait dans sa main droite et ajouta :

— Je vais manger sur place. J'ai apporté de quoi travailler, alors je ne suis pas pressé.

— Vous allez écrire ici ? ne pus-je m'empêcher de demander.

Alexandre parcourut la salle du regard, puis posa à nouveau ses deux billes noires sur moi.

— Je vais essayer. J'ai l'habitude de bosser seul, enfermé dans mon bureau, mais j'aime bien l'atmosphère qui se dégage de votre café. C'est serein et inspirant.

— En effet, c'est très calme ici. Surtout lorsque l'occupant du dessus est absent.

Je lui adressai un petit sourire espiègle, puis lui fis signe de me suivre.

— Est-ce que cet endroit vous convient ?

Je l'avais conduit à une table située au fond de la salle, entourée d'une banquette et de deux fauteuils très confortables.

Selon moi, c'était le coin parfait pour travailler en toute tranquillité.

— C'est parfait, approuva-t-il.

Il déposa sa mallette sur le sofa et s'installa à côté.

— Vous désirez la carte ? lui demandai-je.

— Non, je vais prendre comme la dernière fois, un…

— Un cappuccino et un muffin double chocolat, le coupai-je.

— Vous avez une bonne mémoire.

Je souris.

— C'est aussi ce que j'ai l'habitude de prendre quand je suis en pause. Mais vous êtes sûr de ne pas vouloir goûter une autre pâtisserie ?

Il secoua négativement la tête.

— Cette pâtisserie m'a vraiment conquis, même si je risque de faire exploser mon quota de sucre pour la journée.

Il faisait donc attention à ce qu'il mangeait. Enfin, rien d'étonnant étant donné son physique d'athlète. C'était un homme qui prenait soin de lui et de son corps, et j'aimais ça. Personnellement, je n'étais pas très sportive et je raffolais des gâteaux de Valentine, mais j'essayais tout même de garder la ligne ! J'avais une très belle et grande garde-robe – avec des pièces uniques –, je n'osais pas imaginer devoir la changer si je venais à perdre ou prendre une taille ! Cela me brisait le cœur rien que d'y penser.

— Je vous apporte ça tout de suite, lui répondis-je.

J'allai transmettre la commande à ma sœur.

Valentine lança la machine à café, puis posa ses coudes sur le comptoir devant moi et me dévisagea comme si elle attendait quelque chose de ma part.

— Quoi ?

— Je crois que c'est réciproque et que tu lui plais aussi, murmura-t-elle.

— Et tu l'as su comment ? Par télépathie ?

— J'ai vu la façon dont il t'a regardée lorsqu'il est entré. Ses yeux se sont direct posés sur toi, et son visage s'est illuminé !

Il était possible qu'Alexandre soit intéressé par moi, étant donné qu'il avait laissé sous-entendre l'autre jour qu'il me trouvait jolie – et agaçante... Mais je ne voulais pas me faire des idées trop vite, car il avait très bien pu me dire ça pour me troubler, ou me taquiner.

— Tu as sans doute une imagination bien plus débordante que la mienne, lui répondis-je.

— Hum, je ne crois pas. Je suis juste quelqu'un de très perspicace !

— Bon ce café, il arrive quand, Sherlock ?

Elle me donna une petite tape sur l'épaule, puis se retourna pour s'en occuper.

Lorsqu'elle eut terminé de préparer la commande, je l'apportai à Alexandre. Ce dernier avait sorti son ordinateur portable et semblait s'être déjà mis au boulot.

Je déposai silencieusement la tasse et le muffin sur la table, à côté de lui.

— Merci.

Il avait détourné les yeux de son écran pour me regarder.

— Bon appétit !

Je fis demi-tour, prête à le laisser seul, mais m'arrêtai en apercevant Marie s'avancer dans ma direction.

Elle m'ignora complètement et se plaça devant la table d'Alexandre. Ce dernier releva la tête vers elle, intrigué.

— Excusez-moi, lui dit Marie, vous ne seriez pas Alexandre Coupet ?

L'auteur lui sourit.

— Si, c'est bien moi.

Les yeux de Marie s'écarquillèrent.

— Oh ! J'en étais sûre ! Je suis une très grande fan de vos livres ! Je les ai d'ailleurs tous lus, enfin, sauf le dernier car je fais partie d'un cercle littéraire et que je voulais le proposer en lecture au groupe, ah, d'ailleurs…

Marie pivota vers moi.

— Qu'est-ce que tu en penses, Caroline ? C'est une bonne idée, n'est-ce pas ?

— Bonjour, Marie, lui dis-je pour commencer avec un petit sourire amusé.

Marie ouvrit la bouche, puis la referma. Ses joues virèrent au rouge.

— Désolée ! J'étais tellement surprise de voir Alexandre Coupet ici que j'en ai oublié mes bonnes manières. Bonjour, Caroline.

— Ce n'est pas grave, la rassurai-je.

— Vous faites partie du même groupe de lecture ? nous demanda Alexandre.

Visiblement, cet homme était de nature très curieuse.

— Oui, lui répondit Marie, c'est même Caroline qui l'a fondé. On est une petite dizaine, et à chaque rendez-vous hebdomadaire, on choisit un livre à découvrir pour la semaine suivante, afin de pouvoir en discuter toutes ensemble.

Alexandre réajusta ses lunettes sur son nez.

— Oh ! intéressant.

— On a d'ailleurs rendez-vous ce soir, précisa Marie, je suis sûre que les autres membres seront d'accord et ravies de lire *Sans un regard* pour la semaine prochaine.

— Ça ne pose pas de problème si un des membres l'a déjà lu ? l'interrogea Alexandre.

Ce dernier posa les yeux sur moi.

Allait-il me balancer à Marie ?

— Non, ce n'est pas très grave. C'est déjà arrivé qu'on choisisse un livre qu'une ou plusieurs personnes aient déjà lu. Dans ce cas-là, la ou les personnes peuvent lire autre chose en attendant, ou bien relire le livre en question si elles le désirent. Mais je ne pense pas que quelqu'un ait déjà lu

Sans un regard, il est sorti il y a seulement quelques jours, on a déjà un livre en cours de lecture, et je crois être la seule à être une très grande fan de vous dans notre groupe.

Alexandre continua de m'observer avec une lueur d'amusement.

— Peut-être qu'une personne de votre cercle lit plusieurs livres par semaine, et qu'elle a été tentée par ma nouveauté, fan ou pas.

Je détournai le regard, mal à l'aise.

Qu'il est agaçant !

Marie parut un peu déconcertée par la tournure de la conversation.

— Euh, oui... C'est possible. Mais je suis sans doute celle qui lit le plus vite, et le plus dans le groupe, n'est-ce pas, Caroline ?

— C'est vrai, approuvai-je en souriant nerveusement. Bon, si vous voulez bien m'excuser, j'ai du travail qui m'attend...

Je les laissai tous les deux, en espérant qu'Alexandre ne révélerait pas à Marie que j'avais déjà lu *Sans un regard*, et je partis m'occuper de nouveaux clients.

Du coin de l'œil, j'aperçus Marie s'installer à la table d'Alexandre et continuer de discuter avec lui.

Pourvu que l'auteur n'ait pas de *deadline* pour son histoire en cours car, avec Marie la fan – qui d'ailleurs ne semblait pas du tout pressée aujourd'hui –, il allait sans doute perdre une bonne heure d'écriture !

Je continuai à servir, encaisser les clients et débarrasser les tables pendant une dizaine de minutes. Puis je retournai à la table d'Alexandre – et de Marie visiblement – afin de demander à cette dernière si elle souhaitait boire ou manger quelque chose.

— Ah, Caroline ! s'exclama-t-elle.

— Tu désires quelque chose ?

— Non, je vais aller prendre à emporter, j'ai un rendez-vous qui m'attend. Mais avant, j'ai une question pour toi ! Que penses-tu d'inviter Alexandre à l'une de nos réunions avec le cercle littéraire ? Je lui ai déjà proposé, et il m'a dit qu'il était d'accord. Ce serait sympa, non ? On pourrait ainsi discuter de son dernier livre tous ensemble et lui poser des questions !

Mon regard glissa sur Alexandre.

— Cela vous intéresserait réellement ? l'interrogeai-je, un peu sceptique.

Je connaissais Marie, et elle était bien du genre à forcer la main aux gens. Toutefois, Alexandre affichait une expression plutôt enjouée.

— Oui, pourquoi pas. J'habite juste au-dessus et en général je suis libre les jeudis soir.

— Euh, et bien… d'accord, acceptai-je.

En effet, l'idée que nous puissions échanger avec l'auteur d'une de nos lectures en cours était vraiment chouette. Et puis, j'avais bien envie d'en savoir un peu plus sur lui et son travail. Et pas seulement parce que Alexandre Coupet était pour moi un modèle d'inspiration…

— Génial ! s'exclama Marie, je suis sûre que les filles vont sauter de joie à cette nouvelle !

— Vous voulez fixer la date à jeudi prochain ? me questionna Alexandre.

— Est-ce qu'on peut en rediscuter demain ? J'aimerais d'abord en parler avec les membres du cercle au complet.

— Bien sûr !

Marie se leva de table.

— Je ne vais pas vous déranger plus longtemps, Alexandre. Mais ce fut un plaisir de vous rencontrer, et j'espère qu'on se reverra la semaine prochaine.

— Le plaisir était pour moi, Marie.

La trentenaire lui adressa son plus beau sourire, puis commença à s'en aller… Avant de revenir brusquement vers nous.

— Ah, une dernière chose ! Est-ce qu'il serait possible de vous faire dédicacer mes livres ?

— Évidemment.

— Super ! Merci beaucoup ! À bientôt !

Cette fois, elle s'éloigna une bonne fois pour toutes en direction du comptoir.

Je jetai un coup d'œil à Alexandre et croisai ses iris noirs perçants cachés derrière ses lunettes. Son regard était tellement intense qu'un frisson de désir me traversa.

— Euh, je vais vous laisser moi aussi, j'ai… des choses à faire.

Ses lèvres s'étirèrent légèrement.

Était-il conscient de l'effet qu'il me faisait ?

— Je vous en prie.

Je me retournai, un peu trop vite, et manquai de percuter un client qui s'en allait.

— Désolée, dis-je en m'écartant.

Morte de honte, je partis rapidement me réfugier derrière le comptoir, auprès de Valentine.

Et cela fut une très mauvaise idée, car ma sœur n'en avait pas du tout fini avec ses questions sur Alexandre !

Chapitre 6

Le lendemain, peu avant l'ouverture du café, je sonnai à l'appartement d'Alexandre. Il tarda à venir m'ouvrir, et je faillis m'en aller en croyant qu'il n'était pas chez lui.

— Bonjour, madame Gallo, désolé, j'étais sous la douche.

En effet, je constatai qu'il avait les cheveux mouillés. Il s'était d'ailleurs habillé en vitesse, car il avait enfilé son T-shirt à l'envers.

Je me retins cependant de le lui faire remarquer. *Du moins, pour le moment.*

— Est-ce que le bruit de l'eau qui coule vous a dérangée ? me demanda-t-il.

Il affichait son habituel sourire espiègle.

Alexandre Coupet était un homme curieux, et surtout très taquin. Pour autant, dans ses livres il n'y avait quasiment aucun humour. Certes, il n'avait aucune obligation d'en mettre, mais, en lisant ses ouvrages, je m'étais figuré cet homme comme une personne beaucoup plus sérieuse et, visiblement, l'image que je m'étais faite de lui était complètement fausse.

— Étrangement, pas du tout. C'est d'ailleurs pour ça que je suis là, j'étais inquiète et je venais vérifier que tout allait bien !

Son sourire s'élargit.

— Pardonnez-moi, je vais aller de ce pas casser un mur ou deux pour vous rassurer !

Il fit mine de refermer la porte, puis s'arrêta et me demanda :

— Alors, votre cercle de lecture est d'accord pour m'inviter ?

J'acquiesçai.

Évidemment, il savait que j'étais là pour ça. *Du moins, en partie.*

— Oui, si vous êtes toujours partant pour venir jeudi prochain, nous vous accueillerons avec plaisir. Nous avons d'ailleurs choisi votre dernier livre comme lecture commune. Il sera sans doute le sujet principal de la soirée.

— Vous allez avoir du temps libre cette semaine alors, me charria-t-il.

Je me retins de répliquer quelque chose, car j'avais une requête importante à lui soumettre par la suite et qu'il fallait que je reste professionnelle.

— Est-ce que vous désirez que j'établisse une liste de questions avec les membres du groupe, et que je vous la transmette avant la rencontre ? Vous pourriez ainsi me dire si certaines vous gênent ou vous posent problème, et je les retirerais de la liste.

— Pourquoi certaines questions me poseraient problème ? On va seulement parler de mes livres, non ?

— Le cercle de lecture est composé uniquement de femmes, et toutes sont très curieuses et indiscrètes. Certaines n'hésiteront pas à vous demander des choses qui vous concernent personnellement.

— Par exemple ? Ce que j'aime manger au petit déjeuner ?

Je souris, amusée par sa naïveté.

— Je pensais plutôt à « Êtes-vous célibataire ? » ou bien « Quel est votre type de femme ? »

— Et vous faites partie de celles qui me poseraient ce genre de questions, madame Gallo ?

Je secouai négativement la tête.

Bien que les réponses m'intéresseraient fortement…

— Bon, de toute façon, si cela devait arriver je pourrais toujours esquiver, ne vous en faites pas.

— D'accord, comme vous voulez.

Puisque je ne montrais aucune intention de m'en aller, Alexandre me regarda avec intérêt.

— Vous avez autre chose à me dire ?

Je déglutis nerveusement.

— Est-ce que vous seriez également disponible le jeudi après-midi, et si oui, est-ce que vous seriez d'accord pour faire des dédicaces à la librairie ?

J'avais déjà, dans le passé, organisé des journées dédicace, des soirées lecture, et des rencontres auteurs-lecteurs au café. Et honnêtement, si ma relation avec Alexandre n'avait pas mal commencé au début, je lui aurais sans doute fait cette proposition bien plus tôt. Car avoir un auteur aussi connu comme potentiel invité était une opportunité en or pour attirer du monde à la Librairie des Délices.

Alexandre prit le temps de réfléchir à ma proposition.

— Je suis libre, et partant, mais il faut d'abord que j'en discute avec mon éditrice. Je peux vous confirmer ça dans la semaine ?

Je ne réussis pas à cacher mon enthousiasme.

— Oui, bien sûr. Merci beaucoup !

— Avec plaisir, madame Gallo.

J'allais tourner les talons, mais me ravisai au dernier moment.

— Une dernière chose, lui dis-je. Vous avez l'intention de sortir aujourd'hui ?

Alexandre fronça les sourcils.

— Vous êtes sûre que vous ne faites pas partie des plus curieuses de votre cercle ?

— Non, moi je fais plutôt partie des bienveillantes. Pensez seulement à remettre votre T-shirt à l'endroit avant de quitter votre appartement. À bientôt !

Je lui adressai un petit clin d'œil, puis m'en allai fièrement.

Le jeudi suivant arriva plus vite que je ne le pensais.

Je n'avais revu Alexandre au café qu'une fois durant la

semaine, et il avait pris sa commande habituelle à emporter. Il m'avait d'ailleurs semblé vraiment pressé, voire même stressé, et n'avait même pas essayé de plaisanter avec moi. Il s'était contenté de me saluer brièvement avant de disparaître la seconde suivante.

Bizarrement, sa présence au café m'avait manqué, et ses taquineries, aussi. J'en venais presque à regretter qu'il ne m'ait pas cassé les pieds en faisant du bruit dans son appartement. Cela m'aurait permis d'aller le voir, même si ça aurait été pour le réprimander.

Alors que j'étais en train d'installer des barrières de sécurité devant le café, je me stoppai net dans mon geste en réalisant ce que signifiaient les pensées que je venais d'avoir.

Je commençais à m'attacher à Alexandre Coupet.

Et je ne savais pas trop s'il s'agissait d'une bonne ou d'une mauvaise chose. Dans un sens, mon voisin bruyant et agaçant s'avérait être un homme très séduisant, qui plus est un auteur dont j'étais fan et, par-dessus tout, une personne très sympathique et joueuse. De l'autre, je ne savais pas grand-chose de lui, peut-être d'ailleurs était-il en couple et puis, surtout, je n'avais pas la moindre idée de ce qu'il pensait réellement de moi. Cet homme était plutôt difficile à cerner !

— Bonjour.

Je sursautai en reconnaissant la voix d'Alexandre derrière moi et pivotai vers lui.

Il portait un jogging noir, un T-shirt bleu foncé, une paire de baskets et semblait essoufflé. Venait-il de faire un footing ? En tout cas, cela me faisait vraiment plaisir de le revoir... Peut-être même un peu trop.

— Désolé, me dit-il, je ne voulais pas vous effrayer.

Alexandre me désigna les barrières de sécurité d'un signe de tête et ajouta :

— Qu'est-ce que vous faites ?

— Il risque d'y avoir du monde pour la dédicace, alors je voulais déjà préparer la file d'attente.

Bien que nous soyons en pleine semaine, Alexandre Coupet était un auteur assez connu, et puis, nous étions également en plein été et en période de grandes vacances. Oui, il y allait sans aucun doute avoir foule.

— Je vois, bonne idée ! Vous voulez que je vous donne un coup de main avec les plots ?

— Non, ça ira, merci, j'ai presque fini.

Il hocha la tête, mais resta immobile.

Pourquoi ne rentrait-il pas chez lui ? Avait-il quelque chose à me demander ?

— Vous avez fait du bon boulot avec les affiches, me dit-il soudain.

Je jetai un regard à la vitrine du café et souris.

— Merci.

Comme le délai entre l'annonce de sa demi-journée de dédicace et la date en question était très court, il avait fallu tout miser sur la communication de l'événement.

Pour cela, j'avais tout d'abord partagé l'information sur nos réseaux sociaux et le site Internet de notre café, puis j'avais créé plusieurs affiches que j'avais collées dans la salle et sur les fenêtres.

La maison d'édition d'Alexandre nous avait également fait une bonne publicité, et son éditrice, Natasha Permet, m'avait contactée dans la semaine pour me transmettre quelques informations. J'avais ainsi reçu la veille plusieurs cartons du dernier livre d'Alexandre, qui serait mis en vente spécialement pour la journée, et des tonnes de *goodies* à offrir aux lecteurs.

— Bon, eh bien, si vous n'avez pas besoin de mon aide, je vais aller me préparer pour cet après-midi, déclara Alexandre.

— D'accord, à plus tard.

Je le regardai s'éloigner vers l'entrée du bâtiment.

— Caroline !

Mon cœur rata un battement en apercevant mon ex petit ami sur le trottoir d'en face.

Cela faisait trois mois que nous nous étions séparés, Yann et moi. Trois mois que je ne l'avais pas revu, et il n'avait pas changé – en dehors du fait qu'il avait rasé sa barbe, et que ses cheveux blonds avaient poussé de quelques centimètres.

Les mains dans les poches de son jean, Yann traversa la rue d'un pas rapide pour me rejoindre.

— Qu'est-ce que tu fais là ? lui demandai-je d'une voix sèche.

— Je ne voulais pas venir te déranger au travail, mais tu ne répondais ni à mes appels ni à mes messages, et il fallait que je te parle.

Je soupirai, agacée.

— Je te l'ai déjà dit, je ne veux pas te parler et je ne veux plus te voir.

— J'ai merdé, Caro, je sais, mais je t'aime. Je t'aime comme un fou ! Depuis que tu as quitté l'appartement, je... Je n'arrive plus à dormir la nuit ! Regarde les cernes que j'ai !

— Tu veux que je te plaigne, peut-être ?

— Non, je veux juste que tu voies à quel point tu comptes pour moi, et que tu comprennes que je ne peux pas vivre sans ton amour. J'ai besoin de toi, Caro. J'ai besoin de ton rire, de ton sourire, de ta bonne humeur, de te voir au quotidien...

— Tu t'es cru dans un film romantique ? le coupai-je. Désolée, mais tes jolis mots ne changeront rien à la situation.

Son infidélité m'avait littéralement brisé le cœur, et tout l'amour que j'avais éprouvé pour lui auparavant s'était rapidement mué en un mélange de dégoût et de haine. Si un homme me trahissait une fois, c'était fini. Pour toujours.

— Caro, s'il te plaît...

— Va-t'en, Yann.

Je voulus me retourner, afin de regagner l'intérieur du café, mais il m'attrapa la main.

— Je ne veux pas te perdre ! Je t'aime, putain !

Sauf que tu m'as déjà perdue, salaud.

Je réprimai la vague d'écœurement que son toucher me procurait.

— Lâche-moi, lui ordonnai-je.

— Laisse-moi une seconde chance, je t'en prie, bébé.

S'il pensait m'attendrir en utilisant le surnom qu'il me donnait autrefois, il était bien naïf. Je ne l'aimais plus, je le détestais même, et rien de ce qu'il pourrait dire ou faire ne parviendrait à changer cela.

— Lâche-moi, répétai-je plus durement.

— Elle t'a demandé de la lâcher, intervint brusquement Alexandre.

Je tournai la tête vers lui et fus étonnée de le voir s'approcher de nous.

Tiens, il n'était pas rentré chez lui ?

— T'es qui, toi ? lança Yann.

Mon ex me regarda à nouveau et fronça les sourcils.

— Ne me dis pas que tu as déjà un nouveau mec !

— Si, lui répondit Alexandre, alors maintenant tu vas vite retirer tes salles pattes de ma copine avant que je t'en colle une.

Je fixai Alexandre, surprise.

Pourquoi se faisait-il passer pour mon mec ? Et puis, il était sérieux quant à sa menace ? Quoi qu'il en soit, comme mon ex n'était pas du tout du genre bagarreur, il me relâcha enfin et recula d'un pas.

— Je n'arrive pas à croire que tu te sois déjà remise avec quelqu'un alors que je passe mes journées et mes nuits à broyer du noir… T'es vraiment une salope en fait.

Je serrai les poings, furieuse qu'il ose m'insulter sans raison et surtout après ce qu'il m'avait fait.

— Tu n'as aucun droit de me faire des reproches, on n'est plus ensemble et je peux mener ma vie comme je l'entends. Et ta prétendue peine, c'est tout ce que tu mérites pour m'avoir trompée, espèce de connard ! Maintenant tire-toi ! Casse-toi !

Je m'étais mise à hurler et j'étais à deux doigts de mettre la menace d'Alexandre à exécution s'il ne foutait pas le camp d'ici les cinq prochaines secondes.

Par chance, Yann sembla enfin me prendre au sérieux et, après nous avoir lancé un regard mauvais, à moi et à mon nouveau « petit ami », il cracha sur le sol et s'en alla d'un pas rapide.

Je respirai profondément et tentai de calmer le rythme effréné des battements de mon cœur que je pouvais entendre jusque dans ma tête.

— Est-ce que ça va ? m'interrogea Alexandre, derrière moi.

J'attendis encore quelques secondes que ma tension baisse avant de lui faire face.

J'avais franchement honte de m'être emportée de la sorte devant lui, en pleine rue. Et même de m'être emportée tout court. Ce n'était pas mon genre d'être aussi grossière, encore moins en public, mais Yann m'avait vraiment mise hors de moi.

— Je suis désolée.

— De quoi ?

— Pour la scène à laquelle tu as assisté, et même participé. D'ailleurs, tu n'étais pas obligé d'intervenir, même si c'était gentil de ta part, et que ça m'a aidée.

Alexandre me regarda étrangement pendant quelques secondes avant de me répondre :

— Ah oui, je suis certain que tu aurais pu lui régler son compte toute seule ! Mais je n'ai pas aimé la façon dont il se comportait avec toi et je n'ai pas pu m'en empêcher. Désolé.

Je lui souris, avant de brusquement réaliser que nous étions en train de nous tutoyer. Je comprenais mieux le regard qu'il avait eu un peu plus tôt.

— Euh, merci en tout cas, bredouillai-je, gênée, je… J'ai des trucs à faire. À plus tard.

Et je rentrai précipitamment dans le café, sans lui laisser la possibilité de me répondre.

Chapitre 7

Comme je m'y attendais, le café était bondé.

Alexandre Coupet venait tout juste de commencer sa séance de dédicace, et la queue de ses lecteurs s'étendait déjà sur une bonne dizaine de mètres sur le trottoir et ne cessait de s'accroître.

Avec Valentine, on avait passé une bonne partie de la matinée à aménager la salle pour l'événement. On avait ainsi déplacé la plupart des tables et des chaises pour créer plus d'espace, et pour permettre une meilleure circulation des personnes dans la pièce. On avait également sorti le bureau de l'arrière-boutique pour l'installer au milieu du café, afin qu'Alexandre y prenne place pour ses signatures, et installer un fauteuil à côté pour son éditrice.

À présent, je m'occupais de faire entrer et sortir les gens du café et Valentine avait gardé sa place habituelle derrière le comptoir car, bien qu'il ne fût pas possible de manger sur place aujourd'hui, il n'y avait aucun souci pour prendre à emporter.

Je laissai pénétrer à l'intérieur du café une sexagénaire accompagnée d'un enfant, puis jetai un coup d'œil à Alexandre. Il avait l'air super à l'aise avec ses lecteurs. Il souriait constamment, discutait et rigolait avec eux comme s'il les connaissait tous.

Je ne pus m'empêcher de sourire à mon tour, car j'étais totalement charmée.

— Caro, tu peux demander à Alexandre s'il souhaite boire ou manger quelque chose ? me lança Valentine depuis le comptoir.

— Pas la peine, lui répondis-je, prépare-lui un cappuccino et un muffin double chocolat.

— Ça marche.

Moins de cinq minutes plus tard, je laissai mon boulot de vigile de côté pour aller récupérer le plateau dessert,et l'apportai à Alexandre.

Il tourna la tête vers moi et me sourit.

— Merci.

Le regard intense qu'il posa sur moi seulement quelques secondes suffit à réveiller ma libido.

— De rien.

Je le laissai à nouveau à sa tâche et retournai à mon poste près de l'entrée.

Quelques minutes plus tard, Natasha, son éditrice, me rejoignit. C'était une grande brune aux yeux marron, vêtue d'un tailleur bleu marine et de talons aiguilles.

— Est-ce que je peux vous poser une question un peu indiscrète ? me demanda-t-elle à voix basse.

Je la regardai, un brin déconcertée.

— Euh, je ne vous promets pas d'y répondre, mais allez-y.

— Quel genre de relation entretenez-vous avec Alexandre ?

Ah oui, ça pour être indiscret, ça l'est.

— Désolé, ajouta-t-elle, c'est juste que ça ne lui ressemble pas d'accepter une séance de dédicace alors qu'il est à quelques jours de sa *deadline* pour son prochain roman, et qu'il lui reste encore plusieurs chapitres à écrire. J'ai donc supposé que vous deviez être plus proches que de simples voisins pour expliquer son choix.

Oh ! je vois.

— Euh, eh bien… Je ne dirais pas que nous sommes amis, mais je pense qu'on s'en rapproche. En revanche, je ne crois pas que notre relation y soit pour quelque chose dans sa décision.

J'avais beau ne pas tout savoir d'Alexandre Coupet, cependant, j'étais sûre d'une chose, il aimait discuter avec ses lecteurs et passer du temps avec eux. Personne ne l'avait forcé, ni influencé pour participer à cet événement. Non, ça, il l'avait voulu.

L'après-midi dédicace se termina aux alentours de 19 heures. Alexandre gardait le sourire, mais les traits de son visage trahissaient malgré tout sa fatigue. Il faut dire qu'il avait enchaîné plusieurs heures de signature et de conversation avec ses lecteurs.

Dans un sens, je compatissais, mais je l'enviais également. J'espérais pouvoir moi aussi, un jour, dédicacer mon propre roman. D'ailleurs, en parlant de ça, j'arrivais bientôt au bout et je pensais même pouvoir terminer mon histoire d'ici quelques jours, si ma motivation et mon inspiration ne me lâchaient pas brusquement.

Voir Alexandre aujourd'hui, entouré de tous ces gens et de ses livres, m'avait du reste sacrément donné envie d'écrire. Mais ce soir, c'était impossible. La réunion avec mon cercle littéraire n'allait pas tarder à débuter.

Alexandre était parti se reposer chez lui pendant une petite heure. Il m'avait d'abord proposé de me filer un coup de main pour ranger la salle, mais j'avais refusé en lui disant que ce n'était pas son boulot, et qu'il ferait mieux de garder ses forces pour la multitude de questions qui l'attendait ce soir. Il avait rigolé et avait finalement décidé d'aller faire une petite sieste à l'étage.

C'était donc seule que j'avais nettoyé et préparé la salle pour la réunion, car Valentine m'avait également abandonnée pour se consacrer à son deuxième boulot quotidien, celui de mère de famille. Et je ne pouvais certainement pas lui en vouloir.

Lorsque j'eus terminé d'installer les chaises en cercle, je me laissai tomber dans un fauteuil et réalisai que la journée m'avait bien lessivée, moi aussi.

Je fermai les yeux un instant et les rouvris aussitôt en entendant la porte du café s'ouvrir.

Le repos, ce sera pour plus tard.

Marie pénétra dans la salle, suivie de Corinne, Maëlle, et Anne-Charlotte. Les autres filles n'allaient certainement pas tarder.

— Coucou, Caro, Alexandre n'est pas encore arrivé ? me demanda Marie.

— Il ne va pas tarder, installez-vous. Vous voulez-boire quelque chose ?

— Moi je veux bien un double expresso, répondit Anne-Charlotte, merci !

Les filles prirent place dans le cercle de chaises, et je partis préparer la boisson pour Anne.

Petit à petit, le reste du groupe arriva, et Alexandre Coupet également. Je me sentis vraiment heureuse de le revoir, alors que nous nous étions quittés il y a moins d'une heure. Cet homme commençait véritablement à gagner une place dans mon cœur, et cela me faisait presque un peu peur. Parce que pour autant, entre nous, il n'y avait rien.

Alexandre s'installa sur une chaise, entre Marie et Tamara. J'eus à peine le temps de m'asseoir à mon tour, en face de lui, que les filles le mitraillaient déjà de questions en tout genre.

— Les filles ! Un peu de calme, laissez-le respirer, m'exclamai-je pour tenter de les modérer.

Alexandre m'adressa un petit sourire de gratitude.

— D'abord je propose que nous donnions chacune notre tour notre avis sur *Sans un regard*, et ensuite on posera nos questions à M. Coupet, ça vous va ?

Les filles approuvèrent.

Bien.

La réunion reprit un peu plus calmement. Tout le monde déclara avoir adoré le roman, bien que je soupçonne Tamara d'avoir menti afin de ne pas vexer Alexandre qui se trouvait parmi nous. Je connaissais bien Tamara, et elle ne m'avait pas paru aussi passionnée par le pitch qu'elle l'avait prétendu. Et puis, en général, les romances contemporaines, ce n'était pas le genre dont elle raffolait le plus. Elle préférait plutôt lire du *New Adult*.

En tout cas, Alexandre sembla ravi de nos commentaires. Je l'aperçus me sourire de façon moqueuse lorsque ce fut à mon tour de m'exprimer et que je déclarai avoir lu son livre très rapidement. Nous passâmes par la suite aux questions et, contrairement à ce à quoi je m'attendais, la plupart tournèrent autour de son dernier livre. Les filles lui demandèrent quelles avaient été ses sources d'inspiration, en combien de temps il l'avait écrit, pourquoi il avait décidé de faire une fin aussi belle et tragique à la fois, quel passage il avait préféré écrire… Et les réponses d'Alexandre furent très complètes et enrichissantes.

Maria-José, la plus jeune membre de notre groupe – âgée de dix-neuf ans –, ne put toutefois s'empêcher de lui demander s'il avait une copine avant de se mettre à rougir. À ce moment-là, Alexandre posa un regard malicieux sur moi et lui répondit :

— Peut-être.

Peut-être ?

Les filles s'esclaffèrent et le charrièrent sur le fait que ce n'était pas une réponse claire et précise, avant de s'en prendre à Maria-José et de la taquiner sur son audace.

Je continuai pour ma part de fixer Alexandre en me demandant pourquoi il avait dit ça en me regardant. Jouait-il à un jeu avec moi ?

La réunion s'acheva un peu plus tard que prévu, car tout le monde sembla passer un excellent moment en compagnie de l'auteur et qu'aucune des filles ne paraissait avoir envie de le quitter. Cependant, il commençait à se faire tard et, comme j'étais tout aussi fatiguée que notre invité, je dus malgré tout me résoudre à mettre tout le monde dehors… Sauf Alexandre, car ce dernier insista pour m'aider à ranger les chaises à leur place sans un mot.

Lorsque nous eûmes terminé, Alexandre s'étira le dos, face à moi.

— Merci pour votre aide, lui dis-je.

— Ah, on se vouvoie de nouveau, même en privé ? s'étonna-t-il avec amusement.

— Je trouve que c'est plus correct ainsi, non ?

En réalité, je voulais simplement remettre un peu de distance entre nous après qu'il a révélé qu'il était « peut-être » en couple.

Alexandre fit un pas vers moi.

— Correct vis-à-vis de quoi ?

— De nous. Nous ne sommes pas vraiment amis et aujourd'hui nous avons eu une relation professionnelle. Le vouvoiement reste adapté, non ?

Il soupira.

— Très bien, comme vous voulez, madame Gallo.

Il n'était pas d'accord avec moi. Pourtant, ma justification tenait la route, non ? Alors quoi, il avait envie que nous soyons amis ? Ou plus que ça ? Qu'en était-il de son éventuelle petite amie ?

J'étais complètement perdue.

— Au fait, reprit-il brusquement, il paraît que vous écrivez, vous aussi.

J'écarquillai grand les yeux.

— Comment le savez-vous ?

Mon cerveau tourna au quart de tour. L'ordinateur dans l'arrière-boutique n'était pas verrouillé par un mot de passe, cependant, j'étais certaine qu'Alexandre ne s'était jamais rendu dans cette pièce. Alors, s'il n'était pas tombé sur mon histoire, il ne restait qu'une explication possible : Valentine. Elle était la seule personne, avec Yasmine – ma meilleure amie –, à savoir que j'écrivais. Et, comme Alexandre ne connaissait pas Yasmine, ma sœur était donc la coupable.

— Je vais la tuer, grognai-je.

Jamais je n'aurais pensé qu'elle révélerait à quelqu'un ma passion pour l'écriture, et encore moins à Alexandre Coupet.

— Elle m'a aussi dit que j'étais apparemment votre « modèle » et que mes livres étaient pour vous une « grande source d'inspiration », c'est vrai ?

Valentine, je te déteste.

Je détournai les yeux d'Alexandre.

— Ça ne vous regarde pas.

— Je savais que vous étiez fan de moi, continua-t-il à me provoquer, mais pas à ce point.

Je le considérai à nouveau, agacée.

— Ce n'est pas parce que j'aime votre travail que je suis « fan » de vous, monsieur Coupet.

Il fit un pas supplémentaire vers moi.

— Alors je ne vous intéresse pas du tout ?

Les battements de mon cœur s'accélérèrent dans ma poitrine.

— Je ne comprends pas.

— Ma question est pourtant simple.

Je me mis à rire nerveusement.

— Non, vous jouez avec les mots, et avec moi.

Alexandre fit encore un pas. Il était si près de moi que je dus relever la tête afin de continuer à garder mon regard rivé au sien.

— Je ne joue pas avec toi.

— Bien sûr que si. Un jour vous me laissez sous-entendre que vous me trouvez ravissante, mais sans rien tenter de plus par la suite. Vous adorez me charrier et me provoquer au quotidien, et aujourd'hui vous sortez que vous êtes « peut-être » en couple, tout en me fixant droit dans les yeux. Qu'est-ce que je suis censée comprendre de tout ça, au juste ?

Alexandre avança brusquement sa tête vers la mienne. Nos visages n'étaient plus qu'à quelques centimètres l'un de l'autre, et je pouvais même sentir son souffle sur ma peau.

— Parce que tu crois que tu es plus facile à comprendre, peut-être ? Tu viens chez moi pour me réprimander, j'ai toujours l'impression de t'agacer, mais pour autant tu es curieuse à mon sujet et tu sembles vouloir passer du temps avec moi, tu veux qu'on continue de se vouvoyer alors qu'on se connaît depuis plusieurs semaines déjà et qu'on a le même âge, et tu veux qu'on garde une relation « professionnelle » alors que celle que l'on a actuellement est très loin de l'être. Alors, qui de nous deux est le plus compliqué, hein ?

Je restai abasourdie pendant de longues secondes.

— C'est… C'est juste que je ne savais pas… Enfin, je n'étais pas sûre…

— Moi non plus.

Ses iris plongèrent profondément dans les miens, et je sentis une forte tension grimper entre nous.

— Alors on arrête de se vouvoyer maintenant ? me demanda-t-il d'une voix rauque.

— Tu… Tu n'es pas en couple ?

Alexandre me sourit.

— Tu vois, je t'avais bien dit que tu voudrais me poser cette question.

Je sentis la main d'Alexandre effleurer la mienne, mais gardai mon regard ancré dans le sien. Ses yeux me subjuguaient complètement.

— Et donc ?

Ses doigts remontèrent lentement le long de mon bras, et un frisson de désir me traversa.

— Non. Je ne suis pas en couple, Caroline. Mais le « peut-être » signifiait que j'aimerais bien l'être avec toi.

Mon cœur battait de plus en plus vite, et je ne pus réprimer l'énorme envie qui me gagnait de l'embrasser. Je passai un bras autour de sa nuque et attirait sa bouche sur la mienne. Ses lèvres au goût sucré s'entrouvrirent aussitôt pour approfondir notre baiser. C'était à la fois doux et intense. Alex m'attrapa soudain par les hanches et me serra davantage contre son corps. Un gémissement m'échappa, ou peut-être était-ce le sien… Je n'entendais plus le son de nos respirations saccadées et ne voyais rien d'autre que lui. C'était parfait.

Je me laissai porter par cette vague de passion qui nous animait tous les deux et, lorsque Alex s'écarta légèrement de moi, à bout de souffle, je réalisai que je me trouvais assise sur le bord d'une table, et que mes jambes entouraient fermement sa taille.

Désire-t-il qu'on aille plus loin ce soir ? Parce que moi, oui.

— J'en ai envie, murmura-t-il, mais je n'ai pas de préservatif. Ni ici ni chez moi.

Moi non plus, et je ne prenais pas la pilule. Merde.

— Dans un sens, ça me rassure sur ton célibat, plaisantai-je.

Alex me sourit, et recula encore un peu.

— Et puis, c'est vrai que sur une table, ça n'aurait pas été très confortable pour toi, déclara-t-il, songeur.

— Peut-être pas, mais je t'avoue que je ne l'avais encore jamais fait comme ça et que c'était très tentant.

Alex plongea à nouveau ses yeux sombres dans les miens, et je sentis mon rythme cardiaque s'emballer.

— Tu sais que j'ai beaucoup de mal à te résister là, tout de suite ? Tu es incroyablement sexy.

Je baissai les yeux sur ma robe jaune à bretelles fines. Elle était plutôt simple…

— Non, ce n'est pas ta tenue qui l'est, c'est toi, précisa Alex.

Il posa son index sur ma joue et traça lentement le contour de mon visage. Je sentis une vague de chaleur me traverser et le repoussai doucement.

— Hum, tu n'es pas le seul à essayer de te contrôler, déclarai-je.

Alex rigola, puis me tendit sa main.

— Tu prends le métro pour rentrer, non ?

Je hochai la tête et serrai ses doigts entre les miens.

— Tu veux que je te ramène chez toi ? J'ai une voiture.

Comment refuser ? En plus, il commençait à se faire un peu tard, et prendre le métro, seule, en robe, et en pleine nuit, n'était pas très rassurant.

— D'accord. Merci.

Il m'aida à descendre de la table, je fermai le magasin, et nous quittâmes la Librairie des Délices, tous deux, le sourire aux lèvres.

Chapitre 8

À mon réveil ce matin, j'avais l'impression de flotter sur un petit nuage.

La vie me paraissait belle, et j'aimais tout ce que je faisais, même les choses que je détestais d'habitude, comme la vaisselle ou l'épilation du maillot à la cire. J'étais dans ma petite bulle de bonheur et ne cessais de repenser à ce qui s'était passé la veille, entre Alex et moi.

On s'était embrassés dans le café, puis dans la voiture… Et le baiser dans sa BMW avait presque été encore plus ardent que celui sur la table… On avait dû, une nouvelle fois, se forcer à réprimer notre désir mutuel pour ne pas aller plus loin sans protection. Et cela avait été dur, *très dur.*

J'entrai, le sourire aux lèvres, dans la Librairie des Délices, ignorai inconsciemment ma sœur au comptoir et allai machinalement déposer mon sac à main dans l'arrière-boutique avant d'enfiler mon tablier.

Lorsque je réapparus dans la salle principale, Valentine se dressa devant moi, les mains sur les hanches.

— C'est quoi cet air bienheureux que tu as sur la figure ? On dirait que tu t'es shootée à quelque chose.

— N'importe quoi, protestai-je.

Certes, Alexandre Coupet était sans doute une jolie drogue pour mon cœur et mon esprit, mais je n'étais tout de même pas si dépendante de lui que ça !

— Mouais, tu as l'air bizarre en tout cas ! Bon, sinon

raconte-moi la soirée d'hier. Comment ça s'est passé avec l'auteur sexy ?

Lorsque j'étais rentrée la veille, Valentine se trouvait déjà au lit. Et, comme elle partait toujours plus tôt au café le matin, je ne lui avais encore rien dit.

Mais par où commencer ? Il s'était passé tellement de choses !

— Euh, c'était chouette. Les filles ont été plus respectueuses envers Alexandre que je ne le pensais, tout le monde s'est bien amusé, et... Et euh...

La porte du café s'ouvrit brusquement, et mon regard croisa aussitôt celui d'Alex. Il m'adressa un grand sourire charmeur, et mon cœur s'emballa dans ma poitrine.

— Oh non, chuchota Valentine, ne me dis pas que... Tous les deux... Oh si. Il s'est totalement passé quelque chose entre vous ! Waouh ! J'étais sûre que ça allait matcher entre vous !

Je lui donnai un petit coup de coude dans les côtes.

— La ferme, lui soufflai-je sans quitter le bel auteur des yeux.

Alexandre s'approcha de nous.

— Bonjour, nous dit-il.

— Bonjour, lui répondit Valentine, vous désirez manger sur place ou à emporter ?

— Sur place, mais je ne vais pas m'attarder très longtemps, j'ai du boulot qui m'attend.

Ah oui, son éditrice m'avait dit que la *deadline* pour son histoire en cours approchait dangereusement.

— Installe-toi, lui dis-je, je t'apporte ta commande dans deux minutes.

Il acquiesça et alla s'asseoir à *la* table. Celle sur laquelle il m'avait embrassée avec avidité, et sur laquelle nous regrettions de ne pas avoir pu faire tout un tas de choses déplacées. Je sentis le rouge me monter aux joues et détournai mon regard d'Alex pour me concentrer sur Valentine et le café qu'elle était en train de lui préparer.

— Je te préviens, petite sœur, ce soir, tu as intérêt à tout me raconter !

Tsss, quelle curieuse !

Quelques instants plus tard, je déposai le café et le muffin devant Alex, puis penchai ma tête vers son oreille et lui murmurai d'une voix sensuelle :

— Bonne dégustation, monsieur Coupet.

Il releva la tête vers moi et me lança un coup d'œil malicieux.

— Tu me trouves taquin, mais je crois que tu es bien meilleure que moi dans ce domaine…

Comme il n'y avait aucun autre client dans le magasin pour le moment, je me permis de tirer la chaise à côté de lui et de m'asseoir un instant.

Il allait bientôt repartir dans sa tour d'ivoire, et je voulais profiter au moins pleinement de quelques minutes avec lui.

— Pourquoi tu n'as pas apporté ton ordinateur ? Tu aurais pu travailler un peu ici, c'est calme, non ?

Il but une gorgée de café avant de me répondre.

— C'est calme, mais malheureusement mon esprit n'arrête pas d'être déconcentré par une certaine personne.

— Moi ?

Il hocha la tête.

— Comment ça ? Je ne viens jamais t'embêter quand tu travailles.

— Tu n'as pas besoin de le faire pour me distraire. Dès que j'entends ta voix, mes yeux quittent mon écran pour te trouver. Et ensuite, il m'est quasiment impossible de les décoller de ton joli visage.

Je me sentis rougir malgré moi.

— Pff, tu es vraiment un beau parleur… Oh mais attends, cette phrase… J'y crois pas ! Tu l'as écrite dans *Un été dans le Sud !* Comment oses-tu me draguer en utilisant les phrases de tes livres !

Je me levai, outrée, mais mon comportement le fit rire.

— Pardonne-moi ! j'ai toujours rêvé de pouvoir la sortir un jour, et le moment était parfait ! Mais si ça peut te rassurer, j'étais complètement sincère.

Mouais...

Alex m'attrapa soudain la main et glissa ses doigts entre les miens.

— Tu es libre ce soir ?

S'il pensait se faire pardonner avec un rendez-vous, ce n'était pas encore gagné...

— Ça dépend pour quoi, marmonnai-je.

— On pourrait dîner ensemble, je connais un restaurant à trois rues d'ici qui fait des escalopes milanaises incroyables, accompagnées d'un risotto aux légumes... Un délice !

— Tu ne sais même pas ce que j'aime, en dehors des muffins au chocolat, répliquai-je.

— Justement, ce sera l'occasion d'en apprendre un peu plus l'un sur l'autre, non ? J'aimerais réellement savoir ce qui te plaît, en dehors du chocolat et des livres...

Je réfléchis à sa proposition, puis secouai négativement la tête car nous étions en milieu de semaine.

— Plutôt dimanche, car je ne travaille pas. Quand je suis au café, je finis assez tard, et si on compte le temps que je mets pour rentrer, plus celui de me doucher et de m'habiller... Je ne serais jamais prête avant 22 heures.

— OK, va pour dimanche, accepta-t-il, mais l'attente va être longue...

— Pour moi ou pour l'escalope milanaise ?

Ses lèvres s'étirèrent malicieusement.

— Les deux, évidemment.

À 18 h 55, je quittai l'appartement de Valentine et descendis au pas de course les quatre étages qui me séparaient du rez-de-chaussée.

Alex m'avait envoyé un SMS pour me prévenir de son

arrivée, et j'avais hâte de le retrouver. J'avais beau l'avoir vu toute la semaine, chaque fois, cela avait été en coup de vent. Mais je ne pouvais pas lui en vouloir, il avait un roman à terminer et un délai à respecter.

En avançant jusqu'à sa voiture, je fis attention à ne pas me tordre la cheville, car marcher avec des talons sur du gravier était assez dangereux. Par chance, j'atteignis son véhicule saine et sauve. Alex sortit de la voiture et s'approcha de moi. Il déposa un bref baiser sur le coin de mes lèvres.

— Tu es sublime ce soir, glissa-t-il à mon oreille.

Je baissai les yeux sur ma longue robe noire et ne regrettai pas de l'avoir choisie pour notre premier rendez-vous.

— Merci. Tu n'es pas trop mal non plus.

Même s'il avait l'habitude d'être toujours bien habillé, ce soir, il avait carrément sorti la veste de costume.

Il m'ouvrit la portière, et je humai discrètement son parfum à l'odeur douce et agréable avant de monter dans sa BMW.

Quelques secondes plus tard, il me rejoignit à l'intérieur et démarra le moteur. Je tournai la tête vers lui.

— Alors, tu m'emmènes déguster tes fameuses escalopes milanaises ?

— Oui, j'ai réservé là-bas. Mais si ça ne te tente pas, on peut très bien aller ailleurs.

Il était vraiment prévenant, et j'aimais ça.

— Non, non, ça me va très bien. J'adore la viande.

— Parfait. Cela nous fait donc un deuxième point commun en matière de nourriture.

— Tu as l'intention de tous les compter ? plaisantai-je.

Il me jeta un rapide regard en biais accompagné d'un sourire.

— Bien sûr.

Je souris à mon tour, puis observai le paysage défiler par la fenêtre.

— Tu veux écouter de la musique ?

— Pourquoi pas.

— Prends mon téléphone, il est connecté au Bluetooth de la voiture. Le code c'est 0309, ma date de naissance, puis choisis ce que tu veux dans Spotify.

— Oh ! tu es né en septembre.

— Toi aussi ?

— Le 22.

— Intéressant.

Je récupérai son portable, posé près du frein à main, et le déverrouillai avant de regarder les titres qu'il avait dans sa playlist sur Spotify. Il écoutait absolument de tout. Du rock, de la variété française, de la pop américaine, du jazz… Et je trouvais ça super cool ! Mais j'avais une chanson bien en tête à lui mettre. Je lançai *Cinema* de Harry Styles, en me demandant si cela le ferait penser à notre deuxième rencontre.

Alors que la chanson venait à peine de commencer, je l'entendis déjà rire.

— Tu sais que tu as été franchement agaçante ce jour-là ?

— Pardon ? C'est toi qui étais insupportable à écouter ta musique à plein volume alors que je travaillais juste en dessous !

— « À plein volume », tu exagères. Et puis, ce n'est pas ma faute si les murs de cet immeuble sont aussi fins que s'ils étaient inexistants !

Je levai les yeux au ciel, faussement contrariée, puis rigolai.

— Au fait, reprit-il, tu travaillais pour le restaurant, ou tu écrivais ?

— J'écrivais.

— Et tu écris quoi ?

Je me tortillai nerveusement sur mon siège.

— Une histoire…

— Tu sembles gênée d'en parler. Pourquoi ?

Je l'observai, mais son regard était rivé sur la route devant lui.

— Tu poses toujours autant de questions ?

— On est censés apprendre à se connaître, non ? Mais si tu veux garder ça pour toi, je n'insisterai pas plus.

Satellite s'enchaîna dans les haut-parleurs de la voiture.

— C'est juste que... Tu es un auteur confirmé, et moi une écrivaine amatrice.

— Tu as peur que je te juge ?

— Oui, j'ai peur que tu trouves mon histoire super nulle, ou pire encore, que tu fasses semblant de la trouver bien pour me faire plaisir.

Alexandre soupira.

— D'un point de vue personnel, il est possible que je n'aime pas ton histoire, comme il m'est déjà arrivé de ne pas aimer certains livres que j'ai pu lire. Mais cela ne signifiera pas pour autant qu'elle est « nulle », et je pourrai toujours te donner des conseils qui te permettront peut-être d'améliorer le fond, et ou la forme de ton texte. Quoi qu'il en soit, je te promets d'être honnête avec toi et de te donner un avis plus constructif que « c'est nul ».

C'est vrai... Il n'avait pas tort. Ses commentaires et remarques pourraient m'aider à perfectionner mon texte. Et puis, je savais qu'en ayant l'ambition de vouloir un jour éditer un livre, il me faudrait faire face aux jugements des autres.

— Peut-être que lorsque je l'aurai fini, je te le ferai lire... Enfin, si tu en as toujours envie d'ici là bien sûr.

— Ce sera avec grand plaisir.

Et moi, je craignais déjà qu'il trouve mon style d'écriture minable, l'histoire pas originale, la romance ennuyante et les personnages sans âme...

La main d'Alexandre se posa soudain sur la mienne, et son geste m'apaisa un peu. Oui, il fallait que je lui fasse confiance. Après tout, c'était pour moi la base d'une relation, alors... Je tournai ma paume contre la sienne et entrelaçai mes doigts aux siens.

Ne me trahis pas, Alex. Pas toi. S'il te plaît.

Notre soirée au restaurant fut incroyable. Nous nous confiâmes, à tour de rôle, un peu plus sur notre passé, notre vie, et sur les choses que nous aimions, tout en savourant un délicieux repas et en nous dévorant du regard.

Je découvris ainsi qu'Alex, en plus d'être passionné par l'écriture, adorait la batterie. Il en avait d'ailleurs une dans son salon et m'avoua qu'en raison de la sensibilité extrême de mes oreilles il utilisait un casque lorsqu'il jouait, afin de ne pas me déranger. Je lui révélai alors que j'avais fait un an de piano, lorsque j'étais enfant, et que ma professeure avait osé dire à mes parents que j'étais l'élève la plus mauvaise qu'elle ait jamais eue – ce qui eut le don de le faire rire.

Après avoir terminé nos deux escalopes, nous décidâmes toutefois de faire l'impasse sur le dessert, car aucun n'était au chocolat. Sur le chemin du retour, Alex m'invita à prendre un verre de vin chez lui pour terminer la soirée, et j'acceptai avec plaisir. En arrivant devant l'immeuble, je lui demandai de monter en premier, car il fallait que j'aille chercher quelque chose à la Librairie des Délices. Je filai en douce dans la cuisine pour récupérer deux muffins et le rejoignis à l'étage.

Alex avait laissé la porte d'entrée entrouverte. Je me glissai à l'intérieur et observai le grand hall dans lequel je me trouvais. Sur les murs blancs étaient accrochés de nombreux tableaux en tout genre. Il devait y en avoir une bonne dizaine, des peintures, des photos de paysages, des portraits, et je comprenais mieux pourquoi j'avais entendu le bruit de sa perceuse lors de son emménagement.

Le mélange de style était assez spécial, mais Alex m'avait prévenue de la déco plutôt atypique de son appartement. Apparemment, cela l'inspirait énormément pour ses histoires et lui permettait de voyager tout en restant chez lui. Je comprenais à présent ce qu'il voulait dire par là.

J'avançai jusqu'à découvrir un salon aux murs bleu pâle. La fameuse batterie dont il m'avait parlé était située en plein centre de la pièce, entourée par deux canapés en cuir noir. Son choix de placement des différents éléments était vraiment... particulier.

Alex était de dos, face au bar en marbre qui se trouvait dans l'angle de la pièce, et il était en train de nous servir deux verres de rouge. Je m'avançai vers lui, et le bruit de mes talons sur le carrelage blanc le fit se retourner.

— Tu arrives au bon moment... Oh !

Il avait baissé les yeux sur les gâteaux que je tenais dans la main.

— Je ne pouvais pas rêver mieux comme dessert. Merci.

Je souris et déposai les pâtisseries sur le comptoir. Alex me tendit un verre, et nous trinquâmes.

— À cette magnifique soirée, déclara-t-il.

Oui, elle était vraiment parfaite, et je sus, en croisant le regard intense d'Alex, qu'elle était loin d'être finie...

Chapitre 9

Lorsque je me réveillai dans le grand lit en bois d'Alexandre, je constatai que ce dernier ne se trouvait pas à côté de moi.

Je me levai, réenfilai mes sous-vêtements et ma robe accrochée au dossier d'un fauteuil, et quittai la chambre.

La porte de son bureau était ouverte, et j'entendais distinctement, depuis le couloir, le bruit de ses doigts en train de taper sur le clavier. Je ne voulais pas le déranger en pleine écriture, mais je ne pouvais pas non plus m'en aller sans un mot. Pas après la superbe nuit que nous avions passée tous les deux.

Je pénétrai dans la pièce, et il leva aussitôt les yeux vers moi.

— Salut, lui dis-je.

— Bien dormi ?

Je hochai la tête, le sourire aux lèvres.

— Je t'ai préparé le petit déjeuner, si tu as faim. Ça ne te gêne pas de le prendre sans moi ? Je suis plutôt inspiré et j'aimerais avancer encore un peu dans mon chapitre.

— Non, pas de souci, le rassurai-je, je vais manger un bout et rentrer chez moi pour me changer, j'ai un rendez-vous médical en début d'après-midi.

— Rien de grave ? s'enquit-il.

— Non, tout va bien. Allez, reste concentré et écris bien. À plus tard.

Je me retournai.

— Caro.

Je l'entendis se lever et eus tout juste le temps de pivoter vers lui avant qu'il m'embrasse avec tendresse.

— À plus tard, me glissa-t-il à l'oreille avant de s'écarter.

J'opinai, ravie de ce petit baiser d'au revoir, et le laissai travailler.

Mon cœur fut comblé en découvrant l'énorme petit déjeuner qu'il m'avait préparé. Salade de fruits, jus d'orange pressée, café, viennoiserie, omelette et pain toasté. Et tout avait l'air exquis. J'avais l'impression de me trouver devant le buffet d'un hôtel quatre étoiles ! Malheureusement, je n'étais pas une très grande mangeuse au réveil et me contentai des fruits frais et d'un bout de pain.

Je rangeai le reste au frigo, nettoyai la vaisselle utilisée, puis récupérai mes affaires avant de quitter l'appartement.

En sortant, je tombai nez à nez avec une jeune femme à la peau mate et aux courts cheveux noirs et frisés. Elle portait un ravissant pantalon cintré à la taille, et un haut court et blanc sous un blazer bleu clair.

Je la fixai, intriguée par sa présence devant l'appartement d'Alexandre. Était-ce une amie à lui ? Ou bien une personne de sa famille ? Si elle était ici, c'est qu'elle connaissait le code d'accès à l'entrée.

— Bonjour, lui dis-je, vous venez voir Alexandre ?

— Bonjour, oui, c'est ça. Vous êtes… Une amie à lui ?

Visiblement, cette femme semblait tout aussi curieuse à mon propos que je l'étais à son sujet. En revanche, je ne savais pas quoi lui dire. Peut-être qu'Alexandre ne souhaitait pas encore qu'on parle de notre relation naissante à ses proches.

— On peut dire ça… Et vous ?

— Sa fiancée.

Sa… Quoi ?

Je dus cesser de respirer pendant plusieurs secondes, car l'expression joviale de la jeune femme se changea soudain en inquiétude.

— Vous allez bien ? Vous êtes toute pâle !

Sa... fiancée. Non. Impossible.

— Vous... Vous dites que vous et Alexandre Coupet êtes fiancés ? balbutiai-je.

— C'est exact.

Elle avait l'air parfaitement sûre d'elle, et je sentis mon cœur se briser à nouveau en mille morceaux dans ma poitrine.

Je n'arrivais pas à y croire. Alexandre avait une fiancée... Quel salaud ! Comment... Comment avait-il pu jouer avec moi de la sorte ? Avec sa fiancée et moi, même, devrais-je dire.

— Excusez-moi, me dit-elle, j'aimerais prévenir Alex de ma venue.

Elle se pencha et appuya sur la sonnette.

L'idée de prendre la fuite me traversa l'esprit, mais mon corps, encore trop sonné par la nouvelle, refusa de bouger. La porte d'entrée s'ouvrit dans mon dos, et je restai immobile, face à la fiancée d'Alex. Parce que je ne me sentais pas prête à affronter son regard.

— Camila, entendis-je Alex murmurer.

Un frisson me traversa.

Elle a réellement dit la vérité.

— Ça fait longtemps, chéri.

Je sentis mon corps se mettre à trembler, puis, soudain, la main d'Alex se referma sur mon épaule. Mon souffle se fit court.

Qu'est-ce que cela signifie ?

— C'est Natasha qui t'a donné ma nouvelle adresse ? l'interrogea-t-il.

— Oui. Tu aurais quand même pu me prévenir que tu avais déménagé.

— Et pourquoi j'aurais fait ça ? Tu as cessé de répondre à mes messages il y a des mois.

Je fronçai les sourcils, confuse.

Camila me regarda un instant, ou plutôt, elle fixa la main qu'Alex avait posée sur moi.

— Je vois que tu as trouvé quelqu'un pour combler mon absence...

Mon corps se tendit sous ses mots.

— Pardon ?

Les doigts d'Alex pressèrent légèrement ma peau.

*Quoi ? Il veut que je me taise, peut-*être ?

— Camila, est-ce que tu peux t'en aller, s'il te plaît ? lui demanda-t-il calmement.

— Alors que je viens tout juste de rentrer en France ? Tu ne me fais même pas visiter ton nouveau chez-toi ?

— Va-t'en, répéta Alex, plus durement.

Camila m'observa en silence, puis soupira.

— D'accord, mais je t'appellerai plus tard. Il faut qu'on discute.

Elle ajouta un bref « au revoir » à mon intention puis disparut dans la cage d'escalier.

— Ce n'est pas ce que tu crois, me murmura Alex.

Ce n'est pas ce que tu crois.

C'était aussi ce que Yann m'avait dit lorsque je l'avais trouvé en compagnie d'une jeune femme, à l'arrière de sa voiture garée sur un parking.

— Caro, regarde-moi, s'il te plaît, insista Alex.

Il posa son autre main sur mon bras et me força à lui faire face.

— Il n'y a absolument plus rien entre Camila et moi. Elle est partie vivre à l'étranger il y a un an, on a tenté de maintenir notre relation au début, puis, il y a six mois, elle a déclaré qu'elle avait besoin de faire un break avec moi, sans me laisser mon mot à dire, et a cessé de me répondre au téléphone. Même si nous n'avons jamais officialisé notre séparation, les choses étaient claires et nettes pour moi. Son break signifiait la fin de notre couple.

— Elle a dit que vous étiez fiancés, m'entendis-je prononcer.

Alex respira profondément.

— Oui, c'est vrai. Je l'ai demandée en mariage juste avant son départ pour les États-Unis parce que j'espérais que cet engagement renforcerait notre couple et lui permettrait de tenir malgré la distance. Mais je me suis trompé. Et ça ne change rien au fait que je n'ai désormais plus aucun sentiment pour elle et que je n'ai plus du tout l'intention de l'épouser.

Alex chercha à ancrer mon regard dans le sien, mais je le fuyais.

— Pourquoi tu ne m'as pas parlé d'elle ?

— Parce que tu m'as parlé de tes ex, peut-être ? répliqua-t-il.

— Tu as croisé Yann, l'autre jour, devant le magasin, et tu as sans doute compris que je l'ai quitté parce qu'il m'a trompée.

— Certes, mais tu ne m'as rien dit à son sujet. Et je ne t'en veux pas, car ce qu'il y a eu entre vous ne me regarde pas. C'est du passé, comme mon histoire avec Camila. Ce qui m'importe, c'est le présent, et mon histoire avec toi, Caro.

Non… C'était des mensonges. Encore et toujours des mensonges. Alexandre était comme Yann, en fin de compte.

Je ravalai les sanglots qui menaçaient d'éclater et m'écartai de lui.

— Alors pourquoi elle te considère comme son « fiancé » si c'est du passé ?

La situation était encore compliquée entre eux. Alex me l'avait dit lui-même, ils n'avaient jamais officialisé leur séparation, et même si elle semblait évidente dans son esprit à lui, dans celui de Camila il s'agissait sans doute encore d'un simple break.

— Tu vas discuter avec elle, tout à l'heure, n'est-ce pas ? lui demandai-je.

Il hocha la tête.

— Je vais lui dire ce que je t'ai dit il y a quelques secondes.

Que ce n'est plus elle, la femme qui fait partie de ma vie à présent.

Même si ses mots me touchèrent, le fait qu'il m'avait caché toute cette histoire me faisait bien plus mal. J'avais le sentiment d'avoir été trompée une nouvelle fois.

— Tu aurais dû lui dire tout ça avant d'entamer une relation avec moi, Alex.

— Et comment ? Elle ne répondait pas à mes messages !

— Alors tu aurais dû m'en parler !

— Caro...

Il leva un bras vers moi, mais je reculai d'un pas.

— Non... Je ne sais pas... Je ne sais pas si je peux le supporter.

Alex se rapprocha rapidement de moi, prit mon visage en coupe et plongea son regard perçant dans le mien.

— Non, ne dis pas ça.

— Lâche-moi, s'il te plaît...

— Ne dis pas que tu veux mettre un terme à ce qu'il y a entre nous à cause de mon ex, grogna-t-il.

— Ce n'est pas *encore* ton ex, Alex...

— Tu ne m'as pas écouté.

— Si, mais je ne vois pas les choses de la même façon que toi, et j'en ai assez des mensonges, et des tromperies... J'ai eu ma dose.

Je le repoussai et commençai à partir, mais sa main m'attrapa le poignet et m'attira dans ses bras.

— Alex, s'il te plaît...

J'essayai de me dégager de son emprise, mais il resserra son étreinte.

— Je ne suis pas ton ex et je ne t'ai pas trompée, tu m'entends ? Alors ne me mets pas dans le même lot que ce connard.

Trop tard. Mon esprit l'avait déjà catégorisé, et mon cœur était anéanti.

Au fond, je savais qu'Alex n'était pas aussi mauvais que Yann. Pour autant, il avait déjà trahi la confiance que je lui avais accordée alors même que notre relation ne faisait que débuter.

Tout avait été si beau, si parfait avec lui... Je commençais même à croire que j'avais enfin trouvé mon prince charmant... ! Mais le retour de Camila dans sa vie venait de briser ce joli rêve.

Je réussis enfin à me libérer de son corps et lui lançai un regard menaçant.

— Ne t'approche plus de moi, Alex, c'est fini. Et ça, c'est bien officiel.

Puis je m'en allai au pas de course et ne ralentis mon rythme qu'une fois arrivée au métro. Des larmes perlaient à mes yeux, mais je me forçai à les contenir pour le moment. Je ne voulais pas pleurer en public. J'avais peut-être été trompée à nouveau, mais j'avais encore ma fierté.

Plus que trente-cinq minutes de transport, et je pourrais extérioriser librement mon chagrin dans ma chambre, sans aucune honte.

Chapitre 10

Le lendemain matin, je passai un temps fou dans la salle de bains à essayer de cacher mes yeux rougis et enflés, mes cernes et mon teint pâle grâce à du maquillage. Le résultat ne fut pas trop mal à mon goût, bien que cela me fît arriver avec une bonne demi-heure de retard au travail.

Heureusement, Valentine ne m'en tint pas rigueur. Elle m'avait vue et entendue pleurer la veille, et j'avais fini par lui raconter ce qui s'était passé avec Alexandre. Ma sœur m'avait proposé de prendre ma journée pour me reposer, mais je préférais mille fois travailler que de rester seule à la maison et ressasser les événements de la veille.

— Tu es sûre que ça va aller ? s'inquiéta Val.

Elle avait posé sur moi un regard rempli de peine et de tendresse.

Pas vraiment, mais que pouvais-je y faire ? Je n'allais pas m'arrêter de vivre à cause d'une rupture. Quand bien même, celle-là me faisait sacrément mal. Finalement, Clara, l'héroïne de mon histoire, avait peut-être raison de ne plus croire en l'amour. J'avais pour objectif de lui prouver qu'elle se trompait, grâce à Edward, l'homme idéal qui saurait la rendre à nouveau heureuse, mais, à présent que je vivais une énième trahison, j'hésitais sérieusement à changer mes plans.

Et si Edward la trompait ? Clara pourrait ensuite le quitter et décider de rester célibataire jusqu'à la fin de sa vie. Après tout, mieux valait être seule que mal accompagnée, non ?

Et je pouvais également faire mourir Edward l'infidèle dans d'atroces souffrances... Cette fin alternative me plaisait beaucoup !

Alors que je m'apprêtais à aller déposer mes affaires personnelles dans l'arrière-boutique, la porte d'entrée s'ouvrit brusquement. Mon cœur rata un battement en apercevant Alex s'avancer dans la salle.

— Bonjour, Valentine, lança-t-il à ma sœur.

Mais il ne lui accorda aucun regard. Ses yeux noirs perçants étaient rivés aux miens.

Alex s'arrêta à un mètre de moi. Il avait l'air... épuisé.

— Je ne peux vraiment pas te laisser foutre notre histoire en l'air juste parce que mon ex s'imagine encore que notre relation n'est pas terminée. Tu ne peux pas me reprocher ce que Camila pense, parce que ce n'est pas moi. Je te l'ai dit, et je te le répète encore, ma relation avec elle s'est terminée il y a six mois. Mets-toi à ma place une seconde, si ton mec te dit qu'il veut faire un break alors qu'il se trouve à l'autre bout du monde et qu'il arrête complètement de te répondre, tu vas faire quoi ? Accepter sa décision et l'attendre, sans savoir si, ni quand il voudra bien reprendre contact et continuer votre relation ? Ou bien tu vas tirer un trait sur lui et continuer ta vie ? Moi, c'est ce que j'ai fait. Camila est revenue hier, mais elle aurait très bien pu ne réapparaître dans ma vie que dans cinq ans, ou même jamais.

Alex s'arrêta pour reprendre son souffle.

Au fond, ses arguments tenaient la route.

Je lui reprochais de ne pas avoir officialisé sa séparation avec elle, mais je savais qu'il n'avait eu aucun moyen de le faire puisque Camila avait cessé de lui répondre. Je lui reprochais également de ne pas m'avoir parlé d'elle, et la possibilité qu'elle puisse revenir dans sa vie, mais au fond cette situation était presque comparable avec le retour de Yann dans la mienne, la semaine dernière. Il s'agissait de choses que nous ne pouvions pas prévoir et qui étaient liées au passé.

Dans l'histoire, ce n'était pas Alex qui était en tort, mais bien moi.

Alors pourquoi... Pourquoi voulais-je malgré tout le repousser ? Par fierté ? Non. Parce que cette histoire m'avait fait mal et que je craignais qu'Alex ne me fasse souffrir à nouveau un jour et bien pire que ça, si je restais avec lui.

— Est-ce que tu peux t'en aller, s'il te plaît ?

— Non, pas avant que tu comprennes que tu as tort de penser que je t'ai trompée, parce que c'est faux. Je ne suis pas Yann. Quand je t'ai rencontrée, il n'y avait personne dans ma vie, et maintenant il y a toi, et seulement toi. Et je veux que ça continue.

Mon cœur se mit à battre rapidement dans ma poitrine.

J'avais envie de chasser mes peurs de mon esprit et de le croire, mais...

— Caro, je...

La porte d'entrée s'ouvrit brusquement sur un client et brisa la bulle dans laquelle Alex et moi nous trouvions.

Je détournai vivement le regard de son visage et pris conscience que ma sœur avait assisté à toute la scène. J'en étais assez gênée.

— Bon... Bonjour, lança Valentine à l'homme qui venait d'entrer.

Ce dernier s'approcha du comptoir pour visiblement prendre quelque chose à emporter.

— Caro, fit Alex à voix basse.

Je secouai lentement la tête.

Non. Je ne voulais plus risquer de souffrir encore. Pas avec lui.

J'inspirai profondément, puis lui demandai, la gorge nouée :

— Vous désirez votre commande habituelle, monsieur ?

J'aperçus la mâchoire d'Alex se contracter. Il resta silencieux un instant, me fixa avec intensité, puis détourna ses yeux des miens.

— Non, ça ira, me répondit-il sèchement.

Il se retourna et quitta le café en claquant la porte derrière lui. Mon cœur se comprima douloureusement dans ma poitrine, et je partis m'asseoir dans un fauteuil, en serrant mes mains tremblantes l'une contre l'autre.

Valentine me lança un regard soucieux, mais termina d'encaisser son client et attendit qu'il eut quitté le café avant de se précipiter vers moi.

— Oh ! ma Caro…

Elle attrapa ma tête et la cala contre son ventre, tout en me caressant doucement les cheveux.

Son geste agréable me réconforta un peu.

— Tu es sûre que tu ne veux pas rentrer à la maison ? me demanda-t-elle après de longues secondes.

Je secouai négativement la tête.

— Et… Tu es sûre d'avoir pris la bonne décision, vous concernant ?

Je déglutis nerveusement.

— Je peux comprendre que cette histoire avec son ex t'a perturbée et blessée, continua-t-elle, mais je ne pense pas qu'il ait commis d'erreurs envers toi, si ce n'est qu'il aurait peut-être pu t'avertir de la possibilité que Camila puisse débarquer un jour. Pour autant, ce fait n'a rien changé pour lui, ni dans sa vie, ni dans ses sentiments pour toi.

Oui, elle avait parfaitement raison, mais…

— Il y a autre chose, n'est-ce pas ?

Elle me lâcha et s'accroupit devant moi. Son regard inquiet croisa le mien.

— Parle-moi, Caro. Je sais que tu as des sentiments pour lui, et qu'il te rendait heureuse, alors qu'est-ce qui t'empêche de te réconcilier avec lui et de retrouver ce bonheur ?

Je fermai les yeux un instant et fis abstraction de la boule que j'avais dans le ventre.

— Je crois que je suis en train de tomber amoureuse de lui et j'ai peur… J'ai peur qu'il me trahisse lui aussi un jour et me brise le cœur. Complètement.

J'avais réussi à me remettre de l'infidélité de Yann, mais avec Alex… Les choses étaient différentes. Mes sentiments aussi. Ils étaient plus forts et grandissaient davantage chaque jour.

— Donc si je comprends bien, commença Val, tu préfères le quitter maintenant, plutôt que de tenter de vivre une belle histoire d'amour par crainte que ça finisse mal ?

— Je l'ai déjà quitté, soufflai-je.

— Peu importe, Alex espère encore que tu reviennes sur ta décision. Écoute, je peux comprendre que ce que tu ressens pour lui te fasse peur, et je sais que tu as déjà été blessée plusieurs fois par des hommes dans le passé, mais es-tu vraiment prête à mettre un terme à une potentielle belle histoire d'amour juste parce que tu imagines que ça va forcément mal se finir avec lui aussi ? Je ne te pensais pas aussi pessimiste, petite sœur.

La porte d'entrée s'ouvrit à nouveau. Ma sœur se redressa et m'abandonna pour retourner à son poste. Je restai assise encore un moment, en réfléchissant à ses paroles. Tout ce que je savais, c'est que si je laissais Alex partir maintenant, je serais capable de m'en remettre malgré la douleur. Mais, s'il venait à me trahir dans le futur… réussirais-je à me relever ?

L'amour me faisait peur à présent. Et m'en tenir éloignée pour me protéger me paraissait plus facile à supporter que de lui laisser la possibilité de me détruire complètement.

Chapitre 11

Je n'avais pas revu Alexandre depuis une semaine et je souffrais bien plus de son absence dans ma vie que je ne l'aurais pensé. *Ai-je vraiment pris la bonne décision pour protéger mon cœur ?*

Je pénétrai dans l'arrière-boutique et m'installai au bureau pour passer une commande sur l'ordinateur. En ouvrant ma boîte mail, je remarquai un message en provenance... d'Alexandre Coupet. *Comment a-t-il obtenu mon adresse ?*

Je fronçai les sourcils et cliquai aussitôt dessus. Il n'y avait ni objet ni texte, seulement une pièce jointe qui s'intitulait « Reste avec moi ». Intriguée, et nerveuse, je téléchargeai rapidement le fichier et l'ouvris. Il s'agissait d'un document Word de trois cents pages.

S'agissait-il de son roman en cours ? Mais pourquoi me l'avoir envoyé ? Pour me faire plaisir et tenter de me reconquérir par son talent littéraire ? Même si j'adorais sa plume et que j'avais bien l'intention de le lire, ça n'allait clairement pas fonctionner !

Je m'apprêtais à attaquer le prologue lorsque Valentine pénétra dans la pièce.

— Tu peux venir me donner un coup de main dans la salle ? Il y a du monde.

— OK, j'arrive.

Je fermai le fichier à contrecœur et suivis ma sœur, tout

en essayant de comprendre ce que signifiait ce mail et son contenu.

À peine Valentine eut-elle quitté la Librairie des Délices à 19 heures que je fonçai dans l'arrière-boutique pour commencer ma lecture de *Reste avec moi.*

J'enchaînai les premiers chapitres avec un grand intérêt. L'histoire, très intéressante, racontait la vie et les problèmes de deux frères qui avaient été séparés lorsqu'ils étaient enfants et qui se retrouvaient par hasard, vingt ans plus tard. Le plus jeune, qui se nommait Chad, était devenu comptable et habitait au-dessus d'un café. *Tiens, étrange…*

Je continuai d'enchaîner les pages à toute vitesse. Mon souffle se fit court lorsque Chad eut l'excellente idée de faire des travaux chez lui, en pleine journée durant la semaine, et que quelqu'un sonna à sa porte. Il s'agissait de Karen, la jolie serveuse qui travaillait au café du dessous. Et, curieuse coïncidence, elle avait des yeux verts et son visage ovale était entouré de boucles blondes. Ah, et autre détail important, elle portait toujours des robes très colorées… !

Je souris, amusée par la suite des événements : Karen sermonna Chad à cause du bruit qu'il faisait et du désagrément qu'il provoquait pour le café et ses clients. Chad la trouva terriblement sexy et agaçante.

Sérieusement, Alex ?

Je poursuivis ma lecture, et même si l'intrigue du roman ne tournait pas autour de Karen et Chad, ces deux personnages ne tardèrent pas à vivre une jolie romance… Qui ressemblait assez à celle que j'avais vécue avec Alex.

Soudain, vers le milieu du livre, Chad rejoignit son frère Tom, pour dîner avec lui au restaurant. Tom questionna son jeune frère sur sa relation avec Karen, et mon souffle se fit court en découvrant la réponse de Chad.

« Je crois que je l'aime, déclara-t-il, en fait, je crois que je l'ai aimée dès notre première rencontre, quand elle a commencé à me crier dessus et que… »

Je cessai soudain de lire l'histoire, me levai d'un bond et quittai la boutique pour monter à l'étage. Ce que j'étais en train de faire allait contre ma précédente décision de me tenir loin de lui, mais j'étais incapable de contrôler les mouvements de mon corps et ce que je ressentais à cet instant précis. J'avais besoin de le voir. Maintenant, et demain, et les jours suivants. J'avais besoin de lui dans ma vie, peu importaient les risques.

Je sonnai chez Alexandre et attendis impatiemment. Mon cœur battait à tout rompre dans ma poitrine.

Ouvre-moi, allez… !

Et c'est ce qu'il fit. Il était vêtu d'un simple jean et T-shirt marron, et portait ses lunettes. Alex sembla surpris de me voir, et je ne pus résister au désir que j'éprouvais de fondre sur ses lèvres.

Cela faisait si longtemps.

Mon baiser le troubla un instant, mais il finit rapidement par me le rendre, tout en posant ses mains sur ma taille.

— Moi aussi, soufflai-je contre sa bouche.

Il recula légèrement la tête pour me regarder, confus.

— De… De quoi ?

— J'ai lu ton histoire, lui avouai-je d'une voix agitée, enfin, je ne l'ai pas encore terminée. J'en suis à la scène où Chad révèle à son frère ses sentiments pour Karen, au restaurant.

— Oh ! je vois.

Alex détourna le regard, gêné.

C'était la première fois que je le voyais mal à l'aise.

— Pourquoi est-ce que tu t'es arrêtée là ? m'interrogea-t-il tout de même.

— Parce que je n'ai pas besoin de lire la suite, je sais déjà ce que Karen ressent pour lui.

Alex m'observa alors avec intérêt.

— Réellement ?

J'acquiesçai.

— Elle l'aime aussi. Et elle est sincèrement désolée de s'être comportée comme une véritable imbécile avec lui. C'est juste… qu'elle craignait d'être blessée encore une fois. Mais elle vient de réaliser que Chad état vraiment important pour elle et qu'elle ne voulait pas le perdre malgré ses peurs. J'espère que Chad ne lui en voudra pas d'avoir mis si longtemps pour venir le retrouver.

Alex glissa une main dans mes cheveux.

— Non. Chad aurait même pu l'attendre encore un ou deux jours de plus…

Je m'esclaffai, mais fus rapidement stoppée par ses lèvres qui se posèrent à nouveau sur les miennes. Quand Alex les relâcha après de longues secondes, je le regrettais déjà.

Comment avais-je pu me passer de lui pendant sept jours ?

Alex plongea ses yeux dans les miens et me demanda :

— Et sinon, qu'as-tu pensé de l'histoire en général ?

Je souris, amusée.

— Tu veux absolument qu'on discute de ça maintenant ?

Le regard intense qu'il posa sur moi fut une réponse largement suffisante.

Je le poussai brusquement en arrière, dans son couloir, et fermai la porte derrière moi.

Épilogue

Huit mois plus tard

Aujourd'hui, c'était le grand jour. Mon livre, *Sunny Day*, était enfin disponible à la vente en numérique et en papier sur Amazon, et également en rayon à la Librairie des Délices.

Après avoir terminé de l'écrire, j'avais finalement décidé d'auto-éditer mon histoire, notamment parce que je souhaitais conserver mes droits d'auteur.

Les membres du cercle littéraire avaient hâte de pouvoir le lire, et j'avais également très envie de connaître leurs avis. Moi qui, il y a plusieurs mois, gardais cette histoire secrète, voilà que je désirais à présent la partager avec le plus de monde possible !

Et c'était en grande partie grâce à Alexandre, à ses conseils d'écriture et à ses compliments.

Il avait déclaré avoir adoré l'histoire de Clara et Edward, ainsi que ma plume, et me soutenait à 100 % dans mon projet d'auto-édition.

Finalement, Edward était toujours bien en vie, et la romance se terminait par un joli happy end, comme je l'avais imaginé à l'origine. Pour autant, la relation entre Clara et Edward était loin d'être parfaite, tout comme celle que je vivais avec Alexandre. Il y avait des hauts et des bas, mais les deux personnages s'aimaient suffisamment pour affronter les difficultés de la vie ensemble, se rassurer mutuellement sur leurs peurs, et être heureux le reste du temps.

La porte du café s'ouvrit soudain derrière moi.

— Salut, toi.

Un sourire s'étira naturellement sur mes lèvres.

Je me retournai et croisai deux yeux noirs perçants qui firent accélérer les battements de mon cœur.

Composé et édité par HarperCollins France.

Achevé d'imprimer en janvier 2023.

CPi
FIRMIN-DIDOT

à Mesnil-sur-l'Estrée (Eure)

Dépôt légal : février 2023.

Pour limiter l'empreinte environnementale de ses livres, HarperCollins France s'engage à n'utiliser que du papier fabriqué à partir de bois provenant de forêts gérées durablement et de manière responsable.

Imprimé en France